乔雨——著

长城传

北京出版集团
文津出版社

图书在版编目（CIP）数据

长城传／乔雨著. — 北京：文津出版社，2023.11
（2024.6 重印）
ISBN 978-7-80554-887-6

Ⅰ．①长… Ⅱ．①乔… Ⅲ．①长篇小说—中国—当代
Ⅳ．①I247.5

中国国家版本馆 CIP 数据核字（2023）第 178016 号

策　　划：高立志
责任编辑：董拯民　张　颖
插　　图：梁小兰
责任印制：燕雨萌
责任营销：猫　娘
装帧设计：周伟伟

长城传
CHANGCHENG ZHUAN
乔　雨　著
*

北 京 出 版 集 团　出版
文 津 出 版 社
（北京北三环中路 6 号）
邮政编码：100120
网　　址：www．bph．com．cn
北 京 出 版 集 团 总 发 行
新 华 书 店 经 销
北京汇瑞嘉合文化发展有限公司印刷
*
880 毫米×1230 毫米　　32 开本　　20.625 印张　　428 千字
2023 年 11 月第 1 版　　2024 年 6 月第 2 次印刷
ISBN 978-7-80554-887-6
定价：86.00 元
如有印装质量问题，由本社负责调换
质量监督电话：010-58572393

明灭元后，大将徐达修筑居庸关、慕田峪、古北口一线隘口长城。北京通往塞外要道有二十里关沟，修建锁钥岭、上关、居庸关和南口四座城堡。为修筑长城与戍边，大量移民聚集城堡和长城沿线村庄，繁衍后代，生生不息。

西出锁钥岭城堡有妫水，两岸平原古称妫川，传为炎黄阪泉之战所在。明永乐年间，为固陵京之后再造妫城，守以官军，连以墩台，长城踞北，势实相依。胡汉相争，农牧击撞，忽而兵戎相见，忽而放马开市。再回首，六百年过去，长城依旧在，妫水落日红。

1900年至2000年，一百年间，中国山河巨变。生活在长城脚下妫河两岸的人们，经历和见证了这一伟大的历史进程。

——《锁钥岭长城志》

目录

上　部

下　部

引子

清朝光绪二十六年庚子（1900），闰八月，天象诡异。彗星见于西方。冠帽山石崩。有歌谣："劫运到时天地愁，恶人不免善人留。"

——《锁钥岭长城志》

一

贺鸿礼的老婆吴佩环难产了。

自从十八岁时嫁到贺家，吴佩环以三年一个的节奏，一连生了三个儿子。这次她一门心思地想生个闺女。看着自己的肚子一天天大起来，忍不住去了锁钥岭长城里的石佛寺上香，求菩萨显灵赐个闺女。磕过头，又求了一个签：罗通拜帅，上上签。菩萨答应了！

到了临产的日子，一大早乌云翻滚，雨却一直没有下。吴佩环早早褪掉裤子，仰卧在炕上，小肚子上盖一块素布，丰满的胸脯激烈地起伏着。从早上折腾到傍晚，可是羊水一直没破。仆人旺财去十里外的岔道城请接生婆王氏，到现在还是人影不见。

贺鸿礼在街门外烦躁地走来走去，不时向关城楼子张望。一个月前，妫城闹义和团，他留下大掌柜兼管家孙玉贵照看着城里的买卖商号，自己带家眷回到石峡村祖屋躲清净儿。二弟贺鸿武在绿营任千总驻守永宁镇实在离不开，他的老婆孩子也被一并带回来了。石峡村作为拱卫京城锁钥岭要塞的前哨，与岔道城互为犄角，山险墙高，一夫当关万夫莫开。但是谁料到老毛子从东面大海上打来，先夺取塘沽口炮台，后攻占天津，一路进了京城，现在又拿下南口城堡，从背后杀来——即使戚继光再世，怕也无力回天。

老仆人来福看到主人焦虑也急在心里。小心地说："老爷，我去迎迎吧？"

"你哪也别去，整个堡子人都跑光了，万一老毛子真来了，你就背夫人进山。——怎么偏偏在这个节骨眼生孩子，不是添乱嘛！"

"老爷别担心，太爷不是早说过吗，咱们石峡村背靠长城龙脉，出关就是妫川，又有妫河玉带缠腰，这是咱们贺家的福地。"

贺鸿礼的目光越过空荡荡的大街，停留在山顶的长城上。在这堵墙下出生长大，早年意气风发的翩翩少年，再回来已两鬓斑白。老仆人说得不错，军都山重峦叠嶂，长城南北盘桓于群山峻岭之上，像一条巨龙，保佑着长城之内人们祖祖辈辈的太平生活。

"老爷快看，旺财!"

"是他，怎么背着接生婆，咱家马车呢?"

仆人旺财背着接生婆王氏步履蹒跚地走来，一见东家就一屁股跌坐在地上，身后传来王氏哎呀一声惨叫。

"老爷——到了——"旺财连连喘粗气，摆摆手，竟再也说不出话来。

王氏见贺鸿礼，连忙爬起身，行礼："贺老爷万福。贺老爷，这话儿是怎么说的，您也是大衙门穿官衣儿的爷，这土匪抢老百姓倒也罢了，怎么着，这官兵也抢老百姓呀，还有王法吗?"

来福忙上前扶起王氏，说道："太太折腾一天了，怕是就要生了。"说着不由分说背起王氏，大步流星直奔后院。

"烧水呀，赶紧!"王氏拍打着来福的肩膀喊叫着。

旺财好一会歇过气来，一边起身一边说："让老爷担心了。岔道城拥满了京城逃难的人，出城耽误点时辰，没走多远遇到一群当兵的，先把老娘婆摸索了一番，抢了包袱，又把咱家马车抢走了，还打了我。"贺鸿礼这才发现旺财额头上鼓起一个大紫包，上衣也撕破了，浑身泥土。

"人没事就好。岔道城的绿营军呢?"

"他们全跑了，说是去京城救驾打老毛子，可京城在东面，他们出西门跑的。"旺财说起这一天的遭遇真是让人气不打一处来。

二

吴佩环头朝炕里仰卧着，身子下面铺上了厚厚的草纸，小肚子上盖的素布早被王婆掀掉，身体完全裸露着。王婆拿起剪刀一边在煤油灯上来来回回地烤着，一边拉着吴佩环唠嗑："俗话说这生孩子就是跟阎王爷隔着一层窗户纸。有我在你就把心踏实地放到肚子里，不怕，我们是老伙计了，听我招呼就用力。"说着伸过去就是一剪子……

在吴佩环的号叫声中，王婆伸进一只手把婴儿拎出来，放到边上的小棉褥上，看到胎盘没下来，又探过身子，用沾满血污的手拿起吴佩环一撮头发命令道："张嘴。"不由分说把头发塞进吴佩环口中，吴佩环一阵恶心，用力收缩小腹，"扑哧"，胎盘滑溜出来。王婆麻利地拿起剪刀，把婴儿脐带拉到头顶的长度，咔嚓剪短，然后熟练地绾一个结，盘起来，放在婴儿的肚脐上。又拿起一块新棉花，在中间撕开一个透气孔，然后盖在婴儿肚脐上。接着用布将婴儿裹起来，再用布条分别把婴儿的胳膊和腿轻轻捆住。抓住两只脚拎起来，在屁股上拍一巴掌。婴儿哇的一声哭出来。这时王婆才腾出手，从吴佩环身下抓出一张草纸，擦擦沾满血污的手，接着从怀里掏出一个纸包，打开来，将其中粉状的东西一把糊在吴佩环下面的伤口上，嘴里如释重负地喊："齐活！"

贺鸿礼在正房听到东厢房传来婴儿嘹亮的哭声，三步并成两步过来。"恭喜夫人，是个少爷。你看小鸡鸡多可人儿呀。"

贺鸿礼看着瘫软如泥的吴佩环，叫着她的小名："秀姑，你又为贺家立了一功呀！"瞄一下她身边的孩子，说："小兔崽子可把你娘害苦了。"

　　回头又对王氏说："辛苦了。早两天就说接你过来避一避，你总是舍不得那点家当。"

　　"给老爷贺喜了。谢谢老爷总惦记着我们。我也是等我们家那挨刀货，他去口外都个把月了，这都乱朝了还不知道回来。一年到头哼憋努蛋地瞎挣巴，也挣不了仨瓜俩枣，倒让人为他牵肠挂肚的。阿弥陀佛，好歹没有耽误老爷的大事。"

　　"今晚你就在这凑合一宿，明天我们一起进山。"然后贺鸿礼对着外屋喊道，"来福，把给太太炖的鸡汤端进来。"

　　院子里传来仓促的脚步声，却不见来福回应。贺鸿礼又喊了两声仍然不见人影，便来到门口挑开门帘正要发作，猛然间眼前寒光一闪，一把钢刀直指面门。贺鸿礼瞳孔瞬间放大，半张着嘴像冰雕一样僵在那里。

<h1 style="text-align:center">三</h1>

　　来人问："屋里还有什么人？"

　　"啊！有，我夫人，还有刚出生的孩子。"

　　"你是何人？"

　　贺鸿礼回过神来，正色道："妫川州候补县丞，贺鸿礼。"

　　来人收起佩刀，言语明显缓和下来："原来是贺县丞，非常时期得罪了。我是神机营步军校曹仁臣，你这院子被征用了。请随我来。"

这时贺鸿礼才发现院子里晃动着兵丁,三三两两坐在地上,显得疲惫不堪。穿过游廊来到前院,首先看到来福和旺财蹲在东房窗台下,身边站着一个士兵,手握腰间的佩刀,面无表情。院子里所有的房门都敞开着,一群腰挎佩刀的士兵和仆人模样的人进进出出,却没有人说话。

曹军校把贺鸿礼带到一位正在吆五喝六者的面前,谦恭地行了军礼说:"崔总管,全村的人都跑光了,只找到这院子的主人,是位候补县丞叫……你叫什么来着……"

崔总管挺着浑圆的肚子回过身来,用鼓起的眼泡瞄了贺鸿礼一眼,说:"不必施礼了。"贺鸿礼这才想到应该磕头,刚要跪下,被曹军校一把拉住:"听崔总管差遣要紧。"

崔总管用特有的声调继续说:"太后和皇上马上驾到,你赶快准备接驾。"贺鸿礼浑身一激灵:"接驾?我接驾?"

"你赶快弄些吃的,我们自打宫里出来走两天一宿,可是滴水未进。我们做奴才的倒也无妨,可太后和皇上那是万金之体,若有丁点闪失,灭你九族都担不起。"贺鸿礼又是浑身一激灵,虽然搞不懂太后和皇上怎么突然到这儿,更搞不懂太后和皇上两天一宿滴水未进跟自己有啥关系,但他知道眼下当紧是赶快给他们弄吃的。

"贺县丞,把你家能吃的都拿出来,先照二百五十人的饮食准备,大队人马很快就到。"步军校曹仁臣说。

"现在家里什么吃的都没有。听说老毛子要打来,全堡子人带着粮食和牲畜都躲进山里去了,这一时半会儿哪找得回来。我夫人要生孩这才耽误了一天，要不也走了。这可怎么办呀……"贺鸿礼有些急火攻心。

"有了有了，有半口袋的小米和一篮子红薯干，是给接生婆的喜钱，还有给我夫人炖的一只老母鸡。"

崔总管提高嗓门说："老母鸡献给太后和皇上，小米都煮粥分给大家伙儿，王爷和贝勒另加红薯干。曹军校你马上带人去办吧。"

"皇太后、皇上驾到!"突然大门外传来锐利的唱报声。崔总管甩下贺鸿礼，碎步疾走到大门影壁前跪倒，双手伏地，高声道："奴才大内副总管崔玉桂恭迎圣驾!"

一队御前侍卫鱼贯而入，在北房前停下，分两厢，对面站立，瞬间从大门影壁到北房前形成两道人墙。曹军校一把拉着还在发呆的贺鸿礼跪倒在地。贺鸿礼趴卧在地上不敢抬头，眼前只见一片军靴。

院子里鸦雀无声。忽然一阵微风从军靴丛中吹来，伴着一股江南胭脂特有的茉莉花香气。这个香气贺鸿礼熟悉，那年他爹从扬州回来带给娘的戴春林香粉就是这个香味，是他这辈子觉得最好闻的味道。

突然，他肩头被人猛地一拍："快起来煮粥，把鸡汤先给太后、皇上献上来!"贺鸿礼这才回过神，爬起来往后院走，突然看到还趴在东房窗台下的来福和旺财，忙对曹军校说："他们两个是我的伙计，我需要他们来烧火。"

四

天已经全黑下来，起风了，浓重冰冷的湿气中掺杂着青草的气息弥漫开来。院子中间燃起了篝火，把院子照得通亮。

贺鸿礼刚过不惑之年，因为自幼体弱多病，只断断续续地读过几年私塾。父亲外放甘肃天水按察使佥事，那是苦寒之地，所以并没有带老婆和两个儿子赴任。贺鸿礼成人以后喜欢结交商贾，一边打理家族事务，一边研习商道。在他二十七岁那年，父亲给他捐了个正八品的候补县丞。贺鸿礼从心里瞧不起那些做官的，对上卑躬屈膝像个哈巴狗，对下煞有介事狐假虎威，像戏台上的小丑。更发怵像他爹那样被外放到千里之外去做官。后来听说因为捐官的人多而职位少，有的要等上十年才有机会补缺，还得打点吏部主事，如此一来他倒是放心了。

"太后宣召！"

曹军校拉起贺鸿礼就往上房走。贺鸿礼对官场礼仪规矩所知寥寥，这之前他见过最大的官只有他爹和妫川州知州秦奎良。贺鸿礼紧着问见太后和皇上是什么礼数，该如何回话。

曹军校拉着贺鸿礼在正房门前止步，小声说："进门磕头，问什么答什么，别多话。且看你造化了。"接着示意他自己进去。这时，站立在面前的侍卫撩起门帘，唱道："妫川州候补县丞贺鸿礼觐见！"门里有太监示意，贺鸿礼低着头进门，在八仙桌前跪倒，叩首道："臣，妫川州候补县丞贺鸿礼叩见太后，叩见皇上。"

贺鸿礼抬起头看到慈禧，磕头后坐在春秋椅子上，手里竟然拿着自己的水烟袋，自点自吸着。

"抬起头说话。"

贺鸿礼僵硬地抬起头，终于看到了传说中的老佛爷——慈禧太后。眼前就是一位普通的富家老太太，脸上的皮肤保养得白白嫩嫩却了无血色；椎形发髻，穿着白布衣裳，坐在平时贺鸿礼抽水烟的八仙桌右首的春秋椅上，手里竟然拿着自己的水烟袋，自点自吸着。贺鸿礼心里掠过一丝失望。

旁边坐着的一定是皇帝，蓬头垢面，一脸憔悴。身着半旧的青色细行湖绉棉袍，宽襟大袖，没穿外褂，也没有束腰带。长发凌乱地垂散在腰间。从贺鸿礼进门，皇帝都没有抬眼看过他，两只眼睛空洞地望着窗户，只是发呆。他们身后分别谦恭地站着一个半哈着腰的人，其中一个正是崔总管。

太后咕噜噜地吸了几口，款款吐出一缕青烟，问：

"旗人？汉人？"

"回太后，汉人。"

"哪省人士？什么出身？"

"祖籍山西，祖上在永乐初年迁来修长城。祖父贺云志，道光年举为孝廉方正。家父贺永泰，咸丰二年恩科进士，充会典馆纂修官、补户部员外郎，放甘肃天水按察使金事，前年病故任上。我在十年前捐纳候补县丞，因病一直赋闲在家。臣有一兄弟，贺鸿武，光绪二年武生入营，后任绿营千总，驻守妫川州永宁镇，半个月前在与义和团交战中阵亡了……"①

"满门忠烈啊！小李子，你都记下来，日后定要封赏。"

"嗻，老佛爷。"立在慈禧身后的另一个人答道。

慈禧继续问："这个村子，叫什么名字？属哪里管辖？"

"这里叫石峡村，属妫川州。"

"州府离这儿多远？知州是谁呀？"

"三十里……"这时那个小李子柔声插话说，"回老佛爷的话，宫里的用炭就是由这里进贡，每年几十万斤也是有的。知州叫秦奎良。奴才已经差人到州衙门，命令秦奎良到石峡村接驾。可是妫川城在义和团控制之下，不放他出城。秦奎良派人把他的蓝呢轿子送过来献于太后乘坐。原本还送了些食物，路上都被散兵劫去了。"

太后颦蹙立目道："这些散兵游勇着实可恶，路上多次冲撞本宫，我已下令对那些抢劫的就地正法，一路过来杀了不

---

① 永乐（1403—1424）；咸丰二年，即公历1852年；光绪二年，即公历1876年。

下百人。看来平日里兵部治军松弛无度。回头再跟他们慢慢算账。"

小李子说道:"秦奎良已经连夜传令给怀来知县吴永,令他明天在榆林驿接驾。太后一路劳累,还是早点就寝吧。"

太后放下水烟,坐直了身子,对贺鸿礼说:

"你要什么赏赐,尽管说。"

"托祖宗庇佑能接圣驾,是臣的福气,贺鸿礼不敢讨赏。"

小李子好声好气地说道:"你很好,差办得不错,老佛爷甚欢喜。你快说一件便是,别耽误太后、皇上就寝。"

"遵命。臣斗胆恳请太后给今天刚出生的犬子赐个名字吧。"说着话,以头触地。

太后听说孩子,不禁想到四十年前英法联军逼近京师,自己抱着五岁的儿子载淳随先皇木兰秋狝,是何等凄惨……这次又仓皇西狩,前途未卜,都是洋人可恶。不过既然过了长城关口,内心稍安,沉吟片刻说道:"就叫长城吧,长大要做保卫我大清的长城之材。"

小李子兴奋地回应:"妙极!贺鸿礼,快快磕头谢恩!"

第一章　棺材上的眼睛

没奶的孩子瘦干狼，没粪的田地不拿粮。

——妫川谚语

一　慈禧太后赐名的孩子只会笑

贺长城今年三岁了。

出生头一年，远亲近邻都争着过来看这个由慈禧太后赐名的孩子，大家都夸这孩子福相，将来贵不可言。贺鸿礼也很得意，原本家谱上是：鸿光照远昌，"城"这个名字是慈禧老佛爷赐的，既是祖宗的荣耀，又能庇护贺家，他索性把大儿子、二儿子、三儿子的名字分别改为元城、仲城、叔城。对最小的贺长城更是倍加疼爱。

可是这个宝贝疙瘩到了三岁还不会说话，也不哭，见人只会笑。西街头会看相的左秀才说，这个孩崽子天生一个蒿土匪，往后少不了要熬煎人。

贺鸿礼心里有些发毛，问吴佩环："你不会生了个傻子吧？"

"不敢乱说，贵人语迟。"寻思片刻又说道，"老话说贵人要有个贱名才好养。"

"就叫虎头吧。"

三岁的虎头既不会说，也不会哭，但他会看，还能看到别人看不到的东西。

虎头在娘的怀里，摇摇晃晃地回到了妫川城里的家，一套四进的院落，也是妫川州最大的私人宅院。一进街门就有股重重的阴气夹杂着腥味袭来，让贺长城打了一个寒战，拼命把头往娘的怀里扎。

到了晚上，虎头和娘睡，爹睡在书房。半夜虎头突然醒了，屋里没有点灯，他却看到一屋子的人，能看清楚他们每个人的脸。这些人拥在炕头纠扯着娘，争着往她身上爬，娘反复说不行，我还没有到日子。没人搭理虎头，甚至都不看他一眼。他们天天夜里来折腾。

直到有一夜，一个圆脸细眉的人突然注意到虎头在看他。他走到跟前盯着虎头看了一会儿，确定是在看他后，往后退了一步，忽地把四肢和脑袋分开，鲜血从断口处流出，然后又呼地合起来，血也瞬间消失。一番折腾后他又走到虎头跟前盯着他，虎头笑了，把他吓了一跳。

当他发现能与这个孩子交流时马上兴奋起来，不停地说他的遭遇，但虎头总是听着听着就睡着了，那人又没有办法叫醒他，只能等着虎头自己醒来。就这样断断续续一连说了好几夜，虎头终于听明白了，那人说，他是大掌柜兼管家孙玉贵。他说，他死得好惨。

二　大管家死得好惨

孙玉贵说的大致情形是这样：三年前那个恐怖的六月，义和团烧毁永宁天主教堂，杀死了躲入教堂的二百多教民。虎头的二叔永宁千总贺鸿武遭人暗算身亡……接着义和团又烧毁了孔化营教堂，一口气杀了七百多人，跟着把一百二十多人堵在佰草洼村北山梁的山洞里活活烧死。第二天他们杀回妫川城，焚烧了东街耶稣教堂，开始全城捕杀教民，整个事情下来一共有一千三百多人命赴黄泉。

多大的罪孽啊！许多被杀的人都觉得死得冤，不愿意重新投胎，拼命回来讨说法。

在妫城耶稣教堂燃起熊熊大火时，妫城义和团首领马子和跟二师兄段三说："斩草不除根，萌芽依旧发……"段三猛然惊醒，随即带着一队拳民直奔贺家大院，闯进门来已是人去楼空。整个大院只找出一个看门的老头儿，在一顿逼问后，从后院地窖里请出来大掌柜孙玉贵。

孙玉贵脸上没有丝毫惧色，出了地窖环顾一圈后，马上热情地打招呼，就像平时接待熟悉的客商一般：

"哎哟，这不是苏庄苏瑞家的小子吗？你娘胃疼好些了吗？药吃完就来咱家药房抓，别结记着银子的事。哟，这是西关老孟的小儿子吧？又长个儿了，个头都超过你爹了。回去给你爹说，他送来的染布不管卖不卖得了，月底都给他结账，他本钱小压不起。大鹏，读完了今年的私塾秋后就找个保人过来立文书，北关日杂店里的位置可给你留着哪……咱们都是城里关外的乡亲，挨着靠着地住着，有什么话都好商量嘛，哈哈哈……"

孙玉贵这一圈寒暄下来，院子里的气氛有点尴尬，拳民们已经没有了刚才冲进来的劲头，有点不知所措。直到段三闪出来，阴森森地冷笑道："这不是我那八面见光儿的孙大掌柜嘛，你以为你给个甜枣核嘣嘣，这老账就黑不提白不提了吗？"孙玉贵这下知道，自己今天是难过这道鬼门关了。

段三为了给大家证明他不是公报私仇，让人设香案，准备烧黄纸请神来辨妖孽。孙玉贵一脸轻视地对段三说道：

"收起你那套装神弄鬼的把戏吧，你个忘恩负义的东西，当初你那寡妇娘养不起你们一窝孩子，托人求我，爷才收你个兔崽子做伙计，也算救了你一家，你竟然吃里爬外偷店里的粮食。今天你小人得志恩将仇报，来吧，给爷来个痛快的。你可张开眼睛看看这朗朗乾坤，老天爷饶过谁？你总会遭报应的！你个忘恩负义的狼干粮！"

段三对孙玉贵骂声充耳不闻，专心致志地按步骤操作：净手，焚香，念咒，请神，烧黄纸，一丝不苟。然后静静地看着燃烧的黄纸飘落到地上才回过身像是对孙玉贵，也像是对大家说：

"神仙显灵，孙玉贵元神早已离了身子，眼目前儿这个人是披着孙玉贵人皮的黄鼠狼精。"

说完令拳民堵了孙玉贵的嘴，然后拉到前院中央用绳子拴了四肢向四个方向拉直，亲自操刀剁掉四肢，看着孙玉贵留干了血，又砍下了他的脑袋。

在下刀前，段三凑在孙玉贵耳边小声说道："爷让你死个明白，去年闹大饥荒时，南关粮店丢的粮食是你那干儿子孙鹏干的，他在孟庄养了一个小淫妇还生了一个崽子，娘俩需要粮食救命。孙鹏在做南关粮店掌柜的时候从来没有小瞧过我，所以他偷粮食的事爷替他扛了，也算还了你爷俩的恩情。本来我俩已经扯平，两不相欠。可是你太歹毒，为了给东家表功，竟发信给全州商会说我是家贼，没有一家店铺敢容我落脚，从那天起我就死了。今天爷送你去地府，你觉得冤屈就去跟阎王爷说吧！"

三　坐在棺材上的孩子

天亮时，娘总是透身汗，嘴里喊着累，整天无精打采，吃饭没有胃口，人也日渐消瘦，一副白菜瓜脸儿。虎头想起夜里的事要告诉娘，嗓子眼却卡着个东西，说不出来，也哭不出来，能发出的声音就是笑声。

娘的身体越来越差，乳房也瘪了，已经没有了弹性，糟糕的是奶水没有了，把虎头饿得双眼发黑。

虎头被搬到西厢房自己的屋子里，爹让管家从北关找了个奶妈，叫翠姑，二十三四岁的样子，嘴唇厚实，身体饱满，皮肤发黄却很细嫩，乳房比娘的挺拔，奶水也比娘的足，虎头总喝不完。每天晚上翠姑哄他睡觉时都会小声清唱："摇啊摇，摇啊摇。摇到外婆桥。外婆桥上有舅舅，抱着外甥吃豆豆。"她吐气吹到虎头的脸上，暖暖的。

爹请来了在贺家中药房坐堂的老神仙侯大夫。侯神仙给娘把了脉，说是长城边子上风硬，荒郊野地的地气阴，在生产时中了阴邪，毒已经侵入五脏，加上连续受到惊吓又损了元神。侯神仙先用银针给娘放了小半碗黑血，接着又开了一剂药方，说道："人都支不住相了。先吃三天，三天后我再来调方。"

临出门又小声给爹说："宅院阴气太重，请金刚寺的和尚做个法事，超度一下吧。"

金刚寺来了六七位和尚，带着家伙什在前院整做了三天法事，念了《楞严咒》《大悲咒》《五方佛心咒》《六字大明咒》。二叔贺鸿武、孙掌柜和被义和团杀了的伙计们的灵位摆满了祭台。遗孀家属穿着丧服，白花花跪了一院子。可是虎头知道这些只是安慰活人，对那些横死鬼没有用，因为他们死得冤，那些和尚说服不了他们。

等和尚回了金刚寺后，每天晚上子时一过他们依旧来，只是不再折腾娘，而是散坐在屋里各处，地上、床上、桌子上，院子里也有，寅时后才散去。时间一长虎头也倦了，不愿意再看他们，在奶妈翠姑的怀里沉沉地睡着。

爹让人弄来一架鹿茸，天天给娘煮羹喝。又派旺财带人去妫河里捞王八，见天儿炖王八汤。还让贺家药店联系口外的药材商，收购吉林深山老林里的野山参。娘不停地念叨着：

"阴来阴去总得下，病来病去总得死，别再浪费钱了，造孽呀……"爹不应，总是说："病来如山倒，病去如抽丝，你安心调理，别管屋外的事，慢慢一定会好起来。"

娘是在入秋后死的。

那天晚上虎头吃得很饱，在奶妈的怀里睡得很沉。天快亮时突然醒来，睁开眼就看到娘站在炕头前，身上穿着过年时才穿的华丽衣裳，笑吟吟地看着自己。见老儿子醒了，就一步三回头地走了出去。

天亮后，家里乱作一团。奶妈急火火从外面回来，手里拿着一身白布做的袍子和麻绳，喊虎头快起来穿上。虎头懵懵懂懂地起来由着奶妈摆布。穿好白袍子后，奶妈又给他的鞋面上套了白布，左脚包裹严实，右脚上的白布却开着一个口子。虎头不满地甩着脚，不让她套。

"走了娘的儿就得右脚开口。乖，听话，快点穿好，一会儿全家还要去城隍庙报丧。"

虎头猛然想到昨晚的梦，一把推开奶妈就朝娘的屋里跑去。当他猛地推开娘的房门时，被眼前的场景惊呆了：娘头西脚东，赤条条地仰面躺在炕上，大哥坐在娘头前面，正用白布蘸着白酒给娘擦拭着面颊，管家的婆娘和宝吉宫寿衣店钱老板的婆娘在给娘擦拭着身子。娘身体惨白没有一丝血色，曾经丰满的一对乳房如今像两只倒出面粉后的面口袋，垂在两肋骨前。屋里所有的大小镜子全被白布遮住，显得异常诡异。三个人同时抬头惊讶地看着虎头，大哥愠怒地低声喝道：

"出去!"

这时奶妈也追进来，一把把虎头拽出去搂进怀里，颤着声音道："小祖宗哟……阿弥陀佛、阿弥陀佛……"

天麻麻亮，由长子贺元城率领全家子侄辈的孩子们一路哭喊着到城隍庙报了丧。娘咽气前，依照宝吉宫寿衣店钱老板早早的嘱咐，贺元城在娘头前烧了"倒头纸"，给足了差鬼的小钱。手腕上也给套了"打狗饼子"，足够打发拦路的饿死鬼。

入殓是在钱老板亲自操持下，按照老揆程有条不紊地进行。娘的双脚被绑上了"绊脚绳"，嘴里放了一块金子，用"盖脸丝绸"遮面。"装老衣"是里外三新的五层袄裤，外加棉袍，下面棉鞋白袜。棺材铺的卢老板早几天就把寿材送了过来，是上等的柏木，一块整板，椴木挂里，紫红底色外上三遍桐油。棺底铺了一层谷草，内放草木灰、铜钱、纸钱。头下放的是"莲花枕"，枕下放了镇物，是艾草和一些中药。一切安排停当后钱老板又在棺内棺外撒了一些五谷。

入殓时孕妇、毛丫头、毛小子都被回避了。猫狗有人看着，上不了前儿。上了棺盖后，用大铁钉钉住，只留下一枚不钉死，要等"人主"大舅爷来"拈钉"。

北关的贺记棚匠铺在头晌午已经在前院搭好了丧棚。管家指挥着伙计上祭品，同时安排守灵班次，昼夜不息。又请来三班吹鼓手，分班吹奏，白天"开丧"，晚上"送路"。哀乐不断，吊孝的人络绎不绝。

钱老板草拟了个讣闻样子，爹一边赞叹考虑周到一边展开，只见上面写道：

不孝子元城等罪孽深重，祸延显妣讳吴佩环，于癸卯年十月初九辰时仙逝。元城等亲含殓，谨择于十月初十诵经开丧，初十一发引，敬乞世戚姻友惠至，恕报不周。哀子元城等泣血稽颡。

爹不禁又是一阵悲伤。

娘出殡那天爹说坟地阴气重，不让虎头去。夜里，贺长城做了一个梦，梦到自己一个人孤零零坐在一座城门外的土堆上，看到从城里走出一队人来，全都穿着白袍，戴着白帽，披麻戴孝。一帮吹鼓手吹吹打打走在前面，后面跟着十几个人手里举着木杆，木杆上面挂着白布条，在风中招展。然后是一具紫色棺材，棺头正中是一个大大的"寿"字，"寿"字上贴的白条中写着：癸卯年故显妣贺府吴氏佩环之灵柩。"寿"字两侧，在棺头凸出处书写着一副对联：金童前引路，玉女送天台。迎风板上的横批：西天乐土。

突然贺长城感觉到棺材头上有双眼睛在盯着他看。再看，棺材头上居然坐着个小男孩。当队伍从跟前走过的时候，贺长城发现坐在棺材头上的那个小男孩竟然是他自己！四目相对，两人都笑了。

娘走了百天以后，贺长城终于能喊娘和说一些简单的词，可是娘已经听不见了。他开始在梦里大声说话，奶妈翠姑说每天晚上都会吵醒她几次，大家伙儿都不信，说她是在卖乖表功，奶妈也就不再说了。

四　冠山书院的梅氏父子

娘死后，爹再去巡视家里的生意时总喜欢带着贺长城。牵着，抱着，扛着，一起坐轿。还骑过一次马。去最多的地方是冠山书院。

冠山书院坐落在妫城东北角的崇文街，乾隆十九年由妫川州知州芮泰元创建，书院名字取自"居庸险而壮，冠山秀而文，同为州之镇，又同在数十里之内"。后因知州频繁更迭，到光绪朝，书院已经凋零。

后来在外做官的梅江舟先生辞官归隐，在石峡村老宅潜心研究王阳明心学。后经妫川士绅组团一再邀请，才出来主持恢复冠山书院。修复书院的费用州府拿三成，余下七成由贺鸿礼出，又聘请了退休参将武廷魁与贺鸿礼一起担任校董。这使得妫城最显赫的三大家族，贺家、梅家和武家终于因为办学坐到了一起。

他们的老根都在石峡村。祖辈都修过长城戍过边，也都是因为立军功而积累下家业，更重要的是都树立起晴耕雨读的家风。所以不管世事如何变化，三大家族虽此消彼长，终归长久不衰。妫城儿歌唱道：

> 海陀山前妫水河，长城楼上唱喜歌。梅家桃李花遍地，贺家的钱库金银多。状元比武金銮殿，武家刀法震山河。

梅江舟与贺鸿礼虽然是同村老乡，走的却是两条不同的路。他是光绪二年进士，历任户部主事、苏州学监，曾主讲苏州东山书院十年。梅江舟中等身材，清瘦的脸上生得一双剑眉，目光犀利，看人看事都入木三分，却惜言如金，不言语时显得傲然冷峻。

"庚子国变"才过去三年，梅江舟仿佛苍老了十岁。那年《辛丑条约》签订的消息传到妫城时，梅先生大病一场，心如死灰。从此把书院交给儿子梅育新，自己专心编纂《锁钥岭长城志》，再不闻窗外之事。

而贺鸿礼一见梅江舟总要唠叨一遍：朝廷下旨要改良，这我举双手赞成。朝廷为了赔款给洋人连年加税，这咱也认了，谁让咱们大清国打不过人家呢。可是这废科举，我坚决反对！

他们闲谈中，最让贺长城好奇的是朝廷要修铁路，从京城一直修到张家口，还由一位大清工程师主持。铁路要从石峡村长城地下穿过，会占一些石峡村的田地，老百姓不愿意。因为传说火车既毁耕地，又破坏龙脉。村民们怂恿贺鸿礼挑头闹事，他一时举棋不定。梅先生给开出的方子是：顺应潮流，因势利导。有所为，有所不为。

五　槐道长下山

虎头四岁那年，妫川州新知州上任，积极推行新政，请梅家大少爷梅育新主持新学堂改良。梅育新二十八岁上下年纪，长着与父亲一样的一对剑眉，目光却温雅如玉。

梅育新把冠山书院改建成妫川高等小学，自己出任校长。他接着扩建校舍，新设算学馆、阅报处、研究所、半日学堂，可以容纳一百二十名学生上课。他外请教员开设国文、数学、历史、地理新课，还增加了女子班、留学预科班。贺家几个兄弟都上了新学。梅育新劝贺鸿礼把贺元城、贺仲城送日本留学，他说："现如今废八股，取消科举，这叫新政，新政需要新式人才。"

　　贺鸿礼勉强接受了让孩子上新学堂，可让自己的儿子去那个倭寇岛国留学便老大不乐意，他跟老梅先生抱怨道："八国联军里，就德国和日本最坏，去小日本留学学不出什么好！"

　　转过年春分刚过，奶妈翠姑被她丈夫接走了，爹感谢她这几年在贺家的付出，把贺家在北关外的水浇地给了他们三亩，两口子千恩万谢地走了。离开前，翠姑抱着虎头哭得挺伤心，虎头也想哭了，使劲憋着不让眼泪流下来。他很想再抓一把奶妈的乳房，但终于还是忍住了。

　　奶妈离开当晚，爹让老三贺叔城过来和虎头一起睡。睡到半夜虎头突然发起高烧，胡言乱语。一连三天高烧不退，侯神仙来给他放了一次血，灌了两次药也没有退烧，走时丢下一句："治得病治不得命，准备后事吧。"

　　爹一直守着虎头，暗暗抹泪。后半夜，虎头又开始胡言乱语，贺鸿礼猛然坐起，他终于明白了，老儿子每天夜里都是在和大掌柜孙玉贵说话。

　　第二天一大早，贺鸿礼就去了冠山神仙院道观去请槐道长。

槐道长，早年在三清山得道，下山云游一路到了北京。本来拟往白云观探望师兄云青道人，不想偶遇妫川州知州秦奎良，秦知州诚邀槐道长到冠山神仙院小住，说那神仙院道观原是辽国萧太后修炼的地方，地处冠山深处，云霄倚岩崖直，空翠眉睫，岚风沁肺，是个宝地。槐道长欣然前往，入观后竟一直住了下来。

　　贺鸿礼亲自接槐道长下山，到家时已是傍晚。他们先在厨房吃过晚饭，又在书房聊了一会儿。等黑尽了天，早有槐道长带来的长脸瘦徒弟指挥着，在前院正房中堂前摆放香案，取来三只碗，里面分别放着米、面、盐，上面各插三炷香，一切准备停当后请出道长槐吾甲。

　　槐道长令全家人席地而坐，让贺鸿礼抱着虎头坐在当中唯一一把椅子上。槐道长则坐在椅子前面的地上，大哥贺元城和长脸瘦徒弟坐在他两边。虎头一直死盯着槐道长看，这个干瘦的老头儿，个子也就三哥那样高，淡淡的一字眉，刀削一般的脸颊下面留着一撮胡须，念咒时胡须会飞快地颤动。身穿一身半旧道袍，就像社戏里的张果老，挺好笑。

　　随着槐道长一声"灭灯"，屋里顿时漆黑一片，只有香案上九支香头忽明忽暗地闪着红点。屋里安静得有点瘆人，虎头能听到爹怦怦的心跳声和急促的呼吸声，让他想起腊月熬年时，二哥贺仲城黑着灯讲鬼故事的情形……

　　槐道长终于开腔了，声音很像戏里的道白：

　　"尔等听好，自古生死皆由命，不可起念心。我已经摆下八卦阵，送你们急急超生。这座宅院的主人是忠厚人家，你们不得纠缠。速离者助你升天，残害无辜者，本道定把尔等化作血水，永世不得超生。太上老君急急如律令。"言毕，槐道长念起咒语来，声音似直接从腹中发出，魔幻诡异。

突然，只见香案上三个碗猛烈地转动起来，像是有一种看不见的力量在间歇而有力地转动它们。九个香头在黑暗中快速舞动，香头红通通地闪烁。突然一只碗转到了地上，"啪"的一声摔成几瓣，香也灭了一支，另外两支断成不等的两三截。紧跟着出现的一幕惊呆了所有人：两支断头香从地板上一跃而起，飞快地在地上来回跳动，敲击地板嗒嗒的声音令人毛骨悚然。虎头听到周围人发出低沉的惊呼声，爹搂他的胳膊也骤然夹紧。

槐道长念咒的声音提高了一倍，虎头仿佛看到他下巴上的胡须随着声音的提高而加剧抖动。这时，西屋书房里叮叮咣咣有人在砸东西，跟着房门猛烈地被推开，又猛然被关上，然后开开关关十几个来回后猛地关上，随后死一样寂静，香的红头也悄然熄灭了。

槐道长站起来，在黑漆漆的房间行走如飞地到处查看了一遍。然后点起灯，让大家用手都把头发捋一下，说："都送走了。"

槐道长又对贺鸿礼说："我保证你贺家大院三代太平。"贺鸿礼拿出准备好的十锭银子，槐道长只拿了一锭银子交给小长脸瘦徒弟，然后对他说道："端午节前把家里的喜事办了吧。"说着像一阵风一样飘出了大门。

第二章　长城外面是故乡

居庸山，居庸径，居庸命名有两城。居庸、上关、锁
钥岭，雄关三座保京城。朱元璋，起义兵，驱逐蒙古出长
城。徙民关内龙庆废，大将徐达建关城。

——长城谣

一　贺家兄弟共同的梦中情人梅清夷

自从槐道长驱鬼以后，虎头再也不说梦话了。白天开始说
话，而且说起来就停不下来。

只要听过一遍的词语就忘不了，人家说一遍的故事他马上
就可以复述，终于把大伙都听累了，满院子的人都不太愿意
搭理他。拉倒，虎头去厨房找厨子龚叔，厨子龚叔从不嫌他
话多。

爹开心得不得了，你娘说得没错，贵人语迟。

哥哥们对他烦得不行，老二贺仲城跟老大贺元城说："那

道长真神，我算是开眼界了。"

老大说："江湖魔术，不可当真。如若道法真那么厉害，我大清又如何备受列强欺凌？"

"即便是江湖魔术那也够神的，你看，他把咱家原本话都说不利索的虎头，生生给变成话痨，这不是活见鬼了嘛！"

老二贺仲城是贺家长得最帅的男人，也是心眼最多的，整天琢磨事，可是谁也不知道他想什么，不像老大贺元城心直口快，为人仗义。他俩都上了赴日留学预科班。老三贺叔城和堂哥贺光启也就是二叔贺鸿武的儿子上高小班。按照西洋制度，上六天课休息一天。老二到了周日，吃完早饭依然要去学堂，说是要去补日语课，每到这时，爹都欣慰地点点头。可虎头都明白，老二补个鬼课，他是去找梅清夷。

梅清夷是梅江舟的女儿，梅育新的妹妹，比老二小两岁，今年十五岁。

梅清夷长得很漂亮，长长的睫毛下忽闪着一双大眼睛，明亮清澈又深不见底，脸庞白皙带着稚气，尤其她的月牙嘴笑起来甜甜的，像个瓷娃娃。梅清夷身材高挑，掐腰的校服烘托出刚刚发育的胸脯，亭亭玉立。但是她最吸引虎头的，是她的气味，她身上总带着一股芬芳的气息让人痴迷。

老二上的是赴日留学预科班，平日全天上课。梅清夷是女子半日班，下午没课总帮助校务做些杂事，虎头知道她在等老二下课打个照面。每次老二都红着脸有一搭没一搭说几句没头没脑的话便匆匆走开，让人看着都替他着急。梅清夷总是站在原地呆呆地望着老二贺仲城的背影，甜甜地笑。

老大也喜欢梅清夷，闹着让爹请媒人去梅家提亲，可是爹不应。爹有自己的考虑，如今市面上的生意越来越难做，二叔贺鸿武一走，家里缺少顶门户的人。爹虽然捐了个候补县丞，但现如今人都是势利眼，不任实职就一钱不值。

爹已经给老大定了亲，是新知州衙门里钱师爷家的女儿。钱师爷是绍兴人，屡屡科举不中，便入府做了师爷。钱师爷虽然只是个师爷却是知州的心腹，手握实权。而且京城各衙门里的绍兴师爷帮已经成了气候。

新到任的知州大人不喜欢这里，跟钱师爷唠叨："听说妫川的谚语了吗？说什么妫水河向西流，清官不到头。"

新知州大人一心想离开妫川回京城任职，整天忙着跑关系打点吏部，治理地方的事全由着师爷，钱师爷也算找到了施展抱负的地方，两年下来妫川倒是让钱师爷治理得井井有条。

钱师爷一家特满意这门亲事，听说未来的女婿要留学日本，不好拦着女婿的前途，但是提出条件：出国前先把婚事办了。

一天晌午，老大拿出一封信让虎头给梅清夷送去，一再叮嘱不许告诉任何人，还给了虎头三个铜板，说买几块轧糖算是犒劳，被虎头很潇洒地拒绝了，他心里说对仗义人咱们也得仗义。他喊了仆人旺财，神气活现地向学堂走去。

梅清夷看完了信，抬眼看虎头并没有走的意思，过来拉起他的手说："姐带你去吃好吃的。"梅清夷的手好凉，却光滑细嫩，她手指的清凉传到虎头身上却变成一股热流向全身发散。

梅清夷的宿舍在学校最后一排平房，一个月亮门把前院分割开，门环上挂着把大铜锁，提醒着人们这个院不能随便出入。一进宿舍的门，一股清香扑鼻，与梅清夷身上散发出的芬芳一样。屋里整洁清凉，一张单人床，中间靠窗放着一个书桌，一盏煤油灯下放几摞书。另一面墙放着一个书架。

梅清夷安排虎头坐在她的床上，自己从床下拉出一个柳条箱子，打开，拿出一个油纸包，里面是虎头好久没有吃过的北京稻香村糕点。梅清夷拿出两块枣花酥递给虎头，亲切地说："吃吧，虎头，这还是过年大哥从北京带回来的，我一直没舍得吃。"虎头一手接过一块，迫不及待地咬了一大口，说道：

"我叫贺长城。"说着，猛地咳嗽起来。梅清夷一边给他捶着背一边笑道：

"哟嗬，叫你虎头还不乐意了，你个毛孩子心倒挺重，慢点吃。"贺长城大大地喘了口气，把点心放到书桌上提高声音说：

"我也不叫毛孩子，我叫贺长城。"梅清夷吃惊地看着他，仿佛看到魔术师空手从大褂里变出一缸金鱼，然后扑哧地笑了，忙说："好好好，姐错了，贺长城，长城贤弟，本姑娘这厢给你施礼了。"说着又拿起桌上的点心双手恭敬地递过去。

梅清夷一边笑盈盈地看着贺长城吃，一边问："长城贤弟，你二哥什么时候去日本，你知道吗？"

"当然知道。哎，清夷姐，信不是我大哥给你的吗？"

"我知道。你二哥什么时候走？"

"爹说等大哥娶了媳妇他们俩一起走。我回去怎么给大哥说呢？"

"你就说让他安心娶媳妇，说我祝福他。说去了日本把仲城照顾好。"

"你说的怎么跟我爹说的一样呢？"

"回去给你二哥说……算了，我给他写封信你交给他。"

梅清夷送贺长城出来时一再叮嘱，信要直接交给二哥，要在没有旁人的时候给，一定不许给别人看，更不许给大哥说。女人就是啰里啰唆，贺长城想问她信里说的是什么，但没有说出口，不知为什么，贺长城只在跟她说话的时候能收住嘴，不信口开河。

二 梅清夷的心事

回家路上经过贺家的一间杂货店，门口蹲坐着个叫花子，看到贺长城忙起身，敲着手里的两块骨头对着他唱道：

> 往前走，迈大步，前边来到杂货铺。杂货铺，货儿全，大掌柜的一年四季下江南。办得花椒张着嘴儿，办得胡椒滴溜圆。大江南，小江南，过了江南到四川。四川有个大王庙，一座大庙两个旗杆。年年尽唱对台戏，今年跑马爬刀山。

掌柜的闻声走了出来，一眼看见小东家带着仆人旺财站在门口，立即殷勤又有点夸张地迎了出来，恭敬地说道："四少爷吉祥！您来巡视了，快请里面坐。"回头不耐烦地对叫花子呵斥道："你怎么还在这儿砌着不走，赶紧走开！"

贺长城对掌柜的说给叫花子拿些吃的，然后挺着胸脯目不斜视地进了杂货铺。掌柜紧随着进来，吩咐伙计："快给四爷上茶！一会儿给老讨吃拿几个贴饼子赶紧打发走。"

叫花子在门口探着脑袋忙不迭感谢，又唱起来：

> 树开花叶儿明，一十二岁小罗成。虽然罗成年岁小，夜打登州救秦琼。

到了后堂坐定，贺长城掏出梅清夷的信一本正经地说："念念。"掌柜的双手接过信，打开飞快地看了一遍，面露难色地说："四少爷，这信是写给二少爷的，照规矩我们下人不能看。"说着把信递了回来。

贺长城没有伸手接信，一脸不耐烦地说："我又没有让你看，是让你给我念。"看着掌柜还没有念的意思，说："你这店离高小学堂最近，可是卖给学校的熟食都是隔天的陈货，让许多学生吃了拉稀，这要是让我爹知道了……"

"四少爷，您坐下喝茶，听我给您慢慢念……这信上写的是一首词：'春花几度戏流萤，蜡炬滴泪三更。诗书翻遍梦难成，缠绵心事无处诉，月光洒满庭。　兰舟催发郎欲行，千里孤帆倒影。天涯从此两浮萍，恨把罗裙消碎了，随君赴东瀛。'"

"啥意思？"

"这我可真不懂。"

叫花子看到贺长城出来，又跟着屁股后头唱起来：

> 枣树开花花叶多，贺家开店十字坡。南来北往天下客，都夸四爷武二哥。

贺仲城看了梅清夷的信，坐在那里发呆。半晌，贺长城忍不住问："二哥，词是啥意思?"贺仲城猛地瞪他一眼："你动我的信了? 小屁孩懂什么，出去玩你的去!"

三 爹续弦娶了内蒙古皮货商的女儿

五月初八，老大举行了婚礼。日子是请长城里石佛寺老方丈给选的。这婚礼轰动了全城，可以说是闹义和团后妫川城最热闹的一次活动。

贺鸿礼从宣化府请来的戏班子一口气唱了九天。家里前三个院子的流水席也整摆了九天。北京、口外和妫城的亲戚朋友走马灯似的来来回回热闹了九天。

正日子那天，梅清夷也随他大哥大嫂来了，她和大嫂及女眷们被安置在后院东厢房，贺长城也凑了进去挨着她坐下。梅清夷礼数周到地与姑姑婶婶们寒暄着，眉眼中透着一股忧郁。席间听着婆姨们东家长西家短地嚼舌头，她并不插话，不时跟贺长城说几句有的没的，贺长城知道她是避免尴尬。贺长城不经意地碰了碰梅清夷的手，还是那么光滑细嫩，只是更凉了。

老大的婚礼以后，家里有了明显变化。先是家里投资最大的火柴厂从石峡村迁到城边上的北辛堡，衙门也给批了执照，从此锁钥岭长城以外的妫城、赤城、怀来甚至宣化府都在使用贺家的火柴。接着衙门新办的工艺局请贺鸿礼出任经理，叫官办民营，民间投资衙门分账。贺鸿礼有了工艺局这张牌，先后办起了农具厂和棉布制造。妫川州依据京师巡警部条例，设立起巡警局，贺鸿礼把一个本家侄子推上了局长的位置。

此时贺鸿礼志得意满，风头无两。终于经不住众人相劝同意续弦，后娘是内蒙古皮货商铁木尔家的姑娘，名叫乌兰，人长得还算体面，过了门对贺长城格外殷勤，可是他还是不喜欢这位后娘。

四　为千总的死讨说法

为二弟贺鸿武千总的死讨个说法，是贺鸿礼最大的心愿。他常常挂在嘴边的话是：我兄弟为国捐躯，朝廷怎么能黑不提白不提了呢!

亲家钱师爷终于答应动用京城的关系，为二弟贺鸿武讨说法。贺鸿礼揣起一百两银票，拉着贺长城的手，兴冲冲地奔向钱家。他们在衙门后街的一座二进四合院中堂见到了钱师爷。钱师爷客气但不失风度地看座上茶。对贺长城的鞠躬行礼视而不见地轻轻点了一下头，脸上没有任何表情。他总是一副死鱼脸，贺长城好久都以为他是个面瘫。

贺鸿礼说了几句感谢的话，便拿出那张银票，直接放到桌子上。钱师爷拖着长音儿说道：

"贤弟，你这是何意呀。我们是亲家，你这不是打我脸嘛。"

贺长城心里一紧，看着钱师爷脸上不像是恼怒的样子，还是一脸死鱼相。贺鸿礼大度地哈哈哈笑了几声，说道："哪里，老亲家误会了。咱们现在是一家人，自然不会过这俗礼，况且您在妫川州的清廉正直是有口皆碑，我怎么可能给您老人家脸上抹黑哪。只是我二弟这个事实在是难办，事情拖得过久，牵涉的衙门多，动用的关系广，方方面面总是需要打点，前面的事已经让您劳心费力的，我怎么好再让亲家破费呢？"

钱师爷微微点点头，说道："现在世风日下，人心不古啊。"然后话锋一转，"元城赴日的行程定下了吗？他们是咱们州第一批留洋学子，衙门准备出面给孩子们饯行，以壮声威。"

经过钱师爷在京城衙门的师爷圈积极奔走，贺家又花了数不清的银子，终于接到了朝廷下的诏书，称贺鸿武将军"误国丧身，实堪痛恨，姑念前功，准予恤典"。

贺鸿礼看着朝廷竟如此评价二弟，心里很不是滋味。于是他提了一坛长城烧、一包驴肉，去找梅江舟排解心中的郁闷。两人闷闷不乐地对饮着，梅江舟突然长叹道："国之将亡，贤人隐，乱臣贵，忠良遭嫉恨！"

这年中元节，贺家在石峡村祖坟组织了一场祭奠，为贺鸿武建起了衣冠冢。梅家和武家掌门人都到场磕头上香。

五　此去东瀛万山重

1906年6月的一天，老大贺元城和老二贺仲城终于要出发去日本留学了。

知州大人在衙门前搞了个简单仪式，梅校长也讲了话。留学生的胸前都系着一朵大红花，骑着衙门的官马，好不威风。贺家亲戚朋友和各店掌柜的来了不少人。大嫂贺钱氏两只眼睛红红的应该是哭了一宿。学校新成立的西洋乐队翻来覆去奏着一个曲子。加上贺鸿礼租来的中屯吹打班，吹吹打打比过年都热闹。

老大一直心神不定地在人群中寻找着，贺长城知道他在找梅清夷。直到出发前也没有看见梅清夷的身影，眼看就要启程了，老大过来一把把贺长城抱起来，亲切地说："虎头，等你学会写字了给哥写信。"说着把一只手打开，露出一个玉扳指。贺长城认出是爹送给大哥的，原是爷爷的物件。"把这个交给清夷姐，也让她给大哥写信。"

妫城第一批留学生五人，在乡亲们的羡慕与祝福中，由衙门派兵护送到居庸关，换驿马到京城学部集合，然后统一去天津登船东渡日本。

此时正是日本明治维新进入第三十八个年头。那个在中国历史上被长期称作"倭寇"的日本，已经先后取得了中日甲午战争和日俄战争的胜利，不可思议地打败了两个超级大国。这一切都吸引着贺氏兄弟去了解，去探究。他们满怀激情地憧憬着未来的中国和将来的自己。

甲板上，老大面对大海心潮澎湃，不禁口占一首诗：

此去东瀛万山重，孤鸿高飞展鹏程。
但将青春赴学海，不负当年面壁功。

老二也受了感染而吟出在路上写就的《出居庸关》：

按辔徐行出故关，妫河迤逦过燕山。
多情常念三月雨，何惧路遥秋水寒。

六　为了见梅清夷，贺长城去上学

大哥他们走后第二年春天，贺长城也上了小学预科班，是他自己要求的，这让他爹贺鸿礼很开心，亲自给他置办行头和用具。他怎么会知道老儿子要上学是想天天能见到梅清夷。

贺长城上学后最大的收获是不再寂寞，因为有了同学死党，从此再也不用找厨子龚叔去消磨时间了。

贺长城最好的朋友有三个人，都是同岁。头一个是南关菜农丁家的儿子丁海宽，人话不多，心里有数，两人总是形影不离。第二个是武大勇，他爷爷是冠山刀法的创始人，因徒弟们帮助义和团而受到牵连被朝廷治罪，病死在发配新疆的路上。他爹武毕松开了镖局，因为他太爷爷是清朝武状元，所以同学给他取外号"武状元"。再有是北关棺材铺老板卢万才的儿子卢春利，外号"卢棺材"，跟他好是因为总去他家的铺子看他爹和伙计做棺材。

上学的日子枯燥无味，好在有丁海宽帮贺长城应付作业和考试。放学后不是跟着武状元去看镖师练拳，就是去卢春利家的棺材铺看他爹领着两个徒弟做棺材。卢万才每次见贺长城都会说："虎头，南墙根底下那块金丝楠木是给你爹备下的寿材，全妫城就这么一块。过去只有居庸将军府才配用，你去摸摸，那花纹老漂亮了。"

而贺长城每天最大的愿望就是看到梅清夷。

入夏后的一个傍晚，下起大雨，同学都在等着家里送雨具接人，贺长城冒雨出了教室，向后院跑去。

梅清夷打开房门，看到贺长城落汤鸡一样站在门口冲着她笑，赶紧把他拉进门，连声埋怨道："小祖宗，这么大雨还乱跑，回头得肺炎可要人命啦！快把湿衣服脱下来。"说着就帮他脱衣服，当脱到内裤时被贺长城双手紧紧按住。"哟，你还挺封建的呀，那你自己脱。"

"你转过去。"梅清夷笑着转过身去铺床，回来用干毛巾帮贺长城擦了一遍，不由分说抱起他就放到床上。贺长城顺势钻进了梅清夷的被窝，一股浓郁的芬芳进入他的鼻孔，直奔灵魂深处，至于她说着什么贺长城竟一句也没有听进去。梅清夷把湿衣服都搭在挂衣绳上后，来到床前用手指头敲着贺长城的脑袋说："你被大雨浇傻了吗？姐问你话哪。"

"问什么？"

梅清夷夸张地向上翻了一个白眼，说："合着我这半天都算白说啦！"然后一字一句地说："你二哥有信来吗？都说了些什么？"

"就是来了也在爹那里。"

梅清夷露出失望的样子，若有所思。

贺长城连忙说："我去爹的书房把信给你偷出来。"

梅清夷爱怜地摸了摸贺长城的头说："还是你对姐好。"接着叹了一口气："不用啦，他也不是不知道我的地址……"

雨天天黑得早。梅清夷先打发走了来接少东家的仆人旺财，说衣服都湿了今晚就住她这儿了，然后又出去端一碗热面条让贺长城吃了。再出去回来时拎了壶热水，按着贺长城坐床沿上洗了脚。然后她坐在马扎上自己洗起脚来，看到贺长城盯着她的脚看，有点难为情，问道："你说姐的脚大吗？"

"不大，一点都不大。"

"小时候我娘给我裹脚，说大脚女人嫁不出去。我就拼命地哭，还是我大哥说，满族女人都不裹脚，西洋女人也不裹足，将来嫁不出去他来养我。我娘也心软了。"

"清夷姐，你别嫁人了。你等我长大了，我娶你，我不嫌你脚大，真的，我一点都不觉得你脚大。"贺长城鼓起勇气一口气说完了心里话。

"你？哈哈哈……好，你可快快长呀。等你长大了姐也成老太婆了，脚又大人又老，你该嫌弃姐了。"

"不会不会，我可以发誓……"

"男人的誓言真的靠得住吗？"梅清夷抬起头望着窗帘自言自语地说道。

梅清夷换了一件绸子的圆领汗衫和绸子宽松短裤，浑圆的乳房把圆领汗衫高高挺起。她熟练地吹灭了油灯钻进蚊帐，揭开薄被并排面对面与贺长城躺下，她把头枕在自己的一只胳膊上，一只手搭在贺长城肩头，说道："你说日本的东西他们能吃得惯吗？"梅清夷的吐气喷到他脸上，弄得脸上痒痒的。蚊帐黑黑的看不清楚她的脸。她的腿碰到贺长城的腿，一种从未有过的麻酥感觉让他一阵眩晕。"听说那边的女人都很风骚，专纠缠中国留学生。一些大人物还娶了日本女人……"

他想起了母亲的乳房，跟着想到奶妈翠姑的乳房，想象着梅清夷的乳房会是什么样子，他极力克制着抓住梅清夷乳房的冲动。"虎头，睡着了？唉，真是个孩子……"梅清夷失望地闭上了嘴，翻了个身渐渐睡去。贺长城往前近身把嘴贴到她后背上，深深吸了口气，梅清夷身上的芬芳给了他勇气，他把右手摸索伸到梅清夷丝绸汗衫里面，向上搜索，一把准确地抓住了一只乳房。梅清夷一只手隔着衣服抓住他的手腕拎起来突然停在半空，贺长城此时紧张得要死，却还是纹丝不动。经过漫长的僵持，其实也就片刻以后，抓他手腕的手缓慢但有力地摁了下去，他随势稳稳抓住那只丰满的乳房，手心里感到乳头在逐渐挺勃起来，随后抓他手腕的手缓缓地松开了……

第二天醒来，贺长城发现一个人躺在床上，昨晚的记忆很快恢复。房门一响，梅清夷端着早餐进来："长城贤弟，起床用膳吧。"眼睛与他对视了一下便移开了。

时光飞快，转眼临近年关。梅清夷一直没有等来二哥贺仲城的信，却等来了大哥贺元城的最后一封来信。信上说他参加了同盟会，准备提前结束学业跟着一位姓孙的先生去广州。他要梅清夷一句承诺，如果同意嫁给他，他就先回来把大嫂休了，然后接她一起去广州。梅清夷把玉扳指给他邮寄了回去，没有写一个字。

第二年过了清明节，一直下雨，半个月天也不见晴。梅江舟先生在绵绵的阴雨中过世了。爹忙前忙后帮助料理后事，梅江舟在石峡村祖坟下葬那天晚上爹回家很晚，把自己关在书房一个人喝酒，贺长城蹑手蹑脚来到窗前，用小拇指在嘴里蘸了点口水，然后在纸窗上捅出一个小洞，从窗户洞里看到他在哭，边喝酒边流泪。

秋风把妫川的树木都染成金黄时，梅清夷出嫁了，是她大哥梅育新和大嫂做的主。新郎官是西街开钱庄的吴家大少爷。一个瘦弱白净的青年，佝偻着走路像个大烟鬼。

贺长城心里忽然空落落的。

七　铁路修到锁钥岭

这些年，贺鸿礼对修铁路的事，很上心。作为一名地方乡绅，他上下奔走协调，本是为了争取到更多占地补偿款和招收工人名额。但自从见到总工程师詹天佑，亲耳听詹天佑讲解铁路的重要，他发自内心地觉得詹天佑先生有本事，修铁路也的确是个大事，不单是妫川大地因此可以更富有，有了铁路才能不受外人欺侮。他对庚子旧事有了更多的反思，也很惭愧自己过去眼光太短浅。尤其1906年2月詹天佑先生特地邀请贺鸿礼去参加京张铁路丰台柳村到南口段通车运营典礼，他见到了太多自己以前梦里都想不到的东西。在南口参观詹天佑的办公室，亲眼看他带有很多洋文小尾巴的调查笔记与设计草图，亲耳听詹先生讲解下一步关沟段的铺设计划，他虽然不能全懂，但脑子里浮现一条游龙遇山穿山，遇水过桥，蓝天白云下逶迤在长城之间的壮美，非常震动。他决心全力支持詹天佑先生的铁路事业。

这条铁路向北，首先要穿过居庸关，出了居庸关，山势坡度陡增，地势更加复杂。了不起的詹天佑先生1906年先开挖五桂头山洞、石佛寺山洞两个距离较短的山洞。积累一定经验后，1907年春再开凿居庸关山洞。詹天佑先生需要很多人手，贺鸿礼负责组织人手和工人吃喝，天天忙得脚不沾地。为忙铁路上的事，贺鸿礼索性住到石峡村祖屋。他待三儿子贺叔城和侄子贺光启高小毕业后也都带过来，跟着詹天佑学修铁路。他对两个孩子说："非铁道无以立国，修铁路跟从军报国是一样的光荣。"

詹天佑就地取材，在居庸关山洞北口，山洞两侧的护坡，直接用近处一段残长城的基石来垒，一点都不浪费，还省了大量人力。开凿锁钥岭山洞，詹先生先设计了一个"之"字形折返铁路，大大缩短开凿山洞的实际长度，又在山顶硬生生朝下打了两口井，这样一下子有六个工作面，同时开凿，日夜不停工，大大提升了工程进度。詹先生说话做事，向来一是一二是二，从不拖泥带水，贺鸿礼以前从来没有见过这样追求精确、追求效率的人。

大儿媳生儿子时，贺鸿礼正在青龙桥火车站工地，接到喜讯后马上请詹天佑先生给孩子起个乳名。等上学时再按照家谱"鸿光照远昌"起大号。詹天佑先生仰头望着连绵的群山，略为思索后说："我们的孩子像这铁路一样，志在远方，就叫云山吧。"

1909年夏天，京张铁路竣工，单单妫川境内就有青龙桥、西拨子、康庄三个车站，贺鸿礼甭提有多高兴了。9月19日邮传部尚书徐世昌在詹天佑先生陪同下，到张家口巡视验收，在通车茶会上，徐世昌盛赞这条铁路："非徒增长吾工程司莫大之荣誉，而后之从事工程者亦深得以益坚其自信力，而勇于图成……他日中外游客历数此邦之巨工，会将京张铁路与万里长城并称为吾国之一事乎！"9月24日，在张家口车站举行了盛大通车仪式。贺鸿礼看到詹天佑先生亲题的匾额，车站上还有"农商欢迎""中外胜欢"等大条幅，两侧龙旗飘扬，站前线道人头攒动，热闹非凡。贺鸿礼第一次注意到洋人吃东西不用筷子。10月2日，南口又举行通车庆典，场面更为宏大，彩棚屋外布幔遮覆，垂穗飘扬，吉祥结高悬。屋里彩缎缠绕，外围挂着多国国旗，徐世昌亲自剪彩，詹先生也很激动，说了很多话，其中有这么一句夸奖中国筑路工人"非有体力魄力，心灵手敏之人，莫克竣工"，贺鸿礼特别喜欢这句话，请梅育新用毛笔写下，装裱起来与通车仪式合影挂在一起。

庆典后，贺鸿礼跟贺长城说："真应该送你两个哥哥去美国留学，詹先生就是留学美国，学到的都是大本事！"贺长城说，那送我去美国留学吧。贺鸿礼笑着说："你最小，要守着家，哪也不能去，就跟着爹学本事吧。"

青龙桥车站竣工庆典后，贺鸿礼对贺长城说：应该送你的哥哥去美国留学，詹先生就是留学美国，学到的是真本事！"那也送我去美国留学吧。"贺鸿礼笑着说："你哪也不能去，就跟着爹学本事吧。"

参与修铁路以后，贺鸿礼也洋气起来了。他特意在北京前门大栅栏的祥义号定制两套长袍马褂，鞋还是瑞蚨祥的千层底布鞋。又去王府井亨得利钟表店买了块美国怀表，有事没事掏出来瞧瞧。他说詹先生就揣着一块美国怀表。

让贺长城感到奇怪的是爹还拄了根拐棍，问他，您腿好好的干吗要拄拐棍呢？贺鸿礼说："你不懂，这不是拐棍，叫文明棍，代表文明。"

后来人们还给他编起歌谣：

> 太阳出来照窗梢，打打哈欠掌掌腰，
> 哎嗨哟，哎哟，鸿礼起来修铁道。
> 左手拿着文明棍，右手提着大皮包，
> 哎嗨哟，哎哟，洋钱票子装多少。

贺鸿礼听后很生气，感慨一通。这以后出门，他再也不拄那根精致的棍子了。不过，贺鸿礼对通车典礼上自己得到的那枚奖章，还是特别自豪。以后，只要有像样些的活动，贺鸿礼就把奖章别在胸口上，风光满面。

一天下午没有课，贺长城跟爹在书房下棋，五岁时他就会下棋，到八岁爹就很难赢他，今年贺长城都十一岁了，每次都保持三局两胜的战绩，没有三比零是给爹留面子。他走了一步就开始摆弄丁海宽给新做的弹弓，不时瞟一眼前思后想又举棋不定的爹。

突然管家慌慌张张进来急切地说："东家，咱们永宁的钱庄昨晚让土匪抢了，土匪留了一把匕首和一封信。"

爹忙接过来，只见信纸上写着：

　　　贺东家，段三改日登门拜访。

八　土匪段三"众好汉劫法场"

贺鸿礼知道段三。学名段根柱，从小没爹，和老娘相依为命，平时喜欢舞枪弄棒，没事的时候就去听妫川大鼓讲《水泊梁山》。他做过南关粮店的伙计，因为偷粮食被大掌柜孙玉贵开除，后来加入妫城义和团做了二师兄。1900年6月21日，义和团攻打永宁教堂，段三负责攻打正门，亲手杀死教堂主事陈牧师一家。接着火烧佰草洼山坳，一百二十多名教民被烧死在山洞里。义和团失败后，妫城被德军占领，经过与知府几天讨价还价之后达成撤军条件：交出义和团首领公开处死；为殉教教士建坟立碑；出十万两白银重修被毁教堂和补偿教民损失。十万两，相当于妫川州好年景时全年税收三千三百九十两的三十倍。

妫城和永宁城的义和团首领马子和、沈儒等人早已经被衙门软禁在北山神仙院道观里，好吃好喝待着就是不能出门。

大师兄马子和问负责照看他们的清军把总："兄弟，我们可是奉旨灭洋，府台大人不会把我们交给洋人吧?"

"哈哈哈……看你想哪去了。府台大人绝不会干这种背信弃义的事情。怎么？我的话你还信不过？咱哥俩可是一起攻打妫川教堂的生死弟兄呀！"

刑场设在妫城南门外妫水河边的一块开阔地上，一排放置着三口铡刀。知府大人和德军指挥官亲自监斩，一位幸免于难的牧师率领着死去的教民家属在做祈祷。现场人山人海，每铡掉一颗脑袋，人群就欢呼一阵。德军指挥官频频起来向人群挥手致意。一顿饭的工夫，马子和、沈儒和十多个义和团大小头目就身首异处。被铡的人里面没有段三，他在头天夜里从神仙院逃脱了。

躲过一劫的段三知道，妫川待不下去了，便浪迹内蒙古，后在锡林郭勒盟保安骑兵大队当兵，因为作战勇敢，为人仗义很受弟兄们拥戴，当上了骑兵小队长。有次为弟兄们打抱不平，惹恼大队长，要被军法治罪，段三索性拉出队伍回到妫川做起土匪，在长城内外打家劫舍，抢劫驿站商客，后来竟占据了四海镇，向大户人家摊派钱粮，俨然成了地方政府。

这次段三打劫惊动了州衙门。钱师爷熟读兵法，知道段三豪横，但是孝子，就给知州大人献上三十六计里围魏救赵的大招。派兵奇袭段三老家城八里新宝村，把其老娘和在家务农几个叔伯兄弟全部捕入衙门大牢，好吃好喝养起来，等着下一个桥段——段三负荆请罪，接受招安。

钱师爷低估了段三的勇气与实力，段三直接上演的却是一场"众好汉劫法场救宋江"的武戏。在一个夜黑风高之夜，段三亲自带队伍化装混入妫城，三更天攻入衙门，劈开牢门救出老娘和亲人，还洗劫了政府钱库后从容撤回四海镇。知州大人从后墙狼狈逃走才保住了性命。

知州老爷恼羞成怒，派钱师爷去省城搬兵。贺鸿礼仔细掂量，凭着他对段三这个人的认识，他决定自己不能等段三来，要亲自去一趟才好，他毕竟还称自己是老东家，旧情还在。

贺鸿礼在衙门外截住老亲家，拉着手来到阁底下的茶馆，语重心长地劝道："老亲家哟，省上去不得！您这一去省城请兵，这上下必闹个满城风雨，计谋是您出的，到时候再被小人利用，于您和知州老爷不利呀。"钱师爷是个一点就透的聪明人，马上说："亏得亲家提醒，险些让外人看笑话。"

贺鸿礼也不兜圈子，说道："不如我们来个不战而屈人之兵。"表示愿意只身前往匪穴去劝降。

钱师爷正在为"围魏救赵"之计惨败而懊恼，闻之喜出望外，忙去禀报知州老爷。知州老爷也正在担心被上面追究治匪不力，影响升迁回京。听闻后马上答应下来，只是说要银子可没有，要爵位也给不了。贺鸿礼笑道："那些都不要，只请知州大人亲自书写四个字'孝子不匮'。"知州老爷将信将疑，最后还是勉强泼墨挥毫。

贺鸿礼把知州老爷写的"孝子不匮"四个字制成匾额，又备了一车鸡鸭鱼肉和两大瓮酒，租上一班城里最好的吹鼓手，吹吹打打一路招摇着来到四海镇。

见了段三开门见山地说：

"三贤侄呀，你娘为你揪了一辈子的心，现在都这么一把年纪，折腾不动了，老话说放下屠刀立地成佛，你也该换一个活法了。老叔佩服你是一条冻死迎风站、饿死不弯腰的汉子。

我已经把我全家几十口的性命都押给衙门作了保，你规整规整，接上你娘跟我回去吧，让你娘过几年安稳的日子，让娃们把书读上，也给孩子们留个好前程。"

段三没有跟贺鸿礼回去，却把他娘托付给了他，深深地鞠了一躬，说道："老东家，看在我娘的分上，我不藏你的面，你给衙门回话，打从今儿起，我段三带着队伍撤出四海镇，永辈子不再踏入妫川地界。"随后把抢州银库的银子悉数留下，真的就把队伍拉走了。后来，传说他把队伍拉到关外投奔了马占山，再后来被日本人打散了，就带着儿子去青岛隐居起来。

贺鸿礼回到妫城，知州老爷发动全城老百姓迎接，又是披红挂花又是送匾的一时风光无限。大家追着问他是如何不费一枪一弹就收服土匪段三的，他故作神秘地说："这都是知州大人的连环计。"知州老爷从此视贺鸿礼为知己。

九 贺家兄弟学成回国却没有回家

大哥贺元城从日本留学回来了，却没有回家。他在广州给爹写过一封信就没有了音讯。大嫂带着儿子云山找爹哭了几回。贺长城问爹，大哥怎么就没有音讯了呢？爹不无担忧地说："没有音讯就是最好的音讯。"这是什么意思呢？

过去每天吃晚饭前，爹都让孩子们背诵：

"白米饭，香喷喷，吃饭不忘种田人。米，米，米，不容易，滴滴汗珠换来的。"

自从大哥娶回大嫂之后爹才放弃这个仪式。

现在吃晚饭时，三哥贺叔城和堂哥贺光启总带回外面的新鲜事，什么南方闹革命党了，四川有巡抚被刺杀了。每说到这里大家都不约而同望向大嫂，爹就会说："吃饭，哪来那么多话。"

一年后二哥贺仲城也回国了，却也没有回家。二哥在日本学校的老师西村武树在天津开了一家怡和银行，请二哥去做协理。他来信说银行初建事情多，等春节时候回来。爹很不高兴，说老二的书是白念了，越念越糊涂。这又是什么意思呢？贺长城觉得爹近来说话总是高深莫测。

第三章　改朝换代

十山九无头，妫河水倒流。

富贵无三代，清官不到头。

——妫水谣

一　眼花缭乱的新政

宣统三年腊月二十五日，1912年2月12日，大清国隆裕太后代宣统皇帝溥仪颁布了《清帝退位诏书》，宣统皇帝退位，中华民国了！

中华民国的新政，首先是把妫川州改成妫川县，州衙门改称县政府，知州大人改叫县长。贺鸿礼也就从州议长变成了县议长，没有开几次会就散伙了。

政府公职人员和学生都被要求剪去了辫子，用新式中山装代替翎顶补服，同时宣布不许再给女子缠足。然而城里关外的老百姓还都留着一条辫子，依然是日出而作，日入而息。他们不关心自家一亩三分地以外的事情：那些官家的搅拌关爷屁事？

新政府把大清国税收原样保持下来。不仅原样保持不变还增加了一些新名目，什么契税、货税、商税、粮米捐、油捐、营业附税、所得附加税名目繁多，搞得人晕头转向。还发行了公债"爱国储金"，说是自愿认购其实是强行摊派。这一系列操作激起了几次不大不小的民变。

中华民国最初几年，贺鸿礼还能勉强应对，但是他自己知道，顺风顺水的日子一去不返了。

1916 年，袁世凯恢复帝制失败，忧愤而死，接下来军阀混战，天下大乱。锁钥岭长城扼守着京张铁路和陆路通道，成为各个军阀争夺北京必须拿下的关隘。山西阎锡山的晋军，冯玉祥的西北军，张作霖的奉军……"你方唱罢我登场，城头变幻大王旗"。

随着驻军的变换，妫川县长也走马灯一样地频繁更换。每换一次县长，贺鸿礼的家产就缩水一圈。过去官办民营的企业也被几任县长收回后几易其主。县城里的买卖也纷纷倒闭，贺家的源景楼饭庄被历任县长作为政府公务活动场所，却都欠账不还，最后终于给吃倒了。几家粮店变成了军队的供应站，只留下火柴厂、中药房和玉皇阁底下的杂货店勉强维持。军阀混战造成土匪群起，贺家在妫川县以外的商铺买卖丧失殆尽。

一天，来了两位穿长衫的南方人，跟贺鸿礼在书房嘀嘀咕咕一下午。晚上贺鸿礼又酒肉招待他们。第二天一早，他们就走了，还带走了大嫂贺钱氏和儿子贺照山；

二 孙殿英军长开始的变局

贺家的大变局是从妫城来了孙殿英开始的。对，那位炸开慈禧太后皇陵的孙军长。

1928年5月，国民革命军攻入北京，张作霖的奉军退出关外。6月28日南京国民政府任命阎锡山为京津卫戍总司令，同时发布命令，改北京为北平，直隶省为河北省，设立察哈尔、热河和绥远三省，妫川县划归察哈尔省管辖，山西人马友麟走马上任县长。

紧接着，国民革命军第六军团第十二军，二万多人在军长孙殿英的率领下浩浩荡荡开进妫城。军部设在城里火神庙。贺鸿礼见是国民革命军来了，大大地松了一口气，觉得乱世终于熬到头了。他开始筹划着如何收复失地，把倒闭的商铺恢复起来。

马友麟县长的位子还没有焐热就迎来了噩梦，这凭空一下子多出两万多张嘴要吃要喝，三个月就吃光了全县七座义仓，马友麟就快被逼疯了。他就是有三头六臂也变不出粮食呀。马县长天天找贺鸿礼要办法：

"贺会长啊贺善人，那义仓粮储可是百姓春夏青黄不接时的救命粮食啊！三个月就被夺走了整整六千二百石……这可如何向省府交代呀，这不是要我的命吗？"

贺鸿礼给出的解决办法就八个字：重金打点，礼送出境。

"能行？"

"火到猪头烂，钱到事好办。能行！"

贺鸿礼按照与马县长商量好的礼单准备好了重礼，又按照妁城最高标准在家里备下一桌"八八席"，请好了当红的清泉铺营城子戏班子助兴。然后择良辰吉日，以妁城商会的名义下帖子，请孙殿英军长到贺家大院赴宴，名义冠冕堂皇——"劳军"。

孙军长以军务繁忙为由，派军需部谭部长代劳。

谷雨三朝看牡丹，立夏三朝赏芍药。为了营造氛围，贺家四合院里摆满了月季、蔷薇和牡丹花，姹紫嫣红，充满了祥和气氛。戏班子打鼓开锣，唱的武戏《战长沙》，应景。

谭部长一袭中山装，温文尔雅，一阵寒暄过后宾主落座。

谭部长先拿出一串朝珠送给贺鸿礼，说道："我们军长久闻贺家是妁川地区首善人家，贺先生是妁城开明士绅，特派卑职前来致敬。这朝珠是乾隆皇帝生前最喜爱之物，死后都不离手的物件，我们军长说这圣物只配先生享用呀！"

一股暖流涌上贺鸿礼的心头，他没有料到自己的名声连大名鼎鼎的孙军长都知晓，还送上这么贵重的见面礼。此情此景，怎么好意思开口提让人家减赋的事呢。正寻思着自己是否再捐些粮食药品或是直接捐银圆时，谭部长又说道：

"鸿礼兄，目前日本人侵入济南，虎视华北，所有开明士绅和热血的中国人都有守土抗战之责任。你说是不是？"

"那当然，只要是抗日打鬼子我们商会是要钱出钱，要粮出粮。"贺鸿礼依然处在亢奋之中，大义凛然地说道。

"太好了，我们军长早就说过贺先生是义士，可以共谋大事。来来来，我敬先生一杯。"

贺鸿礼一饮而尽杯中的长城烧酒，突然回过神来，忙说："不敢当。不知谭部长说共谋大事是指……"

"贺先生，你那火柴厂不得了呀，不光玩火药制造火柴，本地的农具五金也都出于火柴厂。机器设备都是西洋制造，既先进又耐用，略微改造一下，再添点设备就是一座兵工厂嘛。本部愿意与你合股，共同经营，咱们一起造枪造炮打日本。"贺鸿礼手举空酒杯呆呆僵硬在那里，说不出一句话来。

军人行事雷厉风行，隔天军需部就武装接管了火柴厂，还在厂区周围插了牌子划为军事禁地，方圆一里闲人不得靠近。三天后设备经过清点造册便搬迁去了安徽，临走前谭部长派人送了一份契约，盖着国民革命军第十二军军需部蓝色大印，来人带话说，请贺先生年底拿着契约到皖北找军需部分红。

三 贺鸿礼面对死局

马县长正在和文书为给省里写义仓亏空的报告发愁，失魂落魄的贺鸿礼跌跌撞撞进来，一屁股坐在椅子上，捶胸顿足。当马县长听明白贺鸿礼不仅没能消减军饷，还把自己最大的产业火柴厂搭了进去，觉得自己非常对不起贺鸿礼。再看看桌子上各乡镇减缓征收军粮的申请，还有国民革命军第十二军的粮饷催办函，一筹莫展。

两个人坐在那里面面相觑，长吁短叹到日头落山。"鸿礼兄，你先回去，容我想想办法。"马县长说完缓缓站起来，走过去拉起贺鸿礼，语气平缓但异常坚定地说："办法总会有的，本县长一定会给你个交代。"

当天晚上，刚上任不到半年的县长马友麟吞鸦片自杀了。惊闻噩耗贺鸿礼急火攻心，一口浓浓的鲜血喷到地上，一病不起。

马友麟自杀后，妫城很快迎来了新县长徐游久。

徐游久上任伊始照例拜访乡绅，了解民情，一圈走下来便了然于胸。先顺势以养病为由，拿去了贺鸿礼商会会长职务。空缺由这些天鞍前马后伺候他的副会长黎永忠接任。

黎永忠是妫城东关人氏，为人圆滑世故，行事却大方仗义。早年开过几家店铺，贩过草药，都因不善经营而先后倒闭。他无奈之下穿梭于茶馆澡堂之间，为人生意牵媒拉线，从中挣个基本吃喝。后来跟着贺鸿礼张罗商会的日常琐事，打里照外倒是个好帮手，贺鸿礼也乐得清净，有意提携。黎永忠与贺长城同岁，略长几个月，平时人前人后对贺鸿礼都以老叔相称。如今贺鸿礼一病不起，黎永忠借机上位，贺鸿礼心里清楚其中的玄机，只是已经力不从心。

四 老儿子守家

贺长城中学毕业后原本想去留洋，可爹说："老儿子养老，你哪也不许去。"为了拴住他，还早早地定下一门亲。"老要癫狂少要稳。不娶媳妇，永辈子长不大。"

贺长城死活不干，心里早拿定主意，一定娶一位像梅清夷那样的女孩做老婆，因此闹了一阵子脾气。爷俩僵持了一个月，最后贺乌兰氏两边劝导，爷俩各退一步，妥协方案是：贺长城先定亲，然后去燕京大学读书，毕业后回家成亲。

贺长城一进燕大就如同鱼入大海。在那个梦幻般的世界，一切都充满新奇，他完全放飞了自我，早把这门亲事抛到九霄云外。毕业后，他和同学办起一个杂志叫《长城内外》，三天两头找借口向家里要钱，就是不提回家成亲的事，直到收到父亲病危的电报。

当贺长城赶回家时，看到卧病在床的父亲须发皆白，骨瘦如柴，面若死灰……那个曾经挺拔如山的父亲，倒了。

贺长城想起父亲带自己在石峡村残破的长城上玩雪；想起父亲搂着他，骑在高高的马背上行走在天水之间；想起紫藤架下长长暑天里的棋局；想起父亲带自己第一次去看火车；想起第一次离家赴北平求学，巷口父亲雕塑般的身影……

贺长城跪倒在父亲的床边，拉着父亲枯瘦的手，不禁泪如泉涌。父亲毫无生气苍白的脸上闪过一丝微笑，缓缓说道："把媳妇娶过来吧。"

五　贺长城大婚

新娘子是东关黎秀才的女儿黎惠淑。管家拿着一双新人的生辰八字去了一趟长城里的石佛寺，请住持大和尚选了黄道吉日。婚礼筹备全由舅舅和管家按老礼揆程操持。

贺长城天天陪在父亲身旁，监督郎中开方抓药，安排饮食，陪父亲聊天，讲北平的种种趣事。爷俩仿佛回到了贺长城童年的时光，只是父子位置颠倒过来。在儿子精心照料下，贺鸿礼终于可以下床了。迎亲的日子也到了。

　　正日子那天，贺家街门贴上了一对大红喜字，两边贴上新对联：

　　　　诗歌杜甫其三句，
　　　　乐奏周南第一章。

新房门上贴的是：

　　　　琴鸣瑟和征祥瑞，
　　　　桂子兰孙照屏香。

　　贺家起一大两小三顶花轿到女方家迎娶，一男一女两个"全可人儿"去迎亲。六人鼓乐班一路吹吹打打来到新娘家。新娘早装扮整齐，戴凤冠，穿红氅，披霞帔，穿彩裙，着绣花鞋，红绸盖头，由哥哥抱上花轿。女方家也派出一男一女两个"全可人儿"，还带上离娘酒和离娘肉送亲。新娘的嫁妆装满二十二个"什盒"，使迎亲的队伍一下壮大起来，浩浩荡荡往贺家走去，迎来沿路百姓驻足观看。

　　迎亲队伍回到贺家大门前，顿时鞭炮齐鸣，锣鼓喧天，贺家亲戚朋友都簇拥到大门外迎接新娘。迎亲花轿在红地毯处落轿，司仪高声唱起喜歌：

混沌初分天地开，五行八卦定三财。万事喜逢黄道日，喜迎新人下轿来。新人下轿贵人挽，亲朋好友倒红毡。

新娘由女傧相挽扶下了轿，走红毡，跨鞍鞯，来到院子中间摆放好的天地桌前。桌子上放着一杆秤和一只斗。斗里盛满红高粱。饱满的红高粱上面插着一张弓，一支箭。弓箭之间挂着一张红帖，上面手书：周堂部将，供奉和合，二仙元位。新娘在天地桌右面站立，新郎在天地桌左侧站立。司仪唱道："新人就位。"新人对天地行三拜九叩大礼。司仪继续唱道：

一拜天地永吉祥，二拜高堂永安康。
夫妻交拜永合好，拜完天地进新房。

喜宴是妫川最有排场的八八席，请妫城喜宴第一大厨王昆山亲自掌勺。八八席的名称是从宴席中八个小碗八个大碗来的。开宴先上茶食九碟，每碟饽饽五个，计二斤二两五钱。凉碟九碟，也叫压桌，其中有核桃仁、花生米、瓜条三干；橘子、葡萄、大枣三鲜；卤肝、灌肠、熏肉三荤。八个小碗是饹馇夹、包肉、喇嘛肉、酥肉、烧干贝、烩珧柱、烧海参丁、烩鱿鱼丝。八个大碗是红烧肉、白肘子、红烧鲤鱼、清炖鸡、鱼肚汤、海参汤、海米汤，最后一道上的是丸子汤，借"完"字的谐音，表示菜肴已经上齐了。

新亲，也就是新娘家的客人是四个人一桌，旧亲也就是新郎家的客人和乡亲五人一桌。酒是长城烧和黄酒，放开喝。

喜宴从中午一直开席到晚上，走一拨来一拨。等最后一拨喝喜酒的人散去，贺长城拉着丁海宽、武大勇和卢春利，不让他们走，嚷嚷着还要再喝：

"宽子，武状元，还有你卢棺材，你们他娘的别拦着我。是发小兄弟就一人再来一壶！喝不完谁也不许走。"

丁海宽说："人不能跟命争。城子你要认命。"

"放你娘的诌屁，我他妈就不认这个命。"说着趴倒在桌子上放声大哭。

见兄弟哭了，武大勇也咧开嘴哭起来："咋这么命苦哪？我爹把镖局交给我，我人也留不住，活也揽不来，镖局上下全跟城外的土匪打连连。我就像个傻子一样……"

卢春利气不打一处来："武状元，今天是城子新婚大喜，你他娘哭哪门子丧，赶紧滚家去。"

卢春利语重心长地对贺长城说："进了洞房你就知道有媳妇的好处啦！"

丁海宽和卢春利连拉带哄把贺长城扶入洞房，用力把门带上，咣当一声门响把贺长城酒震醒了一半。屋里弥漫着胭脂粉的香气。八仙桌上亮着一对大红烛，橙色的烛光照在新娘头上盖的红绸上，映红整铺炕。

黎惠淑头盖红布静静地坐在炕沿上，从微微打战的红绸布上能感到她的紧张或是期待。炕上放着一张八仙方炕桌，桌上放着两只酒盅，用五彩线拴在一起，旁边放着酒壶。一根秤杆放在桌下的炕上，贺长城知道那是为挑新娘盖头准备的。

望着红烛下楚楚动人的新娘，贺长城的心突然往下一沉：娶妻，曾经那么遥远的事情如今突然来到眼前，一切竟然那么不真实。此时红盖头下面出现梅清夷少女时秀丽的脸，今天梅清夷怎么没有来呢？账房说吴太太指使闺女梅亚男来随了礼就走了。

记得那天爹把五张照片放到贺长城面前，老管家挨个介绍各家情况。说的什么，贺长城一句也没有听进去，他从五张照片中拿出一张，果断地说："就她吧。"

黎惠淑不是五张照片里最漂亮的，她五官周正，鼻子略宽，嘴唇饱满，给人一种厚重踏实感，只是眉眼有几分像梅清夷。对，这就是贺长城选择娶她的唯一理由。而今晚他就要为自己的选择负责，可是他心又不甘。

贺长城上前伸出手，捏起盖头一角慢慢掀起了，希望奇迹出现——梅清夷的脸。盖头掀开后，黎惠淑低眉顺眼，因为紧张，鼻尖上沁出一层细汗，匆忙撩一眼贺长城又赶忙垂下眼帘。

六　丁海宽的妙计

第二天早晨，贺鸿礼郑重其事地把他书房保险柜的钥匙交给了老儿子："家有金山银垛，坐吃山空也得饿死。从今天起，这贺家的家业就交给你了！"

贺长城到现在才知道，曾经偌大的家业只剩下城外的几十亩找不到人种的田地，城里玉皇阁底下的杂货铺和药店。伙计也走的走散的散，一片萧条败落的样子。

　　婚礼过后，贺长城先把老掌柜安顿回了老家，然后备下一桌酒席，把发小同学丁海宽请来，两人先干了三盅酒。贺长城把嘴一抹，说道："宽子，回来吧，别在口外给人家做掌柜啦，过来帮衬帮衬我。以后我只负责对外'邦交'，家里一切经营管理全凭你定夺。"

　　"城子，别嫌我说话磕碜，你们贺家现在是八月里的黄瓜棚——全是空架子。城外的商号全倒闭干净了吧？最大的火柴厂说是与军队合股，铁定你是一分利润也不会分到。地大都撂荒了，地租怕是也只能收回十之一二，现在全部家业就剩下城里一个半死不活的药店和阁底下老杂货铺，你说就你这点家业我有什么可定夺的哪？这几年贺家净走'背'字了，不用问，老爷子肯定拉下不少的饥荒。"

　　贺长城给了丁海宽一拳："看把你能的，你咋不成精哪！再干一盅。"

　　贺长城抹了一把嘴，说道："当着明人不说暗话。你说得都对。既然你这么料事如神，快快拿出几条妙计来听听。"

　　"现在靠老办法一家一家开店是不赶趟啦，我们需要整几把快钱。俗话说得好，'人无横财不富，马无夜料不肥。'"

　　"你这是要打劫还是要贩卖鸦片呢？"

　　"框外的事咱不干。我的法子既比贩卖鸦片安全，又比打劫来得长远。"

"别卖关子了，赶紧的。"

"新官上任三把火，咱们这位新县长的三把火是修公路，办工厂，推广庄稼新品种。首先要修建公路，把妫城到康庄和妫城到永宁镇的老马路重修成可以走汽车的公路。我已经摸清楚了，筑路款省里出30%，县里出20%，剩下的在县里发债。这可是个肥活。"

"你是说让我去谋主持修公路的差事？那还是请老爷子出山吧，他连铁路都能修。"

"非也。你不愿入官场，这我早知道。我也不是让你谋这个修路的差事。而是把筑路的活加上材料供应拿下来由我们来做。就这两项顶得上你一百家药店一年的收成。"

"娘的这岂止是肥活，整个是肥得流油啊。来来来再干一盅，快说咱们怎么能拿到？"

"现在的县长徐游久，山西运城人，刚过四十，读过洋学堂，但没有多大背景，一路靠打点升迁。多年宦海沉浮也算是职业政客。你想，这样的人最需要什么？"

"需要升官呀。"

"不全对，他既要升官，还要保官。而这都需要银子和人脉，有了银子才有人脉。"丁海宽端起酒盅示意贺长城喝酒。贺长城盅到嘴边若有所思地问道："你是说咱们要给他使银子？"

"钱是一定要给，自古民怕官，官怕钱。但是不急着送他。他这个县长是省里任命的，要把钱使到掌握他升降大权的人那里，或者是能影响到掌握他升降大权的人那里。这就是人脉，人脉一通百事皆通。"

"行呀丁师爷，这才分开几年，刮目相看啊。打今儿起，咱们亲兄弟明算账，今后凡是新开的买卖都有你一份股。"

七 有为振家业

贺长城把能动用的现金全都集中起来，一半留给丁海宽维持运转，一半换成金条只身去了北平。很快通过燕京大学的同学，攀上了北平卫戍司令部总督察，也就是同学的父亲。总督察给他的老部下，察哈尔省警备区吴司令写了封推荐信。吴司令不敢慢待，立即发公函给妫川县县长徐游久。徐游久刚刚接任县长，正在和县党部明争暗斗，需要有力的人脉支持，于是就做个顺水人情，把筑路工程和材料供给都交给了贺长城办理，还先支付了一半费用。贺长城在收到款子后当即拿出50%，给同学和徐县长平分了。

三个月后，察哈尔省警备区吴司令来妫城巡查防务，指名道姓要见贺长城。宴会中，徐游久县长很懂事地把办织布厂的差事顺势交给了贺长城。织布厂很快在原来火柴厂的院子里落成，政府出资，购进一百架织布机子摆了几排，颇为壮观。贺长城把织布厂的股份自己只留40%，其他都分给同学和徐游久，但掌握着织布厂的决策权，自己隐在幕后，一切均由丁海宽出面打理，皆大欢喜。

凭着修路和织布厂的收益，贺长城不仅恢复了传统的粮店、杂货店、典当行，还拓展了妫川县城至康庄火车站的货客运输。三年后，贺长城又把贺家西墙外的宅基地盘过来，盖起三座跨院，都是正房五间，东西配房各两间，南房三间。给大哥贺元城、二哥贺仲城和三哥贺叔城每人一套。因为老三贺叔城参加了共产党，为了掩人耳目把给他留的院子暂时作为公用区域，让丁海宽和账房先搬了进去。

贺长城最得意的是模仿宁波的天一阁藏书楼，在后园也盖了一座藏书楼，只是比天一阁小了一号，为面宽三间的砖木结构的两层楼房，取名"听雨轩"，请梅育新先生题匾。梅先生听说要修藏书楼，说道："俯念乌慈反哺仁，甚好，甚好。"欣然提笔。

每天早晨起来，贺长城洗漱完毕，第一件事就是到藏书楼，先焚香，拜过孔子像，然后便开始整理藏书。有时也打坐，直到早饭时间到，贺长城下楼陪父亲吃过早饭，换身出门的衣裳就过来西跨院和丁海宽碰头。处理完买卖事务再做自己的事。每天晚上回家陪老爷子吃饭，如果有应酬回来晚也一定到后院陪老爷子下三盘棋或抽一袋水烟唠会儿嗑。

第四章　大团圆

一个老子养十个儿子，一个儿子养不了一个老子。

——妫川谚语

一　贺鸿礼七十寿

1932年8月8日，这一天是农历的立秋，又是七夕节。上一次立秋与七夕节重叠还是在二十年前。贺鸿礼认为这是个好兆头，因为今年的这一天是他六十九岁生日。

长城以北素有"男上女满"的风俗，男人逢九要摆酒席做寿，女人满十要在家里庆生日。贺鸿礼今年恰逢六十九岁，他要把这次寿宴办得风光、体面、红火。用喜庆把这二十年来的不公、憋屈、心酸全都驱散。他就像一位饱读诗书，受人尊敬的读书人，却在科场屡屡失败，非得中个举人扬眉吐气不可。

正日子这天，贺家大院张灯结彩，前院搭起喜棚，沿着东西房檐下各摆一条流水席，阵阵炖肉的香气散落在院子里每个角落。后院搭起了戏台，台头上的招牌上红底黄字写着："大柏老郭家班。"台口水牌上列出《八仙祝寿》《麻姑献寿》……都是吉祥祝寿的曲目。一群孩童在台下追逐嬉闹。用人们和临时从各店铺抽调来的伙计都换上了新装，在管家兼大掌柜丁海宽的指挥调度下有条不紊地忙碌着。整个大院充满了喜庆与祥和。

贺长顺一身崭新的长袍马褂，神采飞扬地在大门口迎接前来祝寿的亲朋好友。四名全副武装的卫兵站在大门两侧。

贺长城一身崭新的长袍马褂，神采飞扬地在大门口迎接前来祝寿的亲朋好友。昨天被老寿星贺鸿礼撤掉的卫兵今天又精神抖擞地站在大门两侧，还由昨天的两名增加到四名。贺长城望着身着中央军军服全副武装的卫兵心里暗暗佩服大哥贺元城的用心，这就叫声势。他从来宾们充满惊讶、羡慕甚至嫉妒的眼神里感到巨大的心理满足。

　　半个月前，中央军第十六师师长贺元城就派刘副官带着警卫排回来打前站，还拉回满满一汽车的礼品。刘副官又是安排岗哨又是划警戒线一顿折腾。还拿着公函去了趟县政府，害得县长徐游久带着警察局局长阎国喜三天两头过来给老爷子贺鸿礼请安，嘘寒问暖。

　　一天送走了徐县长后，贺鸿礼当着刘副官冲着贺长城教训道："别净整那些花里胡哨的东西。官不大，威风倒是不小。办个寿宴让你们弄得锣鼓喧天的，立马去把扛着烧火棍的两个人给我撵走，别在街门口给我丢人现眼，让街坊邻居看着像个暴发户，没个好儿。"说完不等回话径直走了出去。贺长城赶紧小声给刘副官说："没事，我来处理。"

　　距离孩子们过来祝寿的十一点还有半个小时，贺鸿礼在夫人的服侍下换上特制的礼服，黑色长袍，配藏蓝色马褂，马褂绣着吉祥暗纹，显得既庄重又贵气。穿戴整齐后在镜子前转了一圈，满意地说："还得说蒋老裁缝手艺地道，穿着严丝合缝。"他并没有忘记把自己修铁路的奖章也佩戴上。然后踱步到西墙前，墙上挂满了老照片，那都是家族过往的记忆和贺鸿礼曾经的辉煌：有出任妫川州首任议长时与议员的合影，有做官办民营的总襄理时在各处开业庆典的场面，有与詹天佑总工程师的合影，背景是高大的火车头。最中间的是京张铁路通车时邮传部尚书也是后来的大总统徐世昌亲自颁奖的照片……

贺长城推门进来，说吉时已到，请爹和夫人上桌，拜寿与寿宴马上要开始了。

早在今年清明节祭祖活动一过，贺鸿礼就开始张罗着筹备这次寿宴。外面盛传政府要与日本人开战，长城各个关隘出现了好多军队，闹得人心惶惶。贺鸿礼觉得要加快筹备寿宴的节奏了。

一天早饭过后，贺鸿礼把老儿子贺长城叫到了书房，足足地吸了两口水烟，然后对老儿子说：

"虎头啊，我琢磨了好几天，还是把张家口、怀来还有赤城那几位老伙计请来吧，只要腿脚还能动的都请回来。来了住上一阵子，唉，都是一把年纪的人了，见一次少一次啦……"

贺长城今年三十二了，已经是两个孩子的父亲。贺鸿礼在家里外头还是喊他乳名虎头，黎惠淑嘟囔了好几次，希望丈夫能给公公说说，好歹别当着满院子的下人虎头虎头地喊，不成体统。贺长城却不以为意，每次都答应得既欢快又乖甜。

"好的爹，今儿后晌我就给他们写信，连同来回的盘缠一起寄过去。"贺鸿礼打心眼里喜欢自己的这个老儿子，同时也奇怪他怎么总是能把话说到自己的心坎上，把事办到裉节儿上，让人听着、看着就是那么舒坦。自从五年前自己病倒把他从北平生生地叫回来，匆忙接手濒临破产的家族生意，不想经过他一番折腾，生意不仅起死回生，而且创下的家产早已经超过了最鼎盛时的自己。贺鸿礼很是欣慰，同时又有些淡淡的失落，看来自己真的是老了。

"给大哥和二哥的信都发出去了。大哥回信说他们部队正要往北方调动，估计到了正日子前可以赶回来。大哥自打去日本留学得有二十多年没有回过家了。"

"二十五年零两个月啦。"

"难为爹记得这么清楚。自古忠孝不能两全，他现在是中央军的少将师长，也给咱们家族作脸啦！"

"元城从小就是一身正气，最像你爷爷。"

"那也是爹教导得好呀！还不是您老有眼光早早把他送去留洋，要不哪有今天的出息。"

贺鸿礼不无得意地捋了捋胡须，说道："那倒是。"

"二哥自去年日本人占领东北后，就没有跟家里联系了。信还是寄到天津的老地址。"

"老二的书是白读了，满脑子糨糊，分不清个里外。跟日本人打连连是要摔跟头的。还有他那媳妇，老话说'娶妻娶德不娶貌'，你看看他娶的媳妇妖里妖气，还整天穿日本人的衣服，人不人妖不妖的像个什么样子，回来一次气我一次，不回来倒好。"

贺长城苦笑了一下继续说道："请客的单子拉出来了，回头您瞧瞧还有没有增加的。京都班正在宣化府唱堂会，一时半会儿回不来，丁管家又找了一家大柏老戏班，班主是郭老板，今年立春才成立，新角儿、新家伙，行头里外三新。吹打班请的是西红寺的康万寿班，都是老人。说妫川大鼓请的是孟子街的孟云天先生……"

"老三呢？给老三捎信了吗？"贺鸿礼突然打断儿子的话问道。贺长城心里一凛，三哥参加了共产党这在贺家是个心照不宣的秘密，也是大家谈话的禁地。贺叔城几年都不着家也从不与家里联系，老爷子过去闭口不提老三，像是家里根本不曾有过这个人似的，今天唱的哪出戏儿？

二 老三是共产党

去年九一八事变后的一天下午，贺长城正在东大街源松堂药店喝茶看账，突然来了位赵鹏先生拜访，待伙计引那人进得后堂，贺长城喜出望外，来人竟然是三哥贺叔城。

老三告诉四弟，1919年4月24日詹天佑积劳成疾病逝于汉口，铁路上呈请徐世昌大总统颁文立碑，铸造铜像立于京张铁路青龙桥火车站。处理完后事，堂弟贺光启留在了京汉铁路办，他被派到康庄火车站任调度。

康庄火车站是京张铁路的大站，有来自广东、天津、唐山的工人一千多名。此时受共产党人李大钊派遣，北方工人运动领袖何孟雄正在康庄车站建立工会组织。老三和铁路工人周振声积极响应，成为妫川第一批共产党员。他们建立起康庄火车站工人俱乐部，举办工人夜校，教工人识字，讲做人的道理，为工人争取权利，搞得热火朝天。适时成立起铁路工会。后来，因为铁路工会组织罢工声援京汉铁路大罢工，二人被北洋政府通缉。人们从通缉令中知道，老三和周振声都是共产党。从此便与家里断了联系，屈指算来也快十年了。

老三开门见山地说，自己已经参加共产党游击队，为了不牵连家人把名字改成了赵鹏，目前任海陀山支队的政委，正在组织力量支援东北抗联，眼下急需药品和布匹，希望贺长城做小旋风柴进式的人物，仗义疏财，支持抗日。

贺长城一时为了难，打鬼子他坚决支持，可是三哥要的都是禁运品，需要专卖执照，货物进出都要保留台账供警察局定期检查。卖货给共产党一旦走漏风声后果不堪设想。

"老四，哥知道你为保住这个专营执照每年要花费大量银圆，你都记下账来，打走了日本鬼子我们共产党会照价付款。"

"不是钱的问题。三哥你看这样，咱家每个月都要往怀来、赤城分店补充一次货物，顺带到口外进货。你间隔两三个月就化装成土匪打劫一次，这样我和爹都不用担干系。咋样？"

"好主意。你把出发时间和路线写在纸条上，安排靠实的人交给县政府对面修鞋摊的陈师傅，那是我们的人。"

"劫货时你千万不要露面，货物由武家镖局护镖，武大勇他们都认得你，还有武家镖局没有枪，你们不要伤害他们……"

第一次货物被土匪抢去后，大掌柜丁海宽去警察局报了案，贺长城还宴请了徐游久县长和警察局局长阎国喜，希望政府早日派兵剿匪。阎局长借着酒劲拍了胸脯说下次送货他派警察武装押运。

入冬前准备补货时，丁掌柜提醒贺长城，是否请阎局长派几个警察押车。贺长城说，就他手下那几块料，拿着家伙押送更危险，不拿枪顶多挨顿揍，拿着枪是要死人的。这时老爹不知什么时候来到货物前，吓贺长城一大跳。贺鸿礼一声不吭地围着货物转了一圈，像是在商量，又像是自言自语地说："老话说'过了锁钥岭，征衣添一领'，加些过冬的棉衣吧。"

贺长城不解地望着爹等着下面的话。贺鸿礼一转身向外蹽去："山里早晚儿上冻了……"

三　贺家兄弟大团圆

在贺鸿礼大寿的头一天下午，老二贺仲城带着高出自己一头的媳妇竹梅子回来了。

竹梅子身材高挑，皮肤白皙，五官清秀，十足的美人坯子，一说话眉眼都跟着动，颇有亲和力。竹梅子的名字是结婚后贺仲城给改的，人家原名叫穆春芳，天津人，父亲穆守道开了一家东瀛百货店，专营二手日货。父亲花钱送她上了几年日本人开的学校，功课平平却说得一口流利的日语，连日本人都说竹梅子是纯正的东京口音，把她爹稀罕得不得了，有个什么应酬活动就带着穆春芳去炫耀。他们父女两人共同的愿望就是嫁给一个日本人。眼看着穆春芳年龄一天天大了，实现愿望的希望越来越渺茫，只得退而求其次，一咬牙嫁给了日本洋行高级管事——日本留学回来的老二贺仲城。

老二从天津回妫城有两个方案：一个是从天津乘火车到北

平前门站，换乘京张铁路到康庄站下车，家里派人去车站接；一个是到前门站后换乘一周两班的公共汽车，直接到家。而老二却选择了第三个方案：乘火车到北平，由日本怡和银行驻北平办事处派专车送回来。

"二哥，现在老百姓恨日本人恨得牙根儿痒痒，你还坐着日本人的车到处招摇，不怕挨黑枪吗？"

"打黑枪？要是他们真有这个胆量东北能丢吗？"贺仲城不屑地说道。

贺鸿礼携着贺乌兰氏刚在正房中堂坐定，老儿子贺长城领着二哥、二嫂进门来到面前，夫妻俩并排鞠了一个九十度的深躬。老二直起身瞟了一眼贺乌兰氏，对贺鸿礼道："爹，我和竹梅子给您老祝寿了，祝您老福寿双全！"

"怎么没有把我孙子带回来哪？"

"一龙他在上中学，请不下假来，日本人的学校规矩大。"

"小日本懂得什么叫规矩？天下以孝为大，孝乃德之本。这才是人伦纲常，天底下最大的规矩！"

贺长城忙打圆场："二哥二嫂坐下说话吧。"

"老二呀，这小日本强占了咱们东北，你怎么还跟着日本人屁股后头转哪，当心被乡亲戳脊梁骨！"

"爹，我从新京回来以后，哦，就是长春，已经把怡和银行的差事辞了。"

"那就好。你们还是回家来吧，父母在儿不远游，老在外面漂着也不是个长久之计。回来在政府谋个差事，也省得你兄弟一个人打理这么大的家业。"

"中国最黑暗的就是吏治，无官不贪，非彻底改良不行。我怎么能跟他们同流合污呢？"

"不愿意去政府做事，也可以去奶川中学帮助你梅育新大哥打理学校，教书育人为天下之大事。你好歹也算留过洋的，你看北关棺材铺老卢家的孩子，只是在美国人办的燕京大学上了几年洋学堂，回来就做了奶川中学的训导长……"

"爹，我在天津南开大学兼职，开了一门'国风'课，专讲民间歌谣与中国传统文化。同时在大学里做理论研究，眼下和朋友开办了一家书店，现在正在裉节儿上，一时也走不开。况且一龙正在上高中，奶川县也没有个像样的中学。"

贺鸿礼耐着性子说道："你大哥不是在南京教育部给你谋了差事吗？那可是正当营生。"

"我去过了，南方气候我和竹梅子都住不惯，吃的也甜了吧唧的，不对胃口。爹，竹梅子在天津总是惦记着您，这次回来竹梅子特地给您买了些天津卫的小吃，都是您爱吃的。"

"你们不用惦记我，我是有今年没明年。你们要是真都念这个家就早点搬回来，一家人分散四方，这算哪门子事。"竹梅子脸上的笑容和手里刚拿起的耳朵眼炸糕一起僵在那里。

老大贺元城傍晚时分才到家，比预计时间整整晚了五个小时。原计划头天一早从保定出发，晚上住到北平，第二天早餐后动身中午前就能到家。结果国民党北平市党部和北平警备司令部都要尽地主之谊，最后合到一起，从早上一直喝到下午才脱身。

老大一身长袍马褂，携夫人贺钱氏和二儿子贺照海在四弟引领下来到正房客厅，贺鸿礼和贺乌兰氏早坐在太师椅上等候大儿子归来。

老大一进门喊了一声爹就紧走两步双膝跪倒，夫人和儿子也紧跟着跪下来，一家三口在贺元城带领下连磕三个响头。贺鸿礼从太师椅上站起来双手扶起大儿子，只叫了一声"儿呀"，竟老泪纵横。

大家寒暄过后分别落座，老大又起身对贺乌兰氏恭恭敬敬说道："感谢姨娘这些年来对我爹的陪伴照顾，我们给您准备了份礼品。"说着，扭头示意夫人。贺钱氏赶忙把早准备好的一个精致木匣双手递向贺乌兰氏。因为来得突然，贺乌兰氏连忙起身摆手说道："哪能让你们破费……"不知所措地站在那里扭头看着贺鸿礼。

"拿着吧，孩子们一份心意。"

贺鸿礼拉过贺照海的手说："我记得二孙子应该有二十了吧？"贺照海爽朗答道："虚岁二十，爷爷。"贺鸿礼高兴地说："成人啦。"又问老大："怎么没有把云山带回来？"

"爹，云山在南京上军校，等毕业了专门回来看您。"

"过去云山天天骑在我脖子上去铁路工地，云山这个名字还是詹先生给取的哪。"

院子里突然传来高声通报声："妫川县县长徐游久、警察局局长阎国喜、商会会长黎永忠特来祝寿！"

贺长城忙起身出门相迎，女眷和孩子起身随丁管家去后院。县长徐游久一行人进来先给贺鸿礼鞠躬祝寿，徐县长回身从黎永忠手中接过礼单恭恭敬敬递上，说明天正日子多有不便，今天就提前来祝寿了。然后拥到贺元城面前，贺长城不失时机地上前分别做了介绍。

老大缓缓起身，语音平和却不失威严地说道："劳动大家了。卑职这次回乡专程给家父祝寿，原是不敢劳动各位父母官的。"

徐县长忙说："贺师长，您是国家之栋梁，妫川之名流，能为您效劳是我们的荣幸。卑职一早就接到省政府的通知，让我们做好接待工作，特别要转达宋哲元主席对贺师长的问候。"

当介绍到老二贺仲城时，徐游久忙说："久仰久仰，我读过仲城先生的文章，真是高屋建瓴，大气磅礴。"

老二面无表情，不冷不热地说："鄙人文章不过一得之见，只想在提高国民素质方面尽点绵薄之力，如果有人还是抱着老教条而顽固不化，那读不读也都无所谓。"徐县长干笑两声，在客位椅子上落座，恭恭敬敬地对贺鸿礼说道："贺老先生，今年的'春祈秋报'仪式还请您老亲自出席啊！"

贺鸿礼应付两声"好、好"便端起水烟吸起来。过去在立春当日，州衙门都会在城东门外设春场举行仪式，知州率领随员到春场设宴，并亲自扶犁"劝耕劝农"。届时要请地方有头脸的乡绅出席，这对乡绅也是一种荣耀。第二天，画一个土牤牛，吹吹打打到乡下走上一圈，以示宣告春天已经来了，要抓紧春耕。老百姓纷纷到庙里上供品进香，祈求神灵保佑风调雨顺。秋收后，则要报答神灵的恩赐，州府要举办庙会。往年的"春祈秋报"这种重要场合自然少不了贺鸿礼。徐游久上任县长后便拿下了贺鸿礼商会会长之职，这种场合自然没有了他的份。

黎永忠上来打圆场，说："头立春前，徐县长本来是安排我来请老叔出席劝耕仪式，我听说您老身体不幸撅，所以就没敢上门打扰。今天看到您老身体恢复得倍儿棒，秋后的仪式您老可一定出席，到时候我亲自来接，为您扶轿。"

徐游久就势把话锋一转，对着老大表情顷刻间凝重起来，说道："贺师长，目前的时局堪忧啊，您是从中央来的大员，还请给我们指点一二。"众人目光全转向老大。

"蒋委员长早就定下了国策，攘外必先安内。目前党国最大的敌人是共产党。卑职是从江西剿共前线回师北上，对共产党有所了解，他们在苏区实行红色恐怖，要消灭地主和乡绅，没收工商产业，把土地分给了农民和地痞二流子。他们的目的是推翻政府！不铲除匪患，国无宁日。"

"贺师长高见，兄弟完全赞同。但是目前日本人抢占了东三省后又在察哈尔长城一线秣马厉兵，频繁挑衅，下一步中央有何御敌良策，我们地方上又该如何应对呢？"

"日本人狼子野心昭然若揭，蒋委员长早已成竹在胸自有良策，诸位敬请放心，日本人翻不起什么大浪来。卑职此次回师京畿，在长城一线设防也是有备无患。你们只需服从中央，听从蒋委员长号令，多储备军需物资，听从中央调遣。"

这时管家丁海宽进来在门口迟疑片刻，走到贺长城跟前俯身低语，贺长城面露惊讶之色。贺鸿礼高声说道："是三儿回来了吗？"贺长城木然起身，点点头一时不知所措。

"叫他进来。"

老三贺叔城一袭长衫，意气风发地走进来。他径直走到贺鸿礼面前跪倒，有板有眼地磕了三个头，嘴里说道："孩儿贺叔城专程从新疆回来给爹祝寿。祝爹寿比南山不老松，福如东海长流水！"

老三起得身来——见过众人，警察局长阎国喜在握手时，稍有游疑地说："贺先生好面熟啊，咱们哪见过吧？"

"兄弟这些年一直在迪化讨生活，十年来，今天是头次回来。您不面生，那是咱们前世有缘。"

贺氏四兄弟不由得围在老爹贺鸿礼周围，七嘴八舌地争着说这些年诸多的过往。徐县长一行人知趣地起身告辞。临出门，阎国喜意味深长地向着赵鹏点点头算是告别。

四　亲兄弟能并肩打日本鬼子吗

晚饭吃了很久，大家都喝了不少酒。中间贺长城还出来给大哥的随从刘副官和警卫排的弟兄们敬酒，安排大家饭后都到后院看戏。

来到后院，戏台上刚唱完一出折子戏，台下有人喊："来一出妫川小调'妓女告状'！"

"他三舅，寿宴哪有唱'妓女告状'的，多背兴。"

"今天又不是正日子，主要是老东家犒劳忙活人，大伙说是吧？"一阵起哄夹杂着笑声。又有人喊道："唱个'小寡妇逛灯'也行。"

郭班主在台上鞠躬作揖，说道：

"不是扫各位爷的兴，只是这位爷点的小调俺们不太熟练。再让翡翠给大家伙儿唱一首'妈妈娘你好糊涂'，也是咱妫川小调，唱不好您列位多多包涵。"

这时台上出将门门帘一挑，款款出来位青衣，一路莲花步到台前，随着伴奏哀哀怨怨地唱了起来：

> 姑娘我今年心里有点苦，唉声叹气我有气没处出哇，妈妈娘你好糊涂！白天思想还好受呀，最怕夜晚趴床铺哇，妈妈娘你好糊涂！东邻的姐姐年龄比我大呀，去年三月嫁丈夫呀，妈妈娘你好糊涂！墙西的妹妹年龄比我小呀，怀里的孩子一个劲地哭哇，妈妈娘你好糊涂！哥哥你别上嫂子的铺哇，爹爹你别进妈妈的屋呀，妈妈娘你好糊涂，哎来哎咳哟妈妈娘你好糊涂！

贺长城回到餐厅时贺鸿礼和夫人领着孙子们已经离席去看戏了，四兄弟又换盏更碟重新温酒。

酒是最好的记忆检索，记忆是碎片似的影像，大家努力回忆过往，从味道到情景，从声音到触觉，三十多年的碎片拼凑连接成一幅画卷，在四兄弟的心灵深处徐徐展开。画卷里有暑天贺家后园的捉迷藏，废弃长城上的雪仗，冠山书院学堂的戒尺，驱鬼降妖的槐大师，俊俏绰约的梅清夷的脸庞，画面中出现最多的是娘那慈祥的微笑和奶汁的芳香。

老二突然问贺叔城："老三，我们一个衣胞里爬出来的亲兄弟，今天这里没外人，你给大家伙儿说句实话，你是不是共产党？"醉眼蒙眬的贺长城猛地一激灵，酒醒大半，赶紧抬头看看四周，伙计们早就让他轰去看戏，门外大哥的卫兵听不到屋里的谈话。

"二哥你听风就是雨，净瞎胡咧，三哥这些年一直在新疆做买卖，哪是什么共产党呀。"贺长城说着，看看老三，又把目光停在大哥的脸上。老大满面红光，笑眯眯地看着老三。

"二哥，你看我像共产党吗？"老三平静地反问。

"我看像。大哥，你说呢？老三就是共产党，我不用看，用鼻子闻都能闻出来。"老二探身过去用鼻子夸张地在老三脖子边嗅起来。

老大贺元城带着几分醉意说道："三儿，共产党大哥领教过。我在黄埔军校读书时，政治部主任周恩来，教官叶剑英、聂荣臻，还有好多同学都是共产党。东征和第一次北伐时他们和我并肩战斗，我同学陈赓还救过校长的命。说实话，共产党人打仗不怕死这一点我是佩服的。但是他们的政治主张我是不能接受。你们知道共产党革命的对象是谁吗？"

老大停住了话头，用红红的双眼环视一圈，然后说道："革乡绅地主、资本家的命，也就是革咱们贺家的命。校长反复告诫我们，日本人只要我们的土地，可是共产党既要我们的土地还要我们的命。共产党是党国的心腹大患。"

老三缓慢却坚定地说："大哥，你们校长说得不对。眼下是民族危亡的时刻，中华民族的心腹大患是日本侵略者。凡我族类、各党派团体都应该放弃前嫌，枪口一致对外。"

"大哥怎么样？我说老三是共产党吧，你听听，他的主张和共产党的主张是一个模子里刻出来的。"

老大拉起三弟的手深情地说："三儿，大哥知道你是个有本事的人，又是个志向远大的人。共产党只讲主义，不讲情义，受他们蛊惑将来是要吃大亏的。跟大哥来吧，把你的人都拉过来也行，你自己过来也行。等消灭了共匪，咱们兄弟一起把日本人赶出中国去，好不好？"

"大哥，你的好意兄弟心领了，自古道不同难相为谋，愿我们兄弟有并肩战斗的那一天。来，我们为了'还我河山'干一杯!"

第五章　窝儿里反

世上没有不散的酒席。

——妫川谚语

一　大哥特别的礼物

正日子这天在早餐的饭桌上，贺长城把当天庆寿的活动安排给大家说了一遍，约好十一点在前院正房集中，一起给老爹祝寿，十二点寿宴正式开始。

出了餐厅，老大拉着贺长城的手说："虎头，跟大哥回屋。"两兄弟拉着手来到东跨院老大屋里，大嫂亲自给他们泡上茶。老大深情地望着贺长城，说道："虎头呀，大哥这么多年在外，你替我们几个尽孝了。家里家外都靠你操持，你办得井井有条，还给大哥新盖了宅子，真是难为你了。"

说着让大嫂把准备的礼物拿过来，打开绸子包袱，从皮套里掏出一把乌亮的手枪："这是世界最先进的勃朗宁手枪，是我黄埔军校同学老郑送给我的,今天大哥把它送给你。"贺长城惊喜地张大眼睛,双手接过这稀罕物,摩挲着,说道:"好漂亮啊!谢谢大哥、谢谢大嫂。"

老大简单讲了讲手枪的构造和使用方法,又手把手亲自示范几次,说已经吩咐刘副官抽空带贺长城去城外实弹射击一次。

老大坚持把四弟送到跨院门前,停下脚步,问道:"梅清夷还好吗?"

"梅姐那老公,就是原先在西街开钱庄的吴家大少爷,那小子不成器,头几年他老爹在时日子过得还算可以,等老头儿一死他当了家,钱庄被人家连蒙带骗亏空不少。他不想着振兴家业不说,还沾上赌,很快就败了家,连西街院子也顶给债主了。现在他们一家带着女儿在南街头租了两间小房,靠梅姐在高小教书过活。我多次接济梅姐都被她拒绝了。她有时到咱家当铺当东西,我已经留下话,都按高价给估当。"

见大哥没有接话贺长城继续说:"那畜生现在还时常去赌,输了钱就打梅姐。"老大铁青着脸,望着高高的院墙依然一言不发,脸色却黑得吓人。

二　老二的如意算盘

贺长城与大哥分手后才转过东跨院门,见自己跟班小杰站在廊下等他,说二爷请过去说话。贺长城把手枪交给了小杰让他送到自己屋里,想想又要了回来,自己回屋把枪收藏好,才快步向二哥的跨院走去。

二哥二嫂已经煮好茶在等着贺长城。竹梅子一边倒茶一边殷勤地说："四弟呀，你那年到天津采办洋货，说喜欢喝日本茶，这次呢二嫂辗转托了几个朋友才找到这半斤，一会儿你拿着，回头我教弟妹如何煮茶。"

老二接着说："还真是，你那年到天津公干，你二嫂天天亲自下厨给你做日本菜，二哥还带你耍遍了天津卫，怎么样，二哥对你好吧？"

贺长城琢磨怎么接话，先闷口茶，老二又殷切地问："口味纯正吧？"

"纯正，好茶。二哥，你有什么事吧？"

"老四，我们虽说是亲兄弟，可是一年也见不上几面，难得我们好好唠唠嗑。眼下时局动荡，国家前途未卜，京津城里的大户人家都在准备后路……"

"二哥，今天是爹做寿的日子，我忙得脚不着地，脑袋都大了。这样，忙过今天，咱哥俩再喝酒慢慢唠，成吗？"

老二把话说得尽量柔软，却一字一句地切入主题："老四，耽误不了你多大工夫，二哥其实就一句话，咱们把家分了吧。"

"分家？"对贺长城表现出的惊讶老二一点都不吃惊，反倒有些得意，他语重心长地说道："老四，我们都是现代人，什么四世同堂那些老一套传统都落伍了。分家不是寒碜事，是换一种方法保护贺家。这就相当于我们兄弟分路突围，将来只要有一路成功就是我们整个贺家的成功，这叫狡兔三窟，如此一来咱们贺家就会永远立于不败之地。二哥说的这些道理你明白吧？总之大家不能在一棵树上吊死，干等着让人家一锅端。"

贺长城警觉地问："你是听到什么消息了？日本人真要打过来啦？"

"那还不是迟早的事！妫城地处察哈尔、热河和绥远三省之交，东北面离'满洲国'边界不过五十里，明摆着是旋涡的中心。你别看眼目前儿一片繁荣景象，像个国际码头，哪天打起仗来这里立马变成前线。元末明初这里就因为战乱变成了无人区，咱们祖上是因为明成祖修筑长城，重建妫城时才在这里扎的根。历史就是不断重复，人就是从来不长记性的动物。现在大家不明事理，只看到眼目前儿这仨瓜俩枣的利益，以为这三管三不管的地方满地都是发财机会，还在不知死活地买房置地，瞧着吧，最后全吃不了兜着走。"

"可是二哥，这日本人还没有怎么样呢，咱们家就窝儿里反了，传出去好说不好听呀！"

老二喝了口茶，不以为然地说道："别幼稚了，四弟，没有人会在意咱们。人什么时候最关心的都是他自己，如果有时候关注别人也是为了在比较中获得高人一等的满足感，你大可不必去在意。我跟你说，眼下对咱们是个有利时机，现在出手能卖个好价钱。宁可卖了悔，休要悔了卖。等把家产都处理了，你和爹去南京，大哥不是早在南京把房子都置办好了嘛，干吗不去享清福呢？"

贺长城木然地摇摇头："爹早说了，不去南京。"

"去天津也可以。让你二嫂帮你们挑一套洋楼别墅，她这方面挺在行。"竹梅子殷勤地把茶给贺长城斟满。

"爹说他哪也不会去，死了回石峡村入祖坟。哎，二哥，分家的事我怎么跟爹说哪?"

老二轻轻拍了拍贺长城的肩膀，胸有成竹地说道："爹是经历过大事的人，看得比咱们兄弟远，他一定会支持。况且现在是四弟你当家，只要你提出来爹不会反对。"

"分家的事咱们都没有经历过，不是那么容易分的。你容我好好想想。先把爹大寿做完了再说。"

"这不用你操心，二哥都替你想好了。"

分家方案，老二确实早就准备好了：祖宅、商铺、作坊和田地一共平均分四份，老爷子、老大、老二和老四一家一份，没有老三的份。

"老三参加了共产党给家里找多大的麻烦? 要不是有大哥在中央军罩着，咱们这家早不知道让人家给抄几回了。"老二愤愤地说道，"不给他分是为他好，也是对咱家的保护。再说他们共产党是共产共妻，你分他一份，他转脸就会分给那些穷人。还有，你听二哥的，早点去警察局给老三报个失踪，把他的户口销了。这对他、对咱们家都好。他这次真不该回来……"

老二一再强调这次回来在家待不上几天，分家越快越好。另外不要纸币，银圆也不好使，都换成金条。最后他特别体贴地说，等老爷子百年之后他那份全归老四。"老四怎么样，二哥够意思吧!"

贺长城不知是怎么从二哥屋里出来的，深一脚浅一脚地往回走，心里突然想起爹二十年前说过的话：老二的书是白读了! 分家，真亏得老二想得出。

三 澡堂说话

送走了最后一拨亲戚，贺长城浑身像散了架一样，他到后院找到正在指挥伙计们拆戏台的管家丁海宽，一把搂住他的肩膀就往外走："宽子，咱俩去华清池好好泡个澡，这些日子快把我折腾散架了。"没有外人在的时候这对发小兼同学相互还叫着彼此童年时候的乳名。丁海宽挣脱了贺长城的胳膊说道："城子，我这都拔不开麻了，俗话说办喜事起落三天，咱家场面大起落要半个月，我手头一堆事儿，脑袋都大了，还是你自己幸撺去吧。"

"不在这一会儿，走吧……"贺长城不由分说，又拉起丁海宽胳膊往外走去。

华清池坐落在儒林街西头，一座两进的大院子。前院是盆塘，一个大池子，外设躺椅，备有茶水点心。里院是"官塘"，装潢讲究，设施齐全，有两个一丈见方的池子，一个热水池，一个温水池。还提供搓澡修脚服务。休息厅设有带隔断的躺椅，备有麻将桌，全天供酒水和小菜。许多跑事谈生意的都在这里进行，是妫城里交际的一个重要场所。

贺长城两人在里院的"官塘"泡过温水泡热水，直泡得浑身通红满头大汗才爬出来。搓了背，用自带的香皂洗漱完毕。哥俩来到休息厅，两个榻对着放，高高的靠背隔成一个小雅间，中间一个茶几，店伙计早给泡好了茶并配了几样点心放在茶几上。茶是贺长城存在华清池的香片茶，点心是汤老板的赠送。汤老板早早地等在那里，谦卑恭敬地说道：

"贺四爷，那天到府上去给寿星老儿贺寿，您老跟前尽是有头有脸的大人物，我也没有落着给您请安，罪过。今儿您别管来多少位都算我请客。"

"这话儿怎么说的汤老板，您这话我可接不住。我真不是拿大，老爷子办寿宴从起作儿开始，我是一天都没得拾闲，这半个月把成年六辈子的活儿都干了。老爷子现在是吃凉不管酸，除了下棋遛鸟逗孙子，别的事一概不言语声儿。我们家拉钩儿扯淡的亲戚多，我又年轻，这么大阵仗，深着不是，浅着不是，打里照外忙得脑袋都大了。择日子，我单备下酒席给汤老板补虚儿赔罪。"

汤老板是涞水人，个头不高，理着板寸透着精干。可能因为常年在浴室的缘故，白嫩嫩的皮肤上总像是附着一层蒸汽结晶后的水珠。

澡堂业从北平到妫城多是由定兴、易县和涞水人经营，手艺也是师徒传承。澡堂的伙计没有工资，老板只管一天三顿饭。澡牌钱、搓澡钱、修脚钱、洗衣钱、茶水钱全归柜上，伙计们靠挣小费。那年汤老板从北平学回来先进管理经验，定了许多规矩，重要的措施是扣下客人的小费三成五，其余再分给伙计们，说是管理成本。结果引发全体伙计停工闹事，双方僵持不下，贺长城以商会的名义出面调解，最终以恢复原状而平息，劳资两方都对贺长城心存感激。

吃了几块点心，喝完一壶茶，贺长城恢复了精神，跟丁海宽说起老二要分家的事。

　　昨天上午，贺长城抱着个盒子来到东跨院贺仲城的房间。当着两口子的面打开了盒子，瞬间黄澄澄、亮闪闪的几十根金条扑入眼帘。灿灿光芒把竹梅子一排碎牙映照得锃亮。竹梅子一把把盒子揽入怀中，精致的五官都调动起来，一根一根地数起金条来。老二一手按住竹梅子，一手接过贺长城递过来的契约扫了一眼，说道："是按我给你的方案分配的吗?"

　　"这些是所有买卖商铺折合出的你们那份。老宅和田地没有分。老宅是咱们兄弟的根，分不得。地是祖宗留下的基业，爹在一天我们也没有权利分。你们尽管去外面闯荡，将来叶落还是要归根。留着田地祖宅也是留个后手儿。"

　　丁海宽咂咂着嘴说道："难怪这几天你疯了似的要换金条，原来都是老二在作妖。这老二想起一出儿是一出儿，老太爷刚七十大寿，他也忒不着调了。要说你们一个炕上长大的四兄弟，怎么差别那么大呢? 真是应了那句老话'一个香炉一个磬，一个人儿一个性'。"贺长城躺平了身体长长舒了口气，不再言语。

　　沉默了一会儿，丁海宽眼望着天花板说："城子，老二跟日本人贴得近，他是不是听到什么风声了? 哎，你说大哥这次带兵回来守长城，能守得住吗? 东北几十万军队守在那，到了儿还不是把东三省全丢了。我这几天一直在想，咱们应该早做准备……"贺长城这边已经鼾声如雷。

四　梅清夷的烦恼

从华清池出来已经是夕阳西下，丁海宽要赶回贺家大院看看收尾情况。这半个月来一直张罗老爷子的寿宴，铺面的事都没有来得及处理，两人约好掌灯前到东街药店会合。

贺长城刚在药店后堂坐定，前面伙计就进来说吴太太梅清夷来买跌打药。贺长城忙来到前面，叫了一声梅姐，紧着问家里是谁受伤了，需要什么只管让坐堂先生开方子抓药。

梅姐说："昨天傍晚家里突然来了几个操着南方口音的壮汉，把当家的叫了出去说是商量还赌债的事。没一会儿有邻居叫我快去看看，说当家的腿被打坏了，瘫在街口站不起来。我赶紧找人把他抬回家，他却对我破口大骂，说我找了相好的想要他的命。真是气死我了，活该他挨打！"

"他又打你了？"

"没有，光骂没动手。"

贺长城已经明白了八九分，想军人处理问题就是跟老百姓不一样，酣畅淋漓。他一面有一搭无一搭地安慰着，一面安排伙计抓药。

"梅姐，我也正要去找你，前几天大哥贺元城回来了，他现在是中央军的少将师长……他问你好。"贺长城一边说着一边观察着梅清夷的表情。

梅清夷猛地瞪大眼睛望着贺长城："一定是贺元城叫人干的，难怪都南方口音。"

"他还给你留下三百块大洋，这是存单。还说你要愿意随时可以带着孩子去南京，他来安排。"

"谢谢他的好意，但这钱我不能收。我哪里也不去。"

"那就先存铺子里，梅亚男眼看着一天天大了，要上学，要出嫁哪儿不得花钱。你让孩子姓梅不姓吴，就是我们的亲闺女一样。"

刚过四十的梅清夷身材没多少变化，依然绰约动人，只是两鬓有了几丝白发，比实际年龄显得憔悴。眼睛还是那么清澈，可以清晰地映出世事的残酷与无情。

贺长城望着梅清夷清瘦的面颊，想起当年那个美丽少女略带羞涩地说，"你说姐的脚大吗?"心中泛起一阵阵惆怅。

第六章　城头变换大王旗

烧的香多，引来的鬼多；吃的盐多，喝的水多。

——妫川谚语

一　贺长城仗义救人

一天刚吃过早饭，贺长城和太太黎惠淑正合计着备些供养，去长城内的石佛寺给老爷子还愿，黎惠淑说：

"供养菩萨发心最重要，如果心不诚你就是给菩萨供上金山银山也不会灵验，只要咱们心诚，就是供养菩萨一碗清水、一把酸枣，菩萨也会有求必应。"

贺长城点点头，说："《了凡四训》有句话，从心而觅，感无不通。你悟性好高呀。"

黎惠淑得到丈夫的肯定幸福得脸红起来，说道："我有什么悟性，这盐打哪里咸，醋打哪里酸的老理儿我还是知道一些。老爷是上过北平洋学堂的人，不笑话我，我就心满意足啦。"

突然跟班小杰进来通报，黎永忠的太太黎王氏在前厅急着要见四爷。

贺长城一怔，这两年黎永忠眼见贺家势力渐盛，在国民党、共产党和日本人那里都吃得开，将来也不知哪片云彩会下雨，于是开始为谋求取代贺鸿礼会长一事心生忐忑。年初他坚持把商会会长还给贺长城，自己仍然做副会长。又与少奶奶黎惠淑攀了本家，时不时常差遣老婆与黎惠淑走动亲近，两人常常一起选衣料、推骨牌、逛庙会，宛如一对亲姊妹。

黎王氏见贺长城进门，便跪下来大喊救命……

贺长城连忙俯身又不便伸手来扶，搓着自己的手忙不迭地说："嫂夫人快起来，这话儿怎么说的，快起来！"黎王氏前言不搭后语说了半天，贺长城总算听明白了，黎永忠刚刚被下了大狱，罪名是私贩鸦片，杀头的罪。

囫囵送走黎王氏，贺长城让小杰去账房支五十块大洋，自己回到内院换衣服。黎惠淑一边伺候他更衣一边迟疑着说道："要说我们娘们儿之间的闲话不该给爷们儿说……"

"这都火上房了有什么该不该的，说。"

"虽说我们娘家与他们家都是东关当村识户地住着，说什么一笔写不出两个'黎'字，可是成年六辈子不走动，临年傍节都不串门，也是这两年我们才有来往。黎王氏一次说起她们家事，说她过门后日子就觉得闹心，她们爷对她也说不上好，就是总让她心里头瘆得慌。""男人嘛，在家里总是要有些威严的，不然还不都让老娘们儿反了天？"

"她说她们爷是一个面似忠厚、内藏奸诈的狠角色，跟他过日子越久就越瘆得慌。我本来没有走心，可是今天我寻思着，黎永忠平常是个眼里不揉沙子的模样，谁想竟然做出贩卖烟土这种伤天害理的事，绝不是善类，你现在为他出头可要小心。"

贺长城眉头微微一皱，点点头，说："嗯，我心里有数。"

贺长城进了县政府大门直奔后院，一进月亮门就看见县长徐游久刚吃过早餐正在院子里散步，见到贺长城一大早急匆匆进来却并不吃惊。

徐县长像接过一包点心那样，轻松自然地接过沉甸甸装有五十块大洋的包裹，说道："这个黎永忠简直是糊涂透顶，整整一车鸦片，妫川县的名声就是让这些人给搞坏啦。你去找阎国喜想想办法，让他先不要急着往省警察厅报。"

贺长城又来到警察局，阎国喜故作惊喜地抬了一下屁股："稀客稀客。"然后吩咐跟着进来的文书去食堂备酒席。贺长城忙说："阎局长别客气，这天儿还早，也不是喝酒时辰。晚上到兄弟家，刚到的西凤老烧都给你留着哪。"

贺长城坐定后摆出一脸怪罪的表情，说道："听说阎局长在老家新娶了太太，这么大的喜事也不吱声，难道是怕兄弟们讨要喜酒喝不成？"

"哈哈哈……什么事情也逃不过贺会长的法眼呀！内人前年害绞肠痧过世了，上个月老家给说了个张家口的女学生，现在时局不稳，先把人娶过门，婚礼择时再补办，喜酒到时候一定少不了兄弟的，哈哈哈……"

"听说你正在妫城收拾新房，兄弟给备了一百块大洋，权当作恭贺百年好合吧。"

"哎哟，那我就先替你小嫂子谢谢啦!"

接着贺长城把来意说明，阎国喜面露难色却并没有马上接话。

阎国喜站起身绕过办公桌走到贺长城跟前的椅子上坐下，语重心长地说："老弟，你是个重情重义的人，老哥佩服。只是这个黎永忠犯的是死罪，整整一车烟土，一笔抹去怕是说不过去。好在往省厅的公文还没有发……"沉思片刻说道："这个事就交给老哥吧。老哥也正想找你说个正经事。现在妫川县驻军都被蒋委员长调往西北剿共去了，只留下巡警小队守城，老哥想把保安团成立起来，可是现在是既缺人又缺枪。听说你大哥贺师长已经驻军古北口，你给你大哥说，支援些硬家伙。不客气地说，我这也是为贺师长他看家护院，毕竟令尊和祖业都在这里嘛。"

黎永忠出了大狱没回家，先到华清池。在门口把全身里外的衣服全脱了，随手扔到门外，一丝不挂穿堂入室，径直走到"官塘"热水池，"扑通"一声栽了进去，把人惊得四散躲避。

足足泡了半个时辰，出来后让涞水的搓澡师傅一连搓了三遍，直到把全身搓得像个熟透的紫茄子才叫住手，他要把身上的晦气都搓下来冲走。接着修脚、理发，还刮了胡子。然后在腰间围了块浴巾来到休息厅坐定，也不与人搭话，一口气吃了两大碗羊肉臊子面，抹一把嘴要来水烟吸起来。

吸足了烟，喊来华清池汤老板，让他差个伙计到西街聚福祥制衣店预支一身新衣裳。到布永升支了双千层底布鞋。穿戴齐整后来到华清池门厅的大镜子前，前后左右照了照，然后出门昂首挺胸向贺家走去。来到贺家先去给老爷子贺鸿礼请了吉祥，出来后拉着贺长城的手千恩万谢，并约好第二天晚上请贺长城来家喝酒。

第二天晚上，贺长城拎着两瓶西凤酒如约而至。

黎永忠双手端起满满一杯酒单膝跪地，说道："你就是我亲兄弟，打今儿起，哥这条命就是你的!"说完一饮而尽。

贺长城连忙扶起黎永忠："永忠兄这是干什么，快起来，受不住，受不住。"

酒过三巡，黎永忠有些沮丧地说："你哥我这次是彻底栽了，狐狸打不成倒惹了一屁股臊。我现在是三分像人，七分像鬼，以后是没法子在妫城街面上混喽。"

"不至于。人有三魂九转，天有风云变幻。权当死过一回，大不了从头再来。咱们好好谋划谋划，你一定会东山再起。"

黎永忠叹了口气，说："墙倒众人推，沾上大烟的事人家都会往出撇，谁还会再与你穷拉拉？不会啦。"

贺长城借着酒劲忍不住地埋怨道："你别嗔得我说你，烟土这事压根儿就碰不得。退一万步说，就算倒腾烟土也应该早早把路子都打点好，咋还能被人打闷棍了呢？没那金刚钻儿，也不揽那瓷器活儿……"

黎永忠满眼含恨地说道:"是阎国喜找的我,跟我说成立保安团买枪需要钱,贩一次鸦片挣的钱除了买枪还有富余。他提供渠道,我负责筹资和接送货,富余出来的钱我们两人二一添作五。还说事成之后让我当保安团副团长,实际管事,他只挂个团长的虚名。我寻思着反正是贩卖到'满洲国'祸害的是日本鬼子,也算是咱为国家出点力。谁想到这狗日的居然黑吃黑。"说着自己一仰脖子干了一杯。贺长城听闻,后背一阵阵发凉。

黎永忠又说:"你知道吗?姓阎的上报说查扣一车鸦片。"哼哼冷笑一下,接着说:"我们一共贩来三车。全让那个狗杂种给黑了。"贺长城如同跌入丈深的冰窖,寒气刺骨。

两个人突然都不再说话,沉默得呼吸都困难。过了半晌,贺长城才打起精神又安慰一番,谋划着下一步黎永忠该如何行事。最后也没有商量出个所以然。两人约好第二天晚上继续喝酒商议。

第二天一早,黎永忠收拾了简单的细软带着老婆孩子悄悄出了妫城,只留下一位老用人,也是个远房亲戚看房子,逢人问只说是去了口外,没有交代归期。

二　黎永忠的复仇

长城外的暑天酷热难熬。太阳无遮无挡地斜挂在天空,像是要把大地上的一切灼伤。风也躲起来了。

葡萄架子下,老爷子贺鸿礼一手摇着一把大蒲扇给大孙子扇风,嘴里哼唱着:

小小子，上门台，趴个马趴拾俩钱，又打油，又称盐，又要媳妇又过年。

“爷爷再唱，还要听。”

小巴狗，上南山。割荆条，编筐篦。爷爷吃，奶奶看。急得巴狗一头汗。巴狗巴狗你别急。剩下锅巴全给你。

“还要听，爷爷再唱。”

这时贺长城拿着棋盘过来，后面跟着小杰端着用藤条编织的托盘，上面摆满切成月牙状的西瓜，瞬间，带着一丝凉气的清冽甜香在葡萄架下弥漫开来。

“大宝，别跟爷爷闹。”贺长城稳住孩子后对贺鸿礼恭敬地说道：“爹，这是西红寺新下来的西瓜，前天后晌午才送来，放在地窖里镇了一天一宿，刚又新汲井水湃了湃，现在正爽口，您快尝尝。大宝，先给爷爷吃。”爷孙三人坐定后，贺长城接着说：“已经安排人给他二奶奶送过去了。”

黎惠淑过门后给贺家生了两个儿子，老大贺照永乳名大宝，今年五岁；老二贺照久乳名二宝，今年四岁，正牙牙学语，贺鸿礼每天看着两个大孙子心里美滋滋。

爷俩棋杀得正酣时丁海宽急匆匆进来，先给老爷子胡乱地请过安，然后说有要事报告请贺长城移步出来。“你先吃块西瓜，我这里已成胜局，卧槽马加掏心炮，就是二郎神下凡也没辙。”

“隔山打死牛，吹吧你。”老太爷噘着嘴咕哝道。

“老祖宗别下了，要出大事啦！”丁海宽气急败坏地说。

“瞧你呼雷闪电的，能有什么大事，八国联军又来啦？”

“哎哟我的老太爷，比八国联军来还要命哪，土匪刘桂堂就要进城啦！”

刘桂堂，这个让人毛骨悚然的名号，以屠村和强娶七十二房太太而臭名昭著的大土匪头子居然进了妫城。

贺长城拿着棋子的手停在空中，问道：“他不是已经投靠日本人，在‘满洲国’当了什么第三路军司令，怎么会跑到咱们这里来呢？”

“听说他又反水了，他原来就是山东的巨匪，现在又要杀回山东，一路专抢金银珠宝和女人，遇到反抗的就杀光全村。”

“咱们这里城高水深，又是二十九军的防区，谅给他几个胆子也不敢来攻妫城。”

“大部队都去西北剿共匪了，离二十九军最近的部队也在宣化，远水解不得近渴。守城的就阎国喜的巡警小队和刚刚成立的保安团，元城大爷送的快枪怕还没来得及焐热嘞。”

“他刘桂堂远道而来不知咱城里深浅，不会贸然攻城。”

丁海宽冷笑道：“就怕生内鬼。”说着递给贺长城一封信。

贺长城展开信笺一看，不觉呆若木鸡。

天黑前，刘桂堂一个团四个营一千多人，在黎永忠引领下悄然在距离西门外三里处的西磨坊屯埋伏下来。土匪先封锁所有进出村口，许进不许出。然后从四个村口同时挨家挨户"扫荡"，稍有反抗刀砍斧剁。土匪倒不是为了节省子弹，而是怕枪声过早暴露目标。

一番抢劫后，土匪把还活着的男人都捆绑起来关进一处院子；妇女另外分散关在几处，然后以排为单位进行轮奸。一轮过后，挑选十几个年轻姑娘、媳妇为土匪做饭。酒足饭饱后又把这十几个姑娘、媳妇轮奸数遍，然后只等三更天西城门楼上的火把。

更早几天前，黎永忠抱着不成功不惜一死的决绝，在赤城县境内拦住刘桂堂南下的队伍。刘桂堂非常好奇这个上门找死的人是个什么屌样子。经过几乎扒光似的搜身后黎永忠被蒙眼拉到刘桂堂面前。扯下蒙眼的红布，四目相对，两人对视足足一分钟谁也没有开腔。

"来呀，把这个国军奸细拉出去砍了。"

霎时，黎永忠被两名土匪扭住胳膊就往外面推。黎永忠突然发力甩开两名土匪，大义凛然地吼道："不劳兄弟驾，爷自己走。"说着昂首挺胸往门口走去。

"站住，你是抗联的说客吧？本司令的刀下不死无名鬼。"

黎永忠回过身来平视着刘桂堂，从容不迫地说道："我既不是国军也不是抗联。我是来给刘司令献妫川县城的。"

"哈哈哈……笑话。老子一路攻城拔寨，还稀罕你来献城？"

"司令是不稀罕我来献城，可是我给司令准备了三车新熬制的上等烟土，还有可以装备中央军一个连的枪支弹药，一水儿的德国造，司令不会不稀罕吧？"

"说说你的来由。"

黎永忠把如何遭到阎国喜陷害的前后诉说了一遍，然后开出一个条件，就是抢劫时绕过贺家。

"贺元城是中央军师长，现在就驻守在古北口，他兄弟贺仲城留日回来在天津给日本人做事。我知道刘司令不会把他们放在眼里，也看不上他家那点财物。可是人常说'凡事留一线，久后好相见'。今天司令给他贺家个面子，也算白送他们一个大人情，以后山不转水转，什么时候要他们偿还，还不是凭司令一句话……"

刘桂堂哈哈大笑，骂道："你他娘的就是梁山的张顺——算个狠人！"于是，黎永忠把城里守军详细情况和盘托出，同时列出乡绅富户名单，建议先安排十几个弟兄化装混进城里，在他家埋伏，大队人马在天黑后到西城门外等候，等三更天打开城门即大功告成。刘桂堂命令手下团长楚歪嘴去干这一票，而后欣赏地说："黎永忠，你很会计谋，干完这票跟着我干吧。"

黎永忠在傍晚城门落闸前从南门进了妫城。为了避免被人认出来，他特地一身庄稼人装扮，把破草帽压得很低，有意佝偻着身子走路。他带着一种复仇的激动与快感走在这熟悉的街道上，脑子里不断出现阎国喜虚伪又阴险的面孔。一想到再过几个时辰，阎国喜和那些曾经伤害过他的人都将迎来灭顶之灾，他兴奋得想要大叫。他要大声告诉全城的百姓——我黎永忠不是好惹的，你们过去所有对我的藐视和作践在今夜要付出代价!

看着街上浑然不知大祸临头的人们仍轻松悠闲地来来往往，他一下觉得自己是这座城市的新皇帝。唯一遗憾的是他不能公开露面，这让他的报复减少了几分扬眉吐气的快感。他必须要忍住，因为土匪走后他还要留下，他不愿意跟刘桂堂去山东做土匪。出发前他对指挥这次抢劫行动的楚歪嘴说，他这次做内应不要一分酬劳，只请求把阎国喜新娶的媳妇送给他，算是对他的犒赏。楚歪嘴淫笑着，仿佛早把黎永忠看穿似的说："你个老婢养的，老子早看出你是给我们司令胡咧咧，嘿嘿嘿……原来你都是为这个小娘们儿呀。"

黎永忠带着十来个土匪悄悄回到家，他马上安排用人去买火勺和熏肉，特地嘱咐不要在一个铺子里买，免得一下子买太多会引人生疑。

三 土匪血洗妫城

三更梆子声响过三遍，白天潜入县城的土匪不费吹灰之力，就控制了西门城楼上的几个保安团士兵，随即打开城门。早已埋伏多时的大队土匪鱼贯而入，一路直奔县政府，一路奔向巡警小队和保安团驻扎的大院，与两处盯梢的土匪会合，简单交流几句，便开始行动。

几个身手敏捷的土匪搭人梯翻墙入院，旋即打开大门，大队人马点燃火把拥进院子，分头砸门入室。巡警队和保安团没费一枪一弹全部束手就擒。

另一路土匪却在县政府遭到顽强抵抗。翻墙的土匪遇到起夜的卫兵，偷袭改强攻。梦中被惊醒的县长徐游久带领警卫班殊死抵抗，大喊："兄弟们，投降就是死，我们只要顶住半个小时阎局长就会率领保安团来救我们。"

政府门外的土匪头头早已经不耐烦："扔手榴弹，炸死这帮死孙。"密集的枪声随着一阵连续爆炸声后戛然而止，四周陷入死一样的沉寂。县政府火光冲天，照亮了大半个妫城……

四 审票

鸡鸣三遍，东方发白。土匪挨门挨户破门抢劫已经接近尾声。不时有零星枪声响起。另有一支人马，还在拿着黎永忠拉出来的名单挨着抓人。

名单头一个就是阎国喜，后面还有财政局张局长、妫川县师范学校马校长、永恒钱庄卢老板、大柏老镇首富赵四爷、广益合洋布庄崔老板……妫城有头有脸的人基本都在里面。

日上三竿，土匪押着人票和抢来的女人在东门外集中，按照名单清点，却没有阎国喜。

阎国喜此时仰面躺在小井街丁起家的门口，圆圆的肚子上有五个血窟窿，一摊紫黑的血已经凝固多时了。

本来他已经躲过了因他而起的此劫。阎国喜在警察局后街买了一处院子，为出入方便在警察局后墙开了一个便门。昨天才把新娶的洋学生媳妇从张家口接来，在小院与娇妻推杯换盏缠绵到半夜，人困马乏方才入睡就被枪声惊醒。阎国喜从枕头底下摸出手枪子弹推弹上膛，让媳妇躲到柜子里别出声，自己小心翼翼地摸到街门，把耳贴大门静静听了一会儿，县政府方向枪声激烈，而对面警察局院里却鸦雀无声。是哗变。他判断一定是保安团和巡警小队哗变了。

阎国喜不由得骂道："狗日的，才三个月没有发粮饷就起反心。"

他马上感觉家里此时很危险，想到守东门的阎队长是本家兄弟，随即打开街门向东门方向疾步走去。这时听到去警察局办公室扑了空的土匪在砸后墙的小便门。阎国喜机警地拐进与东大街平行的小井街撒丫子跑起来。跑到经营贩运货物的丁起家门口时正撞见几个土匪拉着五匹大骡马和毛驴出来。丁起追出来一把拽住领头的大骡子一边护住骡子头，一边央求道："老总，行行好，别的牲口你们都拉走，好歹给我们留一头骡子，留条生路……"没等他说完就被土匪一枪撂倒。众人一抬头猛然看到一个满头大汗的人站在眼前，手里竟然握着一把手枪。双方瞬间都反应过来，一阵对射，枪声过后只有阎国喜倒在血泊中。

名单上还逃脱了藏在师范学校夹墙里的马校长，广益合洋布庄崔老板，他因为回白沟进货而躲过此劫，但是李掌柜却顶了他的名被抓走了。

土匪们押着载满财物的骡马和绑架的七百多人票向古城走去。凡是上了名单的人都堵着嘴，用麻绳绑在牲口上。一般人票用麻绳拴成一串串，队伍哩哩啦啦有二里多。

古城是个地处妫川县北山入口的古村落，背山面川，可进可退。当年是辽代萧太后的别院，妫川古八景之"古城烟树"。

七百多人票在路上跑了一些，被押解到古城的戏台前与先到的土匪会合时还有五百多人。土匪把人票围成半个圆圈，楚歪嘴坐在戏台前面要亲自审票。距离在楚歪嘴右侧十丈远处摆放着一把铡刀，四个土匪守在旁边。

站在楚歪嘴身边的是一个有些斯文的土匪，手拿几页纸的名单开始喊人："谁是西街磨坊的谢小来，出来。"一连喊了三遍，只见一个大个子，三十来岁的样子，战战兢兢地挪出来三步就再也不肯往前迈一步。

楚歪嘴和颜悦色地问道："谢小来，你老实说你家有多少亩地，存了多少洋钱？"

"我只是个磨倌，没有置下一亩地。家里还有老母亲就靠我做工来养活，也没有攒下洋钱。要是有洋钱我不至于现在还打光棍……"声音越说越小，直到连身边的人都听不清了。

不等他说完楚歪嘴大喝一声："你个熊拼种，原来是个穷光蛋，绑个没有用的废物值啥？铡喽！"说着右手一挥，立马上来两个土匪扭住谢小来就往铡刀走去。众人还没来得及反应，顷刻之间，寒光一闪，一颗血淋淋的人头滚落在地上，引起一阵低沉的惊呼。

一个土匪拎起人头放到托盘上，来到人票前从左往右展示，托盘上的人头微张着嘴，大睁的眼睛仿佛还在闪动。人头过处人们惊呼着后退，个个早已吓得魂飞魄散。再也不等多问便把家有多少亩地，开什么商号，存下多少洋钱一一供出。南街糕点铺李二愣原来就口吃，经过一番惊吓更是说不出一句完整话，早把楚歪嘴听得失去了耐心，不由分说拉过去给铡了。

最后过堂的是广益合洋布庄李掌柜，他虽然如实说了店铺的实情，可是他们东家崔老板回白沟进货没有抓到。楚歪嘴让人割去李掌柜一只耳朵给东家送去，说十天为期，不见五千洋钱就送人头。

很快土匪开出一份长长的赎金单子：财政局张局长、妫川县钱庄卢老板、大柏老镇首富赵四爷赎金一万银圆，其余三五千不等。"审票"结束后，楚歪嘴一面安排人往妫川县城送信，一面杀猪宰羊分女人，准备犒赏全体土匪。

土匪把人票分类圈禁，楚歪嘴来到女人堆前，和蔼可亲地问："哪位是阎局长的夫人？"女人们都低下头不作声。

还是那个长得文文静静的土匪大声喝道："阎国喜的老婆马上出来，不然我可要挨个儿皮鞭抽啦！"

女人们一阵骚动，都把目光投向一个年轻的女子，同时往后退去，把一位洋学生打扮白嫩如雪的女孩闪了出来。楚歪嘴凑上前前后仔细打量一番后，说道："这妮子果然漂亮白嫩，有朋友点名要你，我先替他查验查验。"说着一挥手，上来两个土匪一人拎起一只膀子架着向村里走去。

土匪在村里一直折腾到第二天早上，放了一些实在没有油水的人，押解着其他人票转至怀柔境内等候赎金。可怜被割去耳朵的李掌柜，头感染肿得大如猪头，没有撑到十天就一命呜呼了。

五　人嘴两张皮

妫城被大土匪刘桂堂洗劫的消息迅速传开。县长、警察局局长战死，包括财政局局长在内的多名公职人员、乡绅学生、商号老板和妇女五百多人被绑票掳走，如此惨烈血腥的事件闻所未闻。一时社会各界团体、报纸纷纷呼吁政府解救人质、剿灭土匪。

《宣化日报》进行追踪报道，并深入剖析了这几年剿匪不断，匪祸却屡剿不灭的原因。提出为什么"匪走三里，军队走三里"，还把流行的民谣刊登了出来：

> 一人一马一杆枪，游手好闲当大帮。三天一犒赏，五天一分赃。官兵别害怕，他是咱老乡。

民众争相传阅，谴责之声排山倒海。驻扎在宣化的奉军坐不住了，派人砸了报馆，然后磨磨蹭蹭地发兵剿匪。

贺家躲过一劫，有关贺家通匪的传言也在城里不胫而走。贺长城却不屑一顾，对丁海宽说："别听闲人嚼舌根子，马上筹钱赎人。咱们出一万，其他商号随意出。先把人赎回来再说。另外，一下死了这么多公职人员，省里一定会搞公祭。咱们要早做准备。"

贺长城忙到很晚才回家。老爷子贺鸿礼一直在等他。

"爹，这么晚了，您还没有歇着？"

看到儿子一脸疲倦地进来，贺鸿礼把手里的水烟递过去，说道："虎头，这是百年不遇的大事呀，处理不好怕是要万劫不复。"

"没有那么严重，爹您不用担心，我可以应付。"贺长城突然看到老爷子从未有过的严肃，脸上的皱纹像斧凿刀刻般冷峻：

"人嘴两张皮。老话说，害人之心不可有，防人之心不可无。"贺鸿礼停顿了一下，然后加重语气一字一句地说道，"出了这么大的事，衙门一定要找替死鬼，冬眠的长虫不咬人，那是时候没到……对一些人来说，这可能是扳倒我贺家的一个千载难逢的机会。"

贺长城猛然惊出了一身冷汗。从老爹屋里出来马上派人叫回丁海宽，然后来到书房找出黎永忠的信在烛火前展开，瞬间煞气扑面：

> 依剑归来送晚霞，桂堂入城百花杀。冤头债主终有报，加贝门楹写良家。　黎

贺长城把信放在烛火上点燃，看着信笺在蓝火苗中曲卷成一个红红的小筒，直到烧到手指才松开，落地成灰。

丁海宽进来正看到这一幕，心里已经明白了八九分，说道："我已经派靠实的伙计去把贴在咱家商号、铺面和家里门楹上的'贺'字都揭去了。"

"若想人不知，除非己莫为。"贺长城呆呆地望着地上那一

堆纸灰黯然地说。

"城子，这事还真怪不得咱们。当我们得到消息时土匪已经进了城，如果那时给政府报告的话，就阎国喜那几个尿兵不仅挡不住土匪，还会把全城的老百姓都搭进去，谁不知道刘桂堂遇到抵抗就会屠城呢？况且当时仅凭信上没头没脑的几句歪诗，也不能肯定就是土匪要打劫，万一不是，又如何收场？"

"宽子，你不用宽慰我，道理我都知道。可是你想过没有，土匪虽然不是咱们招惹来的，可是知情不报就会被视同通匪。人家要存心整你，有这条就实锤了。"

"黎永忠真是个三孙子，他与阎国喜的私仇怎么能拉全城人垫背哪！"

"我倒是不相信凭他就能调动刘桂堂，他可能有自己的难处，将来见面会搞清楚。倒是他这次真是救了贺家，也算我没有白白救他。"

丁海宽冷笑道："怎么知道他这不是一箭双雕的又一种手段呢？古人讲大恩如仇，对姓黎的来说恩重难报时，借刀杀人也不失一种好结局。"

贺长城浑身打了个激灵："不至于吧……"

丁海宽说道："人心难测，走着瞧吧。"

贺长城一拳砸在桌子上，喘了几口气，然后有气无力地说："宽子，我想好了，赎金我们出，死的人我们收尸下葬隆重发送，让丧主家都满意。"

"万万不可。城子，你冷静一下。听我给你捋一捋：刘桂堂不是我们招来的，这是第一条。第二条，我们贺家过去的货车、外埠的分店也是年年遭抢劫，这个大家都知道。这次土匪没有抢贺家完全是因为贺元城师长驻守在古北口，那可是一个师的中央军，土匪要是抢了贺家怕是出不了长城就被剿灭了。所以土匪绕着贺家抢也完全在理。第三条，我们家和店铺门槛上是贴了'贺'字，但那是土匪内线贴的符号，阎国喜、马校长好多家都贴了字，只不过他们那个符号的意思是抢，咱们这个符号的意思是免，都是土匪行内做派，与我们何干？"

贺长城抬起头望着丁海宽："你接着说。"

"如果咱们把赎金都包圆了，那不成此地无银三百两了吗？人家自然会说，你贺家心里没有鬼为什么当这个冤大头？被赎回来的人家不仅不领情，还会把对土匪的恨、对政府的怨、对破财的痛，都撒在咱们头上，这就叫迁怒。到头来我们既损失了大洋又弄个里外不是人。"

"宽子，亏你提醒，我险些花钱办蠢事。你说得对，赎金我们一分都不出。公祭和死者安葬费政府出，不够的话以商会名义来出面组织全城募捐。我们份子钱与商会理事们拉齐，不多出一分钱。另外，我要亲自以妫川县商会会长的名义给省长打电报，请求派兵解救人质，剿灭土匪。只有抓到土匪，一切才会水落石出。"

六　赵登禹部剿匪

察哈尔省省长兼国民革命军第二十九军军长宋哲元接到贺长城会长的电报，当即命令赵登禹派兵剿匪。赵登禹得令而动，指挥二一七团出兵追缴刘匪，解救人质。

刘匪闻讯一边从怀柔躲窜赤城，一边派人联络赵登禹表示愿意分赃，被赵登禹严词拒绝。赵部一路穷追猛打，死咬住刘匪不放，从赤城一路追到张北，又从张北追到涿鹿，终于在涿鹿县洋村把刘匪团团包围。此时土匪手中大部分人票已经被赎走或跑散，只剩下四十多人。刘匪以人质做要挟拒绝投降。赵登禹部果断开火，经过激战，基本全歼土匪，解救出人质。

解救下来的人质惊魂未定，经过两个月的颠沛流离大多衣衫褴褛。赵登禹部给每个人发了一套军服，又给了一块银圆做盘缠，派一个连的部队送至怀来火车站，乘火车回到妫城。至此，轰动全国的刘桂堂土匪抢劫妫川县城事件，经过二十九军两个多月的清剿，终于告一段落。

这天下午，与二十九军联欢活动结束后，贺长城拖着疲惫的身子来到华清池。今天洗澡的人特别多，两个大水池挤满了人，浓浓的水汽弥漫整个澡堂，一尺以外竟看不清人脸。贺长城找个缝隙下到池子里，让滚烫的热水漫到脖子根，把自己的身体深深埋在热水中，头靠在池子沿慢慢合上眼，长长地出了口气。这时，耳边传来隔壁池子兴奋地谈论街上联欢的声音：

"二十九军这大刀耍得真是盖了帽了。把咱们的旱船和狮子舞都比下去了。"

"俗话说，北关狮子凶，东关龙灯疯，玉泉营的高跷让人惊。我看呀，都不如人家二十九军的大刀功。"

"你们听到县长宣布了吗，以后妫城城防由二十九军负责，他们派来整整一个连哪。"

"这我早知道了，人家军纪严明，不扰民，都驻扎在几个寺庙里，关帝庙还是我带人去打扫收拾的呢。"

"他们要是早来就好了，土匪就不敢进城抢劫了。"

"你别事后诸葛亮了，如果没有这次土匪抢劫，也请不来二十九军到妫城驻扎。"

"说到抢劫你们不觉得这次土匪抢劫有点邪行吗?"

"怎么邪行了? 你吃着骨头露出肉，说半句留半句，赶快说呀。"

"听说了吗，城里贺家家业最大，他们家的买卖商号一个都没有被抢，土匪遇到贺家商铺都绕着走。你说邪行不邪行?"

"李老板你这话就不挂味儿，人家贺老爷子是大善人，每当遇到闹饥荒人家搭粥棚舍粥，遇到闹瘟疫人家药房舍药，平日里修桥补路，攒足了福报，如同常年拜观音自然避兵火，你这样挑白儿弄咸的不是在挑事嘛!"

"怎么是我挑事呢? 这次就连县长和警察局局长都被土匪弄死了，绑走七百多口子，可是对他们贺家人竟然连一根汗毛都没有动。这不邪行吗? 哎，你们不觉得邪行吗?"

"你说土匪是贺老四招来的?"

"呸，放你娘的诌屁! 我可没有这么说。但是我听说贺四爷在土匪进城头半月就得到消息了，早早地做足了准备。他家的店铺和贺家大院门头上都贴上了斗大的'贺'字，写字的墨掺了金粉，一到夜里就发光，多黑的天隔着马路都看得见。"

"你满嘴瞎胡咧。我天天晚上回家从他家东街大药房经过怎么没有看到呢？亏你开始到口外贩牲口还是人家贺四爷借给你的本钱，你就这么编派他，不怕生儿子没有屁眼？"

"你怎么急赤白脸地冲我来了，贺四爷是借本钱给我了，可是我也给着利息哪又不是白使他钱。我只不过把听来的话给你们学舌，这还让你抓了话把儿了，真是好心倒做了驴肝肺。"

"你俩别磨牙斗嘴了，我听回来的人票说，这次最惨的是绑走的那些姑娘，天天被土匪糟蹋，这以后可怎么嫁人。"

"都得往口外嫁。皮货商行闫老板的闺女回来都没有让进家门，直接就送坝上草原嫁给一个放牧的了，连彩礼都没有跟人家要。"

"我们隔壁张记粉条的媳妇，刚过门还没有正经过日子就被土匪抢走了，现在天天哭闹着寻死觅活的。"

"这些人好歹还回来了，有几个女学生直接就卖窑子里了。"

贺长城紧闭着眼睛，一阵阵血往上涌，怒发冲冠。他霍地跃起，像一头被激怒的金钱豹，扑上去一阵撕咬，池子里瞬间被血水染红……贺长城张开眼睛，透过浓浓的雾气看到满池子白花花的人体，像一锅剥了皮的大萝卜，在开水锅里煮着，嘴巴在一张一合……这时澡堂大堂传来妫川大鼓浑厚高亢的说唱：

> 民国二十一年半，土匪进了妫川县，抢走金钱无其数，打死县长在大堂前……

第七章　长城抗战

宁可站着死，不能跪着生。

——妫川谚语

一　重修县衙

天空阴沉，厚厚的暗黄色浓云浑浊如南城外积水形成的臭水塘。寒风凛冽，落尽树叶的枯枝在凄惨号叫的风中瑟瑟发抖。失去亲人的家庭在街门上都挂起安魂幡。长长的白幡在腊月的寒风中似鬼魂在招摇。阵阵阴风吹起白花花的纸钱，在空旷无人的街道上翻舞，像是屈死的灵魂在放歌。县政府的断壁残骸在黑夜里面目狰狞，犹如一座坟场。

经过土匪洗劫后的妫城一片破败，冷清寥落。天黑后三关四街的居民都关门闭户。街道上无人行走，人们含着屈辱蛰居在家中惶恐度日。

妫城人却不知道这仅仅是厄运的开始。

新上任的县长冯紫峰，中等身材，面部清秀，眼睛很小，鼻梁上架着一副当地人从没有见过的金丝边眼镜，有点儿洋气。他讲起话来温文尔雅，像一个女子中学的老师，说出的话却柔中带刚。冯县长带着一起从省城下来的警察局局长蔡耀先、财政局局长李长有登门看望贺鸿礼。早有秘书先来贺家下通知，贺长城从街门外把冯县长一行人引到后院上房，冯紫峰县长礼节性地拜访了贺鸿礼，一番客套之后退出来，由贺长城请到自己的会客厅落座，上茶，又让伙计往煤炉中加几块烟煤。屋里很快便感觉暖洋洋起来。冯紫峰脱掉裘皮领大衣后露出一身黑呢子的中山装，这让他看起来老成持重。

冯紫峰先给贺长城讲了一段曾国藩光复被太平天国占据的南京后，如何亲自游秦淮河喝花酒，重开商埠的故事。贺长城跟着频频点头，说了些冯县长学识渊博令人敬佩一类的话，耐心等着他透露此次来访的真实目的。他明显感到这位县长与过去的几任大不相同，打交道需要更小心。

冯紫峰声音依旧平和但不容辩驳地说："无农则无食，无工则无用，无商则不给，三者缺一，则人莫能生也。妫川县要振兴，首先要商业复兴。商业要复兴，就要给各行各业的业主重新树立信心。所以我们要把妫川县商会的作用充分发挥起来，商会理事会要举行换届大会，把真正能为复兴妫川做贡献的贤者选上来。会长、理事要带头开业，带动商铺开业，作坊复工，让出走避难的商人、小业主都回来，让还在观望的业主下定决心。非如此不能恢复市场。百姓们看到社会稳定市场繁荣，就会振奋精神安心生产生活。如此妫川县才有希望。这一切还需要长城兄振臂一呼啊!”贺长城不住地点头，一副心驰神往的样子。

二　新会长的麻烦

冯紫峰选择在民国二十二年，即1933年1月3日召开妫川县商会理事换届大会。这天是农历癸酉年腊月初八，腊八节。

商会理事换届大会进展顺利。新商会依然实行委员制，委员二十九人，常委五人，事务员五人，贺长城继续当选会长，武毕松继续当选监事长，他的镖局在1921年关闭后镖师们念其厚道仗义，都不愿离去。武毕松重新开了“海陀武馆”，传授他爷爷武状元创建的“冠山刀法”，也顺便接一些走镖的小活，由儿子武大勇打理。副会长黎永忠因为失踪自然失去入选资格，新补选了锁钥岭酒烧坊的崔老板做副会长。商会下面设立了烧酒、国药、杂货、香蹍、面业、山货地货、糕点、棉织品、粮食、饭食、榨油十一个分会，任命了分会主任。规定了会费缴纳办法和标准。大会在一片相互道贺声中热热闹闹地闭幕了。

冯紫峰县长在会后组织政府机构负责人与商会理事们会餐，一起过腊八节，地点在贺家聚贤楼饭庄一楼大堂。财政局、警察局、邮政局、电信局等政府机构负责人和驻守妫川县的二十九军指挥长、中央军第十六师招兵站站长，连同参会委员把大堂坐得满满当当。

冯紫峰县长踌躇满志地致辞，提出振兴妫川县的设想，引起一阵热烈的掌声。贺长城也讲了一些应景话，然后开席。酒过三巡后现场气氛逐渐活跃起来，大家开始相互敬酒。有大柏老郭家戏班把住主桌后面一角，打梆开锣，唱起水泊梁山《聚义堂》。

一折戏唱完，财政局局长李长有满面红光地站起来，示意音乐停止，他清清嗓子大声说道：

"诸位，今天是个好日子，我来宣布一项公益事情。大家知道，这次土匪抢劫咱们县城，炸毁了县政府，但是我们妫川县人是有骨气的，在冯县长的英明领导下，我们一定能够振兴妫川。大家知道，政府是一个地方的脸面，不能破破烂烂不成体统。省上民政厅已经在安排重建妫川县政府的经费，但是大家知道，省上财政也困难得很，花钱的地方很多，都需要排队，等排到我们这里怕是要三五年之后了。妫川县的事还要妫川人自己干，经过请示冯县长同意，财政局联合商会出面向社会募捐，请大家踊跃报捐，带个好头。"说完自己带头鼓起掌。

这时由财政局两个文员把写好募捐字样的纸牌子抬进来，摆到县长身后。一个圆脸的文员拿着一支笔兴奋地站在纸牌前望着大家，准备随时写下捐款人的名字和数额。

在场众人被李局长这一出加演的戏码打个措手不及，一时都乱了方寸。马上抬屁股走人怕要得罪新县长，大家只是低头吃菜，不时抬头向贺长城这边瞟觑。

贺长城一时犯了难。不带头捐，得罪县长；带头捐，触犯众怒。捐得少，县长脸上不好看，还不如干脆不捐；捐得多，通匪的舆论还缠绕在大家心头没有散去，如今再"哄抬物价"，今后怕不好做人。贺长城脑子在飞速运转着……

"是不是请贺会长来给大家伙儿讲一讲？"李局长半征求半指定地说道，同时看着冯县长。

冯紫峰赞同地点点头，一锤定音："请贺会长发表高见。"

贺长城退无可退，艰难地站起来，向县长抱拳施礼，又向大家拱了拱手，说：

"各位乡亲父老，承蒙大家抬举，今天选我做这商会的会长。我感谢大家伙儿的信任。没什么说的，继续为大家服好务。刚才在大会上冯县长讲了振兴妫川县，兄弟我听得激动万分哪。为咱们妫川县迎来这么一位好县长而高兴。这也是妫川县百姓的福啊！"贺长城说到这里停住话头环顾大家，李局长知趣地带头鼓起掌来，掌声稀稀拉拉有气无力。冯紫峰含着笑轻轻鼓着掌，并站起身来，向大家微微点点头又风度翩翩地款款坐下。

贺长城接着说："重修县衙是件大事情，古语说'名不正则言不顺'，没有一个像样的县衙让外人咋看咱们妫城人呢？"

李局长插话纠正道："是重建县政府。"

"对，重建县政府。没有一个像样的县政府，厌头日脑的，让老百姓怎么能信服政府？老百姓要是都不信政府了那还怎么实现冯县长设计的振兴妫川大计？"冯紫峰带头鼓起掌来。

贺长城深吸了一口气，接着说："重建县政府，兄弟举双手赞成。但是自古修衙是个大工程，建成什么样，需用多少人工，需用多少石料木料，还有运输仓储，加上管事的人吃马喂等等都得先折算出银两来，做到心中有数。再一个，钱募集上来了得有专人来管，桥是桥，路是路，买油的钱不能打醋。我相信妫川县的乡绅、业主都不是遇事嘬牙花子的人，都是一目拿心地愿意把县政府重修起来。我建议，请李局长和武监事长、崔会长一起计算一下，拿出个工程总预算。再看看省上能批下多少钱，县里能拿出多少钱，余下部分由社会募捐，募捐额度分到各个分会，分片包干。会长和分会主任带头认捐。大家伙儿要是同意，今天当面锣对面鼓都表个态。咱们今儿红口白牙说定了，到认捐的时候谁也不许溜肩膀！"

大家热烈鼓掌，有人喊同意，有人喊好主意，冯紫峰向李长有点点头。李长有心领神会地站起来说，就按贺会长说的办，明天上午请武监事长、崔副会长到财政局一起拿个预算。

看到写着募捐字样的牌子又被那两个文员抬了出去，大家都松一口气，开始互相敬酒，场面又热烈起来。

冯县长端起眼前的酒杯向坐在斜对面的贺长城举了举，贺长城知趣地端起酒杯，过来给冯县长敬酒。冯紫峰起身与贺长城碰了碰，说："贺会长名不虚传，乃妫川县第一开明士绅也。"

这边酒桌上有人开始行酒令："高高山上一头牛，两个犄角一个头。四只蹄子分八半，有个尾巴钉后头……"

新补选的副会长，锁钥岭酒烧坊崔老板，拉着监事长武毕松端着酒杯过来给贺长城敬酒。崔老板谦卑地说道："以后一切尊听会长差遣。"

贺长城连忙说道："崔会长客气了，还请崔兄多多帮衬。"武毕松说："贤侄呀，你刚才随机应变讲得好。我们镖行有句老话，叫作'三分保平安'，行走江湖讲究三分笑，三分理，三分酒。你全部都做到了，武叔敬你一杯。"

这时，邮政局值班文员急匆匆进来，找到邮政局局长后呈上一封电报，邮政局局长扫了一眼电文，连忙起身来到冯县长身边说着什么，但被喧闹声淹没了，他又大声喊道："县长，刚接到电报，日本人开战啦！日本人已经攻占了山海关！"

三　组织劳军

贺长城做老爷子一早上工作了，说县城已经乱成一锅粥，有钱人都在往怀来和宣化跑。咱们也早做打算吧，不行咱们也去宣化避一避。

贺鸿礼仰着头卧在摇椅上，总是重复同样一句话："哪儿也不去。我贺鸿礼一辈子上不愧天，下不愧地。八国联军我都见过，还怕他小日本！"

丁海宽一直守在门外转磨磨，见贺长城垂头丧气地出来，已经知道了结果，把到嘴边的话都咽回去了。跟着贺长城往东跨院商会临时办公地走去。

"大哥那边有消息吗？"

"正要说哪。我还没有去他们兵站，刘站长，就是刘副官，已经堵上门啦，说前面吃紧，让尽快把粮食和药品送上去，新征的兵明天吃过早饭就动身，让咱们再帮助动员一些人。"

"能顶住日本人吗？"

"他说了，这次是中央军、奉军和晋军联合作战，一定能打败小日本。不过让咱们早点安排撤离。"

"这他妈的还叫能顶住？"

"我已经安排盘库了。"

"往前线送的物资准备怎么样了？"

"都备齐了。只是僧多粥少，县里、二十九军和大哥那里都需要物资。还有三哥也让鞋匠捎话来了。"

贺长城叹了口气，说道："打虎亲兄弟，上阵父子兵。粮食药品都给大哥那边送去，记得让刘站长给打个收据，抵折县里征粮任务。"

"县里能答应吗？财政局局长李长有可是个难缠的主儿。"

"大哥是中央军，县里要不答应就让他们自己去找中央军要去。再说县里征集的粮食物资还不知又会落入谁的腰包，给他们我真不放心。你知道吗，财政局那个李局长找过我，跟我说重修县衙的募捐款七、二、一分账。他一，我二，冯县长七，说这是冯紫峰的意思，他只是奉命行事。"

"这么黑！那捐款都分了拿什么修县衙哪？"

"我也是这样问他，他说省上每年都有建设项目支出，什么修水利、修道路、建学校，包括修建各地政府用房，今年给你明年给他，就看谁跑得勤快，关键还看谁省上有人。当然回扣是不能少的，不然亲爹老子也不行。冯县长本身是省民政厅冯厅长的侄子，建衙门的钱早给列项安排了。明年县里还会在税收上加一项建设费，翻新整个县衙绰绰有余，羊毛出在羊身上嘛。"

"真是一帮黑了心的狗官。三哥那边还等话呢。"

"明着资助三哥，会招来麻烦。需要商量个隐蔽的办法。

二十九军对妫川县有恩，这次咱们先出一千大洋。"

正说话间，夫人黎惠淑进来，丁海宽慌忙起身施礼。"我本来不该来打搅你们爷们儿办正事，可是刚才他大舅过来说，日本人打过长城了，我们娘家全村都逃了。我也是急得没了主意，老爷你快拿个主意，这一大家子可怎么办是好？"

"慌什么？几十万大军在长城上守着，哪里就打过来了？大舅哥总是一惊一乍的。"夫人一时语塞，尴尬地僵在那里。

丁海宽忙说道："夫人不用担心，我们正商量这事。咱家家大业大，需要时间。况且老爷子执意不走，你也去劝劝，平常老爷子就高看你。"

"是呀，我找孩子他二奶奶让她早做准备，可她要等他爷爷发话。"

"你先回屋做准备，不行你和孩子先走，丁管家已经在宣化安排好了。"

贺长城从家里出来，一阵冷风打在脸上让他发胀的脑袋好受了一点。他沿着西街信步向梅清夷家走去。八仙茶馆传来妫川小调：

……一马占山，二马占海。山海关前排山倒海。

四　刺客竟是家乡人

黎明裤兜里的左轮手枪沉甸甸的，每走一步都在磕碰着他的大腿。他走在天津日本租界宫岛街用长条砖铺成的街面上。

这条路通往贺仲城的家。

一周以来，黎明反复走在这条路上。他会从贺仲城家门口往西走，在路口折向北，走过三条街，在拐角处的"京都书店"对面停下，那是一家以翻译销售日本作品为主的书店，老板正是贺家老二贺仲城，书店里有他翻译的《京都物语》《古事纪》《浮世棕榈》《日本俗歌十三首》四本日本著作。贺仲城提出用白话文直译，他希望中国诗歌能借鉴日本诗歌的精华。每周日下午书店里还有一个读书茶会，一些日本文化人、亲日的中国学者和旅日同学等等在此聚会。竹梅子身着和服以女主人身份打里照外，异常活跃。

刺杀老二是在"京都书店"下手，还是到家里行刺，黎明和他的助手费了一番思量：书店地处街口，人多眼杂，距离巡警房较近，枪声一响不易脱身。家里倒是偏僻一些，在宫岛街中间，只是事成后要跑过一段较长的街区才有路口可以隐身。黎明最后决定，以书商名义进家行刺，助手在门外掩护。反复推演了几次，选定在今夜动手。

半个月前，天津铁委领导人贺光启也是走过这条用长条砖铺成的街面，敲开了老二的家门。阿姨吴妈给老二通报说，二叔贺鸿武的儿子贺光启来访，贺仲城连忙放下手中的笔，三步并作两步从书房出来。一面热情招呼堂弟，一面让吴妈沏茶。

贺光启问候嫂子和孩子之后，告诉老二自己已经从长沙火车站调回天津机务段了。老二把老爷子做寿的情况简单说了一遍，相约下次一起回家省亲。

寒暄过后，贺光启则开门见山说明来意，希望老二停止与日本人合作，最好离开天津，以他在文坛的声望和影响力来从事抗日斗争。随后兄弟俩进行了一场激烈的争论：

"自鸦片战争以来欺我甚者帝国列强也。日本人的目的是赶走盘踞在亚洲的帝国主义，实现大东亚共荣。中国与日本同属于亚细亚人，虽然发展路径有异但命运相同，终究殊途同归。"

"那是日本人欲盖弥彰。他们的侵略野心在'田中奏折'中已经表达得清清楚楚，'欲征服支那必须先征服满蒙，欲征服世界必先征服支那'。他们现在正是按照田中奏折中的步骤在一步步实施哪。"

"说实话，考察日本后我更觉得我们与日本是不能开战的。人家有海军，我们有吗？我们的门户是开着，还没有打，人家就登岸了。开战即刻完蛋。"

"这是什么话？人活着总要有气节，宁愿站着死，绝不跪着生！"

"我向来钦佩有气节的人，可是我们的气节须得平日使用为好，若是在亡国时使用未免牺牲太大。而且这种死对国家社会都没有益处。徒有气节而无事功，也是误国殃民……"

贺光启打断老二的话："你这完全是汉奸逻辑！"

"你们共产党就喜欢乱扣帽子。你别瞪眼，我早知道你和老三是共产党。我尊重你们的信仰。请你记住，我不是汉奸，今后也绝不会做汉奸。我们还继续说我们的话题，在明知军事绝无胜利之可能，和谈也是避免让更多百姓牺牲的一条途径。这条途径更加艰难，但也许更有效果。可是中国国民性的弱点形成认知上的糊涂，往往主张抗战的人即便失败了也会被尊为英雄；主张和谈的人即便拯救无数百姓生命，也会被视为千古罪人。就像称赞岳飞而骂秦桧，称赞翁同龢而骂李鸿章。岂不知，就南宋当时的败象，如战不仅直捣黄龙府绝无可能，就连偏安一隅都是奢望。甲午战后，我们怎么样了？其实，主和者更需要政治远见和道义担当。"

"二哥，你看不清日本侵略者的本质，著书立说宣扬中日同文同种那一套，已经成为众矢之的。你现在竟然为民族败类翻案，如此反动是非常危险的！"

"哈哈哈……清者自清。光启呀，你多年在铁路上做事，不做文化方面的研究。其实我们有最终战胜日本人的武器，那就是中国传统文化。我送你一句话，'忍过事堪喜，泰来忧胜无'，这是杜牧的诗句，与兄弟共勉。"

临出门，贺光启语重心长地说："二哥，好自为之吧。"

掌灯时分，黎明敲开老二的家门，对开门的吴妈称是保定的书商铁老板，来谈出版贺先生新书。

吴妈把黎明让到客厅，反身去书房请老二。老二一边回想不曾与保定什么书商打交道，一边出来，口称欢迎铁老板，要上前握手。来人也伸出了手，手里却握着一把左轮手枪："贺仲城先生，是不？"不等回应就是一枪，老二应声倒地，来人瞬间消失在夜幕里。

老二躺在病床上心痛不已，枪伤带来的疼痛倒是成了他缓解心痛的麻醉药。他无论如何也想不到，有一天会被同胞视作汉奸，唯有铲除而后快。更想不到这一枪是来自自己的亲人——虽然眼下还不能肯定刺客就是贺光启派来的或是他们组织的，但仅凭刺客那句："贺仲城先生，是不?"——家乡人说话特有的紧缩句式主语倒置和隐藏在天津话尾音里的一丝乡音，他已经断定这一枪是来自生他养他的妫川县。

老二辗转难眠，历史如过往云烟，越久远反而越清晰。

离开妫川县赴日本留学是在1906年6月，邮轮在海上航行六天后抵达横滨港。先期到达的同学组织到码头迎接，打着欢迎横幅，呼喊着欢迎口号，场面热烈。老二兴奋地对老大贺元城说："大哥，你听到没，他们在喊——吾祖国万岁，留学生界万岁。万岁也可以这样喊的吗?"

"送船的老师说，现在到日本的中国留学生有八千多人了，全是各省的精英，到日本接触的全都是最先进的思想。"

初到日本的一切都是那么新奇。老大考取东京法政学校，老二考取东京师范学校。但是他们更热衷于新知识，结交新朋友，参加各类集会，听各路名家演讲。如饥似渴地读《革命军》《猛回头》《警世钟》等书籍。

几次听章太炎先生的课时，一位来自绍兴的瘦弱青年引起了老二的注意。攀谈后得知他们竟然都是六月到的东京，他的名字叫周作人。

周作人送给老二自己刚翻译的日本小诗：

　　夏日之夜，有如苦竹，竹细节密，顷刻之间，随即天明。

老二也把自己离家东渡时写的《出居庸关》回赠给周作人。此后他们时常诗词相和，兴趣盎然。

周作人很快就喜欢上这位来自长城外、有些腼腆的学弟，还把自己喜欢房东妹妹乾荣子的秘密告诉了老二。老二不无惊讶又有几分羡慕地问："你爱上她了？"

"这也说不好，乾荣子十六岁了，竟然有一双天足，白如莲藕，'江南好，大脚果如仙。衫布裙绸腰帕翠，环银钗玉簪花偏。一溜走如烟'。"周作人情不自禁地吟唱起清人张汝南的《江南好》。

"会娶她吗，娶一个日本女人？"

"兴许吧，将来的事情谁说得好呢？其实我很喜欢看她每天赤脚在榻榻米上欢快地走来走去的样子。"

老二从心里佩服周作人。很快他发现他们在报国志向上也日趋相像。

周作人说："中华之复兴首要是文化而非军事。国语、汉文字和国语文这三样东西是我们抵御外族侵略的法宝。复兴千年前的旧文明是我们当紧要做的事情。历史上汉人多少次被蛮族灭亡，可是最终却被中华旧文明反蚀。"

老二深以为然。回来兴奋地告诉大哥，老大却嗤之以鼻："什么狗屁逻辑，腐臭难闻！跟着好人出好人，跟着神婆跳假神。你不要跟那小子打连连，忒不着调。"

贺氏兄弟第一次听完孙中山的演讲就加入了同盟会，孙中山讲的"革命同志要养成尚武精神，实行爱国主义"和"革命与暗杀二者相辅相成，其收效至丰直速"让他们深受震动，双双加入了"北京暗杀团"。老二对暗杀主张一直踌躇着，后来又加入过日本文学研究会，认识周作人后干脆退出了暗杀团组织。

老二回国后，也没有跟大哥去广州，而是跟他老师西村武树到了天津，进入日本天津怡和银行。后来，西村老师出任天津新民会总顾问，推荐他做了副会长。贺仲城不好意思拒绝，也从不参加会里的活动。倒是在南开大学做了兼职教授，宣传鼓吹复兴中华传统文化，振兴推广国语、汉文字和国语文。

九一八事变后，老二奉命到奉天筹备建立分行，当看到银行实际是为关东军筹备军费、掠夺东北资源后毅然辞职。回到天津专心办书店，翻译日文书籍，希望在中日文化上找到共通点。现如今两头不讨好，还被亲人视作汉奸而欲除之。贺仲城梳理着过去的一幕幕往事，一股悲凉从心底油然而生，不禁泪流满面。

五　城下之盟，妫川成了前线

妫川县城。在贺家聚贤楼饭庄二楼雅间，县长冯紫峰满面春风，财政局局长李长有端起酒杯恭敬地说道："冯县长领导妫川县支持长城抗战有功，被省府通令嘉奖，可喜可贺。我们大家再敬县长一杯。"

警察局局长蔡耀先、商会会长贺长城也连忙双手端起酒杯站起身来。冯紫峰一只手端起酒杯说道："我们还是为《塘沽协定》签订喝一杯吧，终于停战了。"大家纷纷附和，干了杯中酒重新落座。

蔡耀先不无忧虑地说："《塘沽协定》规定中国军队撤至妫川、昌平、高丽营、顺义、通县、香河、宝坻一线，以东地区划为非军事区。咱们这一下成了前线，这往后日本人还不是随便找个借口就过来了？"

李长有说："谁说不是呢，永宁镇被划入非军事区后，军队前脚走，后脚就被东北、华北流窜的土匪占领了，大股千人，小股几十人，现在永宁镇成了土匪窝啦，回来的机关和人员安置费用目前还没有着落。"

贺长城说："我在永宁镇的商号全完了，这次损失真是太大了。"

冯紫峰一脸不屑地说："各位，你们不要太悲观。日本人要的是华北自治，扶植亲日地方政权对抗南京。蒋委员长要的是'攘外必先安内'，首要是消灭共产党红军，然后增强国力再图攘外。所以对日能忍则忍，遇事一定是大事化小小事化了。我判断，在很长一段时间是不会发生大战的。"

蔡耀先说："还是冯县长领会委员长意图深刻。卑职领教了。我再敬您一杯。"说着自己先干了，把杯底一亮，笑吟吟地说道："县长，最近县城一下拥进许多逃难百姓，有些人已经买房租房要定居下来。可是咱们警力不足呀，设备也跟不上。是否请县长追加一些治安费……"

不等冯紫峰回答，李长有说道："蔡局长，支持长城抗战已经掏空了县财政，哪里还有钱哪？"

蔡耀先没有好气地对李长有说道："修政府的募捐款不是

收了不少嘛，可以先借一些救救急嘛，不然如果难民闹起事来，那可不是闹着玩的。"

冯紫峰说道："老蔡呀，打蛇打七寸，你重点还是防共，那些难民乌合之众，没有共产党挑唆翻不起大浪来。另外你要加强对进城人员盘查，没有财产的难民一律不准进城。"

六　按老礼过春节

妫城百姓的生活又恢复如初。

秋收以后人们开始盘点收成，储存粮食和种子。集市也由每月逢十五开市增加到逢十即开。人们兴趣盎然地逛着集市，置办农具和买卖牲畜为来年开春做准备。由于长城里难民的拥入，妫城比往年这个时候更加热闹。满大街都是操着各地口音的人，还新添了许多营生，玩耍的有皮影戏、拉洋片、吴桥杂技；吃喝的有沧州羊肠子、交河煎饼。贺家也把东街一间老杂货铺改为说书茶馆，生意兴隆。

贺鸿礼领着两个孙子在集市上逛着，大宝和二宝人手一根冰糖葫芦，东瞧瞧西逛逛。一位卖布头的小伙子看到他们爷仨过来便起劲地吆喝起来："来到妫川县，赔本没的赚。来到妫川州，赔得我直想哭。面子二尺八，缎子长绒花。来到当街上，也没有这正宗货呀！你给一块六，心里真难受，难受归难受，连本都不够。你给一块五，我心里只打鼓……"

大宝说："爷爷他好可怜，我们买了他的布吧！"贺鸿礼慈祥地看着大孙子，用手摸摸他的头说："卖东西的都会这样说，自古买的没有卖的精，等你长大就懂了。"

爷仨走到拉洋片前俩孙子就再也不肯走了。贺鸿礼问了价，交了钱，两个孙子已经坐上板凳迫不及待地往里看，只听拉洋片人唱说道：

> 往里头瞧来往里头观，西湖的十景就在眼前，苏堤平湖观鱼港哟，柳浪双峰呀印月潭，雷峰南屏还有荷花院，白蛇女在断桥泪涟涟。看完头片哎你看二片，万里长城山海关，"天下第一"人人晓哟，城楼子修得好威严，吴三桂打开门两扇，老罕王进北京驾坐金銮……

1934年的春节在乱乱哄哄中来了。老爷子贺鸿礼发话了，今年的春节要遵着老礼热热闹闹地过。

农历十二月二十三日"小年"，贺鸿礼亲自带着大孙子大宝到厨房给灶王爷上了香，叮嘱大厨老贺晚上祭灶，焚化灶王爷像时记得把两边"上天言好事，回宫降吉祥"的对联一起烧了，请账房王算盘写副新的贴上。然后按人头发糖瓜儿，孩子多加一份冰糖。贺家上上下下都兴高采烈地相互说着吉祥话。孩子们唱起了过年歌：

> 孩子孩子你别馋，过了腊八就过年。腊八粥，吃几天，哩哩啦啦二十三。二十三糖瓜儿粘，二十四扫房日，二十五做豆腐，二十六割猪肉，二十七宰公鸡，二十八把面发，二十九蒸馒头，三十，你捏饺子我擀皮……

过了"小年"就开始杀猪宰羊。羊是口外店铺送回来的，猪是后厨自己养的。贺鸿礼总说庄稼户不养猪，等于秀才不读书。大厨老贺指挥着伙计在厨房门口支起一口大锅，碗口粗的劈柴把大锅里的水烧得翻滚着浪花，徒弟在一旁专注地磨老贺那把专用杀猪刀。老贺自己到灶王爷像前上香祈祷一番。

别人家杀猪都请西街屠夫郑师傅。屠夫郑师傅是祖传的手艺，只不过不是杀猪，而是杀人。老郑师傅是衙门里的刽子手。三十多年前"庚子之乱"那年，老郑师傅在南关外执行了刽子手职业生涯中最后一次杀人，那之后就金盆洗手了。因为除了耍刀之外也不会其他营生，就改行杀猪。从杀人到杀猪老郑师傅好像没用适应期，当年做刽子手时就以刀快、准、稳闻名，家属只要给足了银子准保来个痛快。现在杀猪也是一刀毙命，拔出刀后血顺着刀运行轨迹喷出，直接落到一米外的盆子里，外面竟不溅洒一滴，绝活。老郑师傅杀猪有个规矩：一刀不杀二命——不宰怀胎的畜生。

杀人时的报酬是一块大洋，红包另算；现在杀猪报酬是一套猪下水。小郑师傅既继承了老爹的手艺，也传承了老爹的规矩。但是大厨老贺却从不让请郑师傅："我还要留着猪下水给老爷子做熏肠下酒呢。"

腊月是最忙的时候，杀猪宰羊之后大厨老贺还要蒸馒馒、做豆腐、炸饹馇、灌肠、熏肉一直忙到年三十。太太黎惠淑张罗着给公公婆婆和孩子们做新衣裳。贺长城和丁海宽与各个店铺掌柜的盘点、分红和宴请各地回来的掌柜。贺家上上下下都忙忙碌碌却洋溢着喜悦。

按照妫川县的风俗，凡是有人过世的人家，头一年春节不能贴春联，要在两扇街门上分别贴上一张方形白纸；第二年要贴蓝色春联，内容要以守孝为主，多是"守孝不知红日上，思亲常望白云飞""雨中绿竹若含泪，雪里青松亦孝情"等。今年春节，妫川县城许多家的街门上贴上了白纸，像是在提醒着人们，生死只是隔着一张白纸。

每年贺家里里外外的春联都由账房王算盘来写，只留下大门口的那副春联由贺鸿礼亲自书写。今年贺鸿礼写的是：

好日子舒心如意，
美家园幸福平安。

第八章　日本人过了长城

东虹忽雷西虹雨，南虹出来发大水，北虹出来卖儿女。

——妫川谚语

《东方快报》号外：中华民国二十六年七月七日（公元1937年7月7日），日军重师故置蓄谋挑衅，炮击宛平城炸毁卢沟桥。向中国军队发起进攻，二十九军奋起反击。

一　到政府请愿去

战争爆发的消息第二天中午就在妫城传开了。妫川中学训导主任卢春利急匆匆走进梅育新校长的办公室。

"梅校长，日本人开战了。高中班的同学都去操场聚集，准备去县政府请愿，请校长批准。"

梅育新从办公桌后面站起身来，神态凝重，态度坚定地说道："抗日救国行动不用批准，我和你们一起去。"

操场上聚集了一百多名学生和老师，几条白底黑字的横幅已经竖立起来：

妫川县学生联合会！

打倒日本军国主义！

用鲜血筑起新的长城！

打倒汉奸卖国贼！

抵制日货！

正在组织游行队伍的梅亚男看到大舅梅育新和训导主任卢春利一起走来，忙捅了一下正在埋头写演讲稿的学生会主席崔毅尧，说道："坏了，我舅舅来了。"

"今天就是天王老子来了也阻挡不住我们大游行。"崔毅尧抬头瞄了一眼又埋头接着写起来。

同学们看到校长逐渐安静下来。梅育新原本消瘦的面颊因为失眠而憔悴，一对剑眉因怒而立，显得高耸的鼻梁更加挺拔冷峻。学生会副主席马刚给他搬过来一把椅子，他站到椅子上，风吹乱了他的头发，他没有理会。梅育新环视了一圈同学和教师后满腔悲愤地大声说道：

"同学们，日本人动手了，北平危在旦夕！东三省丧失的国土还没有收复，山海关城楼的太阳旗还没有被拔除，日本人又来进攻北平了。他们的目标绝不单单是北平，而是整个华北，整个全中国！

"日本人的狼子野心昭然若揭，他们贪婪的本性永远不会满足。而南京政府一味地退让避战，苟且偷安换来的只会是加倍的丧权辱国。

"耻辱啊！同学们，你们要用自己的头脑认真想一想，为什么万里长城竟然抵挡不住日寇的铁蹄？为什么几百万军队竟不能还我河山？时至今日，南京政府是应该放下一切内部争端的时候了。我们强烈要求政府，要团结起四万万同胞，把日本侵略者赶出中国去！

"同学们，国家兴旺，匹夫有责。从此时此刻开始，每一个青年学生，每一个中国人都要起来，去发声，去呐喊，去战斗！"梅育新挥舞的臂膀停在空中，全身像雕塑般一动不动。

梅亚男早已泪流满面，她从来没有想到，那位只会埋头办教育做学问，那位温文如玉的大舅，内心竟然奔腾着炽烈的熔岩，一旦喷射出来竟然如此惊天动地。

崔毅尧因为激动有些失声地高呼："把日本鬼子赶出中国去！""打倒日本军国主义！""打倒汉奸卖国贼！"……

游行队伍群情激昂，打起横幅，喊着口号，浩浩荡荡向县政府挺进。梅育新、卢春利、崔毅尧、梅亚男、马刚走在队伍最前面。崔毅尧激动地跟梅亚男说："我今天算是真正认识梅校长了。他讲得太'perfect'了，有几句话我要加到宣言中去。"

"我舅舅当然不是一般人了，他是个真正的'hero'！"

游行队伍来到县政府门前与师范学校的游行队伍会合。一时口号声此起彼伏。

> 起来！不愿做奴隶的人们！把我们的血肉，筑成我们
> 新的长城！

《义勇军进行曲》歌声响彻云霄。

二　县政府乱作一团

县长冯紫峰是在清晨时就被值班秘书叫醒，告知了卢沟桥
事变情况。冯县长马上穿衣起来，匆忙来到办公室，赶紧抓起
电话，话筒里传来接线员睡意蒙眬的声音——"县长要接哪里？"

"马上给我接省主席官邸，等一下。"冯县长猛然想起什
么，转头看墙脚的落地钟，此时时针指向4时14分。他犹豫了
片刻对着话筒平稳但坚决地说道："通知各单位主官八点到政
府开会，不许请假，不许迟到。"

早上，县政府会议室烟云缭绕、乱乱哄哄。一伙人围着电
报局局长在七嘴八舌，一伙人围在警察局局长兼保安团团长蔡
耀先周围喋喋不休，还有人心神不定地闷头抽烟。

冯紫峰推门立在会议室门口并不急于进门，秘书在他身后
大声通报："冯县长到！"

冯紫峰四平八稳地踱到孙中山和蒋介石画像下面的椅子

前，伸出双臂手心向下压了压，自己先自以为威严地坐下，大家都找到自己的位置落座。冯紫峰环顾了一周，问道："财政局李局长怎么没有到哇？"

"报告县长，李局长请假了，说要把金库的现金运送到宣化金库。"

"谁给他的权力动用县政府的金库？警察局蔡局长来了吗？"冯紫峰眼睛平视前方，不怒自威地说道。

"哎，来了，到！"蔡局长慌忙起身，碰掉了放在桌边的大檐帽也顾不得去拾起。

"我命令你，马上派人去把李长有和政府金库的现金全部追回来。如果遇到阻拦，格杀勿论。"

"是。可是县长，李局长的任免权在省里，我们恐怕没有处置他的权限吧？"

"现在是什么时候？战争了，一切要服从大局。早晨我已经和省主席通过电话。现在战争了，是非常时期，非常时期就要用非常手段。你只管去执行，一切后果由本县长承担。"

"是，卑职这就去办。"

三 长城抗日后援会

前线的消息不断传来。二十九军顽强抵抗，打退了日军多次冲锋；坚守宛平城的吉星文团长负伤。

日军增兵了……

妫川县商会成立起抗日后援会，贺长城为组织捐钱捐物忙得晕头转向，看到卢春利拿着一卷报纸进来东张西望，大声叫他："春利，在这边。"

"你来得正好，你回家劝劝你爹，全县的商号都在捐钱捐物支持打小日本。你爹倒好，镚毛儿不拔，谁去劝他就给谁摆肉头阵，你就是说出大天儿来他也不接你话茬，让人没咒儿念。他这可是要与全民为敌呀……"

"我爹的秉性你还不了解吗？出了名的守财奴，他为了省几个会费钱连商会都不加入。在钱上我们爷俩不过话儿。我现在都在学校食堂吃了饭回家，省得怄气。"

"这次可不同以往闹水灾旱灾，是要亡国灭种的灭顶之灾。覆巢之下焉有完卵的道理你不会不懂吧？你说你还是中学训导长，天天教学生爱国大道理，怎么就没有把你爹教育好呢？"

"我认尿行了吧。你从小就在他的棺材铺里捉迷藏，横竖把他的棺材都试遍了，有本事你去教育他呀。"

"好你个卢棺材！自打我记事起，咱们城里三关四街死的人基本上都睡在你爹打的棺材里，挣钱海了去啦。你给我说句实话，你们家到底有多少钱？买下玉皇阁以东半条街的店铺应该没有问题吧？"

"这我还真不知道，别说我，连我娘也不知道我们家究竟有多少银子，我爹的嘴早拿钉棺材板的长钉钉死了。"

"你爹就你一个儿子，他怎么就想不明白呢？自己抠抠搜搜东省西省，最后还不全得留给你？与其将来被你这个败家子祸祸了，还不如多给自己积点福报呢，哪天我还真得找他唠唠这事。"

"你别总惦记着我爹的财产，给你看看这个。"说着把卷着的报纸递给贺长城。贺长城接过报纸展开，一排加粗标题扑入眼帘：

全中国的同胞们！平津危急！华北危急！中华民族危急！只有全民族实行抗战，才是我们的出路！并立刻准备应付新的大事变。全国上下立刻放弃任何与日寇和平苟安的希望与估计。

贺长城忙找落款：中共中央为日军进攻卢沟桥通电。贺长城继续往下看越看越兴奋，不由得念出声来：

"过去日本帝国主义对华'新认识''新政策'的空谈，不过是准备对于中国新进攻的烟幕。中国共产党早已向全国同胞指明了这一点，现在烟幕揭开了。日本帝国主义武力侵占平津与华北的危险，已经放在每一个中国人的面前。"

贺长城越念声音越高，最后索性大声读出来："我们要求南京中央政府立刻援助二十九军，并立即开放全国民众爱国运动，发扬抗战的民气，立即动员全国海陆空军，准备应战，立即肃清潜藏在中国境内的汉奸卖国贼分子及一切日寇侦探，巩固后方。我们要求全国人民，用全力援助神圣的抗日自卫战争！我们的口号是：'全中国同胞、政府与军队，团结起来，建筑民族统一战线的坚固长城，抵抗日寇的侵略！'"

贺长城抬起头看着卢春利说道："团结起来，建筑民族统一战线的坚固长城，抵抗日寇的侵略！切中要害，共产党高啊。"

坏消息接连传来，二十九军副军长佟麟阁将军阵亡；一三二师师长赵登禹将军阵亡；二十九军被迫后撤。

7月29日，北平沦陷。

妫川县政府里此时已经是空空荡荡。县长冯紫峰在做最后的安排。

"蔡局长，遵照省府的指示，征调全县运力向宣化撤退。你率领保安团保护机关撤退。明天六点开饭，七点出发。"冯紫峰气急败坏地对警察局局长兼保安团团长蔡耀先下着命令。

"县长，日军进军速度很快，南口一线的国军怕是抵挡不过这两天，我建议您午饭后就动身，免得夜长梦多。回头军队一旦撤退下来公路就会被部队和逃难的百姓堵死。您带上要紧的物资先走，我来断后，咱们明天晚上在怀来县城会合。"

冯紫峰一把抓过蔡耀先的手，双手紧紧握住，激动地说道："耀先兄，疾风知劲草，板荡识忠臣。我现在就走，午饭路上吃。"

妫川县中学图书馆，卢春利带领崔毅尧、梅亚男、马刚和五六个学生会的同学正在打包。

"卢老师，这些杂志要装吗？"一个男同学问。"不装。""卢老师，地球仪和石膏像装吗？"一个大辫子女生问道。

"不装。"卢春利直起腰大声对在场的人说，"我再说一遍，只装县志，孤本古籍，地质水文资料图书，各类地图。油印机一定装上，其他不好带的都搬到后院食堂的地窖里。"

梅育新走进来，同学们纷纷跟校长打着招呼。

梅育新看着忙碌的同学们说道："千里不捎书，捎书累得哭。书籍尽量少带，把校长室的收音机带上，这是咱们学校的宝贝，不能给日本人留下。"

然后对卢春利说："我从教育局又要来一挂马车，主要是装行李和干粮，除去上了年纪的老教员上马车，其他人都步行。这是撤离教师名单，高年级同学如果愿意走的都带上，先到怀来县中学，下一步看看形势再定。"

卢春利说："梅校长，您也和我们一起走吧。"梅亚男也向前一步殷切地望着梅育新。

"学校总得有人留下来，你们抓紧准备，明天早饭后就出发。一切都拜托你了。"说着抓起卢春利的手紧紧握了握。又跟梅亚男说路上小心，听卢老师的话。说完就转身出去了。

四　逃走还是留下

黎惠淑极不情愿地上了马车，又怕被丈夫嫌弃，强忍着没有哭出声来。贺长城用力摸摸两个儿子的头，说："大宝、二宝，听娘的话，爹很快就接你们回来。"

望着五辆马车一字向西门走去，直到车篷上"武"字镖局的旗子完全消失，贺长城才回过头，有气无力地对丁海宽说："我们去华清池泡泡吧。"

"早关门了。老汤十天头里就带着家眷去宣化避难了。"

贺长城无精打采地往回走，进了院子，偌大的院子一下空落落的。

"宽子，你嫂子和孩子一走，把院子里的生气也带走了。"

"城子，我们还得劝劝老爷子，即便不去宣化，怎么也该回石峡村避避风头，日本人来了，谁知道有多大的坑在等着咱们？"

"做兄弟你够仗义，做掌柜的你已经尽到责任了。回家吧，带着老婆孩子出去避避。"

"不是说好咱不提这个事了嘛。"

"你听我说，让你避避不光是为了你，也是为我，也是为贺家。咱们横竖不能都让日本人捂里头。老爷子不走，我是不能走，那是尽孝。你能走而不走是无谓的牺牲，何苦呢？"

"我说不过你，但是你也别勉强我，我活了三十七年，多远只多远，三步没有两步近，轻重薄厚我自己心里清楚。咱别再说这个事了，好吗？我还得去再储存些粮食，再把二爷留下的日本国旗都找出来。你也做些准备，把你的来往书信和抗日书籍都处理了，免得日后招惹是非。还有再劝劝老爷子回石峡村。"

跟班小杰敲门进来说："黎会长来看你来了。"

"哪个黎会长？"

"贺会长，长城兄，怎么这么快就把兄弟忘记啦？"

黎永忠随声挑帘而入。

五　黎永忠来者不善

黎永忠一身西装，一手拿着礼帽，一手提着一盒包装精美的点心，满面春风地站在贺长城面前。

"原来是永忠啊，怎么也不会想到是你。你这几年去哪里了，连个信儿也不捎呢？"

"长城兄弟，我的亲兄弟，真是一言难尽呀！"

丁海宽安排主客落座，又吩咐上茶，然后客气地说还有事要处理，便退了出去。

黎永忠把这几年如何避走口外，又浪迹北平，最后在天津落脚，做一些东洋货生意的情况大致说了一遍。又说老婆病死在口外，现在还没有续弦。如今儿子黎渝怀在天津打理生意，他才腾出身子回老家来看看。

对于黎永忠这套说辞，贺长城心里是不相信的。在如此兵荒马乱的时候他突然回乡省亲，这里面一定有些古怪。他一边静静地听着，一边仔细观察黎永忠每一个表情，每一个动作，仿佛要在他一举一动中读出黎永忠真正的意思。

黎永忠喝了一口茶，脸上凝聚起真诚的关切，询问贺长城家里的情况。把老爷子、大哥、二哥和三哥都关心了一遍。贺长城每当看到他一脸真诚在说家常时心里就特别别扭。过去在与他交往时就有这种感觉，总觉得他真诚表情的后面一定藏着什么，其实多数时候也没有发现藏着什么不可告人的盘算。

他曾经把这种感觉告诉过卢春利，卢春利不以为然地说：

"你这就是得了便宜还卖乖了，人家真情实意的怎么就不能挂脸上了？非得一本正经，跟武状元他爹似的整天板着脸训人你就舒坦了？我看老黎为人仗义，办事干脆利落。你身边还真再找不出这样既能干事，还乐意干事的人。"

贺长城决定还是先把埋在心里的谜团解开，于是试探着说道："永忠兄，我要先感谢你呀，那年刘桂堂土匪洗劫妫城多亏得你提前通知，不然损失可就大了。"

"我也是偶然得到消息的，还是贺家福大命大造化大呀……"

"你是怎么得到消息的呢？"贺长城追问。

"当时我跟朋友去赤城做单生意，他的一个远房侄子在刘桂堂手下当营长，正好驻扎在那里。晚上请我们喝酒，酒后说他们很快就要开拔，要经过咱们妫川县城，我马上假装关心地提醒他们，妫川县城贺家可惹不得，贺家大少爷是中央军师长，率领一个师就驻扎在古北口。"

"原来是这样，你是我贺家的恩人哪。"

"长城兄弟客气。咱们先不谈那些陈谷子烂芝麻，兄弟对眼下的时局怎么看？"

贺长城觉得黎永忠已经开始进入正题，于是开门见山地说："永忠兄，我看你提来的点心匣子上可是印着北平稻香村。北平城已经落日本人手里了，你是从日本人那里来的吧？"

"哈哈哈，贤弟火眼金睛，佩服佩服。长城兄弟，我说过，哥这条命就是你的。这次我回来就是来再次报恩的。"

"别这样说，接不住。"

"北平已经被日本人占领了。北平商会会长冷家骥出面组织成立了北平维持会，搬出江朝宗撑门面做维持会会长，还要请出吴佩孚大帅做顾问，全面接管北平政府。眼下日军已经兵临南口城下，到妫川县城也就这几天的事，兄弟这次冒死前来就是要与兄弟携手，保护全城百姓，迎接日军和平进入妫川县城。"

"什么？黎永忠你要做汉奸？"贺长城猛然站起，他想了几种可能，怎么也没有料到黎永忠做汉奸了，不仅是做汉奸了，还要拉上自己垫背。

黎永忠也随着站起身来，更加真诚地说："兄弟别激动，听我把话说完，要觉得我说得不对，你可以把我交给政府让他们按汉奸罪枪毙我。"

贺长城一屁股又坐在了椅子上。

"兄弟，人一辈子发达和贫穷都要讲一个运势，国家也是要讲国运，现在是国运维艰，不是我们这些小人物能左右的事情。我们愿意不愿意也得接受被日本人占领这个现实。"

黎永忠停顿了一下，像是在看贺长城的反应，也像是给他一点思考的时间，然后接着说：

"眼下摆在我们面前的有两条路，一条是跑路，扔下祖宗创下来的万贯家业往西跑，去太原，去西安，去新疆。只是这一去就永远回不来了。人可以一走了之，可是石峡村的祖坟是搬不走。你家老爷子不走就是怕这一走就再也回不来了。

"另一条路就是接受现实。日本人也是人，他们来了之后也得吃喝拉撒，也得过日子。既然也要过日子那就得有人种地，有人生产，有人做买卖，五行八作一个也不能少。而这些人和事都需要有人来管理，光靠来的那点日本人是不可能完成的，况且人家是建立大东亚共荣圈，管着全亚洲的事。所以我们留下，接受日本人来这个现实，替他们来管理。我们是本地土生土长的地头蛇，了解自己的老百姓，所以只有我们出来主持局面，既能让日本人满意，又能给咱们的老百姓谋取最大的利益。你说这不也是一种救国的路子吗？"

"你说完了？"贺长城强压怒火，站起来，"你说完了就回吧，我这有许多事情等着办呢。你刚才的话哪说哪了，我不会告发你，咱俩算谁也不欠谁的。拜托你出这门就再也别踏进贺家的门槛了。"

黎永忠坐在那里纹丝不动，笑着说："我的亲兄弟嘞，你去哪报告去？实话告诉你，你们那位县长就是个废物点心，早跑路了，估计这时候已经逃进宣化府了。警察局局长兼保安团团长蔡耀先早就派人去跟日本人联络，皇军一到就开门献城。这也是我敢冒险进城找你的原因。功劳不能让蔡耀先那小子抢去，咱们以妫川县商会的名义，组织百姓出城迎接皇军。一来避免皇军大开杀戒，伤我百姓。再一个，我们抢占先机，加上我手里的北平维持会推荐信，还怕皇军不认咱们吗？"

黎永忠往后一仰，把身体完全靠在椅子背上，踌躇满志地说道："皇军进城后会让咱们组织成立维持会，管理地方一切事务，等方方面面都捋顺了，再组建妫川县自治政府，日本人一路从东北过来都是这么干的。"黎永忠突地起身，殷切地看着贺长城，接着说："这水大漫不过桥，到时候兄弟你来做县长，我还给你做副手，我再给你把保安团重新整编一下管起来，这妫川就是咱哥俩的天下。"黎永忠越说越兴奋，脑门上渍出一层细汗来，眼睛里闪着红光。

"黎永忠，您可真是高看我了。我之所以没有走，是因为老爷子年龄大走不动路了，我总不能丢下爹自个儿跑路。商会会长我已经辞了，更不稀罕什么县长，就想老老实实地做个平头百姓。人各有志，咱们谁也别勉强谁。"

黎永忠兴奋的表情瞬间石化在脸上。

贺长城再次站起来，径直走到房门前伸手推开房门，眼睛看着门外说道："今天我就不留饭了。"

黎永忠只用了五秒钟就重新校正了自己的表情和语气。他站起身来，从容不迫地把礼帽戴在头上，说："兄弟，我还有公事在身，今儿就不去给老太爷请安了。"说着话，来到贺长城跟前，又很诚恳的样子说："眼下兵荒马乱的，兄弟你多多保重，什么时候有需要哥的时候派人来吱一声。"

黎永忠出了贺家的大门，并没有急着走，而是回头看着这妫川县城最大的私家院子默默地站了一会儿，若有所思。

黎永忠带着两个等在大门外的随从，直接去了警察局。见到蔡局长后出示一封信，蔡耀先一目十行看完来信，又仔仔细细地看了半天这种从来不曾见过的印章。然后满脸堆笑："一切都听黎先生安排。"

黎永忠很满意地点点头，把一份准备好的交接方案递给了蔡耀先。

六　卢家棺材铺的生意经

卢春利跟媳妇一边整理着行装，一边继续劝他爹跟着自己一起去宣化，投奔二姨。

卢万才很不屑地说："走？说得轻巧，这么大的家业你能搬走？爹什么阵仗没有经过，那年闹八国联军，爹在阁底下正要……"

"爹，您能不翻老皇历吗？我都听一百遍了。现在能跟过去一样吗？当年八国联军是来抢银子，现在日本人来是要占土地。您就别心疼那点家产，只要人在总是会再挣回来。咱们一起去宣化，一家人有个照应，也省得我在外面为你们担心。"

听儿子这么一说，卢万才语气缓和下来，话却依然很硬："说得轻巧。你信不信，我只要前脚一走，后脚就得让人把铺子和厂子都抢了去。真是崽卖爷田心不疼，创下这点家业容易嘛。"

"您留两个靠实的伙计看守着不会出事，让孟三留下，他在咱们家年头多，您总该放心吧。"

卢万才冷笑道："乱世谁都靠不住。带头抢你家产的也许就是你的伙计。"

"早给您说平时待伙计好一点，别那么刻薄。一旦有事人家才会为您担当。"

"净说孩子话，人心隔肚皮，这人呀你对他多好都没有用，他都会认为那是他该挣的。人心没有满足的时候，谁不是吃着碗里瞧着锅里，得了屋子就想上炕？一旦遇机会，祸害你的准是知晓你根底的人。"

卢春利不愿意再费口舌，闷头跟媳妇收拾东西。

看到卢春利哑了火，卢万才心中一阵得意。自从儿子上了洋学堂，回来说话就一套一套的，还让德高望重的梅育新校长亲自登门，请去做了妫川县中学的训导长，那可是当年的冠山书院。这让他在街面上很有面子，但是也让他心里有一股自卑感，担心有了学问的儿子看不起自己这个只读过三年私塾的爹，所以跟儿子说起话来都是居高临下教训的口吻，像个走夜路高声唱歌的孩子。

卢万才咕噜噜吸了几口水烟，得意地说："乱世之时也正是咱家兴业的时机，看你有没有眼光和胆量。老话说大财险中求。我刚从康庄火车站又拉回一大车柳木，你猜猜什么价拿下的？"

卢春利忍不住说道："爹，现在国家都要亡了，您天天还是惦记您那破棺材铺。"

卢万才仰着脖子教训道："你也不怕闪了舌头，什么叫破棺材铺？没有这万寿店和木器厂能把你养这么大？能给你娶老婆？能供你上洋学堂？念了几天洋学堂就翅膀硬了，这家还容不下你啦？学会教训你爹了。"

卢刘氏忙说道："不许跟你爹犟嘴。你爹起五更睡半夜的，整天价为咱们这个家操持。我看你爹就是戏里的诸葛亮——能掐会算。你爹早说了，这日本人来了也会死人的是不是？横竖不能光着身子就埋了，也离不开咱家的寿棺是不是？"卢刘氏说着自己笑了起来，仿佛看到日本人在排队买棺材。

"娘，您就会跟着瞎起哄，日本人死了是用火烧成灰，然后装到木匣子里运回日本安葬，不会埋这儿。"

"烧了？那可怎么转世投胎呀？难不成日本人没有来世？"

卢万才突然来了精神，说道："你说日本人烧了装木匣里？能找个木匣的大样吗？咱们先做几个卖卖试一试。价钱应该怎么定呢？虽说小木盒用料少那就选用上好木料，要价不能低于楠木加厚板的价钱，这就叫精工细作。"

卢春利发现话题越扯越远，忙拉回来："娘，爹不走就让他守着那些棺材等着挣大钱，您跟我们走，直当去宣化看看二姨。自从二姨嫁到宣化您还没有去过呢。"

"你们三口子走吧，娘都这么大岁数了早活够本了，哪也不去，死也死在咱家炕头上。"

突然外面响起尖锐刺耳的防空警报，虽然三天前已经做过一次演习，现在听到还是让人心惊肉跳。大家忙放下手里的活计纷纷往后院菜窖里跑。春利媳妇抱起儿子，春利搀扶着卢刘氏刚进入菜窖就听到飞机巨大的轰鸣声。轰鸣声在县城上空绕了两圈，并没有投下炸弹，大家都舒了口气。

卢刘氏突然径自往外爬，嘴里说着："我要看看飞机长什么模样。"大家还没有反应过来她已经舞动一双小脚出了菜窖。

卢刘氏站在窖口仰起头，正看到一架飞机绕个大圈从西屋房顶上飞过，飞机飞得很低，清清楚楚看到驾驶舱坐着三个日本人，一闪向南飞出了视线。卢刘氏兴奋异常地喊："看到了，看到了，真真亮亮的……"

"娘，看一眼就行啦，赶紧下来吧！"

飞机在视野中消失后却传来更大的轰鸣声。突然，三架黑色的轰炸机从东南方向一字排开飞来，巨大的轰鸣声响彻城市上空。接着传来巨大的爆炸声，地动山摇。

卢刘氏静静地仰面躺在菜窖口，身底下一摊血水，肚子炸开一个大洞，肠子流了一地……

七　妫河发大水

这天下午，无风也无云。大地滚烫得像个饼铛，狗都夹起了尾巴在背阴墙根卧着。南城门外，出来五十余人，松松散散地列着队，人手一面小太阳旗随手挥甩着。有人举着"欢迎日本皇军"和"妫川县商会迎接皇军"的横幅。妫川商会欢迎日军入城的公告已经贴满了大街小巷，告示的落款赫然印着会长贺长城。

黎永忠站在最前面不停向远处张望着，站在他身边的是开赌场的李大鼻子，是个会说几句日本话的奉天人，被临时请来做翻译。此时警察局局长兼保安团团长蔡耀先在警察局里忐忑不安地来回踱步。原本肥腻光滑的脸上冒出一撮仁丹胡，像是冬瓜上落了一堆鸟屎。黎永忠上午见面时就曾问他："有这个必要吗？"

"要让皇军知道，我们虽然是座小县城可确是礼仪之邦，既然我们与皇军共荣就要表里如一。"黎永忠嘴里虽然说着你考虑得周到，眼睛却闪过一丝鄙夷。

保安团的人跑得只剩下十几个人，还都是后勤混饭吃的人员，连一个完整的战斗班都组织不起来。蔡耀先一面纠结"投名状"分量太小被日本人看不起，一面懊悔没有早点把保安团看管起来。他命令留下的人把卸下枪栓的步枪都集中支在院子中央，把短枪和全城户口本档案放到桌子上，大家坐在地上等候日本人来接收。这些方法都是黎永忠告诉他的。他又把警察局没有跑的三十来个巡警也都召集过来，七七八八也算坐了半个院子。

南城门外太阳已经西斜，迎接日军的队伍都散坐在地上，人困马乏。突然有人喊："来了，来了！"

远处一队日本骑兵正向城门走来，后面跟着步兵。一面白地上有十八道血红光芒的日本军旗在夕阳红灿灿的照耀下分外刺眼。

妫川县城沦陷了。这一天是民国二十六年，1937年8月26日，农历丁丑年七月二十一日。

妫川县进入雨季，雨断断续续下了七七四十九天。把南关的龙王庙都泡塌了。贺长城他爹说，自打记事起也没有见过下这么多天的雨。

妫河发了大水。

第九章　铁蹄下的呐喊

宁敬朋友一杯酒，不给敌人端杯茶。

——妫川谚语

一　国家亡了我也是中国人

贺长城在县长冯紫峰过去的办公室里见到了它的新主人——黎永忠。

贺长城把从墙上撕下来的妫川商会欢迎皇军的告示重重地拍到桌子上，怒气冲冲地质问道："黎永忠，你这是什么意思？"正坐在办公桌前说事的两个人对视了一下，忙起身说："黎会长，我们一会儿再过来。"

黎永忠像个被大人冤枉的小孩子一般半抱怨半撒娇似的说："长城兄弟，我这可都是为你好呀！"

"为我好？你这是把我往火坑里推。你怎么能用我的名义发这种生孩子没有屁眼的东西！"

"什么生孩子没有屁眼呀，多难听。你先坐下听我慢慢说说。"

黎永忠看贺长城并没有坐下长谈的意思也不再勉强，继续说道：

"咱们兄弟之间就打开天窗说亮话，你大哥贺元城是国民党中央军的师长吧？1932年他在古北口长城干死日军有大几百吧？你三哥贺叔城是共产党，半个妫川县人都知道，海陀抗日挺进队在关东军那里都是上了账的。这些事你能瞒得住妫城里的日本人？日本人早晚都会知道，到那时你就是抗日家属。你知道皇军是怎么处置抗日家属的吗？全家抓去做苦力，财产充公。我这是在救你们贺家呀，兄弟！"

贺长城闻言惊出一身冷汗，僵硬着腿挪到椅子边缓缓地坐下，额头冒出一层汗珠。黎永忠得意地看着贺长城，从桌子后绕过来坐在另一把椅子上，伸手拉住贺长城的手真诚地说道："兄弟，我的亲兄弟！哥这条命都是你给的，你就如同我的再造父母，我怎么会害你呢？你真应该早点走，你在妫川县的目标太大啦，当然现在说这些已经没有意义了。既然你留下来了就要想想应对的办法。"

"他们是他们，我是我，日本人也不能浑不讲理吧？"贺长城话里已经没有进来时的底气，声音显得有气无力。

"跟日本人讲理那得先问问咱们配不配！理这玩意儿是专供赢家讲的东西，输家不配用。兄弟你别不爱听，败了就得认，谁让咱们打不过人家哪，等将来有一天咱们国家真要强大了，我就亲自带兵扫平小日本，占领他东京也为所欲为。可是眼下是在人屋檐下，就得把头低。"

贺长城一时竟无言以对，是呀，日本人是占领者，自己是被占领者，就是亡国奴，奴隶去哪讲理，又去和谁讲理呢？

"要想让日本人不为难贺家，这其实也容易。妫川县公署马上就要成立了，贺家是妫川县的名门望族，你又是现任的商会会长，德高望重。你出山来做县长，名正言顺，也压得住场，谁敢在你面前拿大？"

"就是国家亡了我也是中国人，怎么能做日本人的县长呢？"

"这老话说纣王江山铁桶箍，可也有完的时候，咱们老百姓还不是过自己的日子，谁坐江山关咱们屁事？不客气地说，在眼下乱世，咱们兄弟能出头保境安民，就是妫川县老百姓的造化。我已经向日本指导官真边少佐保举了你。真边少佐现在是妫川县真正当家人，我接触了这些天，他人还真不错，年轻，有学问，对中国了解得那叫一个透，比原来咱们那些只知道捞钱，整天瞎抖机灵其实狗屁不懂的县长强多了。人家真边太君说了，贺桑，就是贺先生，贺桑要做县长就是皇军的朋友，大大的良民。日军驻军司令部就在火神庙，我随时陪你去拜见真边少佐。"

"永忠兄，你处处为我着想，我感谢你。可是做汉奸是要上县志的，会遗臭万年永世不得翻身。秦桧到现在还跪在岳飞墓前。我是绝不会去做这个县长，你把保举撤回来，就说我身体不行，抽大烟，得了梅毒，你怎么说都行，就是别让我当他们的县长，就算你把以前的人情全还了。"

"好吧，这事先放放，你再回去想想，和老爷子商量一下。我这里你也看到了，忙得四脚不着地，今儿就不留你吃饭了。"

　　贺长城走到门口站住，回身说道："永忠兄，听兄弟劝你一句，你现如今得势了，都是乡里乡亲，往后做事情念记着点乡情，别把事做绝了，当心'前人撒土眯了后人的眼'。"

　　"放心吧兄弟，我顶着恶名出头也是为乡亲们少遭罪，绝不会做伤害乡亲们的事，难道我你还信不过嘛……"望着黎永忠一脸真诚，贺长城欲言又止，悻悻地走了出来。

二　患难中的爱情

　　通往怀来的公路上挤满了后撤的军队和逃难的百姓，卢春利带着西撤的老师学生夹杂在臃肿的人流里像蜗牛一样缓慢移动。

　　刚过榆林堡，突然上来几个士兵要征用马车拉军粮，崔毅尧挡在马车前据理力争："看你们的灰军装应该是二十九军，你们是抗日的英雄军队，是保护老百姓的军队，怎么能抢学生的马车呢？"

　　"滚犊子，少他妈给老子来这哩根儿愣，马上把你们的东西搬下去，不然别怪老子不客气。"

　　正在争执中，一个被称连长的人从后面赶上来，他扫了一眼插在马车上印有妫川县中学字样的校旗，便对领头的班长申斥道："你们眼瞎了，没有看到车上插着校旗吗？让他们走。"

望着远去的几个士兵，崔毅尧对卢春利由衷钦佩地说："卢老师真是料事如神啊，亏得临走前你坚持让我把校旗带上，不然可真惨了。"

梅亚男把用手帕包着的半个馒头塞在崔毅尧手里，悄声说道："你真勇敢。"

崔毅尧狼吞虎咽几口便把馒头吃个精光，然后用嘴把落在手帕上的渣渣吸了去，又用鼻子使劲闻闻手帕说："你的手帕好香啊，跟你身上一个味道。"

梅亚男一朵红云飘上了脸颊，羞恼道："还给我。"

崔毅尧说："这个手帕我留下了，作为我们共患难的见证。"说着撩起上衣从腰间摘下一把匕首说："这是我最心爱之物，我把它送给你。"

梅亚男羞涩地接过匕首，说道："宝剑配英雄，我先替你保存着。"

他们一行走到狼山就停住了，前面的人纷纷往回走，反向而行的两股人流拥挤不堪。一问才知道日本人迂回包抄已经占领了怀来县城。卢春利和大家商量了一下，决定还是先退回妫川县城看看形势再说。

卢春利没有先回学校，而是带着崔毅尧、马刚把油印机和全县唯一的一台交流收音机搬到家里，藏在后院的地窖中。地窖门前地上，母亲残留的血痕已经发黑，却清晰可见。卢春利仰天长叹，悲愤交加。

安排妥当后，卢春利让崔毅尧和马刚回家报个平安，他自已去了学校向校长梅育新报告。

梅育新正在校长室收拾东西，他告诉卢春利已经接到日本人的通知，命令学校尽快复课，教员暂时先都留任，还派来个叫德川佐目的日本学监，他自己已经辞职了。卢春利毫不犹豫地说："我也不干了。"

三　卢万才火中取栗

卢万才见到儿子一家子回来没有表现出过多的吃惊，仿佛一切都在他的意料之中。他一边咕噜咕噜地抽着水烟，一边斜着眼看着卢春利，幸灾乐祸地讥讽道："这才叫起了个五更，赶了个晚集。"

听说儿子辞了学校的差事，卢万才顿时心生喜欢，说道："辞了好，辞了好，家里要干的活多着嘞。"然后得意地告诉儿子，自己要搬到齐鲁客寓住，准确地说自己现在已经是妫川城最大的饭店——齐鲁客寓的新主人了。

一周前，齐鲁客寓的罗老板要转让饭店举家迁回济南，经过卢万才三轮杀价，最终以十根金条成交。卢万才怕他反悔，当天找来保人签字画押进行了交割，然后马上要跟着罗老板过去收房。保人有点看不过去，说道："卢老板，老话说破家值万贯，人家五十多间房子的东西你总得给罗老板十天半个月时间收拾收拾吧，你就等不得这几天吗？"

"话可不能这么说，你可是一手托两家，这买卖是买卖，交情是交情。属于店里经营的东西我可是都买下了，白纸黑字写得清清楚楚，都画了押。老罗只能带走一些随身物品，有什么好收拾的，最多一天。我下午先让伙计孟三搬过去住。"

"卢老板，可让我怎么说你好。"保人无奈地摇了摇头走了。

卢万才冲着保人的背影喊道："等我重新开张再请你喝酒。"保人头也没有回，举起右手摆了摆。

卢万才口内嘟囔道："神气什么，我作兴你你就是香蘑菇，不作兴你你就是狗尿苔……"

齐鲁客寓坐落在儒林街，大门坐东朝西，出门往北一百米就是百年商业老街——玉皇阁东街，进一步繁花似锦，退一步闹中取静。

原房主是个旗人遗孀，先父祖辈都是驻守居庸关的将军，当年置办了产业，后人坐享富贵，整日提笼架鸟、斗鸡走狗，终于把这点家业败得七七八八。

20年代初，罗老板从济南来到此地，租了旗人遗孀一个院子开了家齐鲁饭馆。山东菜以鲜为主，突出本味的特点和讲究宴席礼节的格调，一下受到了妫城中上层人士的青睐，食客云集，生意十分红火，一时与贺家聚贤饭庄不相上下。一个鲁菜，一个山西菜，齐头并进，相得益彰。罗老板乘势而上，干脆把全部院子盘下来开设了齐鲁客寓。

齐鲁客寓内共有大小五个院落，每个院子的犄角处都有一个小跨院。各院都种着杏树、柿子树、海棠树和藤萝架，随着节气变化花开花落。正院门上的牌匾是由梅育新先生书写的

"齐鲁客寓"。

齐鲁客寓共有50多间瓦房，除去办理入住手续的柜房、库房、伙友宿舍、伙房和原做齐鲁饭馆的院子外还有30多间客房用于经营。原来的住客中长期包租的居多，多是口外的皮货商、天津的洋货商、山西的古董贩子和盗墓贼。前跨院是高级客房，一般接待来县里公干的普通机关人员，还有来教堂办事的洋人，到妫城演出的名角一定下榻此地。

日本人占领妫城以后，住店的客人全都走光了，经营一落千丈。伪政府人员以各种名义来饭馆白吃白喝，罗老板疲于应付，心力交瘁。这时政府又来加收战争税，无异于雪上加霜。再看看前途一片渺茫，唯有一走了之。

卢万才把棺材铺和木器厂交给本家外甥盯着，自己带着孟三搬进了齐鲁客寓。这些天清理物品，招聘厨子，忙得不亦乐乎。

四　街头巷尾不断出现《抗争报》

卢春利天天晚上在家收听广播、写稿子。周日晚上崔毅尧、马刚过来在地窖里刻版、油印。半夜三人分头投递。卢春利给报纸起名《抗争报》，署名妫川抗日救国会出版。为了不让敌人抓住出版规律，他们采取出版不定期，投递不固定的方法。

地窖小又通风差，每次刻版印刷大家都是一身臭汗，还被油灯熏一鼻子灰。后来卢春利把棺材铺杂物间收拾出来，把油印机搬了进去，跟店铺伙计说是自己要编书，谁也不许进。

崔毅尧神神秘秘的行踪引起了梅亚男的警觉，在一番盘问下，崔毅尧和盘托出，最后赔着小心说道："我早就跟卢老师说把你拉进来，可他觉得有风险的事不能让你做。"

"我一定要加入。多一个铃铛多一声响，多一支蜡烛多一分光。我去找卢老师说去。"

夜晚古城的街道上空旷寂静，皎洁的月亮挂在中天，在古老的青石板上泻下一地银光。崔毅尧挽着梅亚男的手小心翼翼地走在路上。

梅亚男第一次散发报纸有些紧张，更多是兴奋，却没有一点恐惧。因为牵着她手的这个男孩给了她无穷的勇气和胆量。与心爱的人一起并肩战斗是一种幸福；就是一起面对死亡她也绝不会有丝毫的畏惧和踌躇；即便牺牲了，也是刺破黑夜的闪电，是惊醒世人的雷鸣，是暴风雨过后的一道斑斓璀璨的彩虹。

当他们走到警察局的西墙外，手里还剩下最后一份报纸。

"咱们给警察局也投一份吧?"梅亚男悄声在崔毅尧耳边说道。

"好主意，气死这帮狗汉奸。"

"让我来吧。"

"好，你来。"

崔毅尧随手捡起一块石头，用报纸包好送到梅亚男手里。梅亚男看了一眼高出自己一个身子还多的围墙，退后几步，憋足一口气用尽全身的劲猛地投了出去。裹着石头的报纸在月光下划出一道白光飞入大墙，"咚"的一声像是砸在了什么东西上，在夜深人静时发出很大一声响。崔毅尧拉起梅亚男狂跑起来。一口气跑到梅亚男家门口两个人才站住，一边喘着粗气一边向后瞭望。

梅亚男跑得上气不接下气却兴奋地说："我……真的……扔进去了，明天狗汉奸们……就会发疯，他们打死也不会想到……是我干的……"

崔毅尧伸手抓住梅亚男一只手往自己怀里一拉，另一只手顺势搂住她的腰，把嘴准确地盖在了梅亚男还在说着什么的嘴唇上。

妫城街头巷尾不断出现《抗争报》。"我们的口号是：全中国同胞、政府与军队，团结起来，建筑民族统一战线的坚固长城，抵抗日寇的侵略！""南口战役真相""大刀向鬼子们的头上砍去"歌词等等全是百姓平时看不到的东西，一时争相传阅，议论纷纷。

《抗争报》也引起了日本宪兵队的注意，警察局局长蔡耀先很快接到限期侦破的命令。

五　贺家大院被包围

贺长城这几天左眼皮不停地跳，总觉得有什么事要发生，与老爷子下棋时也显得心神不宁。

偌大个院子进进出出就五六个人，吃饭都坐不满一桌。鬼子没来的时候，每天吃饭的人就要开一大桌两小桌。

老婆黎惠淑带着两个儿子很不情愿地去了宣化，一直没有来信。没有老婆孩子的音信已经让人心焦，可是负责护送的武大勇也没有回来。黎永忠居然也没有再来纠缠，这倒让贺长城多了一层不安。

丁海宽宽慰道："你别担心，这么多天日本人没有找你，黎永忠一定是起了作用。看来老黎还是讲义气的。"

"这正是让我心里发毛的地方，怎么能黑不提白不提就这么过去呢？日本人要是真找上门来逼宫我反倒心踏实了。"

贺长城的预感很快得到应验。

这天半夜，天黑得像个无底洞。吉田宪兵队在警察局局长蔡耀先的引领下，悄无声息地包围了贺家大院，在得到蔡耀先的确认后宪兵队开始砸门。

贺长城刚刚躺下，听见前院的砸门声猛然坐起，知道该来的终于来了。他脑子里首先闪出的是那把手枪，不由得心里一紧。大哥久别重逢后送他的见面礼，那把漂亮得让人陶醉的勃朗宁手枪，如果让日本人搜了去他就没命了。好在日本人进城前，他已经把手枪藏在东跨院二哥书房的夹壁墙里。夹壁墙是老二让他增加的，说天津洋房里都设有夹墙暗室。

贺长城急忙下床穿衣来到大门前，正看到家人老贺头提着灯站在面前手足无措。外面砸门声一阵紧似一阵，夹杂着日语汉语的叫喊声。

"老贺别怕，是找我的，没有你们的事，把门打开。"

大门霍然打开，瞬间几束军用手电的白光打在贺长城的脸上，晃得他睁不开眼。

"就是他。"

随后贺长城就被两三个人扭住连拖带拽地来到街上，塞入一辆带篷的马车，还未坐稳车子就动了起来，清脆的马蹄声在深夜里格外刺耳。这时贺长城才感觉到双手不知什么时候多出一副手铐。

贺长城被押进拘留所的值班室时，屋子里灯火通明，显然这是在等他。三个狱警迎上来与宪兵队简单地交接后便给贺长城办理手续。一个脸上长着麻子的中年看守让一个长着酒糟鼻的看守打开手铐，然后过来开始搜身。贺长城觉得此人有点面熟："这位老哥好面熟呀，你贵姓，是城关哪个街上的人？"

"贺四爷您就别打听了，说了您也不会认得我。"麻子看守一边熟练地从贺长城兜里摸出鼻烟壶，放到桌上，又摸出皮夹子，打开草草翻看一下，拿出里面的钞票顺手递给酒糟鼻。然后继续在贺长城身上掏东西。

"警察局的人不是都遣散了吗？你们是什么时候回来的？蔡局长回来了吗？"麻子看守从贺长城上衣兜里摸出一块东洋怀表，怀表还是那年去天津二哥送给他的，多年来宝贝似的天天不离身。麻子看守双手捧起怀表，打开盖凑近煤油汽灯下看了看，又拿到耳朵边听了听，眼睛眯成一条缝，然后小心翼翼地合上盖，很自然地滑入自己的上衣口袋里。

"贺四爷，您问的都是前朝旧事，咱们是到哪说哪儿，现如今是大日本皇军坐了中军帐，我们就得听皇军的令。您到了这儿一亩三分地就得听我们哥仁的，别管您过去在外面多么拿大，到这里全一样，就是一个囚犯。"

"胡老二，把他带进去。"酒糟鼻看守上来重新给贺长城戴上手铐，与另一个瘦脸看守一边挽着他一个胳膊向后院走去。

贺长城脑海里出现一句古老的谚语："车船店脚牙，无罪也该杀！"

六　春风得意的黎永忠

十月的妫城秋高气爽，妫河清澈见底，不时有片片的淡云在河面飘过。从县政府院子向南望去，迤逦如蛟龙的长城清晰可见。

黎永忠今天的心情格外舒畅。吃过早饭就带着郭秘书来到贺家大院，大门口已经有保安团的人在站岗。来到门前他并不急着进去，端详着大门问郭秘书："你说，县城里谁的学问最高？"郭秘书原是妫川县中学国语老师，被黎永忠相中担任政府秘书，因为脑子快，嘴巴紧，又写得一手好文章很对黎永忠心思。后来在闲聊中得知郭秘书母亲娘家也是东关黎家，心里更近了一层。

"应该是梅校长吧。"郭秘书试探着回答。

"你去请他给写个匾，写妫川县新民会。"

院子里显然已经换了主人。前院作为新民会的办公场所，东西厢房门头上都挂起木牌，写着秘书室、总务科、联络科，南房是会议室、餐厅和警卫室。正北五间正房，东房两间是会长办公室，西房两间拆了隔墙与门厅连起来形成三间会客厅。

新民会妫川分会的会长是黎永忠。

中院设为客房，却并没有人住，堆满了黎永忠搜刮来的东西。黎永忠住在后院，除去耳房住着贴身警卫，整个院子空空荡荡没有生气。

隔天郭秘书在梅育新那里碰了一鼻子灰，垂头丧气地回话说："梅校长说害了肩周炎，抬不起胳膊。您说巧不巧，妫城满大街都是他题的匾额，怎么到咱们这里就病了……"

黎永忠冷笑道："怕是害了心病吧。没有关系，有鸡也天亮，无鸡也天明，死了梅屠夫也不会吃带毛猪。你去问问教育局文局长，从满洲国运来的新教材到了没有？还有那个新来的中学校长叫什么晨来着？"

"沈伍晨，辽阳师专毕业，做过三个中学的校长，是满洲国模范中学校长。"

黎永忠对郭秘书的回答满意地点点头，说道："好，你跟教育局长说，沈校长上任时我亲自去训话。"

七　贺长城被关进自己捐修的牢房

警察局位于政府西侧，坐北朝南，是清朝殿堂式"六扇门"的衙门建筑，清一色中式老房。拘留所设在院子最里面的西北角，由一所两进合院和东西两个跨院组成。正院北房六间，三间一组，一明两暗，中间开门。两个暗间用三寸见方的棱木做成栅栏隔开，靠外首留着木栅门，形成东西两座木笼。

棱木条被油漆成深羊肝色。两边各有一铺山条炕，可关二三十人。一排南房都是小间，用来办理入监手续和狱警办公室。后院没有南房，其他与前院相仿，只是多出两个跨院，一个是女监和优待号，一个是厕所和仓库。

贺长城上次进来还是徐游久县长实行新政的时候，由他捐款修缮的监舍竣工剪彩。从清朝就没有整理过的监舍破烂不堪。贺长城修缮了已经破损的门窗，坑坑洼洼的大通炕，把原来看守宿舍和仓库的西跨院翻新，改成女监和"优待号"。没想到命运弄人，今天自己竟然又来到这里，手腕上还多出一副手铐。

贺长城被关在三间东厢房北头，一个帘隔断，然后是一个通炕，睡着二十多人。麻子看守交代，宪兵队过堂前先关这里。

贺长城一夜没有睡，透过薄薄的布帘传过来的臊臭气熏得他快要窒息。父亲、老婆、儿子和几个哥哥不断在脑海里闪现，对前景的担忧与对亲人的担心让他备受煎熬。他的意念最后停留在梅清夷的脸上，自己也奇怪身陷囹圄、前途未卜的深夜怎么会想到梅清夷，多年与她见面的每一个瞬间都想起来并挥之不去，整整一夜。

第二天早上，门口有人喊开饭。一会儿有负责分饭的囚犯把两个黑窝头和一根手指粗的腌萝卜放他面前。

酒糟鼻看守进来巡视了一圈，最后来到贺长城跟前，看着纹丝未动的窝头咸菜揶揄道："贺四爷您这个尿样我可不作兴。这进班房的人呀越是尊贵就越难熬。刚进来时不吃不喝，过三天都得像饿狼一样，吃得连个窝头渣渣都不剩。"

说完向跟在身边的牢头一努嘴，牢头连忙端起窝头咸菜说："谢谢胡二爷打赏。"

酒糟鼻往前探着身子问道："要说您也算城里头面人物，不愁吃喝，好端端怎么也进来了？"

贺长城心里明白，狱警都是吃人不吐骨头的豺狼，不能得罪，但是也不能示弱。

"不瞒胡兄弟，我是因为不愿意当县长被皇军送来反省的。"

"啊，还有这种事？皇军让你当县长那是天上掉馅饼一样，您是癔症了还是鬼附身了？难怪皇军把您关禁闭，您这叫不识抬举！"

中午前，贺长城就被安置到东跨院"优待号"。"优待号"一排三间北房，每间单开门，门头上挂着木牌写着房号。房里一张单人床，一个小书桌兼饭桌。麻子看守亲自过来看了一圈，问："四爷，您老看这里还成吗？缺什么您老吩咐。"

"这个院子还是我出钱修建的，当然好啦。有别人住这里吗？"贺长城有意避开"关"这个字。

"把南头关着二十九军一个姓季的团副，本来要连同其他俘虏送去修壕沟，可是蔡局长非要劝降他，让他训练保安团的新兵。可这丘八就是不应，不棱不甩软硬不吃。南房里是女监，关着几个闹事的女学生和共党嫌疑犯，等审出眉目就送宪兵队，要是没有证据关些日子就放了。"

"我当初要知道自己有一天会被关进来真应该多捐些钱，

整得舒服点，照着省模范拘留所那样整。"贺长城自嘲道。

"四爷，这院一天两顿饭，一菜一汤一碗米饭，是跟我们局食堂端过来的。您也可以让家人送饭，想吃什么送什么，不违规。"

"谢谢兄弟。"

"您叫我路麻子就成，亲戚朋友都这么叫，听着亲。"

"那就叫你路兄弟吧。"

"随您高兴。四爷，您要是当上县长了可别忘了我们哥俩。"酒糟鼻胡老二在边上使劲点着头。

"您瞧我，从二十三岁进警察局就干看守，伺候过的所长、局长都数不清，可到头来我还是个看守，始终不得烟儿抽，现在算个班长吧，您当上县长后跟我们局长说说，赏给我个看守所所长干干，我路麻子一定给您老作脸。"

这一夜贺长城睡得很沉，做了许多梦。梦到与少女时期的梅清夷在妫河边散步。她身上散发出特有的清香阵阵袭来，贺长城情不自禁伸手拉起梅清夷的手，梅清夷的手还是那么柔柔的、凉凉的……突然梅清夷抽出手大叫："畜生，放开我。"

贺长城猛然惊醒，原来是在做梦，可是梦里的喊声如此真切。"放开我，你个畜生。"喊声从隔壁房间传来。贺长城坐起来，回忆起白天路麻子说这三间"优待号"只有两头关着他和季副团长，中间房子没有人。一阵激烈的肢体拉扯和女子的呼喊声从薄薄的墙那边传过来，在夜深人静的时候分外刺耳。

这时从南头的房间里传来一个男人粗犷的骂声："路麻子，

你他娘还让人睡觉吗？三天两头来日女犯人，你就不怕遭雷劈吗？"

"季团长，你要是把悔过书签了，我这就拣个最漂亮的给你发过去。"

八　贺仲城心口疼：爹出事了吧

天津，日本租界。

竹梅子一边整理着衣服一边不停地抱怨着："就给咱们安排这么个破房子，还跟人合住。就一个洗手间，这进去前是不是还得喊有人吗，介算吗事呀！这床也太硬了，我不管，我要把咱家的大床搬过来。"

老二贺仲城低着头在写东西，嘴里哼哼哈哈地敷衍着。

"你说你也是跟着西村那么多年了，钱不见你挣多少，官也没有捞到，还白白挨了一枪。现在又让人撵着跑。"

"放心，在这就是暂时住一下，等战事平稳就搬回去，不出一个月，我保证。"

"这可是你说的啊。"

"我说的，放心吧，赶快收拾东西吧，我写完这篇稿子我们去和西村先生吃饭。"

"家里那么多东西说走就走，回头东西要是少了或是损坏了，我可跟你没完。"

老二写完放下笔站起身，伸了一个懒腰，突然捂住胸口，"啊"的一声趴到桌子上。竹梅子惊叫着走过来连问怎么了。

老二缓了口气，抬起头说："我心口好疼。"

"快躺到床上缓一缓，是不是枪伤伤口犯了？都是叫西村给气的，你看看同你一起回来的留日同学，哪个不比你混得好，都是教授的学生他怎么不一碗水端平呢？"

老二没有理会竹梅子的唠叨，自言自语地说："上次心口疼还是我娘死的那天早上，一起床就疼得摔倒了。坏了，不会是爹出事了吧!"

妫川县公署指导官兼日本警备队队长真边在黎永忠办公室太师椅上坐定，拿出一封信放到桌子上，又用力地往前推了推。

黎永忠恭恭敬敬弯着腰，双手拿起信件放在眼前一看是日文，转头望着真边身边的李翻译。没等李翻译开口真边叽里咕噜说了起来，说了一通后看了一眼李翻译。

李翻译忙说："真边太君说，他接到上司的来信，是让他关照贺长城先生，因为他的哥哥贺仲城和真边少佐上司是东京大学的同学。贺仲城现在是大日本天津新民会副会长，他们的恩师西村武树先生是大日本驻天津新民会总顾问。可是真边太君还没有来得及关照，贺长城先生就被你关起来了，这让真边太君非常被动。"没有等李翻译完全翻完，真边又叽里咕噜说了起来，而且越说越激动，李翻译忙在桌子上抓张纸记录起来。

李翻译终于理顺了真边的意思，总结道："老黎，这次你可捅娄子了，真边太君的意思是让你马上想办法挽回。赶紧放人，没收的商铺和房产立即还给人家。至于抄走的财物嘛让你想办法补上。"

黎永忠内心一笑，他终于明白为什么真边如此气急败坏地冲他嚷嚷。多大点事，不就黑一点财宝嘛，至于上蹿下跳地闹吗？又一想，这么稚嫩的娃娃居然都能来做妫城的太上皇，真是天灭中国啊！

查抄贺家的财产，他分了两类，分别处置。一类是搬不走的不动产，商铺买卖，算政府没收，补贴财政亏空，贺家大院划归新民会。另一类是金条珠宝古董字画和现金，他分了三份，宪兵队长吉田少佐一份，他真边首席指导官一份，自己一份。现在要让真边他们把吃进嘴里的肥肉吐出来是万无可能。说不定那几箱金条珠宝此刻正睡在驶向日本岛的皇军货轮上的哪间货仓里。

摸清了真边的脉络，黎永忠马上就有了应对的办法。他从容不迫地说道："李翻译官，请你跟真边太君说，这件事我一定处理好，请他放心。最后一定让贺长城先生亲自给贺仲城写信，感谢真边太君。"

一阵往返翻译后，李翻译说："太君说他不相信你会做到，让你说说你准备怎么去处理。"

"第一，先让宪兵队给贺长城安个资助共产党游击队的罪名，宣布处死。然后真边太君出面甄别，发现原来是个误会，当即放人，一个红脸，一个白脸。贺长城从鬼门关走个来回一定对真边太君感恩不尽。"听完翻译，真边用力点点头像是在鼓励他说下去。

"第二，把没收的商铺和贺家大院都退还给他，抓捕的伙计全释放。第三，抄走的一点现金因为已经作为保安团的军费使用了，就算他资助保安团，由保安团给他出个收据，再由县公署给他颁发一个嘉奖证书，写上'日中共荣模范'，在全县大力宣传表彰。"

真边听完翻译后站起身绕过桌子，快步走到黎永忠跟前，一边眉飞色舞地说着一边用手拍着黎永忠的肩膀。旁边李翻译也兴奋起来，用夸张的腔调说道："真边太君说你太聪明、太狡猾了，说你是个可爱的老狐狸。还说一定让贺长城给他二哥写信。办完这个事真边太君要请你喝日本清酒。"

"还有一事得太君亲自出马，贺长城家里人和店铺的伙计都被抓去修壕沟了，那边归吉田队长管。"

真边爽快地答应下来，不让黎永忠送他，让他赶紧去办理这个事，然后带着李翻译迈着欢快的步子走了。

真边走后，黎永忠把自己埋在太师椅上沉思良久。然后喊来郭秘书，连续口授了三个文件：一个是贺长城捐款资助妫川县保安团更换装备的接收函；一个是贺长城同意把贺家大院捐给妫川县新民会的捐献书；一个是给贺仲城报平安的电报稿。

黎永忠让郭秘书亲自去办理此事，特别嘱咐他要分层次落实，前后次序不能出错：先让蔡耀先找个人告发贺长城资助共产党游击队，但是不要提他三哥贺叔城的事，避免歪打正着节外生枝，然后移交宪兵队判处枪决。再以我的名义刀下留人，报真边太君并请他亲自审问甄别。跟着误会解除，无罪释放。

但是不要急于放人，以走流程为由再羁押他几天，先归还商铺和释放抓走的人。这时候拿出三个文件让贺长城签字，只要他签了字就马上放人。最后又叮嘱，只有郭秘书跟贺长城见面，其他人一律不许见贺长城，包括警察局局长蔡耀先。

一切均按照黎永忠的设计顺利进行。只是在签字环节上出了点小岔子，让郭秘书着实紧张了一下。

原因是贺长城在签字前改了两句话：一句是把保安团划掉换成资助兴办教育；另一句是在把贺家大院捐给妫川县新民会前面加上一句：除去贺仲城的东跨院以外的贺家房产。然后目光笃定地看着郭秘书。郭秘书赔着小心说："您等我回去请示一下。"贺长城大度地点了点头。

一袋烟的工夫，郭秘书就兴冲冲地回来说，在黎县长的斡旋下，宪兵队吉田太君和真边指导官都同意了。

"那我现在可以出狱了吗？"

"当然可以，黎县长正在开会，特地安排由我代表他送您，车已经在大门口恭候了。还说等您休息几天，他专门设宴为您压惊。"

"谢谢你们县长的好意，我自己可以走。"

"还有一件事，我不得不告诉您……"看着郭秘书欲言又止的样子，贺长城有一种不祥的感觉。

"我都是去阎王爷门前报过到的人，还有什么事情扛不住的？说吧。"

"是这样，您出事的时候您家里人和店里的伙计都被宪兵队抓去修壕沟了。当然现在都放回来了，您资助共产党游击队的误会解除了嘛，所以全部都放回来了……只是……只是您的父亲大人没能扛过去……他……他走了。"

"啊!？你说什么？我爹他走了？什么时候走的？"

"您进来的那天……大夫说急火攻心引发哮喘……是黎县长给发送的，瞒着皇军送回石峡村入了祖坟。请节哀顺变。"

贺长城突然觉得胸口一下被压死，呼不上气来，接着双眼一黑摔倒在地。

第十章　平北抗日烽火

渡水需探深浅，用兵贵在出奇。

——妫川谚语

一　全歼吉田宪兵队

秋风萧瑟，落叶飘零，通往居庸关的公路上行人绝迹，一片肃杀。

打伏击的部队，从早上进入埋伏阵地到现在，已经过去四个多小时，妫川县城方向一点动静也没有。对面山头上一连连长老冯，用旗语询问海陀抗日挺进军司令员赵鹏，要不要取消这次行动。

用旗语联络，是赵鹏总结上次柳沟打伏击失利的经验搞出来的通信方法。他把过去鸣枪发令改为旗语传令，这样一来，从发现敌人开始放路障，到敌人全部进入伏击圈进行第一轮手榴弹攻击，硝烟散去接着第二轮交叉火力齐射，最后全体参战人员上刺刀发起冲锋，有条不紊地有序实施。防止发令枪一响手榴弹、步枪一起开火乱成一锅粥，既浪费弹药又不能实现扩大战果。

这次针对日军二十一人分乘两辆卡车的敌情，赵鹏安排一连两个排埋伏于公路西侧的山上，一个排埋伏在山脚下的拐弯处负责放路障，在第一轮手榴弹投下来前射杀驾驶员和驾驶室里的指挥官；二连埋伏在公路东侧台地上；三连为总预备队。赵鹏的指挥所设在东侧小山上。他要求三个战士射击一个敌人，分段包干，保证予以全歼。

"通信员，传令，继续埋伏，保持缄默。"传令旗一阵舞动，山谷里又恢复了安静。

赵鹏把敌工部部长兼武工队队长老曹叫到身边小声问道："老曹，你的情报不会有误吧？"

"不会。老鹰做事一向谨慎，过去的情报从没闪失过。这次吉田宪兵队换防，黎永忠是在齐鲁客寓给吉田钱行，出发时间是吉田亲口对黎永忠说的，错不了。而且吉田绝不会想到，我们会在有日军驻扎的青龙桥火车站和南口镇之间设伏。"

"我们就是要打他个出其不意。吉田对妫川县犯下累累罪行，决不能让他活着离开。"

"一号，鬼子来了。"

战斗异常顺利，全歼吉田宪兵队，而我方无一伤亡。战利品非常丰厚，除了十六支三八大盖步枪，四把手枪，居然还缴获了两挺歪把子机枪。还有半车的子弹、肉罐头、军衣、毯子和手电筒。战士们高兴得合不拢嘴，手拿肩扛着向北山转移。

赵鹏望着燃烧的汽车对一旁正在摆弄吉田战刀的一连长老冯说："烧了太可惜了，将来我们一定要有自己的汽车队。"

冯连长盯着手中的日本军刀摇着头感叹道："他娘的，你别说这小日本手工活还真细，你看这刀柄，菊花是手工镶嵌进去的，你再看刀锋……"

赵鹏白了他一眼，说道："注意战场纪律，一切缴获要归公。"

山路崎岖，枫叶似火，层林深处远处传来战士们欢快的歌声：

> 背起小背包，扛起大杆枪，为了人民求解放，东南西北打四方。太行山上的果木好，我们的边区鱼儿香。长城的工厂买卖多，乡村的田野好风光。儿童们敲起锣鼓把歌唱，妇女们烧起开水绿豆汤。我们到处守卫庄稼，我们野战军痛快又荣光。

二 特工老鹰

卢春利就是敌工部部长老曹说的老鹰。

《抗争报》在古城传开后引起妫川县地下党的注意，他们通过对油报内容和具备印制条件上分析，很快锁定了妫川县中学。再通过向进步同学了解，顺利地找到了油报的总编辑卢春利。

经过地下党负责人老李与卢春利三次长谈，卢春利要求加入共产党。为了保密，入党仪式选在北关关帝庙交通站进行，只有三个人参加，另外两个人是卢春利的入党介绍人老李和平北军分区敌工部部长老曹。

　　入党仪式后，老曹告诉卢春利，他要求参加队伍打鬼子的请求组织没有批准，反而要求他回到中学去与日本侵略者争夺教育权。目前，梅育新先生拒绝出任日伪中学校长，日本人找来一个文化汉奸沈伍晨做校长，他们不许讲中国历史，课本都是从伪满洲国运来，推行奴化教育。所以组织上认为不能放弃教育这块阵地，要求卢春利不计个人的名声，忍辱负重，接受他们的聘任出任中学教育长。老曹特别告诉卢春利注意保护自己，不要发展党员，也不要发展下线，集中精力争夺教育权和搜集情报。

　　老曹最后说："《抗争报》办得非常好，在妫川县影响很大，赵鹏司令员看了都夸你有水平。但是不要再办了，容易引起敌人怀疑。"

　　卢春利很有把握地说："鬼子不会找到我们。"

　　老李笑道："不要小看敌人的狡猾，鬼子是一部杀人机器。"

　　曹部长说："老李说得对，为了保证你的绝对安全，组织上只有我、老李和司令员知道你的存在，以后只有老李和你单线联系。"

　　老李说："估计宪兵队已经注意到中学了，你把油印机和收音机都交给我，我安排人去城外印刷，如果报纸突然消失反而引起敌人对你和中学其他老师的怀疑。"

卢春利正在棺材铺的杂物间修改讲义，他根据日伪推行尊孔读经，把岳飞的《满江红》、诸葛亮的《出师表》都加了进去，分发给国文老师。

崔毅尧和梅亚男一阵风似的冲进来，争着说："好消息，卢老师好消息。"卢春利用食指放在嘴唇上"嘘"了一声，然后走出杂物间，穿过放满棺材的堂屋来到大门，探头两边看了看，然后回来关好杂物间的门，才和蔼可亲地说："什么好消息把你们兴奋成这样？"

"让我来说。"崔毅尧激动地说，"吉田宪兵队全部报销了。就在昨天，他们走到关沟被从天而降的八路军全部消灭了，是全部消灭。"

梅亚男补充道："今天黎永忠和鬼子真边都去关沟给鬼子收尸了。"

卢春利脸上也泛起了红光，强压内心的喜悦说道："我已经知道了，县民政科的人一早就来订骨灰盒，足足订了21个。恶有恶报，这才刚刚开始……"说到这里马上恢复常态，说敌人肯定要全城大搜捕，这些天你们停止一切活动，也不要到我这里来，有事在学校图书馆见，现在赶紧回家。

三　日伪军疯狂报复

黎永忠垂头丧气地从真边办公室出来，等在门口的郭秘书马上迎上前去。黎永忠说回去再说。

回到办公室，黎永忠把日本驻北平军司令部和真边的指示说了一遍，当然隐去了被骂的内容。最后要在三天内破案，十天内再抓一千人去修封锁沟，尽快切断八路军和妫川县城老百姓的联系。

郭秘书忧心忡忡地说："三天内抓几个共产党嫌疑人蔡耀先还是有办法，只是挖封锁沟不是增加民夫的问题，我们白天挖，八路晚上填，这得挖到什么时候算个头呢？"

"八路军神出鬼没，又善于收买人心。'集家并村、修筑围子和挖封锁沟'都是要切断八路军和老百姓的接触，让八路军在平原上无立足之地，最后被迫滚回山里去。这是真边从华北司令部取回来的真经。据说是华北最高司令长官冈村宁次司令想出的办法，这还有一个名字，叫什么'囚笼政策'，再配以烧光、杀光、抢光的'三光政策'，八路军在平原就没有了立足之地。所以不管有多大困难都得做下去。"

"可是县长，我们要负责从岔道城到永宁城六十多里封锁沟的挖掘。封锁沟要求深两丈，宽二丈五，每二里还要修建一座炮楼，这样巨大的工程量需要上多少劳力啊。到现在已经从张北、张家口、绥远、怀来和咱们县抓来六千多民夫，能搜罗点罪名的基本都抓来了，再抓人怕是不容易。"

黎永忠说："再难也得抓。你通知蔡耀先让他马上过来。等等。"想了一下又说："算了，还是我们过去吧。"

黎永忠在警察局把蔡耀先和保安团两个团副骂了半个小

时。然后严令蔡耀先三天内抓到泄露吉田队长行踪的人和城里的共产党，完不成就军法处置。让保安团在七天内抓一千人补充到修壕沟的队伍里。

随后又交代，最近大日本华北观光团要去山西考察，路过妫川县城，一定保证安全，不能在我们辖区出事。还需要安排午饭，参观一下市容。令教育局组织学生欢迎，让商会通知所有商铺一律开业，商品不许涨价，违反者作为奸商游街示众，罚款。

黎永忠一直忙到半夜，政府厨房准备好的消夜也没有胃口吃，拖着疲惫的身体回到家，面对空荡荡的房间他感到内心也一阵阵空虚。和衣卧倒在黄花梨的鸳鸯床上，突然发现这架清朝州府台家的床是那么大。眼前又出现梅亚男娉婷的身影。那天新任校长请黎永忠去学校训话，他一眼发现学生队伍里面一个高个女孩特别眼熟，当看清楚女孩的脸时他猛然想起一个人，他早年的梦中情人——梅清夷。

四　贺长城五雷轰顶

贺长城出了拘留所来到大街上，突然觉得一切是那么不真实，大有一种恍若隔世之感。

一个人走在深秋的街道上，边走边梳理这些天发生的事情。像拉洋片一样的画面场景一幅一幅纷纷涌进脑海。他极力想理出个头绪却总是理不出来。猛抬头竟然走到了家门口，这时才想起这里已经不是自己的家——贺家大院已经不姓贺，而且爹再也不会在后院的紫藤架子下等他回来下棋了……

丁海宽看着贺长城吃完自己亲手煮的面，然后把烟袋无声地递给他，又用煤油灯给点着，看着他刺刺啦啦抽完一锅，又给他把烟丝装满用火柴给点着，然后才给他讲了那天发生的事。

贺长城被从街门前抓走后，宪兵队就开始抄家抓人。老爷子死活不走，大骂日本兵是强盗，被宪兵用枪托重重地砸在脑袋上，一头栽下台阶，当时人就不行了。院里的男人都被抓走连夜送到集中营。女人被赶出贺家大院，二姨娘回了娘家。老爷子的尸首被警察拉走了，后来黎永忠安排人送回石峡村入了祖坟。天亮后，丁海宽和在家的儿子丁石柱一起被警察局侦缉队的人从家里拉出来，押着他们一间挨着一间地交接查封商号。最后把他们连同所有伙计全都抓走送去集中营挖壕沟修炮楼。

说起在集中营的遭遇，丁海宽深深叹了口气。集中营里的人，每天黎明就被赶到工地挖沟，一直干到天黑，一天干十七八个小时苦役。吃的是发霉的高粱米和黑豆面，喝的是脏凉水。伪军为了省粮食故意往饭里放沙子。很多民夫病倒了。日伪军就把生病的民夫关到"集中营医疗室"——一个有六间房大小的地窖等死。死后被焚尸，然后抛入"万人坑"。[①]

从集中营放出来后，丁石柱就失踪了。丁海宽既不声张也

---

① 1965年人民政府在发掘的"万人坑"发现尸骨七百多具。

不找人，他知道儿子一定是去北山投八路了。

"城子，你的感觉是对的，黎永忠是外似忠厚、内藏奸诈的小人，他为了霸占你家产业，竟做出如此伤天害理的事。当初他倒腾大烟犯了死罪，你真不该花钱救他，救了落水狗，上岸咬一口。"

"不，他不是小人，是个猪狗不如的畜生。明里一盆火，暗里一把刀。如今又认贼作父，祸害妫川百姓。我要宰了他！""宰了他。我跟你一起干。"丁海宽斩钉截铁地说。

贺长城回了一趟石峡村，在祖坟他爹的墓前哭了一天。然后回来猫在东跨院，足不出户。天天摆弄那支勃朗宁手枪，拆散，装上，瞄准木架上的花瓶扣动扳机。把家里产业的事全托给丁海宽，不闻不问仿佛这一切已经跟他没有任何关系。

丁海宽开始还给他唠叨：日本人要求开门营业，却没有地方进货，存货不许涨价，可是苛捐杂税不停地涨，卖一笔赔一笔。粮食实行战时供应，只有杂合面儿，还按人头供应，粮店虽然开着其实跟关张一样，还多出几个伙计的费用。后来，看贺长城没有反应，丁海宽也就不再说了。

一天锁钥岭烧酒坊的崔老板来看贺长城，告诉他一个惊天秘密：那年土匪刘桂堂洗劫妫川县城的内应就是黎永忠。

崔老板说他去天津送儿子去当学徒，学办洋货，没有急着回来，而是在天津玩耍了几天。一天晚上去逛窑子，遇到一个学生窑姐，二十多岁的样子，张家口口音，一问才知道也算是察哈尔老乡。细一打听，那窑姐原来是妫川县警察局局长阎国喜的新媳妇，那年被土匪抢走后送给了黎永忠，作为他做土匪内应的报酬。

黎永忠把她带到天津关在屋里不让见人，天天用各种各样的方法折磨她，直到下体和肛门化脓溃烂，遍体鳞伤，才给她买了些药调理。她身体刚见起色黎永忠就以年轻女学生的噱头，把她卖到妓院，跟老鸨签的是永不赎身的死约。

贺长城如五雷轰顶，崔老板什么时候走的他也全然不知，心里头唯一一个念头就是一定要亲手宰了黎永忠。

五 梅清夷救兄投虎口

梅育新被捕了！

罪名是煽动仇日情绪。证据是梅育新为毕业学生留言："爱中国，外夷狄，斥降臣，表遗民。"这句话是他的老师辅仁大学校长陈垣先生送给梅育新的，他又转送给他的学生。后来这句话出现在《抗争报》上。

梅育新在供词中只写了一句话："生亦我所欲也，义亦我所欲也，二者不可得兼，舍生取义者也。"随后撂下笔再不发一言。

蔡耀先根据黎永忠的交代把梅育新关到"优待号"，不许与其他任何人接触，说要"挫挫他的傲气"。

警察局侦缉队和宪兵队天天抓人。崔毅尧、马刚和学生会的另外一名男同学、两名女同学都被抓了进去。皮鞭抽、老虎凳、辣椒水用了一遍，敌人一无所得。

梅亚男心急如焚，天天以泪洗面却无计可施。这时《抗争报》又出现在街头巷尾，上面报道了吉田宪兵队被八路军歼灭的通讯，列数了吉田对妫川人们犯下的种种罪行，还公布了详细缴获清单。

警察局侦缉队和宪兵队的侦破方向转向城外附近的几个村子，放松了对学生的审讯。蔡耀先把各村保甲长都召集起来，亲自给他们展示油印机，然后要求保甲长们回村挨家寻找，发现可疑的人马上报告。如果知情不报按连坐处理，谁也别想脱滑。一时各村闹得鸡飞狗跳。

黎永忠亲自出门迎接梅清夷，把她请进县长办公室，一边让座一边说道："都是这帮办事员不懂事，怎么能让梅老师等这么久呢？"

"我已经不教书了。"

黎永忠关切地问："怎么呢？"

"日本人印制的课本我看不懂。"

"不都是中文吗，怎么会看不懂呢？哦，不去管它。那也得称你老师。"

郭秘书送茶进来，黎永忠接过来亲自放到梅清夷面前，说道："北平朋友捎过来的茉莉花茶，你尝尝，清香得很。我哪，早就想请你出山，来县教育局抓业务，管总务也可以，主要是帮我盯着。现在找个信任的人真是不容易。不是马前刀儿就是肉蔫贼。咱们是老街坊老邻居，从小都相互看着长大，这年月还是知根知底的老人儿最靠得住。"

梅清夷一时脑子没有转过来，她是在嫁给西街开钱庄的吴家大少爷后才与黎永忠做的邻居，怎么就成了从小看着长大？梅清夷不好纠正他，更何况有事求人，于是没有接黎永忠的话茬，而是不卑不亢地说道：

　　"我今天来是有事相求。"

　　"咱们之间还说什么求不求的，有什么需要我办的你尽管说。"

　　"我哥梅育新被警察局抓走了，说他私通共产党。我哥他就是一个书呆子从来不问政治。他怎么可能与共产党有瓜葛呢？一定是他们弄错了。"

　　"育新大哥的事我已经知道了。他的为人我是了解的，要说别人通共我信，说育新大哥通共打死我也不信。"

　　"那你赶快下令让警察局放人呀，你不是县长嘛！"

　　"育新大哥人虽然关在警察局，可他是日本宪兵队办的案子，管辖权不在我这里。你也知道，现在只要是涉及日本人那边的事就不好办，他们这里，死凿儿。"黎永忠用食指点了点自己的太阳穴。

　　黎永忠继续说道："我也难啊！老百姓不知道我的难处，还都以为我这个县长跟着日本人享多大福呢，坐轿的不知抬轿的苦，抬轿的不知坐轿的颠，如果不是为了让妫城的老百姓少受些苦，我早就回天津了，不在这里受他们的夹板气。"

　　梅清夷失望地叹了口气，眼圈一红，止不住流下泪来。

　　黎永忠掏出叠得整整齐齐白如雪的手帕，塞到梅清夷的手里，关切而真诚地说："你别着急，我已经在想办法，你不来找我，我也会搭救育新大哥。虽然过去我们没有什么来往，但是毕竟邻里多年，人是讲感情的嘛。这样，我先保证育新大哥在拘留所不会受罪，然后我去找宪兵队新来的山本队长说说，不行我就直接去找真边指导官，我给育新大哥作保，本县长的面子他多少会给的。"

梅清夷感激地抓住黎永忠的手使劲摇了摇，说道："太好了，幸亏有你……"说着又流下泪来。

黎永忠就势一只手揽住梅清夷的肩膀，像是安慰又像是在鼓励，胳膊用力搂了两下，看着自己早年只能远远望着的梦中情人，现在楚楚可怜地依偎在自己的怀里，黎永忠心里获得了极大的满足。

郭秘书敲门进来，手里端着个小托盘，托盘上放着两把一样的锡酒壶，两只锡酒杯。身后跟着政府食堂的胖厨子，手中托着个木头托盘，上面放着四样小菜和一盘小包子。黎永忠热情地说道："我忙了一天到现在还没有吃饭，你来了正好，也算庆祝我们老邻居重逢。"

梅清夷本能地拒绝起身告辞。黎永忠伸手把梅清夷按在座位上，说道："你跟我还客气什么！育新大哥的事我们还没有说完呢，需要商量一个周全的办法。我们边吃边商量。"

这时，郭秘书先用梅清夷面前的酒壶给她斟满一杯酒，然后放下酒壶，又拿起黎永忠面前的酒壶斟满一杯酒，放下酒壶后意味深长地看了黎永忠一眼，悄无声息地退了出去，回身反锁了房门。他来到走廊尽头的值班桌前，把警卫打发走，自己坐到值班桌后的椅子上，点燃一根烟专注地吸了起来。

六 梅家遭逼婚

郭秘书提着一盒点心两瓶酒，一路打听着来到梅清夷家。他是来为黎永忠提亲，要迎娶梅亚男。

吴家大少爷受宠若惊，前言不搭后语地说着一堆不着边际的话。梅清夷一脸冰霜，不发一言。

郭秘书自顾自地说着，他说黎县长夫人因病很早去世，黎县长一直一个人生活，把一双儿女拉扯大，现在都独立出去了。上次在妫川中学看到梅亚男就觉得是一家人的缘分。年龄虽然有点差距但也不是问题，现如今时代潮流，除旧布新，老夫少妻比比皆是。

"你看天津名流熊希龄与毛彦文相差二十七岁在民国传为美谈……"

梅清夷只说了一句"卑鄙"，然后拿起桌上的礼品走到门口扔了出去，两瓶酒在土地上打了一个滚竟然没有碎。吴家大少爷连忙跑出去拾起来，一边用衣袖擦拭瓶子上面的土灰一边嘴里唠叨着："哎哟，当官不打送礼人，真是一点规矩也没有。这都是稀罕物呀，怎么能糟蹋东西哪。真是败家老娘们儿！"吴家大少爷自从那年被贺元城的卫队暴打之后，在梅清夷面前矬半截，仿佛被打折的不是他的腿，而是他的腰。

郭秘书一副处变不惊的样子，依然谦恭地说道："梅老师、吴先生，你们寻思寻思，也不急于回话。也可以听听梅亚男的意见，好事也得犯商量，毕竟是新社会了嘛。"

吴家大少爷赔着一脸的卑微忙不迭地说:"对对,这位官爷说得对,现在是新社会了不兴那些老礼啦,让闺女自己做主。"

"吴先生,既然是新社会了,你就别叫我官爷了,也称郭秘书就好。"

"啊,对对对,郭秘书,郭秘书说得极对。"

郭秘书起身告辞,在走到门口像是突然想到什么,回头说道:"瞧我这记性,还有一件重要的事差点忘了。梅育新校长的事黎县长该找的人都找过了,该说的话也全说了,日本人就是不松口。因为涉及通共,所以没有个过硬的理由怕是办不成,而且通共案子不需要坐实,只要是有通共嫌疑的就是死罪。你们见过谁能活着从宪兵队走出来?"郭秘书停顿了一下,扫了两人一眼又继续说道:"当然,一旦与黎县长结为姻亲,梅校长就是娘家大舅,黎县长就可以名正言顺把梅校长保出来,而且以后这地面上也不会有人再找麻烦。"说完不等回话径直地走了出去,吴家大少爷脚底下一路拌蒜地追了出去,一直目送郭秘书到大街上,嘴里唠叨着:"好事好事……原来就是远亲不如近邻,现在是亲上做亲……"

梅亚男同意嫁给黎永忠。

当一听到黎永忠派人来提亲,梅亚男心里就明白了八九分。她对梅清夷说:"娘,大舅和同学被抓都是冲我而来,你就让我去跟姓黎的做个了断吧。"

梅亚男提出的条件是先放人——释放大舅梅育新、崔毅尧、马刚和这次被无辜抓起来的妫川中学同学、老师。

吴家大少爷兴高采烈地去给郭秘书回话，自己临时加上一条，要县长女婿在政府给自己安排个职位，最好是管财政，管税收也凑合，但是最低也得是个科长。

梅清夷放声大哭，梅亚男也无声地流泪了。但是她不能告诉母亲，自己心爱的恋人、敬佩的大舅和朝夕相处的同学、老师每天在监狱受着酷刑，她的心就如同刀绞一般疼；她不能告诉母亲，警察局把学生会的同学都抓走了却单单落下她，现在同学和老师都怀疑是她出卖了大家，把她孤立起来。这种折磨生不如死。

梅亚男下定决心，唯有舍身救人，以刺杀黎永忠来明志。

七　一定亲手宰了这个畜生

贺长城一个人来到华清池泡了一上午，直泡得肚子咕噜噜叫才爬出来。来到休息厅隔断间，要了一碗打卤面，吃完面抽了一袋烟，顺势躺倒，盖上一条浴巾昏昏欲睡。不知道什么时候，透过薄薄的木板墙，从隔断那头传来澡堂子汤老板的声音：

"凭良心说，华清池有今天全得感谢黎永忠黎县长。日本人来了不让我接待中国人，只供日本人洗澡，还不许停业。你说那还不得赔死？你还不如直接把我拉出去崩了呢，反正都是个死。"

"汤老板，我看你这华清池比皇军来前规模还大哪，快赶上北平的华清池啦。"

"那还不是亏得有咱们黎县长？他说妫川老百姓也得洗澡呀。建设什么大东亚共荣圈也要干干净净地去建设呀。然后他真的去找那个日本司令，结果就真的成了。单给皇军截出一个西院，弄个池子，中国人还在原来的院里洗澡，日本人在西院洗，各走各的门谁也不碍谁。你说这招儿多高明呀，也就咱黎县长想得出。"

"要说这黎永忠过去就是个牵媒拉线的主，做事快刀切豆腐，两面光。谁想到当了县长还真给咱们老百姓办实事。去年把孩子的学费都免了，还给孩子发了制服，忒漂亮。"

"那是日本人的学生服，不能穿。我就让我儿子退学了。"

"莫谈国事，各位爷咱莫谈国事。我给你们沏壶好茶。"

"汤老板，听说西院的池子是露天的，他们日本人喜欢爷们儿和老娘们儿一起洗。是真的吗？"

"这你得自己进去瞧瞧，我们还真没有看见。"

"啊！男人女人一起洗澡，那还成什么体统。"

"你也是井底蛤蟆没见什么天日。日本人生养在屁股大的小岛上，还没有开化，什么幺蛾子的事做不出来？哪有我中华千年的礼教？"

"汤老板你把女部那道墙打掉，咱们也男女一起洗吧……哈哈哈。"

"各位爷，咱莫谈国事，更别说皇军的事，隔墙有耳。"

"听说黎县长老婆死了到现在还没有续弦。"

"我要是天天睡人家老婆，我也不续弦。"

"你又满嘴跑舌头，净说些没影儿的事。"

"怎么是没影儿的事？政府里的小媳妇和干部家属都快被他睡遍了，不让睡就得滚蛋。政府里当差的谁不知道？"

"真是好事不出门，坏事传千里呀。"

"平时看着那些政府文员在人前可是人五人六的，也会干这种膈应事？"

"这可也保不齐，有钱难买人家娘们儿愿意。眼瞅着老百姓连杂合面都是吃了上顿没下顿，找一个靠山也能养活一家子。"

"母狗不掉尾，公狗不上身。这些老娘们儿也贱堆。"

"听说黎县长在找人择日子置办酒席，马上要大婚啦。"

"是吗？娶谁呀？"

"梅育新校长的外甥女——梅亚男。"

"我也听说了。那天烟鬼吴家大少爷来找我借钱，要置办行头。给我说他马上要成为黎县长的岳父啦。还要去政府做科长，我还以为他吹牛呢。原来是真的啊！"

"咱们这位县太爷真厉害，睡完老的娶小的……"

贺长城脑袋"嗡"的一声，起来穿起衣服就往梅清夷家走去。一路上嘴里反复念叨一句话：坏事到头血洗脖，我一定亲手宰了这个畜生。

第十一章　飞来横祸

人生两大悲事，无非死别与生离。

——妫川谚语

一　齐鲁客寓里发现手雷

老李一身商人打扮，来到棺材铺跟伙计说自己手上有一批上好的松木，需要跟你们老板谈谈。卢春利闻声从杂物间出来，把伙计打发出去，说这位李老板由他亲自来陪。

老李突然违反接头纪律，直接到店里来找卢春利，是因为敌工部曹部长担心老鹰卢春利被捕，让他马上撤到山里去。卢春利不同意撤退，说：“连崔毅尧他们都不知道我的真实身份，而且被抓去的学生和老师敌人也只是怀疑并没有证据，估计很快会被释放。如果我一跑他们就全完了。”

老李同意老鹰的分析，由衷地佩服道：“春利同志，我觉得你是个天生的情报员，思维缜密，遇事冷静，行动果断。现在你又跟妫川中学日本校监德川打得火热，不到万不得已的时候是不能放弃。我回头跟组织汇报。"

正说着，齐鲁客寓的宋账房气喘吁吁地跑进来，大叫："少爷不好了，老东家让你赶快过去，客店出大事了!"

"宋大哥你别急，慢慢说。"

"警察刚才突然来客店检查，在客房里发现了手榴弹，把孟掌柜和打扫客房的伙计傻柱抓走了。你快过去吧，老东家都要急死了。"

"手榴弹! 这怎么可能呢?"

"是警察从日本客房炕下面取出来的，说有四个。"

"你确定抓人的是警察不是日本宪兵队?"

"不会错，他们穿着那身狗皮我怎么会认错呢。"

卢春利与老李对视一下，说道："今天的话留着，改天你带块木样来我们再谈。"

在路上宋账房断断续续地说了大致情况：因为城里来了很多日本人，老东家也想学人家做点日本人的生意，就拿出些房间，用三合板打制了推拉隔断，拆了土炕换成榻榻米，包租给日军家属、日本商行职员。开始还相安无事，变故发生在一个叫石井林一的日本人身上，他带着一大家子租了整个一间跨院，连办公带住宿，一日三餐都在客店。可恶的是几个月下来一直不付房租和餐费，老东家夜夜睡不好觉，就天天鼓捣着孟三去催要。孟三催要了多次，石井林一不仅不付房租，还用日本话大骂。孟三急了，就在饭菜上动心思，不是给做夹生饭，就是菜里不放盐。石井林一恼羞成怒，就付清房租饭费退房搬走了。不承想第二天他就带着警察来了，说是要搜查违禁品，直接就去了石井林一租的跨院，在他睡觉房间榻榻米下搜出四颗手榴弹。把陪着搜查的孟掌柜和伙计傻柱吓得魂飞魄散。警察不由分说就把两人铐起来带走了。

卢万才正在屋里来来回回转磨磨，一见儿子进来就像看到了主心骨，一把拉住卢春利，语无伦次地说："他们是冲我来的，一定是冲我来的，你快想想办法。这次咱们家要大祸临头了。孟三进去肯定说那手雷是我的，我就是跳进黄河也洗不清啊。怎么办？怎么办哪？"

"爹你先别着急，咱们坐下慢慢说。"

"哎哟儿子，爹能不着急嘛，这明摆着是那个日本人在害我哟！"

"肯定是那个日本人在犯坏，要命的是，警察在众目睽睽之下搜出了手榴弹，这让咱们百口难辩。"

"可是那玩意儿真不是咱们的呀。"

"警察也知道那个东西不是咱们的，他们心里明镜似的，知道是日本人在栽赃陷害。可他们是在帮狗吃食，不会为咱们主持公道。"

"那可怎么办哪？我就觉得姓罗的怎么十根条子就把这么大个院子盘给我了呢，啊？原来是个大坑，我他娘的是来给姓罗的填坑呀！"

卢春利没有理会他爹的唠叨，进一步分析道："这次出面的是警察局，说明他们没有过硬的证据，不然宪兵队早来抓人了。孟三在咱们家也十几年了，是个快性仗义的人，我看他进去不会胡乱咬。只要他和傻柱咬住没有见过手榴弹，警察局也是为了应付日本人，会就坡儿下驴。况且您从来没有跟那个日本人有过接触，不会涉及您。"

"哎哟，孟三来这边做掌柜的原说给他发掌柜的薪水，可是客店还没有挣到钱，改造日本炕又花去一笔，所以就一直没有给他兑现，你说他不会记恨爹？"

"早跟您说对伙计好一点，您就是不听。但是为了保险起见，您还是去乡下避避。"

"我不能走，一走他们就会给我弄个畏罪潜逃，罪名就算坐实了，马上就会来收店，那咱们的家业就全完了。"

"火燎眉毛顾眼前，这都什么时候了，您还舍不得这些生不带来死不带去的东西，人活下来最要紧。"

"我不走！要是家业让那小日本就这么黑了去，我还不如死了哪！"

二　孟三过堂

孟三和傻柱分别被吊在拘留所审讯室的两面墙上，路麻子和酒糟鼻胡老二像是打了鸡血一样兴奋。路麻子把五六条不一样的鞭子一字摆开，一根一根地认真端详，好像是在欣赏自己的收藏品。他拿起一支带疙瘩的牛皮鞭在手里试挥几下，满意地点点头。

吊在墙上的孟三还在不停地说着："路大哥，我说了半天您咋还不信呢？我是啥样人您还不了解吗？咱们也是老熟人了，平日里低头不见抬头见，您说，打从我做了齐鲁饭馆掌柜，您什么时候到店里我不都是好酒好菜伺候着，也从来没有让您结过账不是？"

路麻子正色道："孟掌柜，做人可得拿良心说话，你开饭馆我去捧场，你应该感谢我呀，怎么反倒还欠下你的人情了？再说我哪次去吃饭没有记账？等兄弟办完你们这个通共大案，对了还有私藏军火准备炸皇军这一条，等拿到赏金先去把你的账结了，这点你尽管放心。"

回头对酒糟鼻胡老二说道："老规矩。"

一顿鞭子过后，孟三和傻柱两人已经是皮开肉绽。路麻子把皮鞭往地上一扔，坐到凳子上喘粗气，负责记录的瘦脸看守拿过两碗白开水递给路麻子和酒糟鼻，小声问路麻子："笔录怎么记？"

路麻子没有好气地说道："记你娘个腿！老子还没有开始讯问哪。"

酒糟鼻说："年轻人不懂了吧，这叫杀威棒。你现在去准备记吧，就开始。"

路麻子对着孟三说："孟掌柜，自古衙门深似海，黎民百姓莫进来。什么意思？就是说只要进来的都不是好人。兄弟我既然穿了这身官衣就得包公办案——铁面无私。你就是我亲爹今天也得在鬼门关上走一遭。说吧，手雷是哪个八路给你的？你们准备用它先炸宪兵队还是先炸县衙门？痛痛快快地撂了，好儿多着呢。"

"姓路的，你他妈的和小日本是池里的王八塘里的鳖，一路货色。你帮日本人祸害中国人会遭报应的……"

路麻子扑哧一声乐了："骂得好，这才是爷们儿应该有的样子。你说我们冤枉你，人家日本人也冤枉你，那你怎么不问问我们他妈的怎么不冤枉别人专门冤枉你哪？妫川县城四五家客店怎么不去冤枉他们单单冤枉你们齐鲁客寓？你还是老实点，比你嘴硬的犯人见多了，别在老子面前充英雄好汉，自从水泊梁山归顺了朝廷后就再没有出过好汉。胡老二，上老虎凳！"

路麻子来到前院侦缉队，找到给他这桩差事的值班主任，见到日本人石井林一也坐在那里等消息。他先满脸堆笑地冲那日本人鞠了个躬，然后报告值班主任说，孟掌柜和伙计傻柱都不知道手雷的事，老虎凳都上了，没用。不行就按通共和私藏军火结案得了。

值班主任气不打一处来，呵斥道："路麻子，你他妈充什么大尾巴狼？别拿个鸡毛当令箭，全局的兄弟都在搜捕共产党密探，抓《抗争报》嫌疑人，人手实在不够了才把这个案子交给你办理。你他妈赶紧把这位叫一并什么玩意儿的太君打发了，别再给我们添乱。卢万才那老棺材瓤子私藏手榴弹？还他妈通共？真是扯你娘的臊。"

然后用不太熟练的日语又恭恭敬敬地对石井林一说，这位警官审完了，还动了刑，那两个人真不知道手榴弹的事。我刚才也严厉责骂这个办案警官了。你看是不是就这样结案算了？

石井林一很不高兴，叽里咕噜半天，末了又掏出十个银圆放到桌子上。值班主任对路麻子说："我听明白了，这位太君是要那两个伙计指认他们老板，只要他们说手榴弹是卢万才放的就没有他俩的事，不仅放了他们，还赏十块大洋。你去再加把劲，用点脑子，拿了供词给他，他就去找宪兵队。后面的事就不用咱们管了。"

回来的路上，路麻子把五块银圆揣进里面贴身口袋里，分出三块，准备两块给酒糟鼻胡老二，一块给瘦脸看守，剩下两块攥在手里玩弄着走进了审讯室。

绑在老虎凳上的孟三又昏过去了。正准备再往孟三脚底加砖的酒糟鼻抬头看着路麻子。路麻子摆了摆手，酒糟鼻把砖头放到地上就势一屁股坐上去。路麻子跟瘦脸看守说：

"你写，手榴弹是齐鲁客寓老板卢万才放到床底下，准备炸死那家日本人，因为日本人搬走了所以没有炸成，算杀人未遂。动机是日本人拖欠房租和饭费引起纷争，卢万才怀恨在心起了杀心。至于手榴弹哪来的，把卢万才抓进来就知道了。你把供词编圆全了署上孟三的名字，一会儿叫他按手印画押。"

孟三被冷水泼醒后又开始骂路麻子。路麻子搬过凳子坐到孟三跟前说："孟掌柜你先歇歇嘴，喝口水再骂。"然后示意瘦脸看守拿水过来。看着喂完了水，路麻子语重心长地说："孟掌柜，手雷不是你放的这我早就知道。我们局长也知道。那四颗手雷是日本人制造的军用品，就算让你撒开放不治你的罪，你也没有地方去淘换。"

"那你还往我身上栽赃……"

"这你就不懂了。你没有放手雷是一回事，日本人说你放了手雷又是一回事。你说你不认下来，我们局长怎么给日本人交代？日本人现在就是我们局长的亲爹，局长就是我们哥仨的饭碗，局长给不了日本人交代就得收拾我们哥仨。你说我们冤不冤？你也不忍心把我们哥仨的饭碗砸了吧？你就直当帮我们哥仨一回，你就认了吧。"

"姓路的，别来这套，认了就是满门抄斩的罪。"

"行呀孟掌柜，你不是挺明白的吗？既然你是个明白人咱们就当着明人不说暗话。兄弟给你指条道，保证你和傻柱平平安安回家吃饺子。"

看着孟掌柜没有接话，他回头让酒糟鼻把孟三脚底下砖撤了，接着松绑，让孟掌柜靠着墙坐到地上，然后语重心长地说道："老孟，你不过是给卢家扛活打工，拿多少工钱干多少事，犯不着为他姓卢的顶缸。得罪日本人的是他卢万才又不是你孟三，何苦呢？只要你在这上面按个手印，我马上放你走，后面的屁股我们哥仨给你擦。我们对你可是手下留情了，不然压断你两条腿也就半袋烟的事，那样你就成废人了，你想想要是你真成了残废他姓卢的会养着你？你这辈子就完了。明白人可别干傻事。"说着把一直在手里玩弄的两块银圆送到孟三面前说："画了押这两块大洋也归你，直当我们哥仨给你买酒赔不是。咱们都是三关四街地住着，本来就没有过节儿，你画了押咱们两好归一好。"

孟三接过瘦脸看守递过来的供词看了一遍说："你这不是让我害人吗？"

"孟掌柜，你抬眼看看傻柱，多好的一个孩子，都是因为你的不识相，让孩子吃你的挂落，遭那么大的罪，你这不是已经在害人了吗？如果你不签字画押，你们两家人都得抓起来，轻则充军挖封锁沟，重则全部以通八路枪毙。而且你们就是被枪毙了也救不了卢万才，我们会把你们客店的账房、厨子、伙计一个一个抓来过堂，只要有一个开口撂了你们就算白死了，你看看你，这要害死多少人？"

孟三低头不语。酒糟鼻佩服地向路麻子挺起了大拇指。瘦脸看守拿起桌上的烟袋锅，紧走几步虔诚地递到路麻子手里，又给点上火。路麻子见攻心战奏效也得到鼓舞，猛吸了一口旱烟，拿起两块银圆也过去挨着孟三坐到地上，掰开孟三的手把银圆塞了进去，又把手掌合上，轻轻在手背上拍了拍："你画了押就送你出去，我们会替你保密。你也可以带着傻柱投亲靠友走得远远的，离开这鬼地方。怎么样孟掌柜？"

孟三抬起头，声音微弱却异常坚定地说："你说的我都懂，可是我真的做不来。"说着把手里的两块银圆放到地上。

恼羞成怒的路麻子让另外两个人上来按住孟三，自己手拿把剪刀夹住孟三一根手指，厉声道："再最后问你一次，画不画押？"

"还是那句话，我过不了自己良心这道坎。你当然不会懂，你的良心早被狗吃了。"

随着"咔嚓"一声，一根手指滚落到地上，孟三大叫一声昏死过去。路麻子扔掉剪刀，俯身拾起半截手指，在伤口处蘸了蘸鲜血，一只手把供词贴在墙上，另一只手拿着沾满血的手指小心翼翼地在孟三名字处按了下去。然后随手扔掉半截手指，在孟三衣服上擦掉沾到手上的血，把供词拿到嘴边吹了吹，又伸直胳膊把供词拿远仔细端详了一番，满意地走了出去。

三　日本人算计齐鲁客寓

卢万才被日本宪兵队抓走的当天就被施以酷刑，灌凉水，老虎凳，还用上了刚刚从北平运来的电刑椅。

卢万才心里清楚，只要自己承认下来就是个死罪，家产充公，全家抓去集中营做苦力，那跟判死刑也差不多，还没有见到被抓走做苦力的谁回来的。一想到这些就牙关紧咬，任凭各种毒打就是不松口。经过一天一夜的酷刑卢万才终于咽气了，眼睛却怎么也闭不上。

听到卢万才死了，石井林一找到宪兵队长山本说，可以把他们全家抓起来，送去集中营。山本说我本来是为你出口气，谁都看得出来卢万才不是共产党。冈村宁次司令官一再要求对占领区的老百姓攻心为上，既然人已经死了，你的气也算出了。石井林一又说，那就把齐鲁客寓没收抵给我算是赔偿，挣下的钱一人一半。山本笑了，原来你是在惦记他们家的饭店呀，这个好办。

石井林一接手齐鲁客寓以后，把原来的伙计全部轰走，然后以五十根金条的价格转手卖给了景老板——一位为日军提供布匹的布商。自己收完金条直接带着全家去了康庄火车站，坐上火车奔了天津。

四 妫水女荆轲

梅育新和学生会的同学们都被释放了。

敌工部部长老曹不失时机地登门拜访，这已经是他第二次来拜访梅育新，上一次还是梅育新拒绝与日本人合作，出任妫川中学校长的时候，两次来目的都是一个，动员梅校长去解放区。

这一次见面没有等老曹多讲，梅育新坚定地说："我同意去你们解放区。"

老曹压低声音高兴地说道："我先代表解放区欢迎你。计划早就准备好了，一定保证安全把你送到解放区。"然后详细讲解了出走计划：先把"良民证"上面职业一栏中的校长改为商人，出城不查证件但是沿途过村镇需要检查。上午坐我们安排的人力车出城，不要带行李和任何违禁品。到八里庄换马车，当天晚上到县界边上的下营村打尖儿休整，后半夜过敌人封锁沟，对面有武工队接应，再走两三天就进入晋察冀边区民主抗日根据地了。听得梅育新恨不能马上动身："择日不如撞日，今儿就走吧。"

老曹说道："你别急，现在鬼子正在搞'清乡扫荡'，等一个相对平静的日子。另外，为了不给家属和朋友留下麻烦，你走时给家里留一封信，就说你是看破红尘，去五台山出家了。"

梅育新说你们共产党考虑问题很周到。这时院里传来一声"大舅"。梅育新对老曹说，是我外甥女。老曹起身说："那我就先告辞了。"

梅亚男来跟梅育新借梅家祖传的短剑。梅育新迟疑片刻，默不作声地进到里屋，一会儿从里屋出来手里多了一把短剑。剑有二十六七厘米长短，银箔包剑鞘，剑柄镶嵌着绿宝石。

"这是你太祖姥爷当年随戚继光将军南征北战，因战功获得戚将军的奖励。"说着拔出短剑，一道寒光眼前一闪。梅育新接着说："这口宝剑是用'亮石'打磨出来的，锋利无比，削铁如泥。"跟着开口吟道：

"不惜千金买宝刀，貂裘换酒也堪豪。一腔热血勤珍重，洒去犹能化碧桃。"

"休言女子非英雄，夜夜龙泉壁上鸣。大舅我懂，鉴湖女侠是我仰慕的英雄，您放心我知道该怎么做，绝不会给梅家抹黑。"梅亚男双手接过短剑，退后一步，给梅育新深深地鞠了一个躬，然后转身决绝地走了出去。

梅育新望着外甥女的背影用低沉的秦腔吟唱道：

> 风萧萧兮易水寒，壮士一去兮不复还！
> 探虎穴兮入蛟宫，仰天呼气兮成白虹。

吟罢潸然泪下，打湿了青衫……

梅亚男肿着眼睛来到崔毅尧家门口，听到几个熟悉的同学说话声音从墙里传出来。她轻轻地叩响那熟悉的门环，开门的是崔毅尧的母亲，一见来人是梅亚男，脸上原本的笑容马上消失了，冷冰冰地说："我们家毅尧在养伤，不能见客。"说完"咣"的一声把门关上。

梅亚男愣在门前委屈地哭了，把一直握在手里用绸子布包裹得严严实实的匕首在脸上贴了贴，像是最后的诀别。匕首是崔毅尧送给她的定情物，是他们共赴国难、并肩战斗的见证。她把匕首放在台阶上，用手敲了三下门，然后快步离开。

梅亚男并没有走远，她伫立在街角远远望着那曾经熟悉的门，直到天完全黑下来……

第十二章　锄奸

善恶不同途，冰炭不同炉。

——妫川谚语

一　赵鹏赴抗大学习

赵鹏终于见到了八路军第四纵队政治部主任伍晋南，激动地敬了个标准的军礼，然后紧紧抓住伍晋南双手只说了一句："可把你们盼来了。"便热泪盈眶。

"赵鹏同志，晋察冀根据地的首长和同志们也想念你们。来时纵队司令员宋时轮特地指示我，要对赵鹏同志几年来在极其艰苦的条件下开展敌后武装斗争，为抗日留下了火种给予肯定与表扬。"

"伍主任，我们接到工委的指示，三天前我就带着一连来到小川沟接应大部队，昨天听到花盆方向有密集的枪声，是不是你们遭遇敌人了？"

伍晋南这位1927年入党，参加过长征的年轻纵队首长哈哈大笑起来说，那是给平北敌人送的见面礼。原来部队在进入花盆乡时与伪军三十五团二营遭遇，伍晋南当机立断，展开部队投入战斗，以牺牲五人的代价全歼该营，击毙敌营长和日本顾问，俘虏敌人三百六十多人，缴获子弹三万余发，三八式步枪三百四十多支，手枪三十多把，轻重机枪十四挺。

赵鹏说，伪军三十五团一直是挺进军的死对头，过去没少受他们的气，这次一下就吃掉了他们一个营真是太痛快了。赵鹏接着把平北地区日伪情况，反封锁斗争和挺进军人员武器装备详详细细做了汇报。伍晋南也把这次军区首长关于"巩固平西，坚持冀东，开辟平北，创建晋察冀抗日民主根据地"的任务作了传达。同时宣布命令：原海陀抗日挺进军编入四纵六支队，为三十七大队。任命赵鹏为大队司令员，同时赴根据地延安抗大晋察冀分校学习。

二 反复推演刺杀方案

黎永忠执意把婚礼放在东关老宅来举办，郭秘书不无担心地提醒他说："最近北山一带有大股八路活动，上个月满洲军三十五团一下被吃掉一个整编营，这种事在过去还从来没有发生过。而且最近八路军武工队在川区活动突然频繁起来，有几个村的保长先后被杀。他们还公布锄奸名单，搞得各村保长人人自危，无心干事，有的已经开始脚踩两只船给自己留后路了。我还是建议您的婚礼放在城里办。"

黎永忠不以为然地说道："怕什么？出了东城门就是东关村，在村里放个屁城门楼上都会听到。我就不信他赵鹏敢来。那些土八路就会搞些偷偷摸摸的事情，一点都不敢亮。我可是不作兴他们这种做法，赵鹏真有本事就明刀明枪地来。"

"小心驶得万年船。"

"你说得也对，小心不会错。你让蔡耀先安排一个中队在东城门上待命，以防不测。小郭呀，我为什么非要在村里办喜事哪，还不是趁这机会让老街坊们尝点荤腥，他们的日子过得苦啊。"

"县长真是菩萨心肠，东关出了您这位县长是全村人的福气啊！"郭秘书由衷钦佩地说。

黎永忠没有跟郭秘书说实话，他黎永忠有了今天的风光，不让老街坊邻居们看看岂不是"锦衣夜行"，白瞎了这富贵！他就是要借着办婚礼的机会，让那些过去瞧不起黎家的势利眼好好看看，让他们眼馋死。他仿佛看到了趾高气扬、凡人不理的黎财主，儿子在县里做个小股长就眼里没谁了的吴王八，只会巴结富人的香子舅妈——那年年关，娘找她借钱过年，结果香子舅妈让娘在大门外冻了半天，最后也没有借到。还有让他情窦初开却连提亲的资格都没有的艳霞姑娘……黎永忠仿佛看到他们在自己面前卑微地赔着讨好的笑脸……如今我黎永忠可以给你们吃肉，也可以分分钟抓你们去修壕沟。

郭秘书见黎永忠满脸幸福地发呆，脑子里突然出现老牛吃嫩草的画面……他咳嗽了一声，说道："那你们就不在老宅过夜，天黑前一定回到城里。"

黎永忠在东关的老屋由于多年没有人居住残败不堪，他当上县长后霸占了贺家大院，对老屋也没有顾得修缮。为了举办婚礼，郭秘书带人把老屋粉刷了一下，重新吊顶棚、糊窗纸，把院子里原来的土地墁了青砖。然后用大红纸贴了一些"囍"字、"囍"联，屋里院外焕然一新，满是个办喜事的样子。因为院子小请的客人多，又把左右邻居家的院子借上，也贴了一些囍字囍联，在院子里摆上了桌子。

跟郭秘书一样为黎永忠婚礼在忙碌的人还有贺长城和丁海宽。他们决定在黎永忠婚礼当天夜里动手。

他俩天天关在屋里，反复推演着刺杀黎永忠的步骤：黎永忠在东关举办婚礼的时候，城里宅院只留下一两个人看门，其他人都会去服务连带喝喜酒。等天一黑，丁海宽在西跨院的东墙上架好梯子，贺长城爬上墙头用绳子下到东院，然后丁海宽收回绳子。贺长城潜入黎永忠卧室里埋伏，等黎永忠带梅亚男回来众人散去后，贺长城出来枪杀毫无防备的黎永忠，然后来到院子里把事先放好的鞭炮点燃，以掩盖枪声。丁海宽听到鞭炮声马上放下绳子接回贺长城。计划完美。

丁海宽问："我一直在琢磨，蒙着脸梅亚男也会认出你，要不你先把她打昏？"

"一个敢于舍身救亲人的闺女有什么好担心的？我倒是担心如果黎永忠一夜不回来怎么办？"

"不会。我远房舅舅接的这桩喜事，大厨、面案连同锅碗瓢盆全按照八八席上，都是租我舅舅的家伙什。合欢酒本来是天黑闹过洞房才上，但是东家要求天黑前一对新人要回城，所以下午的喜宴一开就上，喝完合欢酒就走。"

三　黎永忠热闹的婚礼

东关黎家院里婚礼正在进行中。

"请新人起立，面向东方，向天皇一鞠躬，向来宾二鞠躬，夫妻对拜三鞠躬。礼成。喜宴开始。"

黎永忠、梅亚男在司仪叫喊声中完成了鞠躬礼。婚礼仪式是按照新老风俗混搭着进行，磕头改为鞠躬。因为男女双方的父母都没有参加婚礼，所以拜高堂也改为向来宾鞠躬。免去了入洞房掀盖头环节，加上了新郎新娘一起给来宾敬酒，这是郭秘书从杂志上刊登的天津新式婚礼中学来的。中午多是亲戚朋友、街坊邻居。下午是官场同僚、各机关单位来宾，真边、山本和蔡耀先也说傍晚一起过来喝喜酒。

梅亚男一身红衣红裤婷婷妩媚，脸上略施胭脂娇艳欲滴。和黎永忠敬过一圈酒后一个人坐在正房东屋暖炕上，绑在胸前两乳之间的短剑硌得胸骨生疼。她喊人准备了醒酒的蜂蜜水放到炕桌上，准备在黎永忠下午醒酒小憩的时候一剑解决了他。

黎永忠喜欢得已经忘记了爹娘的模样，在西院与铁路上来的客人挨着桌敬酒，两名警卫端着酒壶一步不离地跟着他。他哪里知道，今天他的大限已到，三股杀星正向他聚集。

这时郭秘书走过来说皇协军三十五团李团长到了，安排在正院，黎永忠说我敬完这桌就过去。

黎永忠一进院门就看到2号主桌上，一群穿黄军服的人围着一个穿日式西服的黑胖子，他连忙抱拳边走边笑着说："哎哟喂，李团长亲自赏光，真是折煞兄弟了！"

余光扫了一眼临门这桌侦缉队打扮的人都很脸生。李团长也连忙起身双手抱拳："黎县长的喜酒兄弟一定是要来喝的，道喜道喜。"

黎永忠招呼大家坐下后，一边让满酒一边回头问负责这院知客的人，近门那桌是哪部分的？回话说，礼账上签的是宣化特高科曹科长。

黎永忠端起酒杯站起身来，大声说道："各位亲朋好友，感谢大家伙儿赏光，今天是我黎某大喜的日子，酒量不拘，饭量不拘，大家一定要吃好喝好。我先敬大家一杯！"说完一饮而尽，大家也纷纷干杯。黎永忠放下酒杯说喝多了去个茅房，大家继续喝。说着转身向后院走去，两名警卫从旁边桌上随着起身跟上，却被黎永忠拦住，大声说你们不用跟着，给大家满酒，我马上回来继续喝。然而过了一袋烟的工夫也不见他人影，坐在门口桌子的人中起来两个人也向后院走去。很快其中一个人回来跟被称为曹科长的人说："茅房没有人，姓黎那小子一定是翻墙跑了，老鲁翻墙去追了。"

"糟糕，他很快会带着大队敌人回来，事不宜迟，今天有谁算谁吧。大家数到三十，一起动手，现在开始数。"话音未落，站起两个人出门分开左右，去给另外两个院子的队员传达攻击命令。三十秒后枪声大作，还夹杂着手榴弹爆炸声。

黎永忠刚跑到东城门口，身后就传来密集的枪声，他闪身进了东门值班室，大声命令守城的保安团关闭城门。

黎永忠从进院看到有陌生面孔时就已经产生警觉，一报来客的身份，他马上就断定那些人是八路军武工队。因为他根本就没有请宣化特高科的什么曹科长。

现在他不知道城里是否混进了八路武工队，所以他不敢回公署。黎永忠拿起东城门值班室电话先打给蔡耀先，让他赶快集合保安团去东关捉拿八路。然后命令关闭所有城门，让侦缉队和警察大队在城里大搜查。蔡耀先说，您的电话再晚一分钟我就出门去喝您的喜酒了。

黎永忠又打给日本指导官真边的李翻译官，让他报告真边太君，大股八路军正在攻击东关村，黎县长正率领保安团蔡团长出城围剿，请真边派驻扎的日军警备队支援。

四　爆竹噼里啪啦响了起来

贺长城熟门熟路地潜入黎永忠卧室。高墙大院天暗得早，借着傍晚的余晖，看到曾经熟悉的房间已经按照新房的样子重新布置，多了一些西洋的家具和洋画。

他找了一圈也没有合适藏身的地方，最后他把目光停留在挂着红幔帐的大床上。贺长城悄无声息地放下红幔帐，然后轻轻爬上床，把脊背靠在墙上，掏出手枪，对着幔帐连接处瞄了瞄，此时最后一丝夕阳余晖一沉，屋里顿时陷入黑暗。他摘下了面罩，长长舒了一口气。此时他的脑子却异常活跃，在这个院子生活的往事不断涌现出来……他想起了爹。

"吱呀"一声，突然开门的声音打断了贺长城的思绪，一只红灯笼晃了进来，空气骤然紧张。贺长城迅速戴上面罩，举起手枪，悄无声息地拉开手枪的保险，屏住呼吸用枪追逐着那盏红灯笼。

红灯笼在窗前停下，窸窸窣窣一阵，燃起一支红蜡烛。红灯笼再次移动，来到床前，透过幔帐能清楚地看到来人的轮廓。又一阵窸窸窣窣，一支红蜡烛燃起。"谁这么早就把幔帐放了？"随声来人伸出一只手伸向幔帐，贺长城挺直身子双手握紧勃朗宁手枪……突然，远处传来一阵枪声，跟着是手榴弹爆炸的声音。伸出的那只手猛地缩回，红灯笼急急忙忙晃出门去。贺长城合上手枪保险，无力地靠在墙上，此时才发觉自己身上的衣服都被汗水湿透了。

蔡耀先把东关上上下下搜查了个遍，连个八路的影子也没有搜到，黎县长的新媳妇也不见踪影。有村民说，看见一伙手里拿着家伙的人出了村奔北面去了。

蔡耀先留下一部分人收尸，自己带人追了出去。追到八里店时天已经完全黑下来了，天黑以后城外就是八路的天下。保安团朝着夜幕胡乱放了一阵枪后收队，蔡耀先去公署向黎永忠交差。

此时侦缉队把城里翻了一遍，也是一无所获，只抓回几个走私的小贩。侦缉队队长、保安团副团长一干人正在被黎县长训斥。见蔡耀先一副败象进来黎永忠自己先泄了气，再听说新婚的老婆也被八路掠走了，沮丧得连骂他的力气也没有了，只是问了问伤亡情况，就说你回去准备个报告，明天早八点一起到真边太君那里开会。

当黑洞洞的枪口对准自己的脑门时，黎永忠只用了三秒钟便使自己镇定下来，然后用异常平静的口吻说道："朋友，城门都关了，枪声一响你就别想出城。我可以把你送出去，你要什么只管开口，先把家伙收起来，当心走火。"冷耳一听，还以为是他拿着枪顶在来人的脑门上。

"黎永忠，你恶贯满盈。今天是送你去阎王殿结账的日子。"

"贺长城。长城兄弟呀，哎、咳！戴着面罩我都没有认出你。兄弟你都多大年岁了还来闹洞房？"黎永忠说笑着抽身就往门口走。

"站住，你再动我就开枪。"

黎永忠转过身来心平气和地说道："你这是怎么了兄弟，先把枪放下，有话好说。"

"黎永忠，我当年瞎了眼，真不该救你，忘恩负义的畜生！害死我爹，霸占我家产，勾结土匪刘桂堂洗劫全城。你投靠日寇做汉奸，害死多少乡亲！"

"我认，长城兄弟你说的我都认。"黎永忠义正词严地说道，"能全怪我吗？我原来什么样你又不是不知道，都是让阎国喜那狗日的把我逼成今天这样子。我是死过一回的人，必须重新活出个人样来。"黎永忠停顿了一下，口气缓和下来，说道："你听我说，枪一响你也跑不了，为我搭上你的命不值当。我答应你，不再给日本人做事，明天我就回天津，找你侄子过普通人的生活，永辈子不再回来。这大院还给你，房契就在书柜最底下的抽屉里，你立马拿走。还有我这些年收的钱全给你留下，算是给你的补偿。你爹，我老叔是日本人害的，真不是我，这你可以去问你二娘。要说也怪你，如果你当初答应日本人出来做县长这以后的事也不会发生。现在说那些也没意思了……老叔人还是我给出钱发送的，也算替你尽了孝。"

黎永忠敏锐觉察到贺长城的犹豫，跟着诚恳地说道："长城老弟，我知道你心里憋着一口气，都怪我，我后半辈子加倍报答你。这天下已经是日本人的，变是变不回去了。我们还是要往前走。我去找真边太君说把县长让给你，他听我的。你要不愿意做县长做新民会会长也可以，顾问也行，待遇都和我一样。我们兄弟重新开始好不好？你搬回大院来。还有我和梅亚男还没有圆房，她的身子也归……"

"砰"的一枪，黎永忠仰面摔了出去，贺长城走上几步又朝黎永忠脑门正中开了一枪。然后快步出门来到院里，在挂好的鞭炮前停下脚步，掏出火柴把炮捻子点燃，这时前院传来脚步声。贺长城猫腰来到西墙边蹲下，紧紧握着手枪。爆竹噼里啪啦响了起来，一根绳子从墙那边抛了过来正砸在贺长城的头上。

贺长城看看前院并没有过来人，赶紧抓着绳子爬上墙头，收起绳子顺着梯子回到了自己的院子。丁海宽提着一只马灯站在梯子边上，等贺长城脚一落地便小声急切地问道："成了吗？"

"成了。"这时贺长城觉得自己的手抖了起来，根本控制不住，脚底下的地也软了。突然隔墙前院也响起了鞭炮声，把贺长城吓了一跳，他与丁海宽对视了一眼："前院的人肯定以为黎永忠在放炮驱邪，所以也跟着放起来了。"

"快弄些酒来。"

"早备好了，长城烧还有柴沟堡的烧鸡。"

第十三章　碧血长城

松柏长在高山上，风吹雨打不动摇。

——妫川谚语

一　保安团团长蔡耀先的阴谋

一辆马车轻快地行进在公路上，在快到康庄火车站的一个路口处，被五六个侦缉队打扮的人拦下："停车检查！把良民证都拿出来。"

车上坐着的两个少年纹丝没动，早从车后沿上跳下一个人，边走边说："保安团部的，我是吕参谋，你们是哪部分的？"

为首的人没有理会吕参谋，而是走近那两名少年，和气地问道："你们谁是蔡团长家的少爷？"清瘦的少年点点头。"那你就是蔡团长的小舅子啦？"圆脸的少年也点点头，问道："你们是谁？"

"我们是八路军武工队。别怕，我们不会伤害你们。"然后对刚被武工队下了佩枪的吕参谋说："我是八路军武工队曹队长，你回去给蔡团长捎个话，两位少爷我接去住几天。过两天我会安排人找他。老鲁，把吕参谋的枪还给他。"

被称作老鲁的人过来，把退光了子弹的手枪在吕参谋脸前晃了晃，意味深长地说道："吕参谋，今儿这事要是被日本人知道了往后的事就不好办了。"说着把枪递给了吕参谋。

吕参谋忙不迭地说："我懂，我懂。"

保安团团长办公室。

蔡耀先和保安团一大队队长曹进喜在地图前比画了一阵，蔡耀先肯定地说："苏庄距离左面的孟庄，右面曹庄各五里路。武工队曹队长约我在苏庄会面，他一定会提前一天从山上下来，在这两个村庄中选一个潜伏过夜。你提前安排可靠的弟兄摸进这两个村守着，发现他们进村马上回来报告，千万不要惊动他们。

"你把你的大队提前以征粮的名义驻到城外三里屯，距离那几个村子都差不多远。一来情报先把村子包围起来，但不要打草惊蛇，等天放亮再动手。记住，一定不要留活口。"

"明白。姐夫，可是八路武工队那姓曹的队长要说挺讲信用，按约定把我外甥和我老兄弟都送回来了，一没有要赎金，二没有要枪支弹药，就提出跟你交个朋友，如今咱们来这一手恐怕……不太仗义吧？"

"你怎么这么糊涂？八路为什么要跟我交朋友？还不是看

上我手上这支队伍。如果他们是要赎金，哪怕要几条枪我也会放心给他们。可是他们这是在要我的命呀。"看着曹进喜一脸的迷惑，蔡耀先继续开导他：

"这是姓曹的给我绾的一个套，他们先摸清两个孩子去北平上学的时间，之后在他们去康庄火车站时半路劫走，再派人送信来约我见面，说见面就放人。所以我回信说放人我就同你们见面。结果人很快回家了，这就是送我个大人情。现在他拿人情逼我去见面，我只要去见面，他们会提出一两个我举手就可以办的事情。我这就算上了他们的船，想下来门儿也没有。你愿意一辈子被人拿捏着蛋子活着吗？"

"原来是这样，八路太狡猾了，亏得被姐夫看出来。"

"记住，你一定不能留下活口，死人嘴里无对证，将来就是八路找上门来，我们也可以说是曹队长碰巧与征粮队撞上了，完全是个误会。日本人那边就是听说孩子被劫持的事也抓不到我们通八路的把柄。"

"我明白了，姐夫。"

蔡耀先叹了口气，说道："黎永忠被杀至今没有破案，我也为此丢了警察局局长的位子。要不是平时背着姓黎的没少给真边和李翻译上供，恐怕我苦心经营多年的保安团长位子也保不住，所以现在我们出不得半点闪失。"

"姓黎的死了好，平时我就看他别扭，满嘴甜言蜜语，坏水藏在肚里，越跟他处越觉得他不是个好东西。可是谁有这么大本事，能进入他家杀死他呢？"

"我可以断定不是八路干的，做贼的是熟人，放火的是仇人，凶手出不了城里三关四街。"

"姐夫你说是自己人干的？很有可能，姓黎的既贪财又好色，过手都落一层油，还净睡部下老婆，想弄死他的人多了。"

"不去管他，不在其位不谋其政，眼目前儿做好咱们自己的事情要紧。"

二 突围

敌工部部长兼武工队队长老曹，带着两名队员在天黑前进入孟村，与妫川县地下党负责人老李会合，两人简单碰了一下情况，又一起去村长家，见到了先一步进村的妫川抗日民主政府县长胡瑛。

一见面老曹说道："胡县长，这次为了反围剿主力部队都到外线作战，军分区首长三次请你随大部队行动可你就是不动，留在川区太危险了。"

"县长不离县，离了县还叫什么县长？那不是失职嘛。"面对这位1933年就已经参加红军的老革命，曹队长也不好再多说什么。于是开始谈工作，他把准备策反蔡耀先的计划讲了一遍，想听听胡县长的意见。

"那是个毛癞货，我们湖北话，就是你们说的反复无常的小人。信不过，信他要吃亏。"

"可他有把柄在我们手里。"

"蔡耀先原是奉系军官，后投靠阎锡山，日本人来了就是他献的城，死心塌地当了汉奸，做了许多坏事，手上有血债。

这样的人靠不住。用你们妫川话叫'冰炭不同炉'。"这时，村长端上一盆玉米面煮的糊糊和半碗咸菜，胡县长说边吃边说。

老曹看了一眼粥盆说："胡县长你们平时就吃这些稀汤寡水的呀，太艰苦了。"

"这已经不错了，鬼子'扫荡'过后老百姓也没有多少粮食，现在大家都吃这个。"

老李赶忙把包袱拿过来，一边打开一边说道："我从县城给大家带了'老八爷子火勺'。"

胡县长看到火勺乐了，高兴地说："这是我到妫川后最爱吃的小吃，火勺不叫做火勺，也不叫烙火勺，他们叫打火勺。"说着抓起一个咬了一口，咀嚼了几口说道："火勺瓢蘸足了花椒油盐，不愧是老八爷子火勺，童叟无欺。虽然掺杂些玉米面，不影响味道。"吃完了一个很满足地用手擦了一把嘴，小胡子一抖一抖地唱起来："没有吃，没有穿，自有那敌人送上前；没有枪，没有炮，敌人给我们造……"

大家吃着火勺喝着玉米面糊糊气氛也热烈起来，吃完饭老曹又和胡县长研究了一会锄奸的计划就睡下了。

第二天天刚放亮，村口高岗上放哨的通信员突然发现黑压压有上百的敌人围了上来，马上鸣枪报警。敌人一排子弹过来，通信员中弹倒下。

被枪声惊醒的老曹拔出手枪，说道："老鲁跟我上房掩护，其他同志保护胡县长从村北突围，往山里跑，突围后在后梁峪会合。"

两人刚上房顶，就看到敌人从房顶两边和前后街一起压过来，他俩分开左右不停地射击。

胡县长带着身边仅剩的一名通信员和一名武工队员以及手里没有武器的妫城地下党负责人老李，四个人来到院门口，胡县长回头对大家说："你们把手榴弹先投出去，然后我们一起往外冲。"

连续几声爆炸声后他们冲了出去，沿着大街边打边向村口跑去，当他们快到村口时，敌人封锁村口的机枪子弹迎面射来，四个人纷纷倒地。胡县长支起半个身子继续顽强地向敌人射击⋯⋯

许多年以后，人们在村外西山坡上为他们修建了一座纪念碑，碑的正面刻着："青史先烈写，红旗后人擎。"

三　坏消息接踵而至

这些日子贺长城天天提心吊胆，整日都把自己关在家里，把刺杀黎永忠的每一个细节画面反反复复地在脑子里回闪：墙上是否留下痕迹？有没有东西遗落在现场？翻墙时会不会被看到？丁海宽会不会喝醉酒吹牛说出去？他不喝酒。说梦话呢？哪像我说梦话也没有人听。黎惠淑带着两个孩子被截在宣化，后来有口信捎来说去了张家口，也不知现在怎么样了？此时脑子里又浮现出梅清夷清新的脸庞，跟着又换成黎永忠像砸烂的西瓜一样的脸⋯⋯

"啪啪啪"，突然有人拍街门，贺长城汗毛竖立，手不由得去摸枪，他早下定了决心，绝不让日本人抓活的，手枪弹匣里一共八发子弹，打出七发后最后那颗就给自己太阳穴上来一下。跟班小杰此时已经走到街门前大声问道："谁呀？"

"贺一龙。"

贺一龙，二哥贺仲城的儿子。贺长城赶忙来到街门前，果然大门外站着二嫂竹梅子和侄子贺一龙，身后停着三辆人力车，其中一辆放满了箱子。

"二嫂，一龙，你们怎么回来了，二哥呢？也不先写封信说一声，我好安排车去车站接你们。"

进了堂屋贺长城赶紧让座，又喊小杰媳妇做饭。

"二嫂，二哥怎么没有跟你们一起回来呀？"

"一龙，快给四叔磕头。"一龙走到贺长城座位前双膝跪倒。

"这不年不节的磕什么头啊，快起来。"

"他四叔，一龙是贺家的血脉，我今天把他送回来了。你二哥他……没了。"竹梅子说完放声大哭。

贺长城呆呆地坐在椅子上一时没有缓过神来。此时丁海宽正推门进来听得真切。他先过去把一龙扶起来，让到侧面的椅子上。然后回身对竹梅子说："二奶奶，别哭坏了身子。二爷总来信让我给他搜集关于长城的民歌谚语，上个月还来信问了祖坟上的事。如今怎么说没就没了？"

"对对。二嫂你别哭了，我二哥好好的怎么一下说没了就没了呢？"

"是日本人害的。"一龙愤愤地说道。

"日本人害的？二叔不是和日本人……都不错吗？日本人

怎么会害他呢?"

竹梅子止住哭声,悲切地说道:"那天你二哥回来说日本人逼着他出任华北自治政府的宣传部部长。你二哥说如果做那个宣传部部长就是名副其实的汉奸了。可是天津日本特务机关长柞木总缠着他,你二哥就说身体枪伤发作,要回老家养老。那个柞木同意不逼他,还请他喝酒。你二哥高高兴兴地去了,没想到回来就说肚子疼,说柞木给他下毒,然后就……你二哥交代,柞木会斩草除根,一定把儿子送回老家,做个本本分分普通人。"说完放声大哭。

哭过一阵后,竹梅子突然想起什么,一阵翻动,从行李箱中拿出一个木盒,打开里面是一摞手稿。

"这是你二哥让我交给你的手稿,说留给你做个念想。"

贺长城接过手稿一看,封面一行娟秀的题名——《长城歌谣集》——不禁潸然泪下。

贺长城还从竹梅子口里得知,堂哥贺光启是天津铁路共产党领导人,也死在了日本人手里。

贺长城把自己现在住的东跨院让给了竹梅子娘俩住,那个院子本来也是二哥的,也算物归原主。

贺一龙原在天津一间日本商行做事,贺长城担心贺一龙名字惹眼,改为"贺照郎",然后找卢春利,把照郎安排到妏川中学教日文,也算有个营生,维持娘俩生活没有问题。

四　贺长城回祖居编写《长城谣谚集》

贺长城天天翻看二哥留下的《长城歌谣集》发呆。

日本人占领妫城后，短短几年下来，父亲、二哥、堂哥都惨死在日本人手里，大哥、三哥生死未卜。自己妻离子散。偌大妫城，如今竟然没有一寸自己的栖身地。万贯家业只剩下玉皇阁底下的杂货铺。城外原来五百亩良田，已经被那几个有日本人撑腰的伪保长蚕食得仅剩下五十几亩边边角角的地。贺长城决定都送给丁海宽，自己回石峡村过日子，闲下来把二哥留下的《长城歌谣集》接着编下去。他越来越理解二哥为什么编书了，他打算进一步扩展题材范围，搞成《长城谣谚集》。

他把写好的契约递给丁海宽，说："宽子，你把这个签了。你有股份的铺子、作坊都没了，日本人就给退回这一间杂货铺，虽小但是在阁底下，是最繁华的地段，我爹当年就是靠它发的家。老百姓开门七件事，柴米油盐酱醋茶，谁坐天下也得有地方买，连同那几块地都留给你吧，也算个想念。"

丁海宽接过契约，扫了一眼又递给贺长城，说道："心领了，不用签这个。"

贺长城用手把递过来的契约挡了回去，说道："宽子，好人别都你做了，给我个心安。"

丁海宽没有再说什么，拿起笔签了字，又按了手印，自己留一份，递给贺长城一份，说道："我先经营着，商铺和地什么时候都算你的。"

贺长城长舒口气，说道："过了半辈子，我才算看明白人这点事，吃了五马想六羊，都栽在一个'贪'上。地有千顷端一个碗，房有千间睡一间。何苦来呢？"

"人为财死，鸟为食亡，狗的心操在骨头上，都是本性，不然人早都成佛了。"

"佛也是势利眼，你不烧香上供他就不保佑你。"

"你这就错怪佛了。世人也都搞错了，以为佛是开杂货铺的，花钱就可以消灾买平安？这不对，谁的果报谁受，别人想替也替不了。佛是用来提醒你修自己的慈悲心和菩提心，教给你离苦得乐的方法，下辈子别再回到六道里转磨磨。"

"你从什么时候开始修佛啦？"

"我去日本集中营走了一遭，一脚天堂，一脚地狱。回来把石佛寺和尚来家时送的佛经找出来，一下就看进去了，越看心里越敞亮。你回石峡村带上几本，没事看看，一定会有收获。"

"要不是日本人捣毁了石佛寺，我真想去住上一阵子。"

贺长城揣起契约起身说道："我去跟春利告个别，顺便把我的寿材挑好。"

"呸呸，这种玩笑开不得，晦气。"

五　告别卢春利：给老子好好活着

贺长城出了门，倒背着手仰着头向北关走去。路过一间饭馆，进去买了一只柴沟堡熏鸡，打了一斤散装白酒，一手拎一个来到棺材铺。迎面正撞见掌柜的孟三，孟三连忙用缺了半截手指的手接过贺长城手里的东西，把人让到里间，随即又端着茶杯进来，抱歉地说道："真对不住，四爷，茶叶早喝完了，只有枣叶茶，您老将就着用。"

"孟掌柜，这年月有口白开水就行，忙你的，把教师爷请出来。"然后又跷起大拇指说道："孟三兄，真爷们儿！"

"你这不年不节的请我喝什么酒呀？是发横财啦还是做什么对不起我的事啦？说吧。"卢春利话到手也到，早伸手扯下一条鸡腿放到嘴里。

贺长城说："你好歹也算个为人师表的教员，斯文点对你就这么难吗？"说着自己也赶紧伸手把另一只鸡腿撕下来放到嘴里。

"好久没有吃肉了，真他娘的香。"

"现在全城就你家棺材铺生意好，等你请客等得黄花菜都凉了。"

"好什么？现在人死了芦苇席一卷就埋了，谁家还有钱买棺材发送。日本人买的骨灰盒最多，可是一直压着账，不过他们买得越多我越高兴，不给结账也高兴。"

"我准备回石峡村啦，来跟你告个别，这城里我是待不下去了，杂合面吃得我连屎都拉不出来。"

"你敢说你没有存点私货。"

"有白面也不敢吃呀，私藏白面，枪毙。你说这是他娘的什么世道。"

"回去也好。我要不是……要不是牵挂着这家店早走了。"

"你这破棺材铺有什么好牵挂的，跟我一起回石峡村吧，我一当家侄子在做保长，八路来了就是村长，两下里都挺吃得开。他几次捎信让我回去，地和种子都给留着，好歹饿不着。"

"我走不了，还有学生呢。"

两人碰了一下杯都仰脖子喝干，贺长城说道："我正要跟你说这学校的事，你赶快把你那个狗屁主任辞了，现在街面上都说你什么你知道吗？"

"我才不想知道，不就骂我没有骨气为日本人做事嘛，那些孩子可都是咱们中国人的后代，我不教都让日本人教，那能教出好来吗？"

"不是说你教书的事，人家都传你跟日本学监打得火热，天天一起喝酒找女人，已经有人骂你是汉奸了。"

"清者自清。"说着又把鸡胸脯撕走了。

"你别净吃肉呀，还差一杯酒哪，喝了再吃。有人说上次梅校长和妫川中学的老师学生被抓，是你和梅亚男出卖了他们，后来梅亚男嫁给黎永忠就更堵不住人家的嘴了。"

"说这话的人脑子都是白薯，不用理他。如果真是我俩卖了梅校长他们，为什么白不咋地全都放出来了？那明摆着是黎永忠一箭三雕的诡计。"

卢春利索性把手里的肉放下，认真地说道："一个是要敲打一下以梅校长为首的妫川中学师生，让他们别参与反日的活动给他惹麻烦，因为他认为我是日本校监德川的人所以不用警告我；二是要给日本主子表功，证明他天天在抓反日分子没有吃闲饭；三也是最重要的目的，就是设好局等着梅亚男自投罗网，以嫁给他来换老师和同学的自由。所以他把梅育新校长、学生会的同学和指导老师都抓了，偏偏落下梅亚男。"

"哎……你还别说，你分析得有道理，姓黎的真他娘够阴险。"

"咱不说这些有的没的了，拴住驴嘴马嘴，拴不住人嘴，由着他们说去，我这儿还真有个值得我们喝一杯的事。包头方面的鬼子吃了败仗，正在沿着平绥线铁路往北平撤退，前天夜里八路军武工队把康庄火车站一列军车给炸了，有一整车厢的骨灰坛子。日本鬼子蹦跶不了几天了。"

"是值得干一杯。"两人端起杯一饮而尽。

"我走了最不放心的是梅清夷她们娘俩，你说好好的怎么就答应嫁给那姓黎的呢？这往后的日子有她们难受的。"

卢春利压低声音说："梅亚男是个秋瑾式的女英雄，她是要舍生取义，以死明志。你知道吗？她出嫁那天怀里揣着梅家祖传宝剑，准备在洞房之夜手刃大汉奸黎永忠。那是何等的悲壮，荆轲也不过如此啊！"

"啊，原来是这样。梅亚男这闺女实在了不起。"

"八路军武工队在姓黎的办喜事那天闯了进去，把在场的汉奸特务全部干掉，要不是姓黎的两个警卫和那个蔫坏秘书拼命掩护，那狗日的黎永忠就会死在他自己的婚礼上。不过他是躲过初一躲不过十五，没想到他以为最安全的地方倒成了他的葬身地——在城里的家中被人爆头，真应验了那句'阎王让你三更死，不会留你到五更'。"

"你知道是什么人干的吗？八路军？"贺长城尽量做出随意的样子问。

"不会。从刺杀的职业水准来看像是铁血锄奸团干的。黎家院深墙高戒备森严，刺客进出黎家竟然一点痕迹也没有留下，而且一枪毙命，临了还在眉心补了一枪，职业杀手的典型做法。"卢春利很专业地给贺长城分析道，并用手做出手枪状在自己的眉心处比画着。

"能破案吗？"

"破不了，因为警察局那帮蠢货破不了案，还把警察局局长给撤了，换了一个日本人，号称什么刑侦专家来做局长，我看也是个白薯，到今天连个毛也没有抓到。"

贺长城有些得意，但稍一想，赶紧把话题岔开："梅清夷娘俩现在怎么样了？我一直想去看看她们。"

"梅亚男那天趁乱跑回娘家了。可是还被一些同学误解，崔毅尧，就是她的恋人也疏远她。我鼓励她到山里去，清者自清，真相早晚会大白于天下。"

最后贺长城说准备回石峡村继续收集《长城谣谚集》的事，卢春利答应到学校图书馆帮他找些文献资料。

两人出门时，相互熊抱了几下，分开后又相互当胸打一拳，同时笑骂道："给老子好好活着！"

六　银杏葬父

贺长城先安排小杰到内蒙古太仆寺旗二奶奶家，把贺乌兰氏接送回石峡村安顿好，然后带着小杰夫妇也回到了石峡村，进门先给贺乌兰氏磕了三个头，说我爹虽然走了，我当亲娘供养您，有盐同咸，没盐同淡，给您养老送终。感动得贺乌兰氏捂着脸流泪。

第二天一大早，贺长城独自来到祖坟，给爹磕了仨头，对着墓碑说："爹，虎头回来陪您了。"然后独自在坟边坐了一上午。天近晌午，肚子咕咕叫起来。贺长城起身说道："爹，我回家吃饭了，您有什么话晚上给我托梦。"说完就往回走。

刚走到村口，见一伙人围着半圈在议论什么。走近一看，一个蓬头垢面的女人跪在那里，乱乎乎的头上生插着根草棍，身旁躺着一个同样衣衫褴褛、身体佝偻的男人，头上盖着一块分不出颜色的破布，那是告诉大家人已经死了。这一幕，卖身葬父，贺长城还是小时候跟爹在南门外设粥铺接济难民时见到过。

贺长城让一个看热闹的本家侄子去把小杰两口子都喊了过来，吩咐道："这位老哥跟咱们石峡也算有缘。你去买口薄棺材，找几个踏实的后生去到老坟场溜着南边打坑，外人进不得祖坟。记得找阴宅师傅让他给放个镇物，再撒些个路路钱儿。看他身边就一个女人，那些开吊、走祭的老礼就免了吧，把个钱子纸烧上些。"

小杰应声去了。贺长城又对小杰媳妇说："小杰家的，你带这女人去洗洗，找身干净衣服换上，然后让她到坟上去哭哭丧，回来吃上一顿饱饭。"交代完后，叹了口气背着手走了，留下身后女人不停磕头和哭泣……

贺长城忽然想起小时候在学堂背过的古谚语，不禁随声低吟出来：

东虹忽雷西虹雨，南虹出来发大水，北虹出来卖
儿女。

按照风俗外乡人死了不能过夜就得入土。小杰不敢慢待，
安排侄子、外甥们挖坑的挖坑，买棺材的买棺材。又叫来两家
手脚麻利的媳妇生火做饭，等大伙埋完人回来好马上有饭吃。

第二天早上，小杰媳妇领着这个姑娘来到贺长城房里，贺
长城看着姑娘眼生，想不起是谁家的闺女。不等说话闺女扑通
就给贺长城跪下了，口喊恩人连磕三个响头。慌得贺长城忙
说："闺女起来，快起来说话。"

小杰媳妇说："老爷，她叫银杏，是昨天卖身葬父的那个
闺女，今天来给老爷谢恩。"

贺长城吃惊地看着叫银杏的这个姑娘，方圆脸，眉眼还算
大方，因为饥饿身材显得有些瘦弱。

"你今年几岁了？"

"过年就十八了。"

"起来吧闺女，现在不兴卖身了，你愿意住就住几天，随
时可以回家去。"然后跟小杰媳妇说："走时多带点干粮，再拿
几件衣服。"

"我知道老爷是个大好人，银杏哪也不去，今生今世给你
当牛做马报答你。"

"小杰媳妇，先扶她起来。"

小杰媳妇上前拉住银杏胳膊被她倔强地甩开："老爷不应，

银杏就不起来。"

"好好，我答应你。先起来。"

银杏站了起来竟然比小杰媳妇还高出半头。大眼睛上挂着泪珠，一条大辫子垂在胸前，精心梳理过的辫梢上系着一条白布条。

"银杏，你真心愿意留下？"

"真心的要留下。我虽然没有念过书，却常常听我们村的说书先生讲故事，做人要知恩图报，不然就不算人。"

"说得在理，你的见识可比许多读书人高多了。"

"老爷笑话了。我爹死了以后家里也没有人了。"

"好，以后这里就是你的家。"

"谢谢老爷。我一辈子给你当牛做马，一心一意地伺候你。"

"我不要你给我当牛做马，我要娶你做老婆。"

银杏惊得说不出话来，眼泪夺眶而出。小杰媳妇高兴地说道："真是应了那句老话'人好不如性好，性好不如命好'，银杏姑娘，这下你爹可以安心地走了，你后半辈子算是有靠儿了。"说着自己也流下了热泪。

七　卢春利有话要说

进入八月份，天气逐渐炎热起来，夏粮也已经成熟，阵阵麦香随着湿热的东南风翻过城墙，吹入人们的鼻孔，农忙时节到了。

卢春利这几天总是心神不定，总觉得哪里出了问题。妫川县地下党负责人老李已经许久没同自己联系，这也是过去不曾出现的情况。从日本校监那里得到一些日本人近来动向的情报也送不出去。前几天妫川县公署开足马力宣传保安团全歼了共产党妫川县大队，击毙了胡县长。他也想见老李核实一下。

好容易熬到下班，日本校监德川又找他去喝酒，说日本警备队下乡"扫荡"弄回来点牛肉。卢春利一点胃口也没有，只说头疼推掉了。一个人夹着皮包往家走，路上不时与学生或学生家长打招呼。眼看到了家门口，一辆黄包车在他身边停下，拉车人热情地招呼道：

"卢春利老师下班了？"

卢春利习惯地点了一下头："下班了。"

"上车我拉您。"

"不用，我已经到家了。"

这时身后闪出一个人说："那也请您上车。"同时卢春利觉得自己后腰被一个硬邦邦的东西顶住——是手枪。

一行三人从西门出了城，一直过了西屯才停车。卢春利被叫下车，一条布口袋套在头上，两边各有一个人架着沿着小路向庄稼地深处走去。从他们短促的交谈中知道，劫持他的那两个人没有跟来，又回城里去了。

卢春利一直在想他们是八路军武工队还是妫城侦缉队？新上任的警察局局长，那个小个子日本人鸠山总出幺蛾子，于是决定试探一下："各位兄弟，我只是个穷教书匠，没有什么钱，你们绑错人啦。"

"咚"，头上被拳头砸了一下："不许说话。"

约莫走了一个时辰终于停下。头上的布口袋一下被扯掉，卢春利眯着眼睛环视了一圈，认出这里是二毛子坟，脚下埋葬着五百多死于"庚子国变"的当地教徒。绑架他的人一共五个，都是短打，腰间无一例外插着一把大镜面驳壳枪，他知道只有八路军武工队和侦缉队用这种手枪。一时还不能判断来人的身份。

领头的人把脸贴上来，问道："报上你的名字。"

"你们不是都知道嘛。"

"咚"，屁股上被狠狠踢了一脚："老实点，队长问你什么回答什么。"

那个被称作队长的人不怒而威地问道："报上你的名字和职业。"

"卢春利。妫川中学教员。"

"是训导长吧？你为什么为日本人做事？"

"养家糊口。"

"胡说，你是卢氏寿衣店和木材厂的少东家。齐鲁饭店的唯一继承人，也是个汉奸。对不对？"

"也对，也不对。齐鲁饭店被人家撬走了。棺材铺和木材厂已经经营不下去，所以我要工作，我又不会干别的，以前就是教书的，现在也只能教书。"

"你为什么不敢说齐鲁饭店是被日本人抢走的？你爹死在日本宪兵队，你娘被日本飞机炸死了。日本人对你有杀父杀母之仇，霸占家产之恨，你不但不报仇反而为日本人做事，这好像不符合常理吧？"

"人各有命，也是有奈无奈的事……"

"那日本人可不认命，他们凭什么会信任你呢？如果不是你答应做汉奸恐怕日本人早把你也宰了吧？"

"回答队长的话。"

"咚"，屁股上又被重重地踢了一脚。卢春利竟然没有感觉到痛。他脑子在飞快地旋转，这个队长说的话完全是武工队的口吻，可是老曹知道我的身份呀，不会来这么一出。一定是新来的日本警察局局长在使诈。

"日本人怎么想的那只有他们自己知道，我只是做好我分内的事。我还有老婆孩子需要养。"

问话人围着卢春利转了一圈，突然在他脸前停住，问道："你最后一次是什么时候见的曹队长？"目光如炬，四目相对。

卢春利迎着问话人的目光说道："什么曹队长，我不认识。"

问话人足足盯着卢春利一分钟，嘴角微微向上扬起，转身冲着其他人歪了一下头，然后退到后面。

立即上来两个人，拿着封锁沟用的那种铁丝熟练地从上到下把卢春利捆绑得结结实实。在被捆绑时，卢春利从前面那个人两腿之间猛然看到一个大土坑，惊出一身冷汗——心里暗叫不好，他们是要活埋我。

两人一个抬头一个抬脚，把卢春利抬到土坑前，左右悠了两下，在第三下时同时撒手，卢春利后背重重摔入一米多深的土坑，一股浓浓的带着潮湿的土腥味扑入卢春利的鼻孔，提醒他这不是梦，要赶紧叫他们住手。不行，还是再等等。一个人把他的皮包扔下来砸在他的胸上。

把卢春利投入土坑的两个人往后退去，一个拿着铁锹的人上来也不说话挥锹就埋。松软潮湿带着土腥味的土在卢春利的腿上、胸上、脸上一层层地增加。卢春利下定了决心搏一把，等土盖住头就起身大叫老曹同志的名字，然后说出自己真实的身份。这时他隐约听到上面有人说："冯队长，我们今晚回山里吗？"接着听到刚才的问话人说："不回，今晚住苏庄，明天进城找姓蔡的，我要把杀害老曹同志的汉奸一个个都除掉，替老曹和胡县长他们报仇……"

卢春利猛地扬起上身大声叫："老曹……"

"咚!"铁锹重重砸在卢春利的头上，世界瞬间漆黑一片……

第十四章　光复后并无太平

一场秋雨一场凉，一场白露一场霜。

严霜单打独根苗，蚂蚁死在草根上。

——妫川谚语

1945年10月12日,《中央日报》报道:"第十一战区受降典礼，由我受降主官孙司令长官连仲主持，10月10日上午10时，在北平太和殿隆重举行。"

一　摇身一变的接收大员

日本人投降了。

在日本政府宣布投降后的第八天，晋察冀军区的八路军老十团和四十团在兄弟部队的配合下，攻克了伪蒙疆自治政府首府，北部重镇张家口，歼灭了拒绝投降的日伪军。国民党军队在美国运输机和军舰的支持下加快接收华北诸城。

冯紫峰作为国民政府察哈尔省特派接收专员回到妫川县。南城外聚集起一千多人在欢迎国军胜利接收。因为驻扎在妫川县城的日本人早就逃回北平，所以冯紫峰失去了与日本占领军举行受降仪式的机会，不免有些扫兴。

　　蔡耀先站在欢迎人群的最前面，他现在的身份是华北国民革命军抗日先遣军第十三团上校团长。

　　远远看到冯紫峰，蔡耀先小跑着迎上前去，先敬了一个标准的军礼，然后上前一步，伸出双手拉住冯紫峰的一只手，激动万分地说："老县长，可把您盼回来了！"言毕，泪如雨下。

　　冯紫峰也有些感动，说道："蔡团长，我们胜利了。你们深入敌后坚持了八年，不容易啊！"两人使劲地摇了摇手。

　　冯紫峰身着崭新的中山装，面色庄严肃穆，金丝边眼镜里的一双小眼睛炯炯有神，昂首阔步地走进城门，不时向欢迎的人群挥动几下右手的礼帽。蔡耀先一身崭新国军军服，像冯紫峰的卫兵一样，恭敬地跟在他身后。

　　十天前，驻扎妫城的日本人在国民党军队进城前都撤往北平。留下的伪政府机关人员、警察特务惶惶不可终日。蔡耀先派保安团一大队大队长曹进喜，也就是他的妹夫化装出城，去找国军寻求出路。

　　曹进喜很快带回来冯紫峰的亲笔信和委任状。曹进喜因为过分激动说话有些颤抖："姐夫，冯县长现在是特派接收专员啦，他很关心你。说你只要不把妫川城交给八路军就是抗日功臣，过去的事可以既往不咎，还给你团长当。"说着把信和委任状递了过来。

蔡耀先迫不及待地打开信浏览一遍，又打开委任状认真端详起来，嘴里不停地赞叹道："天才，简直是他娘的天才，抗日先遣军，多么天才的名字啊！曹进喜呀这就叫天不灭曹啊！你立了大功。咱们哪也不去了，马上整顿队伍，关闭城门，严防八路攻城，准备迎接国军。"

二 贺家家没了

冯专员进城后，惩办汉奸和没收敌产的行动随即迅速展开。贺家大院名列没收敌伪财产清单第一个。

华北国民革命军抗日先遣军第十三团被正式改编为察哈尔省保安第二总队，蔡耀先任上校总队长，成为冯专员手里掌握的一支惩办汉奸和没收敌产行动的主力军。

竹梅子母子不由分说地被扫地出门，金银细软也被当作奸产予以没收。贺照郎因为父亲背负汉奸的名分而被中学辞退，母子俩一下陷入困境。丁海宽在自家院子里腾出一间房先让母子俩栖身。

贺长城并没有因为抗战胜利而高兴多久，很快就陷入了新的迷茫与痛苦之中。他横竖也想不通：大汉奸黎永忠霸占贺家大院，这抗战胜利了应该物归原主，怎么反而成了日伪产业予以没收了呢？黎永忠霸占贺家大院时还留了一座跨院给贺家人容身，怎么抗战胜利了贺家竟然成了无家可归的人，落了个流落街头？

丁海宽宽慰道："你没有听到街面上都在传的顺口溜，'河上漂来的不如地上滚来的，地上滚来的不如天上飞来的，天上飞来的不如地下钻出来的'，就是说中央军开汽车坐飞机快吧？再快也快不过那些狗汉奸摇身一变，成了抗日先遣军。"

贺长城不信邪，说道："贺元城、贺叔城不都是抗日的军人吗？堂哥贺光启不是抗日烈士吗？我们怎么说也该算是抗日军烈属吧？我要给贺家讨回公道。"

贺长城手里拿着写给冯紫峰的申诉信走进县政府大院，感到既熟悉又陌生。大门影壁墙上，新刷上的青天白日党旗色彩犹新，下面的日本太阳旗痕迹还清晰可见。日本人在院子空场上加盖的几排日式办公房丝毫未变，只是换了门头上的木牌。日本人种植的两排杨树已经够到房头了。

贺长城在专员接待室等了两个多小时，中间不断有人进进出出给接待员交了名片或报告之后都在这里坐等。大家多是半熟脸，却都回避相互的目光，或看报纸或低头摆弄手里的什么物件。贺长城观察了一会儿，终于看出点门道来，这满屋子人基本上都是过去给日本人做事的人，有政府公务员、伪乡长、日军供货商。

这时从里间终于出来一个被称为谭秘书的人，他大声问："哪位是贺长城先生。"

"我是。"贺长城忙站起来答道。

"贺先生，专员说记得你，今天的人实在是太多了，让你把材料留下，他会批给有关人去处理。"

贺长城出了政府大门嘴里念叨着："专员说记得你，呸！"

贺长城把报告交给了冯紫峰的秘书后便没有了下文，时间过去一个月，中间催问了几次都说让等着，后来再去连谭秘书也见不到了。

　　妫川县敌伪物资产业处理委员会的工作效率很高，已经开始肢解贺家大院。三个跨院分给了随冯紫峰进城的一位有背景的亲信，这位亲信一天没有住就转手卖给了觊觎贺家院子已久的山西古董贩子董老板。之后又对贺家四进大院进行分割，把二进正房过道封死，分成两套二进四合院，分别划给了新上任的财政局局长和警察局局长。

　　丁海宽给贺长城出主意：赶紧找大哥吧，贺元城现在出任国民政府湖南接收大员，只有请大哥出面才能讨回公道。贺长城一拍大腿："我怎么把大哥给忘了，都被他们气晕头了。我马上给大哥写信。"

　　"写信太慢，发电报。"

　　贺长城电报发出后，取得立竿见影的效果。贺元城很快给黄埔同学，现任北平市敌伪物资产业处理委员会副主任黄中将打了电报说明情况。黄中将随即批转给冯紫峰限期办理。

三　重逢冯紫峰

　　冯紫峰见谭秘书领着贺长城进来，很自然地起身绕过办公桌同贺长城握了握手，指了一下一张椅子示意请坐，然后自己先在另一张椅子上坐下，说道："长城兄，你那院子的事我想了好几天，你可是给本专员出了道难题。"

贺长城茫然地看着冯紫峰，忽然之间变得如此陌生。自己曾经与眼前这个人一起共事几年，不说朝夕相处，可也是三五天见回面，十天半月喝次酒。分开八年后再重逢，冯紫峰就像是昨天他们两人才见过面一样，自然得没有一点时间隔阂需要过渡。

　　冯紫峰讲起话来依旧温文尔雅，书卷气十足："我了解了一下，因为那座大院房契上不是你的名字，而是黎永忠。大汉奸黎永忠被我派的锄奸团除掉以后，房子自然归他老婆梅什么来着？"

　　"梅亚男。"

　　"对，梅亚男。房子归这个汉奸老婆所有，所以政府依法予以没收，这个是符合敌伪物资产业处理规定的。北平方面也很关心你这个事。我已经安排接收办，在没收的汉奸房子中给你挑几套，当然不会有你贺家大院的规模，咱们档次不够，数量上凑。贺元城军长是抗日英雄，政府是不会让抗日英雄的家属吃亏的。"

　　"你刚才说，除掉黎永忠是你派人干的？"

　　"是的。是我直接部署亲自指挥，因为妫川县的情况我最熟悉，擒贼先擒王嘛。我那次行动的特点是准、稳、狠，就是目标选得精准，行动计划稳妥，出手凶狠，一击致命。整个锄奸行动非常完美，起到了震慑日伪汉奸、鼓舞百姓抗战的作用。事后得到国防部的通令嘉奖。我知道你恨黎永忠，他害死你父亲，霸占你产业，我已经替你报仇雪恨了。还有其他事吗？有就尽管说。"

贺长城肚子翻肠倒胃地想吐，憋了一头的汗。出了县政府大门，贺长城深深吸了几口新鲜空气，仿佛要把胸腔里的浊气都吐出来。

四　贺长城老婆孩子回来了

　　贺长城老婆黎惠淑带着二宝贺照久、女儿贺照娟回来了。八年的光阴把人改变许多，黎惠淑老了，颠沛流离寄人篱下的日子蹉跎的不仅仅是容颜，还有精气神。

　　二宝贺照久已经长成翩翩少年，言谈举止都有贺长城的影子。贺照娟也八岁了，见到贺长城羞涩地躲到母亲身后不愿意出来，等大人们说话时又目不转睛地盯着那个叫爹的人看。

　　黎惠淑告诉贺长城，这几年全靠武状元的接济照顾，不然真活不到今天。可惜武大勇病死在张家口。大宝贺照永前年和武状元的儿子武宗贤因为受不了日本鬼子和汉奸的气，偷偷跑了。后来收到过一封信，说是在陕西做生意，给家里报个平安。"打鬼子去了。"贺长城胸有成竹地说道。

　　黎惠淑看到贺长城身边的银杏，并没有生气，而是好声好气地说："住得惯吗?"

　　"住得惯，太太。"

　　"别叫我太太，听着生分。叫姐。"

　　"是太太。不是，姐。"

　　"有身孕了吗?"

　　"嗯……应该没有吧。"

"月水按时来吗?"

"有哪,姐。"

"叫你肚子争争气,给贺家再添几个小崽子。"黎惠淑把自己做姑娘时穿的棉肚兜找出来送给银杏,说:"这里长城外不比你们老家,早晚风硬,护着点肚子,年轻的媳妇就怕宫寒。"银杏感到亲情般的温暖,一下想起了自己早早死去的娘,不禁流下泪来。黎惠淑看到一个肚兜就把银杏感动哭了,过去一定没少受委屈,心里一下就软了,感叹道:"可怜见的,也是个从小没娘疼的孩子。"又想到自己这几年所遭受的罪也掉下泪来。

抗战胜利了,先前逃难的人们陆续返回来,石峡村也逐渐热闹起来。每天早上起来,贺长城先带二宝贺照久爬一圈长城。一路上爷俩背诵唐诗,先是由贺长城说出题目贺照久背诵。后来贺长城背上句,贺照久背下句,一路兴趣盎然。回来的路上,贺长城跟每位遇到的乡党介绍二宝贺照久,有一搭没一搭地聊上几句。

小杰媳妇在家做着早饭,银杏一起帮厨。小杰媳妇先是不让,后执拗不过也就随她。谁知银杏既聪明手又巧,家常饭菜全都能上手,特别是做的臊子面可以与城里的饭馆相媲美,把贺长城美得不行,往后倒成了小杰媳妇帮厨。

白天黎惠淑做些针线,也总想手把手教照娟,照娟却总喜欢在爹的书柜里翻。爹就三天两头教她识字。银杏和小杰媳妇养了一群鸡和几头猪,小杰负责打理十几亩水浇地,农忙时村里侄子们也会来帮忙，银杏就做一大锅臊子面，每人盛上一大碗，大家就散蹲在厨房地上、门槛上哧溜哧溜地吃。银杏坐到锅灶台边一边烧开水一边等着给大伙加面。听着他们跟小杰媳妇插科打诨，说到寒碜处，银杏把头低到锅台上，红着脸笑。

五　搬回妫城

谭秘书带着贺长城去看抵偿的院子。院子地处城南豆腐巷，是套两进的砖瓦四合院。南北房各三间加一个过道，东西房各两间。二进院只有东西房，也是各两间，后面还有一个小园子安排着茅房和柴房。

谭秘书说道："这套院子是皇协军李团长的私宅，原是给他小老婆置办的。总共十四间房。你们先住下，冯专员有交代，要用四套抵您那院子。只是接收单位太多，省府的、军统的、财政厅和民政厅都派人来按系统没收敌产，真是不够分啊。您最好请贺军长给第十一战区孙连仲司令打个招呼，有司令部的公函就好办了。另外，永宁镇的房子，您考虑吗？"

给孙连仲司令打个招呼？贺长城心里明镜一样，谭秘书所说的四套院子能落实的也就这一套了，心里骂道："真是人老了奸，驴老了猾。冯紫峰越老越奸猾。"

贺长城先把二奶奶贺乌兰氏安排住进北房东屋，二嫂和儿子贺照郎住到后院东房。原本是让他们住北房西屋，竹梅子死活不依，自己选了后院，贺长城也就依了她。大老婆黎惠淑带着女儿贺照娟住北房西头，自己和银杏住东房，小杰夫妇带着孩子住西房。小儿子贺照久自己住后院西屋，南房做厨房和库房。贺长城又去找了刚刚复职的梅育新校长，好歹给贺照郎安排了个学校后勤打杂的差事。

这天，丁海宽来了，贺长城非常高兴，大声喊着银杏炒鸡蛋烙饼，哥俩要喝酒。丁海宽带来一封信，信是大哥贺元城写来的。信中讲了他对时局的判断，要贺长城把家产处理掉，举家迁往南京。贺长城陷入深思。

十天后，贺长城把竹梅子和贺照郎送到康庄火车站。

第十五章　砸烂旧世界

　　海陀山不算高，人心更比海陀高。

——妫川谚语

一　贺照永炮轰贺家大院

　　贺照永站在妫川县城北面的土岗上，用望远镜来回看着自己度过童年和少年的这座古老的小城，记忆片段不断在镜头扫过的地方跳出来又被淹没掉。

　　站在他旁边的炮连侦察兵小李正用炮兵专用带标尺的望远镜寻找目标："贺连长，城里最明显的目标就是那座阁楼和钟楼了，上面都有敌人工事，用哪个校炮？"

　　"那两个都是明朝建城时修建的，后来清朝乾隆年又重修过，都是古建，要保护好，等胜利了交给人民。"

　　"连长怎么什么都知道。"

　　"废话，我就出生在这个地方。"

"阁楼东面一千五百米有一座小洋楼，一看就是地主老财家，用它吧。"

"观察洋楼院里人员情况。"

"是！报告，洋楼院里院外没有发现人员走动。"

"经过昨天清理外围据点的战斗，城里的老百姓不是跑出城就是都钻地窖了。现在街上出来的也都是军事人员。"

"连长，能找到你家吗？"

"看到我家了，就是被你选为校炮的小洋楼。那是我爹的藏书楼。"

"啊。那换一个地方吧。报告，城南那座庙也算符合标准。"

"把庙留着，就选那座小洋楼吧。不砸烂旧世界，怎么建设新中国。"

"是！砸烂旧世界，建设新中国。"

"你知道晋察冀军区首长为什么把我们团升为独立七师的主力团吗？告诉你，就因为二十团有我们炮兵连。只有配备步炮连的团才有资格做主力团。所以这次攻城我们连一定不能趴窝，不仅要弹无虚发，而且在关键时刻要敢于逼近目标进行平射，这就叫大炮上刺刀。"

"是！"

贺照永收起望远镜……

二 解放妫川县城

二十团战前最后一次军事会议在一间破庙里举行。团政委邱阜成做着战前动员：

"同志们，东北全境已经回到人民怀抱，东北野战军即将挥师入关，参加解放全中国的战斗。杨罗耿兵团为配合东北野战军南出辽沈，准备越过平绥铁路进入平北、冀东作战，目的就是拖住傅作义集团，并在华北把其歼灭。妫川县城是察哈尔省的重镇，北平西北门户，是联络华北和东北两大战略区域的枢纽，战略地位非常重要。拿下妫川县城不仅可以直接掩护杨罗耿兵团越过平绥铁路，还可以为我们今后解放平北扫清障碍。

"这次师首长把主攻妫川县城的任务交给我们团，是对我们的信任，也是我们的光荣。同时师首长也考虑到我们团是由原妫川县游击大队组建起来的，对这一地区地形熟悉，对百姓感情深厚。同志们，我们要不辱使命。同志们，有没有信心？"

参会的连以上干部齐声回答："有！不辱使命！"

主持会议的团长周德礼说："作战科赵科长，介绍敌情。"

"是！"

赵科长站起来走到团长政委身后的地图旁，说道：

"这次攻城战由独立七师完成。我们二十团担任主攻，二十一团担任助攻，十九团作预备队。同时，杨罗耿兵团四纵十一旅在城外西南方向布防，监视宣化方面的敌人，准备打援。"与会人员的眼睛跟着赵科长的手在地图上移动。

"城里守军由两部分组成，一部分是察哈尔省保安第二总队，大约五百人，是国民党收编的原妫川县日伪保安团，参加过多次'扫荡'，有一定战斗力。总队长是蔡耀先，原日伪保安团团长。该敌配备有六〇迫击炮三门，马炮两门，轻重机枪二十多挺。另一部分是保警团，有一千五百人，团长是妫川县县长冯紫峰兼任。士兵多是伪警察和收编的土匪，战斗力不强。妫川县城城高三丈五尺，厚一丈。城墙前有护城河，宽一丈，铺梯子就可以快速通过。城里敌人以钟楼为中心构筑了核心阵地，敌人的指挥部也在那里。另外，敌人还在城南和城北的制高点构筑了工事。需要炮火准备，同时也要做爆破作业的准备。完毕。"

"有没有不清楚的?"周德礼团长环顾一下大家问道。

"下面我命令，一营作为突击营，从东门突破，然后攻打南城区，占领南城区后从东南两个方面包围钟楼核心阵地。二营攻南门，为助攻，爆破作业炸开南门，尽量减少伤亡，以牵制敌人为主，进城后与一营协同攻击钟楼主阵地。三营作为第二梯队，在一营攻入东门后，你营迅速跟进，进城往北攻打北城区，在占领北区后从西北两个方面包围钟楼核心阵地。团特务连和所有后勤保障人员组成预备队。炮连贺连长。"

"到!"

"听好，天黑前在南城外部署炮兵阵地，天黑后隐蔽转移到东门外构筑炮兵阵地，天亮发起总攻前，你用迫击炮打掉东城门上的机枪阵地，然后用九二式步兵炮把城门轰开，再来一个压制齐射，别心疼炮弹，打下妫川县城缴获的炮弹全归你。一营进城以后，迫击炮留在原地防止敌人反扑，九二式步兵炮随一营进城，大炮上刺刀。"

"是! 保证完成任务。"

攻城前的炮火准备，第一发校炮的炮弹便命中贺家大院的后院，把藏书楼炸掉了一角。几分钟后进入炮火准备，解放妫川县城的战斗打响了！

经过一天激战，战斗胜利结束。被国民党占据一年零七个月的妫川县城回到人民手中。冯紫峰被贺照永用九二式步兵炮炸死在钟楼下。蔡耀先从瓦砾里被拎出来时样子很狼狈。

三 清算复仇大会

妫川县清算复仇大会在老戏台，现在被称作人民广场举行。广场四周插着红旗，荷枪实弹的民兵在四周警戒，广场内人山人海有上万人。主席台上方挂着"妫川县人民政府清算复仇大会"横幅。解放军军代表邱政委、农会主席丁放、县大队大队长等在主席台上就座，主持大会的是妫川县人民政府县长崔毅尧。坐在他边上的是县委书记、原平北军分区敌工部部长兼锄奸队队长冯勇。

贺长城带着儿子贺照久挤在人群中，他要亲眼看看蔡耀先那些人是个什么下场。

崔毅尧大声宣布："把汉奸、蒋匪首领押上来！"话音未落，只见两个民兵押着一个五花大绑的人，从左台口鱼贯而入，在主席台前跪下一排。

贺长城一眼就认出跪在中间的蔡耀先，他原本矮小单薄的身材，在两名大汉的映衬下显得丑陋与猥琐。这与他趾高气扬地跟在冯紫峰屁股后头进城时才过去一年零七个月。真是沧海桑田，大浪淘沙，那天进城时他预料到自己有今天的下场了吗？

蔡耀先身边的曹进喜已经像散了骨架的一摊肉泥，一块木牌子插在后背，名字上跟他姐夫一样用朱砂打着红叉。在他刚被俘时就为了争取立功保命，揭发出姐夫蔡耀先就是杀害胡县长的真正凶手。

突然人群中一阵骚动："快看还有个女人！"

"是黎永忠的婆娘，黎永忠死了他老婆顶罪。"

"这就叫夫债妻还。"

"可惜这个闺女了，一朵鲜花插在牛粪上。"

"有什么可惜的，他们是一丘之貉，你这人什么阶级感情？"

贺长城脑袋"嗡"的一声响，赶紧在台上寻找。在蔡耀先右边第五个人是个女人，在众多被清算的人中鹤立鸡群。她引人注目不单单因为她是个女人，而是在一排跪卧着的人中只有她挺直身体昂扬着头。天哪！真的是梅亚男，背后插的牌子写着"大汉奸黎永忠老婆"。

在大会前一天的预备会上，县农会主席丁放列出公审对象的名单，特别指出这次安排了陪绑的人。县长崔毅尧迟疑了片刻说道："这个名单很好，有代表性，我原则同意。只是有两个人是否再斟酌一下。一个是卢春利的儿子卢晓文，拿他陪绑有些不合适，因为据我了解他爹卢春利不可能做汉奸，包括我在内，许多妫川中学的同学当年投奔解放区，参加八路军都是受卢春利的抗战启蒙教育和影响。我们是不是再甄别一下，不急于下定论。"

丁放有些不高兴地说："卢春利是汉奸已经是板上钉钉的事，当年出卖胡县长和武工队曹队长嫌疑最大的就是他，因为曹队长正在做他的策反工作。而且冯勇书记当年是接替老曹的敌工部部长，亲自核实并且亲手处决的卢春利，这是个铁案谁也翻不了。"说完看着冯勇。冯勇脸上没有表情，专注地抽着烟，仿佛陶醉在盘桓缭绕的青烟里。

崔毅尧咽了一口唾沫接着说："还有一个梅亚男，梅亚男是嫁给了大汉奸黎永忠，但就我们了解，她完全是被迫的，黎永忠抓了她舅舅进行要挟。他舅舅就是人民政府新聘请的顾问梅育新校长。把梅亚男作为黎永忠的老婆进行陪绑批斗是否合适？"

"崔县长，你可搞清楚，黎永忠民愤极大，欠共产党血债最多。他死了是他的造化。但是革命群众要个交代，牺牲的烈士家属要个说法。虽然目前我们还没有掌握梅亚男是汉奸的证据，也可能她嫁给黎永忠是被迫的，或是为了救人，但是，现在革命群众心中充满了冲天的愤怒，如果我们人民政府，不能把这种怒气引导到接下来的土改运动中去，会挫伤群众的积极性，影响到土改工作的开展。"丁放从心里看不上这位学生会主席出身的年轻县长，自己在北山打游击时他还在念书呢。

"那也得实事求是，不能凡事都由着群众。毛主席4月刚在晋绥干部会上讲过，'我们共产党人要依靠群众，但是对于人民群众中发生的不正确意见，则必须教育群众，加以改正'。"

丁放一时语塞，论讲道理自己绝不是崔县长的对手，他用求助的目光望向冯勇书记。

县委书记冯勇掐灭手里的烟头，缓慢而坚定地说道："我们同志，特别是领导同志，要克服小资产阶级的软弱性。革命不是请客吃饭，不是绘画绣花。革命是暴动，是一个阶级推翻一个阶级的暴烈行动。这也是毛主席说的。"

丁放长长地舒了口气，用胜利的目光得意地看着崔毅尧。

四　贺长城冲上主席台

贺长城拼命往前挤，贺照久以为爹要看清楚被审判的人，在后面用力推着父亲往前挤。

主席台上崔毅尧县长已经做完动员，一个接着一个贫农上台发言，控诉这些年受到的欺压。每一个人发完言，都会有人领着喊口号。一万多人喊起口号地动山摇，被审判者面如死灰，瑟瑟发抖。唯有梅亚男从始至终高昂着头，怜悯地望着台下义愤填膺的人群，许多熟悉的面孔因为大声喊着口号而变得扭曲。

当贺长城挤到最前面时，一位三十多岁的大嫂正在声泪俱下地控诉黎永忠勾结土匪洗劫妫城，说到她父亲被土匪割去耳朵，头肿得像牛头一样大，在痛苦中死去时，突然扑向跪在地上的梅亚男拼命厮打，竟然没有人阻止。这时有人带头喊起口号："打倒汉奸卖国贼！""严惩汉奸！"

一时群情激奋，人群往前拥着大喊："杀了她！""为亲人报仇！""铡了她！"

贺长城毅然向台上走去，台口的民兵见到贺长城过来以为轮到他发言，侧身让贺长城走上主席台。

贺长城在梅亚男身边站定，跟那位大嫂说："你先下去歇着，让我说几句。"然后面向会场伸开双臂，大家一下就安静下来。贺长城环顾了一下全场大声说道：

"乡亲们！我是贺长城，大家差不多都认识我，大家也知道我们家的情况。我爹就是让黎永忠勾结日本人给活活打死的，我们家院子和商铺也是被黎永忠霸占去的，家破人亡啊乡亲们！我和黎永忠不共戴天。

"可是乡亲们，常言道，冤有头债有主。我们应该把仇恨记在他黎永忠头上，而不是这个闺女身上。她为什么要嫁黎永忠？是因为黎永忠抓走了他的舅舅和同学。"说到这里回头看了一眼崔毅尧，崔毅尧在与贺长城眼光对视的一刻躲开了。

"她舅舅，就是我们妫川县的大教育家梅育新校长，梅校长把一生的心血都献给了咱们的娃娃。你们中间有多少人是梅育新先生的学生，你们中间又有多少家庭的娃娃是因为梅先生而受到教育。就这样一位德高望重的人，因为不跟日本人合作，就被黎永忠抓进监狱，受尽折磨。但是梅校长就是我们妫川县的文天祥，抱定一死的决心也不向日本人屈服。梅亚男是花木兰一样的女英雄，她为救梅校长、救同学，假意答应嫁给黎永忠。出嫁那天，她从梅校长手里接过祖传短剑，要刺杀黎永忠而保全名节，为民除害，这是何等的壮举！梅校长知道孩子此去就是个死，但是为了除掉黎永忠这个祸害妫川县已久的大汉奸，梅校长含泪毅然送亲外甥女去赴死……这是多么悲壮的一家人啊!"说到此时贺长城已经是泪流满面。

"乡亲们，我们绝不能做让亲者痛仇者快的事呀!"

他激动地用手指着蔡耀先:"这才是该杀的人，蔡耀先先做汉奸欺压同胞，后又替国民党害老百姓，他才是我们真正的仇人。"

丁放急切地请示冯勇:"怎么办? 冯书记，这样下去场面要失控……把贺长城抓起来?"

坐在一旁的崔毅尧连忙制止:"那可不行。贺长城是开明士绅，是新政府组阁人选。"然后压低声音对冯勇说:"他三哥赵鹏，也就是贺叔城是县大队第一任司令员，抗大毕业后调到野战军，现在是二野三十四师师长，正在前线作战。他大儿子贺照永是解放妫川县城的战斗英雄。贺长城是革命军属，怎么能随便抓哪。"

冯勇站起来，走到贺长城跟前握住他的手，说道:"贺先生讲得好啊，共产党最讲实事求是。我们不放过一个坏人，也绝不会冤枉一个好人。"说罢走到梅亚男身边，伸手把她拉起来，一边松绑一边说:"梅亚男同志，这是个误会，让你受委屈啦。这都怪我犯了官僚主义。"

丁放被眼前的变化打了个措手不及，稳定了一下情绪，突然挥动右臂高呼:"共产党万岁!""解放区万岁!""胜利万岁!"广场上一片沸腾。

冯勇等口号声停下来后大声说道:"乡亲们，同志们，在中国共产党的领导下，我们经过浴血奋战赶走日本侵略者，今天我们解放了妫川县，使妫川人民翻身做了主人。但是我们不能忘记，为了实现今天的解放，妫川儿女前仆后继做出巨大的牺牲。据初步统计，我们县有一千多位革命烈士为了今天的解放献出了宝贵的生命。我们不能忘记他们，而最好的怀念他们的方式就是继承先烈的遗志，狠狠打击敌人，让全国人民获得解放；最好的怀念就是严惩蔡耀先这样的反革命分子，巩固革命胜利果实；最好的怀念就是在中国共产党的领导下进行土地革命，打倒地主劣绅，取消一切剥削和压迫，通过土改斗争实现耕者有其田。用我们的力量支持全国的解放事业！"

广场的人们沸腾了，口号声响彻云霄，这都是发自肺腑的欢呼。

冯勇在欢呼声中回到主席台后的座位坐下，意犹未尽地对崔毅尧说："宣布吧。"

崔毅尧站起身来大声说："我现在代表妫川县人民政府宣布，惩办汉奸、反革命分子现在开始！"

丁放开始宣读处决名单，每宣布一个人就被拎下主席台，押赴刑场："蔡耀先、曹进喜、沈伍晨、李大鼻子、景老板……"

贺长城把梅亚男送到家门口："我们就不进去了，你好好休息，今天的事回家别跟你妈说。"梅亚男一下扑到贺长城怀里放声大哭，仿佛要把这些年的憋屈全哭出来。一旁的贺照久有些手足无措，喃喃地说："亚男姐，别哭了，改天去我家，我二姨做的臊子面可好吃了。"

五　贺照久参军上前线

　　会议室里烟雾缭绕，崔毅尧的脸由于连续熬夜而发着铁青的光，只有布满血丝的眼睛依然炯炯有神。

　　"同志们，根据张家口地委的指示，支援平津战役后勤指挥部成立了，我任总指挥，冯勇同志任政委。我们县的任务是：完成一万人的组织动员工作，制作担架一百副，运输牲口二千头，粮食二百万斤，战柴一千一百五十万斤，战草三十万斤，要及时运送到前线，支持人民解放战争，推翻国民党反动政府。"

　　冯勇最后做了总结："同志们，党中央提出号召，'一切为了战争，一切支持战争，一切为了胜利'。大家回去把中央精神传达下去，各项任务要抓紧落实。同时土地改革工作不能耽误，县里准备在月底召开贫雇农代表会，举办第二期土地改革干部训练班，完成一千七百人的培训。已经完成了土改的乡镇要尽快把土地房产证发下去，让群众心里踏实。"

　　散会后崔毅尧把马刚叫住，掏出一根烟点上大口吸起来。马刚来到崔毅尧对面坐下，伸手拿起烟盒也抽出一支，从崔毅尧手里拿过烟头把自己的烟点燃，深深吸了一口。

　　看人都走光了，崔毅尧说："冯书记跟你谈过啦?"

　　"谈过了。县里决定成立支前担架总队，下辖两个团。组织安排我担任总队长，配一位部队下来的营教导员担任政委，担架总队随大军行动。"

"老马，现在全县工作千头万绪，县里干部少，我忙得头都大了。我是希望你留下帮助我抓土改和支前，你这一走怕要等全国都解放才能够回来。"

"都是革命工作，既然组织决定了你就别再提了。冯勇同志是延安干部，我们要尊重他。"

"我懂，你放心吧。你走前去看看梅亚男，也替我看看……"

"老崔，你还真是要克服小资产阶级的软弱性，你现在同梅亚男已经不属于一个阶级，看在老同学情分上我劝你一句，忘了她，这样对你对她都好。"

这时贺照久手里拿着一封信进来找崔县长，说梅育新校长介绍来的。崔毅尧看过梅育新的信，上下打量一下贺照久，热情地说："你今年多大了？"

"过年就十八了。"

"你的年龄有点小，还是应该把高中读完，革命工作有的是你做的，急什么？"

"我哥十八岁就参军了，现在都已经是解放军连长，他也没有读完高中。梅校长说您参加革命时也十八岁，高中也没有毕业。"

"哈哈哈……行呀，你小子是有备而来呀。你还了解到什么了？"

"没有了。"

马刚在一边说："让他跟我参加担架队吧。贺照久，你愿意上前线吗？"

"上前线？我当然愿意。"

"崔县长，担架队大都是不识字的农民，我还正需要识文断字的知识分子。"

"贺照久同志，这位是妫川县支前担架总队总队长马刚同志，你要愿意就到他那里去吧。"

"我愿意！"

马刚临出门对崔毅尧说："我走后你记得继续调查卢老师的事，我绝不相信他会去做汉奸。"

第十六章　革命就要脱胎换骨

灰云主雨，黑云主风。日出东方红，无雨定有风。

——妫川谚语

一　把财宝交出来

贺长城被抓起来了。抓他的是农会主席丁放，原名丁石柱，丁海宽的儿子。

贺长城先被通知到农会开会，一进门就被五花大绑起来，随后被蒙着头拉到北关龙王庙，吊在后殿房梁上。四个民兵人手一根白蜡杆围在贺长城四周，眼睛盯着在半空晃动的贺长城。供桌被移到墙边，桌上散落着一堆账本，贺家账房王算盘战战兢兢地站在供桌旁边。

"大地主贺长城，今儿我是代表农会在问你话，你必须老老实实地回话，不然就专政你。说，你把变卖产业的大洋都藏哪里了？"

"大侄子，哪里有大洋呀，日本人来后把商铺都收走了。这些你爹最清楚。"

"打！"

四个民兵挥舞手中的白蜡杆毫不留情地打下去，贺长城鬼哭狼嚎般地大叫。一阵乱棒之后，丁放又问："大洋都藏哪里啦？"

"石柱呀，你撒的什么癔症，中的什么邪？你这是在干什么呀！"贺长城号叫着。

丁放恶狠狠地说："看你是不见棺材不掉泪。"然后对王算盘命令道："你说！"

王算盘随手拿起一本账，眼睛却看着丁放，结结巴巴地说："东、东家——"

"什么东家？大地主贺长城！"一个民兵断喝道。

"是，地主，贺大地主在日本人进城前后，连续把一些商铺、作坊都盘了出去。"

"都转卖给谁了？多少钱？大胆说，别怕，有农会给你做主。"

"榨油坊两根金条加五十块大洋盘给了南关李财主。水磨房五根金条加一百块大洋盘给了水磨村的贾村长。八里店的杂货店抵给了老黑几年的木炭钱。还有……"

"拿回的大洋都给谁了？"

王算盘战战兢兢地说："全都、都交给你爹丁掌柜了……"

"胡说，我爹也是替他贺长城扛长活的，全都给了大地主贺长城。"

然后走到贺长城面前大声吼道："贺长城你老实交代，大洋都藏哪啦？"

"大侄子，卖那点钱，这几年人吃马喂的早就造光了。"

"打！狠狠地打！"

四根白蜡杆像雨点一样落到贺长城身上、腿上、头上，疼得贺长城连声惨叫。丁放涨红着脸，像一只关在笼子里的恶狼，看着笼子外的牛肉，焦躁地来回走动。王算盘已经瘫倒在供桌底下。

丁放挥手止住殴打，走到还在哀号的贺长城耳边，压低声音恶狠狠地说："姓贺的，你为什么在解放前把阁底下的老店和那五十亩地送给我爹？你安的是什么心？按土改政策他要被划成地主你知道吗？你这个全县最大的地主倒成了房无一间、地无一垄的贫农，这他妈的真是天底下最大的笑话。我爹为你贺家卖了一辈子命，到头来你竟然这样害他。蝎子的尾巴地主的心，你真是太歹毒了！今天你要不把藏的大洋交出来就别想活着走出这龙王庙。"

"大侄子，都是我的错，地和商铺我收回，都收回，让他们把我划成地主，是你爹替我应的名，我去政府给他做证。"

"我再问你一遍！大洋藏哪了？"

"真的没有哇大侄子，你爹最清楚。"丁放转头在四周寻找着什么，眼睛突然停在门旁立着的一米多长的门闩上，他快步走过去，抄起碗口粗的门闩，回身来到贺长城跟前，抡圆了照着他的小腿猛砸过去，贺长城大叫一声昏死过去……

此时门外一阵喧哗，"咣当"一声殿门被踹开，丁海宽咆哮着闯进来，一眼看到吊在房梁上已经昏死过去的贺长城，头破血流，满身是血。丁海宽就像一头公牛见到舞动的红布，把全身的力量集中到头顶，猛地向丁放撞去。丁放的身后就是腰粗的房柱，他不敢躲闪担心爹一头撞在柱子上，只好运足一口气迎了上去，"咚"的一声，两个人随即摔倒在地。丁海宽一骨碌爬起来扑向丁放要拼命，嘴里喊着："你个畜生，把你爹也吊起来吧！你个逆子，当个农会主席就六亲不认了。我怎么养了你这么个畜生！"

丁放一边挣脱躲闪，一边气急败坏地说道："你让姓贺的当猴耍了还护着他，他把你卖了你还帮他数钱……"

反应过来的民兵纷纷上前拉住丁海宽："大伯、大伯您消消气……"

"你马上把人放下来，不然我今天就跟你拼了这条老命！"

贺长城趴在父亲背上，在田间穿行，麦花的香味灌满了鼻孔。贺长城把脸紧紧贴在父亲的后背上，父亲的体温透过薄薄的汗衫，温暖着贺长城的脸，让他从心底里感到踏实。父亲铿锵有力的足音同样有节奏地撞击着心灵，与他的心脏一起跳动。

"爹，咱们这是去哪呀？"

"去北街包大夫的接骨诊所，你的腿断了。"

一股钻心的疼痛让贺长城全身战栗，瞬间清醒。他抬起头看到"包大夫接骨"的幌子在不远处的微风中懒懒舞动。原来自己在丁海宽的背上。

"城子，我对不起你……那个畜生因为我的地主成分没有当上县长，加上被日本人抓进集中营的事，他都算到你头上了……我已经跟他断了父子关系，这个畜生……"丁海宽说道。

贺长城已经回忆起刚刚发生的事，他打断了丁海宽的话头："宽子，咱俩认识多少年了？"

"从上小学堂到现在，有三十多年了。"

"好快啊，一晃都三十年了。想想那时多好啊，日子长得好像总也过不完。我们一起逃课，一起犯坏，一起往教室门头上放狗屎，每次都是你替我受过。贺家的生意是在你手里发达起来的，我们一起刺杀汉奸黎永忠，那可是刀口舐血的事，你都义无反顾地跟着我干。你们爷俩还差点死在日本人集中营里，我这辈子欠你太多。本想把剩下的杂货店和五十多亩地送给你做个补偿。可是你呀主意正，还是只拿掌柜的工钱，只分十分之一的红利，其他的都原封不动交给我。我欠你太多了，亲兄弟也做不到你这样啊。"

丁海宽流着泪哽咽着说："我这辈子有你拿我当兄弟，知足啦。"

"这次石柱打断了我的腿，我从心里感谢他。因为这下我把欠你的情还了，我的心里一下就舒坦了。所以你不要怪他，也不要内疚，从此我们俩两清了。"

"好，我不怪他。我们从头再来。"

"从头再来！"

二 革命婚礼

1948年的冬天是个暖冬，妫城街道上的雪早早地化了，位于长城西北的海陀山顶留下一抹白雪，仿佛在提醒着人们，现在依然是冬天。

在年终最后一天的晚上，妫川县人民政府会议室灯火通明，正面墙上贴着毛泽东和朱德的画像。画像上面挂起了条幅：

革命婚礼。

崔毅尧身穿一身洗得发白的军便服，左胸上别着一朵红花，刚刚理过的寸头把整个人衬托得精神抖擞。在他身边站着他的新娘孟翠芳，一位全身饱满的姑娘，圆圆的脸，高耸的胸，浑圆的屁股都透着一股阳光朝气。孟翠芳身着一身干干净净的列宁装，一条乌黑的大辫子梳理得一丝不乱，垂在胸前，辫梢上一条红头绳显得分外妖娆。

机关干部、炊事员、警卫连战士挤满了会议室。会议桌上放着花生、瓜子和大红枣，还有一筐箩白薯干。马刚以司仪和介绍人的身份主持这场婚礼。他先让双方介绍恋爱经过，新娘羞红了脸，悄声对新郎说："你说。"

崔毅尧天花乱坠地讲一通，什么在革命工作中发现了小孟的优点，什么自己穷追猛打才获得小孟同志的革命爱情。大家一同起哄，都说县长在瞎扯，要罚新郎新娘表演节目。崔毅尧推三阻四半天眼看确是躲不掉了，起身说，我给大家背诵一首毛主席的词吧。崔毅尧沉住一口气，用他男中音的嗓音声情并茂地背诵道：

　　　天高云淡，望断南飞雁。不到长城非好汉，屈指行程二万。　　六盘山上高峰，红旗漫卷西风。今日长缨在手，何时缚住苍龙？

　　大家热烈鼓掌。崔毅尧得意地说："怎么样，司仪同志，该结束了吧？"

　　马刚说："想得美，还早着哪。现在让我们以热烈的掌声欢迎孟翠芳同志表演个节目。"崔毅尧赶紧起身打圆场。他越是这样大家越不答应，鼓掌、欢呼不依不饶。

　　孟翠芳突然站起来，大家马上安静下来。孟翠芳的脸因为兴奋而绯红，她大大方方地说道：

　　"既然大家有这个要求，我今天就献丑了，给大家唱一段河北梆子《花木兰》吧。"然后清了清嗓子放开喉咙唱起来。

　　虽然声音中略带羞涩，但却是字正腔圆，嗓音充满了磁性，加上落落大方的神态，声情并茂的表演，一下抓住了所有在场人的心，也抓住了崔毅尧的心。多年以后崔毅尧对孟翠芳说："我是在你唱《花木兰》时爱上你的。"

　　一曲终了，大伙热烈鼓掌，叫好声仿佛要把屋顶掀翻。面对大家不依不饶的热情纠缠，孟翠芳也受到鼓舞，说要为大家唱一首妇联自己创作的妫川小调《妇女翻身》：

> 1940年，八路军开进海陀山。烧炮楼，攻据点，敌人一溜烟。妇女得解放，站到人面前，做军鞋，照顾伤员，男女都平权。再不挨打受气，再不受可怜。

三　老战友的忠告

三个月前，马刚从担架纵队被调回来，担任副县长兼公安局局长，一次在找到崔毅尧说完工作后，语重心长地说："老崔，你该结婚了。"

"屁话，跟谁结？"崔毅尧没有好气地扔给马刚一支烟。

"你还是忘不了梅亚男，这样不行。我回来这些天就听到同志们议论，你到现在不结婚是在等汉奸黎永忠的老婆。妫川县城太小，你的那点心思怎么能藏得住呢？"

"'匈奴未灭，何以家为'，我要把有限的生命投身到革命中去，等全国解放了再说吧。"

"别跟我这儿扯骚。我警告你，你的出身是封建乡绅加城市小业主，属于是资产阶级。你取得今天的成就是因为你参加革命早，作战勇敢，又有文化。可是你别忘了，我们的党是无产阶级的政党，是代表工农劳苦大众的党，你要彻底抛弃你的阶级，真正融入无产阶级。我们虽然没有参加延安整风运动，可是我们耳闻目睹的事情可不少，在大是大非面前，你不要犯糊涂。"

"照你这么说我结婚就能与资产阶级决裂了？不结婚就不能革命啦？你这是什么混蛋逻辑。"

"这要看你和谁结婚。如果跟汉奸的老婆结婚，你别瞪眼，她名义上就是汉奸的老婆。如果你与她结婚就是前途暗淡，甚至万劫不复。如果你与一个贫下中农的女儿结婚，就是融入了无产阶级的阵营。记住，往往你看不见的危险，才是真正的危险。"

崔毅尧陷入了沉思。连马刚什么时候走的都没有察觉。当他抽完烟盒里最后一支烟站起身准备走的时候，发现桌子上马刚留下的字条：

> 孟翠芳，二十岁，属龙，党员。妫川县后梁屯人，下中农。现任妫川县七区委委员、青年团委书记、妇联主任。

四　脱胎换骨

新婚洞房就设在崔毅尧宿舍，一切家具用品都是公家原来的配置，只有门上贴的囍字在告诉人们，这里现在是婚房。警卫员小田在原来的单人床外加了半张床板。床上崔毅尧薄薄的军被边上多了一床大花被，那是孟翠芳娘家送的。细看屋里也多出两件新东西。一件是冯勇送的一对茶缸，白地红字印着"解放全中国"；一件是马刚送的双人蚊帐，说是当年在北平买的，自己结婚都没有舍得用。

孟翠芳今天一早特意去华清池洗了澡，还用了大城市小姐才用的洋胰子，然后换上新的内衣。当她在新房里脱掉外衣，房间里弥漫起茉莉花的香气。崔毅尧兴奋地问："你是花仙子吗？"

　　孟翠芳知道知识分子词汇多，一时搞不懂他是夸她还是嫌弃她的香味，支吾着说："我来铺床。"

　　她把大花被铺在下面，上面盖上崔毅尧薄薄的军被。

　　几天前孟翠芳请了半天假回了一趟后梁屯。一是要拿娘做的新被子，另外还有一件重要的事情要办，就是向嫂子请教如何度过新婚第一夜。母亲一边给准备着七零八碎的东西，一边抱怨着："你就是个讨债鬼。谁家闺女出嫁像你这样既没有媒人又没有彩礼的？你不是嫁给共产党大官了嘛，怎么结婚这么大的事情不让娘家人去哪？这亲戚里道儿的总该有个应承吧？你倒好，成日不着个家，街坊邻居隔三岔五地来家闹着看娇客讨喜酒，咱家这次现眼也算现到家了。"

　　"娘，什么叫现眼现到家了？你闺女是光明正大地结婚，举办的是新式革命婚礼。下次我把结婚证给你拿回来，你把它贴在迎门墙上，那上面盖着人民政府的大印，看他们再嚼舌根。"不等她娘接话就一溜烟跑去找嫂子了。

　　她娘追喊道："你个碜东西，又要上哪？晌午在家吃饭吗？"望着背影无奈地摇着头道："真是应了老话，嫁出去的女儿，泼出去的水。"

　　孟翠芳打来洗脚水放到床边崔毅尧脚下，蹲下身子就给崔毅尧脱袜子。崔毅尧连忙伸手拦住她："我自己来，革命同志别这样。"

孟翠芳甩开崔毅尧的手说："在外面我们是革命同志，在家里你就是我的丈夫，伺候你是我责任。"

崔毅尧坚持要自己来，孟翠芳不让，两人僵持了一阵子，崔毅尧说："你先钻被窝，替我焐焐被窝吧。"

被窝里冰凉，但是孟翠芳身体滚烫，在被窝里她脱下最后一件内衣，全身赤裸着仰面躺好，两只手交织在胸前，因为紧张手心里全是汗。她在等待那个注定不能回避一定要面对的时刻。脑子里不断出现嫂子描绘的画面，既有些害怕又充满期待。崔毅尧洗完脚钻了进来，也仰面平躺着，因为被子不够两个人平躺，所以半个身子在被子外面，却丝毫感觉不到冷。

"你唱得真好听。"

"你爱听我就为你唱。"

"你从哪里学的河北梆子。"

"我嫂子早年在梆子戏班唱青衣，她教我的。"

崔毅尧侧过身来，手一下触碰到孟翠芳丰满的乳房，一下语无伦次："马刚送什么不好，送个破帐子，都透不过气了……他说一看你就是生儿子的命，我可想要你生个会唱梆子的闺女。"

孟翠芳抓住崔毅尧的手放到自己的乳房上，用磁性的嗓音喃喃地说："都依你……"

崔毅尧瞬间亢奋起来，一下翻身压到孟翠芳身上，嘴唇准确无误地咬住了孟翠芳的嘴，两人的舌头交会在一起，把被窝里的温度迅速推向沸点。忽然，孟翠芳感到刚还顶住自己的东西游离到目的地时突然缩回去了……

崔毅尧沮丧地翻身下来，嘴里嘟囔着："今天太累了，开了一天的会，又被他们闹一夜……"孟翠芳快速回忆着嫂子说过的每一句话，却找不到应对这种情况的办法。但是，她很快以女性的感悟觉得自己应该做些什么……

孟翠芳翻过身来，用自己丰满的乳房贴上崔毅尧的身体，提起圆润的大腿压在崔毅尧的腿上，用手指一边在崔毅尧的胸脯上画着心，一边悄声说："我给你唱首歌吧。"

画心的手指随着委婉的歌声节奏时快时慢，从胸脯画到肚子，又从肚子画到小腹。孟翠芳感到压在自己大腿下面的腿突然紧张起来。得到鼓舞的孟翠芳继续向下画去，轻柔地安抚着灌木丛中的小鸟。崔毅尧浑身一颤，小鸟在湿温滑润的手心里迅速成长，像一只雏鸡破壳而出，撑开了孟翠芳的手，在她的引导下滑向密林深处……崔毅尧瞬间变成一个勇往直前的猛士，一阵翻江倒海，惊涛拍岸卷起千堆雪……

潮落之后崔毅尧并没有抽离，而是趴在孟翠芳的身上，把头扎在她头的一侧——哭了。先是抽泣，后来竟然变成哀号。

崔毅尧此刻正在与过去的自己诀别。

身下这个年轻的女人将是自己的归宿。尽管没有思想的交流，没有共同的志趣，甚至面对年轻的身体自己竟然没有做爱的冲动。但是从今天起，他必须同她生活在一起。这就是命运给自己做出的安排吗？

而他的初恋，他的爱情呢？他想起在西撤路上的颠沛流离，因为有梅亚男的陪伴而变成浪漫之旅；想起在零乱的杂货间，煤油灯把梅亚男的脸镀成橘黄色，她专心刻版的样子是那么娇美而迷人；想起梅亚男在伪警察局墙外勇敢地纵身一抛的身姿，是那么矫健而使人怦然心动；想起他俩手挽着手在夜深人静的街道上奔跑，如沐春风般甜蜜的初吻……如此过往让他刻骨铭心，又肝肠寸断。

他曾经无数次地憧憬与梅亚男甜蜜美好的未来，此刻全都死了。

孟翠芳还没有从下身的撕裂疼痛中缓过来，就被崔毅尧的哭声吓到了。在她的世界里，趴在自己身上的这个男人是个顶天立地的英雄，是她的革命导师，是位叱咤风云的领导者。多少次在台下聆听他的讲话让自己着迷。她从未想过能成为他的妻子。而此时此刻，这个趴在自己怀里的男人又是那么脆弱，哭得像个受了天大委屈的孩子。一股母爱之情油然而生。孟翠芳暗暗发誓，一定好好爱这个男人，像母亲那样爱他，像姐姐那样疼他，不让他受丁点委屈。这样想时不由得把崔毅尧抱得更紧、更紧。不知过了多久，哭泣声没有了，取代的是低沉的鼾声。

孟翠芳在清晨醒来，晨曦透过窗帘周遭射进来，把屋子照亮。此刻自己赤条条拥着一个同样赤条条的男人，又想到昨夜的经历不觉一阵脸热心跳。好在这个男人看不到，因为他还在酣睡着。孟翠芳抱紧崔毅尧又闭上了眼睛，她要把这种幸福满足的感觉延长。

新的一年到了，自己长了一岁，嫁给了心爱的人，浑身总有用不完的劲。她要去爱，去投入到火热的工作中去。一想到能和自己心爱的人一起去为解放全中国而奋斗，孟翠芳便激动得身体不由得战栗起来。

崔毅尧醒了，还没有睁眼手就习惯性地去枕头底下摸枪。几年的游击生活，让他每天醒来必须先摸到那支硬邦邦的东西心里才踏实。今天一抬手，却摸到女人软绵绵的胸。

崔毅尧张开眼睛，伸了个懒腰。抬起半个身子，把头抵在窗棂上，撩起一个缝向外望去，说："下雪啦！"

孟翠芳也把半个身子探出被窝，用头抵着崔毅尧的头往外看："哇！好美呀！"

"好兆头。这是1949年的第一场雪，是我们新生活开始的第一天。"

窗外正在一遍一遍广播新华社的新年献词，将革命进行到底！

第十七章　长城的春天

早立春，堆满谷；晚立春，堆满人。

——妫川谚语

一　婚姻的事谁做主

1950年的春天来得特别早。

立春刚过，妫川县境内第一高峰海陀山顶还堆积着皑皑白雪，燕子已经急不可待地穿梭在田园树林中，把来自南方的春意传递到妫河两岸。冰雪消融后的妫水河清澈见底，年轻人已经急不可待地褪下臃肿的冬装，欢快地来往在大街上。妫城街道上的店铺大都插着崭新的五星红旗，让这条有六百年的古街充满勃勃生机。

贺长城推门走进阁底下的新春杂货店，贺照娟紧跟着父亲进门，喊了一声："丁伯伯。"

丁海宽看到老东家进来连忙放下手里的活计，从柜台里搬出一张椅子，又回身到柜台里挑了几款点心拿给贺照娟。

"少拿些，你别总惯着她。"贺长城说道。

丁海宽满眼慈祥地望着贺照娟，柔声说道："娟子有十三了吧？眼看着就出落成大姑娘了。慢慢吃，吃完伯伯再给你拿。""谢谢丁伯伯。"贺照娟乖巧地说道。

贺长城在椅子上坐定，把打磨得油亮发光的枣木手杖靠在椅背上，长长出了口气："老喽，走几步就累了。"

"刚五十岁怎么能说老呢。"丁海宽说着拿过纸烟来。

"人过半百天过午，都是走下坡路啦，还能不老？"

贺长城点起一根烟，深深地吸了一口，然后缓缓地吐出，看着烟圈一层淡似一层散去，说道：

"听说城里的店铺共产党都不没收了？"

"是不没收了，前几天政府刚给开过会，说共产党一个大官在天津发话了，说资本家和私营工商业主都是共产党的朋友。不仅不没收，还支持开业，有什么困难可以去找政府帮助解决。过去歇业的作坊、商铺都又开起来了，还开了几家新店。"

"好呀，连华清池的汤老板都回来了。看来过去人们传说的共产党共产共妻都是瞎沓扯。"

"可是咱们乡下的地都被分了，还是丁石柱那个小兔崽子带人分的。人家现在把名字也改了，叫丁放，解放的放。我问他，你咋不把姓也改了哪。"丁海宽冷笑道。

"分了好。风水轮流转嘛，只要人都在，都平平安安的就是福。可是你的成分咋还给定个地主呢，这地不都分了吗?"

丁海宽又给贺照娟拿了一块山楂糕，爱怜地说:"吃块山楂糕，消积食。你今年上几年级了?"

"五年级了，爹说还供我上中学哪。"

"好，好，女孩子上中学好。新社会就是不一样啦。上个月政府发通告，规定今后不许再给妇女缠足。"

丁海宽挨着贺长城坐下，也给自己点燃一支烟，也像贺长城那样深深地吸了一口，悠悠地说道:"地主就地主吧，他们爱叫啥就叫啥，横是也叫不去我二两肉，随他吧。"青烟随着他的话音节奏从嘴和鼻孔里飘出来。

"石峡村的地和房子也都交公了，土改工作组说我城里有产业，应该算城里人，不能在农村待着。都搬回来也好，孩子上学倒是方便了。"

"照永有信来吗?"

"来信了，说他现在当营长了，他们部队已经过了长江打到湖南衡阳。上次来信说天津就是他们解放的，光咱们妫川籍战士就战死了三百多人。"

"是呀是呀，打天下嘛哪有不死人的。我的外甥也是在解放妫川县城时牺牲的。政府在锁钥岭长城下面建起了烈士陵园，我还跟柱子他娘说，等明年清明节，我也去给上个香，烧些个纸。听说照久回来了，怎么没有见到人呢?"

"从南方回来刚照了个面，就又走了小一个月，说去张家口团校学习。回来后还是不着家，人影不见。"

"这俩孩子从小就心野，不是一般人。俗话说'人往高处走，蛾往亮处飞'。他们走的都是正道，咱们该宽心不是？"

"那兔崽子也能让你宽心？这次回来也没有和我商量，就自己去把娃娃亲给退了。真是气死我了。"

"这好好的他退什么亲呢？"

"说要婚姻自主，反对父母包办。说自由恋爱上国法了天王老子也不能干涉。让我拿着拐杖撵到街门外，算他小子跑得快……你说，这让我怎么再见亲家，贺家的脸都被他丢尽了。"

"嘿嘿嘿……城子，还记得当年你结婚的那天晚上吗？死活不愿意进洞房，还是我和卢棺材愣把你扛进去的哪。"

"这儿说孩子的事，你提我那些陈谷子烂芝麻做啥？那个闺女性子刚烈得很，说非那个讨吃鬼不嫁，还给县长写信，说共产党要支持陈世美毁婚约，她就吊死在县长家门口。"

"闺女这性格倒是真像你们贺家的人。这阵子城里有好些干部闹离婚，那个部队转业来的吴县长，在老家山西有个老婆，还给他生养了个儿子。结果他进城后跟一个女学生结了婚，又怀上了孩子。前些日子吴县长带着公务员回山西老家一趟，可把他父母和老婆高兴坏了。儿子参加革命走了几年，现在终于全身毫发无损地回来了，还做了县长，光宗耀祖啊。等晚上亲戚朋友都散了，吴县长跟他爹说起要和原配离婚的事，被他爹扇了个耳刮子，骂他是个陈世美。"

"打得好，该打！"

"儿子挨了他爹一个大耳刮子，带着公务员连夜就走了，临走跟他爹说，包办婚姻是违法的，这婚他是离定了。回来后就给老家政府发去了公函，民政科很快就给办了离婚手续。"

"这民政科也太不着调了。"

"谁说不是呢！他老婆去民政科闹啦，人家说是依据部队上的规定，什么在部队上三年没有与老婆通信就可以单方面提出离婚。"

"这就叫浑不讲理，要是人家老婆是文盲不会写信呢？可怜他老婆又拉扯孩子又伺候公婆，到了落了这样个下场。"

"事情到这里还没有完，这个吴县长的爹也是个倔巴棍子，赌气带着儿媳妇和孙子来妫川县城寻亲，在县政府找到儿子后，把儿媳妇和孙子往吴县长面前一推，转身就回山西了。"

"这爷俩是铜盆撞了铁刷帚，都是硬主。"

"新政府不兴纳妾，一下出来两个老婆这日子没法过呀。后来还是崔县长出来做工作，原配以姐姐名义进家做保姆负责家务，儿子上学住校，每周日回家团聚。"

"这招儿不适合给照久使……"

这时从门外拥进四五个身穿干部服装的青年男女，一下子把杂货店塞满了，七嘴八舌地商量着买什么。为首的是一个年轻女孩，她潇洒地把胳膊一挥：

"大家安静。"然后客客气气对丁海宽说道："老同志，我们是团县委的，马上要参加下乡工作队到农村去，需要买些生活用品，可是我们的经费很少，就这些，您看着能买多少肥皂、牙粉和毛巾，您给安排一些吧。"说着把攥在手里的钱放到柜台上。一句"老同志"把丁海宽叫得心中充满温暖，他满脸笑着说：

"同志们需要什么尽管拿，什么钱不钱的。"

一个高个男青年大声说："这怎么行，我们又不是国民党，怎么会白拿群众东西哪!"

丁海宽忙说:"这位小同志误会了,我不是这个意思。我儿子也是公家的人,也在农村工作组。"

"他叫什么名字?"

"丁放,解放的放。"

"啊,太知道了。农会主席,是个年轻的老革命。县里土改先进工作者,还是剿匪标兵,这次镇反和清查一贯道反动组织一定也是先进,他是我们学习的榜样。"

丁海宽不由得把胸脯挺了挺高兴地说:"你们要多帮助他呀。这两瓶烧酒你们拿去,乡下早晚凉,喝几口烧酒驱寒。"

贺照娟从这群青年进来时就被那领头的女孩吸引住,连手中的山楂糕也忘了吃,不错眼珠地盯着她看。从同伴的称呼中她知道了这个女孩的名字:叶蓝。

他们买了一些肥皂、毛巾和牙粉后一阵风一样刮走了。丁海宽手里拿着两瓶烧酒站在门口望着他们远去的背影出神。

贺长城看着丁海宽意犹未尽的样子笑了,他干咳了一声。丁海宽收回目光,意识到自己刚才的失态也笑着摇了摇头。

贺长城说道:"照久的事就够我闹得慌了,偏偏县上又成立了什么妇女联合会,这些天几个工作组的女干部天天找银杏宣传什么《婚姻法》,鼓捣着让她和我离婚。"

"我也一直在琢磨你这个事,现在外面就是这个形势,总得想个法子。银杏怎么说?"

"她说死也不离。"

二　团县委的年轻人

叶蓝回到团委时，贺照久刚从团县委书记杨光那里开完会出来。叶蓝一身列宁装，腰扎皮带，英姿飒爽，白净的脸上总洋溢着灿烂的阳光。每当叶蓝出现，贺照久就会心跳加速，他努力克制着不让叶蓝察觉到。

"叶蓝同志，下乡工作组准备工作怎么样了？"

团委有个不成文的规矩，彼此之间不称官职，都直接叫名字。

"照久同志，都准备好了，只等组织一声令下马上可以出发。"

贺照久所在的支前担架队跟随野战军一路往南打，渡过长江，他和战友们痛击白崇禧部，打得"小诸葛"损兵折将、丢盔弃甲。贺照久表现英勇，在前线火速入党。然后随部队进入广西，开始了艰苦的剿匪工作。正在此时马刚接到地委的电报，任命他为妫川县副县长兼公安局局长，命令他回来领导剿匪工作。马刚马上回电表示坚决服从命令，同时又给妫川县委发去电报，经县委同意带着一名警卫员和贺照久返回了妫川县。贺照久没有去公安局而是被任命为团县委青年部主任。经过战火的洗礼，把他本来清秀的五官打磨得俊朗，更英气逼人。人黑了，也健壮了，言谈举止也成熟稳重许多。

"山区早早晚晚的风凉，多带几件衣服。"

"谢谢大主任同志的关心。"叶蓝俏皮地说。她凭着少女第六感已经察觉到贺照久对自己的与众不同，只是没有捅破。

这时突然门口有人喊道："贺照久。"

"到！"

话音未落团县委书记杨光推门进来：

"给你们青年部一个临时任务。张家口公署来函，说郭沫若副总理指示要维修锁钥岭长城向游人开放，国家文物局近期派出专家来咱们县考察，牵头的是个叫……"杨光翻看着手中的材料说：

"叫罗哲文，是搞文物的技术员。县政府那边的人都抽调到官厅移民工作委员会和'三反'工作组，实在是拨不开麻了，要从团委抽两名同志过去帮忙接待一下，也就是领个路，派个饭什么的。你安排一下，这是文件和公函。"

"杨光同志，我们部的人都被抽走了，现在就剩我一个人了，要不就我去吧。"

"你不能去，你走了青年部的事我找谁去？协调一下，不行就从下面团委抽调一个人过去，你可以去打个照面，安排好了就回来。就这么办吧。"

三 让我离婚没门儿

1950年6月25日朝鲜战争爆发。美军封锁了台湾海峡。10月8日，中国政府做出"抗美援朝，保家卫国"的决策。

妫川县各界积极行动起来，青年人踊跃报名参军，妇女们组织起来做军鞋，小杰媳妇和银杏也编入了街道支前队，天天忙得不着家。

这天傍晚两个人刚回到家，正准备做饭，县妇联来了两位同志找银杏，没有说一会儿就被银杏轰出门。自己则气鼓鼓地坐在炕沿上生闷气。小杰媳妇进来宽慰道：

"你说这是谁家的大姑娘，什么事情不好做，净劝人家离婚，俗话说得好，'宁拆十座庙，不破一桩婚'。"

"我碍着谁了？嫂子你说说我碍着她们谁了，为什么偏偏要跟我过不去？"

小杰蹲在外屋地上一口接一口地抽着旱烟，抬头对着门帘说道："你也犯不着跟她们生气，人家是公家人，有政策，妇联的同志也是来关心你。"

"关心我？我当初走投无路的时候怎么不见她们来关心我哪？"银杏像是找到了理论的对象，声音一下子提高了八度。

小杰媳妇连忙说："光生气也没有用，人家不是说了嘛，是《婚姻法》说的不让咱们那个啥……总这么扛着也不是办法，她们说你再不答应她们就把这事报告政府了，让政府找四爷。""纳妾"和"重婚"两个词小杰媳妇说不出口。

"找谁我也不答应，让他们把我抓起来吧，枪毙我也行，想让我离婚，没门儿。"

四　不能拖孩子们的后腿

县政府大院最里面西北角的两间灰砖房，原是食堂仓库，现在是房管所办公地，屋里弥漫着一股土豆发霉的味道。

路所长是个转业干部，四十出头的样子，身子略胖，有些秃顶，脸上不显眼处有几颗麻子，不影响美观，说起话来反倒显得表情生动。路所长眼睛不大，却总是炯炯有神，像是可以看穿人的内心。所里的干部不怕路所长发脾气，就怕他一句话不说死盯着你的眼睛看着你。现在路所长浑圆的脑袋上浸出一层汗珠，他正在苦口婆心、不厌其烦地给贺长城讲着私房改造政策：

　　"老贺呀，你说得对，原来你们家是不参加私房改造，因为按照规定呢，自有房出租超过十五间才参加私房改造啊。可是经过我们深入调查了解呢，你们家加公用场所、两个过道和柴房，还有茅房，加在一起超过十五间的面积啊。"路所长指着一张手绘的平面图，眼睛盯着贺长城的眼睛接着说道：

　　"所以呢你们参加私房改造是符合政策的啊。希望你积极配合啊。"

　　"路所长，我已经说过了，坚决拥护政府的政策，愿意拿出多余的房参加你们的改造，革命嘛，你们都是为了老百姓过好日子嘛，政策我都懂。只是你们那位小孟同志说的方案恐怕我是接受不了。"

　　"有什么问题都摆出来，人民政府最讲道理了啊。"

　　"你看路所长，我们一大家子，只给我留两间，还是西房……"

　　站在一旁一直没有说话的小孟，这时打断贺长城的话，说道："贺长城，我再给你重申一遍，你们不是一大家子。赵小杰过去是你们家的长工，现在解放了，人民当家做主，赵小杰是劳动人民的一员，而且他们家四口的成分都是贫农，如果这房子在农村早就分给贫农啦，所以他不是你多占自住房的理由。"

路所长保持着一脸和气地点点头，受到领导认同的小孟提高声音继续说道：

"还有那个叫银杏的妇女，新颁布的《婚姻法》就是给千千万万像银杏这样没有尊严、没有地位的妇女做主，把她们从封建婚姻枷锁中解放出来。"

"银杏在我们贺家怎么就没有尊严、没有地位了？你这个小孟同志了解当时的情况吗就这样说话？"贺长城不高兴地抢白道。

路所长忙说："我们今天不说推行《婚姻法》的事，就说房子，小孟啊，别扯远了，说房子。"

小孟不服气地咽了一口唾沫，说道："银杏离婚后按政策可以分到一间半自住房，也就是她现在使用的那一间半。贺长城、老婆黎惠淑和女儿贺照娟留前院西屋两间自用，其他十间半全部拿出来由房管所统一调配出租。"

路所长兴奋地点点头，问道："怎么样老贺，没有意见吧？"

"我还有两个儿子哪，他们回来住哪？"

小孟从手里的材料中抽出一张放到最上面，胸有成竹地说道：

"贺长城有两个儿子，大儿子贺照永，革命军人，二十五岁未婚，现在前线作战，常年不在家。二儿子贺照久，二十三岁未婚，妫川团县委干部，住机关集体宿舍。"

"我两个儿子要回家住哪？娶了媳妇住哪？"

"他们都参加了革命，过集体生活。等到他们结婚成家时组织都会考虑，不用你操心。"小孟满脸不屑地说道。

路所长用手拦住小孟的话头，情真意切地对贺长城说道：

"老贺同志，现在虽然解放了，但这才是万里长征走完了第一步。我们不仅善于砸烂一个旧世界，还要善于建设一个新中国。可是现在城里人多房子少，我们许多为革命做出贡献的老同志，进城后没有房子住啊，长期睡在办公室。许多大龄同志因为没有房子结不了婚。每年还有转业军人需要安置，这都需要房子呀。你是革命军属，是不是应该带头把多余的房子贡献出来，给那些为革命抛头颅洒热血的革命干部使用呢？我相信你是会的。听说过去你可是妫川县城的首富，属于剥削阶级，改造阶级立场要从思想上改造，要用实际行动来表现呀。我还听说你的两个儿子都很优秀，咱可不能拖孩子们的后腿呀，老贺同志。"路所长用短粗的手在贺长城的手背上轻轻地拍了拍，意味深长。

贺长城连忙说："我绝不拖孩子们的后腿，我也不为他们以后娶媳妇操心，儿孙自有儿孙福嘛。就按你们说的办，就这么办吧。"

路所长欣慰地说道："老贺同志你放心，这次方案确定以后啊，依据'生不再增，死不再减'的原则，不会再变化了，啊。"

经过私房改造后，贺长城和黎惠淑带着贺照娟住到两间西屋，属于房主自住房，南房三间东头归小杰夫妇，西头归银杏私房，中间各占半间。其他前后十间半由房管所统一管理，向社会出租，租金与房管所分账。

轻易不着家的贺照久特地回来一趟，表扬了贺长城革命觉悟高，做得好。受到儿子的夸奖贺长城心里美滋滋的，内心痛失十间半私产房的伤痛也减轻了许多。

贺照久没有在家吃饭，说晚上县里还有会，临走时把两张离婚文书交给贺长城，轻描淡写地说："爹，我顺便把你和银杏姨的离婚书给你们捎回来了，收好了。"说完不等回话便走了出去。黎惠淑连忙拿起几个给儿子准备的火勺夹猪头肉追了出去。

离婚书是一张印制的表格，上面空格处已经填写好：男方贺长城，女方银杏。离婚理由：婚姻感情不和，已不适合同居生活。子女处理：无。财产处理：男方给女方瓦房一间半，女方个人财产自己带走。离婚双方的其他协议：男方给女方补助费一百四十万元①，六个月内给清。

> 当事人请求登记离婚，核与《婚姻法》关于离婚的规定相符，发与此证。

上面盖着妫川县人民委员会民政科的大印，鲜红的印文分

---

① 第一版人民币相当于现在一百四十元。

外刺眼。离婚申请人签名是贺照久的笔迹，贺长城认得。

黎惠淑回屋看到贺长城手里拿着离婚书，怔怔地坐在那里发呆，叹了口气，过来安慰道："孩子也是没有办法，不定受着多大压力呢。回头让他盯着把银杏的房契给办了。"

"我不怪他，我怎么会怪孩子呢！"贺长城喃喃地说。

晚上，银杏红肿着眼睛把贺长城请到南屋，插上门，回身开始脱衣裳。贺长城愣愣地站在炕前看着银杏缓慢却坚定地一件件脱衣裳，直到把自己脱得一丝不挂。

银杏挺起白白嫩嫩的胸脯迎着贺长城的目光走上前，强笑着柔声说道：

"爷，再让银杏最后伺候您一回吧。"泪水无声地从双颊流淌而下。

第十八章　再艰难也要前行

立秋无雨惹人愁，籽粒不饱粮歉收。

——妫川谚语

一　常委会上的争执

县委会议室烟雾缭绕，常委扩大会已经持续开了一天。上午会议主要听取了农村互助组工作总结。第二期镇压反革命运动总结。布置了反贪污、反浪费、反官僚主义的"三反运动"和筹备年底召开第二次党代会等事宜。

中午，与会人员在食堂吃过简单的午饭，没有休息就继续开会。主持常委扩大会的是妫川县委书记崔毅尧。做了县委书记后的崔毅尧更加清瘦，神态却老练了许多。

县长马刚布置完抽调民工修建官厅水库的工作后，开始提出解决移民安置的方案，让大家讨论。

吴副县长愁眉苦脸地强调着困难：

"这次移民涉及妫川、怀来两县111个村子，52889人的安置任务。我们县需要承担41个村子，5502户23055人的移民安置任务。一下子来这么多人，住房问题怎么办？耕地如何解决？巧妇难为无米之炊嘛，可不可以向张家口地委反映一下，向内蒙古多移民一些人，他们那里有的是地，大草原嘛。"

主管农业的王副县长说道："到目前，全县耕地面积是243793亩，都分给了贫下中农。眼目前儿组织了4332个互助组，参加户数19247户，占总数的56.9%，农民们的生产热情高涨，对党和政府充满感情。如果现在让他们把手里的土地让出一些来，怕是会影响农民们的生产积极性，更重要的是影响党和政府的威信。我赞同吴副县长的意见，跟地委反映一下我们的实际困难，把移民指标减少一些。"

粮食局局长紧跟着说道："今年的征粮任务要重于往年，如何确保完成征粮任务不受干扰……"马刚拦住正在发言的粮食局局长，说道：

"同志们，今天我们是研究解决移民安置的办法和实施步骤，不是研究要不要移民，往哪移民的问题。请大家围绕着我刚才提出的移民方案发表意见。"会议室顿时陷入了沉默。

崔毅尧清了清嗓子，说道："同志们，官厅水库是新中国修建的第一座大型水库，也是根治永定河水患的治本措施，水库建成后还会发电，供应首都北京和工业城市天津。水库大部分在怀来，一部分在我们县，这是我们全县人民的光荣。为了支持国家建设，我们要有牺牲小家顾大家的精神，一定要按照地委的要求组织好民工，同时做好移民安置工作。"

崔毅尧环视了一圈后继续说道："同志们，咱们县的抗美援朝支前工作、镇反工作和推动农村合作社工作都是走在全省前面，多次受到地委、省委的表扬。修建官厅水库工作我们也绝不能落后。同志们要勇担重担，敢于直面困难，去战胜困难。大家如果没有别的意见就按照马刚同志的部署狠抓落实吧。"

会议终于进行到最后一个议题，关于研究对一些违纪同志的处理决定，组织部李部长把情况讲一下，其中有康庄区公所管理员贪污一百零九万元公款被判两年徒刑，拟开除党籍和公职；富裕屯村支书被地主家的闺女腐蚀等。最后有一封群众来信引起崔毅尧的不快。信是自称贺照久未婚妻告贺照久进城后地位变了就要退婚，信中说政府要是不管她就要来政府上吊。因为人命关天，组织部拿捏不准所以拿到常务会上请大家讨论，拿出个处理意见。

组织部李部长说："我们反复研究过，如果不处理贺照久同志，怕女方不答应，真来政府寻死觅活的不像话；可是如果处理贺照久同志，比如给贺照久个党内警告处分，又显得理由不够充分。"

崔毅尧激动地说道："给个处分太轻啦。这不是一封普通的人民群众来信，是人民群众给我们送来了一面镜子，照一照我们的同志还是不是一个纯粹的革命者。我们个别同志进城以后革命意志消退，产生享受腐化思想，以所谓婚姻自由为借口，跟乡下的老婆离婚，这就是喜新厌旧，是现代版的陈世美，此风不刹，后患无穷。现在街面上流行女孩找对象的民谣，说什么'一党员，二团员，三技术人员，四工作人员'，此风不可长，正气要树起来。"

崔毅尧环视了会场一圈，眼睛停留在吴副县长身上，说道："有些同志拿《婚姻法》来打马虎眼，他们只看到《婚姻法》中的'男女婚姻自由'，就没有看到'男女权利平等'。你凭什么说离婚人家女方就得同意离婚哪？还不是你现在进城了，地位变了，瞧不起乡下女人啦？这种情况以后绝不能在我们县发生，发现一起处理一起，是领导的撤职，是干部的开除公职。我看就从贺照久开始，开除党籍和公职，给人民群众一个交代，给同志们一个警示。"

会场空气骤然紧张，大家被崔毅尧突然上纲上线的讲话镇住了。吴副县长脸上的汗珠子淌过两腮竟没有意识去擦。崔毅尧作为主持常委扩大会的书记本应该最后一个做总结发言，在大家还没有发表意见并展开讨论时他就抛出了处理意见，一下子封住了大家的口。

李部长虽然感到崔书记讲的处理意见明显带着个人情绪，却不知渊源何处，又碍于自己所处的组织部部长位置不好先表态。他用目光找到主管团委工作的副书记徐学文，因为这时候只有分管书记提出意见是顺理成章，也最有分量。

徐学文此时并不接李部长投来的目光，而是用他那支派克金笔在笔记本上认真地写着什么。徐学文其实什么也没有写，只是不停地在笔记本上画着五角星。因为他心里清楚，今年年底县党代会一开完崔毅尧就会调走，马刚接任书记，自己接任县长。在来妫川县上任副书记前，地委主管组织的副书记冯勇跟他谈话时，就已经明确表达了地委的这个安排。冯勇副书记还把自己参加中央党校学习时，老首长送的派克金笔转送给他，语重心长地对他说："妫川是革命老区，是我抗日战争时打游击的地方，许多战友都长眠在那块土地上。你去了以后要团结地方上的同志，把妫川工作搞好。"

徐学文心里明白，团结地方上的同志主要是团结崔毅尧和马刚。崔毅尧离开妫川时的推荐县长意见非常重要。而自己接任县长后马上就要面对"班长"马刚，如果没有县委书记的支持，自己在县政府的工作就没法开展。所以在来到妫城后他尽量低调，做好自己分内的事，跟班子成员保持一样的距离。在工作中崔毅尧和马刚的意见一致时倒还好办，关键是在他俩意见相左时就需要智慧了。既要尊重他们，又要坚持原则。他给自己定了一条原则，就是在崔马之间绝不站队。

徐学文也知道，贺照久是跟着马刚上过战场的青年干部，从前线回来后安排到团委，紧跟着就送到地委团校学习，这明摆着是要培养重用的样子。今天崔毅尧为个娃娃亲的事就要双开贺照久，明显是冲马刚来的。虽然他还看不出这两位当年一起参加革命的学生领袖是闹的哪一出，但是已经下定决心——不参与。

会场陷入长时间的沉默。吴副县长终于把脸上的汗珠擦干净，不时用眼睛瞟着马刚。李部长知道徐学文是指望不上了，也把目光投向马刚。

马刚一直在低头批阅着因为下乡而积压的文件。终于写完最后一个字，把钢笔帽套上钢笔拧紧放到桌上，抬头说道：

"对组织部提出的处理意见我原则上都同意。对反映贺照久同志的问题，组织部没有提出具体的处理意见，放到常委会上让大家讨论，这样很好嘛，既充分发扬民主，也是对同志负责任的态度。刚才崔书记提了个处理意见，那也是恨铁不成钢。我们对干部，特别是对年轻干部要严格要求，使他们尽快成长起来。

"现在全国都在热火朝天地建设社会主义新中国，我们还有许许多多的工作要做，这就需要大量的干部，特别是有知识、有文化的年轻干部。对待干部犯错误毛主席早在延安整风时就提出，'实行惩前毖后，治病救人的方针，借以达到既要弄清思想又要团结同志两个目的'。毛主席还说，'对于人的处理问题取慎重态度，既不含糊敷衍，又不损害同志。这是我们党兴旺发达的标志之一'。我看请李部长找贺照久谈谈话，让他把自己娃娃亲的遗留问题处理好，不要给组织添麻烦。还有，如果有必要请妇联出面，找女方做做工作，正面宣传《婚姻法》，婚姻自由是建立在双方都愿意的基础上，给她说，退了娃娃亲如果他们双方愿意可以先谈恋爱嘛，将来真有了感情再结婚，我和毅尧书记去喝他们的喜酒，还可以给他们做证婚人。"

会场的空气缓和下来，有人露出轻松的笑容。吴副县长长长舒了一口气，兴奋地看了一圈每个人的表情；李部长微微点了点头，拿起了笔写了起来；徐学文依然面无表情在本子上认真地画着五星。

"不行。"崔毅尧一声断喝把大家吓了一跳。

"正因为贺照久是年轻干部，参加革命早，过去还上过前线。所以处理他更有教育意义和警示作用。《新华日报》前几天有个连续报道，同志们都看了吗？报道中说，二野有一个叫张民的干部，进城后当了县长，就通过手中的权力制作假公函，强行与乡下的老婆离婚，娶了城里富商家里的女学生。乡下老婆带着孩子千里迢迢来寻夫，这个张民不仅不认亲，还把娘俩弄到乡下看管起来。后来事情惊动了二野的首长，结果把这个张民开除党籍和公职，判处有期徒刑五年。《新华日报》还专门发了社论。我看组织部有必要组织全县党员干部学习一下。"

吴副县长脸上的汗又下来了。

"贺照久和那个张民不是一个性质的问题，一个是目无国法党纪，动用权力满足自己的私欲；一个是反抗父母指定的娃娃亲……"

"娃娃亲也是婚约，是婚约就该遵守。"

"婚姻法的核心是男女享有同等恋爱与婚姻的自由……"

"自由是在一定规范之内的行为，超出规矩就不被允许，就要接受惩罚。"

"开除党籍和公职已经不是惩罚，而是一棍子把人打死，这不符合我党惩前毖后，治病救人的方针。"

"难道非要等到人吊死在县政府才能处理吗？那就晚了。这是一个怎么样对待人民群众申诉的政治问题。"

两个人唇枪舌剑，你来我往，各不相让。与会者瞠目结舌，束手无策。

马刚对李部长说道："李部长，既然毅尧同志把对贺照久同志的处理上升到政治问题，我建议把问题上交，你到地委跑一趟，当面向分管领导冯勇书记做个汇报。请地委来决断吧。"

说完，马刚收起桌上的文件大步走了出去。

二　妻子的宽慰

崔毅尧回到家像散了架一样倒在床上。妻子孟翠芳已经做好饭用竹篮扣在饭桌上。见丈夫铁青着脸进门忙起身去热饭，被崔毅尧拦住说没有胃口。接着双目紧闭，一只胳膊横在脑门上，有气无力地说道："马刚今天居然在常委会上顶撞我。还摔门而去。真是气死我了。"

孟翠芳安慰道："你们一直不是都好好的吗，怎么会在会上吵架呢？"

"还不是他处处护着那个贺照久，马刚总插手干部任命，我忍他好久了。"

"县长虽说是主持政府工作管事不管人，可他毕竟也是副书记呀，在人事上应该有发言权吧。"

"亏你还是个老党员，下级服从上级，全党服从中央这是组织原则问题。"

"咳，什么上级下级的，你们既是老战友又是老同学，拌几句嘴有什么大不了的？明天我炒几个菜你喊他过家里来喝酒，有什么说开了就完了，你还至于生这么大的气？"

"你不知道，老马变了，他今天居然抬出冯勇来压我，他忘了是谁把他引入革命队伍，又是谁介绍他入党，我刚刚推荐他接任妫川县委书记，他今天居然在会上顶撞我，真是知人知面不知心。不行，我要去地委找项书记，不能把班交给他。"说着崔毅尧突然坐起身来仿佛马上下地穿鞋就要去张家口似的。

孟翠芳坐到床上，就势把崔毅尧揽过来，头放到自己的大腿上，用一只手温柔地给崔毅尧梳着头。结婚以后每当崔毅尧拖着疲惫的身子回到家，孟翠芳总是让崔毅尧把头枕在自己的大腿上闭目养神，而她一边以手指当梳子温柔地给崔毅尧梳头，一边悄声唱一段河北梆子，就像现在这样。

"哪有那么严重，还至于闹到地委去，多叫人笑话。"

崔毅尧还要说什么，嘴被孟翠芳的双唇压住了……

三　党内警告处分

贺照久从组织部李部长办公室出来，手里多了一份党内警告处分的决定通知。他怀着一肚子的委屈和怒火向马刚的办公室走去。刚走出县委内院就看到叶蓝在树下等他。贺照久连忙把手里的处分决定通知揣到衣兜里，硬着头皮迎上前去。叶蓝没有说话，把手里的信笺递给他，深情地看了他一眼然后转身离去。

贺照久赶忙打开信笺，信笺上娟秀的字体扑入眼帘，是一首诗：

苹果花和梨花竞相开放，
河上的薄雾轻轻地荡漾，
喀秋莎向着河岸走来了，
走向高高的、陡峭的岸上。

姑娘的歌声在河岸上飞扬，
她把草原上灰蓝色的雄鹰歌唱，
她歌唱自己心爱的人儿，
姑娘把他的来信深深珍藏。

啊，你，歌声，姑娘的歌声，
你快随着明亮的阳光飞翔，
你把喀秋莎的问候带给战士，
他正驻守在遥远的边疆。

让他想起平凡的姑娘，
让他听到，姑娘在怎样歌唱，
让他好好保卫祖国的土地，
而喀秋莎将永远把爱情珍藏。

苹果花和梨花竞相开放，
河上的薄雾轻轻地荡漾，
喀秋莎向着河岸走来了，
走向高高的、陡峭的岸上。

贺照久看了两遍，然后小心翼翼地把信笺折叠起来，放入上衣口袋里，脸上泛起红光，掉头向团委办公室走去。嘴里还吹起了口哨——《喀秋莎》。

四 妫川中学学生会向卢老师致敬

长城脚下，妫川县革命烈士陵园。

烈士纪念碑高高耸立在烈士陵园前广场正中，纪念碑正面上方刻着"万古流芳"，下面刻着"英勇献身为祖国增光"；纪念碑背面上方刻着"光荣之典"，下面刻着"革命烈士丰功伟绩永垂不朽"。

县委书记崔毅尧亲自主持为卢春利烈士平反及遗骨安葬仪式。县长马刚回顾了自己在老师卢春利的影响下参加革命的经历，又介绍了辗转联系上已经在广东省任地委书记的赵鹏同志，并请他出具证明材料的过程。组织部李部长宣读了县委批准卢春利为革命烈士的决定，民政科长宣读了烈士证书，然后崔毅尧庄重地把烈士证书交到卢春利烈士的儿子卢晓文手中，轻声说道：

"卢晓文同志，你要不要说点什么？"

卢晓文双手接过烈士证书，看到父亲名字的那一刻泪如雨下。

崔毅尧继续说道："这些年让你受委屈啦……今天县主要领导同志都在这里，你父亲生前的战友、同志和当年学生会的很多同志都在这里，你有什么想说的话尽管说，有什么要求都可以提出来。"

卢晓文把烈士证书贴在脸颊上，仿佛贴着父亲冰冷的脸，泣不成声，哽咽了半天竟一句话也说不出来。

在场的人们都热泪盈眶，有女同志哭出声来。现场一片悲哀凄凉……

崔毅尧提高了声音说道："同志们，从抗日战争到新中国成立，为了打败日本侵略者，为了推翻压在人民头上的三座大山，让人民获得翻身解放，妫川儿女在中国共产党的领导下，前仆后继，浴血奋战，付出巨大的牺牲。有一千四百三十二名烈士长眠在这里。其中有我们的老县长胡瑛同志，老十团团长白乙化同志，有刘胡兰式的女英雄韩桂芝同志，还有我们敬爱的老师卢春利同志。"说到这里崔毅尧的声音有些哽咽，人群中的哭声更大了。

"同志们，我们今天在这里缅怀他们，不是为了哭泣与悲伤，而是要继承烈士们为国家和人民利益而献身的革命精神，发扬烈士们视死如归的英雄气概。把我们有限的生命和全部的精力投入到祖国伟大的建设中去。用我们取得的新成绩去告慰烈士们的英魂。"

仪式结束后大家陆续散去，当年妫川中学学生会的同学都自动留了下来。他们无声地与陵园工作人员一起把装卢春利遗骸的柳木棺材放入坑中，轮流铲土掩埋。做好了一切后，崔毅尧带着大家向卢春利的坟茔三鞠躬。

大家沉默无语地出来，走到陵园大门口时，迎面进来一位少妇，有人突然喊：“梅亚男，是梅亚男。”

梅亚男一身素装出现在大家眼前。几个女同学迎上前去七嘴八舌地说：“梅亚男，你来太好了。”

“亚男这些年你去哪了？怎么也不跟我们联系呢？”

“亚男我们可想你了，一直在打听你的下落。”

梅亚男说道：“我也想你们，妫城解放以后，我上了张家口师范，毕业后一直在教书。”说着抬眼越过众人望向崔毅尧。崔毅尧的目光在与梅亚男对视的一瞬间闪过一丝尴尬。他迎着梅亚男的目光向前走了两步，伸出手握住梅亚男的手用力摇了摇，说道：

“亚男，你这一回来我们当年妫川中学学生会的人就全齐了。”

马刚上来两只手握住梅亚男的手，激动地说道：“亚男同学，卢老师看到你回来会非常高兴的。”

“我调回来了，刚刚拿到调令，妫川中学。”

一位女同学开心地说：“这一阵子就听说要从张家口派来一位教导主任，原来是你呀，真是太好了。”

梅亚男也被同学们的情绪所感染，动情地说：“我们一起去跟卢老师告别吧。”

大家重新回到卢春利墓前，新起的坟茔散发出一股泥土与青草混合的气息。墓碑已经竖立起来，上面用隶书刻着：

卢春利烈士之墓　妫川县人民政府立
生于1900年　1945年秋牺牲于妫川县

妫川中学学生会，当年的学生领袖们，在颠沛流离十年之后终于聚齐了，他们聚集在革命领路人卢春利的墓前，百感交集。十余年光阴过去，他们已经从稚嫩的少男少女成长为坚强的革命战士。经历十年的风霜雪雨，这世界已经换了人间。此时此刻大家都有一肚子的话想倾诉，却又都不知道该从何处说起，只是默默地望着卢春利的墓碑，仿佛像当年在课堂上那样，安静地望着卢老师，在专心致志地听卢老师讲强国的道理……

越过陵园里的苍松翠柏，长城在起伏的山间迤逦盘桓，在明媚的阳光下越发耀眼。

终于马刚打破沉默，说道："同学们，我们今天在卢老师墓前立一个誓言吧，不管将来发生什么，不管我们身在哪里，不管我们是身处顺境还是在经历坎坷，每年的清明节我们都来到这里，因为这里是我们参加革命的起点，也将是我们的归宿。"

在马刚的招呼下，大家陆续出了陵园，把崔毅尧和梅亚男留在了最后。

崔毅尧："亚男，你，都好吧。"

"都好。听说你结婚了。"

"结了，组织安排的，是个贫下中农的女儿。"

"是呀，有个好出身多好啊。"

"你呢，结婚了吗？"

"我这辈子不会结婚了。"

"亚男，当年我是有苦衷的……"

"我并没有怪你……"梅亚男没有让崔毅尧说下去，"真的。你幸福就好了。"

"亚男，你以后有什么困难就来找我，我还是原来的我。"

"我们都已经不是原来的我们了……"

南风带着湿漉漉的水汽吹来，黑云漫过了长城，向妫川压了过来，一场暴风雨要来了。

第十九章　燃烧的彩云

美不美家乡水，亲不亲故乡人。

——妼川谚语

一　贺照永的战地爱情

1953年，朝鲜金城前线。

军文工团来炮团慰问演出的消息飞快地在阵地上传开，战士们欢呼雀跃，像打了胜仗一样高兴。团工兵连在团部坑道前面的空场上搭建临时舞台。团长贺照永和参谋长亲自过来检查，对工兵连连长说道：

"你小子给我听好，金城战役我们团受到志司的嘉奖，这次是军长亲自点名派文工团慰问咱们团，这是对我们团的充分肯定和最高的嘉奖。你可给我把舞台搭结实喽，不仅结实还要气派，显示出我们英雄炮团的风采。"

"是！团长，保证按时完成任务。"

参谋长说道:"要注意防空伪装,还要多安排疏散通道。"

军文工团十五名男女团员,在黎团长的带领下如期来到炮团驻地,受到团首长热烈欢迎。

黎团长对炮团团长贺照永、政委王平说道:

"瞧瞧军首长多么重视你们,让我把半个文工团都给你们拉来啦。"

政委王平说道:"感谢军首长的关怀,欢迎文工团同志们来慰问演出。我们一定再立新功。"

贺照永说道:"都是自己人,客气话就甭说了。饭菜都准备好了,我们先吃饭,祖国慰问团送的酒我们都没有舍得喝,就等你们啦。"

黎团长说道:"无功不受禄,我们还是先演出后吃饭,饱吹饿唱嘛。先带我们熟悉一下场地,三十分钟后就可以演出。你们需要安排几场?我们明天一早要赶到火箭营去。"

"那可不行,怎么也得演三天吧。"贺照永有点急眼了。

"那得跟军政治部请示,我可不能擅自决定。"

"哎,黎团长,听口音你是妫川县人吧?"

"妫川县城东关,你也是妫川县城人?"

"他娘的,老乡呀!我是儒林街的。"说着两个人紧紧拥抱在一起,两人的拳头同时用力地捶打着对方的后背。

慰问演出安排四场,每场演出一个小时,三个营和团直属机关分批观看。黎团长说:"要让每个战士都看到演出。我们文工团的口号就是'不留一处空白'。"

演出开始,政委王平先上台讲话:

"……金城战役历时十五天，我军突破南朝鲜军四个师防守的正面宽达二十五公里的坚固阵地，向南扩展阵地一百六十多公里，拉直了金城以南地区战线，重创南朝鲜军四个师，共歼敌五万三千余人，取得了重大胜利。有力地促进了朝鲜停战的实现。"台下战士们一片欢呼，热烈鼓掌。

第一个节目是合唱《中国人民志愿军战歌》。一名拉手风琴的女文工团员，从一上台就吸引住贺照永的注意。女琴手中等个子，军服在她身上略显宽大，好在腰上扎的武装带一下把匀称的身材显现出来。两条辫子垂在胸前，脸上五官线条优美，黑亮的眼睛因为专注拉琴而闪闪发亮。饱满的嘴唇随着音乐的节奏一张一合，使得整张面孔生动活泼。这一切把贺照永看呆了。他小声问身边的黎团长："老黎，那个拉手风琴的姑娘叫什么？琴拉得真好。"

"姜慧云。"

"多大了？有对象吗？"

黎团长乐了："老贺，人家小姜才二十岁，现在还没有对象。不过军里惦记的人多了，怕轮不上你。"

"那可不成。老黎，我可是符合"二五八"（年满二十五岁、八年以上军龄、团级以上干部）标准要求的，你可得帮我。"

"这忙帮不了，我不能拉郎配呀。"

"你他娘的还算老乡吗？"贺照永大声说道，"你不能眼看着肥水流到别人家田里去呀……"

坐在贺照永另一边的政委王平用腿使劲碰了一下贺照永，

让他们说话小声点。

贺照永压低声音说:"老黎,我母亲娘家可是东关黎家,一笔写不出两个'黎'来,要论起来你可是我母亲娘家人,我还得叫你表哥哪。"

"我在东关村是穷大辈儿,兴许论起来还是你老舅爷呢。"黎团长故作认真地说。

"你要把好事促成,我还真认下你这个老舅爷。"

"你快别折我寿了。我可以把桥给你们搭上,后面的事可看你自己的造化啦。"黎团长无奈地说。

"哈哈哈,这还差不多。事成之后我重重地谢你。"

台上在演出文工团自己创作的歌曲《打,狠狠地打》,台下战士们拼命地鼓掌。

黎团长在贺照永耳边说道:"重谢就不用了。哎,美军军官的佩枪你能搞到的话……"

"没有问题,没有一点问题。步兵三团的蒋团长也是咱们老乡,黑龙庙的。这次他们团作为主攻团露了大脸,还不是全仗着我派一个九二炮连,大炮上刺刀贴近支援。他已经答应送我几把好枪,先让你挑。"

最后一场演出完已经很晚了,大家都饥肠辘辘,晚餐就安排在团部,几个脸盆端上来热气腾腾的猪肉炖粉条、白面馒头和几瓶东北高粱酒。引人注目的是一排打开盖子的美国肉罐头。

政委王平的祝酒词还没有说完,文工团员们已经急不可待地吃了起来。贺照永专注地看着身边的姜慧云,只见她嘴里塞满了食物，却紧闭着嘴唇用力地咀嚼，两条辫子甩来甩去，让人既爱怜又喜欢。

贺照永把头凑过去，笑眯眯地说道："慧云同志，张开嘴大口地吃，像个战士的样子，不能大口吃肉大口喝酒就不是一个真正的战士。"说完回过头瞟了一眼黎团长，说道：

"都怨你们黎团长，非要演完开饭，人是铁饭是钢嘛。"然后又对姜慧云柔声说道："慢慢吃，猪肉炖粉条要多少有多少，管够。"

"谢谢首长。"姜慧云鼓囊着嘴应付道。

"嗳，别叫我首长，你是河北保定府的人，我是张家口妫川县人，老乡嘛。"

"是，首长。"

"叫我老贺。"

"是，首长。"

对面政委王平一脸嫌弃地看着贺照永，说道："老贺，你今天怎么跟个娘们儿似的婆婆妈妈的？敬酒呀！"

贺照永连忙说道："对对喝酒，慧云同志呀……"

"敬黎团长！"

"啊？对对，"贺照永回身对坐在自己右边的黎团长说道，"老黎我敬你一杯。你们今天的演出真是太棒了。"

军用搪瓷缸子里盛满东北高粱酒，两人碰了一下杯都喝了一大口。贺照永用手抹了一把嘴，说道："老黎呀，小姜是咱们老乡，你可要严格要求她呀，当然也要多关心她。我可把她交给你啦。来小姜，我们俩一起敬老黎一杯。"

姜慧云连忙端起军用搪瓷缸站起来，被贺照永一把按住："不用拘礼。干。"

黎团长说道："小姜业务能力很强，吹拉弹唱上手快，是个多面手，还特别能吃苦，是个好苗子。"

"谢谢团长鼓励。"姜慧云发自内心地说。

贺照永和政委王平在黎团长的陪同下，给每位文工团员都敬了酒。贺照永大声询问着团员的情况，找各种理由让人家多喝酒："小鬼，你是哪的人呀？通辽，过去和妫川县都属于察哈尔省，我们也算是老乡呀，再干一杯。小鬼你是哪的人呀？天津，哈哈哈……那你得喝两杯，你看看我的右脸，这里，看到没？就是解放天津留下的。喝两杯，哎……你还得再喝一杯，就因为解放天津破了相，到现在连个老婆都讨不到……"

贺照永一个接着一个打关，眼睛却总越过人群瞄着姜慧云。姜慧云朝气蓬勃，光洁白嫩的脸上被酒精染成了桃红色，一双黑亮的眼睛也被酒蒙上了一层纱，看得贺照永整个人都酥了。

政委王平早把这一切看在眼里，心领神会，他在贺照永耳边说道："老贺，敌情瞬息万变，你要抓住战机打个冲锋啊！"

贺照永咧开嘴乐了："什么都逃不过政委的法眼……"

当酒敬到了姜慧云时正好是一圈。姜慧云起立敬了个军礼，然后双手端起搪瓷缸，学着前面同志的样子高声说："谢谢首长，我随意，首长干了。"她把"我干了，首长随意"改成了"我随意，首长干了"。王平不答应了，埋怨道："你这个小同志怎么回事？哪有你这样敬酒的？没有诚意嘛，应该是你干了，我们随意。"

贺照永已经有些醉意："哎，政委，你怎么欺负女同志呢，人家一个女孩子，怎么能像男同志那样喝酒哪？"

旁边一位女文工团员不乐意了，嚷嚷道："我也是女同志，贺团长怎么就灌了我一缸子酒哪，不行，要一碗水端平！"

王平不怕事大地说道："就是嘛，贺团长这种看人下菜碟的毛病可得改改啦。"听了王平的话，那位女文工团员更不干了，摇晃着站起来要跟贺照永拼命。

姜慧云连忙说："我干，我全干。"

"我替小姜干。"贺照永不由分说，伸手夺过姜慧云的搪瓷缸子一饮而尽，然后把空搪瓷缸倒过来放到头顶上抖了抖。这个动作是跟朝鲜人民军学的。

"你自己的也要干。"女文工团员不依不饶，伸手端起贺照永的搪瓷缸送到了他的嘴边。

那晚两个人都醉倒了。贺照永被警卫员扛到床上不省人事。姜慧云被绑在驮乐器的马背上，送去了火箭营。

二 修复锁钥岭长城

贺家的藏书楼经过维修后焕然一新。解放妫城时，被贺照永用九二步兵炮轰掉的楼角已经看不出痕迹。楼里原来的古籍藏书和摆放的古董被日本人抢运回了日本。其他书籍也都不知所终。

藏书楼现在是县政府文教科的办公地。贺长城被聘为长城文物顾问，平时就在这里办公。这天，县长马刚带着贺长城和文教科闫科长一行人来到锁钥岭长城，查看修复长城情况。

马刚站在刚修整过的城门平台上放眼望去，只见山峦重叠之中，南北长城盘旋伸展于群峦峻岭之上，居高临下，气势磅礴，雄伟险峻。两峰夹峙，一道中开，北门锁钥扼守咽喉。

"难怪古人称此地为'天险'，名不虚传呀。贺老呀，锁钥岭长城据说是明朝抗倭名将戚继光修建，他不是在广东沿海打击倭寇吗，怎么会到咱们这里修长城呢？"

"是这样县长，在首辅张居正主政时把戚继光和他的'戚家军'调到北线，任蓟门镇总兵，负责居庸关到山海关一千多公里的防务。他镇守蓟门镇十六年，敌人骑兵不敢来犯。他的功劳有三：一是把长城加高、增厚、加固；二是在城墙上加建骑墙空心敌楼和墙台，大大提高了防御能力；三是整顿边防军。说到这里还有一个故事。"

马刚饶有兴趣地说："说来听听。"

"戚继光刚上任时发现边防军纪律松懈，既不懂阵法，又不会战术。如何把他们训练成为一支能攻善守、纪律严明的边防军是一道难题。军事家都懂一些天象，就是气象预报。戚继光挑了一个要下雨的日子搞一次阅兵式，边防军和戚家军联合参加。那天队伍刚集合完毕，突然天降大雨，边防军的军官和士兵都四散躲雨，唯有戚家军在倾盆大雨中屹立不动，保持队形一丝不乱，这一下使边防军官兵受到震撼，心悦诚服地接受训练。"

"戚继光打仗练兵还真有一手。但是明朝最终还是灭亡了。

说明什么？得民心者得天下。"

"县长说得有道理。"

"长城是无道暴政的活化石，劳民伤财耗尽国力，最终也不能阻挡强敌。"

"马县长，从历史的角度来看，在冷兵器时代长城对稳定国防，维护统一起到了巨大的不可替代的作用。同时，通过在长城沿线开发屯田，发展了生产，更重要的是保护了国家通信和商旅往返交通，特别是保护了'丝绸之路'的通畅。一个国家政权对国家疆域的控制，往往是通过道路这一条件来实现。很难想象，如果中央政府连指令都不能迅速下达到辖区各个地方政府的话，还谈什么政权和控制？"

"贺老呀，你的观点也有道理。我们允许百家争鸣嘛，特别是你们这些做学问的人，要敢于发表意见，特别是不同的意见。"

贺长城受到了鼓舞，说道："感谢县长鼓励，我不太懂政策，说得不对您多包涵。最近发现有农民用长城砖盖房子，垒猪圈。有个别乡镇机关也就近取材盖房子，这个情况希望县里能下文件进行制止。"

"这种靠山吃山、靠长城吃长城的情况绝对不允许。"马刚对随行的秘书说道，"回去马上用县政府的名义向全县各乡镇发出通知。"

一行人顺着马道下来，马刚边走边对文教科闫科长说道："国家文物局拨款3.5亿元①，指令妫川县政府把居庸外镇和北门

---

① 第一版人民币相当于现在3.5万元。

锁钥门洞顶部裂壁照原样修复起来。咱们要当作政治任务来完成，财务账目更是要清清楚楚。"

"放心吧，马县长。我亲自盯这个事情，我们还一并对二十一处坍塌城墙和漏水路面加工修整。现在正在把南四楼到北四楼的城垛进行修整。国家文物局技术员罗哲文同志看了后很满意，说回去再给争取些经费。"

"市政府很重视锁钥岭长城的修复工作。准备成立'锁钥岭长城修缮委员会'，由河北省文化厅、张家口专署文化科、康庄火车站、青龙桥火车站和我们县有关部门的十六位同志组成，由我本人担任主任，下设修缮办公室，吴副县长任办公室主任，我点将你来办公室负责技术工作。国家文物局准备拨专款修复一千三百米长城，八座楼台。再修建一些供游人休息的场所，准备对外开放游览。特别是要作为接待外国来宾的场所。"

闫科长高兴地说道："那可是好了。我觉得修缮长城向社会开放是个好事，大大的好事。"

三　贺照久与叶蓝

妫水河边上的林荫小路上，贺照久骑着团县委唯一的一辆自行车，后座上横坐着叶蓝。两人参加下屯乡团委成立大会后返回县里。

贺照久不紧不慢地蹬着自行车，说道："叶蓝，我一直想问你，你父亲叶翔之先生是张家口教育家，听说早年同情革命，曾多次掩护和搭救共产党。跟晋察冀最高首长都是朋友。解放后把自家兴办的中学和医院都无偿献给了国家，他为什么突然到我们这个小县城来呢？"

叶蓝随父母迁到妫城时正在上高中，父亲在妫川搞农村教育推广试点，母亲同在中学教语文，还有个哥哥也是教师，留在了张家口中学。叶蓝天资聪慧，性格活泼，又追求进步，转学过来后很快便加入共青团，成为学生会生活委员。毕业后被团县委书记杨光相中，进入团委青年部，与贺照久成为同事。

叶蓝说道："我父亲早年认为中国之所以积贫积弱，主要原因是民智未开。他一直主张用教育的力量培养人才，以人才的力量去改良国家的政治，只有国家政治清明而健康才能彻底改变中国的贫穷与落后，进而让中国走向富强。"

"叶校长真了不起。"

"我父亲非常认同梁漱溟先生提倡的乡村建设思想。他有个梦想，就是后半生从事乡村教育工作。察哈尔省撤销以后妫川县划归河北省，隶属张家口地区管辖，算是远离省会的县城，所以他就主动申请到妫川来搞试点。现在你知道啦，我是被搭进来的。"

"那可是个惊喜。叶蓝，能问你一个不该问的问题吗？"

"你问吧。"叶蓝心紧了一下，脸由于兴奋而泛起红色，幸好坐在后面不会被贺照久看见。

"你很优秀，你为什么不找男朋友呢？"

"我才二十岁，要学的东西还好多，才不着急找男朋友呢。"

"你理想的男朋友是什么样的，告诉我，以后我也替你留意。"

"我没有想过﹡。"

"那你现在想。"显然，贺照久不想放过她。

"嗯……他吧，首先应该是个战士，敢于面对一切困难，永远不气馁，不灰心。然后，不是大男子主义。都是革命同志，要懂得尊重女性。然后，外表不讨厌就可以，但是个子得比我高，以后别……"说到这里叶蓝不好意思笑起来了。

"以后别什么？你把话说完呀。"

"没有以后了……"

八月的天气骄阳似火，午后的妠水岸边小路没遮没挡，贺照久内心燥热，加上烈日当头早就汗流浃背。他用一只脚踩在一根树桩上，一边擦汗一边对叶蓝说："咱们休息会儿吧。"

叶蓝轻快地跳下车，望着碧蓝蓝的妠河说道："我们下河游泳吧。"

"好呀。我们到那边平坦的地方下水。"

两个人兴奋得像小孩子，跑跑颠颠地来到河边，贺照久把自行车放倒在草地上，突然意识到什么，说道："你从这里下，我去那边下。"

叶蓝大方地说道："你还挺封建，都从这里下。你先转过身去。"

贺照久规规矩矩转过身，身后传来一阵窸窸窣窣脱衣服的声音，随后传来水声："好啦，你下来吧。"

贺照久转过身，看到叶蓝已经在河里，欢快地向他摆着手。她穿着白色圆领小背心，上身露在河水上面，河水没过了她的腰。贺照久三下五除二把自己脱剩个短裤头，紧走几步，"扑通"一声扑入河中，拍起的水花溅了叶蓝一脸一头。两人并排向对岸游去。

蓝天，白云，清澈见底的河水。寂静的四野里只留下两个人的击水声。

两人上了对岸，贺照久看到叶蓝下面穿着碎花的小短裤，修长的双腿匀称白皙挂着晶莹的水珠，在阳光下闪闪发光。圆领小背心湿漉漉裹在身上，把丰满的双乳高高托起，因为冷水的缘故使两个乳头竖立像要破卵而出。叶蓝被贺照久看得不好意思，把双臂抱在胸前。

贺照久语无伦次地说道："水还挺凉，我们到那边草地上休息会儿。你游泳姿势真好看，哪里学的？"

"我在张家口中学是校游泳队的，还拿过第三名哪。"

"难怪，我游泳还是在渡江战役前集训学的，游得不好，淹不死就可以。"

"哈哈哈……你真逗。"

两人仰面并排躺在草坪上，眼望着蓝蓝的天空，耳边传来知了的叫声。青草混合着泥土味夹杂着水腥味弥漫在四周。

因为突然如此近地面对彼此，一时找不到话题。

叶蓝打破了沉默："和平真好。"

"和平真好。"

"我们要努力建设家园，等我们的下一辈人长大了将是个崭新的世界。"

"没有贪官污吏，没有剥削，没有压迫，再没有人骑在人民的头上作威作福。"

"没有贫穷，没有不公，人人平等，老百姓都过上了幸福的生活。"

"国家强大，我们的孩子再不受外国人的欺辱。堂堂正正地做中国人。"

"孩子们都受到教育，人们都有道德，有文化。都在为建设新中国而忙碌。"

"我们的后代一定不会忘记我们这代人的奋斗与牺牲。"

"到那时我们会不会都老了。"

"不会，革命者永远年轻。"贺照久激动地转头望着叶蓝，说道，"叶蓝，你愿意跟我一起去实现我们的理想吗?"

叶蓝已经被贺照久的情绪感染，激动地回答道："我愿意。"

贺照久听到了自己满意的回答，高兴得伸出双臂指向天空，大声唱起歌来：

五星红旗迎风飘扬，胜利歌声多么响亮，歌唱我们亲爱的祖国，从今走向繁荣富强。

四　朝鲜战地上的婚礼

1953年7月27日,《朝鲜停战协定》签订，一切战争行动停止。

贺照永从1950年深秋，以炮兵营长的身份随部队入朝作战，三年中参加过无数次战斗，他也成长为一位优秀的炮兵团级指挥员。

朝鲜停战后，在文工团黎团长和师政治部组织科的撮合下，贺照永与姜慧云确定了恋爱关系。1954年6月，经师政治部正式报告军政治部，由政治部主任张将军签署批准，二人在异国战地结婚了。战地上的婚礼没有媒妁之言，没有父母之命，战友们就是家人和亲友。贺照永从野地里拔来两把野花，政委王平弄来一个新脸盆和两条新毛巾，黎团长给送来一些糖和大枣，战友们一起哄，就算举行婚礼了。政委王平以证婚人的身份讲了话。

转过年，他们的儿子出生。姜慧云早在怀孕时便不再随文工团下部队，被调到志愿军司令部任文化教员。一天，儿子在大院玩耍，司令员杨勇将军从外边进来，看到孩子高兴地说道："这是谁家的娃娃呀？"娃娃步履蹒跚着扑向杨勇将军，嘴里说道："给点、给点。"

杨勇摸摸口袋，回头对随从参谋说道："你们谁有糖？"

一名警卫从挎包里犹犹豫豫掏出一块糖说道："这是给首长熬夜时准备的。"

"拿来。都拿来！"杨勇将军把一大把糖塞到孩子手里。

姜慧云跑出来连忙敬礼，说道："首长好！乖娃，别缠着首长。"

将军笑着说："我道是谁呢，原来这是姜老师的孩子呀，叫什么名字？"

"报告首长，叫乖娃，还没有起大号。请首长给起个名字吧。"

"既然出生在朝鲜，就叫援朝吧。"

"贺援朝，乖娃你有名字了，快谢谢首长，敬礼。"

五 贺照娟要读高中

贺照娟初中毕业了。贺长城手拿着毕业证书稀罕地抚摸着，对妻子黎惠淑说道："瞧瞧，我们贺家出了个女状元。"

"爹，什么女状元呀，是初中毕业。"

贺照娟今年十七岁，人已经长开。因为从小爹的娇惯，身材都比同龄的孩子高出一头，丰满一圈。照娟出生在宣化，八岁前生活在张家口，直到抗战胜利回到妫城才第一次见到爹。贺长城总觉得亏欠孩子，富养闺女穷养儿，对照娟百依百顺。照娟在外面活泼开朗，为人处世像二哥贺照久一样大气。在家里拿捏他爹是一把准，不用哭闹，只需做出委屈的表情再配上哼唧两声，要天上的月亮爹都得先答应下来。

"一样，一样，在爹眼里你就是个女状元。你是咱贺家论辈子学问最高的女孩子。"贺长城满心欢喜地说着，拉过黎惠淑一起看起了毕业证。

毕业证黄地红边，黄地镂空出"为人民服务"五个大字。内容是印制好的模式，空白处由毛笔手书学生的名字、年级和时间：

学生贺照娟系河北省妫川县人，现年十七岁，在本校初中三年级修业期满，考试成绩及格，准予毕业，此证。

落款盖着妫川县初级中学的印章。校长签名是手书体私章：梅亚男。

黎惠淑激动地说："真气派呀。也要跟他爷爷那些照片一样做个金框挂起来。"

贺长城连连点头："挂起来，也挂起来。"

照娟悄声说道："爹、娘，跟你们说个事。"两人同时抬头望着照娟。

"我想读高中。"

贺长城与黎惠淑对视了一下，说道："你现在的学问已经够用了，好多后生连高小都没有念过呢。"

"你爹说得是。"黎惠淑附和道。

照娟依然悄声说道："我想读。"

"另外你也不小了，正跟你娘合计着该给你找个婆家了……"

"我想读嘛！"

"那就读，爹供。"

"高中在宣化读。"

贺长城又与黎惠淑对视了一下，说道："在宣化呀，太远了吧，一个姑娘家住在外面不安全……"

"现在是新社会，不怕。"

"可是，把你一个人送到宣化读书，我们放不下心呀。"
"就是的……"黎惠淑又附和着说，音调里已经带有哭腔。

照娟依然悄声说道："我们年级有好多女同学都报名了，我也要读。"

沉默了一会儿，贺长城小心地问："这个高中是花钱就可以上，还是需要考试？"

"要全县统考，考上才可以上。"

"那就这么的，只要你考上，爹就供你读。"

全县统考结束后，全县只有四名女同学考入宣化高中，贺照娟榜上有名。二哥贺照久得到消息比妹妹都开心，特地跑回家里对妹妹说："好妹妹，你真争气，我和大哥都没有念完高中就参加革命了，也算是小小的遗憾，你是替我们俩念高中，一定好好学习，将来为国家建设做出贡献。"说着，拿出一个漂亮的笔记本，亚麻布封面上印着：工作笔记。

"这是我在张家口团校受训时候发的，我一直没有舍得用，现在把它送给你。"

贺照娟兴奋地接过笔记本："好漂亮啊，谢谢二哥。"打开笔记本，只见扉页上用蓝色钢笔写着：

人最宝贵的是生命。生命属于人只有一次。人的一生应该这样来度过：当回首往事的时候，他不会因为虚度年华而悔恨，也不会因为碌碌无为而羞耻；在临死的时候，他能够说，我的整个生命和全部精力，都已经献给了世界上最壮丽的事业——为人类的解放事业而斗争。

贺照娟激动不已，说道："二哥，你讲得太好啦！"

"这话不是我讲的，是苏联英雄保尔·柯察金在书里讲的，那部书的名字叫《钢铁是怎样炼成的》。"

"是苏联小说吗？你有吗借我看看。"

"我当然有了，现在叶蓝在看着，她看完就给你看。"

"二哥，叶蓝姐喜欢你。"

"别瞎说。"

"不瞎说，我能感觉出来，她看你时的眼睛里有光。"

"瞧把你能的还会相面啦，我天天见她，我怎么没有看出来她眼里发光呢？"

"你没有走心。我觉得叶蓝姐特别优秀，她要能成我嫂子就太好了。"

"那还不简单，只要妹妹喜欢，哥就给你娶回来。"

"哥你骗人，你早就跟她好上了，是不是？"

"还不能算好吧。"

"我知道了，你还没有表白。哥这就是你的问题了，这种事一定要男的主动，就算女的有多喜欢你也不会主动去说的。"

"哎，听着你还蛮有经验的。说，你喜欢上谁了？"

"哎呀二哥！人家好心给你出主意，你倒编派人家，不理你了。"

贺照娟她们是新中国成立后，妫城第一批考取高中的女学生，县里很重视。送她们去宣化那天，在县城组织了一场游行。妫川中学的鼓乐队开路，接着是红旗方队，然后是机关和教师组成的腰鼓队，四个女学生身披大红花，骑在马上。因为马是临时在城关农民手里租借的，所以毛色和高低都不一样，四个牵马的农民也是家常打扮，走在游行队伍里有些滑稽，但是这些都不影响人们的热情。

　　贺长城没有去送女儿，他怕控制不住自己的眼泪。黎惠淑挽着银杏站在阁底下，望着贺照娟高高骑着马过来，一边张着嘴笑，一边抹眼泪，跟银杏感叹道："唉，女儿大啦，留不住啦……"

第二十章　贺长城一家终于团聚了

喜鹊门前叫，有客喜来报。

——妫川谚语

一　相隔十七个春秋的团聚

1954年9月30日，已经在朝鲜战场上三年零四个月的贺照永携夫人姜慧云、儿子贺援朝胜利回国。

回国后，贺照永被派到中国人民解放军政治学院学习，他顺势带着一家人回到阔别多年的家乡。屈指算来，贺照永从1937年跟母亲逃难去了宣化，已经十七年没有见到父亲。1947年贺照永参加解放妫城的战斗后，马不停蹄地随部队奔赴东北，那次连家也顾不得回去看一眼。

贺长城一家相隔十七年后终于团聚了。

贺长城的家一下子又热闹了起来。贺照永拿回些现金交给母亲，母亲流着泪接过来，想起娘几个在宣化、张家口逃难的日子，不禁又哭了一阵子。哭罢，小心翼翼把它们用蓝布包裹好，放到连贺长城都找不到的地方，直到那场大饥荒到来都没有舍得用。她说：这钱是用我儿子的命和我们娘儿俩的常年分离换来的，怎么能花它呢！

贺长城跟贺照久说，趁着你大哥一家回来，把你们的婚事办了吧。然后让他写信给妹妹娟子回来参加婚礼。贺照娟接到二哥的信马上向学校请假，风风火火地赶了回来，护送贺照娟回来的是学校辅导员兼历史课老师杜怀文。

贺长城从见到杜怀文那一刻起就没有给个好脸色。

杜怀文身材修长，长方脸，皮肤黝黑，高颧骨，金鱼嘴，一双杏核眼，眼睛上面戴了一副黑边眼镜。身穿一身蓝色干部服，上衣口袋里插着两支钢笔。梳着当时很少见的背头，头发一丝不乱。他的手指却是纤细白嫩，右手的食指与中指总夹着一支烟，把两个指头熏烤成焦黄色。

贺长城自恃阅人无数，对老婆说："你去给闺女说说，那个人跟咱们不是一路人。恃才傲物，难融于当今社会。颧骨高，杀人不用刀。看他外强中干，反倒容易伤到自己。咱家娟子天性善良，脾气任性，和这个人在一起要吃大亏。咱们娟子要找个军人做女婿，不行嫁给工人也可以，就是不能嫁给这样的知识分子。"

转天，照娟娘碰了一鼻子灰，说："闺女说她和杜怀文就是师生关系。她现在不考虑结婚的事。也不让咱们给她操心。"贺长城长叹一声："唉，这孩子太任性啦！"

黎惠淑手捧二儿子贺照久的结婚证仔细端详着，喜极而泣。结婚证是标准格式的彩印件，一圈金黄色的麦穗中间是一颗大大的红色五角星。下面铅印着"结婚证"三个大字异常醒目。沿着两边是由百合、牡丹组成的花边，姹紫嫣红。最底下是与上面红五星相对应的一圈齿轮中的镰刀斧头。

> 　　贺照久，男，二十五岁，叶蓝，女，二十三岁，自愿结婚，经审查合乎《中华人民共和国婚姻法》关于结婚的规定，发给此证。

落款是带有国徽的妫川县人民委员会鲜红大印。

黎惠淑抹去眼里的泪水对贺长城说道："终于盼到这天了，我可以放心地走了。"

贺长城佯装生气地说道："哎哎，你这是说的什么话？多晦气，别一天到晚胡思乱想，县人民医院的医生不是都说没有大事嘛，病要三分治，七分养。等办完了老二的婚事我们再去看看中医，开几服汤药慢慢调理调理。"

因为贺照久和叶蓝都是革命干部，他们参加了县里举办的集体婚礼，参加喜宴的只有家里人。县武装部给送来一只狍子腿，银杏炖了一大锅，满院子的香气在街门外都闻得见。

照永、照久两兄弟和姜慧云、叶蓝一对妯娌一起包饺子，有说有笑。照娟领着杜怀文也过来帮忙，大家都不让杜怀文上手，一番推让，杜怀文负责压面团，一道可有可无的工序。

大家一直缠着贺照永讲抗美援朝的故事，美国兵打仗怎么样，朝鲜人都吃什么，见过金日成没有，无数个问题。贺照永讲得眉飞色舞，滔滔不绝。大家听得全神贯注。只有杜怀文坐在一边抽着烟，一脸不屑的样子。贺照永敏锐地察觉杜怀文的态度，有意把话引到我们为什么要抗美援朝上。

杜怀文纤细白嫩的手指夹着一支烟，优雅地指了指贺照久，说道："贵党有一个认识上的错误，好像凡老大哥说的都是对的。其实中国传统中很多精髓比苏联还强呢。现在教育界问题也很严重，教学计划都是搬用苏联，明显水土不服。"

杜怀文一开口就是"贵党如何如何"，贺照久听着很不舒服，整个一个不着调。他悄悄跟妹妹说："娟子，你们老杜是个批评家，看新社会到处都是毛病，又嘴大舌长，早晚捅娄子。"

"二哥你别乱扣帽子，人家那是有思想，不随波逐流人云亦云。"

"好好好，算哥没说。"

包好了饺子，男人们出去洗手抽烟，等着父母过来上桌。叶蓝拉着贺照娟的手悄声说："你选的对象不错，要建设强大的祖国没有知识不行，而且人长得也帅气。"贺照娟脸一下子红了，娇羞着说："嫂子，没有啦……再说学校不许谈恋爱。"

"谈恋爱怎么了？现在是新社会，婚姻恋爱自由，是受国家法律保护的，我支持你。你们现在在学校里可以不公开，等毕业了就天高任你飞啦！"

"爹和二哥都不喜欢他，我看得出来……"

"娟子，我的好妹妹，自己的幸福要掌握在自己手里，要靠自己的斗争去争取，不管是谁也不能剥夺我们追求爱情的权利。"

"嫂子，你真好！"

院子里，哥俩站在院子当中抽烟。贺照久说："哥，我们团委杨书记让我请你给全县团干部和青年先进分子做场报告，讲讲你们在朝鲜战场上的英雄事迹。"

"我不讲，我又不是志愿军代表团的我讲算哪门子事？"贺照永把头摇得像拨浪鼓一样，"县里武装部、教育局和民政科都上赶着找我，都让我给回了。"

"哥，我这你可不能拒绝，我和你弟妹都在团委，你要不去我们俩面子可全都丢了。而且我都给我们杨书记拍胸脯了，正格地说出去的话还能坐回去？"

"可是我去了讲什么呢？"

"哎，这个简单。你就把你们团参加过的战斗捋一遍，准保引起轰动。"

"讲讲战斗过程就可以？"

"可以。现在志愿军代表团可火了，走到哪都被围得水泄不通。团县委早就给团地委提出申请，希望安排一场。人家回话说要排队，等排到咱们县怕是要到猴年马月。"

"行，看在我弟弟和弟妹的面子上，我就去讲讲。"

"太好了，我这就告诉叶蓝去，她一定高兴死了。"

吃饭时人多坐不下，银杏和小杰就把两个桌子接起来。贺长城和黎惠淑坐在正面，左首是贺照永、姜慧云抱着贺援朝，然后是银杏；右首是贺照久、叶蓝一对新人。紧挨着是照娟和杜怀文。小杰带四个孩子坐在一旁。

贺长城望着一大家子感慨万千。自从1937年日本人过了长城，全家人就天南地北流落四方。父亲、二哥和堂哥都死在日本人的手里。当年自己老婆孩子逃往口外，大哥和三哥去了抗战前线。再后来大哥去了台湾，三哥南下广东。到现在也不曾见面。还有大儿子贺照永，打走了日本鬼子，又去解放江南，好不容易等到全国解放了，又参加抗美援朝去了朝鲜。十七年历尽劫波后，今天终于团聚了。

二　贺长城把枪交给儿子

晚饭后，贺长城把两个儿子叫到自己的屋里，关好门。神色严肃地说道："难得你们哥俩都在，我有个大事情要跟你俩说。现在是新社会，你们又都是共产党里的人，应该知道该怎么办。"

哥俩相互看了一眼，都对父亲要讲的大事情充满好奇。贺长城就把黎永忠如何勾结土匪血洗妫川县城，投降日本人做伪县长，逼死爷爷霸占贺家财产，祸祸全城百姓。最后自己又如何亲手除掉了黎永忠说了一遍。

贺长城一番话让兄弟两人震惊不已。贺长城起身来到炕洞前蹲下身，一阵鼓捣，从里面掏出个油布包来，在两兄弟面前打开，一把勃朗宁手枪出现在眼前。

"就用它。"

贺照永惊叹道："乖乖，我的娘呀！爹您是个锄奸大英雄呀。这得给人民政府报告，要算您个抗日义士。"

贺长城说，因为担心国民党档案里，记录的是国民党县长冯紫峰指挥的刺杀行动。去年唯一的见证人丁海宽又过世了，所以一直没有合适的机会给政府报告。但是眼下要紧的是，手枪怎么处理？

贺长城说完，焦虑地看着两个儿子。

贺照久忧心忡忡地说道："现在才报告怕不妥。这样的历史问题要有两名以上的证明人才作数，您一个人说，政府是不能承认的，而且上了敌伪档案的事会很麻烦。另外，建国后国家一再出公告收缴枪支，1951年还颁布了《枪支管理暂行办法》，对私藏枪支的要追究法律责任。"

"所以我心里一直不踏实，枪总在家里早早晚晚会被发现的。"听完贺照久的分析，贺长城更加焦虑起来。

"爹，老二说得对，他在政府工作，比我更了解国家的政策。这么着，枪我带走，回部队去处理。除掉汉奸的事情再等等时机，您说成吗？"

院里传来孙子贺援朝找爷爷的叫喊声，贺长城把手枪塞到贺照永手里，如释重负地开门走出去了。

三 好儿女志在四方

一年以后，贺照永结束了军校培训，携家眷去了青海军区。贺照久被任命为团县委副书记，叶蓝去了四海乡任团委书记。贺照娟在宣化读高中，家里一下子就空落落的。看着一家人又各奔东西，贺长城一下子苍老了许多。

两年后，贺照娟高中毕业，自己跟组织申请留在宣化参加工作，被分配到宣化铁厂化验室，同时兼工会文艺干事，负责厂里业余文工团的组织演出。安顿妥当后她回了一趟家，跟爹娘说要结婚。贺长城说如果是嫁给那个姓杜的就不要回来，我们也不会去宣化。说完气鼓鼓地走了出去，把房门关得山响。

娘流着泪说："娟子呀，女人这辈子最要紧的是找个知道疼人的男人。你要认准了那个男人娘不拦着你。只是你那个男人也是个艮头，以后你过了门儿不能像在家里似的由着性子来……"

贺照娟搂着娘哭了一阵子，终于还是走了。

第一章　长城酒厂的长城足球队

唱戏的是疯子，看戏的是傻子。

——妫川谚语

一　浪里分不清欢笑悲忧

20世纪80年代初，炎热的夏天。

贺亮一身臭汗从制曲车间出来，直奔公共浴室走去。段大头跟在他后面抱怨着："阿亮，咱们这他妈是人干的活吗？车间里足有四十摄氏度，热得我连精液都流出来了，这是要把爷爷活活热死呀！"

段大头名字叫段亚林，初中毕业就接父亲的班做了一名长城酒厂的制曲工。他天生头很大，却是矮个子。也因为个子矮，与人说话养成仰头翻眼的习惯。此刻他翻了一眼贺亮愤愤地抱怨道。

段大头这段时间正在追港剧，学得半口香港腔，叫人不

称全名，只喊最后一个字，而且不管人家姓什么都统一换成
"阿"。比如喊调度室的调度员黎东斌，他叫阿斌。喊机修车
间的丁建国，他叫阿国。去医务室找厂医李玉花打针或者泡病
号开假条时，刚走到门口就开始阿花、阿花地叫，像是在寻找
走失的小花狗。每次李玉花给段大头打针都下重手，让他只顾
得叫"啊"，来不及叫出"花"来……

　　"阿亮，我是寡妇死儿子——没有指望了。谁让我爹就是
个工人哪。我顶替我爹上班是为了能有个铁饭碗，可是你不一
样，你爹贺照久是县长，你是贺衙内呀，天天累得鼻青脸肿，
我都替你窝屈。"

　　贺亮一米七八上下，白脸无须，浓黑的眉毛向上扬起，下
面是一双贺氏家族标志性的丹凤眼。他瞥了一眼在自己腋下碎
步急走的段大头，说："咱能不碎嘴子吗？"

　　段大头并不介意，继续说道："阿亮，你就算是来镀金的
也该修成正果了。都三年多了，当年'三年自然灾害'也不过
熬煎三年，你这都超出半年了还在这里跟我苦熬着，你这样自
甘堕落我不能不管。"

　　"你不叨叨会死呀？"

　　贺亮双手潇洒地推开浴室双开的合页大门走了进去，段大
头在合页大门回位之前敏捷地闪了进去，抹一把脸上的汗，乐
个不停："我瞧出来了，你爹肯定不是你亲爹。"

　　公共浴室是由一个车间改造而成，挑梁高，开间大，里面
从中间隔开，男女部各占一半。隔断墙上面通透着，鸡犬之声

相闻。

　　男女大门分开在浴室两头，从男部进门迎面是几排铁皮更衣柜，二道门门框上挂了半截白布帘，里面是浴室。浴室里没有堂池，环三面墙全是淋浴喷头。喷头是机修车间丁建国的师傅带着几个徒弟做的，盘大眼粗，出水量大，洗着过瘾。

　　因为是下班时间，浴室里已经挤满了人。丁建国在白花花的人体中辨认出贺亮，大声说道："贺亮你真够磨叽的怎么才来？刚才糖厂足球队刘老四来叫板，周日下午三点老地方。八下里也找不着你人，我已经替你把战书接下了。"

　　贺亮也大声回道："再灭丫一次。"

　　突然从浴室空旷的屋顶上边传过来阵阵女声："年轻的朋友们今天来相会，荡起小船儿暖风轻轻吹，花儿香鸟儿鸣，春光惹人醉，欢歌笑语绕着彩云飞……"仔细一听，是《年轻的朋友来相会》，这边顿时口哨声此起彼伏。

　　丁建国丢下贺亮，转身两手在嘴边合拢成一个喇叭状，对着隔断墙女浴室上方，把眼睛一闭，撕心裂肺地唱起了《上海滩》的插曲："浪奔，浪流。万里滔滔江水永不休……"他刚一起头，大家伙儿便都跟着一起唱起来，马上变成大合唱：

　　　　淘尽了世间事，混作滔滔一片潮流；是喜，是愁，浪里分不清欢笑悲忧；成功，失败，浪里看不出有未有……

　　白花花一群男青工，对着一面墙，齐刷刷地仰着头，同声忘情地唱着。全部打开的喷头喷出热水也喷出快乐。热水的蒸汽形成白雾，笼罩在整个浴室，白雾与音频交织起一张网，网住的是青春的骚动。

贺亮来酒厂上班全是他爹贺照久逼的。

贺亮高考落榜后想参军，贺照久不准。贺照久要贺亮学学老战友武宗贤女儿那样复读一年再考，贺亮不干。母亲叶蓝给出个折中方案：先参加工作，再考职大。双方勉强接受。

贺亮想去公安局，贺照久不准。说要去基层锻炼，列出正在招收应届毕业生的化肥厂、造纸厂和酒厂让贺亮选一个去报名。没等贺亮表态叶蓝先急了眼：

"你选的全是干体力活的地方。"

"哪个工作不是人干的？革命工作没有高低贵贱之分，我儿子就比人家儿子金贵吗？越是艰苦的地方就越锻炼人。"

"我不是看不起工人，当年我下放的时候还喂猪、挑粪什么脏活累活没有干过？我是说儿子才十八岁，还在长身体，又是个干活没深没浅的愣头儿青，回头再坐下病。"

"十八岁已经成人了，让他出去闯练闯练是为他好。当年我十六岁就主动要求上前线，那可是脑袋别在裤腰上……"

"行了行了你又来了，我们耳朵都听出茧子啦。政法口那么多单位，也需要应届毕业生呀。"

"今年没有招干指标，只有接收大学生指标。"

"去公安局还不是你一句话的事吗？"

"哎老叶，这可不像是你说的话，不能为了自己的孩子就破坏组织原则。"

"你要不管就拉倒,我来管。"

"你也不许管。我可告诉你老叶,这可是原则问题,你要是走后门给他安排到公安局,别怪我跟你们翻儿。他要不去工厂就哪也别去,我宁可养个在家吃闲饭的!"

"我去酒厂。"

贺照久开心地笑了:"这就对了嘛。这才是我贺照久的儿子。你去了酒厂要跟工人师傅打成一片,好好向工人同志学习,干出个样来。当然文化课也不能丢,你妈说得对,今后如果没个大学文凭就适应不了改革开放的形势。像老武那个丫头学,人家复读一年考上了政法学院,毕业后政法口还不得当香饽饽争着要她?"贺照久相中了这个丫头,总想将来能嫁给贺亮,虽然比贺亮还大一岁,可女的大一点好,知道疼人。

叶蓝叹了口气说道:"孩子才十八岁……"说着竟流下泪来。贺亮出去拿了条毛巾回来递给母亲。

贺亮上班第一天就被孙厂长叫到厂长办公室。孙厂长嘘寒问暖了半天后,把贺亮分到制曲车间。贺亮到了车间才知道,这里是全厂最苦最累的车间。不用问贺亮也知道是他爹串通孙厂长干的。

二 贺亮的心事

从公共浴室出来,贺亮已经换好了足球衣,后面跟着三三两两的球队队员,大家向足球场走去。段亚林跟在贺亮边上又开始絮叨起来：

"阿亮，我是个直肠子，心里有事不藏着掖着。说真的，找你爹说说，把咱哥儿俩调印刷厂去得了，活儿轻闲不说，奖金还高，最要紧的是那厂女工多，又年轻又漂亮。三车间陈平那厮就调过去了，你瞧把那贼孙子给得意的，他爹不就是工业局的一个科长嘛……"

"大头，你一天到晚叨儿麻翻地说你这点糟心事，是顶吃还是顶喝？我给你说了多少遍我爹油盐不进，绝不会给咱们开后门。你还是安心做好本职工作，争取早日提干，当了领导就不用翻酒糟了。"

段大头并不死心，说道："我们家祖坟可没有那根苗。我爷爷是土匪出身，弄得我爹一辈子抬不起头来，我连高中都没有上过，提干哪儿能轮得到我？阿亮，哪天你要是脱离苦海千万记得拉兄弟一把。怎么说咱哥儿俩也是在酒糟堆里滚出来的兄弟，臭味相投……"

贺亮伸出胳膊一把搂住段大头的肩膀，认真地说道："大头，你记着，我就是忘了我姓什么也不会忘了你的事。咱们先踢球，成吗？"

"成，先踢球，先踢球。阿亮，古时的英雄讲究一诺千金，苟富贵，勿相忘，当年……"

说是足球场，其实就是厂区后面的堆料场。过去堆积如山的酒糟已经不见踪影。两个由十厘米钢管焊接的足球门戳在料场两端，中间用白漆画出中线和发球区，球场两端画出球门线，边线则间隔着放了几个酒瓮示意。

五年前酒厂开发出来的新酒"长城醉"大卖，很快成为政府接待和百姓婚丧嫁娶宴席的专用酒。随着需求量增加，"长城醉"供不应求。每天等着拉酒的车在包装车间门口从清晨排队等到天黑。许多关系户拿着领导的条子才能插队提酒。

白酒的酿造过程既复杂又耗时。聪明的孙厂长到山西转了一圈，买回来大量散装酒，同时还请来一位调酒大师。据说这位调酒大师是名牌大学出身，具有化腐朽为神奇的道行，他用山西散酒勾兑出的"长城醉"味道足以乱真。产量随即翻番，收入也翻着跟头上涨，上缴财政利税一跃成为全县第一名，超过常年雄踞榜首的化肥厂。孙厂长也被评为县劳模。那段时间他的脸上整天挂着微笑，碰见职工一定要拉拉家常，嘘寒问暖一番，像个逢年过节下厂慰问困难职工的县领导。贺亮不失时机地找到孙厂长说成立足球队的事，他一高兴就同意把已经闲置的堆料场改成足球场，还特批在县联赛期间，每天下午给足球队两个小时训练时间。

长城足球队除了队长贺亮，还有两个副队长，一个是一车间调度室的调度员黎东斌，另一个是机修车间的丁建国。贺亮到时他俩已经组织两个人一组练接传球。几个在厂里住宿的年轻女工，打扮得光鲜亮丽在场外嬉笑着。看到贺亮过来都跟他打着招呼。贺亮扫了一眼没有发现徐洁，有些失望。

徐洁是厂化验室的化验员，平时与其他车间交集不多。偶尔也会去看他们练球，也会去联赛上助威。

徐洁大贺亮三岁，父母都是军人。她从小在军队大院长大，说一口标准的普通话，贺亮喜欢听；徐洁身材高挑，丰满合度，皮肤白嫩光洁，举止大方得体，一副大家闺秀的做派，贺亮喜欢看；徐洁一头短发，饱满的前额下一双乌黑的眼睛深不见底，贺亮喜欢与那双眼睛对视。只是每次与徐洁对视的时间，都比裁判终场那两短一长的哨声还要短，仿佛超过哨声再看徐洁的眼睛就会被红牌罚下场。

每当有徐洁在场外观阵，贺亮就如同打过鸡血的猎狗，见了红布的公牛，在球场上左突右冲，仿佛浑身有着使不完的力气，活像单骑救幼主的赵子龙，在百万曹军中如入无人之境。

贺亮当然不是浑身是胆的赵子龙，一到要约徐洁出来时就肝胆顿失。他怕被拒绝，怕自己还没有准备好，也怕徐洁没有准备好。

长城足球队组建的头一年冬天，下了一场大雪，整个妫城变成银白色的世界。酒厂院子里积雪足有半尺厚，近处厂房披上了雪白的素装，路旁树枝挂满晶莹剔透的冰挂。远处蜿蜒的长城沿着白雪皑皑的军度山脉迤逦伸向远方。中午太阳出来，给银装素裹的世界镀上一层耀眼的金光。

午饭后球员们不约而同来到球场，顾不得去换球鞋，都穿着笨重的翻毛皮鞋。一脚下去，球飞起来，撩起一片白雾，晶莹的雪花在阳光照耀下发出五彩缤纷的七色光。足球在厚厚的积雪里滚出一条条的雪沟，不时有人跌倒，引起一阵喝彩。徐洁和一群女工来堆雪人，受到场面的感染，也纷纷下场加入进来。

贺亮简单地把男女搭配着分出两个队，段大头自告奋勇做裁判。比赛开始头十分钟，女孩踢得还比较斯文，男孩们也比较克制，但是女孩发起疯来更加狂野。起先，踢不到球的女孩扑上去又拉又拽，有女孩抱起足球就往球门跑，把足球赛变成橄榄球赛，急得段大头不顾场上裁判的身份亲自下场参加抢夺。

　　后来女孩们干脆不再踢球，拿起雪球追打对手。男球员被迫也拿起雪球反击，场上一时雪球横飞，惊叫声、呐喊声、欢笑声此起彼伏，乱作一团。段大头早被灌装车间的吕艳和一个矮个子胖女孩放倒在雪地上，吕艳骑在段大头身上，胖女孩倒坐在段大头的屁股上，吕艳一边往他脖颈子里塞雪一边笑骂道："死大头，让你吹黑哨！"段大头在两个女孩的胯下发出杀猪般的号叫声，引来一片笑声。

　　随着场上裁判员被拿下，局面完全失去了控制，男女混合友谊足球赛已经演变成了一场男女混合无差别的雪仗……

　　正当贺亮左躲右闪，攥起个大雪球准备反击时，徐洁突然冲到贺亮眼前。徐洁此时已经甩掉军大衣，上身穿件白色紧身圆领粗线毛衣，凹凸有致，轮廓分明。下身穿一条蓝色牛仔裤，脚蹬一双半高跟矮勒黑棉皮靴，英姿飒爽，亭亭玉立。徐洁头发上沾满了雪花，落在脸上的雪花已经化成碎珠粘着几缕头发挂在脸上，平添几分娇野的妩媚。因为跑动的缘故，徐洁高耸的胸脯激烈地起伏着，原本白净的脸庞此时因为兴奋而绯红，微微张开的嘴里大口喘着粗气。

　　杏目圆睁的徐洁与目瞪口呆的贺亮近在咫尺，四目相对，贺亮的灵魂瞬间出窍，手举雪球呆呆地愣在那里……

"啪！"一颗拳头大的雪球重重砸在贺亮脑门上，贺亮直挺挺仰面摔倒在地上。

丁建国声嘶力竭地喊道："你们主帅贺亮已经被徐洁击毙啦，赶快投降吧。我们优待俘虏……"

三　球队宿舍的喧闹

晚上，足球队集体宿舍。

段大头家距离厂子最近，可他偏偏不回家，生往足球队集体宿舍里挤。

段大头是个足球迷，懂战术，研究世界杯历史颇有心得。而且他表达欲望强烈，虽然只读完了初中，但是记忆力超群，有过目不忘的本领。只是天生个子矮头大，一跑起来总让人担心他随时会发生侧翻。段大头也知道自己不是踢球的材料，所以自封为长城酒厂长城足球队领队兼战术指导，大家当然都不买账。为了让队员们臣服，段大头给球队做后勤服务和组织啦啦队特别卖力。

足球队成立三年，在全县联赛中的成绩是一个亚军，两个季军。自打去年联赛中胜了老亚军糖厂队后，主要对手就剩下曙光铝箔厂。照惯例，每天晚上睡觉前段大头都会以领队身份研究一番战术：

"进攻是最好的防守。跑位要积极，特别是不拿球的队员不能跟根木桩子似的在那傻戳着。多传球，多倒脚，别再让铝箔厂踢个鼻青脸肿……"

"铝箔厂忒不仗义，仗着是市属企业，一到联赛就呼叫外援。平时友谊赛把我们路数都摸个底儿掉，等到了联赛上全是他妈的新面孔，打法全变。他们前锋一照面我就蒙了，一个脸熟的都没有。"黎东斌不服气地说，他踢后卫，铝箔厂的外援中锋他根本防不住，没辙。

左边锋丁建国说："他们是'光着屁股打虎——既不要脸，也不要命'。我们应该找体委投诉丫的，不带这样的，他们赢了我也不作兴。"

段大头说道："我带着阿亮队长找把家虎、抠门鬼孙厂长，费事巴拉地好说歹说，他才答应，只要咱们取得冠军就把置办队服的发票报了。现在倒好，不仅报销队服的事瞎了，连每天下午两个小时的练球时间也给取消了。我说你们能不能给我仗仗腰眼儿，也拿回个冠军瞧瞧，让我这个领队也在外面扬眉吐气一回！"

"段大头你还说呢，你那些狗屁战术都是假招子，净裹乱，屁用没有。真有本事你上场练练。"

"丁建国，咱能提高点站位吗？组织者就好比厂里的总调度。安排赛事，组织后勤支援和带领美女啦啦队现场擂鼓助威，哪个不是硬活茬？没有我的运作球队早歇菜了。"

"快别提你那个啦啦队啦！去年争夺冠军那场比赛，人家铝箔厂啦啦队什么阵仗？一群姑娘打着鼓摇着彩旗呐喊助威。姑娘一水儿短裙，那叫一个亮眼。你再看看你组织的人都是些什么货色？一帮大老娘们儿，一边嗑瓜子一边聊闲篇儿，球队气势都被你泄了，能不输球嘛。"

"你眼瞎了？看看你们酒厂有年轻姑娘吗？就这群老娘们儿还是我牺牲色相一个一个动员来的，就这我还搭进去十斤肉包子，知足吧你。"

"段领队我来说句公道话。你的后勤支援确实够拉稀的。人家铝箔厂是成箱的北冰洋汽水，随便造。可是你呢，抱一个大水桶给我们往杯子里倒饮料，老子一喝，是他妈七十五度的精馏，下半场我脚下直拌蒜。你自己说，输球你难道没有责任吗？"黎东斌终于找到了防不住铝箔厂前锋的原因。

丁建国突然故作神秘地说道："哎，你别说，灌装车间的沈薇给咱们贺队长送的就是北冰洋。还亲手送到贺亮嘴边，把我麻酥的呀，一口气好悬没有上来。"

"咋没憋死你呢！人家沈薇送来可是一箱北冰洋，我可没见你少喝喽，净说拧肠子话。"

"我可不领这个情。只要没有贺亮参赛，你见过沈薇给咱们送过汽水吗？她送的不是汽水，而是给贺亮下的春药。"宿舍里顿时一片笑声，还有人吹起口哨。

"阿亮，你是队长你得说句话。现在队里歪风邪气日盛一日，妖魔鬼怪全开始冒头，我看需要整风了，不然队伍没法儿带。"段大头忧心忡忡地说道。

"都几点了还闹营？关灯睡觉，明天还上早班哪。"

每天晚上足球队集体宿舍都会发生类似的这一幕。

四 "别理我，我要考大学"

贺亮不喜欢灌装车间的沈薇，但是也不讨厌她。沈薇父母都是工人，她身上透着工人的率直、热情和善良。球队的人都喜欢沈薇，都认为队长贺亮的女朋友就应该是沈薇，至少是沈薇这样的女孩。

沈薇却喜欢贺亮，这还是丁建国最早发现的。

起先沈薇下班就和同伴吕艳跑到堆料场看球队练球。后来跟着球队去看比赛，再后来自然成了啦啦队队员。世界杯期间也和球队去小酒馆熬夜看世界杯，还给大伙买啤酒。大家都以为沈薇喜欢看足球，丁建国却说沈薇不是喜欢看足球，她是喜欢踢足球的贺亮。一经丁建国点破，沈薇反倒放开了，每天下班就大大方方来找贺亮，参与球队的活动，有时球员找不到贺亮都来问沈薇球队的活动安排，反客为主了。

贺亮不喜欢沈薇其实也不是不喜欢这个人，主要是不喜欢沈薇这种类型的长相。沈薇中等身材，丰满结实，五官棱角分明，嘴唇厚实，爱笑，一笑就落出一口雪白的牙齿。看惯了以后，贺亮也接受了沈薇的长相，只是跟她在一起时没有小说里描写的那种"触电的感觉"。

那次长城酒厂足球队在友谊赛中，第一次三比二胜了老对手糖厂队，贺亮一激动说请大家喝啤酒。大家欢天喜地地拥进燕春饭店。一进门，段大头就挺着胸脯高声对服务员喊道："点菜，点菜!"

段大头在主位右边的椅子上坐下后，把二郎腿一跷，对服务员递过来的菜谱摆了摆手，眼望着天花板说道："不用看，我说你记，烧鸡、红烧鱼、鱼香肉丝、木樨肉、回锅肉、四喜丸子再加个过油肉，都要双份的，燕京啤酒一箱箱上，最后数瓶子算账。"

"死大头你是属黄鼠狼的？怎么点的全是肉，要几个青菜呀。"吕艳骂道，引来一片笑声。吕艳面黑唇厚，个子不高却很壮实，生性泼辣，心直口快，是个热心肠，厂里男女青工都喜欢她。

"吕艳，你还不完全了解大头，他还真不是黄鼠狼，他是专吃人肉的色狼。"

"对对，我就是一只来自北方的色狼，快来了解我呀，全面了解那种……"

"呸，瞧你那臭德行，姑奶奶才不稀罕去了解你哪。"又引来一阵哄笑。庆功宴在吵吵闹闹中开始了……

等到贺亮去前台结账时傻眼了，啤酒钱都超过了菜钱，身上带的钱不够。贺亮正在犯愁，沈薇悄无声息地跟了过来，把一卷钱不动声色地塞到贺亮手里，又悄无声息回到座位上。

贺亮那天晚上回到宿舍翻来覆去睡不着，他认真地考虑了与沈薇的关系，分析了各种可能。最后还是决定与沈薇保持现状。因为他的心已经被徐洁占据着，可是也不能总这样耗下去吧，他觉得自己应该有所行动……

深秋的一个周日下午，贺亮到女工宿舍楼找沈薇，徐洁正在屋里看书，看到贺亮进来只是礼貌地点了点头，又埋头继续看书。

沈薇对贺亮的突然来访激动得有些语无伦次。她热情地把贺亮让到自己床铺上坐下，又手忙脚乱地给贺亮冲了一杯麦乳精，贺亮喝了一口，差点被甜一个跟头。

贺亮嘴里跟沈薇说着下周日友谊赛的事，心思却在徐洁身上。

"徐洁，你看的是什么书，这么投入？"说得漫不经心。

"高考语文综合复习题。"答得风轻云淡。

"你准备参加明年的高考吗？"单刀直入。

"你不参加吗？"以问代答。

"我？一天到晚瞎忙，哪有时间看书呀。"贺亮不能说自己因为在与父亲赌气，三年没有报考，想到这里突然有些沮丧。

徐洁放下手里的书，看着贺亮的眼睛认真地说：

"贺亮，你都瞎忙四年了，你就准备一直这样下去吗？"贺亮脑袋"嗡"的一声，像是被打了一记闷棍。

徐洁又说道："你人很聪明，高考对你来说不是难事。只要你收敛起孩子气，你会有一番大作为。时间不会等你。"说完又埋下头看书。

"你就准备一直这样下去吗？""时间不会等你。"这两句话像五雷轰顶，一下把贺亮五脏六腑击穿。他脑子里一片空白，三年多的过往，劳作、汗水、欢笑、哭泣、沮丧、哀怨一下仿佛全无意义，像飞船一样快速离自己远去，只留下一具空壳。

第二天贺亮辞去了长城足球队长，随后又搬出集体宿舍。临走前宣布：从今儿起，谁也别理我，本人要复习文化课参加明年高考。

贺亮说到做到，每天下班就回家，除了吃饭睡觉就是复习功课。把叶蓝高兴得直念阿弥陀佛。反反复复跟贺照久说：阿弥陀佛，谢天谢地，这真是浪子回头金不换，我要去买只鸡炖鸡汤，好好给亮亮补补……

贺照久不以为然地说道："他是复习功课，又不是坐月子奶孩子，炖什么鸡汤，乱弹琴。"

随后又不无得意地点上一支烟，说道："你看看，听我的没有错吧？自古雄才多磨难，从来纨绔无伟男。贺亮要是没有这几年在酒厂里的磨炼，哪有今天的出息？这就叫玉不琢不成器，人不吃苦难成事啊！"

"人家说甲鱼最补，再来只甲鱼熬汤，每天来一碗，你说亮亮喝了不会上火吧？"

贺照久白了一眼叶蓝，拿起《参考消息》窝进沙发里，任由叶蓝唠叨不再搭话。

五　长城足球队散了

第二年，贺亮顺利地考取了北方工业学院。

收到录取通知书后贺亮去厂里办手续，孙厂长脸上乐开了花：

"贺亮啊，你是带薪上大学，毕业了一定还回咱们厂，我可是指望着你将来接班哪！"

段大头兴奋得像是他中了体育彩票，上蹿下跳不到半天时间就已经把份子钱收齐了，然后打电话在燕春饭店订了三桌。老球队的人基本都答应参加。过去每个月段大头都会出去约几场友谊赛，赛后球队都要聚餐。照老规矩，段大头张罗凑份子，保证鸡鸭鱼肉都要有，啤酒管够。段大头是从来不出份子钱的，黎东斌曾经一本正经地说道：

"段领队，我发现你具备了铁公鸡、瓷仙鹤、玻璃猫身上的优点于一身。"

丁建国不解，问道："你说段大头是个宠物，我怎么没有看出来呢？"

"这你都看不出来？都是一毛不拔呀！"

段大头振振有词地反驳道：

"快给我悄没声儿的吧，你俩真是庄户脑袋，没见过世面。自古出力不出钱，这叫行规。你见过哪个厨子吃宴席还交份子的？一对儿白薯。"

"这倒也是，俗话说得好，'大旱三年也饿不死厨子'。"

丁建国说道："哎段大厨子，每次球队会餐打平伙儿收份子你都说多退少补，可是我怎么总是见你收份子，从来没见过你退钱呢？"

"听听，让大家听听你这没有素质的问题。你们一见啤酒就往死里喝，知道每个月我得搭进多少酒钱吗？我是胳膊折了藏在袖筒里。不说了，说出来全是血泪。"

贺亮说把徐洁叫上吧。

　　段大头疑惑地说道："你还不知道吗？徐洁考上南京国际关系学院了，是所军校，上礼拜连关系都转走了。"

　　贺亮怅然若失。本来贺亮打算走前跟徐洁挑明，把关系确定下来。

　　"有徐洁的通讯地址吗？"贺亮不甘心地问。

　　"那可没有，人家上的是军校，地址保密。怎么着，阿亮，咱可不能吃着碗里的看着锅里的，沈薇怎么办？这不让人作兴的事咱们兄弟可不能干。"

　　"我一拳杵死你。你他妈胡说什么哪。"

　　"炸营了不是？还真让我说中了。"段大头为自己的料事如神颇感得意。

　　"滚犊子。"

　　燕春饭店人头攒动，迎门几桌正在给孩子办满月酒，吵吵嚷嚷，乱乱哄哄。

　　在大厅西北角用屏风把三桌围挡成一角。老球友们兴高采烈地吆喝着、互相敬着酒，有几对已经开始划拳。人们情绪饱满，场面热烈。

　　段大头端着酒杯伤感地说道："阿亮你看看，他们全都是狼心狗肺的东西，全是狼干粮，一点没有悲伤的意思。"突然看到贺亮身边的沈薇，转悲为喜道："我可没有说你，不包括你。酒厂就数咱俩重义气。来，咱俩走一个。"

　　沈薇把头扭到了一边。沈薇是被丁建国他们起哄安排坐在贺亮身边的，她不喜欢这样。她喜欢贺亮招呼她坐到他身边，可是贺亮没有。

段大头讪讪地说道："不喝拉倒，我今天其实没有心情喝酒。"说完自己干了一杯。

黎东斌端着酒杯踉跄着过来，把段大头往边上一推，自己坐在段大头的位置上，一手上来搂住贺亮的脖子，说道："你他妈一走球队就散了。"两人碰杯，一饮而尽。

黎东斌长长叹了口气，坚定地说道："哥们儿准备办停薪留职。"

"你考虑好了？"黎东斌比贺亮年长几岁，平时就处世老练，主意也多。

"还他妈用考虑？谁都知道咱们厂现在是挂着羊头卖狗肉，勾兑出来的酒喝了上头，可惜'长城醉'的牌子，砸啦！"说着又给自己和贺亮各斟满了一杯，说道：

"现在咱们厂的酒根本卖不出去，我都有一年没有见过奖金的面了，工资就快发不出来了。"

"孙厂长他们不是正在想辙嘛。"

"那姓孙的早就玩儿不转了，坏就坏在他太精明，精明过了就是蠢。"

"停薪留职后，你准备干什么？"

"我准备把东关村里办的纸箱厂承包下来。你先别言语声，这八字还没有一撇哪，回头再炸了营。"贺亮知道黎东斌的父亲是东关村主任。

"我知道。有需要我的时候吱一声。"贺亮端起酒杯，两人碰了一下杯，又干了。黎东斌抬眼看到沈薇，压低声音对贺亮说：

"你丫得对人家沈薇负责，可不许辜负人家。"

"说什么哪，我怎么了就负责？"

"少来，你要辜负沈薇，我就去你们大学给你丫贴大字报，说你就是现代版的陈世美。"沈薇察觉到他们在说她，对他们凄美地一笑，让人爱怜。

这时丁建国过来大声说道："你们三个人叨叨咕咕地搞什么阴谋诡计哪，怎么不跟人民群众在一起？沈薇，端起杯来，送君千里终有一别，来，跟老贺同学说点什么。我们给你做主。"

沈薇脸"唰"的一下子红了，她扫了一眼贺亮，又求救似的看着身边的吕艳。

吕艳说道："建国说得对，薇薇你别抻着啦，给贺亮提几条要求，别黄鹤一去不复返……"

众人一起拉长声音说道："白云千载空悠悠……"

沈薇红着脸站了起来，端起酒杯瞄了一眼贺亮，望着自己手中的酒杯说道："我祝你学有所成。"

大家齐声说："还有哪？"

"保重身体。"

大家齐声说："还有哪？"

"毕了业，就回来。"

大家一起大声说："毕了业，就回来！"

贺亮也站起身来，说道："谢谢大家。还有沈薇。"

丁建国笑骂道："什么他妈的叫还有沈薇。"

贺亮连忙改口道："谢谢大家！也谢谢沈薇！我会经常回来。回来和大家踢球，喝酒。我敬大家一杯。"说完端起酒杯一饮而尽。

六　今晚你别走

初秋的夜晚，皓月当空，银色的月光铺满街道，昏黄的路灯倒像是城市的点缀，平添一层浪漫色彩。

贺亮骑着自行车送沈薇回家，当自行车走出大家视野后，沈薇伸出双臂从后面揽住贺亮的腰，丰满的胸脯紧紧抵在贺亮的后背上。贺亮瞬间感到后背被一股电流击中，随后从后背快速射向全身。沈薇的气味也浓烈起来，那是洗发水的香味糅合了沈薇体味散发出来的特有香味，这香味让贺亮心脏骤然加速，呼吸困难，腿下发软，车把猛地晃了一下。身后的沈薇把贺亮搂得更紧了。

两个人都没有再说话，自行车在空旷的街道上缓缓行进着，昏黄的路灯一根一根地从他们身边掠过，他们都希望就这样一直走下去。

自行车终于还是在沈薇家门口停下来，两个人隔着自行车对望着，都欲言又止，却欲诉还休。

"进屋坐坐吧。"经过好漫长的沉默，沈薇迟疑着试探地开了口。

"太晚了，不方便吧。"

"爸妈和弟弟都睡了，我自己一人住西屋。"冷风吹过脸颊，也吹乱了沈薇的头发，在银色月光映衬下越发妩媚动人。

"太晚了，我还没有收拾行李……"

"你会给我写信吗？"沈薇声音有些发颤，胸脯激烈地起伏着。

"当然会，每周写一封。"可能被沈薇感染，贺亮也莫名地紧张起来，感觉要发生什么。

"别，一个月写一封就好。"

"啊？你要嫌一周一封太频了，我就一个月写一封。"

"不是。每周写一封怕你保证不了……如果那样，如果每周等不到你的信……我怕我会疯掉……"

"好，听你的，一个月写一封，我保证。"

"算了，还是随你吧，你别当成负担就好。"

贺亮犹豫了一下，还是把车支好，走过来伸出双臂说道："我们拥抱一下，告个别吧。"

沈薇一下扑进贺亮的怀里，双臂死死地搂住贺亮的腰，像是怕他跑掉，又像是要把他融入自己的怀里。

过了许久，贺亮想分开时发现沈薇在自己怀里无声地哭泣。贺亮的鼻子也一酸，任由沈薇在自己怀里哭泣。

突然，沈薇直起身体看着贺亮，脸上还挂着细碎的泪珠，说道："你喜欢我吗？"

贺亮看着泪光闪闪的沈薇心里一痛，说道："喜欢。"

"今晚你要了我吧。"

贺亮不相信自己的耳朵，小心地问道："你说什么？"

"我不要空担虚名，今晚我要把自己全部交给你！"沈薇语气坚定地说。

"别这样薇薇……"当贺亮叫出"薇薇"两个字时把自己吓了一跳。一声薇薇像是瞬间拆除了横在两人之间最后的壁垒，两颗心赤诚相见。

"薇薇，别冲动，将来你会后悔的。"贺亮尽量稳住自己的情绪，缓缓地说。

"今晚我要放你走了，才会一辈子后悔……"

第二章 新来的县委书记

桃三杏四李五年，枣树当年就换钱。

榆树当年不算死，柳树当年不算活。

——妫川谚语

一 长城传来爆炸声

弘毅到妫川上任县委书记的第一天就赶上锁钥岭长城发生爆炸事件。

出事那天，妫川县委会议室内正在召开常委扩大会，县委、人大、政协、县法院和检察院主要领导，以及县委常委、两办主任都出席了会议。

市委组织部冯副部长宣读了市委的人事任命决定。弘毅正准备做表态发言，这个发言他前一天准备到半夜，希望在妫川县四套班子主要领导和常委面前有一个精彩亮相。

这时县政府值班室主任神色紧张地进来，把政府办杨主任叫了出去。片刻，杨主任急匆匆回来，径直走到主持会议的县长安源身边耳语起来。弘毅停止了发言，和大家一起看着安源。

安源比弘毅早到任半年。他是铁路子弟，高校团干部出身，浑身上下充满活力与亲和力。半年来已经跟各乡的乡干部滚得烂熟，时不时飙几句妫川土话，其中还会夹杂着几句农村粗话。奇怪的是干部们不仅不反感，反而都觉得他亲切、好相处。

安源侧头对坐在主位上的冯部长说道：

"冯部长，刚接到政府值班室的紧急报告，三十分钟前锁钥岭长城上发生了一起爆炸，两死两伤。受伤的两人是外宾。"声音不高，却能让在会议室的人都听到。

冯部长没有说话，望向弘毅，言下之意，市委的任命已经宣布生效，现在这里你说了算。

弘毅当机立断，停止会议下面的程序，马上去锁钥岭旅游总公司召开现场办公会。说完与冯部长匆匆告别，带着他还没有对上号的一群县里主管领导赶去了锁钥岭长城。

贺照久没有跟弘毅去锁钥岭，而是留下陪冯部长。他并不是想留下陪冯部长尽地主之谊，而是他不愿意去。

贺照久跟冯部长是老相识，等大家呼啦啦都出了会议室后，贺照久说道："老伙计，我办公室还藏着一瓶'四特酒'，是前年马刚书记回来时送给我的，一直没舍得喝，今天便宜你啦。"

"自从马刚书记到中央工作以后我还没有见过他呢。"

回到办公室，贺照久先拨通了锁钥岭旅游总公司总经理老曾的电话，交代了几句。然后从里间书柜里拿出四特酒出了门，向政府小食堂走去。

县里这次换届贺照久又没能接上县长，他今年已经满五十五岁，以后怕是不会再有升任县长的机会了。市委原来考虑安排他到其他大一些的县任县长，或到市农口哪个局任局长，都被他谢绝了。贺照久还是那句话："请组织让我在妫川干到退休吧。"

组织尊重了贺照久的愿望，人事安排依然按部就班地进行。市政研室主任弘毅出任县委书记，市商委副主任安源出任县长。两人都是大学学历，都有过政研室的任职经历。市委提升妫城领导班子综合素质的意图已经是非常明显了。

市委主要领导是晋察冀的老首长，他语重心长地对贺照久说道："小贺呀，你十六岁就参加了革命，属于建国前参加革命的老同志，你要站好最后一班岗。对年轻的同志要扶上马，送一程。这话是总书记讲的。不用我多说，你知道该怎么做。"

贺照久留下继续任县委副书记兼常务副县长，虽然是自己的选择，可是真到了这天，看着比自己小二十岁的弘毅和小十五岁的安源在他面前踌躇满志地指点江山，贺照久心里还是五味杂陈。他被一种深深的挫败感所罩着，雄心犹在，岁月无情，面对飞逝的光阴自己竟然无可奈何，实在是让人沮丧。

二 临机处置初显霹雳手段

锁钥岭旅游总公司会议室坐满了相关单位负责人，烟雾弥漫。县长安源主持会议，他先把弘毅介绍给大家，然后让公安局通报情况。路局长说道：

"现场展开调查取证工作还在进行中。初步查明，爆炸发生在21日上午11时40分左右，地点是锁钥岭长城最高的七号烽火台。两人当场死亡，两人受伤。两位伤者都是外宾，目前已经送到医院抢救。引爆炸弹的是一对男女游客，身份还需要进一步确认，初步判断是中国公民。炸弹属于土制炸弹，威力很小……"

"威力小怎么还能炸死人，还炸伤了外宾？"安源插话问道。

"从现场勘查情况看，炸弹是在两个自爆者腰间爆炸，在这个高度爆炸会产生较强的冲击波，虽然是土制炸弹，但其爆炸威力在一定范围内还是较强的。这也说明在炸弹爆炸时两位外宾与两位死者距离很近。"

"有多近？"

"应该不会超过五米。"

政法委书记武宗贤问道："他们是否相互认识，在交谈吗？"

"目前还没有证据证明他们认识，但是交谈是有可能的。据目击者说，当时远远看到烽火台上只有一男一女在搂抱着，像是在看风景，约一分钟后就听到了爆炸声。爆炸发生后走近现场时才看到还有两位外宾受伤倒地。现在我们还在寻找其他目击者。"

安源问道："两位外宾伤情怎么样了？"

卫生局局长说道："已经送到县医院，我们正组织全力抢救。"

这时一名警察手拿材料进来，匆匆在路局长耳边说了几句什么，放下材料又走了出去。路局长说道：

"刚接到医院方面的消息，一位外宾经抢救无效，于十分钟前死亡。"会场一片哗然。

路局长看了看手中的材料提高声音说道："两名外宾身份已经得到确认，都是新西兰国籍，计算机专家，她俩是一对亲姐妹，分别在两个国家的计算机公司工作。这次是到北京出席国际计算机会议碰到的，所以她们非常高兴。在会议组织登长城活动中，她俩脱离大队独自活动，比赛爬烽火台，当跑到爆炸点时发生爆炸，跑在前面的姐姐伤重身亡。妹妹受伤，目前已经脱离生命危险。据妹妹说她们与爆炸者并不认识，也没有交谈。"

安源忧心忡忡地说道："目前国家领导正在新西兰进行国事访问，海外一些敌对势力已经在发出不和谐的声音，在这样的关头出了这种事情很容易被敌对势力所利用。"

安源与身边的弘毅耳语几句，后大声道："情况已经基本清楚了，一对中国籍男女，在长城上引爆自制炸弹自杀，误伤了两位恰巧路过的外宾。这个事情市领导很关注，一直在电话询问。市公安局也派出刑侦专家正在赶来的路上。我们现在要研究一个处理意见上报市委、市政府，请大家发表意见。"

"景区出了这样的事情我很痛心，我首先向县委、县政府检讨……"

"老曾，你先不忙着做检讨，事情结论还没有出来，责任也没有认定。目前当务之急是拿出处理意见。"

老曾感激地点了点头，提高了一些声音说道："刚才我们班子开了一个碰头会，研究出一个意见：一是，关闭景区，进行安全排查；二是，为避免敌对势力利用此事丑化我们，建议进行新闻管制；三是，对死者家属给予高额抚恤。对伤者给予慰问；四是，查明肇事者的身份和动机，向社会公布，给死者家属和社会一个交代。"

"我同意老曾的意见，对外封锁消息。那些外国记者不识敬，盘根问底儿很难缠，决不能让他们到现场采访，不定写出什么幺蛾子来。"

"宣传部的电话快被打爆了，我们需要尽快拿出一个通稿。我估计不出一个小时，我们周遭都是媒体记者。"

"我也同意老曾的意见。另外，我建议把受伤外宾尽快转走，请市里出面处理，涉及外宾嘛。"

"炸死新西兰外宾属于国际事件，处理不好会引起国际舆论，甚至国际争端。所以处理起来一定要慎重。为了慎重起见，最好先请示市政府之后再行动，免得被动。"

"我建议马上关闭长城，处理直接责任人，争取主动。"

安源看看大家讨论得差不多了，清了清嗓子，会场一下安静下来。安源说道："下面请弘书记做总结讲话。"

弘毅环视了一圈会场，说道：

"在举世瞩目的万里长城上发生致人死伤的爆炸事件，是令人震惊和痛心的。公安局的同志上手很快，基本摸清楚了事情的来龙去脉。我建议……"

说到这里弘毅有意停下来，环顾一下全场，与会者都拿起了手中的笔。弘毅继续说道：

"一、全力抢救伤者，待伤情稳定后考虑转到市里大医院，组织专家会诊，绝不能再出现死人的情况。二、妥善处理好亡者遗体，要冷藏，保存好，等待家属来认领。尽量满足死者家属合理的要求。以上两条由卫生局牵头，民政局和景区负责落实。三、加大侦查力度，三天内要把引爆者身份和缘由查清楚。这项工作由公安局负责。四、正面面对媒体，实事求是地报道。特别是不要回避外国媒体。宣传部要在会后一个小时内拿出通稿。五、景区要痛定思痛，认真查找安全漏洞，坚决杜绝此类事件再次发生。但是景区不能关闭，到长城旅游的游客来自世界各地，一旦关闭长城景区，事件性质就会升级，国际影响就会放大，景区要在确保安全的情况下正常运营。六、即刻成立突发事件处置临时领导小组，建议组长由安源同志担任，政法委、宣传部、公安局、卫生局、民政局和锁钥岭旅游总公司主要领导为成员，全权处理此事。七、由政法委牵头，在全县进行为期一个月的安全大清查，排查所有安全隐患。与所有法人单位签订保障安全责任书，要做到安全万无一失。以上意见如无不妥，马上形成会议纪要，以两办的名义联合签发，今晚十二点前发到各单位，两办负责督察督办。"

会场上鸦雀无声，只有两办记录员的钢笔在纸上快速划过的沙沙声。

三　想起老爹贺长城

贺照久陪市组织部冯部长吃午饭时，喝了很多白酒，别人以为他是为了陪好冯部长，其实是他自己今天特别想喝酒。冯部长看出贺照久心里藏着心事，也多少知道些其中的原委，只是不说破。所以来者不拒，后来又反客为主频频举杯，最终被随员搀扶上车。刚关上车门，他突然摇下车窗冲着贺照久说道："老贺，牢骚太盛防肠断，风物长宜放眼量。好自为之啊！"

贺照久双手抱拳，上下晃了晃，动了动嘴唇，话却没说出来。

送走了冯部长，贺照久回到自己的办公室，在里间躺下来却怎么也睡不着。脑子里不断重复老冯走时丢下的两句诗"牢骚太盛防肠断，风物长宜放眼量"。贺照久知道这是当年毛主席写给柳亚子的诗，难道自己是个心胸狭窄的人吗？横竖睡不着，索性起身，回家。

听到街门响，银杏连忙从南屋迎了出来。她看到司机搀扶着贺照久进来，知道是喝多了。贺照久一进院子就说道："好好的青砖院子，种这么多花花草草，不顶吃不顶喝的，整得连个下脚的地方都没有，乱弹琴。"

院子里和窗台上基本上都摆满了大小花盆。四季海棠、牡丹、芍药、月季甚至还有从没见过开花的仙人掌。院当中的青砖换成了泥土，上面支起一座葡萄架，下面种的却是紫藤。

银杏并没有接话，一路前面开门撩帘，把贺照久安顿在北屋西头的床上，回身拿出毛毯给他盖在肚子上，出去到东屋厨房兼餐厅用温水冲了一杯东山花盆乡的蜂蜜，端到贺照久的床头。然后掩上门默默地退了出来。

这套四合院还是日本投降后，国民党县政府借机霸占了贺家老宅，后来经过贺照久他爹贺长城一番抗争，国民党县政府以这套四合院抵给了贺家。

贺长城在这套院子里活到七十三岁，死的那天三个孩子都不在身边。大儿子贺照永刚从青海换防去了云南新创建的一○一军，出任新组建的三○二师师长。二儿子贺照久和儿媳妇叶蓝都下放去了干校。女儿贺照娟随右派丈夫杜怀文还在内蒙古劳动。

那天傍晚，贺长城坐在西房外屋的椅子上，手里把弄着黑果木手杖，那是大儿子从云南寄回来的，贺长城一刻也不离身。银杏进屋来问晚上吃什么时，才发现贺长城坐在椅子上已经过世了。手里还握着那根手杖。炕头柜子里的木匣中，留下了三百五十七首长城民歌民谣，四千三百九十四条民间谚语和搜集者花名册。

贺长城在生命最后几年前常常跟小儿子唠叨：

"早些年爹置办下的产业海了去了，光咱家那套四进大宅院外加三个跨院，在妫川县城找不出第二家。就更别提那藏书楼了，你出了居庸关要是能找到第二家都算我输……"

人很奇怪，贺照久年轻时一听他爹唠叨过去的事就闹心。

等自己年过四十以后，却突然喜欢听爹讲往事了。贺照久有时会让银杏姨炒两个鸡蛋，拍黄瓜条，凉拌西红柿，再抓一把带皮花生，放到爹炕头的小榆木炕桌上。如果是冬天就在炭火上支起砂鼓子，炖上豆腐、干豆角。用爹仅存的酒嗉子温上衡水老白干，把牛眼酒盅倒满，一定满得要溢出来。这是爹的习惯，不然他就会说："懂不懂规矩？茶要斟浅，酒要斟满。"

爷俩盘腿坐在炕上慢悠悠喝着，聊那些陈年老辈子的事。

酒嗉子是明末年的锡制老物件，壶壁上画着"武松打虎"的图案，"破四旧"时爹把它藏到炕洞里而幸免被毁。爹留下的铁器物件在大炼钢铁的时候都化成了铁水，铜制器皿和字画古董在"文革"时抄的抄，烧的烧，砸的砸，全都灰飞烟灭了。连石峡村的祖坟都在平坟退耕的运动中荡然无存。每当提起此事，贺长城都会痛心疾首地感叹道：

"可惜祖坟上那片松柏树，还是我太爷种下的，全给伐了。造孽啊……"

有时候喝到高兴，贺长城还会对儿子揶揄道："如果你不把咱祖坟平了，你至少可以官至尚书……风水先生早算好的。"然后得意地就着儿子一脸懊悔的样子喝上一盅。

那年国家要求平坟退耕，农村阻力很大，根本推行不下去。已经到县上工作的贺照久亲自回到石峡村，给村支书下死命令。贺家是石峡村平祖坟的第一家，也是全县的第一户。想想当年那个狂热的青年干部，贺照久感到恍如隔世。

爷俩就这样喝着，唠着，逗着……

南屋三间，私房改造时分别给了银杏和小杰，一家一间半。

1960年秋后小杰老婆得了浮肿病，折腾了一周后人快要不行了。公社赤脚医生来了，拿出银针找不到下针的地方。索性收起药箱跟小杰说："男怕穿靴，女怕戴帽。准备后事吧。"小杰老婆死时的样子很恐怖，全身像注满水的橡皮人，眼睛一直闭不上。小杰知道，老婆是放不下他和四个孩子。

小杰在生产队里挣工分，到年底才能从生产队按累计工分和家庭人口分口粮和现钱。老婆走后，他一个人拖着四个孩子，日子过得一塌糊涂，全凭贺长城不时地接济，艰难度日。后来在贺长城做主撮合下，小杰和银杏正式搭伙过日子，那年银杏刚三十九岁。转年又给小杰生了一个儿子，一家七口人相互扶持着度过了最艰难的时期。

县文物所撤销了，长城顾问贺长城也失去了工作。社会主义人人平等，不养闲人。贺长城被安排到粮食局看仓库，好歹挣工资，一个月十九元。在粮库工作的好处是每个月还能分些杂粮。大儿子贺照永在部队上，时常寄些食品。二儿子贺照久在公社当干部，二儿媳妇叶蓝先在"四清"工作队，后又去了五七干校，两人虽然成天不着家，但是每月都能按时交家用，所以家里柴米油盐总能保证。贺长城还能挤出一点钱和粮票，不时接济一下跟着右派丈夫杜怀文下放到内蒙古的老闺女贺照娟，她带着五个孩子举步维艰。

在新中国成立后的私房改造中，房管所把四合院前后十间半房屋收走实行统一管理使用。"文革"后落实政策，才全给退回来。城关公社和生产队解散后又恢复了原来的几个村委会，土地按人头都分了。小杰把分到的口粮地租了出去，自己在村里办的纸箱厂打工，银杏姨身体硬朗，又闲不住，依然打理着贺照久一家三顿饭。世情多变，四合院成为贺家人一波波风浪中的喘息之地。

四　新领导新作风

改造农贸市场现场办公会召开前，县委办把有关情况材料发给与会者人手一份。事情很简单：城关老公社时期的食堂位于玉皇阁南街，食堂是由原来城关镇政府的大会堂改造而成。食堂解散后先做仓库，后随着镇政府迁走就闲置起来。城关镇希望把它改造成农贸市场。

商委和城关镇联合申请报告报到县政府，主管副县长郝伟峰画了圈，批道：请贺书记阅示。贺照久是主管综合口的常务副县长，一周后贺照久也画了圈，批道：请计委商农委、工商局拿出具体意见，上县长办公会。报告转到计委后便没有了下文。这次弘毅在走访城关镇时了解了这件事，立即让县委办主任蒋光荣安排，第二天上午九点召开现场办公会。

除去县长安源到市里开会，其他领导在九点前都到了。大家在老公社食堂门口围成一个半圆，三三两两抽着烟，闲聊着天。

弘毅九点准时到达现场，下车便开会。依然是没有套话，开门见山："材料大家手里都有，情况同志们也都了解，在这里就不再重复。计委汤培福主任，请你说一下，贺照久同志批下去关于改造农贸市场的申请报告，为什么一年零七个月你们计委都没有给回复?"

计委主任汤培福是1949年参加工作的老同志，本来就对这位年轻的新书记兴师动众地召开现场会不以为然，听到弘书记直接点自己的名字，语气中明显带有不满，心里已经略带不快，于是他轻描淡写地说道:

"弘书记，我们接到批件后，一切按照正常程序办理。先与农委和工商局进行了沟通。沟通中发现存在一些问题，需要进一步协调加以解决。我们正在加紧工作，争取尽快落实吧。"

"请说明你们发现存在哪些具体问题。"

"嗯……比如农贸市场建好后由哪个单位来管理，这涉及工商局、城关镇、市容市政多个部门。还有谁来收取管理费，收费的标准如何制定，这又涉及物价局。这个收费要不要交税，税务局也要拿出具体意见。还有改造市场投资指标问题，虽然改造投资是城关镇自筹资金解决，但是它挤占了全县对固定资产投资计划指标……这些工作都不是计委一家能决定的，都需要协调。"

"那你是怎么协调的呢，用了一年零七个月都没有协调出个结果，请你告诉我，这是你能力的问题还是你不愿意去做协调工作? 或是在协调工作中遇到什么阻力? 那你告诉我，这个制造阻力的人又是谁?"

这是道两头堵的要命题。汤培福的额头上开始冒汗了，用眼睛在找贺照久。贺照久目视前方，面无表情。

"没有谁制造阻力，都是公家的事，谁会去制造阻力? 我在计委工作了十三年，基本的工作流程都是马刚书记在的时候定下的，我们都是在按照章程制度办理。"

搬出马刚书记也没有起到作用，弘毅问责进一步升级："汤培福同志，农贸市场究竟应不应该改造，如何去改造，我不去评判，那是政府应该去处理的事。我今天要说的是，你身为计委主任，国家相关政策你都了如指掌。身为50年代参加革命工作的老同志，你具备基本的领导素质和处理业务的能力。改造农贸市场的报告在你手里竟然压了一年零七个月，既没有协调出结果，也没有向政府提交处理意见。你对本职工作如此消极，对基层政府和农民的诉求如此冷漠，对百姓民生漠不关心，你不觉得你已经丧失了一个共产党员最起码的党性原则了吗？"

汤培福汗流浃背，张了张嘴却没有发出任何声音。空气已经凝固，现场鸦雀无声。远处商店里传出香港电视剧《霍元甲》的主题歌：万里长城永不倒，千里黄河水滔滔……

贺照久觉得此时不能不说话了："老汤啊，弘书记批评得对，你是个老同志了，要做青年干部的表率嘛。弘书记这也是对你的爱护，回去马上落实。"

弘毅并没有打算收兵的意思，说道：

"照久同志，还有伟峰同志，你俩作为县里主管领导，签批下去的文件要限时回复，怎么能一批了之呢？两办主任都来了吗？"

"来了。"

"来了。"

"你们两办督察督办的责任也缺位。看来当务之急是要转变机关工作作风，要从政府机关做起。你们回头拿出转变机关工作作风的意见，下周一上常委会。"两办主任连连点头，认真地在笔记本上比画着。

弘毅回头对正在擦汗的汤培福说道：

"汤培福同志，农贸市场的事情你说说，你们计委究竟是什么意见。"

汤培福没料到弘毅又来个回马枪，一时方寸大乱，略微有些口吃：

"我们，我们回去就、就研究，尽快拿出意见……"

弘毅大声说道：

"你们还要研究？还要回去研究？回去就该研究你的问题了！"

弘毅大声说道："你们还要研究？还要回去研究？
回去就该研究你的问题了！"

弘毅甩手向吉普车走去，边走边说："蒋光荣，马上通知在家的副书记，回县委召开书记办公会，然后召开常委会，专门研究汤培福同志的问题。"

当天晚上，常委会通过了撤销汤培福计委主任职务的决议。

出了常委会议室，政法委书记武宗贤跟着贺照久进了办公室，回手关上门说道："不换思想就换人。这不就是不听话就撤职嘛，不教而诛，对干部也是一种不负责任嘛……"

"老武，说话注意你的身份。有不同意见你刚才在常委会上怎么不说？"

武宗贤很不以为然地说："弘书记第一次主持召开研究人事的常委会，我怎么能投反对票呢？以后还怎么配合工作？再说，撤销汤培福是你们书记办公会已经定下的事，常委会就是走个过场，我反对有用吗？你不是投的反对票也没有拦住嘛。"

贺照久说道："我是不隐瞒观点。这两年我对汤培福的工作是不满意的，去年我就动议安排他到政协任副主席，毕竟老同志嘛。我是不赞成他们拿老汤说事，来树立个人权威，那置干部政策于何地呀？乱弹琴。"

五　当好配角不容易

贺照久进入县级领导班子有十多年了，前前后后经历了五位县委书记，与他们能在很短的时间达成工作默契。生活上相互关心，和睦相处。但是这次不同于以往，与这位年轻的新书记别说工作默契了，简直是迎头相撞。从观察问题的角度到商讨问题的方法，从思考问题的站位到处理问题的手段，两个人都格格不入。

改造农贸市场这个事情贺照久是了解的。一年多前，城关镇书记郑立斌找过他，提出把城南关老公社时期的食堂和仓库改造成农贸市场，把散落在街道上卖农副产品的散点集中起来，既方便农民进城卖菜创收，又方便城里居民买菜，还便于城市管理，一举多得。贺照久却很不以为然。这块地方是风水宝地，他一直想在这里搞一个妫川县城标志性的建筑，只是目前条件还不成熟，搞农贸市场岂不是白瞎了这块宝地。

况且他不喜欢郑立斌这个人，做事张扬，好大喜功，常常不按套路出牌。之前在山区做乡党委书记时，大搞封山育林种植杏树。被当时的县委书记赏识，力排众议，提拔到妫川最大的乡镇做一把手。弘毅下车伊始，不全面了解情况，特别是不和县里老同志商量，听取郑立斌一面之词就当场撤换计委主任，这种做法合适吗？

新书记才到任几天就与自己发生了正面冲突，这以后该如何相处呢？贺照久陷入深深的忧虑中。

第三章　长城上冻出来的战略

船的力量在帆上，人的力量在心上。

——妫川谚语

一　村支书的建言

吉普车在坑坑洼洼的山路上颠簸，弘毅坐在副驾驶的位置上，不停地询问沿途路过乡镇村庄的情况。县委常委、办公室主任蒋光荣，主管农业的副县长郝伟峰和农委李主任三个人挤在后面，轮流做着回答。

郝伟峰说道："咱们县是农业县，山区半山区面积占全县总面积的70%以上。过去受'左倾'思想影响，人心归队，劳力归田，车马还乡，形成了一种以土地为本、以粮为纲的单一化农业结构。实行家庭联产承包责任制后，县里抽调了七百五十名干部组工作队下去，很快在全县铺开，农民生产热情空前高涨，粮食连年增产。可是一下又释放出大量劳动力，农村劳动力就业就成了当前迫切的问题。"

农委李主任说道："这些劳动力的文化水平普遍不高，多是初中和小学文化，外出打工有一定难度。"

弘毅说道："看来还得大力发展乡镇企业，才能就地就近就业。"

吉普车窗外闪过柳家堡的指路牌，弘毅问："柳家堡，是那个革命老区吗?"

"是的，弘书记。抗日战争时期这里发生过著名的'柳家堡战斗'，妫川抗日先遣队在这里打掉了日军的运输队。当时的司令员赵鹏，原名贺叔城，就是贺照久书记的三叔。最近民政局正在建立'柳家堡战斗'纪念碑。"办公室主任蒋光荣说道。

"进村去看看。村里军烈属还有多少户?"

村支书老柳是个见过世面的人，对县委书记的突然而至并不显得惊慌失措。他一边让人到他家把过年喝的茉莉花茶拿来，一边让村委会会计去妇联主任家派饭。被蒋光荣叫住，说不在村里吃饭，乡里都安排好了。

弘毅敏锐地观察到，老柳此时有一种如释重负之感，半锁的眉头也舒展开了。

村委会是旧关帝庙改造而成，青砖青瓦。在弄明白弘毅的来意后，老柳便侃侃而谈起来：

"弘书记既然要听农村的真实情况和我们农民的想法，那我就直说了。从哪说起呢? 就从我说起吧。

"解放前，我家里很穷，十几岁就给地主放牛。我哥哥大我七岁，抗日那阵子参加了八路军老十团，后来编入野战军，在解放天津时牺牲了。那年月成天打仗，骡马毛驴都被国民党军队拉走驮军用物资去了，可也没见有送回来的。大片大片土地都撂荒了，老百姓日子过得别提多糟心了。

"解放后，农民家家都分了地，可是经过战乱农村缺少劳动力，军烈属家里更惨，家里没有顶梁柱就塌了半个天。打的粮食总不够吃。人们不得不向有钱有粮的中农、富农去借。他们有钱买农具和牲畜，除了种粮食种得好，还会种一些早熟的豌豆，等到来年春天青黄不接的时候，就有穷人家里断粮，不得不向富裕户借豌豆，借一斗湿豌豆，到秋后要还一斗小米。小米是豌豆的两倍价值，这相当于对半的利息。这样一折腾第二年就更不够吃了，还得去借，最后还不了就要用财产顶，财产顶完了，不得不把地转让给人家，自己去给人家种地。

"到了1955年，上级号召成立互助组，说组织起来力量大，贫困户们一听就高兴，不用怎么做动员就都加入进来了。许多人家还贡献了农具，原来一亩好地最多打二百斤粮食，组织起互助组后能打五百斤。人们填饱了肚子精神头儿就不一样，搞夜战人们不要报酬照样干活。那些原先犹犹豫豫观望的人家一看互助组年年增产，日子越过越红火，也都纷纷要求加入。后来又成立了初级社、高级社，大家伙儿的热情别提多高啦。都说合作化这条路走对啦。老百姓真正感到社会主义好，共产党好。

"到了1958年，上头说我们发展步子太慢了，要向苏联老大哥学习。苏联实行集体农庄，我们就搞人民公社。一切财产归公，大家一起吃集体食堂。苏联实现了工业化，也让我们大炼钢铁，任务经过县上、乡上层层加码，到我们村要炼几万斤铁。全村人全部上山开矿，一天也弄不多少，好多家的锅都砸了。还有一些农具也放进了高炉。结果炼出一堆堆废铁。损失太大了。后来上级说苏联推动农田水利，就让我们村打二百眼井。结果挖得遍地是坑，一眼正经的水井也没有挖出来。那时候人们整天盲目瞎干，反正大食堂里天天有饭吃。粮食丢在地里也没有人去捡。接着闹了几年的灾荒，上边说还要还苏联的债。集体食堂吃不下去了，不得不散伙。干部的威信也赔光了。"

老柳又点上一根烟，深深吸了一口，继续说道："现在不同啦，实行联产承包后，大家伙儿的积极性都起来了。农民致富村里服务，亩产一千斤不新鲜。老话说要想富，农兼副，没有副业穷忙乎。手艺人也不再藏着掖着，都是八仙过海各显神通，由着你可劲地施展，村里万元户出了好几个，每年县里的表彰大会上都是县长亲自在给万元户披红戴花，威风得很。

"过去我们一直学苏联，苏联到底什么样我不清楚，反正一股脑学人家不行，吃核桃得剥皮不能整咽了。前些日子又听说我们要走美国的路，搞什么'西化'，我心里一直在打鼓，心说可别再这么搞，前些年折腾得够苦的了。咱们就不能踏踏实实过好日子吗？弘书记我是跟您掏心掏肺地都说了，也不知道说得对不对。"

"老柳说得好哇。我们确实不能再折腾啦，过去把农民都折腾怕了，我们要引以为戒啊。现在看农村改革是成功的，第一步农村改革使农民吃饱了饭，第二步农村改革使农民兜里有了现钱，这下一步就要变自然经济为商品经济，噢，就是要让我们的水果蔬菜走出去，卖给城市人。发掘资源，大办乡镇企业，既能安置农村大量闲散劳动力，又可以生产城里人需要的东西。我们还要大力开发旅游项目，让城里人到我们这里旅游休假。"老柳兴奋地点点头说道："那可太好啦。"

"实现这些目标首先要改变人们的观念，特别是各级干部的观念。"说完弘毅站了起来，说道：

"老柳，带我去村里转转，探望几家军烈属。"

弘毅边走边问道："老柳，你有什么困难，有什么要求，特别是对县里的工作有什么意见，尽管说。"

"弘书记，我是个直肠子，心里咋想就咋说，多会儿也不会来虚的。过去几次当村干部都是因为不会弯弯绕被撤了职。但是只要让我干这个村支书，我还是实话实说，您今天既然问我，我就照实说。"

"老柳你就照实说。"弘毅停下脚步，用非常欣赏的目光看着老柳。

"一个呢是村办企业为什么有困难，首先必须把主要问题拨弄清楚。我们这里是革命老区，山高吊远，属于背旮旯儿，当年也是因为离城里远，地势偏，山路难，所以才在这里建立革命根据地。现在村里家底薄、技术人才不愿意来，村里有文化的后生都要出去打工。上面光下任务没有实际的支持不行啊。

"再一个呢，村里眼目前儿的接待任务太重，县里部门千条线，到了村里就一个锅。今天这个来检查，明天那个来搞评比，几乎天天有干部下来。村委会那点提留款早就闹了饥荒。我们又不能给农民增加负担。过去的干部来派饭都简单，派到谁家就谁家茶饭。现在的干部都是娇客，要有酒有肉。第三呢，是拖欠五保户的补助，我几次找乡里民政崔干事，他说款子县里倒是按时拨下来了，可是让乡里先垫付给修建纪念碑的施工队了。"

"不对呀，柳书记，纪念碑的款子年初就拨给乡里啦。"副县长郝伟峰说道。

老柳说："我也问崔干事啦，他说那笔款子被乡里挪用给企业周转去了，结果到期归不上。"

郝伟峰说道："谁这么大的胆子敢挪用专项款，挪给谁啦？"

"利民罐头厂。"

"是沙玉根书记那个小舅子裴利民办的那个罐头厂？"

"就是那个。"

二 饭钱谁来付

弘毅到达沙峪沟乡政府已经是中午十一点多了。吉普车一进乡政府的院子，乡党委书记沙玉根和苏乡长带着几个乡干部闻声从屋里迎了出来。

副县长郝伟峰相互做了介绍后说道："弘书记，咱们是不是先吃饭，吃了饭再听他们汇报？"

弘毅说："好，我还真饿了。"

一行人在沙玉根引领下，出了乡政府大门，来到对面的阳春饭馆。饭馆不大，只能摆放两张圆桌，三张小方桌。

一进门，弘毅便皱起眉来。两张圆桌子上已经摆好了菜和酒水，七八个人坐满了一桌，空出一桌，显然是留给弘毅他们的。见沙玉根带人进来，呼啦啦都站起来等着介绍。

沙玉根没有注意到弘毅神色的变化，一个劲往主桌上让弘毅。看到两个桌子上摆满了鸡鸭鱼肉和长城大曲酒，县委常委、办公室主任蒋光荣便猜出弘毅变脸的原因，说道：

"老沙呀，不是跟你说我们只有五个人，就在乡里食堂安排便饭吗？你怎么搞这么大阵仗哪？"

沙玉根热情地说道："班子的同志都想见见弘毅书记，敬弘毅书记几杯酒。"

"沙玉根同志，你们平时都是这样招待县里来的领导吗？"弘毅压着情绪尽量轻松地问。

"是呀。乡下也没有什么好东西，只能瞎凑合……"

"老沙，你别二愣八征的，想好了再说！"郝伟峰大声提醒道。

苏乡长忙说："弘书记，平时县里来人我们都是照着规定四菜一汤来安排。今天属于特殊情况，您是第一次到我们乡里来，乡亲们都想表达个心意。"

回过神的沙玉根马上严肃地说道："弘书记我向您检讨，下不为例，一定下不为例。"

"沙书记和苏乡长要表达心意，今天这个账能否你两个人来结呢?"

"没有问题,弘书记。"两个人异口同声地说。

"既然你们是请我,是否可以主随客便呢?"

"没有问题,弘书记。"两个人又异口同声地说。

"那好,今天就不麻烦大家陪吃了,两个小时以后我们在会议室见。你们两位请客的留下。"

大家一时没有明白弘毅的意思,愣在原地面面相觑。

蒋光荣说道:"沙书记和苏乡长留下,其他同志都先散了,两个小时以后在会议室集中,召开座谈会。"

等人都出去了,弘毅对沙玉根说道:"你现在派人,把就近的军属、烈属和历年先进生产者都请来,我们来个午餐恳谈会。另外,你俩先把这顿饭的钱付了。"

两人赶忙掏钱,慌得店老板连连摆手后退。

贺照久接到沙玉根的电话已经是晚上十点多了。沙玉根在电话里把弘毅如何把欢迎宴席改成慰问老区军烈属;如何召开座谈会批评乡办企业发展滞后,拖了全县改革开放的后腿;说什么不换思想就换人,一股脑倒了半天苦水,最后说道:

"贺书记,您瞧瞧,这不是专门拣软柿子捏嘛!您是了解的,我们乡要钱没钱,要技术没有技术,要资源没有资源,让我拿什么发展乡镇企业?县办企业要什么有什么都办成那个屌样子,倒怪起我来了……"突然意识到贺照久作为常务副县长主管全县工业,连忙往回找:"贺书记我没有别的意思……"

"好了。弘书记说得对。大力发展乡镇企业是中央定的调子，有条件要上，没有条件创造条件也要上。你们尽快按照弘书记指示拿出个落实意见，下周到县里汇报一次。"

"好的，贺书记。对了，弘书记让把修纪念碑的事先停停，先把拖欠军烈属的生活费补发了。您看这……"

"修纪念碑是县政府常务会定下的事，款子财政已经安排下去，这跟拖欠军烈属的生活费有什么冲突吗？"

"是这样的贺书记，去年乡里办的罐头厂资金周转不开，就把修纪念碑的款子借他们周转三个月，乡里也想挣点利息。没承想做好的罐头销不出去，款子全砸进去了，一时半会儿归不上。修纪念碑又赶工期，我就先把民政费暂时挪用一下，谁知道弘书记来我们乡一头先扎到柳家堡，把军烈属家访一个遍。唉，我今年迎旬年，背透了……"

"民政的款子你也敢挪用，真是乱弹琴。沙玉根你给我听好喽，军烈属补助要马上补发，纪念碑的工期不能误。"

"可是弘书记他……"

"明年清明节马刚同志要回来为纪念碑落成剪彩。"

"可是贺书记、贺书记……"贺照久已经把电话挂断了。

放下电话，贺照久仰卧在沙发上陷入了沉思。

三　奻川欢迎您

奻川县大礼堂，两层楼一千一百个座位座无虚席。主席台上方的横幅上写着：奻川县深化改革开放动员大会。

今天弘毅要正式在全县干部大会上亮相。

贺照久主持今天的大会。县长安源代表县委、县政府做动员报告，报告在半个月前已经在常委手中传阅过了，并通过了书记办公会。按照惯例县委书记的总结讲话也是要在书记办公会上过一下，这样就形成了决议，由集体负责。可是等到大会召开的日子临近了，也没有看到弘毅书记的总结讲话。贺照久心里不免犯嘀咕，他这新官上任的三把火会从哪里烧呢？

　　县长安源做完动员报告后，贺照久照本宣科地说了几句如何领会精神，如何组织传达，如何落实责任后，郑重地宣布：

　　"下面请县委书记弘毅同志做总结讲话。大家欢迎！"热烈的掌声之后，礼堂安静下来，大家静静地等待着新书记的施政报告。

　　弘毅伸手把面前的麦克风往下压了压，调整到与自己的嘴平行的位置，然后从容不迫地说：

　　"我第一次到妫川县是1972年的冬天，那年我二十一岁，是人大工农兵学员。有一天，我接到学生会通知，要组织部分同学到锁钥岭长城欢迎外宾。后来到了长城才知道是迎接美国总统尼克松。

　　"因为头天下了一天的鹅毛大雪，路上积雪有三寸厚，雪停以后结了厚厚一层冰。我心想坏了，明天欢迎外宾的任务恐怕会被取消。因为登长城不仅是尼克松的愿望，也是我的梦想。"台下有轻松的笑声。贺照久觉得弘毅这个公开亮相很特别，不循规蹈矩，看来这个年轻人不简单。

　　"一个穷学生，在当时要到长城旅游还是件奢侈的事情，所以我不想失去这次免费旅游的机会。第二天一早，看到操场上停了一排从市公交公司调来的大巴车，我心里一下子踏实了。路上同学们吃惊地发现，从北京到锁钥岭长城有八十公里，道路两边被白皑皑的积雪覆盖着，公路上却连一片雪花都没有。过了南口就是群山峻岭，积雪就更大了，借用毛主席的诗句来描绘就是'山舞银蛇，原驰蜡象，欲与天公试比高'，可奇怪的是，崎岖的山路上也是一片雪花都没有。后来我们才知道，下大雪时有关部门就请示周总理是否调整行程，周总理回答了六个字'日期不能改变'。

"为了创造良好的外交气氛，满足尼克松总统攀登长城的愿望，国务院连夜组织了沿途的机关单位、驻军、工厂、学校若干人，自带扫帚、铁锹，一夜之间清除了积雪，疏通了道路。据说第二天把尼克松夫妇都惊呆了，说真是不可思议，中国人没有扫雪机等大型扫雪设备，是如何让雪一夜间消失的呢？中国人实在太了不起了。"

贺照久明显感到大家先前紧绷的神经松弛下来，可他的神经绷得更紧了。弘毅到任一个月来马不停蹄地走遍了全县每个乡镇，考察了大部分国有企业。不经过任何程序就停掉了建纪念碑的工程，这是他在县长办公会上定的事，就轻易地被弘毅否定掉了，一点面子也不给留。弘毅到下边调研一律不接受宴请，不收土特产。喜欢召开现场办公会当时拍板解决问题。作风硬朗，霹雳手段。更有甚者，他居然在现场办公会上宣布撤换二级班子主要领导，这在战争年代就相当于执行战场纪律。这个弘毅根本不按常理出牌。

"那次雪后登锁钥岭长城到现在已经过去十来年了，至今给我留下的最深记忆，大家知道是什么吗？大家来猜猜看。"

弘毅像个老师，在课堂上提出问题后，殷切地扫视着同学们，用眼睛在问，你们谁能回答？台下有人回应道：

"长城的宏伟。"

"中美破冰。"

"不到长城非好汉。"

"实现了免费游览长城的梦想！"此言一出引来一阵笑声。

庄严的全县干部大会上竟然台上台下互动起来，贺照久觉得这也太不严肃了，他对着自己前面的麦克风清了清嗓子，会场恢复了平静。

"大家说得都对，尼克松当时确实通过翻译向陪同登长城的叶剑英元帅背诵了毛主席的诗句'不到长城非好汉'。这些也都给我留下了深刻的印象，但都不是最刻骨铭心的记忆。我告诉大家，当时给我留下最深刻记忆的是——长城上太冷啦！"台下一片笑声，跟着窃窃私语起来。弘毅端起水杯喝了几口水，像是有意在把握着节奏，然后放下水杯不紧不慢地继续说道：

"这次组织上安排我到妫川工作，我就一直在思考'冷'这个问题。咱们妫川平均海拔高出天安门四百五十米，冬天平均比北京低十摄氏度，山高风冷，天寒地冻。因为寒冷，种植品种单一，农民收入微薄；因为寒冷，游人不过锁钥岭，投资者止步居庸关。寒冷是我们改变不了的，那我们就换一个角度，改变一下我们的思路。

"就说这个寒冷问题，让我们放眼看看外面的世界，东北的哈尔滨比我们寒冷多了吧，可是人家1979年恢复的冰灯游园会已经成为品牌，每年冬季接待游客上百万，旅游收入过亿，拉动了整个第三产业。我们怎么就不能试试呢？

"再比如夏凉的问题。妫川海拔高，昼夜温差大，日照时间长，是发展苹果、西瓜等生产得天独厚的地方。妫川的蔬菜因为气温低而长得慢，近郊的蔬菜都上市了、卖完了，我们的蔬菜刚好下来，这就是优势。我们需要研究的课题是如何抓住这个优势，如何改良品种，建立流通渠道大力发展秋菜，打造淡季商品菜基地。守着首都近千万人口的巨大市场，大有文章可做。我们面临的问题是敢不敢把文章做大。"台下出现一阵骚动，明显感觉到大家的热情被调动起来了。

"同志们，要想把文章做大，靠单打独斗不行，要在政府的引导下实现规模生产，最终形成产供销一条龙的产业。1980年以前，妫川农民人均年收入不过二百元。以大包干为核心的家庭联产承包责任制后，三四年就摘掉了贫困的帽子。如果我们再把'冷凉'的优势全部发挥出来，大力发展旅游，再加上大力发展乡镇企业，鼓励农民走出去，我们的农业大有希望。

"过去一个月来，我在全县转了一圈，跟乡镇的同志、国有企业和乡办企业的同志都在问同样的问题：你真正了解妫川吗？外界的人真正了解妫川吗？我们妫川人真正了解当今的外界吗？"

大礼堂一千多人鸦雀无声，都在思考这三个从来不曾想过的，听着显浅却又充满辩证哲理的问题。

"同志们，远、冷、风、沙、穷是过去妫川的标签，是到抛弃它的时候了。也是让妫川人重新认识自己，让外界重新认识妫川，也是让妫川人重新认识外面世界的时候了！

"我今天只提出思考问题，请大家思考，欢迎展开思想大讨论。谢谢大家。"

台下掌声雷动，经久不息。

动员大会一周后，《妫川报》在头版用通栏标题"解放思想，化短为长，'冷凉'战略的辩证思考"，副标题"全县开展让妫川人广泛认识外界，让外界正确认识妫川，让妫川重新认识自己的思想大讨论"，第二版"北京市社科院社会所、北京大学等单位专家到我县农村社会调查"，进行大力报道。

一个月以后，在大秦铁路的长桥横梁上，人们看到五个红光耀眼的大字："妫川欢迎您！"

"妫川欢迎您！"是否预示着一个封闭的时代结束了，一个开放的"黄金时代"来临了！

四　叶蓝练气功办舞会引领妫城潮流

叶蓝自从三年前由商委主任调到工会任主席后，热衷养生起来。据说养花怡情还有助睡眠。每天早上，叶蓝起来第一件事就是鼓捣她的百花园。

后来，听说喝红茶菌暖胃，加上人参茶延年益寿。她马上在北屋前的胡岔里摆满了大大小小的瓶子，里面泡着红茶菌、海宝水、人参茶……叶蓝天天逼着贺照久换着样喝她泡的养生茶，每天早晚一杯。叶蓝不厌其烦地对丈夫说："你以为我是胡乱给你喝哪？什么节气喝什么补茶，都是挨排着有讲究的。"

终于在被忽悠"打鸡血"时，贺照久不得不紧急叫停了妻子的闹腾。叶蓝安静了几天，又热衷肢体锻炼了。

叶蓝先是跟着体委的老师练站桩，后来又学气功。随着练气功的人数增加，她做商委主任的思维便活跃起来。她把工会夜校充分利用起来，周一至周三晚上办气功培训班，叶蓝从东北请来知名气功师现场授课，结果班班爆满，工会干部和家属免费学习；周四、周五晚上举办交谊舞培训班，请文化馆舞蹈老师授课。周六、周日晚上举办交谊舞会，票价比其他舞厅贵一倍却是一票难求。因为其他舞厅放盒带伴奏，她是把文化馆乐队请上现场伴奏，乐队老师们都是干部身份，以前心里痒痒却放不下架子去舞厅伴奏，这回工会有偿邀请，名正言顺，大家乐此不疲。

工会有了收入就给职工发奖金，一时职工工作热情高涨，各种非议也随之而来。

政法委书记武宗贤对贺照久说："老贺，你老婆最近可够扎活的，又搞舞会又整气功，这些你都知道不，可别由着她胡整呀？"武宗贤是跟贺照久大哥贺照永同一天参加的八路军，1947年妫城解放后，贺照永随部队转战东北，后被编入四野。武宗贤则被留在地方巩固人民政权。所以武宗贤在贺照久面前常常以兄长自居，说起话来自然也很随便。

"没病不怕冷干饭。她们搞的培训班既丰富了人民群众业余生活，又给工会创收，符合当前以经济建设为中心的大政方针嘛。"

"我说你们公母俩可别掉钱眼里。去舞会的都是什么人？

一个个袒胸露乳，衣不遮体，过去青楼女还穿件旗袍哪。鱼龙混杂，保不齐哪天就给你整出个幺蛾子来。不信你就走着瞧。"

"哪里有这么严重，搞个舞会天塌不下来。"

"现在这个电视不是什么好东西，整天放一些打打杀杀，卿卿我我的电视剧，都把青年人教坏了，宣传部门也不出来管管。"

"我说武书记呀，你真是井底蛤蟆没见什么天日。你可要抓紧时间学习呀，思想跟不上形势可要掉队的。你看看，改革开放的形势发展多快呀。"贺照久调侃着。

"我在跟你说真格的，你离勾儿拉勾儿，净扯用不着的。咱丑话说头里，他们早早晚晚要是生出是非来，你可吃不了兜着走，到时候你可别怪我没有提醒你！"

贺照久进门时，叶蓝正坐在院子里制作蜂蜜养生茶。面前摆满了空的麦乳精铁桶，旁边还有一塑料桶蜂蜜和人参、橘子皮干、红枣之类的配料。他皱起眉头没好气地说："你们工会不好好为工人服务，搞什么气功班？宣扬封建迷信。居然还办起舞会来，把工会夜校搞得乌烟瘴气，你知道吗，群众对你们很有意见。乱弹琴。"叶蓝不爱听了，说道：

"工会夜校开班办舞会是积极响应县里鼓励各单位创收的号召，这不是你在全县动员大会上讲的吗？忘了？"

"工会夜校办些文化补习班、技能培训班什么的我不反对，提高工人素质嘛。可是你们办什么气功班，充满了迷信色彩。特别是还办什么交谊舞会，影响不好。我们县正在争创'五讲四美三热爱'先进县，现在正在褃节儿上，可不能在你们工会掉链子。"

叶蓝停下手里的活，说道："贺大书记，你不了解情况就别乱讲话。国家从来就没有明令不许办气功班，而且现在全国各地都在办。人家那么多大城市的领导也没有看出来有迷信内容，你是从哪里发现的？还真应该给你颁发一个奖状。

"况且工会夜校办班后，一下子就安排了十二名下岗工人，使十二个贫困家庭脱困。我还忘了告诉你，这些下岗工人都是你领导的国企改革改出来的。"

"你这样谈问题就片面了。减员增效是建立市场经济体制的一个重要举措。要想改变过去在计划经济时的效率低、效益差，资源浪费大，人员臃肿的情况，就需要用市场经济手段来配置资源，通过市场供求、价值规律和竞争原则来实现。我们鼓励职工办停薪留职和买断工龄提前退休去从事三产，就是适应市场经济体制改革。"

"你不用给我上政治课，我们就是在支持改革呀！夜校办班既安置下岗工人，又解决了群众业余活动场所问题，还为工会创收，一举三得。怎么我们支持改革还有错啦？"

贺照久知道，真吵起来自己远远不是叶蓝的对手，她从不按套路出牌。比如你跟她讲道理，她跟你说感情；你跟她谈感情，她跟你扯原则；你给她讲原则，她又给你聊国情。年轻时还有一招抱儿子离家出走，每次叶蓝使出这一记绝杀，贺照久就全瞎了。

贺照久尽量温和地说："我这不是在关心你嘛。怕你瞎忙乎半天，最后落个里外不是人儿。"

"你就放心吧，我是那种做事没谱儿的人吗？来，把这杯人参蜂蜜水喝了。"

第四章　第一口吃螃蟹

先来的把仙桃，后来的把树梢。

先来的吃好肉，后来的啃骨头。

——妫川谚语

一　黎东斌成为先富起来的人

贺亮从教室出来，准备先回宿舍换球衣。开学以后每天晚饭前这段时间贺亮都会去操场踢球。

突然身边有同学喊道："贺亮，广播里在叫你哪。"

贺亮心头一紧，连忙竖起耳朵——

"企管系贺亮同学，听到广播马上到教导处，家里有急事找。企管系贺亮……"

贺亮把手里的一摞书塞给身边的同学：

"帮我带回宿舍。"说完就向教导处跑去。转过楼角，远远地看到黎东斌在教导处门口来回踱步，很焦急的样子。

"我家里出什么事啦？"贺亮一把抓住黎东斌的胳膊，上气不接下气地问道。黎东斌扔掉手里半支烟，用脚踩了一下说道：

"你别着急，我们边走边说。"说着向门里的老师点点头算是告别。

两人走出十来米，贺亮就不再走了，甩开黎东斌的手急不可待地说："就在这儿说，到底出什么事了，是我爸心绞痛的毛病又犯啦？"

黎东斌狡黠地一笑："哄你的，你们家都好着哪……"

贺亮当胸给了黎东斌一拳，骂道："你个贼孙吃顶了，吓我一跳。"

"你们学校这么大我怎么知道去哪找你？"

"我不是给你写信了吗，宿舍地址上面都有哇。"

"两个大老爷们儿写什么信，老娘们儿才叽叽歪歪地通信呢。走，我们出去吃饭，今天我请你大吃，算给你惊吓的补偿。"

这时贺亮才发现黎东斌焕然一新。一身时髦小老板的打扮：鳄鱼牌的灰色西服，棕色鳄鱼皮带，白衬衫上打着一条紫红色领带。腋下夹着一个小手包，不用看，鳄鱼皮的。

贺亮夸张地说："黎东斌，你丫发横财啦！"说着抓起黎东斌的领带往自己跟前一拖，黎东斌猝不及防，一个趔趄鼻子就顶到了贺亮的鼻子，四目相对：

"老实交代，你做了什么伤天害理的事啦？说！"

黎东斌挣脱开贺亮的拉扯，一边小心翼翼地整理着领带，一边说道："镇定，都是大学生了，怎么还是遇点事就炸窝哪，摆脱不了没有见过世面的穷酸相。"

学校大门两边临街的房子基本都改成了门店，文具店、洗发店、杂货店应有尽有，以饭馆居多。两人在一家名叫重庆大饭店的门前站住，黎东斌说道："就这家吧，看着还算干净。"

名字叫大饭店，店里面却不大，只放了五六张桌子。因为还没到吃饭时间，店里没有其他客人。两人在临窗的位子上坐下，老板娘热情地迎过来。黎东斌对贺亮说：

"你今天随便点。"

贺亮接过老板娘递过来的菜单，狠狠地说道：

"终于等到这一天啦！老板，来个重庆辣子鸡，干煸飘香鸭，麻椒水煮鱼，泡椒蛙肚……"

"行了行了，点这么多你吃得了嘛。"

"吃不了兜着走，我宿舍还有一窝饿狼哪。再来个爆炒鱿鱼。"

"行了行了，我是来慰问，不是扶贫。老板，菜就要这些，再来四瓶啤酒。你去下单吧。"

"你这人怎么请客不让客人吃饱哪，人说越有钱的人越抠门，原来我还不信，现在看来我还是涉世未深啊……"

等菜都上齐时两人已经喝掉了三瓶啤酒。

"你一走足球队就解散了，其实是人心散了。周遭那几家民营酒厂建立起来后，咱们厂更没咒念了。技术人员几乎都被高薪挖走了。"

"怎么搞成这样？当年化肥厂、造纸厂、制糖厂和长城酒厂可是妫川工业的四驾马车，响当当的工业旗帜。"

"都是你们老爷子分管工业时打下的天下，现在是日薄西山喽。咱们厂但凡有点门路的人都走了。丁建国和段大头都办了停薪留职。丁建国的姐夫早几年下海做了包工头，吃学校维修工程挣了第一桶金，现在包了一段修复长城的工程，让丁建国过去帮忙做工地经理，其实就是个监工。可一个月的工资是在酒厂的十倍。他姐夫隔三岔五要请街面上的人喝酒，都让他陪酒，日子过得挺滋润。"

"大头呢？"

"段大头在锁钥岭长城跑单帮卖纪念品，背得弯儿也不知道挣了多少，丫别看平时嘴浅，到挣钱这事上嘴严实得很。那天我在东街新华书店门口碰到他，丫骑了辆电驴子，竟然是日本铃木摩托车。"

"大头发财了，太好了，等我寒假回去一定让他请咱们大吃一顿好的。"

"你别说，那只铁公鸡平时跟谁都鸡贼，还就给你花钱不心疼。真是一物降一物。"

"你那纸箱厂怎么样？当厂长的感觉不错吧？"

"就他妈一个字，爽。全厂百十号人唯我马首是瞻，哥们儿这回真正体会到了权力的滋味。现在隔三岔五我就召开全厂大会，原来咱们是听喝儿的，整天价在下面听老孙那厮训话，现在是我在上面训话，想着台下就是老孙和办公楼那帮贼孙子，心里特美。"

"你找到还乡团的感觉啦?"

"No,我不是还乡团,而是救世主。原来村办纸箱厂工艺落后,产能低下,也就勉强度日。我承包后马上引进一条流水线,今年的年产值可望达到五十万,利润实现十五万。我又安排了30%的残疾人就业,可以三年免交营业税和所得税。到年底打干落净怎么也得落下个十万。"

"十万,我干到退休也挣不到这么多的钱呀!你说我过去怎么没有看出来,你是个企业家的坯子呢?随随便便一折腾就是万元户,不对,是十万元户。是我眼拙了,有请。"

贺亮故作恭敬地敬了黎东斌一杯,然后问道:"你总开全厂大会,有那么多要说的吗?"

"这你就不懂了,人们并不在意你在主席台上说什么,而是在意谁在主席台上说。"

"有哲理。领导分两种类型,一种是权术型领导,这种领导往往通过控制资源来控制人。一种是权威型领导,这种领导是通过控制人的思想来让人心甘情愿地服从领导。企管课上刚讲过。"

"归纳得好。哥们儿你知道吗,原来经营工厂里面的猫腻多了去了,这些以后时间充裕再给你慢慢说。我今天还真有个正经事跟你说,需要你亲自出山。来,先走一个。"

"我就说嘛,这不年不节的怎么突然跑来请我吃饭,无事献殷勤,非奸即盗。老板!加条咸鱼。"

"加什么咸鱼,再把你齁死。老板,不要咸鱼,再加两瓶啤酒。"说完两人对饮了一杯,黎东斌给贺亮和自己又满上酒,继续说道：

"承包纸箱厂只是哥们儿小试牛刀，明年纸箱厂产销就会饱和。要想实现突破就要走多种经营的路子。"黎东斌停顿了一下，然后一字一句地说：

"我计划把县造纸厂承包下来。"

"啊？"贺亮放下刚夹起一筷子的蛙肚，"你的野心也太大了吧！那可是妫川工业四驾马车之一呀。"黎东斌很满意贺亮的反应，做出一副高深莫测的样子，说道：

"做人笨一点没有关系，起点低一些也不要紧。但做人格局要大，格局有多大，你的事业就会有多大。也不怕你的出身低，但要敢于做梦，梦有多远，你脚下的路就会走多远。王侯将相宁有种乎？"

贺亮抱拳拱手说道："黎厂长，士隔三日当刮目相看。在下佩服。"

"爱卿免礼平身。"黎东斌很入戏地款款抬起右手配合，然后很快恢复常态，继续说道：

"造纸厂作为纸箱厂的上游，控制着我的命脉，每年光公关费就花掉我五分之一的利润。彻底解决的办法就是把造纸厂拿下。"

"大手笔。你比我们教授讲的案例精彩多了。"

"造纸厂说着挺大，其实早就外强中干了。连年亏损，职工工资都不能保证全额发放。去年县里下达利润持平的任务都没有完成。今年县里下决心实行承包制，开出的条件是承包额十万，承包期四年，每年递增10%。职工收入与利税挂钩浮动。打铁看火候，做事看机遇。这明摆着是天助我也。"黎东斌眼里放光，声音也提高了八度。

贺亮也不由自主地跟着激动起来，说道："说吧，需要哥们儿做啥？"

"两件事，这第一件，现在想承包造纸厂的不止我一家，但是都被先交十万保证金的门槛给拦住了。已经有人在鼓捣着把保证金降到五万。这就需要你回去找你们家老爷子，推荐我来承包。因为最终选定谁来承包还得你们老爷子拍板。"说完端起酒杯自己干了一杯，然后用空酒杯示意贺亮，干呀。

"你是想让我找我爹给你把保证金也降到五万？"

"No，十万保证金一分都不用减。眼目前儿敢答应交足额保证金的只有我一家。我需要你做的是——请他老人家尽快启动招标程序，免得夜长梦多。"

"你能拿出十万保证金？你那纸箱子不是到今年底才能见大钱吗？"

"十万保证金不是我出，而是让银行替我出。"

"云里雾里，没有听明白。"

"我要用纸箱厂做抵押，去银行贷款。"说完黎东斌身体后仰着完全靠到椅背儿上，得意地看着贺亮。

"高！借船出海，你真有一套。可是你作为承包人，只有纸箱厂的经营权，没有厂子的所有权，银行怕是不认啊。"

"行，你的企管课没有白上。银行确实不认经营权，但是死秤活人拿，这就是需要你做的第二件事啦。我要用四年的经营收入做抵押。农行刘行长是你们老爷子一手提拔的，只要他一点头就OK。"

"我爹不会给刘行长打招呼，我确定。"

"这事不用惊动老爷子，周日你回来一趟，晚上我码个局，把刘行长请上，到了酒桌上你只需要对他说，你寒暑假都在我厂里实习，其他的事你不用管。"

"这都成?"

"成! 你一定得帮哥们儿这次，过了这个村儿，没这个店儿。"

"好吧，我回去。这事别让我爹知道，不然他又跟我没完没了。"

"你丫够哥们儿，来，走一个满的!"

黎东斌酣畅淋漓地干了一满杯，用手抹一把嘴，像是突然想起什么，说道:

"哎，你跟沈薇有联系吗?"

"没有。"

"你跟哥们儿说句实话，你们到底怎么样了?"

"我上学后就没有联系过，真的，我们俩真没有什么。我们也不合适，都是你们瞎起哄架秧子。"

"得了吧你糊弄鬼哪? 那天你带沈薇走后我和建国就在你们后边跟着。哎，哥们儿可不是去听墙根儿，顺路。我们眼睁睁看着你进了沈薇家。"

"是，那天晚上我是去了她家，真没有怎么着。"

"你都把人家送到炕头了，还说没有怎么着? 你现在怎么上了大学没有实话呢? 真没劲。"

贺亮自己干了一杯，把酒杯重重地放到桌子上说道：

"我那天确实上炕了，我们在床上聊了一宿，天快亮时我走的。我向毛主席保证，我们就是聊了一宿没有干别的。"

"向谁保证也没用，我问你，脱衣服没？"

"……脱了。"

"都脱光会什么都没有做？说出来你自己相信吗？"

"我穿着裤衩哪，我们就搂着聊天来着。我不能做对不起人家的事。你回去可不许跟他们乱说。"

黎东斌如释重负地说道：

"本来我正发愁怎么跟你说呢，这下好了。我告诉你，沈薇跟丁建国好上了。"

二　丁建国稳扎稳打

荒郊野岭的长城上，建筑工人们在不紧不慢地和着白灰，修缮破损的城垛和更换脚下碎裂的城砖。因为要达到"修旧如旧"效果，所以新砖使用控制在5%，一些工人沿着长城搜集老砖。

丁建国穿着一身浅色西服走在长城上，西服小了一码，紧紧箍在身上，像是衣服在架着人走。再加上他脚上的白足球鞋，整个人与衣着一点都不协调，更与周围的环境显得格格不入。

这身西服是他姐夫钱忠平送给他的。钱忠平在收到胜利中学翻盖礼堂的预付款后，先给自己置办了一套皮尔卡丹西服，一双老人头牌的皮鞋，又把数字寻呼机换成汉显机。顺手把旧西服和数字寻呼机都送给了小舅子丁建国。

钱忠平中等身材，粗眉大眼，圆圆的脸从哪个角度看他都像是在笑着，这让初次见他的人都会产生一种放心的感觉。丁建国长得跟钱忠平正好相反，瘦高个，瓜子脸，五官都细长，留着港式中分头，看着有股帅气劲，就是不太让人放心。有看相的人说他男长女相有福气，丁建国深信不疑。

钱忠平虽然只有高中文化程度，但是为人处世却异常精明，算账快，做事果断。他是妫川县第一批办停薪留职的人之一。他最先接了几个修缮学校校舍的小活，后来"爱我中华 修我长城"活动起来后，政府开始大面积修复长城。中心地段的工程他也不惦记，只做些边边角角人家不愿意接的活，收入逐年递增。他现在正与县里最大的城关建筑公司谈挂靠，挂靠正规建筑公司后虽然交些管理费，但是马上就具备了二级建筑资质，可以接大活，他已经瞄上了第二百货商场大楼工程。在县城这个圈子拿像点样的工程要有建筑资质，更要拼关系。

钱忠平并不是很喜欢自己这个小舅子，常常对他老婆唠叨：

"你这个兄弟平时就眼高手低，说的总比做的多。学了三年钳工竟连个三级钳工的职称都没有拿到。这也太白薯了。"

"他才多大，还是个孩子，以后有的是机会。"

"他还算孩子？正经事一呼儿没一呼儿，老早就知道搞对象，找什么样的不好，找个工人，比他都壮实。"

钱忠平看中丁建国唯一的一点优势，就是他有个县长公子的哥们儿——贺亮。因此当他知道丁建国戗了贺亮的女朋友后气不打一处来，又不便发作。

"女孩壮实些怎么了，可比那些弱不禁风的美人灯强多了。我看沈薇那丫头挺好的，模样喜兴，心眼实守，性格也好，不是事了咯叽的人，跟咱们建国挺般配。"

"模样喜兴能当饭吃？建国那厂子有今年没明年，他将来的生计都是个问题，还一天到晚不务正业，也不知道上个夜大拿个文凭，早早地找个女朋友，一家子都是工人，娘家是什么也指望不上。"

"哎，钱忠平，你现在怎么这么势利眼，娶媳妇还指望娘家给你揽工程吗？"

"这不是唠闲篇儿嘛，你咋还急眼了呢？我这也是为咱们建国着急不是。"丁建丽一黑脸，钱忠平立马就尿，他自己也弄不清楚，为什么在内心深处对老婆总发怵。

丁家女性强势有传统。丁建丽、丁建国的母亲年轻时是南关生产队"铁姑娘战斗队"队长，说一不二，军事化管理战斗队和自己的家庭。他父亲是供销社老会计，谨小慎微，唯唯诺诺。说起来也怪他自己，把一手好牌打烂了。

他爹早年因为出身不好，初中毕业就被迫回家务农，被后来成为丁建国姥爷的村支书安排到生产队当会计，心思却还在城里。后来在带女出纳员时发生了"男女作风问题"，眼看就要被民兵抓去游街批斗。丁建国母亲挺身而出，上演了一出"美女救落难书生"。婚后头几年还风和日丽，后来他母亲把招工指标让给了他爹，使得他爹进城吃商品粮的理想得以实现。不承想，他爹到县供销社做了会计后又旧病复发，当年铁姑娘队长雄风再展，追到单位把一对男女按在地上暴打。他爹从此颜面扫地，见人低一头。回家洗衣做饭看孩子，任劳任怨。他母亲倒是天天抽烟喝酒串门子。当街坊邻居问她如何把丈夫管得如此服帖时，他母亲总是骄傲地说："老娘叫他天天晚上不下身。"引起哄堂大笑。

丁建国从小就懂得察言观色，不过脑子的话绝不说，不着调的事绝不做。偶尔捅出点娄子，姐姐丁建丽总是挡在前面替弟弟受过，没少挨母亲的笤帚疙瘩。到长城酒厂上班后，为挤进厂宿舍，让本来从不爱运动的丁建国愣是参加了足球队。

那天周日回家，他母亲突然问他想娶个什么样的老婆。丁建国眨了眨眼，讨好地说："我，我当然要找妈这样的啦……"

"不许！"他母亲一声断喝把全家人都吓了一跳。丁建国他爹喃喃地说道："原来你自己也知道你净欺负我呀……"

"怎么哪儿都有你的份呀！你还有脸说我欺负你？你咋不当着孩子们把你搞破鞋的事说说哪？"

"都捕风捉影的事……这都说了多少遍了……唉，我不和你说……"

丁建国一看战火又要起，连忙打圆场："爸，这就是您的不对啦。您要觉得受了欺负不应该跟我妈这儿说呀。"

空气突然凝固，连丁建丽也停下手里的活计看着弟弟，不知道他要说什么。"您应该找我奶奶理论去呀！"

"还是我儿子懂道理。"母亲脸上笑开了花。

丁建国垂头丧气地在长城工地上转悠着，姐夫钱忠平这段时间总找自己的碴儿，对他横挑鼻子竖挑眼，不是嫌工程进度慢了，就是嫌他管不住人。工程队里挑大梁的泥瓦工都是钱忠平从老家村里带出来的人，谁把他这个监工放在眼里？他是两头受夹板气。

丁建国几次去跟姐姐诉苦，姐姐都答应回来骂他姐夫，然后就是给他做烙饼大葱摊鸡蛋，又让他叫沈薇到家来吃饭。自己也不便再说什么，又想想每个月姐夫给他开一百五十元的工资，外加一百元的工地补贴，心里多少平衡些，他在酒厂每月工资才三十二元。

丁建国只有见到沈薇才能找到存在感。

丁建国第一次见到沈薇，是去酒厂政工科领工作证，一屋子人，政工科长蔡姐是个胖女人，坐在办公桌后面，端着个大号搪瓷缸子喝着茶，不断地用胡萝卜一样粗的手指头指着散落一桌子的白皮工作证说道：

"瞧准自己的照片，别拿错啦。到门口拿一个证件皮，别多拿，都是可丁可卯的。"

丁建国出了政工科的门倚在楼道墙上，一手拿着白坯儿工作证，一手拿着红皮夹，鼓捣了半天怎么也塞不进去。这时一个悦耳的声音在耳边响起：

"我来给你弄吧。"

随着声音伸过一只手拿走了工作证。丁建国抬头看到一张女孩青春洋溢的脸，五官棱角分明，饱满的额头上散着几缕刘海，遮住半边儿眉眼。丰满的嘴唇因为专注而微微翘起，随着手指的动作而一翘一翘地动着。丁建国刹那有一种揪心般痛快的麻酥感，接着脸红心跳，说不出一句话，只是忘情地注视着那张生动的脸。

"好了。"女孩微笑着说道，露出一口雪白的牙齿。女孩把工作证递给丁建国，一转身朝外走去。阳光从楼道走廊尽头玻璃窗射进来异常明亮，打在女孩的身上形成一束流动的剪影，娉婷婀娜，异彩流光。

忘了问女孩叫什么了，也没有对女孩说谢谢，真白薯！这一夜丁建国失眠了，辗转反侧地来回烙烧饼。在煎熬了一夜之后，一大早丁建国就去职工食堂门口守株待兔，终于打听出女孩的名字：沈薇，新进厂，刚被分配到灌装车间。

后来事情的发展令他沮丧，因为他发现沈薇喜欢贺亮……

那天他和黎东斌尾随着贺亮骑车送沈薇回家，看到他们在门口拥抱，后来双双进入沈薇家，丁建国气急败坏地说：

"贺亮这么快就下黑手啦？也太不严肃了吧！"

"关你屁事，回家睡觉。"

三 抱得美人归

失恋，准确地说是单相思一直折磨着丁建国，贺亮上学后足球队也停止了活动。有人开始复习准备高考，也有人忙着找关系调走。寂寥与焦虑笼罩在车间、宿舍、食堂和工厂每个角落。每次走过空旷的足球场丁建国都想哭。

丁建国每天都想着沈薇，总是找借口到灌装车间转悠。可一见到沈薇又慌忙走开。这种日子让他心灰意冷，离开也许是个最佳的选择。沈薇的事给了他深深的痛苦和挫败感，同时也给了他勇气。在一个阴雨连连的下午丁建国毅然办了停薪留职手续。

手续办妥后，丁建国悄然地离开了长城酒厂，没有与任何人告别。

半年以后，丁建国在第一百货商场遇见了已经是售货员的沈薇，两人惊喜地打着招呼。交谈中知道沈薇跟贺亮并没有结果，这个消息又重新燃起了丁建国的希望。

丁建国说道："那家伙要做陈世美，我们不答应，回头就找他理论。"

"你别多事，本来就没有什么。"

"送行那天大家伙儿都见证了的，丫怎么能出尔反尔呢？"

"还不是你们瞎撺掇起哄，人家就是给你们应个景，不能怪他。唉，人要相信命。听吕艳说你现如今在工程公司当领导了？"

"什么领导，就负责管理施工现场。"

"那就是领导。建国你真行，咱们青工里你最脚踏实地，总是知道自己该做什么。"

沈薇的赞扬给了丁建国勇气，他尽量让自己显得自然地说："晚上下班我接你吧。"

"不用，下班时天大亮着。"

"反正我也不坐班，时间自己支配。"

"真的不用。"

"就这样定了，还有话跟你说呢。我先走了。"

从那天开始，丁建国天天接沈薇下班，两人一起骑车边走边聊，都不再提起贺亮，只是把各自遇见的趣事拿出来分享。每次送到沈薇家门口，丁建国一脚支地，屁股依然在车座子上，潇洒地说："明天见。"但是他心里多少次有拥抱沈薇的冲动，就像那天看见贺亮与沈薇在门口紧紧拥抱的那样，可是每次到了临门一脚时耳边就会响起终场的哨声，让他瞬间泄了气。

四　长城足球队再聚首

燕春饭店按照欧式风格装修一新，原来的吸顶灯换成了欧式吊灯，水泥地面也铺上了厚厚的红地毯。墙上挂着印刷的欧洲油画，多是衣不遮体、搔首弄姿的外国女人。饭店还增设了包房，分别以巴塞罗那、威尼斯、罗马一些欧洲亮眼的城市命名。

贺亮把自行车支在饭店门口，锁好车一抬头，看见丁建国骑着自行车过来，后座上坐着沈薇。于是直起腰等着他们过来。

沈薇原本不想来："你们老足球队的人聚会，我去挺别扭的。"

"都是酒厂老工友有啥别扭的？贺亮难得回来一次，而且说好了都带女朋友，你不去我咋跟大家伙儿说呢？你不会是怕见贺亮吧？"话说到这个份上沈薇只好勉强答应，说：

"那把吕艳叫上吧，我俩也是个伴儿。"

丁建国也看到了贺亮，老远就打招呼："贺亮，你这被请的客人也太心急了吧。"

"嘻，我就是个穷亲戚，难得被人请一次，早早就过来等着。"两人打着哈哈，人就到了身边。沈薇从后座上下来，望着贺亮大方地说："回来了。"

贺亮有些尴尬地点点头算是回答。丁建国看看贺亮，又看看沈薇，说道："咱们先进去吧。"说着进了大门，熟门熟路地往巴塞罗那包房走去。

第二拨到的是黎东斌和他的女朋友李红。一个瘦高个女孩，蛾眉皓齿，扎着马尾巴，一身休闲运动衣，整个人显得干净利索。

"各位，我来介绍，这位是我女朋友李红，木子李，红花的红。人民警察。"

"是狱警。"李红纠正道。

"在我们人民群众眼里都一样。"黎东斌申辩道。

大家正相互介绍着，突然门口一阵喧哗，段大头戴着蛤蟆镜，穿着黑色皮夹克，火柴盒大小的寻呼机挂在腰带显眼处，腋下夹着鳄鱼皮包，神气活现地走了进来，后面跟着吕艳和一位个子不高、身材匀称的女孩。

段大头一进门就夸张地向贺亮扑了过去，紧紧地熊抱着贺亮，嘴里叫着："阿亮啊，你可想死兄弟啦！"

丁建国说道："段大头，戏过了啊。你先把蛤蟆镜上的商标扯下来，土了吧唧的一副暴发户的做派。"

段大头松开贺亮，一脸不屑地对丁建国说道："真没有规矩，叫段经理。"然后摘下眼镜在衬衣上小心地把商标擦了擦，说道："什么蛤蟆镜，你才老土哪，这叫'麦克镜'。跟大西洋底来的麦克·哈里斯的太阳镜同款。商标上面全是英格利仕，英文，你懂不懂，全靠这个提份儿哪！"

贺亮笑骂道："真是狗改不了吃屎，一见面就扳杠，你们现在都是有身份的人了，还有女同胞在场，咱们把狐狸尾巴暂时夹起来，成吗？"大家哄堂大笑。笑过以后黎东斌说道：

"段经理，您给介绍一下这位贵客呀。"

"对对，都让阿国那厮把我气忘了。老少爷们儿，这位是我的女朋友杨彩玲，西北人氏，生在长城最西边，不远千里与我相会，以续前世姻缘，永结百年好合。"

"别臭转文了，牙都倒了。西北我去过一次，风沙忒大，农村还挺穷一地儿。"

"丁建国，穷地方怎么了，咱们谁不是苦出身呀？你爷爷倒是地主，还不是被我们穷人给打土豪分田地啦……"

贺亮伸出两只胳膊往下压了压，说道：

"你们又来了，都坐下，段大经理你干点正事，赶紧把菜点喽。"

大家没有谦让都就近落座。贺亮本来就在主位坐着，右首是黎东斌、李红、杨彩玲。左首是丁建国、沈薇、吕艳。

段大头坐在贺亮对面副主陪的位置上。

"服务员，你记，烧鸡、红烧鱼、鱼香肉丝、木樨肉、回锅肉、四喜丸子再加个过油肉……"

"停停停，今天说好我来请。"黎东斌叫住了段大头，然后对服务员说道：

"姑娘，前面的不算数，咱们重来。葱烧海参、油焖大虾、洋葱炒鱿鱼、松鼠鳜鱼、爆炒肚丝、清炒菜椒、麻婆豆腐、酸辣焰炒手撕圆白菜、酸辣汤，你再看着给配四个凉菜。"

"大头经理，你看人家黎厂长点的菜，多上档次。"吕艳惊叹道。

这时一个男服务员拎着一个塑料桶进来，对段大头说："给您放哪儿？"

丁建国马上跳起来说道："段大头，快把你的精馏拿走，我一看到你那白桶就犯恶心，回头我当桌给你吐了你信不信？"

"大头经理，你家得存了几瓮的精馏吧？怕你三辈子也喝不完。"吕艳揶揄道。

"忘本了啊！你们这是忘本。咱们可是长城酒厂走出来的有为青年，今天这么有意义的聚会，喝精馏就是喝历史，就是喝感情，友情为重嘛。"

黎东斌笑道："精馏是好东西，咱们留着下次喝，今天说好了我请客，大家都别争了。"说完李红已经把两瓶五粮液摆在了桌子上。

贺亮说道："段老板，听说你发了，在长城上包了好几个摊位？BB机都挎上啦。"

吕艳兴奋地说道："他现在还能挣外汇券哪。"

"阿亮你别听他们瞎咧咧。我就在长城上包了个摊位，小鼓捣油儿而已，起五更，爬半夜，累个鼻青脸肿，也就挣个仨瓜俩枣，都是辛苦钱。不像黎东斌黎大厂长，人家现在是企业家，两个厂子都不够他耍，管着大几百号人。还有阿国，现在是长城建筑公司第七分公司经理，又修长城，又建学校，马上还要盖大楼呢，妫川县都快盛不下他俩啦。"

丁建国笑骂道："你个背兴鬼，真是狗嘴里吐不出象牙来……"

说着话，凉菜已经上来，杨彩玲很懂事地起身给大家倒酒，李红也拿起一瓶酒倒起来。黎东斌说道："段经理你也别谦虚，我们不找你换外汇。今天主要是贺亮回来了，咱们兄弟也有段时间没有聚，先让贺亮说几句吧。贺队长，你给大伙说几句。"

大家都说这个建议好，还鼓起掌来。

贺亮端着酒杯站了起来，说道：

"首先感谢东斌，今天组织这个聚会。这一晃马上就三年了。这次回来看到大家都有不小的进步，我从心里为你们高兴。这杯酒祝大家百尺竿头更进一步，也祝福有情人终成眷属。干杯。"

大家都起身相互碰杯，起起落落地干了杯中酒，有人说贺亮和吕艳也要加把劲啦，下次聚会不许再一个人来。

贺亮说道："我提议，今天我们每个人提一杯酒，说几句话，大家一起干杯。从东斌开始，挨着帮儿往下转。"在一片赞成声中，黎东斌端着酒杯站起来，说道：

"我敬大家一杯酒，我想说的是，长城酒厂足球队虽然解散了，但是贺亮依然是我们的队长。我们球队的旗帜不能倒，球队的精神不能灭，球队团结友爱的光荣传统更不能丢。希望贺队长早日学成归来，继续主持大局。干杯。"一阵欢呼，干过杯之后，大家都望向李红。

李红爽快地站起来，洒脱地甩了一下马尾辫儿，说道：

"总听东斌念叨你们，今天虽然跟大家第一次见面，可有一种久别重逢的感觉，很亲切。你们的经历让我向往，你们的友谊让我感动。今天能成为你们中的一员我很开心。这杯酒祝大家永远保持年轻的心。"一阵掌声。黎东斌在下面握住李红的手，嘴凑到她耳边小声说："你讲得真好。"李红把头向着黎东斌靠了靠，脸上荡漾着幸福的微笑。贺亮把一切看在眼里，竖起右手大拇指，向着黎东斌挺了挺。

"彩玲，该你了。"段大头提醒道。

杨彩玲拘谨地站起来，雪白的双颊泛起红晕，柔声细语地说道：

"我是做旅游纪念品的，在长城上认识了我们亚林，他对我很好。你们都是亚林最好的朋友，我知道他心里装着你们。我在这里举目无亲，以前亚林是我唯一的亲人，从今往后你们都是我的亲人，请多多关照。"说完给大家鞠了一躬，然后安静地坐下了。段大头提醒她还没有敬酒。杨彩玲又连忙站起来，双手端起满满一杯酒，恭恭敬敬地说道："我敬大家，照妫城的规矩，先干为敬。"

段大头站起来："轮到我了，我就说三句话，这第一句，阿亮这一走就是三年，虽然寒暑假也回来，但毕竟不能像过去那样天天吃喝拉撒都在一起滚着。所以你一毕业别在市里实习，也不许在那边找工作。必须回来和我们在一起。"大家都表示赞成，段大头更来了精神，嗓门也放开了："这第二哪，在座的都是一起战斗过来的知心朋友，俗话说朋友不知心，不如一泡粪。现在都出了酒厂，虽是各干各的，但是我们还得多聚，每个月聚一次，还是老规矩打平伙儿。我还继续为大家服务，喝它个鼻青脸肿。第三，阿亮赶紧找个女朋友，不然聚会起来别扭。四……"

"说超了。"

"那就再整一句祝酒词，友情为重、友情为重，干杯。"

吕艳站起来说道："你们都说得那么好，我还没有想好说什么呢。嗯……我和朋友开了一家五金店，很小的店，你们别笑话我。有买钢筋的找我，特别是盘条，我能拿到计划内指标，谁真要的话我可以每吨给他加一千。还有五金……"

段大头打断吕艳的话，抢白道："艳子，你这是在搞产品发布哪！再说现在倒腾钢材已经落伍了。你要有彩电，松下、东芝的，你有多少我收多少，中介费你随便加。"

"你俩跑这里唱双簧来了，都跑题了，说祝酒词。"

吕艳大大咧咧地说道："嘿嘿嘿……我就说我还没有想好嘛，让沈薇替我说，她说话，我喝酒。"

大家的目光都投向了沈薇。贺亮的心微微一颤，三年前，也是在这个屋檐下，也是这些熟悉的面孔，送别的场景一下浮现在眼前，历历在目，依然是那么清晰……

在众人期盼的目光中，沈薇从容起身，语速平缓，略带伤感地说道：

"今天我应该高兴的，可是我却有些伤感。长城酒厂就快要倒闭了，当年的工友全散了，各奔东西。我很怀念在厂子里那段日子，虽然也苦，也累，可是每天都过得充实，每天都充满希望。虽然也有过泪水，有过烦恼，甚至有过悲伤，但是更多的是欢笑，是收获，是发自内心的真情。在那段日子里，我们朝夕相处，真像一个大家庭。灿烂的青春任我们挥霍，总觉得这样的日子会永远地过下去，永远不会改变。谁知道，幸福的光阴竟然是那么短暂。短暂到还没有细细体味就一晃而过。我们是在酒厂结的缘，我希望这个缘带着美好的回忆，带着真诚的祝福，伴着我们的生命一直走下去，直到地老天荒。"

说完，沈薇把杯中酒一饮而尽，然后怅然坐下，眼里含满了泪水，却没有掉下来。吕艳一把抱住沈薇，喊了一声"薇薇，我想哭"，两人热泪盈眶。

一阵沉默，大家不约而同地鼓起掌。

丁建国站起来，说道："沈薇说得有些伤感，但是说出了我们的心里深处的感受。我接着她的话，也说三句话吧。第一句，就是当年我们组建足球队的誓言，苟富贵，勿相忘。第二句，珍惜过去，开创未来。第三句，祝大家幸福。干杯。"

"干杯!"

贺亮突然感到有一种莫名的兴奋与惶恐，当年的工友们虽然在外貌上没有什么变化，但是在思想与境界上都已经不是在长城酒厂时的模样。

时代在前进。改革发展的洪流在冲击着社会每一个角落，撞击着人们的思想。印象里的世界已经面目全非，新的事物源源不断迎面涌来，让人应接不暇。就像崔健歌里唱的那样：不是我不明白，这世界变化快……

第五章　改革洪流

没有积那么厚的云，谈不上云散不云散。

——妫川谚语

一　石峡村要开发长城旅游

贺照久一进家门，卢炳峰从客厅沙发上站起来：

"二伯，您回来了。"

"是炳峰呀，怎么好久不来家玩了啦？"

叶蓝伸手接过贺照久的外衣，挂到门后的木制三角衣架上，说道："炳峰拿到大学本科的毕业文凭啦！"

贺照久说道："炳峰就是有出息。"说着接过卢炳峰递过来的文凭，坐到沙发上认真看起来。

"我正要跟二伯二婶报告呢，我学的是法律专业，我想调去检察院从事法律工作，这也是我父亲的愿望，他说愿我们国家能早日走上依法治国的轨道，不要再出冤假错案。"

"检察院还真缺科班出身的干部，你去是人尽其才，我给孙检说。"回头跟叶蓝说道，"还是炳峰有出息，因为家里的连累当年政审过不了，没能考大学，你看，有志者事竟成。比贺亮强多了。"

卢炳峰连忙说："贺亮兄弟也很优秀，今年就开始社会实习了。他学企业管理，是现在最热门的专业。"

叶蓝不满地说道："就是的，当初亮亮高中毕业，人家孩子想去政法口，边工作边上函大，你就是不同意。炳峰刚一开口你就给安排去检察院，炳峰，二婶不是说你啊，是说你二伯对你多偏心，对你贺亮兄弟的事不闻不问。"

"炳峰的爷爷是革命烈士，他又拿到大学文凭，这是符合政策的嘛。"

"好好我今天不想跟你吵，反正亮亮说了，他大学毕业后的工作不用你管。"

贺照久问卢炳峰："你父亲怎么样了？"

"他身体不太好，还是修白河水库落下的病根，风湿关节炎最近又加上腰肌劳损，不常出门了。在家天天写申诉材料。"

"你父亲命苦，你爷爷卢春利明明是革命烈士，已经盖棺论定了嘛，'文化大革命'又被翻过来硬给定为汉奸。当时造反派为了打倒地委书记崔毅尧，说他包庇汉奸，其实就是给他凑材料嘛，为这你爹还蹲了三年大狱。"

"当年的所有证明材料和有关档案在'文化大革命'中全都遗失。当事人赵鹏书记也不在人世了。平反甄别需要跨省，沟通也不便。"

"我已经给组织部打过招呼了，卢春利是妫川干部，虽然结论是河北省造反派下的，我们有责任予以纠正。"

"谢谢二伯，我和我父亲非常感激您，要不是您给积极争取，他一个进过监狱的人到现在也不会恢复公职。"

"共产党最讲实事求是，错了就要改嘛。"

"要是都像二伯这样的领导干部就好了。"

正说着门口有人喊道："二伯在家吗？"

石峡村村支书贺春林随声推门进，身后跟着两个青年，诚惶诚恐地往屋里搬东西。

贺照久说道："春林呀，不是跟你说过多次了吗，不要整这些，乱弹琴。"

贺春林大大咧咧地说："二伯，这都不是什么好东西，都是自己种的、养的，拿不出手，您白嫌寒碜。现在村里富裕了，正格地我还能空手来不成？"

贺春林比贺照久小不了几岁，但是按辈分排下来是叔侄辈。贺照久也乐意老家乡亲这么浑着叫，显着亲切。

叶蓝皱起眉头，说去让银杏姨弄茶就和卢炳峰躲了出去。她一走，贺春林和贺照久倒是都放开了。贺春林说道：

"二伯，您得给锁钥岭旅游总公司老曾打打招呼，咱们村民在边墙上卖点纪念品，被他们联防队轰来轰回，赶得像浪鸭子似的。我一去找他，他就拿着不是当理说，要不就跟我玩拖刀计，让我没咒念。这边墙是老祖宗留下来的财产，又不是他们景区一家的，凭什么他们城上城下随便设摊位，咱们村的人卖点针头线脑的就不行哪？上礼拜还给拘留了两个人，东西也全给没收了，这都什么时候了他们还来'文化大革命'那一套……"

"是我让公安局抓的人。"

"啊?! 二伯，那两个人都是您侄小子，一个是……"

"长城是国家的脸面，每天有来自世界各地的外宾到长城游览，一群小商贩见了外宾强拉硬扯，追着人家卖东西，还为争客人打架斗殴，那长城上是撒村混打的地方吗? 一块臭肉坏了满锅汤。人家外宾都告到外交部啦。"

"多大点事儿，这外宾也太见小了。"

"这事还小? 外交无小事! 我看根子就出在你这个村支书身上。"

"可是咱们也不能守着聚宝盆受穷不是? 都靠着长城，这几年人家岔道村可是发海了，他们花花肠子多，隔三岔五就捣鼓些事，又是办照相点，又是卖长城纪念品。去年他们不知在哪倒腾回来两具古尸，在停车场搭了间临时房子，旅游旺季时一个月就有二十多万的收入，全年就有一百九十万元的进项。他们村过去比咱们村还穷，人均年收入也就几十块钱，现在都到了一千二百元。光趁电驴子的就有三十多家，看着都让人眼气。"

"那你怎么不学学人家的办法呢? 他们早几年就提出'发展长城经济'，把村里剩余劳动力组织起来成立了旅游公司，平整荒地建停车场，开餐厅、办摄影部，搞得红红火火。你呢? 把土地一分，粉条厂和果园子一承包就万事大吉。什么是小农意识? 就是小富即安，小进即满。就是满足于'小作坊、小老板、小地主'，我看你就是典型的小农意识。"

贺春林尴尬地看了看跟他一起来的两个后生，说道："你俩出去转转，我和二伯说点要紧事。"

贺春林拿起茶几上的过滤嘴北京烟，稀罕地凑到鼻子底下闻了闻，抽出一支小心地用嘴唇叼住，从兜里摸出火柴点燃，吸了一口，把烟拿到眼前仔细看着，说道："真高级，就是抽着清汤寡水，太淡。"看着两个后生出了房门，跟贺照久说道："二伯，我也正是为了这个事找您，您给拿个主意。现在村里上边墙跑单帮搞兜售的人根本管不过来。明摆着嘛，去城上兜售一天，赖不济也能挣够一家人十天半个月的嚼裹儿，赶上几个傻老外，连价都不砍，把你身上带的纪念品全包圆儿。

"前几天有一个老外，不知道犯了什么瘾症，看上了外宾餐厅门口的熊猫垃圾桶，非要买走，人家说那是市政的公共用品，不卖。结果那个老外还以为钱少不卖，留下一大把钱，搬起垃圾桶就走，后来还惊动了派出所，您说这靠长城钱挣得多容易。所以老百姓挣钱的事咱们正格地还能真拦着？

"井台下的贺寡妇带着两个小闺女天天上城追老外，联防队抓住就给你撒泼打滚、寻死觅活你还真拿她们没咒念。村里顶她们娘仁卖的纪念品多，刚还找我启公章，要翻盖房子。"

"你究竟是想说什么？"贺照久有点不耐烦。

"我的意思，咱村是古关隘，当年李自成还是从这里打进北京城的，有历史有故事，村子是古迹，村后头就有长城，二伯您给批个景区，咱们一边收门票，一边卖纪念品，省得东一头西一头乱闯，保证不再去锁钥岭长城添乱。"

"哈哈哈……春林呀，你可真是解放思想了，你咋不让我把天安门划给你哪。景区是随随便便能批的？批一个景区那得需要专家论证，上级有关部门批准，还要搞基础设施、交通规划，哪就说批就批了？再说，就是给你批个景区也来不了外宾，外国人是禁止过岔道梁的。"

贺春林并不气馁，依然热情不减地说道：

"嘿嘿嘿……这事就算我没说。咱们村民过去是穷怕了，现在是想挣钱都要急疯了，全村二百多户几乎家家有跑单帮的，光靠组织人围堵不是办法。我寻思着也成立一家旅游公司，把村民手里的纪念品全部买过来，把人组织起来，集体统一经营。"

"成立旅游公司统一经营管理是正经事，想法很好，可是资金怎么解决呢？"

"这我都盘算好了，村委会眼目前儿有二十万，其他的采取集资入股的办法，五百元一股，入股的人家可以出一个人到旅游公司上班，每月领工资，年底参与分红。没有入股的人家今后不许上边墙兜售，谁去就是与全村为敌。"贺春林一口气说完，得意地看着贺照久。

贺照久来了精神，说道："这个方法好，既管住了跑单帮的人，又开发出一条致富的路子，还能壮大村里集体经济，好哇，我支持。"贺春林终于等到了他想听的话，连忙说道：

"旅游公司成立起来后您得让景区给一块经营的地儿，我保证有了这块地儿，村民绝不再上长城去跑兜售，如果再有就拿我是问。"

"这个我可以跟他们说。"

二 重组是卖厂还是改革

晚秋的妫川被涂抹上一层古铜色彩，太阳把橙黄色的光斜斜打在树林、河流与村庄上。树上的叶子黄灿灿地随风摇摆，一棵树摇万棵树摆，每一阵风过后便摇落无数黄叶片片，纷纷飘落。金黄的草地从眼前一直铺向远山。妫水清澈见底，迤逦缓缓流淌与千年前一样。

弘毅和安源沿着妫河散步。

弘毅说道："老安呀，工业深化改革不能再拖了，全县工业没有利润，全处在亏损状态，这怎么成呢。一个企业资产负债超过65%就已经过警戒线了，然而我们县属工业企业资产负债已经达到102%，完全是资不抵债。"

安源说道："是呀，当今市场竞争日趋激烈，又赶上世界爆发金融危机，不只国企，乡镇企业亏损面也达到了80%，三保一挂①的承包方法已经不适合发展的需要了。特别是短期行为与长期发展的矛盾日益突出，是该决断的时候了。"

"与国家大企业联姻，与名牌民营企业联姻，进行资产重组，你要亲自来牵头，组织联合工作组，给全县三十多家县属企业会诊，一家一家地研究，制定鼓励政策。时间嘛，两年，以两年为期盘活资产。过期还没能实现重组的一律走破产程序。"

---

① 保上缴利润、保技术改造、保资产增值和工资总额与经济效益挂钩。

"完全同意。只是思想工作也要跟上，特别是县领导这一层。现在已经有不满情绪啦。说什么重组就是变相出卖国有资产，是对人民的犯罪。"

"你是说贺照久同志吧？"

"是呀，也可以理解，妫川工业这点家当是他从铁匠炉开始起家的，重组以后人财物都是人家说了算，是难以接受，心情也可以理解。"

弘毅停住脚步，严肃地说："安源同志，妫川工业是共产党的产业，不是谁家的私产。我还是那句话，不换思想就换人，不管他是谁。"

"好，有你的决心就好办了。具体工作我去做。这两年基层干部和老百姓对县里出台的改革措施还是积极响应的，这与'冷凉'战略获得巨大成功密不可分啊。冬天冰雪节和夏天长城避暑节的成功，带动了整个'三产'产业发展。老百姓看到了变化，得到了实惠，都举双手支持。"

"下一步要加快所有制的调整，鼓励私营经济进入妫川县的各个领域，实现私营经济的规模化。我们要研究个政策，鼓励机关干部，企事业单位的干部职工下海创业。旅游业作为全县的龙头企业要起到经济火车头的作用，由旅游大县向旅游强县迈进。我看可以从变游为住突破，游客能住下一天效果就不一样了。"

"非常赞同。我们一些同志还迷信工业强县，岂不知旅游是无烟工业，是朝阳产业。我建议借这次工业深化改革，把有污染的企业，化肥厂、造纸厂统统关掉，向农业、旅游业倾斜，实现产业大调。"

"你这个意见好。政府尽快拿出实施方案上书记办公会。另外还要把整体环境改善一下。这几天城关镇的书记郑立斌找我，想把东关村拆迁出去，在原地盖些商品楼。这块地是妫川城的门脸，我这几天一直在思考如何把这块地效益最大化。"

"一定不能在脸面上搞一堆商品楼，照目前的发展速度判断，十年后就是一片低矮的建筑垃圾。不如搞一个广场。"

弘毅停下脚步，看着安源有些兴奋地说道："想一起去了，搞一座开放式广场，既提升县城品位，又丰富老百姓业余文化。"

"把妫水河与广场一并设计。"

"搞一座湖加湖前广场。当年苏东坡在西湖是挖淤泥筑苏堤，今天我们是筑水坝建妫湖，迁东关而建广场。妙。晚上召集有关单位到县委开个神仙会。"

"好，说干就干。"

"老安，你注意一下郑立斌，这个人蛮有想法的，做事也有办法。"

"这个人我比较了解，原来是煤炭公司技术员，上届班子为了推动干部年轻化，拿出五个二级班子副职岗位搞了一次竞聘试点，郑立斌脱颖而出，做了一年水利局副局长，自己要求去最边远的川沟乡里任职，那是全县最穷的乡。人均年收入只有三百五十元。从1975年到1985年光国家补贴就吃了一百五十万，在市里都挂名了。

"那里山场多，种地不打粮食。发展畜牧吧，常年干旱，有山场却不长草。搞企业又没有资源。原来农办的脱贫计划就是向川区搬迁。郑立斌任乡长后，发现那里的野山杏树特别多，杏仁又扁又大，口感脆甜。于是他就组织大家改良土壤，嫁接优质品种，又跑回水利局要来打井队，建起来灌溉网。山杏树一下达到二十七万棵，人均一百三十五棵。他又组织推销队伍，走出大山。两年就实现了脱贫。后来还引资建起水果罐头厂、果汁厂，还与锁钥岭长城旅行社合作，开发采摘观光一日游。"

"真是用好一个干部，搞活一片经济啊。"

"后来被上任书记看中，被派到城关镇任党委书记，他到任后很快找到发展经济的突破口，就是引进竞争机制和风险机制，对企业经营者实行公开招标同时风险抵押，管理层和作业层实行优化组合。结果当年见效，上缴利税成倍增长。他还有更绝的，把各村办的建筑施工队都组织起来，成立建筑集团公司，先资质达标，然后负责投标、监理和现场规范化管理，收取管理费。一年就兼并了全县大部分建筑施工队，成为全县第一大建筑公司。"

弘毅不由得兴奋起来，说道："毛主席说过，政治路线确定之后，干部就是决定因素。我们的责任就是把想干事、能干事的人放到关键岗位，所谓好钢用在刀刃上。"

三　走进工人群里谈谈心

县委办公室主任蒋光荣急火火地敲开弘毅办公室门，说道："不好了，弘书记，第四医疗器械厂的工人把资方派来的厂长劫持了，提出要与县委领导对话。"

"起因是什么？"

"具体情况正在了解，好像是对新股东接手后宣布的政策不满，包括岗位竞争裁减下来30％的工人一次性买断工龄，还有中层管理岗位都被派过来的人取代，对退休职工也减少了退休金等等原因吧。"

"安县长知道了吗？"弘毅拿起内部电话让接线员接安源。

蒋光荣说："工业局同时报告两办，现在应该已经知道了。"

"喂，老安呀，医疗器械厂的事你知道了吗？你是什么意见。"

"弘书记，我正在和工业局的同志商量办法。准备让工业局局长亲自去和工人对话。你有什么指示？"

"第一，调公安干警和武警支队控制现场，绝对保证人质的安全；第二，由你和政法委武书记、公安局路局长，加上工业局局长组成现场处置领导小组，统一指挥；第三，请你代表县委县政府亲自出面与工人谈判。"

"好的，弘书记，我马上组织落实。"

"老安呀，保证自己的安全。"

"放心吧。"

安源关掉电话扩音键，给秘书说道："马上把弘书记的指示拟出电话会议纪要，报市政府总值班室，发有关单位。大家分头落实，一刻钟后我们在医疗器械厂门口会合。"

医疗器械厂大门口被叉车、杂物封堵起来。上面打着横幅，"誓死保卫国有资产""工人权益神圣不可侵犯"，一百多名妇女老人坐在大门后面，更多的人在正对着大门的办公楼前。

工厂大门外面的公路上停满了警车和120救护车，无数警灯在闪烁，气氛紧张。

安源问公安局路局长："老路，里面的情况怎么样了？"

"人质是资方派来的刘厂长和原来的厂长老谢两个人，都在四楼会议室。目前没有生命危险。"

政法委书记武宗贤说道："不可掉以轻心，通钢打死资方接收代表的教训是深刻的。"

安源："说说你们的方案。"

路局长说道："谈判一旦破裂，等我方谈判人员一离开，正面使用催泪弹佯攻，侧面以推土机破墙，防暴队冲进去救人。"

安源说道："好，你们做好准备，尽量避免伤人。我现在进去。"

武宗贤书记说道："安县长，我不同意你去冒险，还是那个意见，让工业局派人去谈，你应该在现场总指挥的位置上。"

安源说道："不要再争了。我带一个熟悉情况的同志进去就可以。"

"安县长快看，那不是贺照久贺书记吗？"

大家齐望向大门，只见贺照久一个人向大门走去。

大门里的孙起也看到了贺照久，他跟身边的总工韩怀德说："韩工，是贺县长。"

韩怀德说道："他是来抓我们的吗?"

孙起说道："他是来招安的。"

身边一个手拎着半瓶二锅头,脑门上扎着红布条的青工张彪叫喊道："不答应咱们的条件谁来也不行。"说着对着瓶口来了一大口,好像随时准备冲出去。

贺照久已经走到大门前,几束手电光照着他脸上,眼前白茫茫一片。

孙起回头对大伙说道："把手电都闭了。"然后冲着贺照久大声说道："贺县长,我是孙起,这次的事您冲我说。"

"还有我,韩怀德。"

"记得,你是韩技术员嘛,咱们一起出过差,去上海购买设备。你们组成的设备安装突击队,为县里省掉十多万的安装费。"

"难为贺县长还记得我,我就是小韩。您今天是来亲自毁掉您建起来的工厂吗?"

"让我进门说话,别隔着栅栏像探监似的。"

"贺县长,你是带人来抓我们的吗?"张彪喊道。

"我来是跟你们一起请愿的。开门!"

大家七手八脚搬开顶门的杂物,把门挤开一个缝,贺照久侧身挤了进去。

贺照久对孙起还是了解的,他是个老实人,最大的乐趣就是钻研机械设备。他是全县唯一的一名八级钳工,相当于高级技师。"手握一把锉刀,可锉一艘航母。"车、铣、刨、磨、镗、铆、焊,无不精通。设计、绘图、排工艺,样样拿得起来。

老实人往往一辈子被命运推着走，就像这次被推上罢工总指挥的位置一样。孙起老家保定，新中国成立前在前门火车站学徒，从此一辈子跟机械打交道。50年代参加过首都十大建设，是北京火车站一支青年突击队队长，受到过毛主席的接见。

然而命运多舛，1960年全国开展支农运动，北京机械厂、冶金修配厂、广播器材厂、北京水泵厂、新华印刷厂、冷风机械厂、北大电机厂、建国机械厂、低压电机厂纷纷来到妫川县，孙起带着全家随厂来到妫川落户。刚安顿好，国家提出"调整、巩固、充实、提高"的方针，紧缩财政开支，以度过困难时期，各部门及县办、社办企业精简职工三千八百九十五人，于是孙起一家被下放到城关公社参加劳动。因为他有"手艺"，被安排到农机站，负责维修拖拉机和各种农用、水利机械。

80年代贺照久负责抓全县工业，上马医疗器械厂缺少人才，他力排众议，把还是农村户口的孙起调入工业系统，安排到医疗器械厂任主管设备的副厂长，全家解决了吃商品粮的问题。眼看马上要到退休年龄，先是孩子顶替接班的政策取消了。跟着又赶上了改制，自己要被下岗，工作了一辈子到了退休金都没地方领取，一肚子委屈无处申诉。老工人们自发地聚集到他家，犹如黄袍加身，孙起不得不拍案而起。

公安局路局长递给安源和武宗贤一人一架望远镜。

武宗贤说道："老贺这是唱的哪出戏呀？你看，咋还跟他们坐下了呢？"

公安局路局长请示道:"安县长,现在正是好时机,趁着贺书记吸引了他们的注意力,我们可以从侧面墙冲进去救人。"

武宗贤急忙说道:"那可不行,你这样一搞老贺就有危险了。"

路局长不以为然地说道:"工人们不会伤害贺书记的,谁不知道贺书记是妫川工业真正的老板……"

安源严肃地说:"说话注意影响。"

贺照久与大家席地而坐,孙起气愤地说道:"资方一进入就变卦了,让中层干部全体起立,重新岗位竞聘,结果留下的不到十分之一。他们强制有三十年工龄的工人买断工龄回家,每月只发一百九十六元生活费,都是创业时期的老工人。"

青工张彪喊道:"资方那姓刘的厂长说等他一回去就把这次闹事的人都开除。"

贺照久问道:"答应给工人10%的股份落实了吗?"

韩怀德说道:"那个倒是落实了,可是他们一来就增资一个亿,让我们按同比出资,出不了就稀释股权,这不是挖坑嘛。"

贺照久说道:"乱弹琴,参股改制是这次改革的原则,说好工人10%的集体股份不能动,已经签字画押的事情怎么能说变就变呢?"抬头看到脑门上扎着红布条的青工张彪手里的二锅头,说道:"给我来一口。"

望远镜中的贺照久高举起半瓶二锅头,仰着脖子喝起来,然后递给身边的人,大家依次轮流传着瓶子来。

武宗贤说道："这老贺咋还跟他们喝上酒了呢。"

安源说道："一喝酒气氛就会缓和下来了，人质就多一分安全。"

贺照久说："带我去见见资方的人。"

孙起说道："韩工你在这里盯着，我带贺书记进去。"

孙起和张彪簇拥着贺照久走进办公楼，四楼会议室里挤满了人，被围在墙角的资方刘厂长看见贺照久进来就像看到救星大声喊道："贺书记，您可来了，您快给他们说句话。"

贺照久温和地说："刘厂长，你有没有受伤呀？挨打了吗?"

"没有，他们没有动手，但是围我一天了……"

"刘厂长你听好，我现在是代表县政府，也代表工人来与你见面。你回去告诉你们老板，答应的条件一条都不许更改。所有违背合同的措施马上停止并予以改正。不然马上撤资走人，由此产生的一切损失都由你们承担。你听明白了吗?"

"听明白了，贺书记，我一定原原本本跟我们董事长说。"

贺照久跟孙起说："我现在带刘厂长出去，你告诉大家，政府支持工人们合理的诉求，也不追究这次行为的法律责任。让大伙都散了吧，马上组织复工。"

"把姓刘的放走，公安要抓我们怎么办?"有人喊道。

"要抓人让他们先来抓我!"

四　检察院盯上黎东斌

县城西街新风涮羊肉店里热气腾腾，贺亮点好了羊肉和配菜，刚让服务员把铜锅点上，卢炳峰风尘仆仆进来，一边脱大衣一边连说抱歉，最近案子多，临出门又给加一活。

贺亮说道："炳峰哥，你们检察院一天到晚怎么这么忙呀，几次聚会都缺你。"

"早说请你喝酒，可是反贪科人少事情多，总是加班。今天这顿一定我来请。"

"确实该你请。你整天忙得不着面，可是也没有听说检察院最近抓谁呀？"

"忙也不是都忙着抓人，工作多了，预防职务犯罪、宣传法律法规。现在好多干部不注意学习法律法规，新法律规定受贿三千元就构成受贿罪，可以立案拿人。三千元，也就一只汉显寻呼机。"

"你不说我都不知道。"贺亮下意识摸了一下腰间的寻呼机说道，"照这样你们查得过来吗？"

"一般受贿额不大的就退钱，给个党纪处分。额度大的追究刑事责任。也有查了半天，领导一句话就白干了。眼目前儿主要是配合工业企业重组，为深化改革保驾护航。一轮审计下来，问题还真不少。你点些硬菜呀，大虾、海参都点上，说好这顿饭我请。"

"这轮工业资产重组动静够大，有的民营企业进入国企后上手就裁员减薪，劳资矛盾尖锐，搞不好要出乱子。前些日子通钢就因为股权调整诱发群体性事件，把民企建龙集团派去的总经理给打死了。"

"我看到新闻了。咱们这里不会，民风淳朴。"

"那可保不齐，兔子急了还咬人哪，国有大企业来重组还好，都是国家财产，背着抱着一般儿沉。要是民营企业来重组，它还真别伤害工人利益，不然长城人也是有血性的。'人性鸷悍，不惮战阵'，这可是史书上形容妫川人的词。"

"听着话音儿你像是不赞同这轮改革？"

"我不赞同有用吗？别光吃，走一个呀。"

两人干了一杯，贺亮继续说道："老爷子正犯难呢。这一轮国企改革政府是动真格的了，长期亏损企业政府不再管，该关的关，有条件重组的坚决重组，职工买断工龄全部下岗回家自谋出路。现在家里都成工会了，天天挤满了下岗工人，都没有下脚的地方。"两人一时无语，都低头吃着羊肉。

卢炳峰说道："我知道二伯压力很大，毕竟主管了那么多年工业，跟工人感情深……算了，咱不说这些沉重的话题了。你在旅游局的工作怎么样，事情多吗？"

"事情倒是不少，都是表面文章。旅游局本身就很尴尬，既没有人事权，又没有财务权，下面牛逼的景区不鸟你，经营状况不好的景区你还真帮不上什么忙。就是应酬多，兄弟现在酒量大增。"

"女朋友怎么样？"

"没影儿呢。"

两人干了一杯酒，卢炳峰说："我们院宣传科的小齐不错，是部队子弟，她父亲好像是个师长，我给你说说吧。文艺女青年，平时也喜欢写诗，对你路子。"

"可以呀，我闲着也是闲着。"

"我让我们科小李先侧面问问人家有没有对象，要是没有就约出来大家吃顿饭，不提相亲的事，有意思你们就自己交往，也免得相不成大家尴尬。"

"敬候佳音。炳峰哥，我有个事找你，听说你们给黎东斌立案了？"

"你消息真灵通呀，昨天下午才开的会。你是怎么知道的？"

"妈城屁大点儿地方，都是亲戚套亲戚，哪还有什么秘密。县城整个儿一个熟人社会，但凡有头有脸的，都没有隐私。"

"有道理，大都市的人触犯法律，第一时间是找律师，而在县城都是找熟人。黎东斌还不能说立案，是外围侦查。"

"事大吗？"

"涉及侵吞国有资产，告状信是市检举报中心转过来的，没有署名。"

"匿名信你们也查？"

"对于匿名信原则上我们是不查，但是如果提供的线索真实可信，涉案金额较大我们还是会做个初查。我知道你们都在长城酒厂待过，怎么，你经济上跟他有来往？"

"那倒没有，不过他承包造纸厂是我推荐给老爷子的，贷款也是我出面找的农行。"

"问题就出在贷款上。他用纸箱厂经营权作抵押向银行贷款了十五万，然后把钱都转走了。因为欠了纸箱厂的承包金，算是违约，所以经营权被收回。银行贷款并未用在企业生产经营上，涉嫌侵吞银行贷款。"

"啊，看不出他胆子这么大。那该怎么办？"

"马上把银行贷款还上，如果没有发现他有主观上故意侵占的话，可以考虑免于刑事处罚。"两个人又干了一杯。

"上报了吗？给重点企业领导立案不是要报县委吗？我爸知道了吗？"

"黎东斌不是编制内干部，不用报县委批准。报政法委就可以，宗贤书记已经画圈了。"

出了新风涮羊肉店的门，秋风萧瑟，两个人同时打了个寒战。卢炳峰迟疑了一下，还是说道："兄弟，哥既然穿上这身制服就身不由己，一切都要依法照章行事，今后……希望你能理解。"

"哥，你这话说远了。"

"理解哥就好。与小齐姑娘见面的事等我话。"

卢炳峰拍了拍贺亮的肩膀，两个人骑上自行车分头走了。

贺亮敲开黎东斌家的家门时已经是晚上十点多了。很显然黎东斌还在等他。

今天上午黎东斌得到检察院在调取他资料的消息，他敏锐地感觉到自己已经被检察院盯上了。他马不停蹄去旅游局找贺亮，让他今天一定找到检察院反贪科侦查员卢炳峰，是他牵头办案。

李红热情地招呼贺亮落座，然后到厨房端来茶水，说道：

"我还有个材料要写，你们聊。"说罢知趣地进了里屋。

贺亮简单地说了一些与卢炳峰见面的情况，问道：

"你把贷款弄哪去了？"

"也算哥们儿背兴，本来还银行的钱都准备好了，可是段大头找我，说他在广州搞到一批日本彩电，我们各出二十万来票大的。当时我的资金不凑手。我寻思着现在造纸厂效益不景气，这一单挣的钱就相当于造纸厂三年的利润，大头说也就一个礼拜的周转期，我一狠心就把厂里这笔贷款挪用了。谁知道我们晚到了一步，等我们带着汇票到了广州，彩电被人家截和了。卖主也过意不去，把我们介绍给深圳一家专做彩电生意的贸易公司，还帮我们办了边防证。深圳这家公司是个正经公司，门脸挺大，但是要先打款，后提货。谁知道钱打过去彩电迟迟不到，说是因为是走私货，货轮在海上要等机会靠岸。我不能长时间待在外面所以先回来了，大头在深圳等着。"

"这是什么时候的事？"

"快一个月了。"

"你呀，好糊涂。马上让大头把钱要回来，先把银行的钱还了，我保你没事。"

"我明天就给他发电报。"

第六章　火锅店里相亲

好汉没好妻，懒汉配花衣；金枝配玉叶，豆角配
南瓜。

——妫川谚语

一　丁建国要结婚

丁建丽在厨房炸酱，手擀的面条放满三个箅子，煤气灶上
的锅里翻着水花。沈薇洗了手进来要帮忙，被丁建丽推了出
去，说厨房油烟大，你去陪他们说话吧。

客厅中间圆桌上已经摆满了凉菜和各种菜码，中间放着两
瓶长城大曲和一瓶桂花陈酒。钱忠平坐在中间，大家散坐在客
厅各处。

丁建国手里拿着个单子，上面列着婚礼程序、需要的物资
和人员安排。大家七嘴八舌，意见总是统一不了。沈薇安静
地坐在角落里玩弄着吕艳的手，吕艳不时抽出手比画着参加

讨论。

婚房安排在沈薇家，就是沈薇原来的闺房重新粉刷一遍，配上一套新家具。丁建国一再解释，绝不是倒插门，只是暂时借住丈母娘家，明年一定搬进自己的新房。姐夫钱忠平肯定地点点头，像是在做担保。

黎东斌说道："问题来了，迎娶新媳妇不能由北屋接到东屋吧？迎亲是婚礼最重要的一个环节。"

丁建国说道："我丈母娘说了，头天住到舅舅家，从舅舅家迎亲。"

贺亮说道："你就这么急着办事吗？为什么不等你的房子下来了，踏踏实实办呢？"

吕艳说道："结婚的日子都请人看过了，就得元旦前办，过了这个日子就得再等三年。"

"你们这是找的什么人，不靠谱。还是我给你请个高人来看看吧。"

坐在贺亮边上的李红说道："办喜事的日子只能选一次，哪能重复选。"

"怎么不能，我同学……"贺亮突然感到脚被李红踩了一下，马上改口说道，"那就别改了。结婚就得图个吉利嘛。"

丁建国说道："接新媳妇车贺亮负责，六辆桑塔纳，六六大顺，再加一辆面包，拉新亲客①。"

"没有问题。"贺亮爽快答应。

---

① 娘家人。

"订酒席请黎厂长出面，一定来个大折扣。照相、放炮都是段大头负责，这段大头一到关键时刻他就掉链子。吕艳，大头的活儿先替他记上，等他回来交给他。我都说到了吧？"

贺亮说道："家有千口主事一人。结婚这么大的事推出一位总知客的最要紧，不然那天非乱套了不可。我说就推咱们姐夫。"大伙都说好。丁建国说："我心里就这么想的还没有来得及说。现在就请姐夫做总结，刚才的安排以姐夫最后说的为准。"

钱忠平当仁不让挺直了胸脯，清了清嗓子，说道："这个，我先代表建国他姐姐谢谢大伙。大致上建国都说清楚了。这个，结婚是个大事，虽说是新事新办，但是老礼儿还得讲。一些老揆程还得按老辈子留下的规矩办，别让亲戚里道儿的挑礼。这头一个事呢，是婚礼头天晚上需要找个压床的人，得找个父母儿女齐全的全乎人儿。别忘了铺床时在被子里放些红枣、栗子、花生。"

"那还怎么睡人，不硌吗？"吕艳问道。

黎东斌说道："不懂了吧，这叫早立子，早生儿子。"

吕艳问："花生呢？"

"男孩女孩花着生呀！"

贺亮说道："你们别打岔，让姐夫说完。"

"这个，一个事呢，就是时辰，喜宴在中午十二点前一定开席。现场还得安排个办事的人，打里照外的知客。"

丁建国说："段大头。"

黎东斌反对："他不成，车轱辘话太多，闹不清是谁娶媳妇，还是贺亮上。"

"这个，我看成。我和贺亮打联手没有问题。"钱忠平高兴地说。

贺亮："遵命。"

钱忠平继续说道："礼账让你姐上，吕艳收喜钱，你姐记账。"

这时丁建丽端着一大碗炸酱从厨房出来，说道："面下锅了，你们边喝边说吧。"

钱忠平连忙说道："好、好，我再说最后一句。这个，正日子那天大家伙儿都打起十二分精神，建国那天就大撒把什么都不再管，全都交给哥儿几个了，褃节儿上大伙谁也别掉链子。都长点眼力见，重要的是把新亲客支应好就齐活。建国，倒酒。"

二　酒友定交

厚厚的阴云，满天一色，傍晚刮起风来，空气里充满冰凉的湿雾气。

西街新风涮羊肉店里已经坐满了人，贺亮看着热气腾腾的铜锅，又看看手表，18时40分。腰里的汉显寻呼机震动起来，拿起一看是卢炳峰发来的：出门了。

检察院距离饭馆四百米，转眼就见卢炳峰带着个高个女孩进门，两人都穿着检察院大衣，卢炳峰头戴大檐儿帽，女孩围着厚厚的红色围巾，两人一进门就引起大家的注意。

贺亮站起来等着卢炳峰介绍。

"这是齐静，这就是贺亮。今天迟到赖我，下午孙检的会，五点才开，害得小齐一直在办公室等着，哎，小齐坐呀。"

两人脱了大衣放到空着的椅子上，并排在贺亮对面坐下。齐静容貌端正，眉清目朗，穿了一件红色的矮圆领毛衣，显得脖颈白净修长。额头和两侧的头发扎起来拢在后面，随意披在肩上，贺亮认出来，这是正在热播的日本电视连续剧《排球女将》中小鹿纯子的发型。

卢炳峰里面还穿着制服，在餐厅里比较显眼，他解释道："怕你久等没来得及换便服。咱们先吃点再喝，我早就饿了。"说着开始往锅里下肉。贺亮把桌上的中国红葡萄酒拿起来，扭开瓶盖，又把三个玻璃茶杯拉到眼前，给每个杯子里倒了半杯红葡萄酒，说道："好，先吃点再喝。"然后望着齐静说道：

"头一次，不知道你喜欢吃什么。你喜欢吃什么随便再加。"

齐静看着满桌子的菜说："不用加，这都吃不了。"

卢炳峰说："今天怎么喝上红葡萄酒啦？大阴天的，换白的。"

"今天不是请女士嘛，你个陪客就别挑白弄咸啦。"

"这儿还没有过河呢你就拆桥啦。让齐静喝红葡萄酒，咱俩喝白的……"突然别在腰上的寻呼机嘟嘟响了起来，卢炳峰拿起来看了一眼说道："这酒喝不成了，院里叫我回去，今晚有行动。"

说着把捞到碗里的羊肉都吃了，起来穿上大衣，回手拿起一盘烧饼叫服务员给包上带走。

"贺亮，齐静就交给你啦，跟人家好好聊。"说着快步走了出去。

贺亮端起酒杯："这好好聊是怎么聊呢？我们先正式认识一下吧，来，干一杯。"齐静端起面前的酒杯与贺亮碰了一下，一仰脖子，全干了。

"爽快。一看你就是部队子弟。"说完也一仰脖子全干了。然后习惯性地把酒杯底亮给对方，发现对方已经放下酒杯开始捞羊肉了。

"你从哪里看出我是部队子弟？"齐静透过铜火锅上面的蒸汽看着贺亮，问道。

"气质，喝酒时你一往无前的那股劲头，只有部队大院长大的女孩才那样。"贺亮一副胸有成竹的样子，其实齐静的家庭基本情况卢炳峰已经告诉他了。

"照你这么说，部队大院的女孩都是酒鬼啦？"

"擅饮酒的女孩更性情，大气，不做作。我最烦喝酒扭扭捏捏的人，总要半推半就的才肯喝，过瘾哪！"

"你们干部子弟说话都这样刻薄，特有优越感？"

"对不住，狐狸尾巴没有夹住，敬你一杯，赔罪。"

贺亮拿起酒瓶给两人都倒个满杯，说："我赔罪，全干了，你随意。"说完一饮而尽，把酒杯重重蹾在桌子上。

齐静端起酒杯回道："你这人倒是挺坦诚的，你的道歉我接受了。"说完也一饮而尽，也把酒杯重重蹾在桌子上。

"酣畅淋漓，我们俩今天就算是酒友了。"

"我可不跟你成酒友，女孩子天天喝酒成什么了。我也是偶尔有场合才喝。"

"多吃点。"贺亮开始帮助齐静捞羊肉，放下漏勺又拿起一盘虾全倒进锅里，"看来你对酒友有误解，把酒友和酒肉朋友混为一谈了。"

"有分别吗？虾要随吃随煮，这样煮全老了。"

"酒友是以酒为媒，目的是直抒胸臆，侃侃而谈。碰撞的是酒杯，交融的是思想。"

齐静停下筷子饶有兴趣地说道："我倒真想听听。"

贺亮来了精神，说道："不是什么人都可以成为酒友，首先要相看两不厌，有一方不入眼的也坐不到一起。其次是志趣相投，能够情投意合更好。第三，酒量要相当，不然推杯换盏的雅趣演变成市井酒局上的灌酒，不好收场。"

齐静笑道："你还挺逗的。别说，你讲的歪理好像还有点意思。我觉得志趣相投最重要，应该排在第一。"

"不尽然。如果你长得不好看，谁还愿意去了解是否跟你志趣相投呢？"

"男人总是以貌取人，这样不好。"

"'关关雎鸠，在河之洲。窈窕淑女，君子好逑。'从古至今，爱美之心，人皆有之。"

"卢炳峰说你会写诗。"

"无病呻吟，自娱自乐，拿不出手。他说你也喜欢写诗。"

"你要是无病呻吟，我那就是为赋新词强说愁了。"

"你瞧，有共同的爱好，咱们有成为酒友的基础了。来，走一个。"

"走一个！"齐静笑着回应着，爽快地干了杯中酒。

"你喜欢谁的诗？"

"舒婷，还有席慕蓉，现在新出现一位叫汪国真的诗人，他那首《热爱生命》的诗我尤其喜欢，'我不去想，是否能够成功，既然选择了远方，便只顾风雨兼程'，太励志了！"

"我不去想，能否获得爱情，既然钟情玫瑰，就勇敢地吐露真诚。"贺亮做出紧锁眉头，目视远方的样子。

"天哪！你也喜欢汪国真的诗。"齐静因为兴奋面颊绯红，眼睛越发明亮，"我敬你一杯。"

两人快活地干了一杯。贺亮说："汪国真的诗属于阴柔美，适合你们才女们欣赏。我更喜欢顾城，'黑夜给了我黑色的眼睛，我却用它寻找光明'。多通透，绝了！还有海子的'草原尽头我两手空空，悲痛时握不住一颗泪滴'。把相思写得如此心碎，怕只有为爱情决斗而死的普希金跟他有一拼。特别是那句'从明天起，做一个幸福的人，喂马、劈柴，周游世界；从明天起，关心粮食和蔬菜；我有一所房子，面朝大海，春暖花开'，真是令人向往……"

"你喜欢的诗人好像都沉郁悲愤……"

"悲愤出诗人，这正说明他们都是真性情，搁在古代不是刺客也是烈士，总之都是不走寻常路的人。"

"你平时都写什么诗？"

"准确地说我喜欢读诗。现在的人太躁，缺乏诗意。所以我喜欢独处，工作应酬以外的饭局要没有相谈甚欢的人我一概不去。时间一长跟社会有点脱节，在街上走半天也碰不见一个熟人……"

"贺科长，您怎么也在这哪？"随着声音一个有点秃头的矮胖子满面喜色地走过来，左手端着酒杯，右手拎着瓷瓶的长城大曲："哟，您有贵客。我敬您和贵客一杯酒。你们怎么喝红的，换白的。服务员，拿两个白酒杯……"

齐静抿着嘴不让自己笑出声来。转头看向窗外，窗外开始飘起雪花来。

贺亮站起来热情地回应道："董镇长，互敬，互敬。"两人碰杯、干杯。董镇长对着齐静说道："我再敬这位贵客一杯。"

"同学，我们说点事。这位是城关镇的董镇长。"

齐静落落大方地站起来，与董镇长碰了碰杯，抿了一口，坐下了自顾自地吃起菜来。

董镇长压低声音跟贺亮说："贺书记都好吧，这杯我敬贺书记。"两人又干了一杯，一阵喧闹后终于安静下来。

"看来想独处也不是件容易的事。你该去乡下生活，学竹林七贤，远离喧嚣。"齐静撇着嘴揶揄道。

贺亮大度地笑道："那七位贤人你道他们愿意赋闲乡里呢？那是朝廷不用他们，也是没有办法。咱不聊那么远的事，你平时下班都去哪玩？"

"我也喜欢独处。"

"这嗑没法唠了，咱们还是喝酒吧。"

齐静顽皮一笑，说道："这杯我来倒。"齐静把红葡萄酒瓶里剩下的酒都给贺亮倒上，正好斟满。

"说真的，我喜欢独处。我正在读夜大，每天的功课都做不完。有点时间还要看书，偶尔去看电影。我是在外地上的学，参加工作才回来，在这里没有同学，也没有朋友。"

"以后你朋友会多起来，我一帮发小，都介绍给你。再煮点永宁豆腐。"

"多煮点，我特别爱吃永宁豆腐，怎么做菜都好吃。"

"你知道永宁豆腐为什么好吃吗？"

"说来听听。"

"豆腐的制作工艺各地方都大同小异，关键在'点'这道工序上。外地的豆腐是用盐卤点，妫城是用酸浆，就是豆腐做好后锅里留下的浆水发酵后的酸水。而永宁豆腐是把这两种东西按一定比例调配同时使用，这叫杂交出优质品种。"

齐静说道："你好博学呀，你不是学企业管理的吗？"

"嘿嘿嘿……旁学杂收，算不得学问，生活常识而已。"

"我觉得只要把一门学透学精，不管是什么，哪怕种花、养猫，或者是烧菜都是大学问，一样了不起。"

"你很有思想，既漂亮又有思想的女孩我还真是头次见，敬你一杯。"

齐静有点不好意思："我们这算不算互相吹捧？"

"不算。是相互欣赏，惺惺相惜。"

放下酒杯，贺亮说道："你说你是在外地上的学，难怪你说话没有妫川口音，很标准的普通话，好听。"

"你不也没有嘛。"

"我是上大学才跟北京人学的，杂七杂八，不伦不类。哎，看来你的家史蛮曲折，说来听听。"

"其实也没有啦……以后再告诉你吧，今天我已经说得太多了，把平时一个月的话都说完了。"

服务员过来，把十个羊肉串、两个烤腰子和一瓷瓶的长城大曲放到桌上，略带讨好地说："是那桌董镇长送你们的，账也替你们结了。"

贺亮抬手向那边招了招，董镇长脸上笑开了一朵花。

"你们干部子弟平时出来吃饭都不用花钱吗？"

"别一竿子打翻一船人，今天也是死耗子撞见一个瞎眼猫，碰巧了。老卢说你爸可是个正师级干部，要说你不该对干部子弟有成见呀。"

"已经离休了，是正师级待遇。我们家从来没有沾过爸爸的光，净跟着他钻山沟了。噢，我爸爸是导弹部队的，他原来是骑兵团长，不知道为什么让骑兵搞导弹，搞不懂。哎，刚才他们叫你科长，老卢还打着埋伏说你是科员。"

"瞎叫，以为这样我会有面子，其实挺寒碜人的。我们科就四个人，科长被派出去筹建长城娱乐城了，临时让我负责，没有职务。"

"明摆是把路铺好了。"

"齐静同志，我说我在酒厂最脏最累的车间翻了三年多酒糟，是自己发奋读书考上大学国家分配到旅游局的，你信吗？"

"别误会，我没有怪你的意思，而且我理解你。我现在读夜大学法律，就是想证明自己是一个称职的检察官。不再遭同事的白眼。"

"原来我们同病相怜啊。来，干了这杯，我们从此一起发愤图强，多给老百姓做实事，给干部子弟争气。"

齐静非常严肃地端起酒杯，认真地点了点头。

不知不觉，店里的客人基本走光了。齐静也意识到很晚了，站起来说："这一喝酒把时间都忘了，赶紧走吧，我妈得担心死了。"

出店门，外面的雪已经停了，积雪有半尺厚。齐静啊地惊叫了一声就像个孩子似的冲进雪地里，一蹦一跳，一路用脚踢雪，终于脚下一滑，一屁股坐到雪地里。贺亮紧走几步伸手要去拉起她，发现齐静坐在雪地上欢快地笑着，这笑也感染了贺亮。他也想在雪地里打个滚。

"啪！"一颗拳头大的雪球重重砸在贺亮脑门上，贺亮直挺挺仰面摔倒在地上。贺亮脑子里瞬间出现了徐洁的脸，那张挂着雪花娇野妩媚的脸……

"怎么，打恼了？"

齐静的脸压在贺亮的脸上故作夸张地问道。

贺亮伸出双臂一把抱住齐静一个滚翻，两个人立马调换了位置，贺亮说道："好哇，搞偷袭，看我怎么收拾你。"说着抓起一把雪向齐静脸上撒去……

爽朗的笑声在夜空里传得很远。

第七章　幸亏远方有大伯

十月雪，硬似铁。小雪封地，大雪封河。

——妫川谚语

一　段大头摊大事了

深圳。罗湖区。

段大头和杨彩玲慵懒地坐在环宇商贸公司的茶台边，看着玻璃门外川流不息的人发呆。

杨彩玲身穿一身浅底碎花的连衣裙，脖子上戴着一串珍珠项链，从玻璃门射进来的夕阳打在她身上，犹如镀了一层金粉，楚楚动人。

坐在对面的吴良弟摆弄着茶具，时不时瞄一眼杨彩玲凹凸有致的侧影。

段大头眼睛依然望着玻璃门外，说道："吴经理，话我可都说到家了，今天你要不把款子退给我，就别怪我公事公办了。"

"哎哟段老板，你怎么不相信我哪，彩电就在船上，现在风声紧船不敢靠岸，等风声一松你们彩电就可以上岸啦，再等三天，三天要是船还不能靠岸我就退款给你。"

"你都说了几个三天了？就明天，明天中午十二点前，要不让我见到彩电，要不就退我钱。不然咱们俩公安局见。彩玲，咱们走。"

"段老板，不要把话讲绝嘛……段老板、段老板……"

宾馆房间里潮湿闷热，一台台式电风扇摆着头拼命地鼓动着风。段大头只穿个大裤头，光着膀子仰在床上抽烟，床头柜上放着几瓶啤酒，他不时拎起瓶子对着嘴咕咚咕咚喝几口，再接着骂几句娘："狗日的广东佬，不给你点厉害，不知道马王爷三只眼。"

杨彩玲穿着圆领背心，光着腿坐在段大头身边担心地看着他，不时说几句宽慰的话。隔壁又传来床腿吱呀吱呀的声音，随后伴着女人的嗔叫声。段大头用拳头砸了两下墙，喊道："还来，一晚上不消停还让不让人睡觉啦！"

隔壁声音消失了片刻，又依然故我地响起来。段大头坐起身来正要发作，杨彩玲忙抓住他的手说："算了，这个劳什子墙太不隔音了。"

段大头扔掉烟头说道："咱们也来。"说着伸手脱杨彩玲背心，杨彩玲顺从地把身体从圆领背心中退出来，乖巧地去褪自己的内裤。突然房门外传来钥匙转动门锁的声音。段大头警觉地问道："谁？"

"咣当"一声，门被猛地推开，拥进三四个人来，两把手电的强光分别打在他们两个人的脸上。杨彩玲"妈呀"一声，慌忙拉起背心护在胸上。段大头大声质问："你们什么人，要干什么？我们可是首都来的客人。"

"我们是公安局的，你是段亚林吧？穿好衣服跟我们走。"

"我犯什么法啦？你们怎么能随便抓人？"

"到了公安局你就知道了，快点。"

这时段大头才看清楚，进来的一共是四个人，两个人穿着公安制服，两个人穿便服，胳膊上戴着红袖章。门口一个干瘦的女服务员探头往里窥望着，手里拿着一大串钥匙。

段大头一边穿衣服一边对杨彩玲说："你别怕，他们一定是搞错了，我去了说清楚很快就能回来。你别乱跑，老老实实地等着我，听没……"

出了房门，段大头看到隔壁年轻夫妇伸出一对脑袋好奇地看着自己。他猛冲他们一瞪眼，说道："都是你们叫声招来的。"

警察呵斥道："老实点。快走。"

身后传来"咣"的一声关门声。

杨彩玲在环宇商贸公司等到临近中午吴良弟才来。他吃惊地听着段大头被警察带走的消息，眼睛不时扫过杨彩玲因为紧张剧烈起伏的胸脯，殷勤地说道：

"你放心啦，在这里没有我吴某摆不平的事。你还没有吃饭吧？正好我也没有吃，我请你打边炉。"

"我现在什么也吃不下。在深圳我谁也不认识，只有找您了。请您快想想办法吧。"

"现在中午都下班啦，要找人也得下午上班后。我们还是先吃饭吧，边吃饭边商量。"

"那我下午再过来。"说着话杨彩玲已经来到门外。吴良弟探出半个身子说道："下午三点我带你去公安局……"

二　来自深圳的电报

旅游局，企管办公室。

贺亮一边喝着茶，一边看着工作月报草稿。脑子里却在构思着给齐静的诗。思考了一会儿，他拿起笔，在一张印着梅花的信笺上写道：

> 有一种清香荡漾着，
> 来自雪或温湿的泥土，
> 咀嚼起来感到十分亲切。
> 漫天的迷离，
> 满地的纯粹，
> 此刻并不觉得很孤独，因为
> 你的微笑始终骄傲地感动着我。
>
> 你抓一把雪放在手中，

看掌纹清晰而紊乱。
然后攥成一颗涩涩的果子，
掷向——我。
看我被击中，
如一名受伤的俘虏。

贺亮用笔轻轻地敲着自己的牙，又推敲了一遍，满意地点点头。拿出一个没有落款的信封，写上妫川县检察院宣传科齐静同志亲启。在落款处写上"内详"两个字。然后把信纸整齐地叠成长方形，小心地装到信封里，用糨糊封好，贴上邮票，然后心满意足地点上一支烟，端详着信封上齐静的名字。

办公桌对面，一张报纸遮住蔡姐大半个脸。蔡姐的眼睛从报纸上面一直看着贺亮做完这一切，突然问道："小贺，恋爱了吧。"吓了贺亮一跳。猛抬头看到蔡姐含笑的一双明亮的小眼睛，定了定神后，故作神秘地说："我是要反映一下咱们行业不正之风的问题。"

"得了吧你，骗谁哪……"蔡姐翻了一个白眼。

这时传达室大爷进来说道："贺亮，你的电报，深圳来的。"

贺亮起身接过电报，道了谢，匆匆看了一眼电文，在办公室其他人的注视下走了出去，嘴里咕哝道："是我大伯打来的……"

电文很短，只有十四个字："段亚林现在深圳拘留所速来搭救。"没有署名。

贺亮出了旅游局大门，来到街角电话亭呼了黎东斌，然后自己点上一根烟，刚抽到一半黎东斌的电话就打了回来。贺亮说了电报的事，对方沉默了一会儿说："肯定是卖家下的黑手。"

　　"我们得马上过去救大头。你买明天的飞机票，我现在去请假，然后去公安局开边防证，你把身份证号发我BB机上，晚上下班到西街新风涮羊肉店见。"

　　"飞机票太贵了，还得开介绍信怪麻烦的。我们还是坐火车吧。"

　　"这都什么时候了你还心疼那几个臭钱。"

　　单局长仰着身体，用手掌理着发际线已经靠后发色却乌黑的头发，说道："你大伯贺军长是我们妫川的骄傲啊。我还是在县招待所做所长的时候接待过他老人家。他身体还硬朗吧？"

　　"身体大不如从前了，所以离休后年年都说回家乡看看，都因为身体原因没能成行。最近枪伤又犯了，我父亲也走不开，所以这次我代表我父亲去深圳探望一下。"

　　"非常应该，他们一对革命兄弟，把大好的年华都贡献给了国家。"

　　"我大伯就是打仗的命，现在叫职业军人。他自1945年随老十团加入东北野战军后，从山海关一路打到海南岛，后来又参加了抗美援朝。1954年撤回国内在青海驻防，正赶上参加西藏平叛战斗和1962年的对印度自卫反击战。1969年在云南创建一〇一军，调他任三〇二师首任师长。1979年我大伯已经过半百，以一〇一军副军长的身份带领部队参加了对越自卫反击战。"

"老将军一辈子为国征战，令人钦佩啊，你见到贺军长一定替我问候他老人家，就说在妫川招待所天天早上陪您散步的小单，邀请您回妫城看看，看看家乡这些年的巨大变化。"

"谢谢局长，我一定带到。"

单局长略微思考了一下说道："旅游局正准备派人去深圳考察一下欢乐谷大型游乐场，你就辛苦一趟吧。到局办公室开几张空白介绍信带上，办事、住店都需要。再到财务科借上五百元差旅费，回头我补签字。记得开发票。"贺亮受宠若惊地谢过单局长，刚走到门口单局长又说道："回来交一份考察报告，要认真写。"

三　千里营救

飞机在缓缓滑上跑道后突然加速，贺亮的背紧紧贴压在座椅上，耳朵里的轰鸣声瞬间加大，机身猛烈颤动，接着猛地一抖，脚与心同时悬空起来，颤动消失，飞机头向上扬起。他脑海里突然闪过儿时那只断了线的风筝……舷窗外出现朵朵棉花糖，透过舷窗往下一看去，房屋街道渐渐变小，很快被云彩遮挡住了。此时贺亮才发现自己手心里全是汗。

也是第一次坐飞机的黎东斌小声说："你说飞机上会有降落伞吗？"

贺亮尽量心平气和地说道："你一个恐高症患者，有降落伞你敢跳吗？放心吧，飞机是世界上最安全的交通工具。汽车发明后因为车祸死的人已经超过两次世界大战死的人数。飞机失事死的人数还不到车祸死人的一个零头。"

"可是车祸总会有生还者，飞机一旦坠毁就全玩儿完了。"

贺亮没好气地说道："快闭上你的乌鸦嘴，还是想想正经事吧，如果这次彩电和货款都鸡飞蛋打，再把大头折进监狱你还真不如现在就跳下去。"

"唉，命苦走到蜜州也不甜。我算是流年不利。"

"谁都有个马高镫短的时候，现在最重要的是救人保钱。要说你俩一个赛一个灵泛，一手交钱一手交货是自古的行规，怎么就能让人家给骗了呢？"

"大意了。到广州一听说订好的彩电被人家截和了，我们就急了，生怕再被人家抢了先，心想深圳是全国改革开放的样板，深圳人还能骗咱们？"

"你们呀，聪明人也办糊涂事。"

"都赖段大头，也不瞧准人就八步赶蝉地给人家打钱，钱一离手就被动了。"

"你不撒手谁也不能去你兜里往出掏钱。"

黎东斌遭到贺亮的抢白也不好再说什么，便换了个话题。"你大伯都退休了，说话还管用吗？"

"是离休。"

"结果都一样，人走茶凉。"

"他是在广东卫戍区领导岗位上离休的，起码他有渠道把那些违法分子的罪证转送到政法机关。另外，我堂兄是边检站的指导员，他应该有办法。"

贺亮告诉黎东斌，他大伯贺照永有两个儿子，大儿子出生在朝鲜，取名贺援朝，后来就读大连外国语学院，毕业进入外交部，现在被派往联合国。二儿子贺援越高中毕业就参军，在武警边防支队任连指导员。

黎东斌忧心忡忡地说道："这笔款子要是被黑了哥们儿可全栽了，只有切腹谢罪了。"

"得了吧你，有这个志气你就不走偏门了。"

"这次真是狗咬尿脬空喜欢，赔了夫人又折兵。哥们儿认识到错了，你可一定好人做到底。"

一进机场迎客大厅，贺亮就看到堂哥贺援越穿着一身武警制服，光着头，笑盈盈地看着他们。

经过简单的寒暄，贺援越领着他们从要客通道过了检查站，来到候机楼大门外，一辆挂着武警车牌的日本丰田大吉普车停在门口。一名武警战士正在往车后备厢装他们的行李箱和装着一百个妫城火勺的纸箱子，那是贺照久带给他大哥贺照永的，贺亮本来不愿意带，嘟囔道："我大伯当那么大的官，什么山珍海味没吃过，他会稀罕这个？怪丢人的……"

"什么叫丢人？我看你是肚皮吃白了。过去老百姓走亲访友才舍得送火勺。你大伯见了它比见了金子都喜欢。给你大娘说，不能上蒸锅，要用饼铛炕，一蒸就塌窝了。"

贺援越又一次邀请他们住家里，说都是一家人，何必住在外面呢，这也是父母的意思。贺亮说头一次到深圳，想多出去见识见识，住在饭店进出方便。贺援越不再坚持，说他还在当班不能送他们，晚上下班去饭店接上他俩到家里一起吃饭。上车前，贺亮又把在电话里没有说清楚的情况说了一遍，贺援越说晚上给他消息。

四　大伯贺照永讲革命史

华灯初上，丰田大吉普车悄然进入有持枪卫兵站岗的大院，院子里的榕树遮天蔽日，林荫道以低矮的灌木为墙，整洁湿润，灌木墙后面是一栋栋小洋楼。

吉普车在一座二层小楼前廊停下。车门打开，一股浓烈潮湿带有薄荷味花草的香气扑面而来，贺亮不由得深深吸了一口。

贺援越领着他们进了大门。迎门是宽敞的客厅，军队标配的家具。正面双人沙发上方挂着一幅国画，画上是一匹水墨写意的战马，旁题：

临望关山千里雪，将军战马不知寒。

侧面墙上挂着贺照永抄录康有为的四句诗：清时堡堠传烽静，出塞山川作势雄。百万空弦嗟往事，一鞭冷月踏居庸。书法苍劲威猛，力透纸背。

贺照永一身军便服，精神矍铄地从沙发上站起身。贺亮紧走几步，伸出双手握着大伯的手。

贺照永声音洪亮地说道:"亮亮,终于来看大伯啦。你爹娘都好吧?"

"大伯,他们都好。就是想念您哪。都盼着您回家看看。"

爷俩紧挨着坐下,贺照永一只手拉着贺亮,一只手拍着自己大腿说道:"这个老伙计不趁劲啦。这位小同志是?"

"他叫黎东斌,是妫川造纸厂的厂长,他给您带来一箱长城大曲酒。"

黎东斌说道:"大伯好。我和贺亮过去是酒厂的同事,您尝尝咱们家乡的酒。都是用妫河的水酿制的。"

"亮亮到了。"夫人姜慧云闻声从厨房出来,笑盈盈地说,"今天大妈亲自给你炖海鱼吃。"

晚饭的气氛热烈祥和,贺照永更是异常兴奋,一直在滔滔不绝地说着:"当年我从张家口出来,在平北打游击,一打就是三年。部队首长看我有文化,打仗又勇敢,就送我去军分区教导队学习,学习结束后编入老十团,随后参加了解放张家口的战斗,那可是八路军解放第一个大城市。后来挥师妫川县城,在解放妫川县城的战斗中,我用九二式步兵炮,一炮报销了敌县长。"

"大伯,当时日本鬼子投降了,妫城也解放了。好多老八路都复员回家了,您怎么去东北了呢?"

"革命军人一切听党的指挥。那年解放妫川县城后,我奉命随部队支援东北。部队从康庄绕到二道河,经永宁转古北口、承德进入东北。当部队行军到康庄奔二道河的路上时,我忍不住朝北望了望海陀山,那是老根据地啊,许多战友都牺牲在那里。那时我想家里的亲人，想你爹，他还在念书，不知道这一走什么时候才能回来，还能不能回来……"

"我爸总说您一打起仗来就不要命，可是您福大命大造化大，总是有惊无险，遇难成祥。"

"哈哈哈……你爹说得对。我参加了无数次战斗，虽说九死一生，但是还是活到革命胜利的那一天。"

"您参加的无数次战斗中，哪次是最危险的？"

"要说最惨烈的还得说是辽西战役。那是1948年的10月，东北野战军攻克锦州后，蒋介石强令廖耀湘率'西进兵团'夺回锦州，我们连参加了阻击战，敌人是全套美式装备，密集火力，炮火铺天盖地砸向我军阵地。当时我任连指导员，和连长指挥全连一百八十多人，依托阵地殊死抵抗。敌人距离远，我们就用枪射击；敌人靠近了，我们就拼命扔手榴弹；敌人冲上阵地，我们就和敌人拼刺刀。随着战斗的白热化，连长牺牲了，跟着副连长也牺牲了，全连剩下不足二十人。我不断向战士们高喊着'人在阵地在'的口号，一次次打退敌人的疯狂进攻，突然，一颗炮弹在附近爆炸，我便失去了知觉。当我醒来时，已经在我军的野战医院了。幸运的是，弹皮穿过腮帮打中了舌头，虽然破了相，但却保住了命。"贺照永用手指着脸上的伤疤。

"大伯，我建议您把这些革命战斗经历都写下来，都是宝贵的精神财富啊。"

夫人姜慧云说道："亮亮，你和你大爷想到一起去了。他现在正琢磨他的回忆录。"

贺照永说道："你来得正好，你回到妫川县档案馆给大伯找找过去的资料，时间久了，好多时间和地名都记不准了。"

"没问题，我回去就给您找。到时候您的回忆录出来记得给妫川县档案馆送一套。"

贺照永说道："一定要给家乡留下。人呀，一是不能忘本，共产党能够从弱小走向强大，建立新中国，每一步都离不开人民，人民群众为中国革命做出了巨大牺牲。当年，在随大部队进入东北的路上，看到许多年迈的老人站在队伍边上，举着牌子叫着儿子的名字，却不知道他们的孩子已经牺牲了……想想那些牺牲的战友，活着的人应该很知足，不能忘本。二是人活着一定要有志气。这一辈子要有一个总目标。有了奋斗目标就会产生勇气，不然遇到点困难就会想逃避。在艰难的环境中，只有那些目标明确、意志坚定的人，才能活下来，成就一番事业。"

贺亮和黎东斌听得心悦诚服，不住地点头。

五　真相浮出水面

出了门，贺援越对贺亮说道："你今天是把老爷子聊美了，好久不见他这么开心。以后你要多来深圳才行啊。"

然后他让吉普车司机到大门外等候，他和贺亮、黎东斌散步往出走。贺援越说道："你说的事基本上搞清楚了，你那个姓段的朋友，原来是因为有人举报他嫖娼，本来也就拘留半个月罚点款。可他说是有人陷害他，还骗他钱。一查又牵扯出一桩走私案，海关也加入进来，现在是海关与公安联合办案。案子也不是你们说的彩电，是走私汽车。"

"啊？走私汽车？怎么会呢？我们买的是日本彩电，合同我都带来了。"黎东斌急忙掏合同，贺援越用手压住黎东斌的手继续说道："听我把话说完，跟你们签购买彩电合同的人是不是叫吴良弟？"

"对，对，就是他，有点斜眼。"

"他手里根本没有彩电，你们被他骗了。他是用你们的钱去走私汽车，等汽车出手后，他会以彩电被海关查没为由把钱退还你们，说白了，他就是做一轮空手套白狼。"

"这贼孙子也太可恨了，我找丫的去。"

"人已经被抓了，钱也被公安扣下了。"

贺亮说道："二哥你一定给想想办法，段大头是我最好的朋友，那钱是银行贷款，属于公款，可容不得闪失呀。"

"对，对，二哥，在深圳我们是两眼一抹黑，全靠您了，千万想想办法，那笔款子要是被没收了我就全完了。"

"按规定钱和汽车肯定都要被海关罚没的……幸亏你们来得及时，目前案子还在公安手里。你们要尽快提供采购彩电的合同和银行贷款证明，最好再让你们当地公安局发个协办公函，剩下的事就交给我来处理。"

"太谢谢二哥啦！"两个人异口同声地说。

贺亮说："能不能把我朋友先保出来，别在里边受罪。他显然是被骗的，也是受害者。"

"放心吧。放人快，退钱要些时间，必要的程序还得走。

明天上午我带你们去中英街买几件T恤，你们身上的衣服太厚，人都捂馊了。明晚要请公安朋友吃饭，你们也得穿精神点，首都来的人嘛。"

黎东斌忙说："深圳我们不熟悉，明晚请客您订地方，我来安排。"

第八章　收获爱情

有情哪怕隔千里，无情哪怕门对门。

——妫川谚语

一　深圳夜晚五光十色

深圳市第一看守所。

段大头从大铁门中间的小门出来，一眼看到贺亮和黎东斌，扑上来抱住贺亮就放声哭起来，边哭边说："哥们儿被人害啦，让人打了闷宫！"贺亮心中也一阵酸痛，用拳头在段大头后背猛捶了几下。

段大头抬起头，泪眼婆娑地说道："快带哥们儿去桑拿洗洗，再找个酒楼大吃一顿。"这时贺亮才发现段大头浑身酸臭，胡子拉碴，脸上有瘀青。

"去什么桑拿？"

黎东斌说道："就是澡堂子。"

段大头说道："黎东斌，哥们儿都是替你丫遭的罪，你倒是在家躲清净儿，你丫得好好补偿我！"

"快歇菜吧你！事是你煽呼起来的，办崴泥了你倒赖起我来了。我到现在连个彩电毛也没有见着，钱也没了，还惹了一身官司，我这正五脊六兽没地方说理哪。"

"当初你要别磨磨叽叽早点给广州打钱，我还用得着跑到深圳这个鬼地方来吗？真是外财不富命穷人，羊肉贴不到狗身上。我就不应该找你合作。"

"哎哎哎，一个石槽拴不住俩叫驴，见面就炸窝，现在人和钱都安全了你们还不烧高香，吵个茄子！"

两个人突然意识到什么，黎东斌说道："贺亮，这次全靠你了，大恩不言谢。咱们是一辈子的亲兄弟……"

"阿亮，你是个真爷们儿，不食言。"说着当胸捶了贺亮一拳，黎东斌莫名其妙地看着他俩。

丰田吉普车在通往市区的公路上疾驰，窗外不时有工地闪过。到处悬挂着标语：时间就是金钱，效率就是生命。

段大头说道："原以为我在深圳是屎壳郎哭他妈——俩眼一抹黑。原来咱大伯是司令，早知道咱家有这根侯，爷就该把那贼孙子店砸喽！"

贺亮说道："瞧把你能的，过去只听说过有理走遍天下，还没有听说走私打遍天下的呢。"

段大头叹了一口气，说道："真是平路跌死马，浅水淹死人。没想到我堂堂长城段大头竟然翻在深圳河里。"

"人没事就有翻盘机会。电报是谁给我拍发的，也没有署名。"贺亮问道。

"在拘留所结交的一个狱友。"

丰田吉普车在市中心停下，贺亮客气地让司机回去不用等他们。段大头满眼羡慕地目送挂着武警车牌的丰田吉普车远去。然后他们三个人边信步闲逛，边找着桑拿洗浴。

贺亮看着灯红酒绿的大街感慨地说："我一心想着营救大头，到现在还没有好好看看深圳。"

街道上人头攒动，形形色色的人摩肩接踵。服装、电器百货店铺一家挨着一家，密密麻麻。小的店铺只能放下一张桌子，各类电子产品看得他们眼花缭乱。许多来自内地的小贩大包小包地穿梭在其间。公共电话亭周围贴满了各种广告。路边商店墙壁上贴着香港女影星照片，着装暴露，风骚性感。日本松下盒式录音机传出甜美的歌声：昨夜的星辰已坠落，消失在遥远的银河。想记起，偏又已忘记，那份爱换来的是寂寞……烤鱼的香味夹杂着臭鱼腥味儿阵阵飘来，让人禁不住想坐下来喝杯啤酒来条烤鱼。远处几座在建中的塔楼正在挑灯夜战，有两层楼高的万宝路香烟的广告牌被射灯照得雪亮。

他们来到一家名叫芭金翰的桑拿店前，段大头说就这家吧，抬腿便要进。贺亮有些踌躇，拉住黎东斌悄声问："这不会是报上说的黄色地方吧？"

"你想多了，就是一间高级澡堂子，里边有吃有喝，有女孩给做足底按摩，仅此而已。咱们先洗个澡简单吃点，晚上正式宴请你。我真该好好请请你。"

"阿斌，你别净整这虚的，你要真心感谢阿亮就给他买部大哥大。"段大头眼睛盯着一个穿花格子衣服手拿大哥大的小个子男人说道。

"别,我们局长刚换的汉显寻呼机,我拿个大哥大,找死哪。"

"在单位你别用,下了班再拿出来,多威风。"

黎东斌说道:"行,回去就办。大头,公安以嫖娼的罪名抓的你,你跟哥们儿说句实话,嫖娼了没?"

"嫖你个头!"三个人推推搡搡嬉笑着走进大门。

芭金翰的桑拿店大堂金碧辉煌,穿着性感超短裙的领位小姐迎上来招呼着。贺亮有点眼花缭乱。段大头先找电话,说把杨彩玲呼来,估计她在宾馆都急死了。

等他们洗完澡穿着按摩服从男部出来,杨彩玲已经在休息室门口等着了。一见大头就扑了过去,搂着大头哭起来。

"哎哎,我这不好好的嘛,你哭什么丧呀,快起开。"杨彩玲依然不管不顾地抱着他哭。

进了房间,四张躺椅一字排开,躺椅之间都设有茶几,放好水果和各种饮料。贺亮说肚子空了,先来点茶点吃再做足底按摩。

贺亮和黎东斌拿着菜单正在商量着,突然段大头猛然起身,一把拎起杨彩玲,抡圆给了她一个大嘴巴,杨彩玲应声倒地。段大头又扑过去举起拳头正要打,被贺亮从后面抱住,往外一甩,段大头重重摔倒在躺椅上。

贺亮厉声呵斥道:"段亚林,你疯啦!"

黎东斌回过神来，赶忙上前扶起杨彩玲，见杨彩玲鼻子和嘴角都是血，顾不得擦只是一个劲地抽泣。

贺亮走上前一把拽起段大头正要发作，只见段大头早已经泪流满面。段大头就势抱住贺亮哭着说道："我他妈的被绿了。"

"你说什么，什么绿了？"

"我被那姓吴的杂种给戴了绿帽子，哥们儿当王八啦！"

"啊?!"

贺亮和黎东斌同时看向杨彩玲。杨彩玲哭得更厉害了。

从段大头断断续续的诉说中，贺亮和黎东斌基本听明白事情的原委：

段大头那天突然被公安带走后，杨彩玲一时六神无主，第二天一大早就去电器店找吴良弟。吴良弟说他有办法救人。下午带着杨彩玲到了公安局，让她在大门口等着，他说进去找朋友。一会儿出来后说已经跟朋友讲好了，五万好处费，见钱就放人。杨彩玲一口答应下来，并约好晚上到杨彩玲住的宾馆来拿钱。

杨彩玲身上只有一万多，准备先给一万，等人出来后再给余下的四万。晚上吴良弟来到饭店，在得知付款方式后他提出杨彩玲陪他睡一晚，不然这事他就不管了。杨彩玲先是断然不应，后来吴良弟说大头是北方人，又瘦又小，在里面天天被其他犯人打，再晚怕是出来人也废了。杨彩玲一听就急了，因为救人心切就答应下来……当段大头听说后气了个倒仰，抬手打了杨彩玲。

贺亮与黎东斌面面相觑，无言以对。

晚上吃饭，段大头和黎东斌当场喝了个吐天儿哇地。贺亮和杨彩玲费了好大的劲才把他们弄回饭店。

二 "狗日的深圳"

绿皮火车在江南大地上奔驰，窗外的树木虽然还绿着却一片萧瑟，天色阴沉，微雨寒村一番冬临景象。

餐车上段大头有气无力地点着菜："你们餐车上菜的品种也太少了。有白灼虾吗？"

"没有。"

"皮皮虾呢？"

"请你按菜单上的点。"服务员有些不耐烦地说。

"真没劲，来个回锅肉、醋熘丸子、肉炒黄瓜、西红柿炒鸡蛋、炸花生米……"

贺亮说道："够了，够了，咱们还有二哥给带的烧鹅，点多了这小餐桌也放不下。"

黎东斌说道："这次亏得有你二哥，帮咱天大的忙，等他到北京我们一定好好谢谢他。"

"可不是，没有二哥我们连火车票都买不到，还给咱们买到两张卧铺票和两张坐票。"段大头附和道。

酒过三巡后大家心情都好了起来。贺亮以长辈的口吻说道："大头啊，你这次也算是经历了牢狱之灾，受了一些皮肉之苦，损失是惨痛的……"说着不经意看了段大头身边的杨彩玲一眼，杨彩玲垂下眼帘，看着餐桌上的菜，并没有吃。

贺亮继续说道："教训是深刻的，你要痛定思痛，往后要做手拿把攥的事情，别净想一出是一出。回去好好和彩玲过日子，我看不行还是找个单位上班吧。"

黎东斌不失时机地说道："贺亮说得对。不是我说你，你这档子事做得张把了，瞎抖机灵。人家明摆着是给你下套，那个广东佬儿斜眼歪嘴一看就不是正经来派，你都没有瞧出来。听那厮一阵白话就给打全款。要不是有贺亮二哥出手相救，你这回根本收不了场。"

"这档子事说起来是怪害臊的。这次是栽了个鼻青脸肿，主要是栽在轻敌上，冷手抓不着热馒头。"

接着段大头也换成长辈的口吻说道："但是干革命就会有牺牲，不能遇到点挫折就打退堂鼓。阿亮，还有你阿斌，我得说你们几句，到了中国改革开放的最前沿，伟大的深圳，你们并没有受到改革春风的洗礼，思想还停留在海陀山上，而且被冰雪覆盖着，那怎么行呢？兄弟这次在深圳是翻了车，交了一点学费，但是它让哥们儿明白了一个道理，那就是我们的思想解放得还是不够彻底。"

段大头自顾自干一杯，杨彩玲忙把酒杯又给他斟满。段大头已经进入状态，说道："这狗日的深圳，充满了神奇，昨天还跟你挤在一个破旅馆里抢开水的瘪三，今天可能就接了个香港、台湾的单子，摇身一变就是身家过万的老板。在这里不问出身，不管来路，只看你的实力和运气。"

"事实已经证明你水土不服，嫁接完全失败。明智点，卷铺盖走人，别再碰深圳的事，免得到时候死得更难看。"黎东斌没有好气地说道。

"男人最重要的是什么？是有志气！如果你走起路来还是个两只睾丸撞得叮当乱响的男人，就他妈在哪跌倒就要在哪爬起来。哥们儿已经想好了，一定还要杀回深圳，深圳大有希望。"杨彩玲崇拜地望着段大头，眼睛里泪光闪闪。

贺亮说道："深圳是大有希望，可不是你的希望，我看你是脑子被拘留所关坏了，满嘴胡言乱语，我跟你说正经的，你离勾儿拉勾儿地净说些有的没的。彩玲，回到北京你看着他点，别让他走失了。"

杨彩玲笑了，说："我寸步不离。"

黎东斌说道："我看大头八成是犯墓魂儿了，回去得找出那具尸体烧了。"看着杨彩玲迷糊的眼神，黎东斌故作严肃地解释道："犯墓魂儿就是被死人的鬼魂缠住了，非得找到那个鬼魂的尸首，挖出来烧掉才行。"

杨彩玲两只手一下抓住段大头的胳膊，紧张地说道："他说的是真的吗？"

段大头不屑地说道："我看他就是个诈尸鬼。别理他。"

然后叹了口气，说道："真是道不同，不相为谋啊。喝酒吧。"

火车跨过武汉长江大桥时天已经全夜了。列车员过来说餐车的座位已经都卖出了，让他们回到自己的座位上去。

段大头不满地说道："我们还没有喝好呢！你们也太鸡贼了吧，餐车的座位又卖一次？"

黎东斌说道："你没有看到车厢两头都站满了人，好多人都等着餐车座儿哪，咱们走吧，直当学雷锋做好事。"

杨彩玲也劝道："走吧，我也困了。"

因为只有两个卧铺，大家在餐车时已经商量好倒替睡。杨彩玲和大头第一轮，凌晨两点倒换。段大头领着杨彩玲走在前面，黎东斌拉着贺亮挤进窄小的厕所，分别点上一支烟。黎东斌说："这女的不能要了，你得跟大头说说。"贺亮点点头，没有说什么。

刚回到座位上，段大头就回来找他，诚恳地说道：

"阿亮，哥们儿实在是躺不下去，你必须去卧铺睡，我们已经欠你太多了，你再这样加码就是感情绑架，怕是以后哥们儿都没的做。"黎东斌把贺亮推起来附和道："这事听大头的。"

三 卧铺上倾听杨彩玲

列车咣当咣当有节奏地摇晃着，像是催眠曲。贺亮却怎么也睡不着，夜风凉若秋水，自车厢四角泛起，穿透薄薄的毛毯直往骨缝里钻。

这一趟出来发生的事情太多，还没有来得及理出头绪。也不知道齐静怎么样了，不知道写给她的诗收到了没有，她会不会喜欢。二哥贺援越带他们去了一趟中英街，也算开了眼。贺亮在商店给齐静买了一块电子表，一条项链，都是香港产品，内地没有见过。她一定会喜欢，贺亮满脑子在设计送给齐静项链和电子表的场景。

列车路过一座车站，车站上昏黄的路灯一盏接一盏地在窗前闪过，贺亮突然发现睡在自己对面的杨彩玲一直睁着眼睛。

列车驶过车站，车窗重新陷入黑暗。贺亮坐起来，探过身子，透过车厢里微弱的夜灯看到杨彩玲睁着眼睛，呆呆地望着上铺的床板。贺亮附在杨彩玲耳边小声说道："一切都会过去的，相信我。睡吧。"杨彩玲依然呆呆地睁着眼睛说道："亚林会不要我吗？"

"不会，大头是个重情重义的人。"

杨彩玲掀开毛毯坐起来，往里挪了挪把背靠在隔板墙上，然后示意贺亮也坐过来。贺亮迟疑了一下也坐了过去。杨彩玲把毛毯盖在两个人的身上，把嘴贴近贺亮的耳朵小声说道："我可以为亚林去死。"

贺亮不知如何回答。

"我家在大西北长城边上一个小山村，从小家里很穷。我妈生下我们三姐妹，我爹一心想再要个弟弟，为这总打我妈。他天天出去喝酒赌钱，家里全靠我妈支撑。后来我妈把家里仅有的一点钱都留给了我姐，跟着一个走街串巷说书的人跑了。我爹欠了一身债也离开了家，常年在外打工，不再管我们。我们姐妹三人相依为命，因为爹欠下村里人的钱，所以我们总受人欺负。亏得村长总照顾我们，不然日子都不知道怎么挨过去。有一天，村长喝了酒到我家……把我姐强奸了，是当着我的面。村长走后姐姐跟我说，别怕，村长是在跟姐姐玩游戏。"

长时间的沉默。

"姐姐初中毕业便去了南方的工厂。寄钱回来供我和妹妹生活和交学杂费。每年春节才回来，带回新衣服和许多好吃的。我最大的心愿就是快快长大，去南方找我姐，和她一起打工挣钱，然后把妹妹接出来，供她上学，永远不要再回去。有一天，村长喝了酒到我家……把我强奸了，是当着我妹妹的面。妹妹那年七岁……村长走后我跟妹妹说，别怕，村长是在跟姐姐玩游戏……"

贺亮从裤子口袋里摸出手绢，在黑暗中找到杨彩玲的手塞给她。杨彩玲擦了擦眼睛，平静得像是在说别人的事："这事我和谁都没有说过，因为我知道说了也没有用，不会有任何改变。后来终于熬到初中毕业，我就出来打工。先去南方找我姐，想去她那家工厂打工，两人也好有个照应。去了我才知道，我姐根本没有在那家工厂，而是在夜总会坐台……我说，我也要跟你一起做。我姐撵我走，我不走，她打了我一巴掌，她那是第一次打我。

"后来我找了一个商场做售货员，老板说我形象好，会算账，让我做业务员。业务员听着好听，其实就是天天跟他去酒局，陪各种人喝酒。他们一喝酒就会对我们几个业务员动手动脚，老板总是睁一只眼闭一只眼。有一次，有个老板重要的客人，喝了很多酒后又去歌厅唱歌。唱了一会儿那个人说要和我跳舞，结果把我拉进包房里的厕所，我拼命地挣扎、喊叫，老板就在门外，他不仅不救我，还把音响声音调大……"

沉默。车厢里只有火车"咯噔、咯噔"的声音。当贺亮以为杨彩玲不愿意再说下去的时候，她又说道："后来老板提出私了，随便多少钱让我说个数。我坚持要去公安局报案。老板最后给我跪下了，哭着说那些人他惹不起，我要一报案他也就完了，我也拿不到一分钱的赔偿。还说他上有父母，下有三个孩子。我心又软了，也是想到我不能再把妹妹一个人留在村子里。我给老板说我不要你的钱，你把北京的业务都给我，我离开这个地方，永远不再回来。就这样我来到北京。后来在长城上认识了亚林。"杨彩玲说着突然扑哧一下笑出声来。

　　"我第一次见到亚林别提他有多威风啦。我是被黑导游骗上长城一日游的大巴车。结果不停地去旅游品商店，我本来就是想考察长城纪念品市场，无所谓的。可是每个店都必须买东西，等到了长城下边的一个好大的纪念品店时我已经没有钱了，他们围攻我，说不买东西就把我甩下不拉我回北京，那时天已经黑下来了，我心里害怕极了。这时就像电影里演的一样，亚林从天而降，披着风衣，戴着美国蛤蟆镜，镜片上还贴着醒目的商标，身后跟着一帮兄弟，几句话就把他们喝退了。那一刻我就决定这个人就是我要找的男人。

　　"后来证明我没有看错。亚林对我很好，也从不问我的过去，就是一味地对我好。我这辈子也认准了这个男人，我为了他可以献出我的一切，包括这条命。你说，我都可以为他去死，会在乎这一副皮囊吗？如果亚林不原谅我，我也不怪他，我还会跟着他，给他做保姆，做阿姨，做奴隶都行。反正这辈子我不会离开他。"说完杨彩玲长长地舒了口气，说："谢谢你，贺亮。"然后把头无力地靠在贺亮肩膀上。

贺亮被杨彩玲一番肺腑之言深深打动，不觉腮上有凉意淌过。贺亮用手掌抹去满眼的泪水说道："彩玲，谢谢你的信任，谢谢你告诉我这些。相信我，你是个优秀的好女孩，我从内心里敬重你。大头是个重感情的人，一定会与你白头偕老……"贺亮耳边传来均匀的呼吸声，杨彩玲已经靠在贺亮肩上睡着了。

当第一缕晨曦从车窗射进来时，车厢里开始复苏。贺亮被上铺的人下来时踩醒，发现自己居然与杨彩玲并排睡着了。此时杨彩玲也睁开了眼睛，茫然地望着近在咫尺的贺亮。两个人同时坐起来，都红了脸。贺亮慌乱地找着鞋，说道："昨晚约好早餐去餐车会合，我先过去。"

杨彩玲很快恢复了平静，喊道："贺亮。"

贺亮站住回头望着杨彩玲。杨彩玲真诚地说："谢谢你！"贺亮竖起大拇指用力地一挺，笑了笑，快步向餐车走去。杨彩玲屈膝坐在铺位上欣慰地笑了。

草草吃过早餐从餐车出来，贺亮拉着段大头挤进厕所，拿出烟盒抽出两支烟，段大头拿出打火机分别给两个人点上。贺亮深吸了一口烟，说道："你准备怎么处理？"

"处理什么？"

"杨彩玲。"

"这辈子真心对我好的人除了父母，就是你和彩玲。我出生在青岛，本来过着无忧无虑的日子。可是突然有一天，我连面都没有见过的爷爷成了土匪，我爹被抓了起来，说是漏网土匪的儿子，隐瞒了出身，后来全家被遣返回了原籍。我从小就被人看不起，受人欺负……直到遇到你和彩玲，你们都没有轻视过我，都是拿我当亲人，我心里有数。我这辈子都不会抛弃她，将来就是有一天我真发达了，我也不会抛弃她。"

贺亮一把抓住段大头的衣领子骂道："算你个兔崽子有良心，你要是抛弃杨彩玲我们就不是兄弟。"

四　形势突变

北京火车站。

出站口熙熙攘攘，举着各样式牌子的接站人与兜售的小贩拥挤在一起。黎东斌的司机神色紧张地在人流中来回寻找着，当黎东斌几个人走到跟前才看到，却没有上来接行李的意思，黎东斌刚要张嘴，司机身后闪出两个男人，贺亮觉得领头的矮个子有点眼熟，却想不起来在哪见过。矮个子说道："你就是黎东斌？"

"我是，你们是……？"

"我们是妫川县检察院的，这是我的工作证。现在请你跟我们走。"

贺亮忙上前一步，说道："你们有手续吗？"

"这是传唤证，请看清楚。"另一个高个子拿出传唤证在他们眼前晃了一下便收起来。

"他是县里重要企业的领导，你们抓人经过县委批准了吗？"

"贺亮同志，我们是奉命行事，有什么问题可以到我们院来找领导。请不要妨碍我们执行公务。"在大家的惊愕之中，黎东斌被带上一辆北京吉普车，很快在视野里消失了。

段大头神色慌张地说道："他们认识你，说明咱们的行踪已经被他们掌握了。跑吧？"

"滚犊子。"

贺亮走进家门已经是掌灯时分，老爹坐在沙发上看着《参考消息》。贺照久有个习惯，就是在办公室只看文件和公文。在家里只看报纸、内参和政府通讯。叶蓝专心修剪着盆景。贺亮在院里先喊了一声："我回来啦！"

叶蓝听到儿子回来高兴地放下手里剪花的剪刀，兴奋地迎上去说道："亮亮，你怎么去这么多天，也不来封信，妈都担心死了。还没有吃饭吧？妈让银杏奶奶给你烙饼。"

"在火车上吃过了。"

"火车上的饭还能算饭？你不想吃烙饼就给你擀面条，再卧俩鸡蛋……"

"妈您别张罗了，我真不吃。"

贺亮又对贺照久恭恭敬敬地说："爸，我回来了。"

贺照久从老花镜上面瞄了贺亮一眼，嗓子哼了一声算是答应。

贺亮把包里的东西往茶几上掏，叶蓝稀罕地拿起每一件端详着。

"爸，这是我给您买的双喜牌香烟，广东生产的，您尝尝。"

贺照久说道:"你大伯身体怎么样?"

"他除了腿不行,其他地方都好好的,每顿喝半斤白酒。"

叶蓝问道:"你大伯腿怎么了?"

"说是在对越自卫反击时遭遇越南特工袭击,掉到沟里崴伤的。"

"他都是副军长了还上前线?"叶蓝不解地问。

贺照久放下《参考消息》坐直身子说道:"他大伯就是不怕死,总是冲锋在前。但是命大,当年守塔山时他还是连指导员,全连基本上全部牺牲了,他只是破了相。"

"这是大伯给您的灵芝,说让您泡酒喝⋯⋯"叶蓝一把夺去,惊叹道:"天哪,这么大的灵芝我这辈子还是第一次看到。"

"老太婆,你倒是让我看一眼呀!"

"有什么好看的,灵芝都有灵气,回头再让你的大油手摸脏了。我去找找方子给你泡酒。"

贺亮又拿出两块电子表,说道:"我给爸、妈一人买了块电子表,香港生产的,现在大城市戴电子表最时髦。"

叶蓝拿起一块电子表说道:"好洋气啊。"

贺照久说道:"有什么好的,怪里怪气的,比我戴的上海表差远了。"

"你不要拉倒,我正好送给我的气功老师。"

"那可不行,亮亮的心意怎么能随便送人哪!"

贺亮想问问父亲检察院抓黎东斌的事,想了想又放弃了。抓起一盒广州糕点向外走去,叶蓝追出来问道:"这么晚了你还要出去吗？明天还上班哪！"

贺亮头也不回地说道："明天不上班在家写考察报告，我现在去给领导上供。"

五 我心飞翔

贺亮小心翼翼地敲着齐静的家门，房门打开，齐母站在门口，慈祥地问："你找谁？"

"阿姨好，这是齐静的家吗？"

"贺亮。"齐静从客厅冲了过来，惊喜地说，"真是你呀！什么时候回来的？妈，这是我朋友，贺亮。"

贺亮随着齐静走进客厅，正在看电视的齐父热情地说："小贺同志呀，过来坐吧。"

"谢谢叔叔阿姨，这是我从深圳带回来的广东糕点，是肉馅的，你们尝尝。"

齐母说道："这孩子来就来还买什么东西呀。阿姨给你沏茶，用你叔叔的西湖龙井。"

"小贺呀，你是做什么工作的？"

"我在旅游局企管科工作，叔。"

"现在全县的旅游形势怎么样呀？"

"爸，在家别谈工作。"

齐母端着茶进来说道："小贺喝茶。你今年多大了？属什么的呀？"

"我二十四了，属马，今年本命年。"

"哪所大学毕业，家里都是做什么的呀?"

齐静说道:"妈，你们这是查户口哪。贺亮走，到我房间来，我有话给你说。"说完不由分说地拉起贺亮就走。

进了齐静房间，贺亮用背把房门关上，顺势靠到房门上与齐静对视着，从齐静眼里看到热烈与渴望，贺亮说:

"你把眼睛闭上。"齐静迟疑了一下还是顺从地闭上了眼睛，双眼长长的睫毛因为紧张而快速颤动。贺亮从兜里掏出项链，拆开简易的包装，拿出项链展开，拿到齐静眼前:"睁开眼睛。"

"哇! 好漂亮。"齐静兴奋地双手接过项链，转身来到梳妆镜子前，把项链放到胸前左右仔细端详着:"我好喜欢呀。"然后撒娇地说:"你帮我戴。"贺亮笨手笨脚地给齐静戴好项链，然后两人一起挤到镜子前，异口同声地说:"真美!"贺亮纠正道:"我是说你。"

"去了一趟深圳嘴也学甜了。"

"深圳的菜都甜。"说着贺亮手里又变出一块电子表。

"还有礼物送你。"电子表矩形外形，液晶显示的表盘，三个功能区域。"哇，好洋气的电子表，太有未来感了。"

"你真有品位，这就是按照美国科幻电影《星球大战》设计的。"

齐静望着贺亮深情地说道:"谢谢你，去这么远还想着给我买礼物。"两个人几乎同时张开了双臂……

时间像是过了半个世纪，贺亮问:

"想我了吗?"

"想了。"

"有多想?"

"想得心疼。"

"收到我送你的诗了吗?"

"收到了。"

"喜欢吗?"

"喜欢。收到我写给你的诗了吗?"

"没有哇,寄到哪里了?"

"你单位。"

"……你背给我听吧。"

"不,要你自己看。"

"那我们现在就去局里拿吧?"

"走!"

　　大街上行人稀少,冷冷清清。贺亮骗腿跨在车上,示意齐静坐在横梁上,齐静爽快地坐了上去。自行车不紧不慢地在街上走着,贺亮的呼吸吹到齐静的耳朵上,痒痒的,一阵阵的酥麻传遍全身。齐静整个上身被贺亮拥裹着,感到从未有过的温暖、踏实。

　　贺亮突然想起黎东斌的事,问道:"我们中午刚出火车站,黎东斌就被你们的人带走了,他的事你知道吗?"

　　"知道,今天早上一上班反贪科的小李就把我叫出来,神神秘秘地说卢科长带人去火车站抓你老公的朋友了。我说你个小蹄子再胡说当心撕你的嘴。"

"小李也算咱俩半个媒人呢，你可得善待人家。"

"好，打从明儿起我就把她供起来。"

"哈哈哈……真是乖老婆。"贺亮用嘴去找齐静的嘴，被她闪开说道："谁是你老婆，别臭美了。"

"人家小李都称我是你老公了，我怎么不能叫老婆呢？"

"她不着调，你也学呀？"

"学呀，圣人都说三人行都是我老师嘛。哎，黎东斌拖欠农行的贷款不是已经还上了吗，我亲眼看他从深圳转的账。"

"小李说是他把造纸厂抵押出去，贷款一百万去倒进口汽车，被厦门海关给罚没了。"

"这贼小子是在作死哪，他这个事一点口风都没有给我透。"

"一百万不是个小数目，十年往上说。"

"明天我找卢炳峰先问问情况。今天在火车站没有见到他。现在他总是神神秘秘的。"

"卢科长人很耿直，办事讲原则，你找他肯定没有用。"

"不试试怎么知道？"

"我跟你打赌，三杯酒，八钱杯的。"

"一言为定。"

旅游局大门已经关闭，传达室也黑了灯。贺亮压低声音说道："我翻墙进去，你在外面望风，有巡逻队过来就学癞蛤蟆叫。"

"我才不学癞蛤蟆叫，我吹口哨吧。"说着话齐静把两根指头放进嘴里，鼓起腮帮子用力一吹，一声嘹亮悦耳的口哨声划破夜空。

"哟，原来这位女侠也是同道中人，失敬、失敬！"贺亮双手抱拳行礼。

"岂敢、岂敢！这位兄台请。"齐静一本正经地抱拳还礼。

贺亮双手把住墙垛纵身一跃，敏捷地翻过院墙消失在黑夜中。

此时四野空旷，万籁俱静，天空没有月亮，只有漫天星光闪烁。齐静机警地观察着四周，几分紧张，又几分神秘，内心充满快乐。

一根烟工夫儿，贺亮原路返回，从墙上翻下来，嘴里咬着一个信封。

"妥了。"

"撤！"

贺亮骑上车狂蹬，仿佛后面有追兵。齐静依偎在贺亮怀里像个凯旋的战士那样开心地笑着。

在齐静家属楼外面的路灯下，贺亮迫不及待地把信封拆开，展开信纸，娟秀的钢笔字映入眼帘：

《夜雪》

尤其是这样一个夜晚，
谁在轻声地呼唤。

在季节之初，

雪花——诺言般地开放，

弥弥洒洒，

迷住我的视线。

满怀都是沾满了白色碎屑的心事，

思念是我失眠的粮食。

今夜的诗已吟不成句，

冬天猝不及防地来临，

让一个雪团飞出，

落在次第花开的季节里。

贺亮看完一把把齐静揽入怀中，两张炙热的唇紧紧吻在一起。

第九章 改革不能循规蹈矩

没有勇气的人，永远不会攀山渡海。

——妫川谚语

一 长城景区换将

县委书记的办公室里挂满了新办公楼的效果图。弘毅和县长安源坐在窗边的沙发上。

安源说道："这次国家环境保护局的领导来我县调研，看到我们一口气关闭污染严重的化肥厂、造纸厂等十三家企业，改造污染工艺十四个，全县企业均达到国家环保排放标准给予高度赞扬，称我们是首都西北的'生态长城'。"

弘毅说道："这个评价不低呀！下决心关停污染严重和资不抵债企业，工业实施战略性调整，实践证明我们工业深化改革的路子是走对了。多年来妫川县工业一直走不出'政府出面，银行贷款，企业负债，经营亏损'的恶性循环，固定资产成为固定死产。这次按照市场经济运行规则，把工业资产存量拿到县域外大市场参与重组，实现死产盘活。可以说工业投资主体实现了历史性转变。"

安源说道："实现资产重组的医疗器械厂当年就上缴税金580万元，比过去八年纳税总额还多出52%。事实胜于雄辩。"

"企业还是那些企业，人还是那些人。只要观念转变了，就可以迸发出无限的活力。"

"这就是你要派郑立斌去主持锁钥岭长城旅游总公司深化改革的出发点吧。"

两个人会心地笑了起来。

弘毅说道："一位老首长曾经跟我说过，要想成就事，就要搞清楚三点：一是确定做什么事；二是钱从哪里来；三是选派什么人去干。"

"说得太到位了，人是决定因素，而决定人行为的是思想。现在看来，当年你一到妫川县就先开展对妫川县的重新认识活动是多么的高明。让妫川人重新认识自己，让外界重新认识妫川，让妫川人重新认识外面的世界，在此思想大讨论的基础上提出'冷凉'战略一下把全县干部的思想统一了。"

"哈哈哈……这也得感谢你这位县长的鼎力支持呀！不出意外的话，这次换届我就调回去了，你的担子千斤重啊……"

"萧规曹随，埋头再搞上几年，妫川一定会再上一个台阶。"

秘书敲门进来，说郑立斌同志到了。

郑立斌进门看到县长安源也在马上预感到今天的谈话非比寻常。

弘毅说道："立斌同志，今天我和安县长代表县委跟你谈话，县委考虑派你去锁钥岭长城旅游总公司主持全面工作，想听听你个人的意见。"

郑立斌看了一眼安源，又看了看弘毅，他俩都安静地望着郑立斌，等着他的表态。

郑立斌说："我服从组织安排。只是我没有接触过旅游工作，怕辜负了弘书记、安县长和组织的信任。"

弘毅说道："你有这个态度就可以了。这次党代会把妫川县发展定位为首都旅游卫星城，要与首都现代化城市相匹配。明年的目标是旅游入境人次突破一千万，旅游收入突破四个亿。锁钥岭长城无疑是龙头。要发挥出火车头的作用。要有有力措施。作为锁钥岭长城旅游总公司的领导一定要克服盆地意识，什么是盆地意识？就是小富即安，小进即满。只见树木不见森林。绝不能关起门来过自己的小日子。要有大局意识和责任担当。"

安源说道："县里决定要充分发挥旅游资源优势，发展会展旅游，变游为住。这就需要加大旅游基础设施的投入，锁钥岭要在资本市场上闯出一条新路来。"

弘毅说道："你到任以后，要紧密团结班子的同志，要从整顿机关工作作风入手，整顿景区旅游环境，提高服务质量。万丈高楼平地起，基础要打牢。"

二　生米煮成熟饭

晚饭后，贺亮骑车接上齐静，两人向丁建国新房所在的新北路小区骑去。齐静斜坐在自行车后座上，怀里抱着一网兜的补品。

齐静说道："建国和沈薇真够麻利的，结婚才半年多儿子都抱上了。"

贺亮说道："婚礼的酒劲还没有下去呢这满月酒又来了。当时我就觉得有古怪，婚房都没有装修好就火急火燎地急着办婚礼，原来是肚子瞒不住了。真没有看出来建国这小子是个闷声发大财的主。"

"我觉得建国这个人不简单，这几年也跟你们混着耍，可是他自己的事情一件都没有耽误，在该发生的时间里都按部就班地发生了。他还是你朋友里第一个买汽车的人。"

"他算不上，人家大头才是第一个趁私家车的主。"

"他那个二手'面的'能算汽车吗？就接过我一次还让我下来推两回车。而且那'面的'连个车牌都没有，总被交警扣，你还三天两头去交通队帮他要车。建国可是正儿八经地买的新捷达。"

"你要给我生个儿子我立马给你买辆桑塔纳。"

齐静腾出一只手在贺亮背上狠狠砸了一拳："瞎说什么哪！"

"哎哟！"贺亮夸张地大叫一声，继续说道，"你别净给人家瞎操心了，还是考虑考虑咱俩的事吧。"

"咱俩的事有什么可考虑的。"

"咱们不能总去大头家约会吧？"

"你以为我愿意去呢？他家总有股咸鱼味。"

"说重点。"

"今年我就拿到文凭了，等有了法律专科文凭就可以调到业务科室从事专业工作，等我到了业务科室就考虑。"

"那你的文凭要是没拿上呢？"

齐静腾出一只手又在贺亮背上砸了一拳："不许瞎说。"

齐静双手重新抱好胸前一网兜补品，眼睛望着远山悠悠地说道："我从小就随我爸的部队到处搬家，不是深山老林就是边疆小城。住的都是平房，一到冬天八下里透风，冻得人心都是冰凉的，晚上上厕所都不敢出去，而且平房还不隔音。"

"我们家不一样，虽然也是平房，但那是民国时期的砖瓦房，过去的人盖房可不兴偷工减料，房子特别瓷实。咱们再把窗户换成双层玻璃的钢窗，现在最流行了。每屋装一组电暖气。卧室墙上贴墙纸，既洋气又隔音，回头你声叫再稍微小点，问题不就都解决了嘛。"说完贺亮背上肌肉绷紧，两只胳膊一使劲——"啪"，齐静拳头已经砸到贺亮的背上。

贺亮继续说道："你看人家黎东斌和李红早就搬到一起住了，大头和杨彩玲天天腻在一起，结不结婚都一样。建国和沈薇不仅结了婚，孩子都生出来了，你说，咱们俩还渗着什么呢？"

"人家都有自己的房子，别管是买的还是租的好歹是自己的家。我一想到结婚要和你们一大家子住在一起就浑身发紧，头发麻。"

"家里有现成的房子不住，非得搬出去另租房，我没法跟我妈张嘴呀……"

"唉……这个我知道……"说着齐静把额头顶在贺亮的背上，继续感叹道："我俩好命苦啊……"

"我妈天天逼婚，都快把我逼疯了。每天回家，我都要站在大门口做几下深呼吸才有勇气迈进家门。我妈希望今年'五一'咱们就把婚结了，她明年底退休，刚好看孙子，无缝对接。"

说话间自行车拐进了新北路小区，远远看到在楼门口等候的丁建国。丁建国迎上几步，一手拿着大哥大，一手忙接过齐静手里的网兜，大家寒暄着一路打趣向楼上走去。

进了门，丁建国先领着两人进了卧室看过孩子，齐静留下跟沈薇说话，贺亮和丁建国来到客厅，建国抱歉地说："抽烟得去阳台，沈薇不让在屋里抽烟，怕熏着孩子。"

"不抽了。你现在天天在家当保姆了？"

"没有，请了一个阿姨，她出去到我姐家给孩子拿小衣服去了。我这几天正好休息。锁钥岭长城新来的那个姓郑的总经理，一到任就把长城的工程全收回去了，自己成立了古建修缮工程队。我留下会计和预算员对账，其他人先放了假。"

"听说了，新官上任三把火嘛。"

"这位郑总出手老辣，上来先把几位老领导应的工程给毙了。既立了威又封住大家的嘴。我本来还打算找你给说说情呢，一看这阵势就没有言语。这位郑总是什么来头？"

"弘书记选的人，原来一直在乡镇工作。"

"我说嘛，没有硬可儿人撑腰，哪能一上来就大开杀戒、六亲不认呢，那不成了三青子了吗？他还把城上城下上百个摊位全部收回去重新公开招标，当场开标，谁出价高归谁，完全不按套路出牌。你想想，这一刀下去断了多少人的财路，夺人财路如杀人父母，现在外面骂声一片。"

"那个地方太复杂，各种势力交织在一起，是该有个铁腕人物治理一下。"

"这倒也是，看从哪头说了。"

"那你打算怎么办？"

"从景区退出来也好，不破不立。我准备从我姐夫那分出来了单干，大工程上还一起合作，账单算。他还是以土建为主，我干装修和弱电安装，这块技术含量高而且利润也大。你以后有这方面的事儿记得推荐我，不白着，亲兄弟明算账。"

"回头把你公司的资质给我，我留神。"

"你和齐静准备什么时候办事？我的人现在都闲着，正好把你婚房给你收拾出来，算你结婚哥们儿出的份子。"

"我也正为这个事犯愁呢。她不愿意过了门和我们家人住在一起，怕应付不过来。"

"这齐静可就不对了，你们家就你一个儿子，不跟老家儿住一起会被亲戚里道儿的戳脊梁骨。再说你们老爷子也不会答应的，回头再把你俩给搅黄了。"

"她从小耍单惯了，一下子面对一大家子人有点发怵。"

"这你可不能由着她性子，本来你们整天诗来诗往地在天上荡悠着我就觉得不靠谱。你赶紧的，给她来一个生米煮成熟饭，到时候请君入瓮，她也就没咒念了，只能接受朝廷招安乖乖地跟你家去。"

"你是说走你革命成功的那条路?"

丁建国得意地点点头，说道："十月革命的一声炮响，给我们送来了马克思列宁主义。"伸手去茶几上摸烟，突然意识到什么又把烟放回茶几上，随手把茶杯端了起来。

三 李红执着的爱情

齐静进入毕业考试的最后阶段，与贺亮约定每周只在周日见一次，也不许写信打电话，以便全力以赴应付考试。

贺亮吃了晚饭回到自己屋，刚倒在床上拿起小说《活着》，突然听到街门口有人喊:

"贺亮在家吗?"

贺亮出来一看是李红，忙往屋里让。

李红说："我们出去走走吧。"

贺亮说："好，我去穿件外套。"

"我到外面等你。"

贺亮穿了外套，从街门洞里推出自行车来到街上，与李红并排慢慢地走着。

黎东斌被判了三年。这已经是从轻发落了，可是对黎东斌来说已经是身败名裂，李红背负来自家庭、社会和单位的压力可想而知。判决下来以后，贺亮一直想找李红去安慰一番，可是又没有想好见面说些什么，所以迟迟没有行动。现在让人家李红找上门来，心里不免有几分愧疚。

贺亮问道："我们去哪?"

李红说："我想喝酒。"

"好，去燕春，我陪你喝。"

"不想去饭店喝酒，乱糟糟的。我们去歌厅吧。我想唱歌。"

"好，我们去飞翔歌厅。"

两人骑车来到阁底下的飞翔歌厅。歌厅原是老副食门市部，再早是贺家的杂货店。现在承包给沈阳李大鼻子的孙子李飞翔，装修改造成歌厅，一到晚上人满为患。

贺亮点了十瓶啤酒和几样小吃，说："你唱，我不太会。"

李红没有推辞，一首接一首地唱起来，唱一首与贺亮干一杯。贺亮一直等着李红说说黎东斌的事，虽然也没有什么好说的，但是说出来大家心里都会痛快一些。但是李红一直不提，只是一首接一首地唱歌，一杯接一杯地喝酒。

《我是不是你最疼爱的人》《我曾用心爱着你》《我想有个家》……唱者泪流满面，听者怅然若失。贺亮就会唱《年轻的朋友来相会》，想想不太应景，还是作罢。

为了黎东斌的事，贺亮到检察院找过卢炳峰，正像齐静说的那样，卢炳峰一见到贺亮就说："兄弟，你要是为黎东斌的事就别开口了，他是市院督办的案子，因为他还折了一个行长。"

贺亮说："峰哥，我是来找齐静的，顺便过来看看你。她马上拿到专业文凭了，你带带她呗，她就崇拜你。"

"这事不用你说，我已经在孙检那里备上案了，齐静是块办案的材料。"

"峰哥，我们旅游局上周刚组织到承德避暑山庄去考察，当地的同志给讲了一个故事挺有意思。"

"哦？"

"说清朝皇帝每年秋天都去承德打猎，叫'木兰秋狝'。在围猎的时候，八旗兵从四面八方把猎物往皇帝所在的中军驱赶，这时皇帝要在角旗处开个口子，为什么？好让有灵性的动物从此处出去，叫'网开一面'。"

"哈哈哈……兄弟你越来越有学问了。你的意思哥懂，只要是在法律范围内，哥一定网开一面。"

贺亮又硬着头皮去找了一次政法委书记武叔叔，被武宗贤板着脸一顿教育，拿去的两条过滤嘴北京烟倒是被他不客气地留下了。

李红每首歌唱得都很投入，她的嗓音很美，柔韧清冽，音域较宽，像台湾歌手潘越云。终于，李红唱累了，放下麦克风，拿起一瓶啤酒把头靠在沙发椅背上，喝了一大口，说道：

"我想跟他结婚。"

贺亮一怔，一时语塞。心里突然觉得眼前这个女孩真不一般。

"贺亮，我要跟黎东斌结婚！"

"这可是一辈子的事，你最好和家里商量一下。"贺亮说完了也觉得自己的话说得苍白无力。

"我的婚姻我做主。"

"你们单位怕也不会在这个时候给你开结婚证明，没有单位证明民政局办不了结婚证。"

"有那个证和没有那个证又有什么关系？"李红突然直视着贺亮的眼睛说道，"你说，如果两个人有爱情，要那个证有什么用？如果两人没有爱情了，要那个证又有什么用？"

贺亮茫然地点了点头，又摇了摇头："是没用。但是真要结婚时还得有。"

李红转过头叹了口气，说道："唉，你也不能脱俗。"

贺亮张了张嘴，迟疑了一下说道："李红，我敬佩你。我为黎东斌高兴。"说完自己把手里半瓶啤酒一口气全干了。

四 长城景区大整顿

旅游局，企管科办公室。

蔡姐抑制不住兴奋地说道："你们听说了吗？郑立斌刚到锁钥岭长城就烧起三把火，以搞综合整治的名义，撤掉好多商业摊点，造成上百万的损失，县里都急眼了。"

老李说："我是搞统计的，咱们还是用数字说话。景区内共撤掉商业摊点十九个，清理不规范柜台一百五十八个，减少营业面积三百六十多平方米。拆除非法建设二十六处，总面积四百五十多平方米。拆掉有碍观瞻的广告牌八十八个。此次整顿使景区每年减少经营收入六百多万元，并承担了一百多名职工下岗、转岗的压力。"

贺亮正在看齐静的来信,心不在焉地应付道:"这就叫改革阵痛。必要的代价还是要付出的。"

蔡姐:"小贺科长,真搞不懂你们年轻人,都在县城里住着,屁股大的地方抬腿就到,有什么话不能当面说非要写信呢?"

老李笑道:"你这就不懂了吧,这叫浪漫。"

蔡姐乐了,笑道:"我瞧着这个浪漫既不顶吃又不顶喝的,就剩下费邮票信纸了……"

贺亮赶紧把话岔开,说道:"锁钥岭长城景区拆违建并清理非法经营摊点,被中央电视台《新闻调查》栏目连续两天播报。这在全国有着导向的意义,政治作用不可估量,而且经过中央电视台连续两天的报道,产生了巨大的广而告之的效果。你们知道现在在中央电视台做一秒的广告多少钱吗?秦池酒每天三秒钟的广告,一年就是三点二亿。"

蔡姐不屑地说:"咱们锁钥岭长城世界有名,还用得着他们宣传,凡是外国元首到中国哪个不去锁钥岭长城?中央电视台都得给咱们免费报道,才不要花冤枉钱去做广告呢。"

贺亮说:"不单单是广告的事,报道播出后引起北京市主要领导的关注,为此做出批示,怎么批的来着……"

老李说:"妫川县这一立意非常好,景区淡化商业味,增加文化含量很重要,这个经验应该推广。"

"对,就是这么批的,充分肯定了郑总的做法,你们还瞎议论个啥。"

蔡姐说道："话虽这样说，市里就会不痛不痒地说几句漂亮话，可是损失还不是咱们县的呀，咱们不能胳膊肘往外拐不是？"

老李说："听说郑总在职工大会上讲了，上缴利税不减，职工收入不少。"

贺亮说："你们以为郑立斌缺心眼呀，光摊位公开招标一项的收入就都把亏空全覆盖了。他这一手既增加了收入又整顿了市场净化了环境，名利双收。"

老李说道："我也听说了，过去关键地界一个几万租金的摊位被他公开招租了上百万。"

蔡姐说道："难怪现在一些人那么有钱，还以为大家伙儿不知道呢，这年头谁能骗得了谁……"

段大头突然出现在门口，大声喊道："阿亮，你怎么不接电话呀，要手机有什么用？"

蔡姐好奇地张大眼睛，问道："小贺科长都有手机啦，怎么不见你用哪？是摩托罗拉的还是诺基亚的？拿出来给姐瞧瞧。"

"别听他瞎说，借人家的，早还回去了。"

"得了吧你，骗谁哪……"蔡姐嘴一撇，顺势把黑眼珠藏了起来。

贺亮把段大头拉到楼道里才撒手，没有好气地说："你吃顶了，满嘴乱说什么。怎么跑我单位来了，车又被扣啦？"

"十万火急。出去说。"两个人出了旅游局大门，段大头先拿出烟来给贺亮点上，自己也点上一支。贺亮说道："有屁快放，我那一堆事哪。"

"哥们儿在景区的门店让郑立斌那小子给封了，货物也被没收了。那贼抱的什么来路，送礼不收，请客不去，简直油盐不进，软硬不吃。"

"好好的他为什么封你店呢？"

"他来之后说不许再卖假货，发现第一次警告，第二次罚款，第三次封店。瞧他多幼稚，你去看看哪家不卖点假货呢？他干吗非得和我过不去！"

"你卖假货了吗？"

"你这话问得可不专业，不像是管旅游的领导的问话，哪个景区没有假货？"

"说重点。"

"卖了。"

"你卖假货被人家抓现行，谁也没有咒念。"说着把烟一掐就要往回走。

"别呀，阿亮，人家都卖我不卖，我不成傻子了嘛！我就出售一条仿制翡翠项链他就罚款两万元，停业整顿。太不人道了吧？他肯定知道咱们哥们儿的关系，借事为由拿我说事，以便引出真佛。看来这次你得深入虎穴，会会那个姓郑的。"

"你香港电影看多了吧？什么虎穴狗窝的。凡事不过三，你都让人家抓了三次，属于屡教不改罪加一等。况且那位郑总新官上任正在找祭旗鬼立威，谁让你不开眼撞枪口上呢，算交个学费吧。"

"别呀亮大爷，这学费也他妈的忒贵啦！哥们儿刚看好一套商品房，全指望今年的收成拿下哪。这么着，新房装修完了让你和齐静先用，不收你租金，随便你住到什么时候，省得你老嫌我那平房不隔音。唉，也没有你们齐静那么能叫床的……"

"说什么哪！"贺亮抬手杵了段大头一拳，"滚犊子，你那破事我管不了。"说完贺亮拂袖而去。

段大头在后面不停地喊："别呀，哥们儿是小和尚念经有口无心。你可不能见死不救呀！阿亮，下班新风涮锅啊，你顺道接上阿静，我等着你们，不见不散啊……"

五　复建关城

锁钥岭长城旅游总公司，办公楼。

郑立斌办公室外间的门开着，秘书小李迎门坐在办公桌后面低头处理着文件，屋里已经有三四个人在等候，没有人说话。

贺亮敲了敲开着的房门，李秘书抬头看到是贺亮，连忙起身迎上来热情地说："贺科长来了，郑总正等你呢。"

进了里间，一股新家具的气息扑面而来，脚下踩到厚厚的地毯。贺亮来前就听到传闻，郑立斌到任后非常高调，先装修了办公室，换了全新的欧式家具。办公室还铺了地毯，全县办公室仅此一例。今天看来是无风不起浪。贺亮想起了父亲用的办公桌，那还是民国时期伪县长留下的，拉抽屉时都不敢用力，怕拉散架了。

郑立斌热情地起身握手，把贺亮让到沙发上就座，一边递烟，一边说道："贺科长你来得正好，我正有几个事情要向你请教呢。"

贺亮连忙说道："请教可不敢，郑总太客气了。我们企管科就是为各个景区服务的，有什么需要郑总尽管吩咐。"

"我最近一直在研究《明史》《锁钥岭长城志》和一些有关史料，寻找恢复长城古迹的史实依据，原来早先锁钥岭长城设有察院公馆、望京寺和兵营。我想把关城、东兵营、南兵营、察院公馆，还有望京寺等这些古迹都恢复起来。"

"这可是个功德无量的大工程。"李秘书敲门，送来一杯咖啡。这也与传闻相符——招待来客不上茶，欧式咖啡。

"刚到景区工作时，我有一次去西安参加文物保护工作会，看到西安古城墙被完好无损地保护下来，感到非常震撼。当时我便暗下决心，一定要恢复锁钥岭长城最壮观的历史原貌。恢复历史原貌的第一步就是启动关城复建工程。现在关城里的样子你都看到了，一堆铁皮临时房，像个自贸市场。"

"郑总，您的站位太高了。"

郑立斌沮丧地说："整体改造方案被县长办公会给毙了。"

"为什么呢？"

"还不是经济原因。施工期要两年，大家一算账，一年要减少几百万的收入。"

"如果您的方案是县长办公会否定了的话，那短期内您还不好再给政府打报告了。"

"谁说不是呢，我正为这个事犯愁哪。要修复关城，眼目前儿是会付出一些经济上的代价，可从长远的社会效益与经济效益上来看都是值得的。你帮我拿拿主意。"

贺亮喝了一口咖啡，苦涩难咽，心想郑立斌搞这些花里胡哨的洋玩意儿，既不实用，又引来争议，图个啥呢？

贺亮放下咖啡，沉吟片刻，说道："我给您提个建议，外来的和尚会念经。您请高人，恳请中国首席长城专家罗哲文出任锁钥岭长城复建工程总顾问。罗老做梦都想着复建古长城的事。然后请罗老发起组织专家论证会，只要通过权威论证，就可以报国家文物局审批，拿到批文谁也阻拦不住。另外，您别动财政的钱，用长城维修费走抢险修缮，施工用景区自己的古建修缮工程队，那就不用走招投标程序，也免去了走县综合部门的审批手续。开了工给县文物局报备一下，如此大事可成。"

"哎哟我的贺科长，你才是我的高人哪！再来一杯，这是瑞士雀巢速溶咖啡，很上档次。"

"够了够了！再有，修长城不是盖高楼，施工不要每天按八小时计算而是实行二十四小时连轴转，歇人不歇马，这样再把工期压下来，两年工期一年完成。"郑立斌一下握住贺亮的手使劲摇了摇，说道："不行，我得去找弘书记，非得把你要过来不行。"

"使不得郑总，感谢您对我的肯定。郑总，今天来呢还有个小事麻烦您。"

"说，你说，只要我能办的。"

"彩林旅游商店被查封，店里商品被罚没的事您知道了吧？"

"事情我知道，那个老板好像姓段。他是你们家亲戚还是……"

"他叫段亚林，也不是亲戚，是我的发小。郑总千万别为难，只是从小他就在我们家里滚，他找到我，我也抹不开面子，您按照规定该怎么处理就怎么处理，也让他长长记性。今儿您给我个说辞，回头我也好应对他。真是不好意思。"

"贺科长还是个重情重义的人嘛，难得难得。他的事情嘛……我看这样办吧，罚没的假货呢没有办法退，因为已经入了账，要统一销毁。封店的事嘛，让他写一个检查给综治办交过去，收到检查后走个程序就给他解封。既然是你的发小朋友，你回头真得要好好说说他，现在是什么形势？一定要守法经营。"

"太感谢郑总了，回去我一定严肃批评他。"

六 烤鸭店聚首

齐静顺利通过考试，贺亮让段大头安排个地方庆祝一下，说好贺亮请客，大头说你就别管了。

贺亮和齐静到长岭烤鸭店时，丁建国、沈薇、吕艳、李红、杨彩玲和段大头都已经到了。丁建国正在编派段大头："段总，听说活人的钱你都懒得去挣了，现在开始挣死人的钱。"

"阿国啊，我又得批评你了，什么叫挣死人的钱，这对逝者多不尊重呀。标准的说法叫从事殡葬事业。"

丁建国说道："叫得再好听你不也得收钱吗？不给钱你横是不给埋吧？"

段大头一本正经地说道："我们长城万年青公墓提供全套

优质丧葬服务，收费合理，童叟无欺。当然你这老面子还是要给的，埋你的时候一定给你个九五折。"

"呸！去你个棺材瓢子，我死了就直接埋你家客厅，天天后半夜出来找你喝酒。"

杨彩玲"啊"的一声，反倒把丁建国吓了一跳。

贺亮和齐静进门一边和大家打着招呼，一边高声宣布道："齐静正式拿到大本法律专业文凭，上礼拜调到反贪局，成为正式检察官了。今天是齐静请大家，一定放开喝酒，谁也不许偷奸耍滑。我们今晚要一醉方休！"

齐静先端起满满一杯白酒说道："我先感谢大家伙儿一杯，谢谢你们一直以来的支持。谢谢建国跑遍北京的书店为我买学习资料，亚林多次开车送我去补习班，还有沈薇、李红和吕艳，你们在我做阑尾炎手术时白天夜里地陪着我，那时沈薇还挺着个大肚子……"说到这里齐静有点哽咽，停了几秒钟又接着说道："你们使我感到了兄弟姐妹之间真诚的友谊和大家庭的温暖。我衷心地谢谢大家！"说完一饮而尽。

大家都被齐静发自肺腑的一番话感动了，都干了杯中酒，然后争先恐后地敬酒，感谢的话说不尽。

贺亮也被这个气氛感染了。他给每个人都敬了一杯，说了感谢的话。此时才发现，过去他们之间好像没有说过感谢的话，都觉得说了反倒显得生分。这让他想起一个什么哲人说过：感谢只有付之行动才有意义。

段大头端着满满一杯酒过来，拉着贺亮说道："阿亮，我最该感谢的人是你。可是我从来没有当面说过，因为我说不出口。你在我心里是这个。"段大头挺起大拇指在自己的胸口上拍了拍。

贺亮说道："我知道，你什么都不用说。"

"不成。我今天非得说出来不可。你是个一诺千金的真爷们儿。我出身低贱，可是你从来没有看不起我。我段大头算个屁呀，苟富贵，勿相忘，你做到了。我从心里服你。"

"大头，你喝多了……"

"我才没有喝多哪。你是真拿我当兄弟，我也不能含糊……"

吕艳过来薅住段大头的胳膊，说道："死大头，你别总干给肥猪添膘的事，也帮帮我！"

"有什么事，你说。"

"我要跟你去卖墓地……"

"没有一拧拧儿的问题，来了销售经理就是你的，奖金上不封顶。"

吕艳乐了，重重地拍了段大头一巴掌："够哥们儿！"

段大头一个趔趄，连忙说道："吕艳咱可先说好喽，到了公司有话说话，不许动手！"

李红过来跟贺亮碰了一下杯，说道："谢谢你，贺亮。"贺亮说道："什么时候去看东斌，我还陪你去。"

李红说："单位上和监狱那边都同意我们结婚了。"

"祝福你们，发自内心的。"

"东斌说他很后悔没有听你的话。他说希望你别忘了他。"

"东斌是我走出校门进入社会结识的第一批朋友之一，我很珍惜这份类似初恋般的友谊。这样说你不会笑话我吧?"

贺亮突然想起前几天收到的一封遥远来信,情绪一下低落下来。齐静过来关心地问道:"你怎么了,不舒服了吗?"

"喝得有点快,没事,你去照顾他们去吧。"

丁建国过来说道:"他还早着哪,齐静你把他交给我。"

"那你别让他再喝了,我去要杯白开水。"

"放心走你的。"

齐静拿起个空茶杯走了出去。

丁建国端起酒杯:"哥们儿,走一个。"贺亮端起酒杯碰了一下杯,两人一饮而尽。

丁建国醉眼蒙眬地说道:"哥们儿,有时候我发现自己都快不认识这个世界了。现在的社会变化太快,做医生的希望你住院,承包火化场的希望多死人。开修车行的盼着你车爆胎、剐蹭甚至车祸只要别撞得太烂。全他娘的奔钱去。"

"我最近刚听到一首歌,就叫'不是我不明白,这世界变化快'"。

丁建国还自顾自说着:"看看现在得势的那些货,不是有根侯就是脑袋尖得戴不住帽子。你要本本分分就等着受穷吧。手中有点权力的人一定得拿糖,不让你脱层皮甭想过关。"

贺亮也感慨道:"是呀,现在人心都浮躁起来,不比我们在酒厂的时候,要想交个真朋友比中体育彩票还要难。"

"现在你身边净是冷锅冒热气的人,要多留神。"

"你也是,一定吸取东斌的教训。为了钱失去自由,真不值当。"

第十章　考察组进驻长城景区

做事看机遇，打铁看火候。

——妫川谚语

一　遥远的来信

在齐静正式成为检察官一周前，贺亮一进办公室，蔡姐就说道："小贺科长你听说了吗？县委要组织工作组查郑立斌了。"

老李说道："那不叫查，是组织考察。"

蔡姐不满地说："那还不是一样嘛。"

"当然不一样了，县里马上要开两会了，郑立斌很可能要进入政府班子了。"

"得了吧，我可听说是因为告状信都告到市里了，县里不得不查。"

贺亮看到办公桌上有一封信，他拿起来看发信地址：中国银桥国际旅行社。

展开信纸，字迹娟秀，却很陌生：

　　贺亮你好！
　　从一位老同事那里知道了你的近况，特写信问候！
　　我已经回国，在中国银桥国旅工作，跟你又成同行了。欢迎你来，讲讲你的故事。想听。祝好！徐洁
　　另，我现在的名字叫吴青，为什么改名，见面告诉你。
　　附手机号码13905678……

贺亮陷入沉思：徐洁，好久远又亲切的名字，她在约我见面。

二　梦中的徐洁回来了

贺亮被抽调参加组织部考察组，进驻锁钥岭长城旅游总公司。

单局长说这次考察组由一位县委机关工委书记牵头，组织部干部科科长为副组长，组员由组织部、纪委和旅游局的同志组成，因为考虑到锁钥岭长城旅游总公司正在剥离资产筹备上市，贺亮懂上市公司运行，所以局里推荐他参加。看着贺亮一脸淡漠的样子，单局长语重心长地说道："小贺啊，这次你进考察组是我推荐的，你要明白，进入考察组就是进入到组织部

的视野，你要好好表现，把这次工作作为一场考试。你年轻，有学历，是个好苗子。但是光有这些还不够，还要在业务上站得住。"单局长停顿下来，一脸慈祥地看着贺亮。贺亮点头恭敬地说道："谢谢局长教诲。我一定努力把这次去考察组的工作做好，给咱们局作脸。"

考察组进驻锁钥岭长城旅游总公司后分成几个小组，白天与副科以上的干部谈话，晚上汇总，研究遇到的新情况并部署第二天的工作。进组后贺亮忙得不亦乐乎，直到半月后工作组进入总结阶段，贺亮才找到机会到市里去找徐洁。

当贺亮走进华侨饭店富丽堂皇的大堂时，一眼就认出坐在大堂吧落地窗前的徐洁。徐洁同时也看到了他。

两人在大堂吧三角钢琴旁握住对方的手。一位穿着白色连衣裙的女孩在弹一首流行曲《心雨》，很适合做重逢的背景音乐，贺亮心跳加快，说道："你没有变。不，变了，变得更漂亮了。"

徐洁微笑着说道："你可变了，变得更会说话了。"

"我说的是真心话。"

"我信。坐下聊吧。你喝什么？有咖啡、可乐，也有茶。"

"有啤酒吗？"

"服务员，给这位先生上一杯喜力啤酒，给我续一杯咖啡。"

贺亮仔细端详着徐洁，同时召唤着记忆中的徐洁，让她们进行对比。记忆里的徐洁青春、靓丽、热烈，甩掉大衣就打雪仗的画面反复在脑海里闪现；眼前这个徐洁高雅、知性、宁静，像经历风雨后的一片竹林。只是饱满的前额下那一双乌黑的眼睛依然深不见底。

"这些年你去哪了，怎么一点音讯都没有？"

"我们那个学校是军校，不让对外通信。毕业后我出国了，先到日本，后来又去了西欧，今年春节后才回来。"

"我明白了，这也是你改名字的原因吧。你的经历真令人羡慕。"

"我现在这家旅行社是可以办理出国旅游业务，你以后出国我可以给你办手续，公派和私人出国都可以。"

"我还没有出过国哪，那年在深圳去了中英街，也算跨过一次界碑。"

"你现在做旅游工作早晚会有机会，到时候我也可以陪你出国，翻译兼导游，免费，包吃住就行。"说到这里两个人都乐了，气氛也活跃起来。

"贺亮，说说你吧。这些年怎么样？"

"我？我的经历很简单，简单到不值得一提。上大学回来就从酒厂出来了，分配到旅游局企管科一直到现在。每天与会议、公文打交道，按部就班，做许多无用功，真没有什么好讲的。"

"说说你的女朋友吧？"

"嗯……她叫齐静，跟你一样也是部队子弟，在检察院工作。"

"你们会结婚吗？"

"还没有想好。"贺亮说完自己心里一惊，怎么鬼使神差地说还没有想好呢，自己内心里面难道还没有忘记徐洁吗？贺亮端起半杯啤酒一饮而尽，浑身燥热起来。

　　"服务员，请再来一杯啤酒。"徐洁看出贺亮的窘迫便不再追问，她换了一个话题。

　　"长城足球队那些人怎么样了？还有沈薇、吕艳她们都在做什么？"

　　"丁建国、段大头他们都下海了，做得都挺成功。黎东斌本来做得最好，可是因为挪用银行一百万走私汽车，被人骗了，他被判了三年……沈薇嫁给丁建国了，没有想到吧？"

　　"我听说了，他们挺般配的。黎东斌怎么会出事了呢？"

　　不知不觉中天色已经黄昏，夕阳的黄色光芒从饭店大落地窗照进来，把咖啡厅染成古铜色。穿着白色连衣裙的女孩在弹周华健的《让我欢喜让我忧》。徐洁说道："你饿了吧？这里的日餐不错，我请你。"

　　"哪能让美女请呢，我来请。"

　　徐洁压低声音说道："下次你请，我在这里可以签单。"

　　自从见过徐洁以后，贺亮有些心神不定，天天盼徐洁的来信。有意无意就路过传达室问问有无科里的信。自己也笑了，怎么像个初恋的少年，天天等着塞鸿传书。

　　终于等来了徐洁的信：

亲爱的亮：

重逢那天晚上我失眠了。你懂。

十年岁月天各一方，音讯全无。如今再见却亲近如昨。两个人若是相知，时间和空间都不是问题。

亲爱的，重逢之后，你难道没从我的眸子里找到那第一眼里所敛藏的欢喜与忧愁？

是因为在你热情的背后，有一根绳子上写着：回避与克制。你不再是那个十年前的懵懂少年了，你比我更成熟，理智。岁月和不断变革的社会不仅仅在你的身上，也在你的心上刻制了成熟，自制，世故……或许可以叫作"深沉"的东西吧。

我这么说，希望你不要生气。我就是这样一个靠直觉生存的女人。而且，我觉得你身上这些都是优点，值得我去学习的。

傅雷在《独一无二的莫扎特》一文中说："精神上的健康，理智与感情的平衡，不是幸福的先决条件吗？"

佛也说："五百年前的一次回眸，注定了今生的相遇。"

相遇是缘，相知是慧。你我注定相遇又相知。

亲爱的，这就足够，你说呢？

贺亮独坐良久，铺开信笺提笔写道：

亲爱的洁：

我总想坐下来给你写一封长信，长长的，从妫川县到南京，从少年到壮年……可坐下来，又写不出来。要说的话太多反而无从谈起。

你是那么优秀，阳光；还是那么美丽，年轮在你的身上只是增添了成熟的韵味，更显光彩。

重逢太短分别太久距离又太远，以致我始终没看清晰你的眸子，是否如从前一样纯粹。

你说得真好！重逢就是缘分，也是幸福。该是上苍对我曾经相思之苦的安慰吧！

在感情上，我始终觉得我们早已经是爱人，是亲人。这还不仅仅是因为我们把初恋的纯洁、赤诚毫无保留地给予了对方，而且它还承载了我们厚厚的理想与希望。

你看得很准确，我的确有克制与挣扎……被时间雪藏了许久许久的那段充满激动、真诚和无邪的种种最美好的记忆被压抑了经年，悠悠，花开花落，月望月朔。

有一天，重逢，在没有任何征兆地突然降临在眼前，真的范进中了举，怎能不让人百感交集，又一时束手无策呢？

重逢时间好短暂，我们好像谈了许多，可还是没有谈够。我有时觉得，你就是我心灵深处的你，有时又觉得我还不了解你。因为你比我想象的优秀、率直和温柔……

随信把我过去写给你的诗寄去，原来以为你永远不会看到。

三　贺亮与父亲分庭抗礼

县委常委会议室。

锁钥岭长城旅游总公司考察组组长、组织部及旅游局代表三位同志出席汇报会。组长先把工作组成员做了简单介绍后便开始汇报。汇报持续了一个半小时，最后的结论是景区取得成绩显著，郑立斌个人问题也很突出。

主持会议的弘毅说道："谢谢考察组同志们的工作。下面请大家提问和发表意见。"

贺照久习惯性地清了清嗓子，说道："我说几句，从考察组的汇报情况来看，郑立斌同志到景区以后，做了一些卓有成效的工作，也取得了一些成绩。这是值得肯定的。当然，这些成绩的取得离不开县委、县政府的正确领导，离不开广大景区干部职工的辛勤劳作和县里各综合部门的积极配合与支持。但是同时也反映出一些问题，郑立斌同志的问题比较突出的是违反审批程序，比如关城改造的方案被县长办公会否定以后，他居然绕开政府，直接找到国家文物局办理审批手续，先斩后奏组织施工。虽然关城改造取得了社会效益和经济效益，但是一码归一码，不按照审批规范的行为一定要追究责任，不然以后政府的权威何在？其他单位如果都这样办事岂不全乱了套？乱弹琴。另外，郑立斌同志决策武断，工作方法简单粗暴，不讲究方式方法。景区机关不同于乡镇企业，要注重思想政治工作，而不能一味以罚代管，更不能不教而诛。我认为郑立斌同志不适合在景区担任领导职务，建议进行调整。"

贺照久率先发言并亮明观点，这让其他人一下都陷入沉默。弘毅说道："其他同志有什么意见请发表。"

依然沉默。

弘毅环顾了一圈，最后把目光落在县长安源身上。安源会意，轻声咳嗽了一下，说道："我谈一点意见，这次考察组的工作是严谨的，是细致的，摸清了一手情况，实事求是地把锁钥岭长城旅游总公司真实情况反映了出来。

"从目前反映出来的情况看，郑立斌同志到景区后的工作，总体是好的，基本上实现了县里建设旅游卫星城的战略意图，初步形成了一马先行带全军的态势，经济效益明显提高，品牌效应充分得到发挥，特别是在尝试着开辟出一条国际融资渠道，这对全县的经济发展和社会进步，都起到了推波助澜的作用。当然，人无完人，郑立斌同志有些急躁，工作不讲究方式方法。也确实存在一些先斩后奏越权行事的事情，这个是要严肃批评，限期整改。培养一个独当一面的领导干部不容易，我们还是应该批评教育为主，帮助他改正错误，发挥长处。不能一棍子打死。"

贺照久说道："把郑立斌同志调整出来怎么能说是一棍子打死呢？这也是对干部的爱护嘛。历史上的教训反复证明，一个单位的主要领导如果不受制约，对上有令不行，有禁不止，对下搞'一言堂'，什么都是一个人说了算，将来一定会栽跟头的。"

县委常委、政法委书记武宗贤说道："我同意照久同志的意见。这个郑立斌是有一定的工作能力，头脑灵活，敢干，敢闯，是个开创型干部。但是景区的地位突出，虽然也是要以经济建设为中心，但是那个地方是政治大于经济，稳定压倒一切。郑立斌只是埋头搞经济，平时也不注意协调综合部门，多次动用警力也不和政法委打招呼。长此以往会出事的，而且在景区出事，小事也是大事，到时候县委是要担责任的。"

"我同意武书记的意见。"有人附和着。

"从郑立斌同志的特长来看，他更适合到经济开发区做领导工作。"有副书记提议。

弘毅突然对坐在后排的贺亮说："贺亮同志，说说你的意见。"贺亮被突如其来的点将吓了一跳，脑子一片空白，下意识地站起来说道："我没有意见。"

弘毅坚持说道："你作为考察组成员深入到基层，一定会有些感触和想法。说说吧，怎么想就怎么说，我们的政策是知无不言，言无不尽。言者无罪，闻者足戒嘛。坐下说。"

贺亮下意识瞟了父亲一眼，这时考察组组长回过头对着贺亮说道："小贺，弘书记让你说你就说，别有顾虑，把自己真实的想法大胆讲出来。与考察组意见不同也不要紧，知无不言嘛。"

贺亮一下想到在大学时，演讲辅导班老师讲的演讲黄金三点要领，也就是在即兴发言时，以极短的时间整理出一套逻辑完整的发言。它的要点是把你要表达的意思划分出三个层次，如以时间划分，过去、现在、将来。以地点划分，中国、美国、全世界。

此念一闪，贺亮紧绷的神经一下放松了，说道："好吧，我试着说说。正像弘书记说的那样，经过半个多月与景区干部群众的零距离接触，确是深有感触。感触最强烈的就是一个'变'字。

"首先是认识的改变，让景区人重新认识自己。长城是祖宗留下的文化遗产，不是我们自己的功劳，我们在坐享其成，所以我们要做出自己的贡献，就是保护长城，而创收是为了更好地保护。其次是让外界重新认识景区，那就要以原汁原味地展现长城丰姿，提供高质量的服务来实现。最后是让景区人重新认识外面的世界，就是要开阔视野，向世界顶级的旅游区看齐，看清自己的差距，也就找到了奋斗的目标。可以说这是县里提出'三个重新认识'解放思想大讨论的延伸和实践。

"思想改变以后，跟着就是工作作风的转变，同样是一个单位，同样一群人，只因为郑立斌的到来就发生巨大的改变，这已经就很说明问题了。我记得在县里传达中央关于深化改革精神时一再强调，要大胆地试，大胆地闯，允许试错。如果因为按县里要求去做事而遭到组织处理，那以后县上说话谁还敢相信？我讲完了。"

大家不约而同地看着贺照久，爷儿俩第一次同会就发表了截然不同的意见。

弘毅说道："谢谢小贺同志的发言。下面请考察组的同志们下去休息吧，谢谢大家。"

政法委书记武宗贤推开贺照久的门说道："老贺，你们爷儿俩这是唱的哪出戏呀，儿子造起老子的反啦!"

"你别说老武，今天听这小子的发言突然感觉他长大了，有思想，有见地。讲得还真有道理。"

"是个好苗子。让我看到你年轻时的样子。"

"来抽我的，广州生产的红双喜，你没有见过吧？是亮亮从深圳带回来的。"贺照久一脸欣慰地说。

四 贺亮被提拔

年底，弘毅升任市委常务副秘书长，安源顺理成章接任妫川县委书记。主管农业的副县长郝伟峰从县委常委位子上接任县长，郑立斌出任副县长兼锁钥岭长城旅游公司总经理。贺照久出任人大常委会主任，武宗贤离休，政法委书记由原县委常委、办公室主任蒋光荣接任。在之前的干部酝酿过程中，市组织部领导特地找到弘毅，征求他对贺照久安排的意见。弘毅表示，贺照久政治坚定，熟悉政府工作，对自己要求严格，对妫川有感情，而且做过一定贡献，是县人大主任合适人选。组织部领导并不满足于此，希望弘毅深入谈谈个人看法。弘毅说："我刚才是以县委书记的身份讲的意见。下面我代表个人讲讲。组织上对贺照久同志的安排晚了，他的能力、水平和阅历完全可胜任大区一把手工作。我刚到妫城工作时，提出一些改革措施，他当时是不理解的，但他在会上不隐瞒观点，会下不发不同声音，一旦县委形成决策，他会坚决执行，不拖泥带水，哪怕这些决策是对他过去工作的否定。这就是大局意识。"

全市区县班子调整完以后，县里对二级班子也做了调整。贺亮经安源提名，任旅游局副局长。

　　晚上，齐静在他们借用段大头的新房里等着贺亮，房间里充满着新装修的气味，她打开窗口，坐到沙发上百无聊赖地翻着《服装》，在婚纱图片上停住，反复地看着。最近贺亮总是回来得很晚。

　　房门一响，贺亮满身酒气地进来，连忙说："对不起，对不起，今天我们局长组织的饭局，实在脱不开身。你还没有吃饭吧，我给你打了包子和烧乳鸽，你热一下先吃点。"

　　齐静说："我吃不下，已经很晚了，送我回家吧。"贺亮每天都是晚上十点前送齐静回家，一看表，都十点半了。

　　在送齐静回家的路上，两个人都没有说话，贺亮推着自行车，与齐静并排不紧不慢地走着。熟悉的街道，熟悉的街景，缓慢地闪过。

　　齐静突然站住，望着贺亮说道："贺亮，你官做大了，还要我吗？"

　　"说什么哪？你在我心里比什么都重要。"

　　"那我们结婚吧。"

　　"结婚？结婚！什么时候办，你说。"

　　"春节。"

　　"春节！"

　　齐静一把抱住贺亮，把头扎在贺亮的肩头，无声地哭了。

第十一章　纠结

天上无云不下雨，下雨天上非无云。

——妫川谚语

一　天上掉下个小黎津

政府新闻发布中心。背景板上写着：妫川县第七届冰雪节新闻发布会。

县委宣传部郭副部长主持发布会，副县长兼锁钥岭长城旅游公司总经理郑立斌作为妫川县冰雪节筹备领导小组副组长，介绍了冰雪节整体筹备情况，然后各个景区负责人发言介绍各自的情况。

贺亮升任副局长后第一次公开在媒体前亮相。本来出席发布会应该是单局长，但是单局长语重心长地对他说，你以后要多出席这类活动，是一种很好的锻炼。

贺亮在宣传部的同学却有另一个版本给他说：原来是安排

县长出席新闻发布会，后来发布会与市府的会议时间上发生冲突，所以郑副县长代表县政府出席。单局长本来论资排辈是要接主管旅游的副县长，谁想让郑立斌给挤掉了。郑立斌行事高调，平时还以主管县长身份对旅游局指手画脚，所以单局长才不会去给郑副县长站台。据说他很快要到县人大任副主任，与郑立斌平级。

贺亮第一次出席新闻发布会，内心不免紧张。来前做了充分的准备，却迟迟没有记者提问。眼看着记者们都开始收拾东西，有的低头在发短信，内心不免有些尴尬和失落。

这时突然一位身穿枣红色夹克的女记者举手，要求提问。主持人郭副部长略微迟疑了一下，说道："请那位女记者提问，请先报上单位。谢谢。"

"我是《新旅游报》记者黎津。我想请问旅游局贺局长一个问题，这次冰雪节期间，如果有游客对景区有意见到哪里去投诉？你们作为行业管理部门对游客的投诉有无处理预案？谢谢。"

当被记者提到自己的名字时贺亮心中一紧，然而一旦开口说出第一句话后却瞬间不再紧张。在贺亮回答提问时，女记者始终与他对视，并不时点点头。

发布会结束后，宣传部郭副部长张罗出席发布会的各单位领导与记者们共进午餐。贺亮推说有事独自走了出来。刚走出新闻中心，黎津笑盈盈地迎了上来，说道："贺局长，我是《新旅游报》的记者黎津，请给我几分钟时间采访您几个问题。"贺亮停住脚步，仔细打量着黎津。她个头不高，身材却极其匀称，娇小玲珑，枣红色的短皮夹克紧紧裹在身上，整个人像一个被苇叶包裹着的小粽子。短得不能再短的头发紧贴在头上，映衬得五官紧凑精致而灵动。说起话来露出只要看一眼就让人忘不了的小虎牙。

"黎记者你好，感谢你对妫川旅游的关注。现在是午餐时间，我们宣传部正在设宴招待你们记者，你先去吃饭吧，采访的事我们再约。好吗？"

"不好。我不喜欢和那么一大堆人吃饭，每次他们还总灌我酒。你也不喜欢会餐是吧，不然干吗一个人跑出来。哎，你请我吃去吧。"

"啊，这个……"

"别跟我说你中午要接孩子那类的借口。"黎津宛转蛾眉，宜嗔宜喜地说道。

"哈哈哈……"贺亮被逗乐了，他还没有见过这样阳光或者说大大咧咧的女孩。

"你还真调皮。好吧，我请你，尽地主之谊，想吃什么？"

黎津乐了，那灿烂的笑是发自内心的笑，是孩子小计谋得逞后的快乐，毫不遮掩。

"我要去永宁吃豆腐和火勺夹肉。"

贺亮找了辆车把他们送到永宁镇玉皇阁底下，下了车黎津兴奋地四下张望着。贺亮指着玉皇阁南面说道："顺着这条路直直地延伸过去，就是明朝天寿山皇陵，也就是明十三陵中线上的神道。"黎津顺着贺亮手指的方向望去，穿过街道是连绵的群山，山顶处是蜿蜒起伏的长城。

"再往南延伸过去就是天安门，就是说你眼前这座玉皇阁与天安门是在一条中轴线上。"

"真的假的！"黎津走到玉皇阁的正中间，伸出两只胳膊向南方比画着。

"当然是真的啦。当年明朝永乐皇帝把都城从南京迁到北京时，在这里设置永宁卫，就是为了拱卫朱家龙脉的北大门。"

黎津咂着嘴说道："你不说还真看不出来这里曾经那么重要。"说着话一转头，看到一家叫"都一家"的小饭馆，叫道："北京城有个烧卖馆叫'都一处'，你们这里有'都一家'，像是有故事，就吃这家吧！"

两人进门坐定后，贺亮把菜单递给黎津，黎津没有接，说："你是地主，你点，要有特色的菜。"贺亮放下菜单对老板说道："掌柜的，来两碗氽丸子汤，两个火勺，半斤熏猪头肉，熏鸡爪、熏鸡翅膀各两个。再拍个黄瓜。"

"再加一瓶二锅头。"黎津说道。饭馆老板用眼睛询问贺亮。

"加一瓶二锅头。"

黎津坐在桌子对面兴奋地左顾右盼，好奇地问东问西。老板一边打理着饭菜一边热情地回应着。

贺亮不禁对黎津问道："要说我不该问……"

"那就别问。"

"因为一会儿咱们要喝高度白酒，为了避免说我欺负未成年少女，所以请问你今年几岁？"

"问女孩年龄是不礼貌的。"黎津严肃地回答道。然后自己扑哧一下乐了，露出可爱的小虎牙："本小姐二十四岁，天津人，毕业于天津南开大学新闻系，未婚，目前也没有男朋友。还想知道什么，贺局长？"

黎津的大方竟让贺亮有些难为情，喃喃地说："那就可以喝酒了。怎么看你都像未成年。"

"你是想说我不像个记者是吧？我也觉得我不适合做记者。可是我喜欢北京，在北京除了当记者也找不到别的工作。哎，要不我跟着你干吧。"

"我们那个小庙哪里容得下您这尊大菩萨呀。"

"也是，你们这里距离市区太远，坐公交车要两个多小时。跟我回天津的时间差不多。"

"明年春天高速路就开工了。"

"那等通车了咱们再聊这个。哎，贺局长，今天坐在主席台上的领导是不是你官最小？"

"看出来了？看来你没少参加这类活动，年轻的老记者。"

"你们这种新闻发布会最没有意思，通稿是早就写好的，发布会就是一个过场，然后大吃一顿再拿个红包走人。谁提问和提问谁，问什么问题都是预先安排好的，一点新闻性都没有。今天本来就没有安排提问你，是我看你在上面如坐针毡所以才为你解围，你说，你是不是应该请我吃顿大餐呢？"

贺亮一下被眼前这个阳光率真的女孩所吸引，饶有兴趣地说道："谢谢黎老师拔刀相助，今天火勺夹熏猪头肉你可劲儿造，管够。"

"别想蒙混过关，这顿不算。"

这时菜和酒都摆上了桌面，贺亮打开二锅头，在两个小瓷碗里各倒了半碗。

"倒满呀这位大哥，你们妫城不是讲究'酒不满心不诚'吗？"

"这位小姐很接地气嘛，好，都倒满。"贺亮又把两个小瓷碗倒满。

"我们先吃点再喝。"说着拿起个火勺熟练地掰开，拿起几块猪头肉夹了进去，递给黎津。此时黎津嘴里已经开始啃熏鸡翅，一边津津有味地啃着，一边开心地说："太好吃了，跟我们天津的酱牛肉有一拼。"

两人一人一个火勺夹肉下肚，贺亮双手端起瓷碗，做出恭敬的样子，说道："热烈欢迎尊敬的小黎老师光临，一杯水酒不成敬意，感谢对我们妫川县旅游的支持，请！"

"完啦？"

"可不完了，就两个人祝酒词还整多长呢？"

"缺少诚意，那我喝一半，你全干啦。"说完黎津喝了一大口，马上红了脸，眼睛张得大大地瞪着贺亮说不出话来。

贺亮赶紧说："没事吧？快吃一口菜压压……"

黎津终于缓过来一口气，眼里闪着泪花说道："好他娘的烈！这才是长城外的酒！"

贺亮松了一口气，说道："你上来就点名要二锅头，我还以为你就认这口呢……不行咱们换啤酒？"

黎津一仰脖，一口气把剩下的半碗酒全干了，然后头一歪大口喘着气，把空碗向着贺亮一亮。

"我干，我干。"言毕一仰头把自己那碗也全干了。

酒一下肚，两个人便增添了几分亲切感。黎津开始不停地问贺亮的过去，交过几个女朋友，几岁开始交的女朋友，第一次给谁了。贺亮狼狈地应付着，捕着一个机会反击道："你们学新闻的是不是都像你这样八卦，以新闻自由做幌子来满足自己阴暗的好奇心。"

"对对，我就是特别八卦，要不然我为什么要干记者呢？"

贺亮又一时语塞，找不到话来接。这女孩也太坦诚了吧。从黎津嘴里也知道她的初恋是在高三，她喜欢班上练田径的一个帅气的男孩。后来双双考上大学却不在一个城市，相隔千里，最后无疾而终。

真正的初恋发生在大二时，男孩是文学院大三的高才生，已经在省级文学刊物上发表了一篇小说多篇诗歌，是大学蓝天诗社的社长。每逢周末晚上，诗社组织举办新诗歌朗诵会，地点多是在阶梯教室外面的草坪上。在一次朗诵会进行一半时，突然下起了瓢泼大雨，同学们纷纷都往宿舍楼跑，蓝天社社长拉着黎津跑进了阶梯教室。教室里空空荡荡，只有雨打玻璃窗的声音。外面滂沱大雨与教室里应急灯昏暗的光线交织起一层迷蒙的雾，注定今夜要发生些什么……

贺亮想想自己在大学的三年算是虚度了，当初怎么鬼迷心窍地报了企管专业，班里一共没有几个女生不说，还都呆头呆脑板得要死。学的知识到了社会都用不上，唉，真是辜负了美好的大学时光啊！

"撒一把流星雨，"此时，黎津闭着眼睛忘情地朗诵起那个男孩的诗，"……把你的七彩梦装点，杨柳青青碧水打湿绿岸，你罗裙凤冠骑鹤下江南，粉墙黛瓦的江南莲藕遍地，哪个是你采莲的池塘，哪艘是你摇到外婆桥的乌篷船……太美了，把江南的古意写绝了！"

　　"他写给你的？"

　　"要是写给我的就好了。"

　　"隔着桌子都能感到你的怨气。真没有听出这首诗好在哪里？根本不符合逻辑，古代女子出行多是乘轿子，'桃花衣入桃花轿，桃花丛中桃花笑'。或骑马，'有个盈盈骑马过，薄妆浅黛亦风流'。最浪漫的是摇桨泛舟，'泛兰舟，摇画桨，尽日金樽倒'。还没有听说过女孩子骑鹤满世界跑的，回头再转儿了方向奔了西方，多晦气呀。"

　　"怎么就不能骑鹤了？你没有听说过腰缠十万贯，骑鹤下扬州吗？"

　　"人家骑鹤的意思是指成仙，这两句诗的意思是说人生最美好的事是发财、成仙去扬州做太守，不是指交通工具我的黎老师。"

　　"有你这么唠嗑的嘛！你刚才说你初恋的时候人家挤对你了吗？"黎津委屈地噘起嘴，仿佛马上要哭出来。

　　"对不起，对不起，刚才的话我收回。罚酒。"

　　"我知道了，你是吃醋啦，对不对？"

　　"我吃哪门子醋呀，真是的，想多了吧你？"

　　"看看，急了，证明你就是吃醋了，你好阴险呀……"

黎津要在下午三点前赶回县宾馆与其他记者会合，宣传部有车送他们回城。贺亮送到县宾馆门口就让司机靠边停下，说我要赶回局里开会，就不送你进去了。黎津非常懂事地点点头下了车，回头说："再见老地主。记得来报社找我兑现你的诺言。"然后晃晃悠悠地向大门里面走去。

这一夜贺亮失眠了，黎津灿烂的笑容、率真的性格和那颗迷人的小虎牙总在眼前出现，挥之不去。

二　迪厅狂歌

第二天贺亮来到办公室，上午参加了一个会，总是魂不守舍。贺亮有些生自己的气，怎么年龄越大越没有定力呢！散会刚回到办公室电话铃就响了，贺亮突然出现某种预感，不由得心跳加快，抓起电话尽量让自己的声音显得平和镇定："喂，哪位？"

"亲爱的。"是齐静。"啊，噢亲爱的是你呀……"接到齐静的电话贺亮竟然有些失望，为这个念头又心生惭愧，接电话倒显得有些心不在焉。电话那头齐静并没有发现贺亮的变化，还在继续说着：

"我昨天和彩玲去市里买回几件衣服，还给你买了一套西服，留着你换着穿。你现在是领导了要注意仪表。下班你来我家试试，不合适还可以去换。晚上我妈说给你烧鱼。"

"好的，我下班就过去。正好有人家刚送来的新龙井茶，我给你爸拿过去。"

放下电话，贺亮坐在那里发呆。

电话又一次响起，贺亮看着电话，直到响了七八声他才慢悠悠拿起，有气无力地说道："哪位？"

"贺地主，怎么这么慢才接电话呀？"

"是黎津老师呀，我刚才……"不等贺亮说完，黎津说道："昨天你把我喝多了，头疼了一夜，这笔账先给你记上，回头咱们再慢慢算。先给你说件公事，我昨晚连夜写了一篇吹捧你们旅游局在冰雪节设立投诉机制的稿子，你明天下午到报社来审稿，后天见报。"

贺亮忙说："黎老师真是快手呀。我给你个传真号，你给我传过来好吗？"

"不好。你必须亲自来一趟，明天下午下班前如果见不到你，我们就视同你局同意发稿，后天就见报。拜拜，明天见老地主。""呱嗒"一声那边电话挂掉了。这边贺亮机械地重复道："拜拜，明天见。"

第二天下午，贺亮没有问局里要车，而是鬼使神差地借了辆车自己开着去了报社。

黎津见到贺亮一点也不掩饰开心的心情。拉着他来到自己的工位上，电脑里正是那篇新闻专访。黎津让贺亮自己先看着，她自己跑了出去，一会儿端着一杯咖啡笑盈盈地回来了。

黎津不愧为南开大学新闻系出来的记者，稿子基本一遍过。贺亮做了几处小的修改，把有自己名字的地方都换成据了解、有关部门什么的，随后即定稿。黎津又拉着贺亮见过他们主任，一位个子不高，有些秃顶的中年男人。两人握了握手，说了一些久仰，今后相互支持的客气话。在秃顶主任刚把话头引向版面广告时，黎津适时地说要请贺局长吃个饭，慢慢商量。秃顶主任马上热情地说："对对，请贺局长好好吃一顿，慢慢商量。哎哟你看我手头有一个重要稿件上头还在等着，不然我们再找机会……"主任两手一摊做出无可奈何的样子。

秃顶主任坚持把贺亮送到门口，郑重其事地对黎津说道："小黎呀，一定请贺局长认真吃一顿，要当个政治任务来完成。"

出了门黎津嘟囔着："什么叫认真吃一顿，花钱超过两百他就给你绿脸看。"

上了车贺亮说道："先为头疼的事赔罪，我请客，地点你随便点。"

黎津乐了，说道："懂事。我们去JJ。"

"去哪？"

"开车吧，我给你指路。"

贺亮发动汽车，说道："你为我们写了那么一大篇专访，我哪能真让你请客。"

"我请你主任也会给我报销，你没有看出他已经盯上你了吗？要你在报上登广告，他有提成的。"

"提成要是给你我就考虑做。"

"仗义，看来我昨天晚上没有白为你熬夜。"贺亮听到"为你熬夜"，心里一热。

"报社都给我们分派了拉广告的任务，你说这叫什么事，考核记者不看发稿量，不看上稿媒体，只看拉广告的数量。这样写出来的文章能保证客观公正吗？"

在黎津的指挥下，两人来到JJ迪斯科厅，贺亮一下车就傻眼了，说道："你要是想拉干部下水可是选错了对象。"

黎津一把挽起贺亮的一只胳膊，说道："不入龙潭如何缚住苍龙？走！"

一进大门，贺亮就被震耳欲聋的音乐声震得失去了方向感。黎津却异常兴奋，身体已经开始随着音乐的节奏扭动。

黎津买了票，拉着贺亮的手进入二门，更大的音乐声扑面而来，五彩缤纷的灯光夹杂着频闪的激光让人眼花缭乱。黎津兴奋地拉着贺亮就冲进舞池，随着音乐的节奏黎津酣畅淋漓地扭动起来，匀称的身子越发妩媚动人，五彩灯光在脸上忽明忽暗地闪烁，把精致的五官迷离得性感妩媚。贺亮呆呆地看着黎津，仿佛声音和人群瞬间全部消失，只留下黎津在舞池中央尽情地跳舞。

黎津发现贺亮还傻傻地戳在那里，伸手拉他一起跳，贺亮在黎津耳边大声说他不会。黎津拉着贺亮的手出了舞池来到酒吧台，用手拍了一下桌子，一位梳着辫子，留着山羊胡的酒保过来，问道："美女，来点什么？"

"黑方双份，加冰，加苏打。两份一样。"

很快两杯酒就送到眼前，黎津拿起一杯，用手盖在杯子上，拿起来往木制吧台上一蹾，无数气泡蓬勃而起，黎津潇洒地端起来一饮而尽，然后一歪头示意贺亮来。贺亮照着黎津的样子也把一只手盖着杯子，然后拿起杯子往吧台上一蹾，接着一饮而尽，一股芳烈直入心脾。黎津狡黠地一笑，说道："老地主，现在你什么舞都会跳了。"

黎津说得没有错，喝了双份威士忌后，贺亮跟着强劲的音乐跳了起来，他使劲地摇头，扭腰，把屁股摆动得像大海里漂泊的舢板。贺亮感到自己的心跳与音乐已经浑然一体，忽而在太空中翱翔，忽而又在深海里潜行。激情充满了身体每一个细胞，然后在音乐高峰时释放，心灵与肉体获得充分的解放。

突然黎津搂住贺亮的脖子，在他耳边大声喊道："贺地主，我喜欢你！"

三　惊喜还是惊吓

楼道一阵响动把贺亮吵醒，头痛欲裂，口干舌燥。

阳光从窗帘缝隙中射进，打在墙上的照片上，最大的那张是三个人合影，两个大人都穿着制服，中间的少女身穿一身白色的连衣裙，脸上灿烂的笑容很眼熟……啊！贺亮猛然坐起，完全陌生的房间，身边躺着个女孩，熟睡的脸上露出灿烂的笑容，和照片中的女孩一样。

贺亮飞快回忆昨天晚上发生的事：报社校稿，黎津灿烂的笑容和小虎牙，秃头主任，开车拉着黎津找餐厅，镭射灯光，双份威士忌，蹦迪……想起来了，从迪厅出来已经是夜里十一点，两个人都饥肠辘辘。黎津说去她家楼下夜市吃炒河粉，烤羊肉串。对，还喝了啤酒，黎津说不过瘾又要了瓶二锅头，他没有拦住，结果两个人抢着喝，说了好多豪言壮语，也可能还许下了许多诺言……再然后，黎津拉着他轻手轻脚地穿过老式家属楼的通道，因为站立不稳总是碰到楼道里的东西，进入她租的房子，然后是墨绿色的床单，天女散花般飞舞的内衣，赤膊上阵，狂风暴雨……

贺亮有点心慌意乱，看看表，五点十分。正不知是走还是叫醒黎津好好谈谈时，身边的黎津醒来了。

"我的爷，你一直在看着我吗？看了一夜都没有看够吗？"说着一把掀开被子，露出一丝不挂的身体，说道："看吧，只要爷想看就随时看。"

贺亮在厕所蹲了一根烟的工夫儿，让自己理一理思路。用冷水洗了把脸，头痛减轻了许多。出来时黎津已经从厨房端出来两份煎蛋、四块烤面包和两杯热牛奶。

"看不出你还有贤惠的一面，满分。"

黎津身上只穿了一件男士大圆领T恤，下摆刚刚盖住臀部，一走动浑圆雪白的翘臀就一闪一闪地晃动，贺亮赶紧收回目光，看到T恤正面，印着荷兰球星范巴斯滕的头像。

"你喜欢足球？"

"我前男友的，他的东西我全丢出去了，只留下这个文化衫，纯棉质地，当睡衣穿。"黎津轻松地说着像是在说邻家的事。

贺亮满是心事地吃着面包，不时看看手表。

黎津从牛奶杯里拿出勺子，轻轻敲了敲杯子，说道："专心吃饭，吃饱了就放你走。"贺亮反倒有些不好意思，忙用下巴点了一下黎津背后的墙说："那照片上穿制服的是你父母吧?"

"是的，他们都在铁路上，我爸爸是老布尔什维克，我妈是列车员。我是在火车上长大的。"

"看样子你爸是铁路上的大领导吧?"

"过去算大吧，管着全天津的火车站，那是在刚解放的时候，后来'文化大革命'时被打倒了，受了不少苦。五十多岁才有我。我妈是他第二个老婆。我爸说我们老家是张家口，却从来也没有见他回去过。我爷爷在国民党的时候做过你们那的县长，这是我妈悄悄告诉我的，说是我爸爸一切灾难的根源，嗜，谁知道呢。"

"你爷爷叫什么名字，我回去悄悄帮你查查。"

"好像叫……黎永忠，我爸叫黎明，参加革命前的名字叫黎渝怀。"

第十二章　忠告

临崖勒马收缰晚，船到江中补漏迟。

——妫川谚语

一　姐妹们的快乐

杨彩玲开着桑塔纳2000拉着齐静、沈薇和吕艳走在盘山公路上。坐在后座上的吕艳拉住身旁沈薇的手说："彩玲你行不行呀，你都把我绕晕车了，每次走到这几个弯我就犯恶心，想吐又吐不出来。"

杨彩玲忙说："对不起，我再慢点。"

沈薇说："你把头靠我肩上，眼看前面。"

"唉，我就是小姐的身子丫鬟的命，我坐你们家老段的破皮卡一天跑八趟墓地也不晕车。"

坐在副驾驶上的齐静从包里掏出一瓶矿泉水，回头递给吕艳，让她喝一口压一压。吕艳没有伸手接，说道："你快留着自己喝吧，就一个自来水，灌到瓶子里就要好几块钱，现在的人真是想挣钱都想疯了。"

齐静的手尴尬地停在半空。沈薇伸手接过来解围道："你真老土。人家国外的人平时就喝矿泉水。一次，我和建国去长城饭店吃饭，看到老外餐桌上都摆放着一个漂亮的大玻璃瓶子，建国也跟服务员要了一瓶，谁知道一喝就是凉白开。等结账时我们傻啦，一瓶水要一百二！"

"啊！这不是抢钱吗？告他，一定是小日本干的。"

"还真不是日本产，是法国叫什么圣尼山。建国跟他们急了，有钱也不能让人宰呀。结果人家拿来酒水单，上面就是这个价。谁让你不先长眼看就点呢。我赌气把瓶子也拿回来了，插花倒是蛮漂亮。"

"你们就给他结啦？"

"可不就结了嘛，不然嘞？"

"还是你们趁钱，活该让人家宰。要搁我，立马给他吐回去，再饶它半个隔夜包子……"大家哄堂大笑。沈薇一手捂着肚子，一手拍打着吕艳的大腿。杨彩玲笑得岔了气，赶紧收油门，让车慢下来。齐静笑出了眼泪，从包里翻找着手绢。

齐静原本是与她们保持着距离，保持着距离不是因为齐静傲慢或者看不起谁，而是多年生活养成的习惯。她从小随父亲部队迁徙，每到一所学校一切就得从头开始。同学从相互试探，到相互了解，再到相互信任结成死党，过程走完了他们家也该随部队换防开拔了，留下一片伤心。每次到下一站时她都要缓上好久。齐静总结出来，不付出感情就不会为感情伤心。

后来参加工作回到了老家妫城，认识了贺亮，又通过贺亮结识了她们，虽然志趣并不相投，李红清高，沈薇率真，杨彩玲内敛，吕艳市井，但是与她们每周都会聚上几次，甚至每天一到下班时间不自觉地就会想到"今晚去谁家吃饭来着"。朝夕相处让彼此有了一种感情依赖。特别是上次她做阑尾炎手术时，她们都集中在手术室门外，这无形中给了她巨大的精神力量。然后在她住院那几天，她们轮流倒班陪护，夜里就和衣蜷缩在病房的凳子上。一次齐静想小便，贺亮却迟迟不来。那天是沈薇值班，看到她不住地扭动身子，脸色泛红，额头还出了一层细汗，沈薇心里就明白八九分。"你是不是想撒尿？"齐静脸更红了，使劲摇摇头。"这有什么不好意思的。"沈薇说着弯腰从床底下拿出便盆，伸手去掀被子，齐静用手紧紧压在被子上。沈薇大声说道："你这就叫死要面子活受罪，我生孩子的时候男男女女围了一圈人，还不得给人家看？"从那一刻起，齐静就觉得从内心里升腾出一种情愫，后来想明白了，那就是亲情。

　　齐静这些天一到周日，就拉着她们去市里，从西单逛到东单，又从百货大楼逛到赛特，中午找一家香港奶茶店或者星期五餐厅一类的西式快餐店打尖。然后又从百盛逛到燕莎，恨不得把有名的几家百货店翻个底朝天。其实到后来发现也没有买什么东西，大家只是在享受整个的过程。

二　一团乱麻

　　叶蓝兴高采烈地开始张罗儿子结婚的事。贺照久说："老同志，不要大操大办，注意影响。就把双方家长聚一起，也就一桌。"

"老贺，这件事你可不能犯官僚主义，自己儿子结婚，这么大的事怎么能不请亲朋好友来吃喜酒呢?"

"要办也不能收喜钱，这可是原则问题。"

"这一年到头结婚办满月的我随出多少礼你知道吗? 而且都是你贺家的亲戚，我在妫川县一个亲戚都没有。怎么到了我儿子办喜事就不让收喜钱了呢? 你不收人家也不会说你高风亮节，只会说你骄傲，看不起穷亲戚。"

贺亮推门进去，两个人立刻停止了争执，贺照久平静地看着《参考消息》，叶蓝手拿剪子精心地修饰盆景。

贺亮坐在父亲旁边的沙发上，顺手拿起茶几上的凤凰烟，抽出一支叼在嘴上，说:"爸，您又换牌子了?"

"抽什么牌子能由得了我嘛，人家送什么我抽什么。"

贺亮"扑哧"一下乐了，说道:"爸，您现在也学会幽默了。"

叶蓝说道:"你爸年轻时可风趣了，在团县委时净招女青年，现在官当大了连风趣都不会了，人情世故也不懂。"

贺照久知道叶蓝还在找补收喜钱的事，不满地说道:"哎，我怎么叫不懂人情世故，作为领导干部要注意影响，干部群众都看着……"

贺亮一听两人都话里有话，不想被牵连进去，赶紧进入正题:"爸，跟您打听个人。"

贺照久嗯了一声，眼睛没有离开报纸。叶蓝倒是很有兴趣地停下手里的活计，期待地看着儿子。

"国民党时期咱们县有没有一个叫黎永忠的县长？"

贺照久放下报纸，摘下老花镜，问道："你怎么想起问这个？"

"一位记者朋友在找当时的资料，准备写那段历史。"

"是应该写，早就应该抓一下这个工作，趁着一些知情者还在，多留下一些历史资料，这是对国家，也是对历史负责的态度。哎，你刚才问谁来着？"

"黎永忠，国民党的县长，张家口人。"

"黎永忠，这个人我知道，他不是国民党的县长，是日伪时期的县长，是个大汉奸。他也不是张家口人，就是本县人氏。他做了很多坏事，霸占了咱们家的祖产，害死了你太爷，你知道吗，是你爷爷亲手处决的他。"

"啊！您是说我爷爷？亲手杀了黎永忠？"

"是的，这个事我听你爷爷说过多次，因为你爷爷在民国时期做过县议长，所以解放以后就没有人提这一段。但是我们共产党最讲实事求是，要把第一手资料记录下来，不光是要记录日伪时期，应该从1920年李大钊派何孟雄到康庄火车站建立第一个党支部开始，不对，应该从义和团运动开始写……哎，我还没有说完他怎么走了，这孩子真是越大越不懂规矩……"回头看到叶蓝在抿着嘴笑，说道："你还笑，都是你惯的，真是乱弹琴！"

贺亮回到自己的屋里，把录音机的声音调大，瞬间张行的《告诉我》歌声充满了空间：

我的梦中不能没有你，即使黑夜永不再来。我的梦中不能没有你，即使我的心儿已碎……

　　贺亮坐到书桌前，双手捂着脸陷入沉思，他要好好捋一捋这些天发生的事。黎津的突然出现一下打乱了他的生活，也搅乱了他的思绪。她的爷爷是个大汉奸，父亲却是共产党，自己的爷爷竟然亲手打死了黎津的爷爷，黎津的爷爷害死了自己的太爷……这些怎么也理不到一起。还有徐洁，徐洁始终独身，而且已经明确表达出来希望与自己旧梦重圆。贺亮睁开眼睛，拿起书桌上徐洁的来信——

　　亲爱的王子：
　　你不是一直在问我对你的那些酸文酸诗的意见吗？我一直不知道该怎么回答。或者应该说不知道怎样回答才能确切地表达我的意思。
　　少年写诗的你独走感怀，愤世嫉俗。跟你那些朴讷寡言的妫川"发小"不一样。
　　成年的我现在读少年的你，又是不一样的感觉。也许正是你身上的这些特质，莫名地吸引了我，曾经得到过一个少年刻骨铭心、义无反顾的思念，我觉得我是幸运的。
　　不是人们常常说"要么做痛苦的苏格拉底，要么就做快乐的猪"吗？当我还是猪般懵懂的时候，你，二十岁的你，玩命写诗的你，像个痛苦的苏格拉底，而我，却一直是个快乐的猪。

不过后来你成长了，告别了青涩的青春，不再迷恋那些落叶伤秋的小情小调，有了可以装下悠悠乾坤的大男人的胸怀。这些都可以从散文中看得出来。

现在的你了解自己的目的，清楚自己的人生，是个迷人的成熟男人。

亲爱的，这些意见你满意吗？

顺便给你发张本丫头的照片吧。大学暑假，学完游泳课之后。第一张是生日照。最后一张，大学的我，站在校园的一棵枫树下。跟你当年想象的一样吗？

有空来吧，我做日料给你吃。

贺亮把信摊在桌上，点燃一根烟。脑子里未婚妻齐静、初恋情人徐洁和黎津的面孔反复出现，心乱如麻，一筹莫展。

三　段大头"储为国器"

妫川县第二十五中学，综合教学大楼挂牌仪式正在进行当中，主管教育的副县长把捐献证书颁发给段大头。接着校长把代表学校最高荣誉的"储为国器"铜牌交到段大头手中。学校鼓乐队奏起了《迎宾进行曲》。

段大头站在发言台前，从崭新的西服口袋里掏出皱巴巴的两页信纸，开始放声念起来。原来的稿子是杨彩玲帮他写的，自己念了几遍倒是挺顺嘴，可是总觉得没有表达清楚自己的意思。他又让贺亮给润色了一遍，提升了高度，强调了羊有跪乳之恩，鸦有反哺之义。大头觉得这回对自己的心思，可就是读起来磕磕绊绊，满头冒汗。

段大头初中时的班主任闫老师满面春风地在主席台就座。她上次坐在这里还是参加学校晋级誓师大会，自己作为青年教师代表还发了言。屈指算来有十多年了，那时自己刚从大学毕业分配到这所中学，朝气蓬勃，意气风发。但是那次是坐在第二排台口，这次是坐在第一排当中，自己的左侧，坐着威严的校长。

此时听着段大头结结巴巴地读着感言，校长皱了皱眉头。侧头对闫老师说道："小闫老师，你教出来个好学生啊。下个学期学校准备安排你来做年级组长，你把成功的教学经验好好总结一下，推广出去。"

闫老师一边说着感谢校长的话，一边使劲地回想，这个叫段亚林的学生是哪年教过，自己怎么一点印象都没有呢。突然，只见段亚林向自己走了过来，在闫老师还没有想好是站起来握个手，还是坐着不动时段大头已经来到眼前，"扑通"一下，跪在闫老师面前，全校上千师生不禁同时发出一声感叹。

"感谢闫老师的教育之恩，学生段亚林给您磕个头。"

闫老师先是一阵脸红，接着一下子热泪盈眶，双手捂着脸哽咽起来。校长起身上前，挽起段大头，回头对着全场说道："同学们，师生之情，重于泰山啊！"全体师生热烈鼓掌。许多女老师和女同学都流下了热泪。

段亚林个人奋斗成功后反哺母校，捐建综合教学楼的事迹，和当众跪谢恩师的义举成为佳话，在妫川大地广为流传。

县政协不失时机地推荐段亚林进入县政协，成为妫川县政协委员。

四　丁建国献计

在京城二环里一家叫"海港城"的香港菜馆里，丁建国和贺亮人手一份菜单。一位身着黑色燕尾服，打着领结的中年男人毕恭毕敬地站在身边。菜单像一本画册，华丽气派，上面是琳琅满目的菜谱逼真的照片，看了就让人食欲大增。菜单里面大部分的菜贺亮都没有见过，再看看菜品下面的价格，贺亮倒吸了口凉气。

丁建国随意地翻弄着菜单，对服务员说道："两份佛跳墙，两份大煲翅，半只烧鹅，豆豉鲮鱼莜麦菜，再来一条清蒸东星斑，两斤的。先这些，你看着配四个小凉菜。"贺亮随着菜名在菜单上寻找着价钱。

丁建国又说道："请把我带来的茅台打开。"服务员一边应诺着一边麻利地收起菜单，又给两人添了茶水，恭敬地退了出去。

等服务员出去后贺亮说道："建国，这里的菜也太贵了吧，我粗算一下就已经过千了，我一个月的工资都不够这里一个菜的，今天有点奢侈了啊。"

"钱这个东西只有花出去才算是你的，否则就是一个数字，将来还不见得是谁的。你难得来一趟，今天咱哥儿俩得奢侈一回，好好喝几杯。对了，有礼物送你。"说着话，丁建国从边上的椅子上拿起一个摩托罗拉的袋子递给贺亮，说道："摩托罗拉最新款，翻盖的手机。"

贺亮接过袋子从里面拿出手机盒，拆开包装，一股硬塑料特有的气味扑鼻而来。"我见过这款，妫城几个暴发户都在用这款。你送这么贵重的礼品我心有些不踏实呀。"

"不瞒你说，还真不是特意为你买的，就这款手机我已经送出有三十部了，摩托罗拉专卖店的鬈发女孩还以为我在泡她，一个劲跟我这起腻。"

"看来你们做工程的也不容易。"

"谁说不是，整天求爷爷告奶奶的，出门抬头都是爷，一个衙门口拜不到转脸儿就放刁，给你个鬼变变。挣的利润里面有一半是屈辱钱。"

"黎东斌出来了你知道吗，因为在里面表现好，获得十个月的减刑。"

"没有人告诉我。什么时候出来的？他这个跟头栽得可是不小，他出来了我们该给他热闹热闹。另外，看看怎么帮帮他。"

"上周就出来了，李红去接的他，也没有告诉我。昨天黎东斌给我打了个电话我才知道，他人已经在厦门了。说现在谁也不想见，他要在厦门休养一段时间，从头做起。"

"是爷们儿说的话。"

"李红辞职了，跟他一起去厦门了。"

"真没有看出来，李红这丫头挺性情。"

"她让我想起了俄罗斯'十二月党人'的妻子们，那些高贵的女性为爱情甘愿放下圣彼得堡的贵族生活，陪丈夫流放到六千公里以外的苦寒之地。"

"说当时流行词是什么来着……对，'陪你去流放西伯利亚'，真是残酷的浪漫。李红这个小女子不简单，咱们过去小瞧她了。"

香港菜是吃完一道上一道，赶不上两人喝酒的速度。菜还没有上齐，两人已经干掉了大半瓶，都有点微醺。

丁建国说道："你今天找我肯定是有事，跟哥们儿直说，过去净是你帮我，也让哥们儿帮你一次。"

"那我可就说啦?"

"说。"

"借哥们儿十万。"

"没有问题，明天就让会计把现金支票给你送去。什么借不借的，用你的。"

"哈哈哈……你丫还行，苟富贵，勿相忘，还没有忘本。"

两人又干了一杯。贺亮说道："我其实找你来不是要借钱，就是这些天心里堵得慌，想找你聊聊。"

贺亮把齐静、徐洁和黎津的情况说了一遍。最后说道："齐静现在反过来开始催婚了。我心里很乱，你帮我捋捋。"

丁建国沉吟片刻，一本正经地说道："你最近是不是经常失眠? 吃饭没有胃口，还容易忘事? 有时候还会坐立不安，小动作增多就像你现在这样手不停地倒腾打火机。早上起床时出现呼吸短促，心慌什么的?"

"是呀。你是从哪看出来的?"

"这是典型的婚前恐惧症，医学上叫婚前焦虑症，多发生在身边女朋友多的患者身上。心理学把这种境况称为选择焦虑症，没治！非洲一些国家倒是有治疗这种病的偏方，多妻制。"

"你这是什么狗屁偏方！罚酒。"

"哈哈哈……认罚认罚，开个玩笑。"丁建国自己干了一杯酒，收敛起笑容说道，"你这么有格局的人今天怎么也拧巴起来了，想必你是认真了。给你提点正格的意见。

"齐静适合做老婆，你们由恋爱到结婚顺理成章，水到渠成。徐洁是你的初恋，是你情窦初开时的理想爱人，注意，我是说理想爱人，不是现实生活中的爱人。她的身上倾注了你所有对女性和爱情的向往，你之所以这么多年忘不了她，实际上是忘不了你情窦初开时的那个过程。换句话说，就是换了其他的女孩你也一样忘不了。我头一次见齐静就觉得面熟，可是想不起在哪里见过。后来我突然发现她眉眼之中有徐洁的痕迹，这就是你潜意识里选择齐静的内在原因。所以徐洁适合做红颜知己，但是千万不能过界，就是不能跟她上床。

"至于那个小黎津，完全是化学反应，三分钟热度，你要娶她十有八九婚姻走不到头。总结一下，给你三种选择，第一种，你娶齐静，徐洁做你的红颜知己，黎津做情人。选这种是'玩的就是心跳'，一本最近火起来的小说名字，一朝不慎，身败名裂。第二种，娶徐洁，齐静伤心退出，黎津做红颜知己。风险是初恋光环散去如何渡过柴米油盐这一关。第三种，娶黎津，同时失去齐静和徐洁，化学反应消失后离婚，转一圈回到原地，成为孤家寡人。"说完丁建国给自己点了根烟，靠在椅子上看着贺亮，慢悠悠地说道："当然还有一种选择，就

是忘掉徐洁，疏远黎津，回到齐静身边，马上结婚，踏踏实实
过日子。"

茅台酒已经见底，丁建国还在说着什么贺亮已经听不进去
了。窗外华灯初上，下起小雨。雨水在花窗玻璃上涂鸦，在华
灯的映照下纷乱如麻。

第十三章　一盘大棋

长扁担，八股绳，我跟爷爷修长城。
爷爷在前我在后，我是爷爷的跟屁虫。

——长城谚语

一　成功上市

京都概念终于赶在香港回归前在香港上市成功了。

贺亮看着郑立斌从香港给他邮寄过来的香港报纸，这是一份十几页报纸中的两张，一张是经济新闻：

> 京都概念在香港联合交易所首日挂牌上市，发行股数20850万股，每股发行价12.48港元，当天收盘价为40.2港元，当天成交金额占当日香港股票交易量的15%，并创造多项港股纪录：首次上市募集资金数量第一（27.5亿港元）；市盈率倍数第一（19.35倍），超额认购倍数第一

（香港1276倍，海外88倍）；印制表格和回收表格最多（共印制110万张，回收32万张）。

另一张正版是锁钥岭长城旅游有限公司的介绍，一张彩色照片醒目地刊登在版面的左上角，是美国总统和夫人在锁钥岭长城上的合影，总统的边上是神态庄严的郑立斌。

锁钥岭长城旅游总公司已累计修复敌楼19座，城墙全长3741米，使游览区总面积达到119万平方米，成为中国万里长城中保护范围最大、修复面积最大的长城景区。

锁钥岭长城截至目前已经接待了400多位国家元首和政府首脑。每年有500多万中外游客登临锁钥岭长城。

总是这么高调，贺亮不由得撇了撇嘴。电话铃声响起，是县委书记安源。

"贺亮呀，香港上市成功了，你这个协调人的工作要转入下一个阶段，现在就着手要把长城上市的红利辐射到周边，重点是投放旅游基础设施，比如星级饭店，开发长城沿线景区，比如玉渡山，你尽快拿个方案，直接送给我，好，先这样。"

"好的……"对方已经挂机。

贺亮把报纸放到一边，从抽屉里拿出婚礼请客名单。结婚的日子从春节推到了五一又推到国庆节，说什么也不能再换了。这时办公室收发文件的小李敲门进来："贺局长，有您一封信，是国外来的。"

贺亮接过看了一眼邮票，确实是来自国外，拆开信封，里面是一张精美的明信片，封面上一只滚圆的小白熊在滑雪，憨态可掬，翻开里面：

贺亮：

瞧，封面上的你白胖胖的还滑雪呢！（一笑）

这是今年我写的第一张贺年卡，现在的我更笨嘴拙舌，不知道向一贯伶牙俐齿的你祝什么。

实际上，每当想起你，便是你滋润的笑容。

但愿无论怎样，生活如何待你，我们能常见你的笑容。

主保佑你及全家！

李红

于比利时，布鲁塞尔

贺亮一头雾水，他知道黎东斌已经到广东去发展房地产，上个月堂兄贺援越来电话说黎东斌找过他，请他出面协调土地管理部门。

贺亮拿起手机拨通了黎东斌的手机，很快对面传来嘈杂的声音，黎东斌说道："贺亮我在开会，一会儿打给你。"没等贺亮说话那头已经挂机了。

贺亮放下手机，伸手摸出根烟叼在嘴上，刚要点火手机响了，来电话的是叶蓝："儿子，你今天下班早点回来，结婚这么大的事就使唤我一个人，你们爷儿俩都当甩手掌柜的。你爸还非要在家里头办，现在谁还在家里吃'八八席'，哎哟，土死了，早都去饭店包桌啦。人家饭店全是十寸大盘子上菜，油焖大虾、干煸鱿鱼是顶配，席面别提多漂亮了，而且还实惠，燕春饭店的经理老范都答应给咱们打最大的折扣。你听妈说，今天晚上你下班早点回来，咱们一起给你爸爸开会，非得把他僵化的脑袋转过来不可。再说你就是到饭店订酒席也要提前一个月预订呀，不然到跟前办喜事的人全扎堆咱又不能撵人家。行了，妈手头还一堆事儿哪不跟你啰唆啦，记得早点回家，啊！""咔嚓"挂电话的声音。

贺亮一句话没有轮上说通话就已经结束了，这能算通话吗？整个一个广播通知嘛。贺亮心里愤愤不平，做部下和做儿子同样没理，他们说什么都对，自己什么还没有说就已经错了——这好像是鲁迅说的。别管谁说的贺亮决定晚上晚点再回家。他给段大头打了个电话，说晚上一起吃饭，不去饭店吃，有烤鸭也不去，应酬才去饭店，天天应酬早烦死了。杨彩玲还会做菜吗？那就到家里吃，兄弟俩安安静静喝几杯。

下班后，贺亮骑上他那辆半新不旧的自行车从局里出来，段大头本来有一辆新桑塔纳2000要借给他用，被他拒绝了。

贺亮骑车到了段大头家门口才接到黎东斌的电话：

"对不住、对不住，正在拿一块地，有关部门的人都在。你说，有什么吩咐。"

声音很近，就在耳边，说出来的话却觉得好远，远在天边。

"你要忙先忙你的，我没有急事，晚点也可以。"

"没事，反正我都出来了。你不找我我也正想找你哪。你干脆把工作辞了过来咱们兄弟一起干，早说了，股份我多少你多少，董事长总经理你先挑，剩下是我的……"

贺亮打断黎东斌的话头，说道："东斌，你和李红怎么了？"

"她都跟你说啦？"

"说什么？她什么也没有跟我说。"

"哦，我本打算见面跟你说……算了，我们离婚了。她不适应南方的生活……也不适应现在的我。我现在有个新楼开盘，每天忙得嘴都合不上……她现在去比利时学饭店管理，也可能不回来了，天知道。你认真考虑一下我的建议，过来我们兄弟联手，打仗亲兄弟，上阵父子兵……"

贺亮攥紧了拳头。

"喂，贺亮，你在听我说吗？喂……"

贺亮挂了电话，对着听筒吼道："你他妈混蛋！"

二 欲言又止

杨彩玲从接到电话就开始兴高采烈地在厨房忙乎，等贺亮上楼她的四菜一汤已经摆上了餐桌，让贺亮惊叹不已。段大头得意扬扬地介绍着菜名：

"这个，河西羊羔肉，西北菜的头牌；这个，静宁烧鸡，就一个词，爽歪歪；这个，夏河蹄筋，听着名字就过瘾；这个，酥炸百合花，甜滋滋。隆重推出枸杞红枣牛尾汤，壮阳佳品。"

"亮哥你别听他瞎说，都是家乡菜，做得不好你别笑话。"

"我咋是瞎说哪，是汤都补，阿亮现在正是需要大补的时候。"

贺亮笑骂道："滚犊子。难怪你的头越来越大，原来都是彩玲整天给你补的。"

彩玲有点不好意思，说道："这些食材都是从老家邮寄过来的，一直给你留着，天天盼着你来。"

"哎哟，听了好温暖。大头你说你上辈子积了什么大德让你这辈子有这么大的福报，竟然能娶到彩玲这么贤惠的媳妇。"

段大头煞有介事地说道："谁说不是哪。自从我娶了彩玲生意越做越大，还当上了政协委员，我爹现在见我都不敢再骂我了，他不知道这县政协委员是个多大的官。"

两人对面落座，贺亮发现餐桌上就两份餐具，说道："哪来的臭规矩，彩玲再拿双碗筷，我们一起吃。"

"不了，你们男人说事，我就在厨房吃口，有事喊我。"

"彩玲你要不上桌我抬脚就走，以后也不到你家吃饭了。我说到做到。"

段大头忙说："就是，彩玲上桌，赶紧的。"

彩玲开心地拿了餐具酒杯，在两人中间打横坐下。打开一坛女儿红，一边斟酒一边说："今天的菜要配黄酒才好。"三个人推杯换盏，三轮喝过后段大头说道："阿亮，说吧。"

"说什么？"

"你的心事，今儿打你一照面我就看出来了。"

"我去把汤给你们热热。"彩玲刚站起身被贺亮一把拉住，说道："彩玲坐你的，我没有什么话需要避讳你。"彩玲眼里充满被信任的感激。

"黎东斌和李红离婚了。"

"啊！"段大头和杨彩玲同时惊叫了一声。

"为什么离婚？谁提出来的？"段大头急切地问道。

"具体情况我还不清楚，应该是东斌现在生意做大了，天天忙于生意冷落了李红。我堂哥贺援越前些日子来电话说黎东斌现在在广东做房地产，资产应该是过亿。离婚后李红自己出国念书，也可能就不回来了。"

"黎东斌这样对李红可就太孙子啦！当年他落难进了大牢，人家李红不仅没有离开他，还跑去监狱嫁给他。丫能减刑还不是人家李红他爸爸托监狱系统老关系给跑的？现如今有几个臭钱就翻脸不认人，真他妈是个白眼狼。我呸！"杨彩玲钦佩地看着段大头坚定地点了点头表示支持。

贺亮说道："他要我辞职跟他去广东一起干，股份跟他一样，董事长或总经理由我挑。"

"不去，宁给好汉子牵马坠镫，不给赖汉子当祖宗！"

"我当然不会去。"

三个人举起杯碰了一下，都干了。

"你以为丫憋着什么好屁哪，你又不是他爹，他干吗把一半股份白白地给你？他是看上你那当过军分区司令的大伯。他想用你大伯在广东的资源拿地，一准的，他那点小伎俩逃不过我的火眼金睛，娘的，跟谁打仗呢！"

"唉，我岂能不明白他心里那点小九九？只是舍不得我们长城酒厂的缘分。他当年可不是现在这个样。"

"人都是会变的。我在深圳拘留所时，亲眼看到有穿着简朴长相文静的妓女，也有长相端正、谈吐文雅的骗子。还有个流氓，居然是为了见义勇为进去的，噢，就是帮我给你发电报的那哥们儿。还有穿着官衣正义凛然的看守干着肮脏的勾当，这都得看人所处的环境，有奈无奈。"

"深刻。人其实一半是天使，一半是魔鬼，就看哪半被唤醒多些。这个世界越来越魔幻，越来越陌生，已经不是能用好人与坏人来简单地区分了。"

彩玲说道："以前我总以为，人这辈子最美好的是相遇，后来才知道，其实坚守才最难得。"

"老婆你说得真好，我就一辈子坚守你。我们公母俩对饮一杯。"

"亚林，我敬佩你是个真男儿，我愿意一辈子服侍你，为你赴汤蹈火也行……"

"嘿嘿……你俩这是演《天仙配》哪！"

段大头与杨彩玲对饮了一杯，然后说道：

"阿亮，酒厂的缘分已经过去了，天下就没有不散的筵席，何况丫已经变了。"

贺亮自己喝了一杯，有些黯然神伤。

段大头说道："咱不说他了，烦。快说说你的婚礼究竟怎么个办法？这都几儿了？咱就别渗着啦。"

贺亮一听婚礼，更烦了，张嘴想说些什么，看到杨彩玲就把到了嘴边的话咽了回去，说："这酒怎么越喝越淡寡，换白的……"

三　黎东斌衣锦还乡

奔驰金标S560轿车悄无声息地开进妫川县旅游局大门，车牌前面是一个"粤"字，后面跟着几个8。看到国家为外企专配的黑色车牌，门卫大爷张了张嘴也没有喊出来一个字。

奔驰金标S560轿车在旅游局楼前门廊下停住，身着黑色西装的年轻司机手脚麻利地下车，打开后面车门，然后恭恭敬敬地站在那里。一只翻盖黑皮鞋先伸了出来，皮鞋被擦得乌亮，映照出司机那张娃娃脸。穿着翻盖黑皮鞋的脚坚实地踩在地上，透出主人的自信。

黎东斌下了轿车，环视一圈周围，并不急着进去，而是从浅色西服兜里掏出一盒英国三五牌香烟，抽出一根叼在嘴上，又摸出一个包金的电子打火机，潇洒地伸展了一下胳膊，又拉回来，打着火，给自己优雅地点上，深深吸了一口，仰着头把嘴里的烟向着大门吹去。一番操作就像钢琴王子理查德·克莱德曼十指尖在键盘上弹过一样的流畅、儒雅。

副驾驶坐着年轻女子谭秘书，椭圆形脸颧骨略微突出，明眸皓齿，轻妆淡抹，丰满的身材把一袭职业装的裁剪艺术充分地展示出来。

抽了半支烟，黎东斌拿出手机，拨通了贺亮的电话。说我回来了，就在你办公楼下面，给你带份大礼。

一周后，县政府会议室，黎东斌带着他的团队在做汇报，一个戴眼镜的瘦脸小伙子在几张效果图前讲解，县长郝伟峰和几位主管领导在认真地听着。

瘦脸的小伙子因为激动而频繁地眨着眼睛：未来长城国际城，300亩土地，50万平方米建筑面积，容积率2.5。居妫水南岸，俯瞰整个妫城。主体建筑群插入湖中，以造城气魄，引领区域大型居住社区。此项目国际化视野，宜居水岸生活，水上公寓、商场、电影院、商住等多个组团交相辉映。

有人插话道："妫水湖是挖出来的人工湖，再填一个岛出来，岂不是脱了裤子放屁，多此一举？"一阵笑声。瘦脸小伙子一时语塞。

黎东斌从容不迫地说道："这位同志说得对，千辛万苦挖出来的湖怎么能填回去呢。大家知道，一面临水叫岸，也可以叫滩；两面邻水叫湾，也叫堤，比如杭州的苏堤；三面邻水的话，面积大的叫半岛，小一些的叫渚。无锡的鼋头渚就是民国时期由无锡人杨翰西在太湖边上购买了四公顷土地兴建起来，现在成为无锡的地标。我们设想把妫湖南扩，留出一块三面邻水的渚，我们可以管它叫'冠山半岛'，把商场、商务饭店、电影院等娱乐设施放到上面，带动后面的由花园式洋房、时尚板式小高层、风情高层楼组成的社区。"

黎东斌向瘦脸小伙子示意，继续往下说。

瘦脸小伙子抬高了声音继续介绍："以行列规划，80—240平方米的经典户型，50米超大楼间距，40%高绿化率，生活与自然密不可分。将成为集生态、旅游、会展、商务、文化、居住等功能于一体的新型城区，是来妫川投资人的首选办公、居家之地。整个项目准备投资十五亿元，分三期完成……"

瘦脸小伙子刚介绍完大家就七嘴八舌地问这问那，也有说一下建这么多商品楼按妫川城镇人口比例来算根本卖不出去；有的说，逛商业街的人流和目前消费水平不足以支持商业街的运转。当大家议论得差不多时，黎东斌态度平和，沉稳自信地说道：

"未来长城国际城分三个板块，一个是旅游饭店和商业街，第二个是高档公寓和配套娱乐设施，第三部分是小户型商住。严格地说，此项目的受众不是针对妫川县老百姓的。我这么说大家可能不爱听。换个角度来说大家可能好理解，据了解，目前长城旅游一年入境500多万人次，可惜他们都止步长城，如果把这些人的1%引导过来住一晚，就是不得了的消费群。加上开发区优惠政策的推出，未来长城国际城会大大提升吸引力。以上的结果就会带动就业、周边商业发展、增加税收，政府财政充盈了还会反哺到老百姓身上。"

县长郝伟峰掩饰不住内心的兴奋，说道："欢迎黎总回到家乡，参与家乡的经济建设。这是妫川县招商引资以来政府引进的最大项目，有什么要求尽管提出来。"

散会时政府办主任叫住贺亮，郝县长说你是项目引进人，第一功，晚上政府宴请黎东斌先生让你一起参加。

一个月以后，黎东斌拿到第一期一百亩土地证。他在妫川县宾馆包下一层客房，作为未来长城国际城开发公司办公和驻地。宾馆楼顶竖起巨大灯箱广告牌，广告牌上面：一套房子，界定一种未来生活视野，未来长城国际城源于此地！

黎东斌一边开始进行地上物补偿和"三通一平"工作，一边开始准备工程发包工作，因为上门找工程的多，他设了一个门槛，凡是承揽工程的建筑公司都要先交一定数量的工程质量保证金和工程工期保证金。

丁建国找到贺亮，希望拿到工程总承包，不行也把"三通一平"和装修、弱电安装留下。贺亮不解地问："都是酒厂的老哥们儿，你怎么不直接找黎东斌要呢？"

"此一时彼一时，现在人家是大老板，出手就是十五个亿，连县长都敬三分，他现在眼里哪还有老哥们儿？"

"不会，黎东斌还是比较念旧的人。"

"我一点都不怪他，人一有钱就自觉上升了阶层，对下一个阶层的人就难以平等对话，哪怕这个人是亲兄弟。"贺亮想了一下，说："这样，我攒一个饭局，你当面给他说，我来帮腔，怎么样？"

"好，那就别叫其他人，免得人多嘴杂。"

四　好事接踵而至

黎东斌衣锦还乡后，丁建国约了黎东斌几次，都被他用各种借口婉拒了。他却主动找到段大头，说经历了几年的磨难，自己也做了深刻的反省，觉得当年段大头在火车上讲的话非常对，让自己开了悟，也给了自己杀回广东东山再起的勇气。这次回来投资也是希望把过去丢的脸拾回来。作为报答，交给段大头一件肥差：华北区集资总代理。未来国际太阳城前期需要融资3000万， 20%年息，手续费5‰，就是150万，全归你。

段大头被天上掉的馅饼砸得心花怒放，说什么晚上也要请黎东斌喝酒，并拉着贺亮作陪。

晚上在育新楼烤鸭店门口，段大头少有地先到，并在门外等候财神黎东斌。杨彩玲说你去里面喝茶，我在门口等着，等他来了我进去叫你也来得及。段大头说："这你就不懂了，我就是让他看着我在门口迎接他，这是一种态度。"

奔驰金标S560轿车悄无声息地在段大头、杨彩玲身边停下，身着黑色西装的年轻司机手脚麻利地下车，打开后面车门，然后恭恭敬敬地站在那里。黎东斌下了车，热情地迎着段大头伸过来的手握了握，就势一拉，两个人热烈拥抱同时相互拍打着对方的后背。这时从副驾驶下来一位年轻女子，黎东斌介绍说："这位是谭秘书。以后集资的事就与谭秘书对接。"谭秘书妩媚地一笑，扭着细腰过来与段大头和杨彩玲打着招呼，像电影里日本人那样说："请多关照。"

"贺亮说他晚上有个应酬晚点儿到，让咱们别等他。"段大头一边说着一边往里请让着。"这家烤鸭店新开张不久，装饰仿照全聚德。你知道妠城人喜欢新鲜事物，所以烤鸭店人满为患，包房一间难求。"

酒过三巡，段大头突然想到一个问题，问道："阿斌，你在广东发了大财，光地产项目就干了两三个，听阿亮说你又去海口拿了地，怎么还需要集资呢？"

"哈哈哈……兄弟，这你就不懂了。搞房地产不像你卖墓地，净找把边瞭哨的荒地，围道墙就开始挖坑，然后坐等客户上门，先交钱后埋人，年年再收取个管理费。房地产先要找好地界，学校商业交通直接影响房价，加上超前新宜居理念来满足购房者的虚荣心。先集资拿下地，后面就会有银行为你贷款，楼面出地基就可以开始预售，这时候你手里会有大笔现金，腾出手就可以拿下一块地。"

段大头听得连连点头，由衷赞叹道："道深了。我以后也跟你做地产吧。"

"没有问题。你先把集资这笔钱挣到手，下一个地产项目咱哥儿俩联手做。"

"得嘞！"段大头脸上乐开了花。

第十四章　君子之约

姑舅亲，辈辈亲，砸断骨头连着筋；两姨亲，不算亲，死了姨娘断了亲。

——妫川谚语

一　贺照久回祖居编《长城谣谚集》

贺照久离休了。县人大换届大会结束后，他与新当选的单主任做了简单的交接。然后谢绝了欢送晚宴，收拾起办公室物品装上车，车子在单主任等众人目送中驶出了机关大门，迎着夕阳，向长城驶去。

在换届前，贺照久婉拒了聘任政府顾问的组织安排，也谢绝了几个协会的邀请。他已经给自己安排好了今后的生活，回石峡村。

虎老归山，人老归田。回石峡村为了兑现一个承诺，一个君子之约。

有一年正月，贺照久回石峡村拜年，发小伙伴景叔田拉他去看戏喝酒。当时村里正在演一出河北梆子《三疑计》，剧情源于石峡村，说的是明崇祯十七年（1644），李自成在西安建立大顺政权，并且亲自率领大军东征，过黄河，进山西，经大同，克宣府，长驱直入，兵临雄关锁钥岭，冒死冲杀，死伤无数，久攻不下，愁肠百结，当地老者献计，转而奔袭石峡关，守将唐英。于是有人献计：唐英晚上回家，得知教书的王先生病于床上，他前去看望，结果发现自己妻子的一双鞋，于是衍生出了诸多猜忌，一时陷入情感的纠葛之中，终导致疏于职守。李自成趁隙破关直入，兵逼京城。

　　这个戏贺照久小时候就看过，但是难得回去一趟，不好扫景叔田的兴。老哥儿俩边看戏边聊。景叔田提出一个问题，他问贺照久："你说闯王李自成就是从咱这石峡关攻入京师，战争都无法破坏长城，怎么能毁在我们这代人手里呢！"

　　"叔田啊，你义务保护长城一干就是二十多年，我敬佩你。等我退休了也回来跟你一起干！"

　　"君子一言！"

　　"驷马难追！"

　　两只手握到一起，使劲地摇了摇。

　　贺照久离休时，景叔田义务保护长城已经三十年了。他给自己布置的任务是：每周围着长城巡视石峡关长城一次，捡拾垃圾、清理杂草、制止在长城上乱写乱画的游客。

　　每天吃过早餐，老伴把军用水壶灌满凉白开，在绿帆布包里搁上几个煮鸡蛋，一袋火勺和自己腌制的咸菜。看着景叔田挎上军用水壶，背上绿帆布包，把自己收拾停当，然后抄起镰刀，趁着太阳还没升起，开始了一天的巡城。

景叔田一个人走在长城上他并不觉得孤单，他觉得自己就是镇守边关的将军，石峡长城的防务都在他的管辖之内。古时的石峡村管辖边城十六里，附墙台十座，空心敌台二十五座。如今虽然大多残垣断壁，但是景叔田胸中自有景象。他手扶佩剑威风凛凛地走在长城上，身后旌旗招展，守长城的士兵一个个向他行注目礼，而他轻轻点头作答。不时与从点将台下来的杨六郎、督建敌楼也是敌楼的设计者戚继光擦肩而过。

景叔田走上长城，不时用镰刀将城砖缝隙里长出的杂草清理干净，把可乐瓶子、方便面盒一些生活垃圾放入随身的垃圾袋中。遇到有游客在长城上刻字他就去阻止。碰到在上面搭帐篷的游客，他就坐下来一直规劝直到把人送走。

当太阳当头，景叔田找个背风的地方坐下，先把佩剑——镰刀放下。从绿帆布包里摸出鸡蛋，小心翼翼把鸡蛋皮剥掉，放入垃圾袋，两三口吃完，再拉过军用水壶，打开盖子咕咚咕咚喝上几口，抹一把嘴，又拿出火勺和咸菜，三下五除二吃个干净。因为长城防火，他已经把烟戒掉了，又咕咚咕咚喝了几口水，重新整理行装继续巡视。他要在天黑前回到出发地。

随着到石峡村长城来旅游的人越来越多，一个人已经照看不过来了。早几年，他起头在村子里成立了石峡村长城保护协会，自任会长，发动全村义务保护长城。他做过村支书，大家伙儿都信他，队伍很快变成十多个人。因为是义务，所以没有工资和补助，大家伙儿全凭对家乡的感情，对长城的热爱。

贺照久怀着轻松愉快的心情，走马上任了石峡村长城保护协会名誉会长。他把父亲留下的《长城谣谚集》搜集整理工作也带回石峡村来做。他给县文联的赵主席写了一封信，建议更深入挖掘妫川红色文化与民俗文化，形成成果留给后人。妫川县城因长城而设立，与长城有着千丝万缕的联系，建议一并研究。赵主席很快回信，说不谋而合。文联正在筹备成立项目工作组，并安排文化馆两位年轻人，每周过来三天，帮助贺照久搜集整理材料。还说贺家原来的藏书楼被当作县级文物保护起来了，里面的单位已经被迁出。准备修缮一下作为妫川文物展览馆，还说有什么老物件可以捐出来摆放展览。

贺照久在石峡村的祖宅土改时已经分掉了。一个本家侄子靠长城旅游致富之后，在妫城买了楼房举家搬迁，贺照久把他的小院租下来，简单收拾了一下搬了进去。跟叶蓝商量好，夏秋两季住在石峡村，春冬两季住在妫城。叶蓝此时已经参加了老年合唱团和老年舞蹈队，忙得不亦乐乎，就两头跑。

二 对面的家人怎么样了

贺照久在得知儿子贺亮要去台湾出席学术会议后，激动得几天都没有睡好。老伴叶蓝数落他，又不是你去，怎么你比亮亮还激动呢？

今年贺照久离休，岁月如梭，大半生就这样过去了。他自觉得参加革命四十三年，虽然没有为党和老百姓做出多大的贡献，但是四十多年来勤勤恳恳，任劳任怨为党工作，不愧初心。此生最大的遗憾是贺家人四散飘零，没有能实现父亲的心愿，就是贺氏兄弟大团圆。

大伯贺元城1949年随国民党军队撤退到台湾，三十年没有音讯。一年前从香港辗转收到大伯二儿子贺照海的来信，这才知道，大伯已经于1959年生病客死台湾。十年后，也就是1969年大婶贺钱氏也过世了。前年大伯大儿子贺照山遭遇车祸意外身亡。一封来信，打碎了贺照久一切重逢的希望与设想，原来叔侄兄弟早已阴阳两隔。

贺照海信上说自己已经退休了，公司交给了儿子。自己参加了父亲生前组织的"老兵返乡探亲促进会"，在为帮助老兵返乡探亲奔走。二婶竹梅子到台湾后改嫁给一位退役将军，和儿子贺照郎移民美国。现在天各一方，他有一个愿望，就是把父母的骨灰送回老家，让他们叶落归根。

贺照久把堂兄贺照海的地址和电话都写给贺亮，让他到了台北就打电话联系，无论如何要见到你贺照海二伯伯，把他父亲到台湾的情况多了解一下带回来。然后又收拾出一些照片，最后给贺照海写了封信让贺亮带上。

后面的一周，贺亮游走于各种送行宴，人困马乏。这也是一种成年人的游戏，大家都在县城官场这个圈子里，知道了就要请客钱行，不请不讲究，请了不去不懂事。请的人未必心甘情愿，去的人也是疲于应付。

贺亮是妫城官派赴台的第一人，免不了让人妒忌，说一些不咸不淡的话，贺亮也是左耳朵进右耳朵出，他早已经习以为常并产生了抗体。

从他考上大学就有人说是他家托人走了后门，不然成人高考就那么容易考？还带薪上学，还不是因为有他爹贺县长！等大学毕业回来，分到旅游局而并不是自己希望的政法口，人家还不是一样说他搞特权，为什么不回原单位呢？还不是有他爹贺县长！开始贺亮很生气，可又找不到发泄口，只得自己生闷气。后来丁建国劝他："坛口好封，人嘴难捂。你别搭理他们，人就是这个尿性，越瞧你急丫就越来劲，臊着他们，丫也就没脾气了。"

其实这次是中国长城协会组织文物专家代表团，出席中国台北历史博物馆举办"墙"特展。团长是中国长城协会副会长、著名长城专家罗哲文先生。贺亮能参团只是团里需要一名来自长城的团员而已。

动身前一天晚上，贺亮推说行李还没有收拾好，早早结束了送行宴会，赶忙回到家。齐静已经在装修一新的婚房等候多时了。贺亮打了个照面先去北屋给父母请安连告别，明天要赶大早。贺照久和叶蓝也都在等着他。

叶蓝一见儿子进来就开始唠叨起来："亮亮你怎么才回来，明天出远门了今天也不知道回来一家人吃个饭，白准备了一大桌……"

贺照久打断叶蓝的话头，说道："嗳，男人嘛有一些应酬也是难免的。当年建化肥厂，我去市里要资金，喝一杯给一万，我一口气喝了它三十二杯，那几位处长都给我作揖，第二天就拨款。搞好关系还是很重要的。"

"搞好关系就非得喝酒？年轻轻的都把身体喝坏了。喝酒还容易产生不正之风。咱们在团县委那会儿……"

"爸、妈，齐静帮我在整理行李呢，你们要没事我就过去一起弄行李。"

"妈帮你整理去，多带几件衣服。"

"不用妈，台湾是热带气候，那边的人都光膀子。"

"带点方便面火腿肠，赶不上饭点别饿肚子……"

"不用妈，吃的东西过不了海关。"

"钱够吗，妈给你带些，贫家富路。"

"要大票，别净拿零钱……"

"亮亮，见了你照海二伯跟他说，家族墓地我都给选好了，就在咱们老家石峡村长城公墓，抬头就能看到长城。"

贺亮回到屋里就往床上一躺："哎哟，这一天，累死我了。"

齐静过来把鞋给他脱了，坐到床边上，叹了口气："哎，我每天总是那个最后被您接见的。"

贺亮一下坐起来，伸胳膊抱住齐静连说："对不起老婆大人，我真是身不由己，我其实非常不想去跟他们喝酒，可是不去又得罪人，我这已经是早出来了，他们还在喝。"

"衣服和洗漱用品都准备好了，我下午去医院给你开了些消暑的十滴水、感冒药和治拉肚子的药，都备着，台湾热当心中暑，吃东西也要小心。"

"你真是个贤惠的老婆。"

"哎，我不是抱怨你，你们男人在外面要撑着面子，我能理解。我只是担心你的身体，天天喝酒谁受得了。"

"放心吧老婆，我身体棒棒的，来，你检验检验。"说着双手一用力，把齐静抱到了床上，急得齐静连忙说道："门没有锁……"

窗外寂静如水，弯月躲入云朵里悄然睡去。齐静昂扬起上身，雪白的皮肤开始发烫，她以少有的激情迎面向贺亮撞去，仿佛在撞击河堤，让汹涌的洪水一泻千里。放在床头柜上的手机响了起来，贺亮腾出一只手抓过手机看了一眼，是黎津。他把电话调成静音，放了回去，又搂紧齐静。这时听到北屋房门响，传来叶蓝的脚步声，两个人同时停止动作，屏住呼吸竖起耳朵。脚步声来到窗前："亮亮，明天你五点就要动身去机场，早点送小齐回家，早点回来休息，别太晚了。"

"知道啦妈！"贺亮没有好气地对着窗户说道。

两人兴致全无，潦草完事，贺亮从床头柜上拿起一支烟点上，背靠在床头上抽烟。齐静默默地穿着衣裳。

齐静穿好鞋站起来走到梳妆镜前拿起梳子，从镜子里望着贺亮，问道："黎津是谁？"

贺亮吓了一跳："哪个黎津？"

"刚才给你打电话的那个女人。"

"哦，一个记者，听说我去台湾追着采访。我不能随便接受采访，涉及两岸关系不能乱说。"

"她们女记者都喜欢晚上采访吗？"

"那倒不是，是因为我白天没有接她电话。我送你。"贺亮掐灭烟头起来穿衣服，用眼睛余光扫着齐静。齐静认真地梳着头发，她瘦了，从侧面看脸上的棱角更显得分明，这段时间齐静一边上班一边筹备着婚礼，确实很辛苦。贺亮有些心痛，走过去从后面搂住齐静轻声说："我爱你老婆，乖乖看家，等我回来。"齐静转过身来，双手紧紧抱住贺亮的腰，把脸贴在贺亮的身上……

那次JJ迪斯科厅事件之后，贺亮就决定不再与黎津联系，一想到自己的爷爷亲手杀了黎津的爷爷就后背冒凉气。可是他又经不住黎津的诱惑："老地主，想你啦!""亲爱的，晚上我洗干净在床上等你哟……""别熬夜，记着我爱你……"炙热的文字烤燎得贺亮浑身燥热。每次去和黎津见面，心里都下决心这是最后的摊牌，可是一进门便被黎津融化了。直到丁建国给他忠告以后，他下决心要做个了断。

那天他把黎津约到杂志社对面的咖啡厅，他第一次到杂志社看稿，黎津就跑过马路在这里给他买的现磨咖啡。当他说完了决定后，黎津认真地点点头，说："一切都依你，你等我一会儿，我收拾一下咱们回家，我学了一个新菜，泰国酸辣虾汤，虾和泰国调料都买好了就等爷用膳了。"说完不等贺亮表态就一转眼在那扇绿色木门里消失了。

三　跨过海峡来认亲

贺亮到台北第一件事，就是给贺照海打电话。

在嘀声响过三声以后，听筒里传来一个男中音的声音，很磁性："哪位您?"主语倒置，熟悉的语法，典型妫川人的讲话习惯。贺亮心头一紧，鼻子发酸，说道："您是贺照海二伯伯吗?"

"我是贺照海，您是……"

"我是您堂兄弟贺照久的儿子贺亮，我现在到台北了，是从北京妫川县来……"

听筒那头出现五秒钟的沉默，然后传来兴奋的声音："啊，是贺照久的儿子呀! 接到我的信了? 总算盼到这天了，哎哟太好了，贺亮你现在哪里，我马上过去。"

贺亮把这次来的目的和行程简单说了一下，最后商定，今天贺亮参加开幕式活动，明天参观环节请假，贺照海来饭店接他，到家里相会。

早餐时，贺亮把要与亲人相见的事情给罗老说了，也算跟罗老请假。记得头一次见罗老，听说贺照久是贺亮的父亲时罗老哈哈大笑，说："1952年在锁钥岭长城接待我的那个小贺同志的儿子都这么大啦!"

贺亮告诉罗老："我父亲今年从妫川县人大主任岗位上离休了。他知道我陪您到台湾，说了好多当年您修复锁钥岭长城的事。还说把您写长城的诗刻在长城碑林中了。"

"我第一次去锁钥岭长城是1952年，文物局局长郑振铎亲自把勘探设计修复锁钥岭长城的任务交给了我。我们乘火车到了青龙桥火车站，步行去锁钥岭长城，因为有设备，我们在村子里租了一头毛驴。那时的锁钥岭长城破旧不堪，晚上就在野外露宿，现在想起来都觉得冷。后来，局里给河北省发函希望地方配合，然后就遇见了你父亲贺照久，你的眉眼跟你父亲一样。"

四 长城砖出现在"墙"特展上

台湾历史博物馆建筑风格大有明清遗风，高高的红墙隐着汉家的庭院，院里错落小桥流水，亭台怪石，青砖铺地，散落着茶座，像是提脚迈入了民国时期京城寻常的宅院。主楼高六层，红砖绿瓦，画柱雕梁，壮观肃然。馆内一至四楼为展示空间，拥有常态文物陈列十余间。二至四楼大厅为画廊，经常举办各种大型主题特展。步上三楼回廊宛转，辟有茶室，名曰"荷风阁"，依窗望去是台北植物园，园子内有一千五百多种植物，湖清岸绿，曲桥栏杆，荷花碧水，甬道通幽，宛若博物馆的后花园。凭栏远眺一览植物园翠绿林木、荷池秀色，顿觉心高清远，不想烦嚣都市中心竟有如此宁静之地，在腿乏眸酸之时给你一个惊喜。

一名女孩用标准的台湾普通话介绍着："台北历史博物馆创建于1955年，馆内收藏丰富，以中原文物为主，多是'二战'后接收日伪的古物以及1949年自北京故宫博物院、河南博物馆迁台的文物。"

下午，举行了台北"墙"特展开幕式。

博物馆馆长黄教授代表主办方致辞。黄教授是高雄人，学识渊博，风度翩翩，他用一首诗作为开场白："海峡两岸分隔得太久，太久。等白了多少少年头！海峡之间横着一道海墙，更难逾越的还有一道无形的心墙。若能打开心墙，那么，风儿彩蝶纷飞，点点柳花拂面，春天永远在墙里，也在墙外。"

罗哲文代表中国长城协会致辞：

"万里长城饱尝了千年岁月的风霜，看尽了前朝后代的兴亡。在今天，它虽然已是一个废弃的古代军事工程，却成为又一个最为庞大的人类文化遗产。

"长城情结已经深深地烙印在中华儿女的心中。从'秦时明月汉时关，万里长征人未还'到'天高云淡，望断南飞燕，不到长城非好汉'，从长城抗战到'起来，不愿做奴隶的人们，把我们的血肉筑成我们新的长城'，她是中华民族对抗、排斥、交融与融合的历史见证；是中华民族的根；是海内外炎黄子孙的魂！"

不远处一位女孩身着红色中式唐装，梳着齐耳短发，齿白唇红，手操古琴，侧耳细听，弹奏的正是《春江花月夜》。

贺亮随着参观人流往前缓缓走着。台北"墙"特展把万里长城作为重要章节着重来展现。在进入展厅的第一个单元即是一道蜿蜒的万里长城造景，拉开第一单元的主题"记忆与感情"。配合大量的文字和影像资料从时空、历史和地域不同的角度来走近长城。台湾著名画家苏佛庭先生的《万里长城图》

给人以抚今追昔之感。

最引人注目的还是三块辗转来自锁钥岭长城的长城砖，向世人诉说着中华上下五千年的文明与沧桑。贺亮伫立在长城砖前，凝视着城砖上的清晰文字，回首千年的积淀和着耳旁袅绕的古筝弦音，恍若隔世，不禁让人想起《渭城曲》，想起《凉州词》，想起了"千嶂里，长烟落日孤城闭"，想起了"长风几万里，吹度玉门关"。

五　分离半个多世纪后的聚首

第二天上午十点，贺照海带着儿子贺远坤出现在酒店大堂，贺亮通过感应而不是眼睛立刻就认出这对贺氏父子。

贺照海身材消瘦，腰板却挺得笔直，满头银发，一双贺家标准的丹凤眼炯炯有神。今天他特地穿了一身藏蓝的西服，打着红色的领带，显得儒雅高贵。他也认出了贺亮，三个人的手交叉握在一起。此刻，贺鸿礼三、四代嫡孙在他去世半个多世纪，在经过无数战乱，骨肉分离之后，终于在海峡对岸的宝岛上相聚了！

贺远坤与贺亮同辈，年龄却大出贺亮有二十岁。贺照海打趣说老家管这种现象叫穷大辈。贺远坤说今天一天的活动父亲都安排好了，先到家里吃中午饭，下午我们去北投温泉，安安静静地泡温泉，喝茶，聊聊过去的事。

贺照海家是在市郊的一座二层小楼，风景宜人，空气清新，适合养老。贺亮到时二婶和贺远坤夫人已经恭候多时。二婶是昆明人，二伯贺照海所在的国民党空军当时驻扎在云南，一次与昆明大学联谊时结识了二婶，两人一见钟情，很快喜结连理。大嫂是"眷村"出来的国民党军队子弟，一口标准的四川口音。贺照海说大陆过来的人都是离乡不离腔。

餐食是大嫂从饭店定制的，餐具、服务员和菜一起送过来。贺亮觉得这种形式很新颖，也很贴心实用。身着饭店制服的服务员给倒着酒，大嫂做着介绍：这些菜是从台北圆山大饭店定制，都是台湾菜，凉拌鱼皮，炒水莲，白片放山鸡，排骨酥，香炸芋条，金瓜炒米粉，古早干贝白菜卤，麻油腰子，帝王佛跳墙，鱿鱼螺肉蒜锅，野菜山苏，红鲟炒饭。请贺亮兄弟都尝尝。

午餐吃了很久，贺亮也没有怎么吃东西，因为大家对大陆充满好奇，各种问题让他应接不暇。

喝过了下午茶，告别了二婶和大嫂，贺亮和二伯上了贺远坤开过来的轿车，向北投驶去。

车子在山路上盘旋而行，车窗外大树参天，翠绿成荫，时而与石桥、绿水、隧道相遇擦肩。打开车窗，带着淡淡薄荷味的山风吹了进来，清清爽爽，惬意融融。车渐走风渐凉，越往山里走乡村野趣越浓，而淡淡薄荷味也换成了硫黄的味道。路旁不时有温泉广告指引路牌出现，温馨的画面配着煽情的文字让人看着心急。

坐在副驾驶位子上的贺亮问贺远坤，为什么叫北投温泉呢？贺远坤说道："因地得名，北投原为土著人聚居地，因大屯山上终年云雾缭绕，神秘莫测，故称之为Pakto，就是女巫的意思，译成汉音即为'北投'"。

"土著人就是高山族吗?"

"不是，叫凯达格兰人。他们的祖先应该是最早登岛的民族之一，大约是在汉朝时期，现在都被汉人同化了。考古发现他们是母系社会，以打鱼为生，男人都要入赘。凯达格兰人使用的一些地名现在仍然在使用，像什么北投、秀郎、艋舺、钓鱼岛。钓鱼岛是'跳板'的音译。"

"在保卫钓鱼岛的问题上两岸还很齐心，台湾在70年代的'保钓运动'在大陆影响很大。"

"都是中华民族的子孙，祖宗留下的土地一分也不能丢。"

车窗外又一栋日式建筑闪过，贺亮问道："这里的日本人的建筑真多呀。"

"日本占领台湾长达五十一年，所以北投温泉的建筑风格大受日本影响。这里第一家温泉旅馆叫天狗庵，就是日本商人平田源吾1896年开的。日本人对温泉已经到痴迷程度，在日本有一句流行谚语，叫'酒喝三家，澡洗三次'。亲戚朋友一起住在古老的温泉旅馆，喝喝清酒，泡泡温泉，百年来已经成为日本大众化休闲度假旅游的方式。"

"我们今天也算是按照日本走亲戚的方式啦，一家子泡温泉。"贺亮兴高采烈地说。

"不过咱们这里的温泉更好，有治疗和养生作用，像瀑布泉浴、泥泉浴、砂泉浴对腰痛、关节炎、肩膀酸痛还有高血压、神经痛等病症有明显的治疗作用。"

这时坐在后面一直在打盹的贺照海突然说道:"北投温泉留给台湾人的除了一种闲适记忆,还有的是一种怀旧的情结。青山、老屋、奇石、藺草、日据时期、天然温泉、电影外景,就像对于大陆人一提起温泉总不禁想起华清池温泉一样。"

车终于在一个小巧的停车场停了下来,不远处一栋日式古典建筑映入眼帘。打开车门一股浓浓的硫黄味道扑鼻而来。这是半山之上的一块平地,房子靠山依溪而建,廊桥横越在溪谷之上,草木茂盛,潺潺溪流,将建筑与自然融为一体,极富风情。四周群山环抱林涛汹涌云雾弥漫宛如置身仙境。枝叶繁茂莺燕飞舞,一声鸟鸣回荡,众声山谷共鸣,传送久远。

顺着路牌的指引,叔侄三人走上一条林荫石阶小路,拂面而来尽是幽幽古意、幽幽荫荫悠悠。跨过小桥流水,一抬头,已经来到了那栋日式古典建筑前,蓝地绿色大字的招牌分外耀眼——川汤,刹那有一股似曾相识的亲切之感。

整个川汤温泉装潢得古朴典雅,主要建筑材料以木材、石材为主,自然纯朴,弥漫着强烈的古朴与怀旧风格。一进门就闻到阵阵湿润的木香,典型日式风格的前后回廊带有原始朴拙的风味,其间流泻出和缓而舒畅的气息。川汤温泉依山而建,门前山涧溪水挟带着温泉潺潺流过,雾气蒸腾像是阻隔了凡世,一座日式木桥衔接两岸,宛若一幅纯朴山野景致的水墨画,让人感觉飘飘欲仙仿佛进入世外桃源的意境。

一位中年身着和服妇女,画着鲜红颜色口红的小嘴在不断地说着欢迎感谢的话。在与贺远坤一番对话后,她一步三摇地领着爷仨进入了更衣间。贺亮问贺远坤:"她讲的是日语?""是闽南话。"

草草换了和服式的浴袍推开木门出来，穿过木质地板的回廊，挑帘进入温泉浴池，宽大通透的浴池竟没有一个人。温泉浴池正对着的一面墙上是一排只有五十厘米高的水龙头，每个水龙头下面都整齐地放着小巧朴拙的木墩、木盆，既亲切又可爱；一架敦实的条木格子柜上依次放有一次性的牙膏、牙刷、剃须刀、毛巾和吹风筒；一只老式的船用时钟挂在浴池上方湿漉漉的墙上；在显眼处贴有用中、英、日三种文字书写的入浴须知之类的文字，还配有入浴流程图，给人一种周到体贴宾至如归的感觉。温泉池一半在屋里一半探出屋外，置身屋外，三面群山森林葱葱尽收眼底。

贺亮下意识地把自己全部没入水中，只留脑袋在外面，突然在室外赤身裸体一时间还不能适应。仰卧在温泉池中心也逐渐安静下来，透过矮矮的篱笆墙满眼翠绿，池中弥漫着蒙蒙的蒸汽，缓缓上升如梦如幻，在阳光的照耀下七彩影像万千变化，有如仙境般叫人心驰神往。身体浸泡在热腾腾的温泉里尽情舒展，享受那种"通体舒畅，像吃了千百年人参果，每一毛孔无不通畅"的快感。闭上眼，静静地把自己融入山林野地，体味着回归大自然本源的惬意。脸上有微风吹过，含有野草的芳香，耳边风吹树响，鸟唱蝉鸣和着溪水涓涓犹如一曲如歌行板；睁开眼，蓝天湛湛，白云悠悠，卷舒自如，令人自心里往外地舒畅安逸。

一阵木屐的声音，贺亮扭头一看，是贺远坤搀扶着二伯贺照海进来了。贺远坤精心地照顾着父亲洗漱，然后一起泡入温泉。

贺照海说道："那年我父亲带我回妫川县城为爷爷做寿。四叔统筹组织庆典活动，又是堂会又是流水席，非常热闹。四叔还带我去了趟妫城的浴室，叫华清池，跟唐朝皇帝李隆基与杨贵妃御用的浴室一个名字。虽然没有南京浴池洋气却很有特色，洗浴的人也大都认识，边泡澡边聊着家常，充满了人情味，我至今记忆犹新。

"四叔可是了不起的人物，名字是慈禧太后给取的，他当年在咱们妫城可是呼风唤雨的人物。置办了好大的家业，现在咱家大院子还在吗？听我父亲说光复的时候被国民政府当作日产给没收了？"

"那座院子被国民党瓜分掉了，大爷爷出面找了他们后给补偿了一座小四合院。"

"国民党丢失大陆不是败在共产党手里，而是败在国民党太腐败，已经腐烂到家了。"

"听我爸说，当年霸占咱家大院子的县长是让我大伯一炮给轰死的，也算是报应。哦，这是1947年解放妫川县城时候的事，我大伯当时是解放军炮兵连长。"

"你中午说照永是林彪四野部队的？"

"是。"

"哈哈，那我们一定在战场上交过手，四野过了长江一直尾随我们到了广西。"

"这些我就不太清楚了，我大伯现在离休了，生活在深圳，等有机会您回大陆，当面问问他。"

"唉，咱们贺家自明朝永乐年间为修长城在石峡村扎下根后，几起几落。清朝时多代单传，终于到我爷爷兄弟俩那辈时贺家人丁才开始兴旺起来。可又遭遇八国联军入侵和军阀混战。老总统好容易统一了中国却又遭遇日本人入侵，八年抗战血流成河，后来终于打跑了日本人，谁承想国共两兄弟又反目，大打出手，使我们一家人骨肉分离，不得团圆。"

贺照海长长叹了口气，继续说道："我父亲走那天久久闭不上眼睛，我们都知道，他是不甘心死在这座岛上，更不愿意

贺照海长长叹了口气说道，我父亲走那天久久闭不上眼睛，我们都知道，他是不甘心死在这座岛上，更不愿意，死后葬在这里。我哥哥握住父亲的手轻轻说道，放心吧，我们一定送您回老家，贺照海说。贺照海说到这里流默起来。只有温泉東从石槽流下的潺潺水声与森林里鸟的鸣叫隐隐约约。

死后葬在这里。我母亲握住父亲的手给他说，放心吧，我们一定送你回老家，入贺家祖坟。"

贺照海说到这里沉默起来。只有温泉从石槽流下的潺潺水声与森林里鸟的鸣叫隐隐约约。

过了许久，贺照海问道："贺亮，咱贺家的祖坟还在吗？"

"不在了，都种上了庄稼。"

"也好，沧海桑田……"

"离祖坟不远建起了公墓，也在长城脚下。"贺亮不知如何宽慰，又是沉默。

贺亮对贺远坤说："远坤哥，你不考虑到大陆投资吗？"

贺远坤说道："贺亮兄弟，我一些生意上的朋友已经在深圳、蛇口办厂，主要形式是提供设备、原材料和来样，大陆提供土地、厂房、劳动力，做补偿贸易也就是大陆说的'三来一补'。我是做投资的，目前的时机还不太成熟。父亲也希望我尽早去大陆发展。"

"你们可以先回去看看。"

贺照海说："现在我们终于联系上了，只要两边法律上准许'三通'我马上就回去。台湾还有一些妁川籍老兵，多是从1932年抗战时起就跟着我父亲，现在都是风烛残年，盼着早日回家。这也是我为什么要接替父亲来做老兵返乡探亲促进会的工作的原因。"

贺远坤说道："我们保持联系，听说现在大陆已经没有里通外国的罪了。有什么引进台资的政策尽快告诉我，我争取早日回去投资办企业。"

川汤温泉因山高谷深植被茂盛的缘故，太阳早早地就落山了，光线也随之暗淡下来。从温泉出来不过傍晚时分，天色已经昏暗，店里店外都已掌起了灯。此时贺亮已是饥肠辘辘。贺远坤说道："我们就在这里吃晚饭。"

　　露天晚餐提供日式自助火锅和台北啤酒让人赏心悦目。头顶着北投的星空，喝着冰爽的啤酒，四周的空气弥漫着火锅美食的香味，贺氏爷仨其乐融融。

第十五章　瞬息万变

事无美恶，过则为灾。香极了臭，臭极了香。

——妫川谚语

一　段大头当机立断

段大头正在整理着政协提案，这次是请班主任闫老师帮助搞的关于解决山区代课老师待遇问题。杨彩玲过来忧心忡忡地说："我感觉黎东斌集资的事有点不太对劲。"段大头头也没有抬，说："发现有什么问题？"

"具体我也说不上，就是感觉。"

"别疑神疑鬼的，这次他把妫川集资代理权都交给咱们也算够哥们儿。"

"我这几天总在琢磨，人家搞地产的套路都是先出一笔钱买地，然后把土地证押给银行贷出款来建楼，边建设边预售。

可是黎东斌手里只拿了一个项目规划书和政府会议纪要就开始集资。用集资款买地，现在拿到项目一期的一百亩土地证马上就联系银行办抵押贷款。连施工图都没有，就开始收施工队的押金，听说都收到弱电安装了。还听说他在市里已经租下地方，装修样板房准备开始预售房，这一来二去他一分钱没有出，手里应该有三四千万了。"

段大头不以为然地说："那厮这几年道行越来越高，贺亮说他在广东有三个楼盘，最近在海口也在拿地。"

"我觉得他要不就是个大高手，可以无中生有、点石成金的那种。要不就是他现在手里缺现金，不然他为什么不开工呢？只有一种可能，集资款被他挪走了。"

段大头猛地抬起头来，望着杨彩玲若有所思地说道："让你这么一说还真觉得事情有些古怪，老话说事出古怪必有妖。"

杨彩玲笑了，纠正道："是事出反常必有妖，邪乎到家必有诈。"

段大头也乐了："都一样。我给阿国打个电话，他傻了吧唧地把押金都交了。"

段大头接通了丁建国的手机，从电话中能感到丁建国的焦虑："我这几天也在犯嘀咕，真有点摸不透丫的套路。这几年我接触的开发商也不少，还真没有丫儿这么玩的，我寻思着兴许是深圳、广州的玩法变了？"

"别是他在广东捅了个大窟窿让咱们给填坑吧？"

"要坏醋！不行，我得把押金要回来，大不了不做他的工程，也不能白填海呀！"

"要回来，我看丫做事忒悬，你发现他那个大胸秘书了吗？一搭眼我就看出那是个克夫的主儿。"

"你从哪里看出来的？"

"面相呀！女人颧骨高，杀夫不用刀。"

"别瞎扯了。晚上你到我这来喝几杯，咱们好好合计合计。"

放下电话段大头对杨彩玲说："那厮要是折了可是把咱们坑了。"

杨彩玲紧张地望着段大头："他要是跑了，债主还不得都找咱们要钱哪！"

"真是怕什么来什么。我们得攥着他点硬货。"段大头若有所思地说。

杨彩玲走到镜子前仔细端详起自己的脸，用手摸了摸颧骨。

妫川县宾馆大门口挂着未来长城国际城开发公司的牌子，与宾馆楼顶竖起来的大广告牌相映生辉，异常醒目。

段大头身披风衣，迈着四平八稳的步子，敲开了黎东斌的套房，秘书小谭热情地招呼着，沏茶倒水一阵忙乎。说黎总去银行与钱行长商量贷款的事，怕要一起吃饭不一定回来。

段大头说没关系他只是路过，想起你们拿到了一期的土地证就进来瞧瞧，拍个照，好给集资人看，眼目前儿正在谈个大户。谭秘书说需要给黎总打电话请示一下。随即扭着腰身走了出去。段大头从沙发上站起来在办公室一阵搜查，也没有发现特别的地方。这时谭秘书推门进来，说请示了黎总，黎总说段老板是自己兄弟，随便拍。

谭秘书打开老板椅旁边的保险柜，从里面拿出土地证，关好保险柜，回头对段大头说道："段总，我给您复印一份，您拿着复印件更方便些。"段大头嘴里不断夸奖谭秘书不仅人长得漂亮，考虑问题还周到，办事也麻利，不像他们一些秘书驴粪蛋子外面光。谭秘书兴高采烈地出去了。再回来时，手里多出一份复印件。段大头没有接谭秘书递过来的复印件，而是伸手一把夺过土地证正本，说道："我看看正本是什么样子。"说着打开土地证翻看了一下，合上后说："你给你们黎总说，正本我拿去用用，回头你让他过来找我拿。"

"这可不行段总，黎总知道会骂我的。"

段大头正色道："他敢！我们是亲兄弟，我拿去用用，他不会怪你的……"说着话段大头已经来到门口，推门就往外走。谭秘书一边给黎东斌打电话一边追了出来，段大头已经上车，扬长而去。

二 摊牌

波音737宽体客机在北京国际机场徐徐降落，飞机还在跑道上滑行，旅客纷纷打开手机。贺亮刚把手机打开，一大串的未接电话提示冲爆手机屏，最多一个是黎津。贺亮拨通了齐静的手机。

贺亮一到接机大厅便看到了齐静，身边是丁建国、段大头和杨彩玲，他们都兴奋地向他招手。贺亮与罗老和另外两个专家道了别，推着行李车奔向齐静。杨彩玲把手里的一束鲜花递给齐静，齐静有点不好意思，但还是在众目睽睽之下向前迎了几步递上鲜花。贺亮一手接过鲜花，一手就势把齐静搂在怀里，齐静开心地笑着，眼里闪着泪光。丁建国接过行李忧心忡忡地跟在后面。

面包车上，大家七嘴八舌问着台湾的各种问题，贺亮发现车并没有奔妫川方向而是向市里驶去。丁建国说到我公司，在小食堂给你接风，还有要紧事情和你商量。

丁建国的公司在东四环外一座带院子的四层小红楼，一层是餐厅，二层、三层办公，四层多功能厅既能开会也可以唱卡拉OK。楼是旧楼，装修却是一流。丁建国说咱们是搞装修的，门面即是广告。

大家在餐厅刚坐定，段大头就急不可待地说："阿亮，我和阿国有个重要的事跟你说。齐静是学法律的，正好给咱们拿个法律意见。"贺亮和齐静都被段大头严肃的神态吸引住了，认真地看着他。

段大头说道："黎东斌那厮在玩空手套白狼，他一分钱没投，就整了一套效果图，吹了一顿牛逼，光集资和收工程队的进场押金就有大几千万元的进项，现在用这钱拿下一块地，可是你去工地看看，毛动静都没有。而且他在妫川银行的账户里不超过十万。听我银行的朋友说黎东斌集资的钱根本没有走妫川的银行。"

丁建国说道："据我了解，黎东斌没有设工程总承包，而是分成了多个项目，分别签给了多家公司。这种做法容易出现质量问题，对他们甲方也不利，圈钱的意图很明显。"

"彩玲给他算过一笔账，他融资利息是20%，按3000万算，一年光融资成本就是600万，他项目建设工期是三年，光利息就是1800万。现在回报率15%就是优质企业，我真看不出他怎么能把钱挣回来。"

丁建国说："我原来估摸着他是用商品楼利润覆盖整个项目投资，偿还了银行贷款打干落净，酒店、商业、电影院都算挣的。现在关键问题是他没有盖楼的意思。"

贺亮越听越觉得后背阵阵发紧，头皮发麻，额头上已经冒出细汗。他意识到问题的严重性，如果黎东斌真的是布下一个骗局，未来长城国际城这个奻川有史以来最大的投资项目就是一个天大的笑话，那么他的政治前途就全毁了，因为他是这个骗局的第一帮凶。

奻川政治环境复杂，他这个当年最年轻的副局长已经成为全县资格最老的副局长，由排在最后一名副局长熬到第一，局长都换了两任自己还是纹丝不动。组织部每年考核都是优秀，荣誉给了一大堆却就是不提拔。如果这个项目一旦有什么闪失……

齐静不无忧虑地说："诈骗千万要判无期徒刑。"

服务员端上了饺子。

丁建国招呼道："迎亲的饺子送亲的面，我们把酒杯都端起来，给贺亮接风。"

贺亮已经是食不甘味，耐着性子喝了几杯酒，胡乱吃了几个饺子就说吃饱了。齐静也随即放下筷子，拿出两张餐巾纸递给贺亮一张，自己擦了擦嘴随着贺亮站了起来。

贺亮出来给黎东斌打了个电话，让他在公司等着，两个小时后过去找他。

贺亮和齐静走后，段大头对丁建国说："快再煮盘饺子，我饿得都前心贴后心了！"

热气腾腾的羊肉大葱馅饺子端上来，丁建国又让把酒重新倒上。大头一边吃着饺子一边说："阿亮这次在县上算是喁瘪子了。"

"黎东斌也忒孙子了，怎么能害哥们儿哪？还是你鬼心眼子多，出手快。说说，你是怎么把那个胸大无脑的秘书搞定的？"

"那个丫头我倒是真不反感她，也是正经人家出身，还是名牌大学毕业，你说她怎么就甘愿给阿斌做小三呢？"

"每年毕业的大学生多了，国家机关事业单位和大国企有数儿地就招那点人，还不得都往待遇高的民企里跑。进了企业拼的就是实力和业绩。"

"那也犯不上卖身哪。"

"你这话太粗俗，什么叫卖身？高雅的接触就是用最原始的方式解决问题，完成各取所需，这叫价值体现。男人与男人接触送钱送物投其所好。女人与男人接触送身体，古往今来莫不如此。"

"叫你说现在的女孩都上赶着倒贴黄世仁？"

"不排除有身不由己的和半推半就的，但是本质上都一样。"

"奶奶个腿的，要说人类都进步到文明社会了，可还是谁掌握资源谁是老大。"段大头愤然地干了一杯。

"人类有什么进步？到现在还是在为满足自己那点贪欲而劳神费力地挣巴。要说有进步也只是技术层面上的那些雕虫小技。区别就是过去到酒楼喝花酒坐驴车，而现在换了汽车而已，人的本质上还是猿人那个鸟样子。"

"你丫说得真好，我敬你一杯。"

贺亮来到妫川县宾馆，让司机先把齐静送回家，自己快步走了进去。

黎东斌听完了贺亮的质问并不以为然，说道："别听他们瞎叫叫，段大头就喜欢一惊一乍的，集资是当今一个先进的民间融资手段，在南方早已经很普遍了。"

"东斌，你给我说句实话，你的资金是不是出了问题？"

黎东斌沉吟半刻，说道："当着明人不说暗话，资金是出现暂时缺口，海南那块地接盘价位有点高，一时出不了手，现在有点夹脚。"

"你也去海南炒地皮啦？那是种击鼓传花的游戏，非常危险。"

"古人说，富贵险中求，有时候冒一点风险是有必要的。"

"你只说了一半，富贵险中求后面还有一句，也在险中丢。"

"这几年我在广东摸爬滚打，没少吃亏栽跟头，早把这世道看透了。什么是改革开放？就是撑死胆大的，饿死胆小的。

时运不到时，任你有天大的本事也是白搭。运退黄金失色，时来铁也生辉。一旦机会降临你就要放手赌一把。"

"你这是赌徒心态。"

"'人生能有几回搏'，按世界乒乓球冠军容国团这么说你听着是不是就舒服些？"

贺亮换了温和一些的口气说："如果把中国传统文化浓缩成一个字，你知道是什么吗？"

"一个字，是什么？"

"止。停止的止。"

"有意思。"

"因为人的本性是趋利避害，追求欲望的满足不用谁教，都会。而老祖宗著书立说苦口婆心都是在教给人们一个道理，就是'知止'。有智慧的人最重要的是知道什么时候收手。想想五年前的你，再看看现在的你，该知足了！"

"正是我忘不了五年前所受的屈辱才会知耻后勇，那些教训让我深刻懂得这世界上一切都是假的，唯有财富是真的，有了财富假的都会变成真的！"

"那李红的感情也是假的？她在你最倒霉的时候毅然嫁给你，为了支持你东山再起辞去公职跟你去创业，难道她所做的一切都是假的吗？"

"我们不谈她。"

"为什么不能谈她？是你的良心不敢直视她而已，你变了，现在你眼里除了生意已经没有别的了。"

"我是亏欠李红，但是她不给我补偿的机会。你放心我会处理好。眼目前儿最要紧的是未来长城国际城按期开工，要不是段大头拿走土地证银行的贷款早就下来了。你说这个段大头现在怎么学得贼鬼溜滑的，还会偷奸使诈了。你赶紧让他把土地证送回来，银行还等着这个证放贷哪！"

"我可以去找段大头，但是你要把集资的钱退回去。不然将来钱归还不上引发群体上访可就无法收拾了。"

"没有问题，20%回报率到哪集资都没有问题，我本想肥水不流外人田，给自己兄弟弄些实惠，真是好人做不得。你让他把土地证送回来，贷款一下来先给他退钱。"

三 争吵

贺亮回到家已经晚上九点多了，电视里正在播放着连续剧《京华烟云》，贺照久和叶蓝一边心不在焉地看着电视，一边干着自己的事。听到街门外汽车响，两人同时停下手里的事情。贺亮拎着拉杆箱走在前面，司机提着两个箱子跟在身后，他示意司机把东西送到他住的东屋，自己奔北屋走去。

贺亮一边把贺照海送给父母的礼物都摆放出来，一边说着他们在台湾的情况。又从箱子里拿出两条烟说道："爸，这是台湾产的长寿牌香烟，您尝尝。"贺照久没有接儿子递过来的香烟而是手指箱子里一摞照片说："快把照片给我。"

贺照久和叶蓝一起看着大爷贺元城、堂兄贺照山、贺照海和竹梅子母子在台湾的生活照，当听贺亮说到一旦两岸实现三通贺照海他们马上就回来，贺照久激动地说："那时候把你大伯也请回来，腿脚不好抬也要抬回来。我跟你妈准备等你办完婚礼就去深圳看你大伯。把这些事也商量一下，贺家人一定要团圆。"叶蓝突然想起什么，说："你先回你屋去吧，齐静还在等你哪。这孩子真别扭，宁愿自个儿待着也不愿意过来一起热闹。"

贺亮嘴上说着不急，脚已经来到门前。

贺亮见到齐静做出兴奋状，说："亲爱的等急了吧？我可想死你了，今晚就别走了……"

齐静以少有的严肃说道："你打算怎么处理黎东斌的事？"

贺亮像吹足气的气球忽忽悠悠飘过来，被齐静用毛衣针轻轻一刺，瞬间破成一块烂皮栽落在地上。

贺亮沮丧地坐到书桌前，拿起一支烟。

"这是个大是大非问题，你准备怎么办？"齐静不想罢休。

"不至于那么严重吧。黎东斌已经答应等贷款一下来就把集资款全部退了。没事。"

"他这个过程已经涉嫌犯罪。"

"那你说该怎么办？"

"报案，争取主动！"

贺亮猛地站起来大声说道："你职业病了吧，我怎么能做出卖朋友的事？"

"贺亮你快醒醒吧。他这算哪门子的朋友？他明明是在利用你的哥们儿义气实施犯罪，你不去报案争取主动就是同犯！别忘了，是你把他推荐给县政府，你又帮他协调各个部门办理审批手续，又帮助他选地跑拆迁，如果没有你他的犯罪就无法实施。你现在已经发现了他的问题，如果不去及时补救，就是为他的犯罪行为提供保护。他要是判无期你就得十年往上说。"

"你别用这种口气跟我说话，我不是你的犯人，你要认为我是犯罪了你马上抓我。来来来，你现在就把我抓起来去立功受奖，你们这些人就是靠着整人往上爬……"

"贺亮！你真不可理喻！"

房门猛地被推开了，叶蓝站立在门口，愠怒地说："你们这是干什么！大晚上的犯什么浑？你爸爸有心绞痛你们不知道吗？都老大不小的了还这么没轻没重的。贺亮你先送齐静回家，有什么事明天再说。"

齐静红着眼圈走出房门，贺亮还直挺挺地站在那里，像个猎手刚拉满弓却找不见了猎物。

"你还傻戳在这儿做什么？去送你媳妇去呀，都这么晚了，要出个好歹我饶不了你！"

贺亮推着自行车出来，看到不远处齐静骑着车晃晃悠悠有些稳不住把。看得出齐静因为心绪难平而几次险些摔倒。贺亮在后面默默地跟着，直到齐静到了家进了楼门才回来。

贺亮垂头丧气地回到家，发现北屋的灯都亮着。叶蓝开门招呼他："亮亮，你爸叫你。"

贺亮强打起精神来到北屋，父亲示意他坐到对面的沙发上，自己点上一支长寿香烟，缓缓地说道：

"那年我刚到城关公社任副书记，一天，县上送来一车黑火药，是开山修渠用的，因为原来的库房漏水正在维修，办公室干事问我放哪里，我就让先放到会议室，等库房维修好马上搬过去。因为我知道那一周没有安排会，都是下乡的事。

"事情就是这么巧，第二天我下乡在一个村里开会，突然听到公社方向传来爆炸声，我心说坏了，一定是放在会议室里的黑火药出事了。果不其然，原来是公社书记丁放同志临时召开一个水利会议，有人吸烟引起爆炸，当场就炸死七人，中途抢救又死亡七人，伤三十六人，造成重大责任事故。事后组织来调查，是谁让把黑色炸药放进会议室的。那位干事已经在事故中去世，我自己不说没有人知道。可是作为党员不能对组织隐瞒，更不能撒谎。我主动找到县委书记承认自己的责任，愿意接受组织的处分。县委书记听到后严厉地批评了我，让我停职检查，听候组织的处理。

"作为一个人要有担当，作为一名共产党员什么时候都要对组织忠诚，要实事求是地向组织反映问题，哪怕是对自己不利的问题。"

叶蓝以少有的严肃神态叮嘱道："亮亮，你爸说的一定要记住了，听到没？"

贺亮这一夜辗转反侧。

四　忙中添乱，火上浇油

第二天，贺亮在上班前来到县委书记安源办公室，安书记的秘书刚到，正在做上班前的准备工作，问贺亮是否有约，说书记八点半有会。贺亮说有个紧急情况汇报，安排十分钟见面就行。

安源听完贺亮汇报后微微皱起眉头，很快又舒展开，平和地说道："你发现问题苗头就来向组织汇报，这种做法值得肯定，你是个有担当的同志。"说着伸手按下呼唤铃，秘书推门进来。安源吩咐道："请郝县长、政法委蒋书记和孙检察长现在过来一下。"

当人到齐后，安源又让贺亮简单把情况再说一遍，刚说完郝伟峰就拍案而起："贺亮，你搞什么搞？这个项目上了政府工作报告，也上报市政府重大民生项目，现在你告诉我投资人是个骗子！"

安源忙说："老郝，不忙着定性，现在还没有造成后果，我们先商量一下对策，怎么能既保住项目又防止危害结果发生。当初你们不是审查他们资质了嘛，还是有一定实力，现在主要是怕他拆东墙补西墙，坏了我们的大事。"

政法委书记蒋光荣说道："我看先把人抓起来，逼他把集资款退了，避免群众损失。"

郝伟峰："人不能抓，一抓人钱就真的都要不回来了。"

安源转向孙检："孙检，你的意见呢？"

孙检说："能否构成诈骗首先要看作案人是否以非法占有为目的，如果他把集资来的钱挪作其他项目使用，又从其他项目上回款投入国际城项目建设，甚至开始偿还集资款，还不能说他构成诈骗。所以根据贺局长刚才讲的情况看，目前还不具备抓人的条件。"

安源沉吟片刻，示意秘书记录，说道："一、通知银行，停止放贷。二、组织工作组赴广东、海南摸清投资方资产情况，必要时通过有关部门查扣集资款和等值财物。绝不能让妫川老百姓受到损失。三、通知黎东斌限期清退集资款。四、限期开工，如到期不动工政府保留收回土地的权利。五、现在开始着手寻找新的合作伙伴，这个项目体量大，可以考虑把项目一分三。总之，绝不能让项目流产。"大家纷纷点头表示赞同。

安源对贺亮说："贺亮你的汇报非常及时，亡羊补牢，为时未晚。你回去做做黎东斌的工作，对于真心回家乡投资，促进家乡经济建设的人，我们一如既往地欢迎和支持。希望他不要让妫川父老失望。"

贺亮从县委大楼出来，感觉到如释重负般的轻松。突然领悟到昨晚老爷子看似闲谈往事的一番话，蕴含着深深的人生哲理与智慧。他拿出手机给齐静打个电话，刚拨了一半手停住了，想想又把手机收起来，骑车向单位走去。

刚到旅游局大门口，突然看到一个熟悉的身影，黎津。

黎津同时也看到了贺亮，欢快地迎了上来，说道："你可来了，他们都说你刚出差回来，今天不一定来，可我觉得你一定会来，所以就在大门口等着你。你看，我的第六感多厉害。"

贺亮耐着性子说道："咱们不是都说好了吗，下个月我就要结婚了……"贺亮往传达室瞟了一眼。

"我没有拦着你结婚呀！我不是也给你祝福了吗？"

"那你还来做什么？"

"你总不接我电话，我只好就跑来啦。我是来告诉你个好消息的。"

"你能有什么好消息。"贺亮伸手摸出烟。

"你是不是开始讨厌我了？我都说了，你的生活我不会干涉，所以我爱你，你也不要干涉我。"

"你这叫什么逻辑。你不是有好消息吗，快点说，我一会儿要给局头汇报去台湾的事呢。"

"我怀孕了！"

"啊！"贺亮脑袋瞬间就大了，忙不迭地问道："谁的？"贺亮本想问"怀孕多久了"，谁知道一心急出口却说成"谁的"。

"我抽你！"黎津瞬间杏目圆睁，拉开要打人的架势。贺亮连忙说："不是，我是想说几个月啦？"

黎津马上收起要揍人的样子，换上小鸟依人的姿势，娇滴滴地说："医生说三个月了。"

贺亮仰天长叹……

第十六章　天意难违

过了滩头的河是永远流不回转的。

——妫川谚语

一　抉择

贺亮经过一夜的思考，终于做出了两个影响其后半生的重大决定。第一个决定，辞职。

贺亮判断，黎东斌的集资款都被打到海南去炒地皮，短时间肯定抽不回来。土地抵押贷款也被安书记叫停，说明县里对黎东斌已经失去了信任。如果他没有自有资金就不能按期开工，项目就会流产。到那时政府会出面收回土地，进行分拆重组，由三家公司来完成未来长城国际城建设。黎东斌将面临归还集资款和工程保证金的法律纠纷，甚至被追究刑事责任。自己与其到那时被动下课，不如在局面还不是最糟糕的时候抽身而退。

第二个决定，解除与齐静的婚约，与黎津结婚，不能让自己的孩子出来就没有爹。

决心已定，贺亮觉得胸中一下轻松起来。他便开始写辞职报告。然后给齐静写封信，他还没有当面对齐静坦白的勇气。这封信颇费思量，写了撕，撕了又写，等一切都准备停当一看表，已经凌晨四点。

这一夜折腾到凌晨四点的还有一个人，丁建国。

黎东斌半个月来一直躲着不见他。段大头给丁建国出了主意，盯住大胸秘书。昨晚半夜，丁建国终于在一座居民楼里堵住了黎东斌。

丁建国望着不足六十平方米的居民房揶揄道："黎大老板你这也太低调了，你要不喜欢在宾馆住就搬到我家，反正沈薇和孩子都在美国，闲着也是闲着。"

黎东斌略显尴尬，说道："这是给员工临时租的，我不在这里住。谭秘书，快给丁总泡茶。建国，坐。"

"东斌，咱们兄弟是光着屁股滚大的，你再有难处也犯不着不接我电话吧？伤感情。"

"哈哈哈……建国想哪去了。"黎东斌已经恢复常态，"我这几天刚从海南回来，忙得脚不着地，说忙完打给你，结果一来二去的就给忘了。对不住啊！"

谭秘书端来一杯速溶雀巢咖啡，扭着过来放到茶几上，又扭进了里屋，顿时屋子里充满咖啡的香气。

"建国，其实你的意思我知道，不就你那三百万的保证金嘛，回头银行贷款一下来就退给你，工程还是你来干，咱们的合同依然有效。怎么，我你还信不过吗？"

"三百万对你不算什么，对我可是笔大钱，而且这三百万还有一半是我借的。你的开工日期一再往后推，这钱也是有成本的。另外'三通一平'都给你做完了一分钱都没有付，大哥，我是小买卖，扛不住呀！"

黎东斌一脸愠怒地说："造成今天这个局面怨谁？还不是段大头那个挨刀货儿！真是辣萝卜根多，矮人心眼多。不是他骗走了土地证银行贷款早就下来了，满盘皆活。一盘好棋全都让那蠢货给毁了。"

"你集资的钱呢？还有收的工程押金，两项加在一起足够开工的吧，你却都转移走了。段大头屁股后头一堆债主，他能不急嘛！"

"生意懂吗？这才是真正的生意。我要用自己的钱去盖楼那叫投资，不是生意。钱是具备水的特性，必须让它流动起来才能发挥最大的价值。"

"你别跟我讲这些概念，我就知道工程干完了你就该付钱。签了工程合同支付了保证金你就得开工，不然就退钱，这叫规矩。你说的那个生意横是也得讲规矩守信用吧？我还没有听说谁光靠轧账发大财的呢。"

黎东斌并不计较丁建国夹枪带棒的话，说道："建国，天也不早了，我看这么着，你给我半月，不，一周，一周之内我先给你结一半工程款，其余的等广东款子转过来马上全部付清，怎么样？"

"不咋样。你把保证金退我，后面的工程我也不接了……"

"你看你还是那么小家子气，在酒厂就总为一些芝麻绿豆的事矫情，你现在都成老板了怎么还不改改呢……"

"我在酒厂怎么就矫情了？哪次你挑事不都是我顾全大局，没有人不说我局气的……"

两人又翻起了酒厂的一些老账，索性从冰箱拿出几瓶啤酒，新账老账一起算。一直纠缠到凌晨，突然从里屋传出大胸秘书的鼾声，他们才意识到天快亮了。

贺亮在丁建国家的客厅，告诉他自己做出的两个决定，丁建国顿时睡意全无，吃惊地张大嘴巴，一时竟说不出一个字。这太突然了。

"你倒是说话呀，平时不是挺有主意的嘛！"

"你这平地一声雷，把我炸蒙了，容我想想。"

丁建国拿起一支烟自顾自点燃抽了起来。思考片刻后，肯定地说："你这次草率了！"

"哪个决定草率了？"

"都草率了。"丁建国说，"你认为未来长城国际城弄不下去了？"

贺亮摇摇头，说道："黎东斌肯定是弄不下去了，没有了银行贷款他就死路一条。"

"他说会从广东项目上调些资金过来。"

"目前的情况是，他在海南炒地皮的大量资金被套牢，这些资金里有集资款、保证金和他从广东其他项目挪用出来的钱。广东方面已经是火烧眉毛了。如果他不救广东，立马崩盘。救广东，未来长城国际城流产。"

"那不是全完了吗？"

"未来长城国际城完不了，政府已经开始安排接盘公司了。"

"那黎东斌是彻底完了。"

"这就叫人算不如天算。这次他又死在'贪'字上。你的押金拿回来了吗？"

"拿回张承诺书来，说如果给不了工程就按集资算，20%利息。"

"那你要赶快找段大头，然后一起找黎东斌，跟他签一个还款承诺书，以土地证做抵押。将来进行资产清算时可以作为依据。"

"好，我一会儿就去找他。还是段大头机灵，从那个胸大无脑的秘书手里骗走了土地证，不然可惨了……哎，对了，说你的事。既然未来长城国际城黄不了，你用不着辞职呀？就算黄了你充其量也就是个介绍人，决策上这个项目的又不是你。"

"这你就不懂了，黎东斌拿张效果图把政府耍得团团转，弄走了大几千万去炒地皮，最后总得有人顶缸做出气筒，你觉得还有比我再合适的人选吗？"

丁建国摇了摇头。贺亮继续说道："即便他们不看僧面看佛面，不看佛面看僧面，放了我一马，但有了这个污点，将来哪个领导会再用我？"

"你分析得也有道理。那你辞职之后准备干吗？"

"跟黎津结婚，去深圳，台湾的堂哥正在考虑到大陆投资，少不得有人给他打理。"

"齐静怎么办，人家等了你几年，你这样做是不是太……太不厚道了？"

"是，我是对不起齐静，我昨晚翻来覆去想了一夜，我们其实不适合结婚，现在就已经没有了激情，结婚以后还有漫长的日子要一起度过，想想我心里就发怵。婚期为什么推了又推，其实内心深处还是不愿意跟她结婚。"

"结不结婚应该都是你的自由，毕竟强扭的瓜不甜。可问题是你这边已经谈婚论嫁广告亲朋了，那边又把人家肚子搞大，怎么看也是喜新厌旧的戏码。你要坚持悔婚，当代陈世美的帽子你是摘不掉的！"

"这个事确实是我不对，我承认，我对不起齐静。我的犹豫和软弱害了她也害了我。我应该早下决断。"

"那个黎津真不蔫儿乎，我看她绝对是个妖女。"丁建国眼望窗外好像透过玻璃窗看到了黎津，"不知不觉成了你的女朋友，不声不响怀上了你的孩子，不哭不闹成功上位。"丁建国收回目光盯着贺亮说道，"她在利用你的弱点，把地动山摇的一件事办成了水到渠成。我看她的智商比你高，你将来一定不是她的对手。"

"什么对手不对手的，我跟她在一起时非常放松，你做什么她都能理解，而且她也会欣赏。她忒阳光，从不藏着掖着，敢爱敢恨，跟她在一起做什么都觉得痛快。总之，跟她在一起就是可以放下一切戒备，真正放松自己身心。"

望着贺亮神醉心往的样子丁建国觉得有些好笑，摇了摇头，说道："正经男人之所以正经，是因为他遇到的女人不够骚。你就不怕她趁你不戒备时把你宰了？"

"就是被她宰了我也认了。这是种境界，你懂吧？"

"我不懂！我觉得你这次到台北别是让台湾特务给你下了降头，完全不是正常人的举止。"

贺亮乐了，说道："跟你聊聊我就更有信心了，谢谢哥们儿。我走了。"

"哎，贺亮，我再重申一遍，你的两个决定我都保留不同意见，是不同意的意见，听到没？"贺亮不再理会，推门走了出去。

"真是莫名其妙。"丁建国刚拿起茶几上的烟突然想起什么，连忙起身追到门口，冲着刚下到楼梯拐角处的贺亮说道："哥们儿，你确定那肚子里的孩子是你的吗？"

"不是我的我也养！"

"完了，真被下降头了！"

二　我要娶你

贺亮给黎津打了电话，就说了一句话：我要娶你！你现在回家等我。贺亮听到电话那头黎津不管不顾的欢呼声，满意地挂上电话。

贺亮跟单位请了一周假，回家收拾了简单的行李，带上辞职报告和给齐静的信，他还是没有足够的勇气当面交给齐静，准备明天邮寄给她。然后跟叶蓝说出差，大概三五天吧。"刚出差回来又要出差，就不能安排个别人，等我见了小崔得当面问问他。"小崔是新到任的旅游局长，小崔其实也不小了，只是在叶蓝眼里都是小字辈。"妈，我的事您别管。"

黎津一下子扑到贺亮怀里，流着眼泪笑着说："我的爷，自今儿起本小姐就卖身为奴了，你可要好好待我呀！"贺亮心头一热，把黎津抱起来，轻轻放到床上……

云雨过后，黎津小猫一样依偎在贺亮怀里，一动也不愿意动。贺亮说："明天我去天津拜见你父母吧。"

"真的?"黎津激动地扬起头望着贺亮，"那可太好了。我现在就给我妈打电话。"

黎津穿上贺亮的大背心一蹦一跳地出了门。在楼道打了电话，回来高兴地说："我爸妈听说我带你回去开心死了。"

第二天一早，黎津早早醒来，看到躺在自己身边的男人，她从心里笑了，幸福地握紧双拳无声地喊了一声，然后把一只胳膊枕到头下，认真地看着贺亮。

贺亮醒来时天已经大亮，身边没人。支起身子看了一圈，没有黎津。看着熟悉充满温馨的房间，贺亮意识到新的生活从今天就正式开始了，前方道路是坦途还是铺满荆棘他都不在乎，甚至有一种莫名的冲动，就像一个在深山学成的剑客，下山是必然的选择，既是起点也是归宿。该来的就让它来吧！

房门一响，黎津端着早点回来了，灿烂地一笑，露出迷人的小虎牙，说："爷，请更衣用膳吧。"

从黎津家里出来，贺亮把准备好的两封信投入信筒，浑身一阵轻松。

上了车，黎津兴奋得像个要去游乐园的孩子，说道："你猜我是属什么的，猜对有奖品。"

"狐狸。"

"把胳膊给我。"黎津拉过贺亮的胳膊，狠狠地咬了一口。

"啊！你属狗的……"

"猜对啦！"黎津开心地拿出一个小纸盒，递到贺亮面前欢快地说道，"你的奖品。"露出了可爱的小虎牙。

贺亮一边揉搓着胳膊，一边咧着嘴说："你还真是属狗的……"

打开小纸盒，一只白色的玩具小狗出现在眼前。圆圆的头，竖立的耳朵，杏仁眼，黑鼻头，蹲坐的姿势，结实的两条前腿直立显得威风凛凛。尾巴短而粗，像个小胡萝卜直直地立着。

"别说，跟你还真挺像。不看它还不知道你脸上有那么多的优点。这狗是什么品种？"

"苏格兰西高地白梗，这种狗快乐、活泼、自信，富有感情，对主人忠诚，忒像我。"说这话，黎津撕扯下底座的胶条，把它固定在挡风玻璃前面，说道，"我不在你身边时它就替我守护着你。"贺亮这时才发现小狗的脖子是弹簧做的，随着车的晃动小狗的头可爱地摇摆着。

崭新的京津高速公路，在平坦的华北平原上向南一路延伸下去。四十年前，贺亮的父亲贺照久、伯父贺照永随着百万解放军也是从这条路上奔向南方，去解放全中国；再往前推四十年，也就是八十年前，贺亮的大爷贺元城、二爷贺仲城也是从这条路南下，到了天津码头登上开往日本的邮船，去寻求救国之路。今天，贺亮也走在这条路上，他是要追求自己精神的解放和构筑爱情的天堂。

刚刚竣工通车的高速路车辆不多，路面清亮光滑，路上的车道线鲜亮醒目，仿佛透过车窗能闻到画线油漆的味道。窗外阳光明媚，田畴纵横，一幅田园诗般的景色。车窗里，黎津在副驾驶上兴奋地说着前言不搭后语的话。

贺亮问道："你说我见你爸聊什么呢？"

"除了别聊老家的事，什么都可以聊。"

这也正是贺亮的心结，不过他已经想好了，只聊改革开放以后的事。

"不用担心我的爷，他们不会为难你，有我哪。对了，我爸说他知道妫城的贺家，说抗日战争时期你有个本家爷在天津……我说了你可别生气啊？"

"老辈子的事有什么好生气的，说吧。"

"那我可说啦，是你让我说的啊……说你有个本家爷在天津做了汉奸，后来被锄奸团给杀掉了。"

"瞎说，他说的肯定是我二爷贺仲城。他是死在天津，是被日本特务机关害死的，原因恰恰是他不愿做汉奸。"

"我可没有瞎说，是我爸这么说的，当时他还不知道我们俩好了。他说他参与了刺杀行动，没有成功，后来组织上又换了其他人去的，为这事他还挨了处分。"

贺亮脑子有点蒙：我的抗日爷爷贺长城，刺杀了黎津的汉奸爷爷黎永忠；黎津的共产党父亲黎明，又刺杀了我的汉奸二爷贺仲城；再往上捋，黎津的爷爷黎永忠害死了我太爷贺鸿礼，霸占了贺家祖产，现如今他的孙女又要嫁给我……这也太魔幻了吧！

贺亮不愿意再往深里想，忙把话头岔开：

"老辈子的事我们不去管他，说说我们到了天津都去哪玩吧。"

黎津紧张的神经一下放松了，开心地说："放心吧，本姑娘负责全方位服务，陪玩、陪吃、陪睡，准保把爷伺候好!"说着话黎津伸过一只手，搭在贺亮的大腿上，不停地摩挲。

贺亮忙说道："劳驾把小爪子拿走，我开车不能分心。"

"我不动，就放着。"

此时刚才还阳光明媚的天空突然起了一层雾，从路基两边同时向公路上弥漫过来，很快在车前合拢，天空瞬间黑了下来。贺亮忙低头找雾灯，突然对面一辆大卡车迎面撞来，贺亮本能地向右一打方向，轿车右车头撞上隔离板瞬间侧翻，在空中翻了两圈飞出路挡，重重摔进路基下的深沟里。

三　感觉到疼了吗

贺亮醒来时已经是车祸的三天后，他躺在一家县城的医院里。

贺亮感到头疼欲裂，周身的骨头都像是被锤子敲打了一遍，疼痛难忍。疼痛让他很快恢复了思维，也恢复了记忆，一切都回想起来了。黎津呢？她怎么样了，还有她肚子里的孩子呢？

齐静趴在床边睡着，贺亮的呻吟声吵醒了她，抬头一看，激动地叫出声来："你醒啦，谢天谢地你终于醒了。"

值班大夫进来，做了简单的检查后对贺亮说："你能告诉我你的名字和过去发生了什么事吗？"

"我叫贺亮，我出了车祸。"

值班大夫对护士说："神志清醒。再保持一天用药，明天看情况换药。"

又语声温和地对贺亮说："你感觉到疼吗？"

"疼，很疼，头和身上都疼。"

"疼就对啦！"值班大夫说道，"你是重型脑震荡，身体多处软组织挫伤，好在没有伤到骨头。你过去做过运动员吧？"

值班大夫转头对齐静说："今天再看一天，明天就可以办转院。"

送走了值班大夫，齐静说道："你把我都吓死了。大夫说你主要是脑震荡，需要静养。明天咱就出院回家，妫川医院的病房已经安排好了。"

贺亮想笑着说没事，可是没有笑出来。

病房门被推开，段大头和杨彩玲急急忙忙地闯了进来，段大头有点气急败坏："阿亮，你可醒了，整整三天，把哥们儿好悬没吓死，我真怕你就这么死了，我可怎么办呀！"说着话段大头竟像个孩子一样呜呜地哭了起来。

齐静连忙说："亚林，你胡说什么哪！大夫说没事，明天就可以转院回家。"

"那干吗要等明天，咱们现在就走。"段大头止住哭，抹了一把眼泪，"他这家医院连个贵宾病房都没有，吃个饭还要跑八条街。"

杨彩玲把手里给齐静打包的饭菜放到床头柜上，来到床前，低声询问："身上疼吗？"

"有点。"

"想吃什么？"

贺亮咧咧嘴："手抓羊羔肉。"

"好，明天回去我就给你做，天天给你做西北家乡菜。齐静姐三天没有离开病房一步，人瘦了一圈。"

贺亮这才注意到齐静眼窝深陷，眼圈发青，嘴唇上起了一圈燎泡，心里一热，说道："我这不是好好的嘛！"

齐静使劲地点点头说："你好好休息，大夫让你少说话。我去给阿姨打个电话，她都快急死了。"

贺亮想起写给齐静的信，一直注意观察她的情绪变化，却什么也看不出来。

晚上，贺亮坚持让彩玲陪齐静住到宾馆，洗个澡，好好睡一觉，留下段大头陪床就可以了。等两人走后贺亮问段大头同车的人怎么样了？段大头说交警中间就来过一次，正好车本的名字是我，说现场勘查是单方责任，让一周后去交通接受处理。

"我还正想问你，展平的高速公路，你自己咋还能把车摔报废了呢?"

"我正常行驶着,突然迎面来了辆大卡车,我打方向避让结果撞到防护栏上……"

"亮大哥,高速路是单行道,怎么会迎面来车呢?你脑震荡还真是不轻,都产生幻觉啦!"贺亮闭上眼睛不再理他。

"你现在要不想说话我出去抽根烟。"

贺亮突然想起什么,叫住段大头,说道:"车挡风玻璃前黏着一只小狗,你一定给我拿回来。"

段大头愣了一下,边应承着边往出走,嘴里嘟囔着,不问问车撞成什么样了,偏偏问一只玩具狗……原来脑震荡对大脑的伤害真是挺严重的……

等段大头出了房门,贺亮按了呼叫铃,护士进来问哪里不舒服?贺亮问跟我一起进来的人怎么样了。护士说她新换班,不清楚。贺亮坚持要见值班医师。一会儿,进来一位姓陈的男医生,说今天他值班。贺亮问跟他一起进来的人怎么样了。陈医生告诉他,他们被送进来时那位女士已经没有生命体征,又补充说,可惜她还怀着孩子。医生还说了什么贺亮一句也听不到了。他头疼欲裂,眼前发黑……

第十七章　长城迎来千禧年

地好五谷旺，国富万民强。

——妫川谚语

中新社北京一九九九年十二月三十一日电：

数以万计的中国人今天晚上将在这个古老国度的代表性建筑物万里长城上迎接新千年。

从今天傍晚起，中国将在西起嘉峪关、东至山海关老龙头的万里长城上，举行盛大的"世纪守望·巨龙传声·中国二〇〇〇年庆典"活动。二十三点五十九分，应各国千年委员会和联合国教科文组织的号召，成千上万的中国人将举起烛火，为人类和平祷告一分钟。

今天午夜，锁钥岭长城也将举办"千年之夜"大型庆典活动。约一万名来自海内外的游客和中国大学生将手持电光蜡烛，登临长城，组成一条灯火长龙。

一月一日上午，上万名海内外人士将参加锁钥岭元旦登长城活动，以特殊的方式度过二〇〇〇年的第一天。

一　千禧年相聚在长城

妫川长城假日饭店十层，董事长办公室。贺亮站在大落地窗前，窗外正对着妫水湖。湖对岸长城大厦顶上"未来长城国际幸福城"的电子招牌不断闪烁着蓝光。贺亮想起两句诗：

妫水静而寒潭清，烟光凝而冠山紫。

长城假日饭店地处"冠山半岛"中间凸出的位置，三面临水，转弯是免税店、商场、商务饭店、电影院娱乐设施。后面是水岸宜居公寓。

长城假日酒店是贺远坤在大陆投资的第一个项目。贺亮辞职以后，作为台资企业长城（台湾）投资股份公司总经理，负责酒店的筹建，董事长是堂哥贺远坤。假日酒店建成后，贺亮兼任饭店董事长，总经理则是台湾总部派过来的黄小姐担任。平时贺亮并不管饭店的具体业务，只负责社会层面的事。

"千禧年长城旅游论坛"在妫川长城假日酒店召开。

这次论坛邀请了各大旅社，全国长城景区和中外媒体。贺亮作为主办方之一，出面邀请到外交部北美大洋洲司司长贺援朝做主题演讲。贺援朝是贺照永将军的大儿子，贺亮的堂哥。

贺援朝在朝鲜出生，在大连外国语学院英语系学习，毕业后分配到外交部美洲大洋洲司，后派往中华人民共和国驻美利坚合众国大使馆，任大使馆二秘，开启了职业外交官生涯。十年后回国，出任北美大洋洲司司长。

贺援朝一米八〇的大个，仪表堂堂，长着贺家标志性的丹凤眼。他跟贺亮说，这次会议之后他就要去埃及出任大使。

在晚上的欢迎晚宴上，妫川文物文化局陈局长热情张罗着，频频敬酒，说道："贺司长常年战斗在国际舞台上，是我们妫川人的骄傲啊！算起来在北魏年间，妫川就出过一位能言善辩的外交家——成淹，县志上说他'好文学，有气尚'，也就是说，成淹这个人勤勉好学，文学底蕴深厚，说话办事有理有据有节。"

贺援朝饶有兴趣地说道："陈局长对妫川历史很有研究，请教一下，听老人说，妫川人都是从山西大槐树下迁徙来的，真是这样吗？"

"这话没问题。明永乐朝的十五批移民中，山西单独五批，混合着占了三批，在全国各省市占了一半以上。当时山西人口稠密，距离妫川县又近，故此山西移民总数占移民总数的绝对优势。"

"陈局长不愧为文化局长，真正的专家。"

"贺司长客气了，这也是术业有专攻，正像您就是外交家，对国际形势了如指掌。大家都想听听您介绍一些美国的见闻。"大家一片附和声。贺援朝也没有推辞，说道："今天是到锁钥岭长城开会，也是回到了我的老家，我就给大家说两个美国总统与锁钥岭长城的故事吧。

"我印象中是1981年8月，我陪美国前总统卡特和夫人游览锁钥岭长城。卡特总统任内实现了中美建交，是建交总统，但他比较特殊，未能在任期内访华，选举败于里根。他是作为建交后的第一位美国前总统访华，比较有意义。"

"尼克松总统不是1972年访华了吗？也到过锁钥岭长城。"有人插话问道。

"没错，尼克松是在1972年访华，也到过锁钥岭长城，但他是中美建交前访华的在任总统。卡特总统是作为建交后第一位访华的美国前总统。尼克松访华意味着美国长期奉行的遏制和孤立新中国的政策失败了。卡特总统的功绩是完成了中美建交。

"由于卡特总统对中美关系做出的贡献，中国政府给予他很高的礼遇，不论是礼宾、安保、宴请和会见等等都是元首级别的待遇。我当时在美洲大洋洲司美国处工作，有幸参加他的接待工作。

"卡特总统对中国的文化非常欣赏，长城是他访问北京的必选之地，一定要去。1981年还没有锁钥岭高速，但是有总统待遇，一路都很顺畅。卡特总统是1924年生人，当时五十七岁，身体很好，夫人身体也不错。他们到长城非常激动，当时安排爬南侧的长城，那是总统国宾路线，坡度比较缓一点，他跟夫人在长城上留影，对长城赞叹不已，卡特说'长城不愧为世界七大奇迹之一'。然后问北面的长城可不可以爬，陪同人员回答说，那边是北楼可以爬，就是比较陡。于是卡特夫人在下面等着，卡特总统带着他白宫的中国问题专家又接着去爬北楼。他爬我也陪着爬。随行警卫人员爬得直喘，卡特总统兴致很高。没有任何一位外国元首南楼北楼两边都爬。也是因为他是卸任总统，时间宽裕，如果是在任总统恐怕安排比较紧凑就不会两边都爬。负责警卫的中国同志都很吃惊，他们陪过那么多元首，没有一位能两边爬的。

"1984年里根访华，我全程参与了接待工作。因为里根当时是在任美国总统，礼遇不得了，中国历史上前无古人，从长安街到锁钥岭长城道路两侧所有路口都有车横在路中间，以保证里根车队一路畅通。里根总统年岁大，是当时竞选总统时最年长的竞选者，他到了锁钥岭长城很兴奋，爬了一段南楼，跟夫人南希一起合影留念，与随行记者和陪同的中方人员侃侃而谈。他说：'虽然过去在电影和照片中看过长城，但是亲眼目睹长城才发现长城的壮观。站在这里看着长城两头消失在群山之间，我的心情此刻无法用语言来表达。中国就像这座长城，伟大而深远。'

"里根总统登锁钥岭长城那天还发生了一件有意义的事，我边防军收复了老山。而指挥收复老山战役的指挥员之一就是我父亲，一〇一军副军长兼主力师师长贺照永。"大家热烈鼓掌。

这时服务员进来悄声对贺亮说，您的客人到了，现在在饭店大堂。

二　李红远嫁法国

贺亮悄然退出房间来到酒店大堂，看到李红和她的法国丈夫拉浩尼，还有他们长得像个洋娃娃的混血儿子艾伦。

李红上来拥抱了贺亮，一股浓郁的法国香水味儿充满了贺亮的鼻子。贺亮轻轻拍了拍李红的后背，说道："你终于回来了！"

然后退后一步认真端详着李红，发现她没有太多变化，只是眼角多了几道鱼尾纹。

"给你介绍我的先生，尼古拉·拉浩尼，儿子艾伦·李。"

贺亮一边握手一边打量这个法国人，有一米八〇的个子，偏瘦，高高的鼻梁，浅蓝色的眼睛，一头褐色鬈发。拉浩尼用中国话说："你好，我知道你和我夫人是老朋友，见到你很高兴！"

"你中文说得这么好！"

"一点点，我有一位严厉的老师。"说着歪了一下头做出无可奈何状。

"他就会一些日常用语，说深了就不懂了。"

"我要骂他他听得懂吗？"

"听得懂。中国骂人的话他都会。"

"看来他的老师教学有一套。"

"吵架是学习一门语言最快的方法。"两个人都笑了。尼古拉看到他们笑也跟着笑了，很得意地说："我都会。"

贺亮大笑起来，说道："知道了，千万不要演示。"

笑过之后贺亮说："你们先到房间安顿一下，十分钟后还在这里会合，我们一起吃饭。"

餐厅小包间，服务员在不断上菜。拉浩尼和艾伦非常开心地品尝各种中国菜。李红说："你客人多不用管我们，去忙你的。"

贺亮说："没有关系，天天这样，我来回跑吧。"

"齐静怎么样了？你们俩好了那么多年……好可惜……"

"一言难尽。还是我福报不够吧。她嫁人了，嫁给了一个军官，随军去了福建。"

"你呢？"

"我？暂时还是一个人。"李红一时语塞，想安慰几句又担心伤贺亮自尊。于是问道："老朋友们都怎么样了？我在巴黎又聋又瞎。"

"段大头做了市政协委员、县政协副主席……"

"他当官了？他看着可不像当官的料。你天生就是当官的料却做起生意。"

"也不算当官，政治待遇而已，他不用去政协坐班。我嘛，其实我适合当作家。"

"我看也是，你文笔不错，又喜欢思考。你写小说吧，我来做你海外总代理。"

"哈哈哈，好，一言为定。"

干了一杯酒，李红问道："其他人呢？"

"丁建国和沈薇移民美国了，主要是为了两个儿子的教育。平时沈薇在美国带孩子，建国在国内挣钱，两头跑。"

"丁建国考虑问题就是缜密，朋友中要数他心中最有数，知道什么时候自己要什么。"

"黎东斌又被抓了。"李红停住手里的筷子，望着贺亮，等着他说下去。

"他在海南炒地皮失败后，把老本赔个精光。还欠下一大笔债。之后他在芜湖投资个未来科技城，这次犯了行贿和集资诈骗罪，就是高息借了好多人的钱还不上，判了八年。"

李红放下手中的筷子，把身体靠在椅子背上轻轻叹了口气，说道："他呀，就是心气太高，又不肯服输。"

贺亮欲言又止，看了一眼专心吃中国菜的拉浩尼。

"想问什么就问吧，没事。"李红望穿了贺亮的心思。

"你们当初为什么分开？最艰难的时期都挺过去了反而分开了。如果你们还在一起，他不会栽这么大的跟头。"

李红给儿子把餐巾重新围好，然后平静如水地望着贺亮，说道："你看过《月亮与六便士》吗？"

"看过，英国人毛姆写的。"

"书中有一段话你记得吗？'你敬畏天理，他崇拜权威，这是世界观不同。你站在良知一边，他站在赢者一边，这是价值观不同。你努力是为了理想的生活，他努力是为了做人上人，这是人生观不同。'"

又一阵沉默。贺亮跟拉浩尼喝了一杯酒，然后尽量放轻松地说："说说你吧，你不是在比利时上学吗，怎么成为中法友好使者了？"

"跟他呀，我寒假参加旅行团去巴黎旅游，他是导游，人很有趣，也体贴。我喜欢巴黎，本想免费跟他学习法语，没承想法语没有学好还把人给搭进去了。"说着自己甜蜜地笑了。

"看得出，他很爱你。"

"他人很善良，纯洁得像个孩子。"拉浩尼听出在说他，举起红酒杯对贺亮说："干杯。我和红非常相爱。我非常爱她，她也非常爱我。我们都非常爱艾伦。"

拉浩尼吃得很满足，一边道谢一边问什么时候能去长城。艾伦听说要去长城也说吃好了，要马上去。

"我都安排好了，你们先回房间休息一会儿，下午两点司机过来接你们去长城。晚上回来段大头、吕艳和建国给你们接风。"

三 "孝子不匮"

千禧年段大头要送给自己一份礼物，收购一块古董匾额。卖家说是清末老物件："您上眼，您瞧这匾，端庄厚重，压得住您这院子。您再瞧这字，榜书气势如虹，典雅肃穆，与您这妫川县政协副主席的身份相配。匾额集文学、书法、雕刻、装饰艺术于一体，生动展现了清朝官宦人家的风采。这要往您老院子里一挂，别具一格，光彩夺目。"

"这上面的字是什么意思？"

"'孝子不匮'出自《诗经》'孝子不匮，永锡尔类'，意思是孝顺的子子孙孙层出不穷，上天会赐福给这一家孝顺的人。另有子孙满堂人丁兴旺的意思。"

段大头一听有人丁兴旺的意思脸上露出笑容，问道："谁写的？"

"一看段主席就是个文化人，门儿清。这匾额的价值不光看年代，更讲究出自何人之手。前年从我这里走了一件刘墉题写的匾额，九千美金出手。今年嘉德拍卖行秋拍二十八万人民币落槌。"

"这块匾是谁写的?"段大头又问道。

"咱们这块匾可是有来头，据文化文物局陈局长考证，是宣统元年，哦，就是1909年，由妫川州知州题写，据说就用这块匾招安了当时妫城最大的土匪段三。这都是上了《县志》的事可不是我胡诌。这块匾是全妫川县由清朝知州题写匾额唯一保留下来的一块，文物价值和经济价值不可估量啊!"

段大头的四合院其实就是一个大院子，是在他家原来房基地的基础上翻盖的。南北房各五间，东西房各三间，中间围起个大院子，上面罩了一个大玻璃罩，像个阳光蔬菜大棚，活动空间一下增大不少。段大头并没有在院子里种菜，而是摆满了南方的各种花卉，还弄来几个石鼓、石槽点缀在院子各处。把东北角支着一张整板花梨木茶台，四周一圈花梨木凳子，台面上煮茶用具一切俱全。玻璃罩具有采光作用，院子里阳光充足，四季如春。

"孝子不匮"的匾额被挂在四合院客厅迎门的墙上。两边都是书架，书架上摆满了精装图书。贺亮笑话他："你说这人吧挺有意思，越文化低的人越要显摆他的书多。"

"嘿嘿嘿……我是买鼻烟不闻——装着玩。书皮里面都是空心的，撑门面用。"

院子门口竖起了一排四根拴马桩，岁月在拴马桩上刻上了痕迹，让院子有一种时光悠悠的古意。段大头当然不骑马，他新买了辆1999年刚推出的奔驰S400。贺亮说太显摆了。段大头却不以为然，说："你说邪行不，哥们儿越捐钱越挣钱，捐得越多挣得越多。我开始相信那位大和尚说的话，钱布施得福报。我回头得给石佛寺捐钱，把大雄宝殿复建起来。"

这几年段大头顺风顺水，做什么成什么。名下产业涉及人一辈子的生老病死，也管平常日子的吃喝拉撒。当年他接手了未来长城国际城三分之一的商住部分，还把工程总包给了丁建国，为他解了套，这让丁建国感动不已。房子建好了开始卖不出去。原来设想受众主体为城里人，谁想高速路一通，来妫城旅游的城里人到天黑一脚油门就回城了。后来段大头找到母校，促成其与首都影视学院合作，在妫川设一专科，这下他的房子成了学区房，很快一房难求。

段大头自己很超脱，每天只管迎来送往，收藏各类奇珍异宝。集团业务管理都分了出去，让吕艳管着长城万年青公墓。杨彩玲管着旅游餐饮板块。房地产公司则由兰州大学建筑系毕业生杨金玲，就是杨彩玲的妹妹负责。建筑板块与丁建国合作，段大头出资金，丁建国出资质，做得风生水起。

段大头唯一的糟心事，就是到现在跟杨彩玲还没有孩子。眼看着齐静的女儿都上幼儿园了，吕艳又怀了二胎，丁建国、沈薇更是两个儿子在美国读书。看着自己万贯家产竟没有人继承，不免暗自神伤。他跟杨彩玲说："不怨你，我现在真相信我爷是土匪了，杀业太重，所以我们段家三代单传，到我这里要绝后了。"

在杨彩玲的坚持下，两个人往北京、上海大医院跑了一遍，都说是段大头精子成活率低。回来又寻中医找偏方，天天杨彩玲亲自给煮中药，小心伺候段大头喝下，掐算着排卵期哄着大头行房。汤药喝了有几水桶，杨彩玲的肚子却始终不见起来。

四　重修石佛寺

长城脚下石佛寺，原名佛岩寺，修建于元末。古柏参天，千年古刹，气象庄严。修缮一新的大雄宝殿，修旧如旧，古色古香。楹联匾额墨迹未干，仿佛能嗅到翰墨的清香。

后院东配房，原是段大头修缮处临时办公室，现在按照杭州虎跑寺弘一法师弘一精舍布置成禅房。一桌、一椅、一床加一架书柜。书桌对面的墙上挂着一副对联：

真诚清净平等正觉慈悲，
看破放下自在随缘念佛。

落款是五台山增智法师。横批是弘一法师手书：

以戒为师。

贺亮每周都在这里待上一天，住上一宿。打坐，冥想，读佛经，抄写经文。一整天只喝一壶龙井。段大头很好奇地问他："人家正经修炼的人要吸风饮露，还要采阴补阳，没有见过你这样生生饿着的，一点技术含量都没有。"

"不懂就别乱说。道士追求的是长生不死，得道成仙。佛家修的是解脱与超越。"

"那你修的是什么？"

"我问你，你说人的痛苦与烦恼来自哪里？"

"来自……有愿望实现不了？"

"不明世界真相，执着于所谓的'自我'，这是一切痛苦与苦恼的源头。佛法是告诉你宇宙中万事的真相，一切眼见耳听的事物都是因缘和合而成。都如梦幻泡影，如露亦如电。你看不明白这点，所以就要受求而不得的痛苦。"

"依着佛的意思就是与世无争，得过且过呗。石佛寺和尚总给我说凡事要随缘，都是让我消消停停的，别去折腾的意思。"

"随缘也不是得过且过，因循苟且，而是尽人事听天命。佛法不是让人消极地逃避，而是积极地去面对，诸恶莫做，诸善奉行。"

"这儿我懂，就是多做好人好事。我捐钱重修大殿是不是可以算佛中人了？"

"那只是起步。要成为佛家弟子就得达到这副对联说的标准，你差得十万八千里。"

"你现在做到哪步了？"

"我也差着十万八千里。现在只能算研习阶段。"

"你要研习佛法这间屋子可正对你路子。"段大头来了精神，如数家珍般把刚听来的故事讲给贺亮听：

"石佛寺为什么有名？都是因为寺中的石凿大悲佛灵光，有求必应。当年戚继光修长城时就在这间屋里诵读《金刚经》，胡人十年不敢来犯长城。还有康熙皇帝亲征噶尔丹，先拜了大悲佛，然后就在这间屋子里休息，结果打了大胜仗。还有谁来着，对，还有修京张铁路的詹天佑，也是住在这个房间……"

两人又在大雄宝殿前看了一会儿功德碑，贺亮在捐款修复大雄宝殿的名单中，找到了黎津的名字，和自己的名字紧挨着。

从石佛寺出来，段大头说今天阿国从美国回来，晚上到家，已经约好几个老友一起给他接风。贺亮说不去了改天单请他，现在要去市里，晚上要到世纪剧院听小泽征尔与中央音乐学院乐团的《爱之音乐会》交响乐，票很难搞。

"你一个人去听交响乐？"

"和徐洁，她居然弄到了贵宾票。"

"你俩三天两头不是去人艺看话剧，就是到西山大觉寺喝茶赏兰花。现在又来什么交响乐，越整越洋，就是不弄正格的……"

"什么算是正格的？"

"结婚生孩子呀。给你介绍女朋友你也不见，你俩又不结婚。两个要单儿的老青年净整这儿凉歪歪的，真没劲。"

"庸俗。"

"好，我庸俗。你去听你的高尚音乐会，我回去庸俗我的大吃大喝。"段大头向他的司机招了招手，突然回头问道："哎，你俩不会都是性冷淡吧？"

"滚犊子！狗嘴里吐不出象牙。"

贺亮甩下段大头自己上了车，发动起车子后，习惯性地用手指头在挡风玻璃前的小狗头上摸了一下，柔声说："咱们走。"小狗欢快地摇晃着圆圆的脑袋，目不转睛地望着他。

高速公路通车后贺亮还是喜欢走这条老路，在二十里关沟穿行是一种视觉、听觉还有味觉的享受。打开车窗，茂盛植被混合的清香马上充满了整个车厢。此时，锁钥岭长城秋色正好，种植在长城两侧三千余亩红叶树苗已经蔚然成林，火炬次第花开，层林尽染。与灰色的长城交相辉映。车子不紧不慢地在山路上盘桓，窗外层峦叠嶂，溪水潺潺，鸟语花香。贺亮打开车上音响，传来姜育恒的《再回首》：

再回首，云遮断归途。再回首，荆棘密布，今夜不会再有难舍的旧梦。曾经与你有的梦，今后要向谁诉说。

再回首，背影已远走。再回首，泪眼蒙眬，留下你的祝福，寒夜温暖我。不管明天要面对多少伤痛和迷惑。曾经在幽幽暗暗反反复复中追问，才知道平平淡淡从从容容才是真……

去年也是在这个时节，也是穿行在这条公路上，徐洁过生日，贺亮带着徐洁赏长城红叶。那天音响里播放的是《红尘滚滚》：

> 起初不经意的你，和少年不经世的我，红尘中的情
> 缘，只因那生命匆匆不语的胶着……来易来去难去，数十
> 载的人世游。分易分聚难聚，爱与恨的千古愁……

贺亮突然说，你比我大三岁，如果到你五十岁咱俩还都单
着，就搬到一起过吧。徐洁说："行。"

段大头回到家，丁建国已经在等他了。这次丁建国从美国
给段大头带来了好消息。

"哥们儿这次给你们考察了美国的医院，人工授精技术很
成熟。"

"现在北京、上海的大医院也可以做。"

"哪有美国的技术先进？人家包成功，而且可以选择孩子
的男女性别，还可以选择让一个肚子怀一个还是怀俩。怎么
样，厉害吧。"段大头和杨彩玲同时兴奋起来，异口同声地说：
"真的？"

"那还假得了。你们要是决定去，哥们儿就专程陪你们过
去一趟。"

杨彩玲感激地说："谢谢你！沈薇在那边怎么样？我挺想
她的。"

"沈薇天天负责接送孩子，打理家务。周末带孩子出去玩，
人家美国学校都不给学生留作业。"

"沈薇真能干，一个人带俩孩子，语言又不通。"

"沈薇现在英文交流没有问题，我去都是她给我当翻译。再说我们那个社区华人很多，唐人街上什么中国货都有，售货员全说中国话。"

段大头说："美国的人工授精怎么做？"

"简单。两种方法我都给你们问清楚了：一种是人工授精，就是将精液取出体外，再经过实验室处理，将优化的精液放入女人的生殖器内。另外一种叫试管婴儿，把你们俩的精子和卵子抽出来在体外受精，培养成早期胚胎，再移植回子宫中。"

"哪个方法好？"

"无所谓好坏，关键要看你们俩的身体条件。所以过去要先做身体检查，然后人家医生会给你们提出方案。"

"忙完了这阵子就去，把阿亮也叫上，咱们一起去美国耍几天。"

"我和沈薇可以给你们当司机兼导游，保证让你们满意。"

尾声

太阳永远朝西走，大河永远向东流。

——妫川谚语

一　去深圳过春节

离休后，贺照久每年冬天都和叶蓝去深圳，去前说好要住满一个月，在深圳和大哥贺照永一家过了春节再回来。可是每次刚住一个星期，贺照久就开始感觉浑身不自在，跟叶蓝抱怨深圳天气太潮湿了，饭菜太淡，抽烟都没有烟草香。住到十天就闹着要回去。

大哥贺照永总是意犹未尽，好像兄弟俩才见面，一肚子的话还没有说。说什么也不让他们走。叶蓝倒是喜欢深圳，温暖的气候，繁华的市场，高楼林立的街道。而且她与大嫂姜慧云也投脾气，姐俩总有说不完的话。

妫川县的四合院被拆迁了。政府补偿了三套商品房，都在一栋楼里。贺照久给大哥留一套，贺照永坚决不要，说："我从参加革命离开家就没有回去，家里的事都是你料理。甚至父母去世时正赶上边疆形势吃紧，我都没能回家奔丧。唉，自古忠孝不能两全啊！所以这个房子呀你都留下。我哪，也适应了深圳的气候，这里医疗条件也好，我跟你嫂子商量好了，就在深圳养老了。"

哥俩总放心不下的还是妹妹贺照娟。贺照久说："来前我给娟子打了电话，约她一起来。她呀，说看外孙子，走不开。"

"她那个杜怀文不搁人，带不出来。"

"娟子跟着他受了一辈子的苦。"

"我也几次要她过来深圳住一住，可是她就是放心不下那个家。"

"当年爹就瞧不上杜怀文，说他眼高手低成不了事，而且说话尖刻容易翻车，果不其然让爹说中。唉！"

"杜怀文平反后怎么没有回宣化原单位呢？"

"为这事我还去了一趟宣化，又去找了张家口组织部，人家说他那个右派是真右派，不属于错划，所以给出的结论是'只摘帽，维持右派原案，不予改正'。你说说，全国五十五万右派绝大多数都给平反了，还都补发了全部工资，就他杜怀文平不了，说明当时给他划成右派不冤。后来，我又找内蒙古组织部，好歹把他们从东乌珠穆沁旗国有牧场办到了锡林浩特市里，安排了工作。"

"小时候爹娘最娇惯娟子，长大了反而她吃的苦最多。"

"娟子这一辈子就困在一个'情'字上。年轻时为了爱情宁可丢了公职也不跟右派丈夫离婚，还跟着丈夫下放到草原二十二年。中年为了那六个孩子熬得油干蜡尽，没有享过一天福。这老啦吧，又心心念念儿一帮孙子。"

"情义也是一种信仰，我相信娟子的内心是幸福的。"

贺照久和贺照永一起聊的最多的还是往事。小时候的春节啦，看厨师老贺杀猪啦，还有爷爷带着去逛庙会，一聊就是半天。

"哥你还记得咱家的总管，大掌柜丁海宽吗？"

"记得，常年穿着长袍马褂，干干净净、利利索索的一个人。爹最信任他。他后来怎么样了？"

"头解放前儿，爹为了感谢他几十年的辛劳，把咱家阁底下的杂货铺和城外的地都送给了他。结果一解放城外的土地就被分了，还给他划成地主。因为人缘好又没有仇家所以没有被批斗。1954年公私合营，杂货铺也交了公，他还留下做店员。1961年闹饥荒时正赶上他闹肺病，没能挺过去。"

"娘也是那年走的，我当时正在中印前线与印军对峙。"

"你还记得丁管家的儿子丁石柱吗？"

"记得，他小时候总在咱们家玩，我们都在妫川高小上学，他高我一届。"

"丁石柱后来改名丁放，因为出身不好，是地主，所以解放后表现非常'左'，喜欢整人。我在公社的时候与他共过事，处得不是很愉快。"

二　丁放的故事

贺照久接着给贺照永讲了丁放的故事：

1958年，声势浩大的全县生产誓师大会通过了"妫川县实现1958年农业生产大跃进决议"。大会结束以后，举行了大游行。游行结束后丁放召开公社干部会议。

丁放做了灯塔人民公社也就是后来的城关公社书记后，每天都吃住在公社办公室。他的办公室里面有一小间，作为宿舍，外间有两间房大，连办公兼带会议室。

墙上挂着几张黑白照片，一张是毛主席在1954年4月12日视察官厅水库，丁放身穿打着几块补丁的衣服，围在毛主席身边，脸上乐开了花。一张是在主席台领奖的照片，一张比较新的照片是丁放站在主席台话筒前，一手拿着稿子，一手挥舞着拳头慷慨陈词，头顶横幅上写着："妫川县灯塔人民公社成立誓师大会。"

会议室已经坐满了人。丁放身穿一身旧干部制服，已经洗得看不出本来颜色。光脚穿一双方口布鞋，头发蓬松凌乱，很容易被生人当成生产队会计或是粮库管理员。面前桌子上放着一个印有"三面红旗"的大搪瓷缸，一个翻开的笔记本和笔记本上躺着的带帽钢笔仿佛提醒他是主持会议者身份。

丁放高声说道："同志们，先告诉大家一个好消息，党中央决定，我们妫川县在今年10月1日国庆节正式划归首都北京啦。"

会场一下就欢腾起来，鼓掌声和呐喊声交织在一起。

等大家情绪平稳一些后，丁放继续说道：

"同志们，我再告诉大家一个好消息，截至目前，全县十四个乡全部成立了人民公社，全县实现了人民公社化。"大家又热烈鼓掌。

丁放兴奋地说道："这是我们全县人民献给首都人民的一份礼物！革命形势发展很快呀，同志们。我们灯塔公社作为全县第一个成立起来的公社绝不能落后，各项工作一定要走在前头。"

"县里昨天发出了《生产军事化》的通知，要求县、公社、大队、生产队分别按师、团、营、连编制。做到生产军事化、生活集体化、思想共产主义化。我们要以村为单位办起大食堂，农民都到食堂就餐。"

大家交头接耳地议论起来。

"大家安静一下。公社先带个头，决定把大会堂拿出来办大食堂。"议论声音再次响起，丁放不得不一再挥手说："安静，大家安静，这个事情没有必要讨论研究，重点是抓落实。大办食堂的办法已经印发给大家了，各个生产队回去要抓紧落实。我再强调一下，工作要到位，不要东一榔头西一棒子，要突出重点，眼目前儿的重点是什么？就是要大办食堂，实现军事化管理。鼓要打在点上，笛子要吹到眼上，思想工作要做到社员们的心坎上。"

才来灯塔公社不久的副书记贺照久被会场气氛所感染，兴奋地大声说道："同志们，我这里也有一个好消息，经过我们农经站技术员的不懈努力，我们试种的七十五亩冬小麦获得大丰收，亩产达到三十五公斤。"贺照久兴奋地看着大家，却没有等来预想的掌声和欢呼声，而是大家迷离的眼光。

丁放有点不耐烦地说道："老贺，你那是猴年马月的老皇历了，现在随便一亩地都过千斤了。"

散会后，贺照久没有走，开门见山地说："丁书记，大办食堂的事我们是不是把步子放慢一些，先在几个村子搞试点。我跑了几个已经办起来的村子，大家反映都说有困难很难坚持，而且有浪费粮食的情况……"

丁放打断贺照久的话，说道："照久同志，县里派你来是为了加强公社的领导力量，掀起生产大跃进的新高潮，不是要你给革命群众泼冷水。"

"可是丁书记，我们共产党最讲实事求是，现在村里的粮食基本都上交了，有的村因为报的产量过高，交公粮时对不上账，甚至连种粮都交了。办了大食堂老百姓家家都没有存口粮，生产队的存粮最多坚持到春节，开春以后吃什么？"

"贺照久同志，现在是跑步进入共产主义，那时会有吃不完的粮食……"

"丁放同志，那些说法你也信吗？这是小资产阶级的狂热性。不讲实事求是你是要栽大跟头的！"

"贺照久，注意你的阶级立场。你这完全是右派言论。我要把你的思想问题向县里汇报，你先回去好好反省，听候处理。"

贺照久说到这里停住了，给自己点上一支烟，陷入沉思。

贺照永问道：“那时的人啊都像着了魔。后来呢？”

“后来，当时的县委书记徐学文和地委副书记马刚同志保护了我，我没有受处分。再后来他在一次事故中被炸死了。”

“怎么会炸死了呢？”

“那时候的人安全意识差，在堆放黑火药的地方抽烟，结果烟头引燃了火药。我那天刚好外出，丁放临时召开会议，这也许就是命吧。再后来我因为爆炸的事被撤了职，调到人防办，挖了几年防空洞。也是因祸得福，‘文化大革命’来时因为我不是当权派而没有受到批判。”

两兄弟陷入沉默。他们都感到冥冥之中仿佛有一种力量，相较这个力量，个人何其渺小！

三 《长城谣》是不是旧时的味道

贺照久手机铃声响起，打开一看是儿子贺亮，贺照久打开免提，电话里传来贺亮激动的声音：

“爸，跟您说个事，咱家老院子施工时挖出来三坛子银圆和一坛子金条。文物局来人搬走了，说收拾完了放进妫川博物馆。”

贺照久与贺照永相互望着对方，突然两人同时大笑起来。电话里贺亮在不停地追问：“爸，您怎么啦？您笑什么哪？”

“没有什么，我正和你大伯说笑话哪。”说完挂上电话。贺照永说道：“妫川有句老谚语，叫‘人算不如天算’，到头来都是给他人作嫁衣裳。”

"爹从来没有告诉任何人埋财宝的地方，他走的时候很安详，无疾而终，也算是福报。"

"爹保护了我们。他老人家活得通透啊！"

"就是走的时候咱们都不在身边，陪伴着他的就是你从云南邮寄给他的那根黑果木手杖。"

风带有一丝丝微凉，深圳冬季的树木依然绿绿葱葱。姜慧云把两杯泡好的铁观音放到茶几上，然后与弟媳叶蓝手挽着手去院子里散步。院子里开满了好几种颜色的涌梅。

贺照久拿出一张光碟，递给大哥，说："现在县里在搞妫川传统文化抢救工作，妫川大鼓书被挖掘出来，还制成光盘，这是爹搜集的《长城谣谚集》中的《长城谣》，你听听，是不是咱们小时候说书的那个味儿？"

光盘插入碟机，片刻，音箱里传出一响打鼓声，接着钢板踏踏，三弦奏起，一个女子悠扬的声音传来：

秦始皇，信谶纬，征发城旦筑长城。逶迤横贯万余里，西起临洮至辽东。

为修长城城居庸，居庸本是流犯城。夜筑长城昼防虏，长城之歌实悲痛。

居庸山，居庸径，居庸命名有两城。居庸、上关、锁钥岭，雄关三座保京城。

高洋北巡达速岭，纵观山势起长城。征侠一百八十万，重新修筑秦长城。

朱元璋，起义兵，驱逐蒙古出长城。徙民关内龙庆废，大将徐达建关城。

卢沟桥，炮声隆，日寇铁蹄度居庸。长驱直下半山河，妫川一县裂三国。

秦汉至今两千年，居庸战史代不穷。筑城囚徒死多少？居庸白骨多少层！

土石城，砖石城，其实乃是血肉城。枕戈保卫幽燕地，居庸山河血染红。

火种点燃自平西，居庸人民齐奋起。游击战、歼灭战，大小战争无法计。北京奇峰海陀山，平北军区在山中。扫荡围歼全不惧，南碾深沟留芳名。

兄弟俩听完，谁都不作声。静了半晌，贺照永说："明年春节，叫上娟子，我们三家都回石峡村过年吧。看看咱小时的那堵墙，给爸妈说句话。援朝、援越、贺亮再忙都得回去，不能忘本。对，你给照海兄打个电话，问问他和远坤一家是不是能回来，一块过个年。老辈讲究这个。"

"好，回家过年！"

2022年12月23日写毕于北京听雨轩

2023年2月16日改于亚龙湾

2023年4月16日妫城定稿

小说涉及真实人物小传

詹天佑（1861—1919），生于南海。1872年赴美留学，为中国近代史上第一批官费留学生之一。1888年任中国铁路公司工程师，曾参加修建津榆铁路。1905年任京张铁路总工程师兼会办、总办，主持修建京张铁路，另发明火车自动挂钩，为我国自行设计修建铁路之第一人。著有《京张铁路工程纪略》等。

秦奎良，字庆臣，山东青州府乐安县人。光绪五年己卯科举人，任直隶延庆知州期间八国联军侵占北京，慈禧同光绪帝出逃路过延庆，因接驾不力遭罢官。著书《闲庵文存》印行于世。其侄孙秦德纯（1893—1963），国民党将领。1933年3月率领第二十九军参加长城抗战。

马友麟，山西阳高县人，1928年出任延庆县长。这一年孙殿英投靠蒋介石，任第六军团十二军军长，驻扎遵化马兰峪一带，他炸开乾隆、慈禧两座皇陵，盗走大量文物。后移驻延庆，三个月吃光七座义仓存谷6158石，并强向县政府索要粮饷。马友麟支应无策，又不忍苛敛民间，遂吞服鸦片自杀。

刘桂堂（1892—1943），山东费县人，土匪出身。先后投靠何应钦、阎锡山、张学良、韩复榘。1932年窜到热河，后攻入延庆城，打死县长陈兰沣，将城内商号抢掠一空，绑走肉票七百余人。1933年投靠日本，1943年11月被八路军击毙。

赵登禹（1898—1937），山东菏泽人。1911年，拜师习武。1914年，投奔冯玉祥部，开始军旅生涯。1930年，任第二十九军37师109旅旅长。1933年，奉命把守喜峰口阵地，歼灭日军五千余名，炸毁大炮十八门，取得自九一八事变以来的首次大胜，史称"喜峰口大捷"。长城抗战后，赵登禹因功擢升132师师长，并被授予陆军中将军衔。1935年8月，赵登禹所部随第二十九军移驻北平附近。1937年7月，与副军长佟麟阁共同负责北平防务，奉命赶赴南苑。28日凌晨在集结途中，因为叛徒告密，受到日军伏击，激战到中午后佟麟阁壮烈殉国。赵登禹率部与日军又血战六小时，伤亡惨重。当队伍撤退至大红门御河桥时，再次遭到埋伏的日军突然扫射。赵登禹身中数弹，壮烈殉国。7月31日，国民政府追赠佟麟阁、赵登禹陆军上将军衔。北平市政府特将原南沟沿改名为"佟麟阁路"，北沟沿改名为"赵登禹路"。

何孟雄（1898—1931），湖南省酃县人。1921年7月，中国共产党成立，何孟雄是全国最早的50余名党员之一。1921年底中共北京地方执行委员会正式成立，何孟雄被选为首届北京地委书记。何孟雄一面积极从事北方共产主义运动，一面大力推进工人运动。1922年何孟雄受李大钊派遣到延庆康庄火车站发展党员，建立康庄铁路党支部。他先后创办了京绥南口工人夜校和张家口工人夜校，领导成立了以保护京绥路权为宗旨的"京绥铁路同人总会"，积极领导京绥路广大工人和职员开展爱国护路斗争和由此引发的京汉路、长辛店工人大罢工。1922年10月，又组织发动张家口京绥铁路车务工人大罢工。1926年，任中共唐山地方执委会书记。到任后，他发动了开滦赵各庄矿万人工人大罢工。1931年2月7日，因为叛徒告密，被捕就义。

周振声，北京延庆人。铁路工人出身。1922年6月由何孟雄等介绍加入中国共产党。历任中共延庆康庄铁路工人支部书记、中华全国铁路总工会执行委员、中华全国总工会候补执行委员，1927年4月中共五大当选中央监察委员会委员，1927年9月至1928年2月任中共河南省委委员。1928年初脱党，之后下落不明。

伍晋南（1909—1999），广东兴宁人，八路军四纵政治部主任、八路军冀热察挺进军政治部主任，领导创建冀热察抗日根据地。指挥了著名的延庆花盆战斗。

胡瑛（1911—1940），又名胡光，湖南人，中国共产党党员。1940年初，随平北工作团，从平西到平北，任昌（平）延（庆）联合县县长，活动在沙塘、东三岔村一带，开展抗日工作。1940年8月27日，与县委书记徐智甫在窑湾黄土梁村研究工作。次日晨，与伪满军遭遇，战斗中不幸牺牲。

罗哲文（1924—2012），四川宜宾人，被誉为"万里长城第一人"。早年师从梁思成、刘敦桢，为新中国古代文化遗产保护的领军人物，著名古建筑学家、文物保护专家。1952年，时任政务院副总理兼文化教育委员会主任的郭沫若同志提议保护文物，修复长城，向游人开放。国家文物局长郑振铎亲自把修长城的任务交给了二十八岁的罗哲文。罗哲文从维修八达岭开始，开启了中华人民共和国成立后的长城保护维修工作。